山西師範大學學術著作出版基金資助出版

山西師範大學文學院學術出版基金資助出版

曹文亮 著

歷代筆記語言文字學問題研究

中國社會科學出版社

圖書在版編目（CIP）數據

歷代筆記語言文字學問題研究/曹文亮著.—北京：中國社會科學
出版社，2015.12
　ISBN 978 - 7 - 5161 - 7121 - 9

　Ⅰ.①歷…　Ⅱ.①曹…　Ⅲ.①筆記—文學語言—語言研究—
中國—古代　Ⅳ.①I045

　中國版本圖書館 CIP 數據核字（2015）第 283456 號

出 版 人　趙劍英
責任編輯　周曉慧
責任校對　無　介
責任印製　戴　寬

出　　版　中國社會科學出版社
社　　址　北京鼓樓西大街甲 158 號
郵　　編　100720
網　　址　http：//www.csspw.cn
發 行 部　010 - 84083685
門 市 部　010 - 84029450
經　　銷　新華書店及其他書店

印　　刷　北京明恒達印務有限公司
裝　　訂　廊坊市廣陽區廣增裝訂廠
版　　次　2015 年 12 月第 1 版
印　　次　2015 年 12 月第 1 次印刷

開　　本　710 × 1000　1/16
印　　張　23
插　　頁　2
字　　數　393 千字
定　　價　86.00 元

第一章

緒　論

第一節　筆記概述①

　　所謂筆記，是指用散文所寫的零星瑣碎的隨筆、雜錄的統稱。“筆記”二字，本指執筆記敘而言。如《南齊書·丘巨源傳》所說“筆記賤伎，非殺活所待”的“筆記”，即爲此義。南北朝時期，把注重辭藻、講求聲韻的文章稱爲“文”，把信筆記錄的散行文字稱爲“筆”。劉勰《文心雕龍·總術》：“今之常言，有文有筆，以爲無韻者筆也，有韻者文也。”因此後人習慣於將用散文所記錄的雜著稱爲“筆記”。至於以“筆記”作爲書名，則大約始於北宋的宋祁。

　　筆記一體，“以内容論，主要在於‘雜’：不拘類别，有聞即錄；以形式論，主要在於‘散’：長長短短，記敘隨宜。”② “筆記作者不刻意爲文，只是遇有所寫，隨筆寫去。”③ “或寫人情，或述物理，或記一時之諧謔，或敘一地之風土”④，内容頗爲駁雜。宋龔頤正《芥隱筆記·後序》：“此其閒居暇日，有得於一時之誦覽者，隨而錄之，故號曰筆記。”也點明了筆記的此種特點。

　　劉葉秋先生依筆記的主要内容，把筆記分爲小說故事類的筆記、歷史瑣聞類的筆記和考據、辨證類的筆記。小說故事類的筆記，内容主要是情節簡單、篇幅短小的故事，人們經常冠以“筆記小說”的名義。歷史瑣

---

　　① 本節内容主要參考劉葉秋《歷代筆記概述》第一章“緒論”，北京出版社2003年版，第1—11頁；周續賡等《歷代筆記選注·前言》，北京出版社1983年版，第1—19頁。

　　② 劉葉秋：《歷代筆記概述》，北京出版社2003年版，第6頁。

　　③ 呂叔湘：《筆記文選讀·序》，《呂叔湘全集》第9卷，遼寧教育出版社2002年版，第7頁。

　　④ 同上。

聞類的筆記，主要是掇拾歷史舊聞，或者記述見聞實事，保存了歷代政治、經濟、軍事、文化、科技、風土、社會生活等多方面的材料。考據、辨證類的筆記，主要是有關經史、文藝、哲學、典章制度、名物以及自然科學等方面的讀書札記。歷史瑣聞類的筆記和考據、辨證類的筆記，幾乎無所不包，內容極爲駁雜，這兩類只能稱爲"筆記"，而不能稱爲"筆記小說"。王鍈先生亦云："所謂'筆記'或'筆記小說'，是一個傳統的概念，其內容與形式都相當駁雜，除了考據辨證的學術文字以及記載歷史瑣聞和掌故的稗官野史之外，還包括'殘叢小語'式的故事傳說和一定數量現代意義的小說。"① 把筆記劃分爲上面三類，僅僅是粗舉大凡而已，因爲筆記本來就以"雜"見稱，一書之中，往往兼有各類，一則之內，三者雜糅的情況也不鮮見。

中國古代筆記的歷史十分悠久，它導源於先秦兩漢，興起於魏晉南北朝，唐宋時已經成熟，至明清而極盛。小說故事類和歷史瑣聞類的筆記，其萌芽可以上溯到先秦散文。先秦歷史散文和諸子散文，就其總體而言屬於學術專著，可是單看某些著作的組織形式，或觀其一肢一節，與後來的筆記有相似之處。如《論語》是片段言行的雜纂，《晏子春秋》則匯集了二百多則小故事等。而考據、辨證類的筆記，班固的《白虎通義》、應劭的《風俗通義》、蔡邕的《獨斷》，可以看作是這類筆記的淵源。

魏晉南北朝期間，筆記漸趨獨立，小說故事類的筆記接踵而出，尤以志怪體的筆記小說爲多，志人筆記則以《世說新語》爲代表。歷史瑣聞類的筆記爲數很少，《西京雜記》和《荊楚歲時記》可以看作這一類。至於考據、辨證類的筆記更是寥寥無幾，僅能舉出《古今注》一書。此外，《顏氏家訓》也是此時期的著名筆記。②

進入唐宋，筆記開始成熟起來。小說故事類的筆記，唐代出現了《玄怪錄》《宣室志》《集異記》《甘澤謠》《酉陽雜俎》等，宋代則有《稽神錄》《夷堅志》《茅亭客話》《醉翁談錄》等。歷史瑣聞類的筆記開始興盛起來，唐代的《隋唐嘉話》《朝野僉載》《唐國史補》《因話錄》《唐摭言》，宋代的《歸田錄》《涑水紀聞》《揮麈錄》《老學庵筆記》

---

① 王鍈：《唐宋筆記語辭匯釋》（修訂本），中華書局 2001 年版，第 5 頁。
② 《顏氏家訓》可以看做是筆記，明胡應麟《少室山房筆叢》卷十三《九流緒論下》即把家訓同雜錄、叢談、辨疑一起歸入小說家類。

《東京夢華錄》《武林舊事》都是此類型的筆記。唐代考據、辨證類的筆記開始獨立，出現了像《封氏聞見記》《蘇氏演義》《資暇集》《兼明書》等以考據、辨證爲主的筆記專書。《匡謬正俗》則專論經史訓詁、文字音韻，可以算作此類筆記。宋代此類型的筆記更多，考證更加精密，《夢溪筆談》《容齋隨筆》《困學紀聞》《學林》《野客叢書》《甕牖閒評》《能改齋漫錄》等都是此類筆記中比較有名的。

金元的筆記，小說故事類的有《續夷堅志》《誠齋雜記》《嬭嫚記》等，歷史瑣聞類的筆記有《歸潛志》《玉堂嘉話》《隱居通議》《南村輟耕錄》等。至於考據、辨證類的筆記，則數量較少，以《敬齋古今黈》《北軒筆記》等爲代表。

明代的筆記，小說故事類的筆記有《涉異志》《剪燈新話》《剪燈餘話》《覓燈因話》《何氏語林》等。歷史瑣聞類的筆記成爲明代筆記中最茂盛的一枝。《萬曆野獲編》《菽園雜記》《典故紀聞》《七修類稿》《酌中志》《玉堂薈記》《留青日札》等都是此類筆記的代表。考據、辨證類的筆記則有《四友齋叢說》《五雜組》《少室山房隨筆》《譚苑醍醐》《藝林伐山》《丹鉛雜錄》《疑耀》等。

清代是筆記集大成的時代。小說故事類的筆記有《聊齋志異》《子不語》《閱微草堂筆記》《今世說》等。歷史瑣聞類的筆記有《池北偶談》《堅瓠集》《觚賸》《嘯亭雜錄》《帝京歲時紀勝》等。清代樸學興盛，考據、辨證類的筆記亦達到了頂峰，《日知錄》《陔餘叢考》《十駕齋養新錄》《札樸》《天錄識餘》等均爲著名筆記，《義府》《讀書雜志》《札迻》等筆記則專論小學校勘，亦可視爲語言文字學專著。

第二節　筆記與語言文字研究

作爲中國古代的一種特有的文體，筆記在語言文字研究方面亦有其特定的價值。這可以從語言本體研究和語言文字學史研究兩方面來談。

一　筆記是語言本體研究的重要語料

由於筆記具有 "雜" 和 "散" 的特點，它並不像正統的文言文那樣正式典雅，它往往不拘一格，信筆而寫，有時還雜有一些口俗語詞，在語言研究方面有一定的價值。如《世說新語》，在詞彙研究方面就具有很高的價值，比較能反映魏晉以來漢語口語的狀況，是研究中古漢語的寶貴材料，爲漢語史學者所推重。《太平廣記》一書，亦保存了中古及近代漢語的許多口語詞彙。郭在貽先生所著《訓詁學》附錄二《俗語詞研究參考書目》也羅列了不少筆記書目。同時，筆記也是語法研究的材料之一，如研究中古漢語的語法，就經常用《世說新語》等筆記小說作爲語料。

正因爲筆記在語言研究方面的重要性，研究筆記的專著、論文亦不斷涌現。單以斷代筆記而論，即有江藍生《魏晉南北朝小說詞語匯釋》①、王鍈《唐宋筆記語辭匯釋》②、周俊勳《魏晉南北朝志怪小說詞彙研究》③、江傲霜《六朝筆記小說詞彙研究》④、黃建寧《筆記小說俗諺研究》⑤、王寶紅《清代筆記小說俗語詞研究》⑥、黃宜鳳《明代筆記小說俗語詞研究》⑦ 等。至於專人專書筆記詞彙的研究就更多了。如郭在貽《〈遊仙窟〉釋詞》，對筆記小說《遊仙窟》中的俗語詞進行了考釋。又如《太平廣記》，已有多篇論文發表，如郭在貽《〈太平廣記〉詞語考釋》⑧，段觀宋《〈太平廣記〉詞語選釋》⑨，李亞明《〈太平廣記〉詞語小札》⑩，黃靈庚《〈太平廣記〉詞語札記》⑪，董志翹《〈太平廣記〉詞語輯釋》⑫ 等論文。至於《世說新語》的語言研究就更多了，以專著論，就有詹秀惠《世說新語語法探索》⑬，方一新《世說新語詞語研究》⑭、郭在貽《世說新語詞語考釋》⑮、張永言《世說新語辭典》⑯、張萬起《世說

①　語文出版社 1988 年版。
②　中華書局 1990 年第 1 版，2001 年第 2 版。
③　四川大學 2003 年博士學位論文。
④　山東大學 2007 年博士學位論文。
⑤　四川大學 2004 年博士學位論文。
⑥　四川大學 2005 年博士學位論文。
⑦　四川大學 2007 年博士學位論文。
⑧　《杭州大學學報》1980 年第 4 期。
⑨　《語文研究》1989 年第 3 期。
⑩　《古漢語研究》1993 年第 1 期。
⑪　《浙江師範大學學報》1997 年第 5 期；《古籍整理研究學刊》1999 年第 3 期。
⑫　《中古近代漢語研究》第一輯，上海教育出版社 2000 年版。
⑬　臺北學生書局 1973 年版。
⑭　杭州大學 1989 年博士學位論文。
⑮　浙江古籍出版社 1992 年版。
⑯　四川人民出版社 1992 年版。

新語詞典》①，吳金華《世說新語考釋》② 等專著和詞典。楊觀《周密筆記詞彙研究》③ 以周密的八種筆記爲研究對象，對周著筆記的詞彙作了系統的研究。這方面的專著論文很多，筆者就不一一舉例了。

二 筆記是語言文字學史研究的重要材料

筆記作爲古代的一種文體，雖内容駁雜、材料分散，但也有許多關于語言文字學的條目，考證類的筆記自不待言，即使被稱爲歷史瑣聞類和小說故事類的筆記，也有一些和語言文字學有關的重要條目。

如《太平廣記》卷一百三十六"天寶符"條（出《開天傳信記》）：

> 唐開元末，于弘農古函谷關得寶符，白石赤文，正成秇字。識者解之云："秇者四十八，所以示聖人御曆之數也。"及帝幸蜀之來歲，正四十八年。④

宋王觀國《學林》卷五"叒"條：

> 《玉篇》《廣韻》皆曰："叒而灼切，榑桑，叒木也。"然則榑桑即扶桑也，叒木即若木也，后之文士變叒爲若耳。……桑字上從叒，又有秇字，乃俗書不可用。⑤

元陶宗儀《南村輟耕錄》卷二十二"數讖"條：

> 越五年，丁亥閏二月，桑哥拜中書平章，立尚書省，貪暴殘忍，又十倍於阿合馬。人亦謂桑字拆而爲四十八。⑥

"秇"爲"桑"之俗字。《三國志·蜀志·楊洪傳》裴松之注："（何

---

① 商務印書館 1993 年版。

② 安徽教育出版社 1994 年版。

③ 四川大學 2008 年博士學位論文。

④ （宋）李昉等編：《太平廣記》卷一百三十六，中華書局 1961 年版，第 974 頁。所引筆記再次出現者，省略出版社、版次信息。

⑤ （宋）王觀國：《學林》卷五，中華書局 1988 年版，第 157 頁。

⑥ （元）陶宗儀：《南村輟耕錄》卷二十二，中華書局 1959 年版，第 272 頁。

祇）常夢井中生桑，以問占夢趙直，直曰：'桑非井中之物，會當移植；然桑字四十下八，君壽恐不過此。'"北魏《刁遵墓誌》、隋《元夫人崔暹墓誌》、唐《李才仁墓誌》"桑"俱作"桒"①。《南村輟耕錄》記載表明此字一直沿用至後世。日本京都文科大學影印元刊本《古今雜劇三十種》、上海涵芬樓影印元刊本《朝野新聲太平樂府》"桑"之俗體仍作"桒"②。

宋周密《齊東野語》卷十三"林外"條：

> 林外字豈塵，泉南人。……又嘗爲《垂虹亭》詞，所謂"飛梁遏水者"，倒題橋下，人亦傳爲呂翁作。惟高廟識之曰："是必閩人也，不然，何得以鎖字協埽字韻。"已而知其果外也。此詞已有紀載，茲不復書。③

按，鎖，《廣韻》蘇果切，心母㜮韻合口一等上聲°suɑ。④ 埽，《廣韻》蘇老切，心母晧韻開口一等上聲°sɑu。韻母不同。今閩南話（廈門話）瑣讀°so、埽讀爲 so°，則瑣、埽韻母同者，至少可追溯至宋代。其根據方音判斷作品作者的方法，今人也多採用。

古人筆記記載和提出的一些語言文字學觀點，在語言學史上產生了重要的影響。如顏之推《顏氏家訓·音辭》討論各地方音的差別，確立正音標準，爲研究音韻者所當深究。顏師古在《匡謬正俗》卷三中針對鄭注《曲禮下篇》"予，古余字"的注解，對古今字問題提出了自己的看法。李涪《刊誤》和蘇鶚《蘇氏演義》對《切韻》音系的討論，爲研究《切韻》學者經常引用。有關"右文說"的最早記載，亦保存在沈括所著的《夢溪筆談》中。在對上古音的研究上，焦竑《焦氏筆乘》提出"古詩無叶音"，糾正了前人古音研究"字無定音"的錯誤觀念。錢大昕《十駕齋養新錄》中的"古無輕脣音"、"古無舌上音"，更是得到今人的普遍

---

① 秦公：《碑別字新編》，文物出版社 1985 年版，第 126 頁。

② 劉復、李嘉瑞：《宋元以來俗字譜》，國立中央研究院歷史語言研究所單刊之三，1930 年，第 29 頁。

③ （宋）周密：《齊東野語》卷十三，中華書局 1983 年版，第 241 頁。

④ 本書所用《廣韻》《中原音韻》擬音，均采自李珍華、周長楫《漢字古今音表》（修訂本），中華書局 1998 年版。凡作注音，均不加 ［　］，构拟之音前面也不加 ＊號。

認同。在《說文》的研究上，《十駕齋養新錄》指出《說文》以注字連上文篆字的體例，亦爲不少學者所稱道。

　　古人筆記保存了大量的訓詁資料，這些資料亦有重要的價值。周大璞先生曾說："雜考筆記中的訓詁……積累了非常豐富的訓詁資料，可以說是漢語訓詁資料的寶庫，其中既保存了先秦兩漢的古訓，也闡明了許多詞語的新義，以及近代的俗語方言，這對研究漢語語義學、詞彙學和漢語發展史，都是很有用處的。只可惜現在還很少有人能認真地開發這個寶庫，整理這些資料，使它從雜亂的、零碎的變成有條理、有系統的東西，以便能夠充分發揮它在漢語研究中的作用。"① 蔣紹愚先生在《古漢語詞彙綱要》中提及歷代對俗語詞的研究時說："宋代的一些著名的筆記，如沈括《夢溪筆談》、吳曾《能改齋漫錄》、洪邁《容齋隨筆》、陸游《老學庵筆記》等，其中或設專門章節，或有某些條目，談到唐宋時的口語詞。"② 何九盈先生也說："宋人的筆記文也包含着一些詞義研究的條目，對研究近古漢語詞彙很有意義。如王觀國的《學林》、吳曾的《能改齋漫錄》、葉大慶的《考古質疑》、袁文的《甕牖閒評》、陳淳的《北溪字義》等。"③ 宗福邦先生在談到《故訓匯纂》的收錄範圍時說過："沈括《夢溪筆談》、王觀國《學林》、吳曾《能改齋漫錄》、洪邁《容齋隨筆》等一類宋人筆記雖非訓詁專書，然於名物訓詁、字詞訓釋亦多有創獲，故亦入《故訓匯纂》收錄之列。"④ 《故訓匯纂》所收的故訓之中，就含有《古今注》《匡謬正俗》《封氏聞見記》《中華古今注》《夢溪筆談》《學林》《能改齋漫錄》《容齋隨筆》《字詁》《義府》《日知錄》《湛園札記》《蛾術編》《陔餘叢考》《十駕齋養新錄》《札樸》《讀書雜志》《札迻》等筆記的訓詁資料。

　　筆記對一些語言文字現象的具體分析，亦多所發明。如《左傳》"莊公寤生"，舊注均以本字解釋，迂曲難通，明焦竑《焦氏筆乘》續集卷五"寤生"條云：

　　　　《左傳》"莊公寤生，驚姜氏"，杜預注："寤生，難產也。"不

---

① 周大璞：《訓詁學初稿》，武漢大學出版社 1985 年版，第 133 頁。
② 蔣紹愚：《古漢語詞彙綱要》，商務印書館 2005 年版，第 238 頁。
③ 何九盈：《中國古代語言學史》，廣東教育出版社 2000 年版，第 120 頁。
④ 宗福邦：《〈故訓匯纂〉與〈經籍纂詁〉》，《武漢大學學報》1996 年第 5 期，第 110 頁。

言其詳。據文理，痭當作逪，音同而字訛。逪者，逆也。凡婦人產子，首先出者爲順，足先出者爲逆。莊公蓋逆生，所以驚姜氏。（引吳元滿說）①

這個解釋，已被大多數學者所認同。

楊新勛《說"齊速"》② 一文，認爲《楚辭·九歌·大司命》"吾與君兮齊速，導帝之兮九坑"中"齊速"之"齊"乃"齌"之初文，與"疾"、"急疾"同意。實際上，清桂馥《札樸》卷七中已有此言：

> 《楚辭·九歌》："吾與君兮齌速。"注："訓齋戒。"案：《離騷》："反信讒而齌怒。"注云："齌，疾也。"馥謂齌速亦疾也。③

曾丹《"星隕如雨"新解》④ 結合流星隕落的文獻記載，認爲"如"當訓爲"像，如同"，而非并列連詞"而"。其實宋人筆記已有此觀點。袁文《甕牖閒評》卷一云：

> 《春秋》"星隕如雨"，杜預注云："如，而也，星隕而雨也。"而、如固通用，第恐雨時天上未必有星。今觀唐臨淄王平國難之時，《唐史》載"是夜天星散落如雪"，則"星隕如雨"，是亦散落者乎？故余謂如字不可盡訓爲而字也。⑤

王闢之《澠水燕談錄》卷九《雜錄》亦云：

> 建隆中，南都一夕星殞如雨，點或大或小，光彩熠然，未至地而滅。景祐初，忻州夜中星殞極多，明日視之，皆石。聞今忻民猶有蓄之。乃知《公羊傳》以雨星不及地而復，其說得之。左氏以如雨而

---

① （明）焦竑：《焦氏筆乘》續集卷五，中華書局 2008 年版，第 417 頁。
② 楊新勛：《說"齊速"》，《文獻》2007 年第 3 期。
③ （清）桂馥：《札樸》卷七，中華書局 1992 年版，第 294 頁。
④ 曾丹：《"星隕如雨"新解》，《語言研究》2006 年第 1 期。
⑤ （宋）袁文：《甕牖閒評》卷一，中華書局 2007 年版，第 31 頁。

言與雨偕，非也。①

在辭書編纂上，筆記也有其一定的價值。趙振鐸《潛心壹志 樂在其中》② 講到編《漢語大字典》時，讀到宋人莊綽的《雞肋編》卷下：

　　有伯珙者，輒爲抱券人誤寫作"璤"，遂仍其謬。既而試進士中第，自范致虛唱名誤呼甄姓，後皆令自注姓名音切，而求之《廣韻》《玉篇》，凡字書中皆無玉旁作恭字音，乃止以居悚切注之。衆皆不悟，遂形諸敕。後世當又增此一字，亦可笑也。③

說從前的字典都沒有收璤字，《漢語大字典》理所應當把其收入其中。

由于筆記數量龐大，一些有價值的語言學史料尚待被發掘和研究。全面系統地整理分析這些材料，對中國古代語言學史的研究是不無裨益的。如筆記保存了大量方言研究的內容，翻開古人筆記，就有許多記錄和研究方言的語音、詞彙方面的材料，這些材料在語言研究、語言學史上應該佔有重要的地位。除此之外，筆記裏面還包含很多有價值的內容，如對俗語詞的記錄和研究，對俗字的記錄和研究，對文獻的梳理解釋，對詞義的系統性認識，對詞語理據的研究，對語音演變例外的解釋等，均有一定的創獲，這些都是我們應該重視和關注的。

正如高小方先生所說，筆記中的語言學史料"雖不成體段，但只要用心鈎稽，並下一番去粗存精、去僞存真的功夫，則豐城古劍，自呈異彩；排沙簡金，往往見寶。前言往行，雪泥鴻爪，實足啓人深思"④。因此，全面地整理筆記中的語言學史料，對其進行歸納研究，總結出歷代筆記語言學研究的方法、成就與不足，是一項有意義的工作。

---

① （宋）王闢之：《澠水燕談錄》卷九，中華書局1981年版，第111頁。
② 趙振鐸：《潛心壹志 樂在其中》，《辭書研究》1987年第4期。
③ （宋）莊綽：《雞肋編》卷下，中華書局1983年版，第111頁。
④ 《中國語言文字學史料學》，南京大學出版社2005年版，第278頁。

第三節　筆記語言文字學問題研究現狀

一　斷代筆記語言文字學問題研究

對某一時代筆記的語言文字學問題進行論述的，主要有：周祖謨先生《宋代方音》①，該文選取宋代筆記中的一些方音資料，窺探當時存在的若干方音現象，來論證宋代筆記方音資料的重要價值，據筆者所見，是討論宋代筆記方音的最早的一篇文章。趙振鐸先生《唐人筆記裏的方俗讀音》②，全面搜集唐人筆記中的方俗讀音資料六十餘條（除去同音材料），從聲韻調三個方面將這些材料與當時的正音逐一進行對比，分析全面細緻，是研究筆記方俗讀音的一篇力作。劉蓉《宋代筆記中的語言學問題》③ 從文字、語音、訓詁、語法四個方面比較全面地分析了宋代筆記的語言學價值。李娟紅《宋代筆記中訓詁問題研究》④ 從宋代筆記中的訓詁學內容、訓詁方式兩方面對宋代筆記的訓詁問題進行了探究。其中總結宋代筆記中的訓詁內容有：（1）詞語訓詁；（2）疏通句意，申述篇章旨意；（3）考辨音讀；（4）校正文字；（5）解釋語法。總結宋代筆記中的訓詁方式有：（1）目驗理解詞語；（2）探求理據理解詞語；（3）旁徵博引理解詞語；（4）用俗形義學解釋詞語。李煒《宋代筆記中的俗字研究》⑤ 從宋代筆記俗字觀、宋代筆記與俗形義學、宋代俗字與現代漢字等方面探討了宋代筆記中的俗字研究。特別是從俗字成因考、俗字正俗考、俗字性質考、俗字字音考四方面分析了宋代筆記的對俗字考證的方法和成就。陳敏《宋代筆記與漢語詞彙學》⑥ 則從詞彙學的角度，運用現代詞彙學的理論對宋代筆記所蘊含的詞彙學思想作了系統深入的觀照。論文以整理和總結宋人筆記中關於詞彙研究的理論性內容爲基礎，選取"修辭造詞"、"語用義分析"和"口語詞研究"三方面考察宋人筆記的詞彙學理論價值。李娟紅《筆記小說所錄詞彙現象的語言學分析》⑦ 以宋代筆記小說作爲重點考察對象，

---

① 周祖謨：《問學集》下，中華書局 1966 年版。
② 趙振鐸：《唐人筆記裏的方俗讀音》，《漢語史研究集刊》第二、三輯。
③ 劉蓉：《宋代筆記中的語言學問題》，《漢語史研究集刊》第一輯（上）。
④ 四川大學 2005 年碩士學位論文。
⑤ 四川大學 2005 年碩士學位論文。
⑥ 浙江大學 2007 年博士學位論文。
⑦ 四川大學 2009 年博士學位論文。

對筆記小說中所記錄或討論的詞彙分別從詞彙學、語義學、語用學三個方面進行了分析整理。上述兩篇博士論文都是運用現代詞彙學、語義學的理論，從筆記生發開來談和漢語詞彙學、語義學、語用學的關係，與筆者的角度有所不同。從目前的情況看，對某一時代筆記語言學史料的討論多集中在宋代，專論其他朝代筆記語言學問題的還沒有。

　　還有的一些著作、論文雖然不是專論筆記的語言文字學問題的，但有涉及筆記語言文字學問題的重要內容。如趙振鐸先生在《訓詁學史略》①和《中國語言學史》② 中，分別以“豐富多彩的筆記”和“筆記裏的語言學問題”爲章節，以筆記在訓詁學和語言學史上的地位作了很好的論述。張民權先生《宋代古音學與吳棫〈詩補音〉研究》③ 對宋代筆記《野客叢書》《夢溪筆談》《學林》《芥隱筆記》中的古音學問題進行了討論。孫良明先生《中國古代語法學探究》④ 涉及筆記中對語法問題的討論。沈兼士先生《右文說在訓詁學上之沿革及其推闡》⑤、陸宗達王寧先生《淺論傳統字源學》⑥ 等文章所討論的問題，均與筆記的同源詞研究有密切的關係。這些都是論文寫作時應該參考的。限于篇幅，就不一一列舉了。

二　專書筆記語言文字學問題研究

　　對專書筆記的語言文字學問題進行探討的論文，按時代來分，主要有：

　　1. 唐五代及以前：對這一時期筆記的研究主要集中在《顏氏家訓》和《匡謬正俗》裏。關於《顏氏家訓》的主要成果有：王利器《顏氏家訓集解》搜集衆多版本和多家說法，擇善而從，給《顏氏家訓》作了很好的校勘和注釋。周祖謨《〈顏氏家訓·音辭篇〉注補》⑦ 抉發隱奧，疏通滯疑，注解極爲詳備。魯國堯《“顏之推之謎”及其半解》⑧ 對《顏氏

---

① 中州古籍出版社 1988 年版。
② 河北教育出版社 2000 年版。
③ 商務印書館 2005 年版。
④ 商務印書館 2005 年增訂本。
⑤ 原載中研院《慶祝蔡元培先生六十五歲紀念論文集》（1933 年），收入《沈兼士學術論文集》，中華書局 1986 年版。
⑥ 《中國語文》1984 年第 5 期，收入《訓詁學原理》，中國國際廣播出版社 1997 年版。
⑦ 《問學集》，中華書局 1966 年版。
⑧ 《中國語文》2002 年第 2 期、2003 年第 2 期。

家訓·音辭篇》特別是"南染吳越，北雜夷虜，皆有深弊，不可具論"幾句作了深入探討。余穎《〈顏氏家訓〉"書證篇"研究》① 對《書證篇》作了較爲系統的研究。此外，還有李恕豪《論顏之推的方言研究》②、夏劍欽《〈顏氏家訓·音辭篇〉的音韻學地位》③、曾昭聰《〈顏氏家訓〉的詞源探求》④ 等論文。關於《匡謬正俗》的主要成果有：劉曉東《〈匡謬正俗〉平議》⑤ 對《匡謬正俗》逐條進行了詳細的考證、評注，是研究《匡謬正俗》所必須參考的。趙伯義《論顏師古的〈匡謬正俗〉》⑥ 把《匡謬正俗》的內容概括爲考釋古籍正文，糾正古注誤訓，探求俗語來源，認爲其在編寫體例、研究課題、保存資料三方面皆有其學術價值。石鋟《從唐代幾種語言類筆記看唐代詞彙研究》⑦，選取《資暇集》《刊誤》《蘇氏演義》《酉陽雜俎》《因話錄》《唐國史補》等唐代筆記，窺探唐代學者對詞彙的看法。萬久富《〈封氏聞見記〉的語言文字學史料價值》⑧ 探討了《封氏聞見記》的語言文字學資料的史料價值。

　　2. 宋代：宋代筆記專書語言文字學主要集中在《容齋隨筆》《夢溪筆談》等筆記裏。關於《容齋隨筆》的論文主要有：程志兵《〈容齋隨筆〉的訓詁學價值》⑨、于平《〈容齋隨筆〉訓詁摭拾》⑩、毛毓松《〈容齋隨筆〉與語文學》⑪、曾昭聰等《〈容齋隨筆〉語言文字學史料價值述略》⑫。關於《夢溪筆談》的論文有：潘天華《〈夢溪筆談〉的語言學價值》⑬、《讀〈夢溪筆談〉札記》⑭，其中《札記》一文從訓釋詞語和論述音韻兩方面論述了《夢溪筆談》在語言學方面的價值和貢獻。巫稱喜

---

① 上海師範大學 2005 年碩士學位論文。
② 《天府新論》1998 年第 3 期。
③ 《湘潭大學社會科學學報》2002 年第 5 期。
④ 《廣西社會科學》2005 年第 11 期。
⑤ 山東大學出版社 1999 年版。
⑥ 《河北師範大學學報》2004 年第 1 期。
⑦ 《兵團教育學院學報》1997 年第 1 期。
⑧ 《古籍研究整理學刊》1998 年第 1 期。
⑨ 《伊犁師範學院學報》1997 年第 1 期。
⑩ 《文教資料》1998 年第 5 期。
⑪ 《文獻》1997 年第 4 期。
⑫ 《滁州學院學報》2007 年第 5 期。
⑬ 《鎮江高等專科學校學報》1999 年第 3 期。
⑭ 《中國語文》2001 年第 3 期。

《〈夢溪筆談〉語言研究方法論初探》①、《〈夢溪筆談〉文字學價值初探》②、《淺談〈夢溪筆談〉的語法學貢獻》③，對《夢溪筆談》語言學研究的方法和貢獻進行了較爲全面的研究。有關其他筆記的論文有：王劼等《宋代筆記〈雲麓漫鈔〉中的語言研究》④，劉建明《〈靖康緗素雜記〉訓詁研究》⑤，劉凱鳴《〈能改齋漫錄〉匡謬》⑥ 等。

3. 元明時期：其中關于《南村輟耕錄》的論文有：魯國堯《陶宗儀〈南村輟耕錄〉等著作與元代語言》⑦，對《輟耕錄》從語言學和語言學史的角度做了窮盡式的研究，從語音、詞彙、蒙漢語詞的相互影響、音韻學史等方面全面深入地論述了《輟耕錄》的價值。又其《陶宗儀〈南村輟耕錄〉等著作與元代吳方言》⑧ 對《南村輟耕錄》中有關元代吳方言的材料作了窮盡式的輯錄與研究。侯水霞《〈南村輟耕錄〉詞彙及語料價值研究》⑨ 也涉及到《南村輟耕錄》的一些訓詁資料。關于《菽園雜記》的論文有：董慧敏《陸容〈菽園雜記〉中的語言文字史料述評》⑩，邢永革《〈菽園雜記〉中的語言學史料述評》⑪。

4. 清代：唐鈺明《顧炎武的訓詁學》⑫ 論述顧炎武訓詁學的特色、成就及其影響，多以《日知錄》爲例，總結顧氏的訓詁特色有：用歷史發展的眼光考察古詞古義，利用出土文獻與傳世文獻互證，因聲求義、不限形體，運用異文對勘、數量統計等多種手段。孫良明《顧炎武〈日知錄〉的詞彙、詞義研究及其現實意義》⑬，指出《日知錄》包含詞義學、語義學領域的多方面內容，於詞彙、語義研究和辭書編纂頗有借鑒意義。吳慶峰《〈閱微草堂筆記〉之漢語史資料》從文字、語音、詞彙訓詁等方

① 《語文研究》2002 年第 2 期。
② 《學術研究》2002 年第 7 期。
③ 《江西師範大學學報》2003 年第 1 期。
④ 《廣西社會科學》2006 年第 4 期。
⑤ 《樂山師範學院學報》2001 年第 8 期。
⑥ 《重慶師範大學學報》1990 年第 1 期。
⑦ 《南京大學學報》1996 年第 4 期。
⑧ 《中國語言學報》第 3 期，商務印書館 1988 年版。
⑨ 暨南大學 2007 年碩士學位論文。
⑩ 《宿州教育學院學報》2001 年第 2 期。
⑪ 《江西社會科學》2002 年第 8 期。
⑫ 原載台灣中山大學 1995 年出版的《第四屆清代學術研討會論文集》，收入《著名中國語言學家自選集·唐鈺明卷》，安徽教育出版社 2002 年版。
⑬ 《魯東大學學報》2007 年第 2 期。

面舉例說明了該書在漢語史研究中的價值。陳煥良等《芻論〈札樸〉之魯方言研究》①，認爲《札樸》的魯方言研究采用方言與文獻相互參證的方法，考證出大量的方言本字，可以爲方言研究、辭書編纂提供借鑒和依據。

此外，董志翹《筆記小說與語言文字研究》② 舉筆記小說（主要是《太平廣記》）中有關俗字、方俗語、語音、修辭的材料 34 條，說明了這些材料對於漢語言文字學問題研究的價值。

由此可見，對筆記專書的語言文字學問題進行研究，主要集中在某些專書上，而一些較重要的筆記，如《學林》《野客叢書》《敬齋古今黈》《丹鉛雜錄、續錄》《譚苑醍醐》《癸巳存稿》《癸巳類稿》等關注得還不夠，甚至沒有單篇論文進行討論。

從上述兩方面情況看來，對專書筆記和斷代筆記的語言學問題研究，在力度和廣度上都是不夠的。

第四節　研究方法和語料選取

一　研究方法

本書先從筆記裏面選取和語言文字學史料有關的條目，然後按內容從文字、音韻、訓詁三方面對筆記語言學問題進行討論，裏面再分爲若干小類，以便條分縷析，更好地說明問題。本書着重對歷代筆記所涉及的語言文字學問題從史論的角度加以闡述，梳理出中國古代筆記語言學發展的基本線索，客觀地指出其語言文字學研究的成就和不足，展示其語言文字學研究觀念和方法的演進。

1. 本書的寫作，不在于把歷代筆記的語言文字學史料全部羅列在一起，而是選取有代表性的語言文字學史料，在對材料進行歸納概括分析的基礎上，總結歷代筆記所體現的語言文字學觀念和方法上的進展，全面評價筆記的語言文字學研究的價值和成就。

2. 中國歷代筆記數量龐大，由于筆記的類型各異，前賢對筆記的關注程度也不同。本書的寫作，在全面理清筆記語言文字學發展的線索上，

---

① 《中山大學學報》2004 年第 2 期。

② 《漢語史研究集刊》第十輯。

重點關注前賢討論較少的問題。一些筆記在語言文字學史上佔有很高的地位，如《字詁》《義府》《讀書雜志》《札迻》等書，分量很重，需要花大力氣進行專門研究，同時關注的人很多，已有專著、博士學位論文和許多單篇論文發表，本書則從簡。

3. 本書的寫作，在對材料進行大量閱讀和條分縷析的分類歸納之後，盡量把相關的問題全部放在一起討論，站在一個宏觀的角度對歷代筆記的語言文字學問題做較深入的討論，並重點討論其突出的方面。對於筆記涉及的語言學文字問題，注意吸收今人語言學研究的成果，有些則盡力從較新的視角出發，如對語音演變例外的解釋、對詞義系統性的認識等。

二　語料選取

由於筆記數量龐大，要在短時間內搜羅出全部筆記中討論的語言文字學問題，是不可能的。因此，本書對筆記語言文字學史料的選取，就有一個孰輕孰重的判斷問題。本書首先選擇那些討論語言文字學問題比較多的筆記，主要以參考高小方先生《中國語言文字學史料學》第十二講《歷代筆記中的語言文字學史料》爲主。

本書對筆記的選取，主要是從唐代開始的。魏晉南北朝的筆記以小說故事類爲主，有關語言文字學問題的資料不多。① 進入唐代，考據、辨證類的筆記真正成熟起來，討論語言文字學問題的資料開始增多。限於時間和精力，本書擬重點考察以下筆記：

1. 唐五代及以前：《顏氏家訓》《匡謬正俗》《封氏聞見記》《資暇集》《刊誤》《蘇氏演義》《兼明書》等。

2. 宋代：《宋景文公筆記》《夢溪筆談》《老學庵筆記》《容齋隨筆》《困學紀聞》《學林》《野客叢書》《能改齋漫錄》《履齋示兒編》《芥隱筆記》《雞肋編》《游宦紀聞》《齊東野語》等。

3. 元明：《南村輟耕錄》《敬齋古今黈》《菽園雜記》《焦氏筆乘》《丹鉛雜錄》《丹鉛續錄》《俗言》《譚苑醍醐》《七修類稿》《少室山房筆叢》《疑耀》等。

4. 清代：《日知錄》《陔餘叢考》《癸巳類稿》《癸巳存稿》《十駕齋

---

① 《顏氏家訓》的《書證》《音辭》《雜藝》等，於語言文字學研究頗爲重要，納入本書選取範圍。

養新錄》《札樸》《雙硯齋筆記》等。

　　當然，以上所列，只是本書重點選擇的一些筆記。筆者瀏覽所及的其他筆記中重要的語言學資料，也納入本書的選取范圍。

第二章

筆記與音韻學研究

傳統的音韻學大致可以分爲古音學、今音學、等韻學三個門類。爲討論的方便，在本章中，我們把一部分等韻學的内容放入今音學裏來討論。古人筆記對方俗讀音①和例外音變現象，有較多的關注，故在此章也分列兩節。

第一節　筆記與方俗讀音研究

所謂方俗讀音，方即方音，俗即俗音。方言是全民語言的地域變體，方言的差別首先表現在語音的差異上。俗音是與正音相對的一個概念，指的是流行於民間的非正規的讀法。方俗讀音與正音有別，在古人看來都是"語音不正"的表現。筆記對於方俗讀音的記錄和探討，是筆記裏面值得重視的語言文字學材料之一。

一　筆記對方俗讀音的記錄②

漢語方言從大的方面來講，分爲南北兩系。早在《顏氏家訓》卷七《音辭》裏就舉了大量的例子，重點討論了南北音的差別。如云：

> 南方水土和柔，其音清舉而切詣，失在浮淺，其辭多鄙俗。北方山川深厚，其音沉濁而鈋鈍，得其質直，其辭多古語。③

---

① 隨着音韻學研究的深入，有人主張建立北音學一個門類，主要研究以《中原音韻》爲代表的近代音。方俗讀音與近代音存在一定的交叉情況，因爲古人以《切韻》音系爲準，往往認爲近代音是一種俗讀，但古人筆記記載和討論的方俗讀音，并不局限於近代音。

② 唐人筆記記載的方俗讀音，趙振鐸《唐人筆記裏的方俗讀音》收錄很全面，故儘量少舉唐代的例子。

③ （北齊）顏之推：《顏氏家訓》卷七，《顏氏家訓集解》本，中華書局 1993 年版，第 529 頁。

又云：

> 其謬失輕微者，則南人以錢爲涎，以石爲射，以賤爲羨，以是爲舐。北人以庶爲戍，以如爲儒，以紫爲姊，以洽爲狎。如此之例，兩失甚多。①

而其後的筆記也經常用南音、北音來記錄方俗讀音，或直接指明南方語音與北方語音的差異。如宋莊綽《雞肋編》卷上：

> 南方舉子至都，諱"蹄子"，謂其爲爪，與獠同音也。②

按，爪，《廣韻》側絞切，莊母巧韻開口二等上聲 ᵗʃau。獠，《廣韻》有落蕭切（來母蕭韻開口四等平聲ₒlieu）、盧晧切（來母晧韻開口一等上聲ᶜlau）和張絞切三讀。蓋南方舉子讀獠爲張絞切③，知母巧韻開口二等上聲ᶜṭau。讀爪同獠，大概是知莊合流的結果。

曾敏行《獨醒雜志》卷一：

> 已而（蔡）元長入見，上以問答語之，對曰："江南人喚和爲訛，友龍謂大晟樂主和爾。"上領之，友龍乃得美除。④

按，訛，《廣韻》五禾切，疑母戈韻合口一等平聲ₒŋuɑ。和，《廣韻》戶戈切，匣母戈韻合口一等平聲ₒɤuɑ。讀和爲訛，則是匣疑相混。

陸游《老學庵筆記》卷八：

> 白樂天詩云："四十著緋軍司馬，男兒官職未蹉跎。""一爲州司馬，三見歲重陽。"本朝太宗時，宋太素尚書自翰苑謫郿州行軍司

---

① （北齊）顔之推：《顔氏家訓集解》卷七，中華書局 1993 年版，第 530 頁。關於《音辭》，周祖謨先生《〈顔氏家訓·音辭篇〉注補》（《問學集》，中華書局 1966 年版）言之甚詳，故本書未作疏證。

② （宋）莊綽：《雞肋編》卷上，中華書局 1983 年版，第 13 頁。

③ 《切韻指掌圖》即把獠歸入知母。

④ （宋）曾敏行：《獨醒雜志》卷一，上海古籍出版社 1986 年版，第 2、3 頁。

馬，有詩云："郫州軍司馬，也好畫爲屏。"又云："官爲軍司馬，身是謫仙人。"蓋北音"司"字作入聲讀。①

按，司，《廣韻》息茲切，心母之韻開口三等平聲₀siə。與北音不同。又卷五：

> 曾覿字純甫，偶歸正官蕭鷓巴來謁。既退，復一客至，其所狎也。因問曰："蕭鷓巴可對何人？"客曰："正可對曾鵪脯。"覿以爲嫚己，大怒，與之絶。然"鷓巴"北人實謂之"札八"。②

按，鷓，《廣韻》之夜切，章母禡韻開口三等去聲 tɕ ̄iaˀ。札，側八切，莊母黠韻開口二等入聲 tʃæt₀。巴，伯加切，幫母麻韻開口二等平聲₀pa。八，博拔切，幫母黠韻開口二等入聲 pæt₀。章莊相混，禡韻、麻韻與黠韻相混，表現了北方語音的合流。

元孔齊《靜齋至正直記》卷一"中原雅音"條：

> 北方聲音端正，謂之中原雅音，今汴、洛、中山等處是也。南方風氣不同，聲音亦異。至于讀書字樣皆訛，輕重開合亦不辨，所謂不及中原遠矣。此南方之不得其正也。③

指明了當時南北語音的差別，認爲北方語音當爲正音的規範，而南方語音多不合正音。

明沈德符《萬曆野獲編》卷二十五《詞曲》"絃索入曲"條：

> 今南方北曲，瓦缶亂鳴，此名北南，非北曲也。只如時所爭尚者"望薄東"一套，其引子"望"字北音作"旺"，"葉"字北音作"夜"，"急"字北音作"紀"，"疊"字北音作"爹"，今之學者頗能談之，但一啟口便成南腔，正如鸚鵡效人言，非不近似，而禽吭終不

---

① （宋）陸游：《老學庵筆記》卷八，中華書局 1979 年版，第 103 頁。
② （宋）陸游：《老學庵筆記》卷五，中華書局 1979 年版，第 62 頁。
③ （元）孔齊：《靜齋至正直記》卷一，《粵雅堂叢書》本。

能脫盡，奈何強名曰北。①

按，望，《廣韻》巫放切，微母漾韻合口三等去聲 mǐwaŋˋ，《中原音韻》微母江陽部去聲 vuaŋˋ。旺，《廣韻》于放切，雲母漾韻合口三等去聲 ɣǐwaŋˋ，《中原音韻》影母江陽部去聲 uaŋˋ。北音當已變爲零聲母。明張志淳《南園漫錄》卷三"鄉音"條和沈寵綏《度曲須知》"俗訛沿革"條也記載了北音微母的這種變化。②

葉，《廣韻》與涉切，以母葉韻開口三等入聲 jǐɛpˏ。夜，《廣韻》羊謝切，以母禡韻開口三等去聲 jǐaˋ。韻母有別。《中原音韻》同爲影母車遮部去聲 iɛˋ。

急，《廣韻》居立切，見母緝韻開口三等入聲 kǐĕpˏ，《中原音韻》見母齊微部上聲 ˊki。紀，《廣韻》居理切，見母止韻開口三等上聲 ˊkǐe，《中原音韻》見母齊微部上聲 ˊki。

疊，《廣韻》徒協切，定母帖韻開口四等入聲 diepˏ，《中原音韻》端母車遮部陽平 ˏtiɛ。爹，《廣韻》陟邪切，知母麻韻開口三等平聲 ˏtǐa，又徒可切，定母哿韻開口一等上聲 ˊdɑ，《中原音韻》端母車遮部陰平 ˏtiɛ。葉、急、疊本爲入聲字，北音入聲消失。

筆記對方俗讀音的記錄，有的則指明是某一地域的方俗讀音。
宋文瑩《湘山野錄》卷中：

時父老雖聞歌進酒，都不之曉，武肅覺其歡意不甚浹洽。再酌酒，高揭吳喉唱山歌以見意，詞曰："你輩見儂底歡喜，吳人謂儂爲我。別是一般滋味子，呼"味"爲"寐"。永在我儂心子裏。"止。③

按，味，《廣韻》無沸切，明母未韻合口三等去聲 mǐwəiˋ。寐，《廣韻》彌二切，明母至韻開口三等去聲 miˋ。兩者同屬止攝。《廣韻》沿襲《切韻》，輕重唇不分。據向熹先生研究，廣大北方地區從重唇分化出輕

① （明）沈德符：《萬曆野獲編》卷二十五《詞曲》，中華書局 1959 年版，第 642 頁。
② 董建交：《明代官話語音演變研究》，復旦大學 2007 年博士學位論文。
③ （宋）文瑩：《湘山野錄》卷中，中華書局 1984 年版，第 36 頁。

唇始於唐代初年或中唐，晚唐完成。① 依據重唇在合口三等韻前變爲輕唇的演化條件，味當變爲輕唇，寐當保持重唇。"呼'味'爲'寐'"可能表明當時吳語的味字讀爲重唇。

宋岳珂《桯史》卷二"賢己圖"條：

> 東坡曰："四海語音言六皆合口，惟閩音則張口，今盆中皆六，一猶未定，法當呼六，而疾呼者乃張口，何也？"②

按，六的開合口古書記載有分歧。六，《廣韻》力竹切，來母屋韻合口三等入聲 liuk。而《韻鏡》則把六歸爲開口。從岳珂的描述看，六當是一個圓唇音或非常接近圓唇音的字。六的大寫陸及江西六安的六今普通話仍讀合口，今四川方言亦有相當部分人讀合口。③ 岳珂所謂"疾呼者乃張口"則是語流中的音變現象。

《老學庵筆記》卷二：

> 魯直在戎州，作樂府曰："老子平生，江南江北，愛聽臨風笛。孫郎微笑，坐來聲噴霜竹。"予在蜀見其稿。今俗本改"笛"爲"曲"以協韻，非也。然亦疑"笛"字太不入韻。及居蜀久，習其語音，乃知瀘戎間謂笛爲"獨"。故魯直得借用，亦因以戲之耳。④

按，笛，《廣韻》徒歷切，定母錫韻開口四等入聲 diek。獨，《廣韻》徒谷切，定母屋韻合口一等入聲 duk。"謂笛爲'獨'"則是把錫韻字讀爲了屋韻字。

又同卷：

> 錢王名其居曰"握髮殿"，吳音"握"、"惡"相亂，錢塘人遂謂其處曰："此錢大王惡發殿也。"⑤

---

① 向熹：《簡明漢語史》（上冊），高等教育出版社 1993 年版，第 135—145 頁。
② （宋）岳珂：《桯史》卷二，中華書局 1981 年版，第 25 頁。
③ 四川方言部分人把六讀爲開口，是受普通話的影響。
④ （宋）陸游：《老學庵筆記》卷二，第 16 頁。
⑤ 同上書，第 21 頁。

按，惡字《廣韻》有三讀：一爲烏各切，影母鐸韻開口一等入聲 ɑk˳，義爲"不善也"；一爲烏路切，影母暮韻合口一等去聲 u˚，義爲"憎悟也"；一爲哀都切，影母模韻合口一等平聲˳u，義爲"安也"。握字《廣韻》於角切，影母覺韻開口二等入聲 ɔk˳。"吳音握、惡相亂"，是鐸韻與覺韻相混。

明陸容《菽園雜記》卷三：

> 書之同文，有天下者力能同之。文之同音，雖聖人在天子之位，勢亦有所不能也。今天下音韻之謬者，除閩、粵不足較已。如吳語黃王不辯，北人每笑之，殊不知北人音韻不正者尤多。如京師人以步爲布，以謝爲卸，以鄭爲正，以道爲到，皆謬也。河南人以河南爲喝難，以妻弟爲七帝。北直隸山東人以屋爲烏，以陸爲路，以閣爲杲，無入聲韻。入聲內以緝爲妻，以葉爲夜，以甲爲賈，無合口字。山西人以同爲屯，以聰爲村，無東字韻。江西、湖廣、四川人以情爲秦，以性爲信，無清字韻。歙、睦、婺三郡人以蘭爲郎，以心爲星，無寒侵二字韻。又如去字，山西人爲庫，山東人爲趣，陝西人爲氣，南京人爲可去聲，湖廣人爲處。此外如山西人以坐爲剉，以青爲妻，陝西人以鹽爲年，以咬爲裹，台、溫人以張敞爲漿槍之類。如此者不能悉舉，非聰明特達常用心於韻書者，不能自拔於流俗也。①

按，閩、粵與通語的差別最大，故陸氏說"閩、粵不足較"。

黃，《廣韻》胡光切，匣母唐韻合口一等平聲˳ɣuɑŋ，王，《廣韻》雨方切，雲母陽部合口三等平聲˳ɣĭuɑŋ。② 黃、王不分這種現象，唐柳宗元《游黃溪記》、宋朱翌《猗覺寮雜記》、宋周密《癸辛雜識》續集卷下"黃王不辨"條均有討論。上古時期雲母歸匣，當時北方話雲母從匣母分化出來，而南方話還未分化。③

步，《廣韻》薄故切，並母暮韻合口一等去聲 bu˚；布，《廣韻》博故

①　（明）陸容：《菽園雜記》卷三，中華書局 1985 年版，第 41—42 頁。

②　《廣韻》雲、匣讀音相同。

③　趙振鐸：《中國語言學史》，河北教育出版社 2000 年版，第 256—257 頁。

切，幫母暮韻合口一等去聲 puᵒ。兩者聲母有別。《中原音韻》同爲幫母魚
模部去聲 puᵒ。謝，《廣韻》辭夜切，邪母禡韻開口三等去聲 ziaᵒ；卸，《廣
韻》司夜切，心母禡韻開口三等去聲 siaᵒ。兩者聲母有清濁的不同。謝、卸
《中原音韻》同屬心母車遮部去聲 siɛᵒ，讀音相同。鄭，《廣韻》直正切，
澄母勁韻開口三等去聲 ɖiɛŋᵒ；正，《廣韻》之盛切，章母勁韻開口三等
去聲 tɕiɛŋᵒ。聲母有別。《中原音韻》同屬照母庚清部去聲 tʂiəŋᵒ。道，
《廣韻》徒晧切，定母晧韻開口一等上聲 ᶜdɑu；到，都導切，端母號韻開
口一等去聲 ᶜdɑu。聲調有別。《中原音韻》同爲端母蕭豪部去聲 tɑuᵒ。

　　河，《廣韻》胡歌切，匣母歌韻開口一等平聲 ᵧɤɑ，《中原音韻》喝母梭
坡部陽平 ᶜhɔ。喝，《廣韻》許葛切，曉母曷韻開口一等入聲 hɑtᵧ，《中原
音韻》未收，當爲喝母梭坡部陰平 ᶜhɔ。河南話入聲消失，聲調亦與通語
有別。南，《廣韻》那含切，泥母覃韻開口一等平聲 ᶜnɒm，《中原音韻》
泥母監咸部陽平 ᶜnam。難，《廣韻》奴案切，泥母翰韻開口一等去聲
nanᵒ，《中原音韻》泥母寒山部去聲 nanᵒ。又那干切，泥母寒韻開口一等
平聲 ᶜnan，《中原音韻》泥母寒山部陽平 ᶜnan。河南話當已消失-m 尾。
妻，《廣韻》七稽切，清母齊韻開口四等平聲 ᶜtshiei，《中原音韻》清母齊
微部陰平 tshi。七，《廣韻》親吉切，清母質韻開口三等入聲 tshiɛ̃tᵧ，《中
原音韻》清母齊微部上聲 tshiᵒ。《廣韻》兩者韻母聲調不同。弟，《廣韻》
特計切，定母霽韻開口四等去聲 dieiᵒ。《中原音韻》未收，當爲端母齊微
部去聲 tiᵒ。帝，《廣韻》都計切，端母霽韻開口四等去聲 tieiᵒ，《中原音
韻》端母齊微部去聲 tiᵒ。弟、帝《廣韻》聲母不同，《中原音韻》讀音
當同。

　　屋，《廣韻》烏谷切，影母屋韻合口一等入聲 ukᵧ。烏，《廣韻》哀都
切，影母模韻合口一等平聲 ᶜu。兩者韻母有別。《中原音韻》同爲影母姑
蘇部陰平 ᶜu。陸，《廣韻》力竹切，來母屋韻合口三等入聲 līukᵧ。路，
《廣韻》洛故切，來母暮韻合口一等去聲 luᵒ。韻母有別。《中原音韻》同
爲來母魚模韻去聲 liuᵒ。杲，《廣韻》古老切，見母晧韻開口一等上
聲 ᶜkɑu。閣，《廣韻》古落切，見母鐸韻開口一等入聲 kɑkᵧ。韻母有別。
《中原音韻》同爲見母蕭豪韻上聲 ᶜkɑu。

　　妻，《廣韻》七稽切，清母齊韻開口四等平聲 ᶜtshiei，《中原音韻》清
母齊微部陰平 ᶜtshi。緝，《廣韻》七入切，清母緝韻開口三等入聲 tshī

əp，，《中原音韻》未收，當爲精母齊微部陰平ₑtsi。兩者有送氣與否的區別。葉夜分析見前。甲，《廣韻》古狎切，見母狎韻開口二等入聲 kap，。買，《廣韻》古疋切，見母馬韻開口二等上聲ͨka。兩者韻母不同。《中原音韻》同爲見母家麻部上聲ͨkia。

同，《廣韻》徒紅切，定母東韻合口一等平聲ₑduŋ，《中原音韻》透母東鍾部陽平ₑthuŋ。屯，《廣韻》徒渾切，定母魂韻合口一等平聲ₑduən，《中原音韻》透母真文部陽平ₑthuən。聰，《廣韻》倉紅切，清母東韻合口一等平聲ₑtshuŋ，《中原音韻》清母東鍾部陰平ₑtshuŋ。村，《廣韻》此尊切，清母魂韻合口一等平聲ₑtshuən，《中原音韻》清母真文部陰平ₑtshuən。這一組字均把后鼻音讀爲了前鼻音。明袁子讓《字學元元》卷八"方語呼聲之謬"條："秦晉讀通如吞，讀東如敦，讀龍如論，讀紅如魂，蓋謬東韻于真文也。"張位《問奇集》卷下"各地方音"條亦載秦晉"紅爲魂，東爲敦，中爲肫"。《菽園雜記》所說的"山西"當指今晉西南與關中相連的中原官話汾河片，今這一地區通攝字仍多讀爲前鼻韻尾。這點與宋西北方音是一致的。①

情，《廣韻》疾盈切，從母清韻開口三等平聲ₑdzĩɛŋ，《中原音韻》清母庚清部陽平₌tshiɛŋ。秦，《廣韻》匠鄰切，從母真韻開口三等平聲ₑdzĩɛn，《中原音韻》清母真文部陽平₌tshiɛn。性，《廣韻》息正切，心母勁韻開口三等去聲 sĩɛŋ˚。《中原音韻》心母庚清部去聲 siɛŋ˚。信，《廣韻》息晉切，心母震韻開口三等去聲 sĩɛn˚，《中原音韻》心母真文部去聲 siən˚。這一組字也是把后鼻音讀爲了前鼻音。

蘭，《廣韻》落干切，來母寒韻開口一等平聲ₑlɑn，《中原音韻》來母寒山部陽平₌lan。郎，《廣韻》魯當切，來母唐韻開口一等平聲ₑlɑŋ，《中原音韻》來母江陽部陽平₌laŋ。袁子讓《字學元元》卷八"方語呼聲之謬"條："徽東讀堂如檀，讀郎如蘭，讀陽如延，讀崗如干，蓋謬陽韻于寒韻也。"心，《廣韻》息林切，心母侵韻開口三等平聲ₑsĩɛm，《中原音韻》心母侵尋部陰平ₑsiəm。星，《廣韻》桑經切，心母青韻開口四等平聲ₑsieŋ，《中原音韻》心母庚青部陰平ₑsiəŋ。這兩個字是把前鼻音讀爲了

---

　　① 喬全生：《晉方言語音史研究》，中華書局 2008 年版，第 207 頁。中原官話汾河片與唐宋西北方音有淵緣關係，參見王洪君《山西聞喜方言的白讀層與宋西北方音》，《中國語文》1987 年第 1 期；喬全生《晉方言語音史研究》，第 33—36 頁。

後鼻音。

去，《廣韻》羌舉切，溪母語韻合口三等上聲ᵕkhĭo，又丘倨切，溪母御韻合口三等去聲khĭoˀ。《中原音韻》溪母魚模部去聲khiuˀ。庫，《廣韻》苦故切，溪母暮韻合口三等去聲khuˀ。《中原音韻》未收，當爲溪母魚模部去聲khuˀ。去、庫有等的不同。趣，《廣韻》七句切，清母遇韻合口三等去聲tshĭuˀ。《中原音韻》清母魚模部去聲tshiuˀ。去、趣《廣韻》聲母、韻母均不同，《中原音韻》聲母不同。讀去爲趣可能是聲母都變爲tɕh。氣，《廣韻》去既切，溪母未韻開口三等去聲khĭəiˀ，《中原音韻》溪母齊微部去聲khiˀ。去、氣韻母不同。可，《廣韻》枯我切，溪母哿韻上聲開口一等上聲ᵕkhɑ，《中原音韻》溪母歌戈部上聲ᵕkhɔ。韻母不同。處，《廣韻》去聲昌據切，昌母御韻合口三等去聲tɕhĭoˀ，《中原音韻》穿母魚模部去聲tʂhiuˀ。聲母不同。

坐，《廣韻》徂臥切，從母過韻合口一等去聲dzuɑˀ，又徂果切，從母果韻合口一等上聲ᵕdzuɑ，《中原音韻》精母歌戈部去聲tsuɔˀ。剉，《廣韻》麤臥切，精母過韻合口一等去聲tshuɑˀ，《中原音韻》清母歌戈部去聲tshuɔˀ。兩者聲母不同。青，《廣韻》倉經切，清母青韻開口四等平聲ᵤtshieŋ，《中原音韻》清母庚青部陰平ᵤtshiəŋ。妻，《廣韻》七稽切，清母齊韻開口四等平聲ᵤtshiei，《中原音韻》清母齊微部陰平ᵤtshi。兩者有陰聲韻和陽聲韻的不同。

鹽，《廣韻》余廉切，以母鹽韻開口三等平聲ᵤɣĭɛm，《中原音韻》影母廉纖部陽平₌iɛm。年，《廣韻》奴顛切，泥母先韻開口四等平聲ᵤnien，《中原音韻》泥母先天部陽平₌niɛn。咬，《廣韻》古肴切，見母肴韻開口二等平聲ᵤkau，《中原音韻》見母蕭豪部陰平ᵤkau。裊，《廣韻》奴鳥切，泥母篠韻開口四等上聲ᵕnieu，《中原音韻》泥母蕭豪部上聲ᵕniau。據《菽園雜記》，大概鹽字m已變爲n尾，咬字聲母也讀成了零聲母，與《中原音韻》已經不同。"以鹽爲年，以咬爲裊"是零聲母字加了n母。

張，《廣韻》陟良切，知母陽韻開口三等平聲ᵤtĭaŋ，《中原音韻》照母江陽部陰平ᵤtʂiaŋ。漿，《廣韻》即良切，精母陽韻開口三等平聲ᵤtsĭaŋ，《中原音韻》精母江陽部陰平ᵤtsiaŋ。敞，《廣韻》昌兩切，昌母養韻開口三等上聲ᵕtɕhĭaŋ，《中原音韻》穿母江陽部上聲ᵕtʂhiaŋ。槍，《廣韻》七羊切，清母陽韻開口三等平聲ᵤtshĭaŋ，《中原音韻》精母江陽部陰平ᵤtshiaŋ。張、敞等字臺、溫地區讀爲舌尖前音。《字學元元》卷八"方語呼音之謬"條：

"浙音呼章爲將，呼真爲津，蓋誤照于精也。"可以互證。

明馮汝弼《祐山雜說》"讀書必然貴"條：

> 余嘗館于魯約齋先生家，一日，其子默夜讀，燈忽滅，即嗚嗚作聲，既而發狂語，連呼"讀書必然貴，尿穢觸天地"。吳音尿讀作詩，約齋問："何詩？豈汝日間所誦'昔年曾向玉京游'之詩耶？"默瞪目大聲云："不是，是人尿。"①

按，尿《廣韻》奴弔切，泥母嘯韻開口四等去聲 nieu'，《中原音韻》泥母蕭豪部去聲 niau'。又《六書故》尿音息遺切，心母脂韻合口三等平聲 ₒswi。《說文·尾部》："尿，人小便也。"徐灝箋："今俗語尿息遺切，讀若綏。"此一讀《中原音韻》爲心母齊微部陰平 ₒsui。吳語今尿有兩讀，ₒsu 和 ₒȵiæ。ₒȵiæ 乃承襲奴弔切的讀音，ₒsu 乃承襲息遺切一讀的讀音。詩《廣韻》書之切，書母之韻開口三等平聲 ₒɕiə，《中原音韻》審母之思部陰平 ₒʂï。吳語今讀 ₒsu。"吳音尿讀作詩"，是說吳音尿詩讀音相同。

明顧起元《客座贅語》卷一"辨訛"條：

> 里中字音有相沿而呼，而與本音謬，相習而用，而與本義乖者，或亦通諸海內，而竟不知所從始，姑就南都舉一二言之。如惹之音人者切，野之音羊者切，寫之音悉姐切，且之音七也切，姐之音子野切，在二十一馬韻中，音宜與鮓叶。而南都惹作熱之上聲，野作曳之上聲，寫作屑之上聲，且作切之上聲，姐作接之上聲，未有作馬韻呼者。士之音鉬里切，是與氏之音承紙切，視之音承豕切，在四紙韻中，上聲也，而作去聲，呼皆如肆。跪之音去委切，兄弟之弟徒禮切，上聲也，而音作貴與第，呼屬去聲。皂隸之皂，造作之造，音與早同，而讀作去聲，如躁字。大之音，不作徒蓋切，亦不作口个切，而別音打之去聲。入之音本與日同也，而作肉音。此與本音謬，而呼相沿者也。②

---

① （明）馮汝弼：《祐山雜說》，《筆記小說大觀》第 5 編第 4 冊，第 2343—2344 頁。
② （明）顧起元：《客座贅語》卷一，中華書局 1987 年版，第 3 頁。

按，熱，《廣韻》如列切，日母薛韻開口三等入聲 ȵĭɛt，《中原音韻》日母車遮部去聲 ȵiɛ°。曳，《廣韻》餘制切，以母祭韻開口三等去聲 jĭɛi°，《中原音韻》影母齊微部去聲 i°。屑，《廣韻》先結切，心母屑韻開口四等入聲 siet，《中原音韻》心母車遮部上聲 °siɛ。切，《廣韻》千結切，清母屑韻開口四等入聲 tshiet，《中原音韻》清母車遮部上聲 °tshiɛ。接，《廣韻》即葉切，精母葉韻開口三等入聲 tsĭɛp，《中原音韻》精母車遮部上聲 °tsiɛ。在《廣韻》中，這些字均不屬於馬韻。此條材料反映了南京話中入聲的變化。① 此條材料還表明當時通語與《中原音韻》已有了區別：曳應當入車遮部而不是齊微部；屑和切字不讀上聲。這些都與現在的普通話相同。

士，《廣韻》鉏里切，崇母止韻開口三等上聲 °dʒĭə，《廣韻》是、氏，禪母紙韻開口三等上聲 °ʑie，視，《廣韻》承矢切，禪母旨韻開口三等上聲 °ʑi。② 《中原音韻》同爲審母支思部去聲 ʂɿ°，反映了濁上變去。肆，《廣韻》息利切，心母至韻開口三等去聲 tɕi°，《中原音韻》心母支思部去聲 sɿ°。士、是、氏、視讀肆，說明了南京話審母讀同心母。跪、弟、皂、造等字讀去聲亦是濁上變去的反映。

大，《廣韻》徒蓋切，定母泰韻開口一等去聲 dɑi°，又唐佐切，定母箇韻開口一等去聲 dɑ°。《中原音韻》大有三讀，端母皆來部去聲 tai°，端母歌戈部去聲 tuɔ° 和端母家麻部去聲 ta°。音打之去聲當爲通語讀音。

入，《廣韻》人執切，日母緝韻開口三等入聲 ȵĭĕp，日，《廣韻》人質切，日母質韻開口三等入聲 ȵĭĕt，《中原音韻》同爲日母齊微部去聲 ȵi°。肉，《廣韻》如六切，日母屋韻合口三等入聲 ȵĭuk，《中原音韻》日母尤侯部去聲 ȵiəu°。南京話入讀爲 zuʔ，與肉古音接近。

明吳寬《平吳錄》：

> 蘇州民謠曰："天呀天，聖歎殺頭直是冤。今年聖歎國治殺，明年國治又被國治殲。"按謠言"今年"者，子年也；"明年"者，丑

---

① 劉丹青：《南京方言詞典》，江蘇教育出版社 1995 年版，第 4 頁。謂南京話的入聲沒有喉塞音，只是比較短促，而且完全和舒聲相配，故入聲不單列。

② 顧起元之音與《廣韻》不同，另外《廣韻》還有常利切去聲一讀。

年也。今癸丑，國治爲國柱所殺，而"柱"與"治"吳語同音。①

按，柱，《廣韻》直主切，澄母麌韻合口三等上聲$_{\circ}$ȡiu，《中原音韻》照母魚模部去聲 tʂiu$^{\circ}$。治，《廣韻》直吏切，澄母志韻開口三等去聲ȡ$_{\circ}$ī$^{\circ}$，《中原音韻》照母齊微部去聲 tʂi$^{\circ}$。两字吳語至今同讀$_{\circ}$zɿ。

當然，筆記對某些俗音的記載也有沒有地域範圍的。如宋羅大經《鶴林玉露》乙編卷三"姦錢"條：

今江湖間，俗語謂錢之薄惡者曰"慳錢"。按賈誼疏云："今法錢不立，農民釋其耒耜，冶熔炊炭，姦錢日多。"俗音訛以"奸"爲"慳"爾。②

按，奸，《廣韻》古寒切，見母寒韻開口一等平聲$_{\circ}$kɑn。慳，《廣韻》苦閑切，溪母山韻開口二等平聲$_{\circ}$khæn。

二　筆記對方俗讀音的一些認識

筆記裏提及的方俗讀音，大部分是記載其發音之異的，談不上系統地研究。但古人在對方俗讀音的記載和討論中，有時也能顯示出一些真知灼見。

在筆記中我們發現古人對語音對應規律已經有了一定的認識。所謂語音對應規律，指的是方言和通語之間，方言和方言之間，語音上存在的相互對應關係，這種對應關係往往是有規律可循的。例如現在上海的ɔ韻北京是 au 韻；溫嶺的 uø、uɛ 兩韻，北京都是 uan 韻。③

筆記在討論方音問題時，實際上已經觸及了這一問題。如陸容《菽園雜記》卷四："山西人以同爲屯，以聰爲村，無東字韻。江西、湖廣、四川人以情爲秦，以性爲信，無清字韻。歙、睦、婺三郡人以蘭爲郎，以心爲星，無寒侵二字韻。"這些討論已不局限於某個字音，而是涉及整個音類的問題，實際上就是對語音對應規律的表述。

更難能可貴的是，陸游《老學庵筆記》卷六已經明確指出了方言與

---

① （明）吳寬：《平吳錄》，中華書局影印《叢書集成初編》本，1985 年。
② （宋）羅大經：《鶴林玉露》乙編卷三，中華書局 1983 年版，第 171 頁。
③ 李榮：《怎樣求出方音和北京音的語音對應規律》，《音韻存稿》，商務印書館 1982 年版，第 10—11 頁。

通語的對應規律，接觸到語音變化的規律性：

> 四方之音皆有訛者，則一韻盡訛。如閩人訛"高"字，則謂
> "高"爲"歌"，謂"勞"爲"羅"；秦人訛"青"字，則謂"青"
> 爲"萋"，謂"經"爲"稽"；蜀人訛"登"字，則一韻皆合口；吳
> 人訛"魚"字，則一韻皆開口，他放此。中原惟洛陽得天地之中，
> 語音最正，然謂"弦"爲"玄"、謂"玄"爲"弦"、謂"犬"爲
> "遣"、謂"遣"爲"犬"之類，亦自不少。①

按，高，《廣韻》古勞切，見母豪韻開口一等平聲 $_c$kɑu；勞，魯刀切，來母豪韻開口一等平聲 $_c$lɑu。歌，古俄切，見母歌韻開口一等平聲 $_c$kɑ；羅，魯何切，見母歌韻開口一等平聲 $_c$lɑ。表明閩人歌韻與豪韻相混。青，《廣韻》倉經切，清母青韻開口四等平聲 $_c$tshieŋ；萋，七稽切，清母齊韻開口四等平聲 $_c$tshiei。經，古靈切，見母青韻開口四等平聲 $_c$kieŋ；稽，古奚切，見母齊韻開口四等平聲 $_c$kiei。表明秦人青韻讀爲齊韻。《廣韻》中的登韻字有的是開口，有的是合口，但是開口字多，合口字是少數。《廣韻》中的魚韻字爲合口。依《廣韻》，玄，胡涓切，匣母先韻合口四等平聲 $_c$ɣiwen；弦，胡田切，匣母先韻開口四等上聲 ^{c}ɣien；犬，苦泫切，溪母銑韻合口四等平聲 $_c$khiwen；遣，去演切，溪母獮韻開口三等上聲 ^{c}khiɛn。玄與弦、犬與遣亦是開合口的不同。

語音和語音之所以存在對應關係，原因在於一部分漢語方言的語音特徵是從古代漢語演變而來的。從古代漢語演變到各個方言都有一定的演變規律，之間有一定的對應關係可循。這些對應規律，實際上和語音演變的快慢有關，有的方言語音演變得快些，有的演變得慢些，因此方音差別中其實暗合着古今音的因素。有的看似與通語迥異的方音，實際上包含着古音的因素。筆記對此也有一定的認識。

唐顏師古《匡謬正俗》卷八"西"條：

> 今俗呼東西之"西"，音或爲"先"。按王延壽《靈光殿賦》云：
> "朱柱黝儵于南北，蘭芝婀娜于東西。祥風翕習以颯灑，激芳香而常

---

① （宋）陸游：《老學庵筆記》卷六，第77—78頁。

芬。神靈扶其棟宇，歷千載而彌堅。"晉灼《漢書音義》反"西"爲
"灑"，是知"西"有"先"音也。①

顧炎武《唐韻正》卷二"西"下注云："古音先"，對先之古音有詳
細的討論。江永《古韻標準·平聲第四部》："西本與先同音。漢以後先
韻與真文至仙十四韻相通用，西字皆與此十四韻相協。至六朝此音猶存。
方音轉爲'先稽切'，此字遂入十二齊，不可復反矣。"

明葉盛《水東日記》卷四"方言暗合古韻"條：

　　　方言語音，暗合古韻者多。今山西人以"去"爲"庫"，閩人以
"口"爲"苦"、"走"爲"祖"是也。吾崑山吳松，江南以歸，"呼"
入"虞"字韻，而獨江北人則"呼"入"灰"字韻。如是者多，又不可
曉也。②

按，去、庫古韻俱屬魚部。《詩·小雅·正月》："父母生我，胡俾我
瘉？不自我先，不自我後。好言自口，莠言自口。憂心愈愈，是以有
侮。"瘉、後、口、愈、侮押韻，均爲侯部。③朱熹集傳："後叶下五反，
口叶孔五反。"《朱子大全》卷七十一《雜著·偶讀漫記》："大抵方言多
有自來，亦有暗合古語者。如……閩人有謂口爲苦，走爲祖者，皆合古
韻。此類尚多，不能盡舉也。"口、走上古侯部，苦、祖上古魚部。朱熹
協韻改讀以定古音，方法欠當。

需要說明的是，到了西漢上古魚部和侯部關係密切。羅常培、周祖謨
《漢魏晉南北朝韻部演變研究》（第一分冊）："魚侯兩部合用是西漢時期
普遍的現象，這是和周秦音最大的一種不同。"④如王延壽《王孫賦》以
"走與聚舞縷"爲韻，崔瑗《東觀箴》以"處黍走緒楚腐後"爲韻，蔡

---

① 秦選之：《匡謬正俗校注》，商務印書館 1936 年版，第 63 頁。

② （明）葉盛：《水東日記》卷四，中華書局 1980 年版，第 47 頁。

③ 王力：《詩經韻讀·楚辭韻讀》，中國人民大學出版社 2004 年版，第 260 頁。

④ 羅常培、周祖謨：《漢魏晉南北朝韻部演變研究》，科學出版社 1958 年版，第 21 頁。西
漢時期魚侯兩部是否合一，羅、周二人認爲合爲一部，邵榮芬不同意這種看法，認爲沒有合一
（見《古音魚侯兩部在前漢時期的分合》，《邵榮芬音韻學論集》，首都師範大學出版社 1997 年
版）。邵先生的意見是正確的，詳參耿振聲《20 世紀漢語音韻學研究方法論》，北京大學出版社
2004 年版，第 137—139、178—180 頁。

邕《短人賦》以"窶拒舉口侶偶語"爲韻。

清鄧廷楨《雙硯齋筆記》卷三：

> 古今代謝，聲韻即殊，楚夏佹離，歧旁更甚。然方言土語，亦頗
> 有不謬於古者。乃知振古元音自在天壤，未可一概非之。晉人讀弓如
> 肱，乃入蒸韻。《小戎》弓與膝韻，《左傳》所引逸《詩》弓與朋韻
> 可據也。讀風如夫音反，乃入侵韻。《綠衣》《雄雉》風與心韻可據
> 也。浙人呼兄爲況，乃庚與陽合。《鶉之奔奔》兄與彊韻可據也。閩
> 人讀蕭如脩，膠如樛，條如投，乃入尤韻。《采蕭》蕭與秋韻，《風
> 雨瀟瀟》膠與瘳韻，《說文》條從攸聲可據也。吳人讀華如芌，沙如
> 娑，巴如逋，乃斂入魚歌。《有女同車》華與琚韻，《彼茁者葭》犯
> 與虞韻可據也。①

按，弓、肱、膝、朋上古同屬蒸部。風（按，戰國屬冬部）、心，侵
部。王力先生認爲春秋時期侵部與冬部合一，到戰國時期冬部從侵部分化
出來。兄、況、彊，陽部。蕭、膠、條、秋、瘳、攸，幽部。沙，歌部，
華、巴、犯、琚，魚部。上古魚歌均爲侈音，鄧氏以爲斂音，誤。

有的筆記則意識到了前人注音時受到方俗讀音的影響。《顏氏家訓》
卷七《音辭》已經指出這一現象：

> 古今言語，時俗不同；著述之人，楚夏各異。《蒼頡訓詁》，反稗
> 爲逋賣，反娃爲於乖，《戰國策》音刎爲免，《穆天子傳》音諫爲間，
> 《說文》音戛爲棘，讀皿爲猛；《字林》音看爲口甘反，音伸爲辛；《韻
> 集》以成、仍、宏、登合成兩韻，爲、奇、益、石分作四章；李登
> 《聲類》以系音羿，劉昌宗《周官音》讀乘若承：此例甚廣，必須考
> 校。前世反語，又多不切，徐仙民《毛詩音》反驟爲在遘，《左傳音》
> 切椽爲徒緣，不可依信，亦爲衆矣。今之學士，語亦不正；古獨何人，
> 必應隨其謬僻乎？《通俗文》曰："入室求曰搜。"反爲兄侯。然則兄當
> 音所榮反。今北俗通行此音，亦古語之不可用者。②

---

① （清）鄧廷楨：《雙硯齋筆記》卷三，中華書局 1987 年版，第 193 頁。
② （北齊）顏之推：《顏氏家訓》卷七，545 頁。

宋沈括《補筆談》卷一：

> 經典釋文①如熊安生輩，本河朔人，反切多用北人音；陸德明，吳人，多從吳音；鄭康成，齊人，多從東音。如"璧有肉好"，肉音揉者，北人音也。"金作贖刑"，贖音樹者，亦北人音也。至今河、朔人謂肉爲揉、謂贖爲樹。如打字音丁梗反，罷字音部買反，皆吳音也。如瘍醫"祝藥劀殺之齊"，祝音呪，鄭康成改爲注，此齊、魯人音也，至今齊謂注爲呪。官名中尚書本秦官，尚音上，謂之尚書者，秦人音也，至今秦人謂尚爲常。②

沈氏完全從今音推測古人注音裏的方音現象，方法有所欠缺。如"打字音丁梗反"，"罷字音部買反"，並不一定在當時都是方音。但能夠意識到方俗讀音對古人注音的影響還是非常可貴的。又沈氏對鄭注的分析有誤。周祖謨先生《宋代方音》對此條材料有詳細的分析，這裏就不詳談了。③

方音的形成與人口的遷移和其所處的地理位置有密切的關係，筆記已經注意到了這些因素對方俗讀音的影響。

明郎瑛《七修類稿》卷二十六《辯證類》"杭音"條：

> 城中語音，好於他郡，蓋初皆汴人，扈宋南渡，遂家焉。故至今與汴音頗相似，如呼玉爲玉，音御。呼一撒爲一音倚撒，呼百零香爲百音擺零香，茲皆汴音也。唯江干人言語躁動，爲杭人之舊音。教諭張傑嘗戲曰："高宗南渡，止帶得一百音擺字過來。"亦是謂也。審方音者不可不知。④

按，玉，《廣韻》魚欲切，疑母燭韻合口三等入聲 ŋĭwok。御，《廣

---

① 原書"經典釋文"加書名號，誤。陸德明所撰《經典釋文》無熊安生音，此處經典釋文乃經典音義之義。

② （宋）沈括：《補筆談》卷一，中華書局1957年版，第291頁。

③ 周祖謨：《問學集》下冊，中華書局1966年版，第658—660頁。

④ （明）郎瑛：《七修類稿》卷二十六，中華書局1959年版，第394頁。

韻》牛倨切，疑母御韻合口三等去聲 ŋio°。《中原音韻》同爲影母魚模部去
聲 iu°。一，《廣韻》於悉切，影母質韻開口三等入聲 ̄ɛt̠，《中原音韻》影
母齊微部上聲 ͨi 或去聲 i°。倚，《廣韻》於綺切，影母紙韻開口三等上聲
ʼie，《中原音韻》影母齊微部上聲 ͨi。百，《廣韻》博陌切，幫母陌韻開口
二等入聲 pak̠。擺，《廣韻》北買切，幫母蟹韻開口二等上聲 ͨpai。《中原
音韻》皆爲幫母皆來部上聲 ͨpai。這三例入聲均讀陰聲，與吳語不同。

《建炎以來繫年要錄》卷一百七十三："切見臨安府自累經兵火之後，
戶口所存，裁十一二，而西北人以駐蹕之地，輻輳駢集，數倍土著。"由
此可見，北方人口大量湧入杭州，這種遷移的結果就是杭州語言帶有了北
方話的特點。至今杭州市區仍是一個"半官話"的小區域，四周被純粹
的吳語包圍，這種情況與郎瑛所說"城中語音，好於他郡"是一致的。
至今杭州話仍然帶有官話和吳語混合的特點。①

明朱國楨《湧幢小品》卷十八"字義字起"條則注意到了地理位置
和方言的密切關係：

　　廣西方言近楚者多正音，與中州同；近粵者多蠻音，與高、
廉同。②

按，桂林、柳州今爲西南官話區，與其毗鄰的湘南和湘西也屬於西南
官話區③，而廣西靠近廣東的地方爲粵語區。
清陳弘緒《寒夜錄》卷上：

　　揚子雲抱弱翰，齎油素，問上計孝廉，異語悉集之，撰《方言》
十三卷。其後王孝孫有《河洛語音》之作，實仿子雲《方言》爲之，
但止於中土稱謂而已。國朝幅員遼廓，四方語音不同，恨無好事如子
雲者，懷鉛握槧以從事于其閒。但此書決非一人之力可竟，須勅州縣
令長，凡各屬志書，俱補入方言一款，悉著土音之互異者。此書既
成，一以便官府之聽斷，一以佐文字之稽考，一以備關津之譏察，所

---

① 詳參游汝傑《方言趨同與杭州話的"柯因內語"性質》，《中國語言學報》2012 年第 15
期。
② （明）朱國楨：《湧幢小品》卷十八，中華書局 1959 年版，第 420 頁。
③ 鮑厚星、顏森：《湖南方言的分區》，《方言》1986 年第 4 期。

繫政非尠小。近日惟劉心蓼《太倉州志‧風俗》條內，另載方言，
然亦略而不詳，他處則竟未聞有此矣。①

　　《隋書‧經籍志》云《河洛語音》爲王長孫撰。作者看到方言歧異的
情況，認爲應當詳細記載各地方言特別是方音的情況，這種建議有點類似
今天的方言調查。在古代能夠有這種方言調查的設想，可謂卓識。

三　筆記方俗讀音資料在漢語語音史研究中的作用

　　筆記裏面記載的方俗讀音資料，雖零零散散，不成系統，但確是一份應
當參考的重要材料。正如周祖謨先生在《宋代方音》中所說：“材料雖少，但
其中可供研究古今音變之參考者尚多，考音論史者不可以其零散而忽之也。”②
　　劉曉楠先生指出，筆記材料與其他材料相比，語料的時代性和地域比
較容易確定，且所記大部分爲方音特徵。這些都是其他文獻材料所不及
的。③ 其他文獻材料如韻文、音釋古注、韻書等往往沒有明確指明地域及
方音，需要仔細甄別。如魯國堯先生通過宋代福建詞人的用韻發現歌、豪
相混的例子，但是將歌韻讀爲豪韻，還是將豪韻讀爲歌韻呢？爲解決這個
問題，魯國堯先生通過徵引《老學庵筆記》等材料證實是將豪韻讀爲歌
韻。④ 又如《菽園雜記》所記載的去字“山東人爲趣”，可能表明去、趣
聲母均爲 tçh。見組細音和精組細音的合流，在通語中是較晚的事情⑤，
《菽園雜記》表明在山東話中這種合流發生較早。恰好《金瓶梅》中也有
見組細音和精組細音同音的情況，如以“蔣聰”諧音“姜蔥”、“箭”讀
同“見”、“進”讀同“近”等。⑥《菽園雜記》的記載表明《金瓶梅》
的這種語音特徵當爲山東話。⑦

---

　　① （清）陳弘緒：《寒夜錄》卷上，《學海類編》本。
　　② 周祖謨：《問學集》下冊，中華書局 1966 年版，第 662 頁。
　　③ 劉曉楠：《漢語歷史方言語音研究的幾個問題》，《漢語歷史方言研究》，上海人民出版
社 2008 年版，第 19 頁。
　　④ 魯國堯：《宋代福建詞人用韻考》，《語言文字學術論文集》，知識出版社 1989 年版，第
355—356 頁。
　　⑤ 王力：《漢語語音史》，商務印書館 2008 年版，第 440 頁。
　　⑥ 張鴻魁：《金瓶梅語音研究》，齊魯書社 1996 年版，第 190—192 頁。
　　⑦ 關於《金瓶梅》所用的方言，學術界還沒達成一致意見，詳參《近代漢語研究概況》，
北京大學出版社 1994 年版，第 275—280 頁。張鴻魁《金瓶梅語音研究》認爲《金瓶梅》是以魯
西方言爲基礎的。

　　周振鶴、游汝傑在談到宋金時代的方言分區時說："對宋代的方言區劃，歷史文獻並沒有直接的記載，也沒有像揚雄《方言》、晉郭璞《方言注》和《爾雅注》那樣的資料集中的著作，可以藉以分析、判斷。但是仍然可以通過下列三個方面來擬測當時的方言區劃：一是唐宋時代的移民材料；二是宋人筆記中有關方言類別的零散記載；三是對比宋代的行政區劃和現代方言的區劃，尋求重和的部分。"① 又說："宋人筆記中關於方言區劃的記載雖然很少，但是從中仍可看出當時人對方言類別的見解。我們的見解間接反映方言區劃的事實。"② 並根據筆記材料對宋代方言作了分區。

　　筆記在漢語語音史中具有重要的參考價值。如唐李肇《國史補》卷下：

　　　　今荊湘人呼"堤"爲"提"，晉絳人呼"梭"爲"莖"七戈切；關中人呼"稻"爲"討"，呼"釜"爲"付"，皆訛謬所習，亦曰坊中語也。③

作爲濁上變去的較早的材料，經常在語音史裏提及。
宋楊億《楊文公談苑》：

　　　　蜀人以去聲呼平聲字：今之姓胥姓雍者，皆平聲，春秋胥臣，漢雍齒，唐雍陶，皆是也。蜀中作上聲去聲呼之，蓋蜀人率以平爲去。④

　　按，這條材料記載了蜀人聲調的讀法。《廣韻》胥字有兩讀：一爲私呂切，心母語韻上聲 ᶜsio；一爲相居切，心母魚韻合口三等平聲 ᶜsio。姓胥的胥字依《廣韻》讀爲平聲。雍字《廣韻》亦有兩讀：一爲於容切，影母鍾韻合口三等平聲 ᶜiwoŋ；一爲於用切，影母用韻合口三等去聲 iwoŋᶜ。在姓氏這一意義上兩者均可讀。大概在楊億時代，口語中雍已讀爲平聲，

　　① 周振鶴、游汝傑：《方言與中國文化》，上海人民出版社 2006 年版，第 83 頁。
　　② 同上。
　　③ （唐）李肇：《國史補》卷下，上海古籍出版社 1979 年版，第 59 頁。
　　④ （宋）楊億：《楊文公談苑》，《宋元筆記小說大觀》第 1 冊，上海古籍出版社 2001 年版，第 545 頁。

與今讀平聲正合。陸法言《切韻·序》謂"梁益則平聲似去"，此條材料正好與其相印證。

又如，重紐問題是困擾漢語音韻學界的一個老問題。從筆記來看，重紐這一現象當是客觀存在的。

《澠水燕談錄》卷九《雜錄》：

> 錢鏐之據錢塘也，子跛，鏐鍾愛之。諺謂"跛"爲"癞"，杭人爲諱之，乃稱"茄"爲"落蘇"。楊行密之據淮陽，淮人避其名，以"密"① 爲"蜂糖"，尤見淮、浙之音誤也。以"癞"爲"茄"，以"蜜"爲"密"，良可咍也。②

按，《老學庵筆記》卷二："《酉陽雜俎》云：'茄子一名落蘇。'今吳人正謂之落蘇。或云錢王有子跛足，以聲相近，故惡人言茄子，亦未必然。"跛與茄讀音相差很遠，所說當爲癞茄之音相近。③《廣韻》：癞，巨靴切，群母戈韻合口三等平聲 giua。茄，求迦切，群母戈韻開口三等平聲 gia。茄癞相混是開口與合口的問題。《廣韻》：密，美筆切，明母質韻開口三等入聲 miět。蜜，彌畢切，明母質韻開口三等入聲 miět。④ 密《韻鏡》排在三等，蜜《韻鏡》排在四等，正好構成一對重紐。王闢之認爲密、蜜讀音不同，當是當時實際語音的記錄，也說明了重紐現象應當是實際讀音的反映。

再如關於元代漢語入派三聲的問題，學術界持有不同意見。《南村輟耕錄》卷四"廣寒秋"條：

> 今中州之韻，入聲似平聲，又可作去聲，所以蜀術等字，皆與魚虞相近。⑤

又卷十七"哨遍"條：

---

① 筆者按：密疑當作蜜。
② （宋）王闢之：《澠水燕談錄》卷九，第119頁。
③ 今四川方言有"茄"讀爲"癞"的現象。"跛"與"癞"同義。
④ 《漢字古今音表》（修訂本）擬音相同。
⑤ （元）陶宗儀：《南村輟耕錄》卷四，第53頁。

樂府中押逐贖菊字韻者，蓋中州之音輕，與尤字韻相近故也。①

　　魯國堯先生引《南村輟耕錄》這些材料及其他材料指出："入聲首先與平聲有某種特殊的關係，也與去聲有關係。"② 關於入聲與平聲的密切關係，在筆記裏還能找到一些。清顧炎武《日知錄》卷三十二"石炭"條：

　　北人凡入聲字皆轉爲平，故呼墨爲煤，而俗竟作"煤"字，非也。③

清紀昀《閱微草堂筆記》卷十一《槐西雜志一》：

　　山西太谷縣西南十五里白城村，有糊塗神祠。土人奉事之甚嚴，云稍不敬輒致風雹，然不知神何代人，亦不知其何以得此號。後檢《通志》，乃知爲狐突祠。元中統三年勅建，本名利應狐突神廟，狐糊同音，北人讀入聲皆似平，故突轉爲塗也。④

　　探索現代方音的歷史，可以充分利用筆記中的方音資料。如現在以蘇州話爲代表的吳語握與惡讀音相同，均讀 oh。《老學庵筆記》所載"吳音'握'、'惡'相亂"，就至少把這一語音現象推到了南宋時期。又如《湘山野錄》所反映的味讀爲重唇的現象，在今天的吳語中還能找到一些痕跡。有個別唇音止攝字在普通話中讀輕唇，而在蘇州話的白讀中卻讀重唇，如未、味：mi^2，微：$_5mi$，肥：$_5bi$。
　　再如《雞肋編》卷中：

　　浙東人以畜産相呼，乃笑而受之。若及父祖之名，則爲莫大怨

――――――――――

　　①　（元）陶宗儀：《南村輟耕錄》卷四，第 211 頁。
　　②　魯國堯：《陶宗儀〈南村輟耕錄〉等著作與元代語言》，《南京大學學報》1996 年第 4 期。
　　③　（清）黃汝成：《日知錄集釋》本，上海古籍出版社 2006 年版，第 1838 頁。
　　④　（清）紀昀：《閱微草堂筆記》卷十一，天津市古籍書店據民國初年中華圖書館石印本重印，1988 年，第 300 頁。

辱，有毆擊因是而致死者。又其語音訛謬，諱避尤可笑。處州遂昌縣有大姓潘二者，人呼爲"兩翁"，問之，則其父名義也。①

按，二，《廣韻》而至切，日母至韻開口三等去聲 ʐiˀ。義，《廣韻》宜寄切，疑母寘韻開口三等去聲 ŋĩeˀ。二、義相混反映了日疑相混，至寘合流。今吳語（蘇州話）二（白讀）、義同讀爲 ȵi²，客家話亦同爲 ȵi²。《雞肋編》的記載可把這種現象上推到宋代。

宋張師正《倦遊雜錄》"語訛"條：

　　關右人或有作京師語音，俗謂之僚語，雖士大夫亦然。有太常博士楊獻民，河東人。是時鄜州修城，差望青斫木，作詩寄郡中寮友，破題曰："縣官伐木入煙夢，匠石須材盡日忙。"蓋以方音呼忙爲磨，方能叶韻。士人徇俗不典，亦可笑也。②

按，河東在今山西運城地區一帶。忙，《廣韻》莫郎切，明母唐韻開口一等平聲 ₌maŋ，屬於宕攝；磨，莫婆切，明母戈韻合口一等平聲 ₌muɑ，屬於果攝。讀忙爲磨，是失去了韻尾 ŋ。今山西晉南地區一帶存在着豐富的文白異讀。王洪君先生對晉南聞喜方言的白讀作了很好的分析。王文認爲，聞喜方言的白讀層是聞喜本地土音，反映出的時間層次最早，現在只用於特定的土語層及地名讀音中。在聞喜方言中，宕、江攝舒聲的白讀音沒有鼻音尾，與同攝入聲字及果攝一等字韻母相同，同爲 ə、iə 或者 uə。如宕、江攝舒聲湯字白讀 ₌thə，入聲托字讀 thəˀ，果攝字拖讀 ₌thə。宕、江攝狼字讀 ₌luə，宕、江攝入聲落字讀 luəˀ，果攝羅字讀 ₌luə。③ 這與宋代筆記中"呼忙爲磨"的記載相一致。

正因爲筆記材料在音韻研究中的重要性，所以魯國堯、劉曉南、喬全生等先生在研究漢語方音史時都把其作爲一項重要的參考資料。

---

① （宋）莊綽：《雞肋編》卷中，第 80 頁。
② 《宋元筆記小說大觀》第 1 冊，上海古籍出版社 2001 年版，第 759 頁。
③ 《山西聞喜方言的白讀層與宋西北方音》，《中國語文》1987 年第 1 期。

第二節　筆記與古音學研究

　　古音學是研究上古時期語音系統的一門學問，它主要研究先秦的用韻，並輔以形聲字的分析，而以《詩經》的用韻爲最主要的根據。因爲筆記經常把漢魏六朝的韻文和古音材料排列在一起，爲論述方便，我們把兩漢魏晉的用韻也歸入古音學的範圍。

　　古音學的發展與時代是密切相關的。古音學導源於六朝經師的協讀音。六朝經師在讀《詩經》時，發現《詩經》音用當時讀音讀起來不押韻了，就用協讀的方法來臨時改讀以押韻。顏師古注《漢書》，李賢注《後漢書》，李善、五臣注《文選》亦多用協讀音。這些協讀音雖然在方法上存在嚴重問題，卻給宋人的古音研究打下了一定的基礎。[①] 宋代是古音學的開創時期，討論古音的材料、專著開始增多，特別是吳棫在古音學的創立上起了重要的作用。進入明代，古音學的一大貢獻是焦竑、陳第等對協音說的批判。到了清代，古音學的發展達到了一個高潮。顧炎武是清代古音學的開創人，《音學五書》影響了有清一代的古音學。這之後，江永、戴震、段玉裁、王念孫、錢大昕、孔廣森、江有誥等人對古音學的研究也做出了很大的貢獻。我們把筆記分爲唐宋、元明和清代三個時期，分別論述筆記在這三個階段內對古音學研究值得注意的地方。

一　唐宋筆記的古音學研究

　　唐代筆記對古音學的研究主要是顏師古的《匡謬正俗》。作爲唐代的大學問家，顏氏在《匡謬正俗》中對古音多有討論，有時在古音問題上有較深的見解。如卷三"禹宇丘區"條：

　　　　或問曰："《曲禮》云：'禮不諱嫌名。'鄭注云：'嫌名謂禹與宇、丘與區。'其義何也？"答曰："康成鄭君此釋，蓋舉異字同音，不須諱耳。'區'字既是，故引爲例。'禹'、'宇'二字，其音不別。'丘'之與'區'，今讀則異，然尋按古語，其聲亦同。何以知之？陸士衡元康四年《從皇太子祖會東堂詩》云：'巍巍皇代，奄宅九

---

①　張民權：《宋代古音學與吳棫〈詩補音〉研究》，商務印書館 2005 年版，第 1—2 頁。

圍。帝在在洛，克配紫微。普厥丘宇，時罔不綏。'又《晉官閣名》
所載'某舍若干區'者，列爲'丘'字，則知區、丘音不別矣。且
今江淮田野之人，猶謂'區'爲'丘'，亦古之遺音也。今之儒者不
曉其意，競爲解釋，或云'禹、宇是同聲；丘、區是聲相近，二者
並不須諱'，並爲詭妄。或云'宇、禹、區、丘並是別音相近'，乃
讀'禹'爲于舉反，故不須諱。並爲詭妄，不詣其理。"①

　　按，孔穎達《禮記正義》："今謂禹與雨同音而義異，丘與區音異而
義同。此二者各有嫌疑：禹與雨有同音嫌疑，丘與區有同義嫌疑。"《釋
文》："丘與區，並去求反。"吳承仕《經籍舊音辨證》卷二《禮記音
義》："丘聲本在之部，漢時讀與區同。丘、區並音'去求反'，猶母聲亦
之部字，而鸚鵡之鵡讀莫厚反，侮從母聲亦在之部，讀文甫反，皆之、侯
通轉之諝。顏師古引陸士衡詩'普厥丘宇'，'丘'即'區'字，晉宮閣
名'若干丘'即'若干區'，爲丘、區同音之證，是也。至隋唐之際，
丘、區韻部已殊，故《正義》謂禹、雨音同而義異，丘、禹音異而義同，
蓋已不曉鄭讀。而《釋文》並音'去求反'，則舊音如故，德明承用之
耳。"② 劉曉東《匡謬正俗平議》："今按'丘'字先秦讀入之哈，至西漢
已漸變入尤侯。而'區'字先秦讀入尤侯，至漢魏則漸變近魚虞（《釋
名·釋典藝》雖有'丘、區也'之訓，然但可證其音近不可證其音同）。
以近康成之世言之，前如張衡《思玄賦》'願得遠渡以自娛，上下無常窮
六區'，與'娛'韻，後如魏文帝《孟津詩》與'娛'、'衢'、'竽'、
'舒'、'都'爲韻是也。然'區'字之音變，非一時俱變，亦有仍其舊
音讀入尤侯者，《藝文類聚》卷七錄劉楨《黎陽山賦》曰：'自魏都而南
邁，迄洪川以碣休。想王旅之旌旄，望南路之遒修。御輕駕而西徂，過舊
塢之高區。'以'區'與'休'、'修'韻（按，此文之'高區'實即
'高丘'耳）是也。可知漢魏之際仍有與'丘'同音者也。故鄭舉以
示嫌。"③

　　從《匡謬正俗》來看，師古考察古音的方法，主要依靠排比韻文，

---

① （唐）顏師古：《匡謬正俗》，第 13—14 頁。
② 吳承仕：《經籍舊音辨證》卷二，中華書局 1986 年版，第 128 頁。
③ 劉曉東：《匡謬正俗平議》，山東大學出版社 1999 年版，第 58—59 頁。

鉤稽舊音，並時與方俗讀音相互證。如卷七"中"條：

> 古艷歌曰："蘭草自生香，生於大道傍。十月鉤簾起，并在束薪中。""中"之當反音"張"，謂中央也，猶呼音入耳。今山東俗猶有此言，蓋所由來遠矣。①

《三國志·吳志·胡綜傳》載胡綜爲黃龍大牙作賦，有"四靈既布，黃龍處中。周制日月，實曰太常。柣然特立，六軍所望。仙人在上，鑒觀四方。神實使之，爲國休祥"句，"中"與"常"、"望"、"方"、"祥"押韻，與上例同②。

又卷六"楊"條：

> 問曰："俗呼姓楊者往往爲盈音，有何依據？"答曰："按晉灼《漢書音義》反楊憚爲由嬰，如此則知楊姓舊有盈音，蓋是當時方俗，未可非也。"③

《經籍舊音辨證》卷五《漢書顏師古注》："王僧達《祭光祿文》'文蔽班、楊'，與清、聲、英爲韻，李善《注》引'郭璞《三蒼解詁》曰：楊音盈。協韻。'郭璞止爲'楊'字作音，而'協韻'則爲李善《注》語。又《隋書·五行志》云'時人呼楊姓多爲嬴音'，證知讀楊爲盈，自晉迄唐承用無改。"④

有時候，顏氏片面根據押韻材料得出了錯誤的結論。如卷七"上"條：

> 今俗呼上下之"上"音"盛"。按郭景純《江賦》云："黿布餘

---

① （唐）顏師古：《匡謬正俗》卷七，第56—57頁。

② 參見劉曉東《匡謬正俗平議》，山東大學出版社1999年版，第247頁。又關於"中"的用韻，羅常培、周祖謨先生以陽冬合韻（中屬冬韻，其餘韻字屬陽韻。見《漢魏晉南北朝韻部演變研究》（第一分冊），科學出版社1958年版，第190頁），劉曉東先生則贊同顏說，認爲此爲方音入韻。從韻文材料看，陽冬合韻的情況很少。

③ （唐）顏師古：《匡謬正俗》卷六，第45頁。

④ 吳承仕：《經籍舊音辨證》卷五，中華書局1986年版，第212頁。原作"與清聲'英'爲韻"，"清"、"聲"未視爲韻字，標點殊誤。

糧，星離沙鏡。青綸競糺，緼組争映。紫菜熒曄以叢被，綠苔鬖髾乎
研上。石帆蒙蘢以蓋嶼，蒲實時出而漂泳。"此則"上"有"盛"
音也。①

又"上"條續曰：

　　又云："畢方赤文，離精是炳。旱則高翔，鼓翼陽景。集乃災
流，火不炎上。"斯則"上"有"市郢反"音矣。②

按，鏡、映、泳、炳、景三國晉宋時期屬於庚部，上屬於陽部，乃爲
陽庚合韻③。這一現象在三國晉宋時期是比較普遍的。師古據韻文以改
音，非也。

卷七"歌"條：

　　左貴嬪《晉元后誄》云："内敷陰教，外毗陽化。綢繆庶政，密
勿夙夜。恩從風翔，澤隨雨播。中外禔福，遐邇詠歌。"皆云"古賀
反"，斯古之遺言也。④

劉曉東先生云："以'歌'作'古賀反'，此叶韻改讀之音也。……
按自古有四聲之别，而異調有相韻之例。若《楚辭·天問》：'啟棘賓商，
九辨九歌。何勤子屠母，而死分竟地？''歌'與去聲'地'韻。《管
子·形勢》：'鴻鵠鏘鏘，唯民歌之。濟濟多士，殷民化之。''歌'與去
聲'化'韻。又如'夜'字，《詩·唐風·葛生》與'居'韻，《大雅·
蕩》與'呼'韻，皆平去相韻。此'化'、'夜'、'播'、'歌'亦異調
相韻也。"⑤

顏師古的古音研究，在語言學史上應佔有重要的地位，其根據韻文、

---

① （唐）顏師古：《匡謬正俗》卷七，第 56 頁。
② 同上書，第 57 頁。
③ 兩漢魏晉南北朝韻部參照羅常培、周祖謨《漢魏晉南北朝韻部演變研究》（第一分册），
科學出版社 1958 年版；周祖謨《魏晉南北朝韻部之演變》，東大圖書股份有限公司 1996 年版。
④ （唐）顏師古：《匡謬正俗》卷七，第 55 頁。
⑤ 劉曉東：《匡謬正俗平議》，山東大學出版社 1999 年版，第 240 頁。

舊注及方言讀音論證古音的方法，爲後世古音學所遵從。顔師古所考證的一些古音，往往與後世學者所考證的古音相同。如陳第《毛詩古音考》和《屈宋古音義》中考訂的很多古音，均與師古相同。顧炎武《唐韻正》中部分古音也與顔師古的古音相吻合。[①] 當然，顔師古的古音觀念從根本上講是錯誤的，還是建立在協韻的基礎上的，存在以“古韻讀今韻”或以“今韻協古韻”的情況。

宋代是古音研究取得進步的一個時代。宋代古音學能夠取得進步的原因之一，是宋人能夠廣泛地占有韻文材料，在此基礎上加以思考，得以發現古今音的不同。這在筆記中表現明顯。

《夢溪筆談》卷十四《藝文一》：

> 音韻之學，自沈約爲四聲，及天竺梵學入中國，其術漸密。觀古人諧聲，有不可解者，如玖字、有字多與李字協用；慶字、正字多與章字、平字協用。如《詩》“或羣或友，以燕天子”；“彼留之子，貽我佩玖”；“投我以本李，報之以瓊玖”；“終三十里，十千維耦”；“自今而後，歲其我有，君子有穀，貽爾孫子”；“陟降左右，令聞不已”；“膳夫左右，無不能止”；“魚麗于罶，鰋鯉，君子有酒，旨且有。”如此極多。又如“孝孫有慶，萬壽無疆”；“黍稷稻粱，農夫之慶，“唯其有章矣，是以有慶矣”；“則篤其慶，載錫之光”；“我田既臧，農夫之慶”；“萬舞洋洋，孝孫有慶”；《易》云“西南得朋，乃與類行；東北喪朋，乃終有慶”；“積善之家，必有餘慶；積不善之家，必有餘殃”；班固《東都賦》“彰皇德兮侔周成，永延長兮膺天慶”。如此亦多。今《廣韻》中慶一音卿。然如《詩》之“未見君子，憂心怲怲；既得君子，庶幾式臧”；“誰秉國成”，“卒勞百姓”；“我王不寧”，“覆怨其正”；亦是怲、正與寧平協用[②]，不止慶而已。恐别有理也。[③]

---

① 張文軒：《顔師古的“合韻”和他的古音學》，《蘭州大學學報》1987年第4期。

② 原文“怲”作“炳”，《元刊夢溪筆談》《文淵閣四庫全書》本即作“怲”，據改。又，“‘誰秉國成’，‘卒勞百姓’；‘我王不寧’，‘覆怨其正’”，原斷作“‘誰秉國成，卒勞百姓’；‘我王不寧，覆怨其正’”，但《詩》中這幾句並不連在一起，故改。又，“怲、正與寧平協用”，原斷作“怲、正與寧、平協用”，“平”在此文中未提及，當指平聲而言。

③ （宋）沈括：《夢溪筆談》卷十四，第152—153頁。

宋洪邁《容齋隨筆》卷七"羌慶同音"條：

> 王觀國彥賓、吳棫材老，有《學林》及《叶韻補注》《毛詩音》
> 二書皆云："《詩》《易》《太玄》凡用慶字，皆與陽字韻叶，蓋羌字
> 也。"引蕭該《漢書音義》，慶音羌。又曰："《漢書》亦有作羌者，
> 班固《幽通賦》：'慶未得其云已'，《文選》作羌，而它未有明證。"
> 予案《楊雄傳》所載《反離騷》："慶夭顇而喪榮。"注云："慶，醉
> 也，讀與羌同。"最爲切據。①

沈括通過韻文材料，發現古代的押韻與當時已不一致，"有不可解
者"，"恐別有理也"正是意識到古今音的不同。友、玖、有、右、鯉、
子、李、里、止、已，之部。②"終三十里，十千維耦"，王力先生分析爲
無韻。③ 慶、疆、梁、章、光、臧、洋、行、殃、恦、卿，陽部。成、
姓、寧、正，耕部。慶上古爲陽部，東漢時期變爲耕部，班固《東都賦》
成、慶押耕韻。

稍後王楙在《野客叢書》卷六"毛詩諧聲"條云：

> 《筆談》云："古人諧聲有不可解者，如玖字有字多與李字協用，
> 慶字正字多與章字平聲用，恐別有理。"僕謂古人諧聲似此甚多，如
> 野字音多與羽字音協，家字音多與居字音協。如《詩》曰："吉日庚
> 午，既差我馬。獸之所同，麀鹿麌麌。"曰："鶴鳴於九皋，聲聞於
> 野，魚潛於淵，或在於渚。"曰："鴻鴈於飛，肅肅其羽，之子於征，
> 劬勞於野。"曰："燕燕於飛，差池其羽。之子於歸，遠送於野。"是
> 野字與羽字音協之例也。曰："山有扶蘇，隰有荷華。不見子都，乃
> 見狂且。"曰："祈父，予王之爪牙。胡轉予於恤，靡所止居。"曰：
> "昏姻之故，言就爾居。爾不我育④，復我邦家。"是家字與居字音叶
> 之例也。蓋當時自有此音。且有字協李字者，不但《毛詩》爲然，

---

① （宋）洪邁：《容齋隨筆》卷七，上海古籍出版社 1978 年版，第 92—93 頁。
② 如無其他說明，本書上古音均依據郭錫良《漢字古音手冊》，北京大學出版社 1986 年
版。
③ 王力：《詩經韻讀·楚辭韻讀》，中國人民大學出版社 2004 年版，第 360 頁。
④ 今本《詩》作蓄。

漢刻中如《吳仲山碑》亦然。慶字協章字，不勝其多也。①

按，午、馬、麢、野、渚、羽、蘇、華、都、且、牙、居、家，魚部②。飛、歸，微部。

又同卷"來南諧聲"云：

《蔡寬夫詩話》云："秦漢以來，字書未備，既多假借，而音無反切，平側皆通用。如"慶雲""卿雲"、"皋陶""咎繇"之類，大率如此。《詩》：'瞻彼日月，悠悠我思。道之云遠，曷云能來。''燕燕於飛，下上其音。之子於歸，遠送於南。'皆以爲協聲。"僕謂寬夫之說是矣。然此二字未爲不協也。來字協思字者，非來字，是釐字耳。如匡③衡詩曰："莫學《詩》，匡鼎來，匡說《詩》，解人頤。"④是亦以來字協詩字。今吳人呼來爲釐，猶有此音。南字協音字者，非南字，是吟字耳。如《文選》賈謐詩曰"昔與二三子，游息承華南。拊翼同枝條，翻然各異尋"是也。唐人韓柳韻語，如《孟先生詩》《復志賦》《貞符詩》，多以此協。僕因而考之，古人協字，必有其音。⑤

王楙在沈括的基礎上通過更多的文獻用例證明古今音韻不同，"盖當時自有此音"，"古人協字，必有其音"鮮明地提出古韻不同於今韻這樣一個語言學命題。思、來之部，音、南侵部，飛、歸微部。詩、來、頤亦爲之部。賈謐詩南、尋爲侵部。又王楙對來、南古音的猜測，雖算不上科學，但與古音近似，上古之、侵部主元音爲ə，中古時釐、吟均爲ə類元音。

吳棫的古音學對宋代古音學的發展起了很大的推動作用。從宋人筆記來看，許多材料直接或間接受到了吳棫的影響。據張民權先生研究，龔頤正《芥隱筆記》有二十條考證古音的材料，其中就確定有八條材料與《詩

---

① （宋）王楙：《野客叢書》卷六，中華書局 1987 年版，第 65 頁。
② 父、故亦爲魚部字，王力先生認爲不是韻腳，參《詩經韻讀·楚辭韻讀》，第 252—254 頁。
③ "匡"原作"康"，當爲避諱之故，今回改。
④ 《漢書·匡衡傳》作"無說《詩》，匡鼎來，匡語《詩》，解人頤。"
⑤ （宋）王楙：《野客叢書》卷六，第 65—66 頁。

補音》音證相同。袁文《甕牖閒評》亦有一些直接或間接取材於《詩補音》的古音材料。① 但宋代筆記對《韻補》的觀點並不是全盤吸收，有些筆記作者就對《韻補》的一些觀點提出了不同看法。如《甕牖閒評》卷一：

> 桑黮即桑葚也，《氓》詩云："于嗟鳩兮，無食桑葚。于嗟女兮，無與士耽。"注："葚，桑實也，鳩食葚多則致醉。"《泮水》詩云："翩彼飛鴞，集于泮林。食我桑黮，懷我好音。"此黮字亦當作平聲，但借字耳。《補音》以其不在韻，故遺。余獨證此黮字既叶林字、音字，則與葚字同音椹字無疑也。又《五經文字》："葚音示枕切，桑實。見《魯頌》。黮與葚同。"然《氓》詩自有葚字，云："于嗟鳩兮，無食桑葚。"《五經文字》不引此葚字，乃引《魯頌》之黮字，何耶？②

《韻補》以葚字不入韻，袁氏認爲入韻，這是正確的。葚、耽爲侵部字。袁氏所舉《泮水》林、黮、音亦均爲侵部字。

《齊東野語》卷十一"協韻牽強"條：

> 詩辭固多協韻，晦庵用吳才老《補音》多通，然亦有太甚者。古人但隨聲取協，方言又多不同。至沈約以來，方有四聲之拘耳，然亦正不必牽強也。
>
> 《離騷》一經，惟"多艱多替③"之句，最爲不協。孫莘老、蘇子容本云："古亦應協。"未必然也。晦庵以艱音巾，替音天，雖用才老之說，然恐無此理。以余觀之，若移"長太息以掩涕"一句在"哀生民之多艱"下，則涕與替正協，不勞牽強也。④

按，艱上古文部，替上古質部，涕上古脂部。王力先生認爲艱替爲文質合韻。⑤ 從韻部的遠近來說，脂部與質部更爲接近，兩部主元音相同，

---

① 《宋代古音學與吳棫〈詩補音〉研究》，商務印書館 2005 年版，第 58—69 頁。
② （宋）袁文：《甕牖閒評》卷一，第 28—29 頁。
③ "多替"疑作"夕替"，《離騷》原文作"夕替"。
④ （宋）周密：《齊東野語》卷十一，第 205 頁。
⑤ 《詩經韻讀·楚辭韻讀》，中國人民大學出版社 2004 年版，第 409 頁。

且上古陰聲韻與入聲韻的關係更爲密切。周密之說，可以作爲一家之言。

宋代筆記考證古音的方法，主要是根據韻文材料，有時候還利用異文和形聲字的諧聲。如《野客叢書》卷六"莪儀同音"條利用異文云：

> 洪丞相景伯《隸釋》曰："《周官注》：莪儀二字皆音俄。《詩》以'實惟我儀'，協'在彼中河'；'樂且有儀'，協'在彼中阿'。《太玄》亦以'各遵其儀'，協'不偏不頗'。《左傳》音蛾作蟻，徐廣音艤船作俄，漢碑凡蓼莪皆作蓼儀，而《司隸魯峻碑》又作蓼義。"僕謂此猶商之阿衡，或爲倚衡猗衡之例也。蓋古者率多以阿猗莪義等字，同爲一音。①

再如《雞肋編》卷上談及"甄"之古音時利用形聲字的諧聲：

> 按許慎《說文》："甄、匋也。從瓦垔音。"② 居延反。《吳書》孫堅入洛，屯軍城南，甄官井上旦有五色氣，令人入井，探得傳國璽。堅以甄與己名相協，以爲受命之符。則三國以前，未有音爲之人切者矣。孫權即位，尊堅爲武烈皇帝。江左諸儒爲吳諱，故以匋甄之甄，因其音之相近者轉而音真。《說文》顛蹎滇闐以真爲聲，煙咽以甄爲聲③，馴紃以川爲聲，詵侁駪以先爲聲，此皆先真韻中互以爲聲也。況吳人亦以甄音旃，則與真愈近矣。④

討論甄的古音，引用《說文》，并從諧聲分析的角度意識到真先兩韻的字存在着密切的關係。顛、蹎、滇、闐、煙、咽，上古真部。馴、紃、詵、侁、駪、先，上古文部。甄字亦屬文部。上古真、文兩部關係非常密切。莊綽云"況吳人亦以甄音旃，則與真愈近矣"，則從方言的角度論證了這點。又甄之避諱改音，所說爲誤，詳參下文。

---

① （宋）王楙：《野客叢書》卷六，第66頁。

② 蕭魯陽校："按據《說文解字》例，'音'當作'聲'。"是。但將"居延反"闌入引號以爲許君語，則非。

③ "咽"疑應作"喠"。《玉篇·口部》"喠"同"咽"。明楊慎《奇字韻》卷五《十六葉》："喠，咽。《山海經》。"又《古音叢目》卷二《一先》："喠，即咽字。"

④ （宋）莊綽：《雞肋編》卷上，第78頁。

　　宋人筆記在古音考證時，有時還不能從全局整體考慮韻部的分合，亦即不完全的韻腳字歸納，還有時把合韻當作同一韻部。如《芥隱筆記》卷一"辨畝字音莫補切"條：

　　　　"各安厥位，訓厥畝畮。《周禮》畮字。正月元日，初見宗祖。"《詩·南山》："蓺麻如之何？衡從其畝。取妻如之何？必告父母。"《易林·歸妹之坤》曰："喘牛傷暑，弗能成畝。"班固《西都賦》："士食舊德之名氏，農服先疇之畎畝。商修族世之所鬻，工用高曾之規矩。"①

　　龔氏以畝、母相叶，遂音莫補切。不知畝、母均爲之部字。《詩·豳風·七月》以耜、趾、子、畝、喜押韻。《小雅·信南山》以理、畝押韻。又《甫田》以畝、耔、黍、止、士押韻。又《四牡》以止、杞、母押韻，之部字。又《南山有臺》以杞、李、母、已押韻。又《北山》以杞、子、事、母爲韻。均屬之部字。由於沒有從全局整體考慮韻部的分合，致使有此錯誤。至於《易林》乃爲之幽合韻，《西都賦》爲魚之合韻。

　　宋人研究古音，還不能樹立嚴格的歷史層次意識，沒有把韻文材料限定在先秦時期內，往往把兩漢魏晉的韻文也包括在內。如前所舉《夢溪筆談》卷十四《藝文一》討論慶的古音，把班固《東都賦》的韻文材料也包括在內，殊不知慶在東漢韻部已發生了變化。

　　宋人所言古音，一般是從今音出發進行注音，這種方法是不可取的。《野客叢書》卷二十一"車作居音"條：

　　　　《佩觿》曰："牛車之車，尺遮反，本無居音。喪予之予，弋汝反，本無余音。其變古如此。"韋昭亦曰："車字從漢始有居音。"僕觀經書中凡言車處，皆音上聲，知《佩觿》之說爲當。則是漢以前文字，凡言車者，盡合作尺遮反。凡言予者，盡合作弋汝反。可也。然觀《戰國策》馮驩歌曰："長鋏歸來乎，食無魚，出無車。"《說苑》載淳于髡襄田之詞曰："蟹堁者宜禾，洿邪者滿車。傳之後世，洋洋有餘。"視此語似與居音相協。又觀《毛詩》："其殽維何？炰鱉

────────────────

① （宋）龍頤正：《芥隱筆記》卷一，商務印書館《叢書集成初編》本，1937 年，第 7 頁。

鮮魚。其贈維何？乘馬路車。"《周易》："見豕負塗，載鬼一車。先張之弧，後說之弧。"則知車作居音，其來已古。非始於漢也。①

王楙糾正前人之說，誠是。然所言車之古音作居，亦非。車尺遮反一讀上古讀 ȶʻia②，居音一讀上古讀 kǐa，均爲魚部字，聲母不同，而古人经常以爲上古兩讀韻部不同。當然，古人研究古音經常用今音去推古音，還不能像現在以歷史比較法去構擬古音，這是歷史的局限。

二　元明筆記的古音學研究

元代筆記討論古音的材料不多，而且從現存筆記材料看元代的古音研究也沒有大的進展。李冶《敬齋古今黈》逸文二：

古文用韻，鄰傍上下，凡聲音之近似者，俱得相與爲協。若東、冬、江爲協，旨有語協，歌、麻、陽、智、馬、屋、角之類皆得通用。至入聲則有兼用五六韻者。蓋古人因事爲文，不拘聲病，而專以意爲主。雖其音韻不諧，不恤也。後人則專以浮聲切響論文，文之骨格，安得不弱。③

又卷一：

又左芬《離思賦》，親辰尋因，同押。古文雖不拘於聲病，然上平之親、下平之侵未有協用者。尋當作侚。④

李氏看到了古今用韻的不同，從今音出發認爲聲音近似者皆可以相押，從而得出"雖其音韻不諧，不恤也"的錯誤結論。但從對《離思賦》的分析來看，李氏似乎認爲古人的用韻還是有一定規範的，不可相差太遠。又，"親辰尋因"周祖謨先生認爲真侵合韻。

明代有的筆記仍然存在字無定音的錯誤觀念。如楊慎《譚苑醍醐》

①　（宋）王楙：《野客叢書》卷二十一，第234—235頁。
②　郭錫良：《漢字古音手冊》，北京大學出版社1986年版，第20、114頁。
③　（元）李冶：《敬齋古今黈》逸文二，中華書局1995年版，第182頁。
④　（元）李冶：《敬齋古今黈》卷一，第4頁。

卷五"�音蔑"條：

> 《抱朴子》："舉秀才，不知書；舉孝廉，又別居。寒素清白濁如
> 泥，高第良將怯如畞。"泥音涅。《後漢書》引《論語》"涅而不緇"
> 作"泥而不滓"，可證也。畞音蔑。《小雅註》引"畞勉從事"，或作
> "矖沒"，又作"密勿"，可證也。泥音涅，則畞當音蔑。畞或音密，則
> 泥當音匿。古音無定例也。《晉書》作"怯如雞"，蓋不得其音而
> 改之。①

焦竑《焦氏筆乘》卷三"古詩無叶音"條對這種說法提出了嚴厲的
批評，這是古音學的一個重大進步：

> 詩有古韻今韻。古韻久不傳，學者于《毛詩》《離騷》，皆以今
> 韻讀之。其有不合，則強爲之音，曰："此叶也。"予意不然。如
> "騶虞"，一"虞"也，既音"牙"而叶"葭"與"豝"，又音五紅
> 反而叶"蓬"與"豵"；"好仇"，一"仇"也，既音"求"而叶
> "鳩"與"洲"，又音渠之反而叶"逑"。如此則"東"亦可以音
> "西"，"南"亦可以音"北"，"上"亦可以音"下"，"前"亦可以
> 音"後"，凡字皆無正呼，凡詩皆無正字矣，豈理也哉？如"下"，
> 今在禡韻，而古皆作虎音：《擊鼓》云"于林之下"，上韻爲"爰居
> 爰處"；《凱風》云"在浚之下"，下韻爲"母氏勞苦"；《大雅·緜》
> "至于岐下"，上韻爲"率西水滸"之類也。"服"，今在屋押，而古
> 音皆作"迫"音：《關雎》云"寤寐思服"，下韻"輾轉反側"；《有
> 狐》云"之子無服"，上韻爲"在彼淇測"；《騷經》："非時俗之所
> 服"，下韻"依彭咸之遺則"，《大戴記》：《孝昭冠詞》"始加昭明之
> 元服"，下韻"崇積文武之寵德"之類也。"降"，今在絳押，而古皆
> 作"攻"音：《草蟲》云"我心則降"，下韻爲"憂心忡忡"，《騷
> 經》"惟庚寅吾以降"，上韻爲"朕皇考曰伯庸"之類也。"澤"，今
> 在陌押，而古皆作"鐸"音：《無衣》云"與子同澤"，下韻爲"與

---

① （明）楊慎：《譚苑醍醐》卷五，中華書局影印《叢書集成初編》本，1985 年，第 41—42
頁。

子偕作"；《郊特牲》"草木歸其澤"，上韻爲"水歸其壑，昆蟲無作"之類也。此等不可殫舉。使非古韻而自以意叶之，則"下"何皆音"虎"，"服"何皆音"迫"，"降"何皆音"攻"，"澤"何皆音"鐸"，而無一字作他音者耶？《離騷》、漢、魏去詩人不遠，故其用韻皆同。世儒徒以耳目所不逮，而鑿空附會，良可嘆矣。予兒朗生五歲，時方誦《國風》，問曰：然則"騶虞"、"好仇"，當作何音？余曰："葭"與"豝"爲一韻，"蓬"與"豵"爲一韻，"吁嗟乎騶虞"一句，自爲餘音，不必叶也。如"麟之趾"，"趾"與"子"爲韻，"麟之定"，"定"與"姓"爲韻。"于嗟麟兮"一句，亦不必叶也。《殷其靁》《黍離》《北門》章末語不入韻，皆此例也。《兔罝》，"仇"與"逑"同韻，蓋"逑"，古一音"求"。王粲《從軍詩》："雞鳴達四境，黍稷盈原疇。館宅充廛里，士女滿莊馗。""馗"即"逵"，九交之道也。不知"逑"亦音"求"，而改"仇"爲渠之反以叶之，遷就之曲說也。①

　　焦氏的說法是完全正確的，所舉例子亦大部分正確。有一些對韻腳字的處理與今人不同。王力認爲《騶虞》之"虞"與上章遥韻，《麟之趾》亦同，《殷其雷》《黍離》《北門》爲末二句押韻。② "逑"與"仇"均屬幽部，故焦竑認爲音"求"。

　　焦氏考證古音，主要也是依據韻文材料，同時也兼用聲訓、異文等材料。如《焦氏筆乘》卷一"濁古音獨"條：

　　《孟子》："滄浪之水濁兮"，"濁"音"獨"，與"足"叶。《史·律書》："濁者，觸也。"《白虎通》："瀆者，濁也。"《漢書》："潁水濁，灌氏族。"《古樂府》："獨漉獨漉，水深泥濁。"張君祖詩："風來詠愈清，鱗萃淵不濁。斯乃玄中子，所以矯逸足。"又俗謂不明曰"醫濁"③，以酒爲喻；或作"殼突"，或作"湖塗"，並非。④

---

① （明）焦竑：《焦氏筆乘》卷三，第109—110頁。
② 《詩經韻讀·楚辭韻讀》，中國人民大學出版社2004年版，第148、141、145、173、158頁。
③ "醫"，"西"原在左下。本條當承楊慎《轉注古音略》卷五說。
④ （明）焦竑：《焦氏筆乘》卷一，第47頁。

按，濁、觸、瀆、漉、族、足上古音均爲屋部，至三國晉時期猶然。

焦竑有時也有把合韻當作同一韻部的錯誤，同時亦把先秦用韻和魏晉南北朝用韻混在一起。如《焦氏筆乘》卷一"朋當在東押"條：

> 《詩》："每有良朋，烝也無戎。"《左傳》引《逸詩》："翹翹車乘，招我以弓。豈不欲往，畏我友朋。"劉楨《魯都賦》："時謝節移，和族綏宗。招歡合好，肅戒友朋。"則古韻"朋"與"戎"、"宗"、"弓"相叶無疑。沈約韻，"朋"在《蒸韻》，而"肱"、"輣"、"堋"、"薨"、"宏"皆從之，疑編次之誤。考約以前無如此叶者，且《毛詩》，詩詞之祖，則其韻亦韻之祖也。舍聖經不宗，而泥沈約偏方之音，其固甚矣。此所當首辨也。①

按，朋、弓上古音在蒸部，戎在冬部，朋戎相押乃爲合韻。朋三國晉宋時期爲登部字，戎、宗、弓三國晉時期爲冬部字，劉宋北魏時爲東部字。朋、肱、輣、堋、薨、宏等字均爲登部。焦氏以古音爲據批評沈約用韻，殊不知，沈約用韻正是實際語音的反映。

三　清代筆記的古音學研究

進入清代，古音學有了長足的發展和進步。如黃生《義府》卷上"方舟"條：

> 《禮》"大夫方舟"，謂兩船相併也。今長年謂併船爲幫船，因悟古方字亦爲幫音，今猶存其音，但昧其字耳。古無庚、青二韻，凡韻中皆與陽韻通。兼四聲未定，故併呼爲幫。而併舟之併，則專爲方字，逋忙切。後借爲四方字，本音遂泯。②

又其所著《字詁》"慮、宓"條：

---

① （明）焦竑：《焦氏筆乘》卷一，第14頁。
② （清）黃生：《義府》卷上，中華書局1984年版，第126—127頁。

　　處、伏同音，故伏羲氏之伏一作處。《易》作"包犧"，《莊子》作
"伏戲"，《史記》作"宓犧"，《漢書·律曆①志》作"炮犧"，《太史公傳》作
"處戲"。又宓美畢切。與處同諧必聲，故《史記》借用宓。又伏羲氏
妃死爲洛神曰宓妃。《上林賦》："青琴、宓妃之徒。"揚雄《甘泉賦》："屏
玉女，却宓妃。"曹植《洛神賦》："洛水之神名曰宓妃。"孔子弟子宓子賤爲
伏羲之後，而漢伏生又子賤之後。蓋古字多因聲假借，不甚拘也。後
人以宓音美畢切，與處音不通，故有謂从宓者誤。《顏氏家訓》云：
"孔子弟子宓子賤，即處義之後，俗字亦爲宓，或復加山。永昌城東
有《子賤碑》，漢世所立，乃云濟南伏生即子賤之後。是知處之與
伏，古來通字，誤以爲宓，較可知也。"郭忠恕《佩觿》云："以深
宓之宓爲處賤，其順非有如此者。"按二子所辯皆不通古音之過。古
伏、處皆讀如弼，故宓、處皆以必爲聲。其處妃、處賤之借用宓者，
音即隨之而轉，但俗人仍讀如密，則爲大謬。苟欲刊謬正俗者，但當
正其音，不當斥其誤也。②

　　所論"古方字亦爲幫音"，"古伏、處皆讀如弼"，與古無輕唇音暗
合③。又所論"古無庚、青二韻，凡韻中皆與陽韻通"，看到了古今音的
不同，但還沒有像顧炎武那樣離析《唐韻》，還不能算科學的古音研究。
　　顧炎武作爲清代古音學的開創者，其研究音韻的成果主要在《音學
五書》中。在顧氏的《日知錄》中，亦有對古韻的探討。如卷二十一
"古詩用韻之法"條：

　　古詩用韻之法，大約有三。首句、次句連用韻，隔第三句而於第
四句用韻者，《關雎》之首章是也，凡漢以下詩及唐人律詩之首句用
韻者源於此。一起即隔句用韻者，《卷耳》之首章是也，凡漢以下詩
及唐人律詩之首句不用韻者源於此。自首至末，句句用韻者，若
《考槃》《清人》《還》《著》《十畝之間》《月出》《素冠》諸篇，又
如《卷耳》之二章、三章、四章，《車攻》之一章、二章、三章、七

---

①　"曆"原作"歷"。
②　（清）黄生：《字詁》，第19—20頁。
③　殷曉傑已指出黄生對輕重唇不分有所認識，詳參《黄生語言學研究》，山東師範大學
2005年碩士學位論文。

章,《長發》之一章、二章、三章、四章、五章是也,凡漢以下詩若
魏文帝《燕歌行》之類源於此。自是而變則轉韻矣。轉韻之始,亦
有連用、隔用之別,而錯綜變化不可以一體拘。於是有上下各自爲
韻,若《兔罝》及《采薇》之首章,《魚麗》之前三章,《卷阿》之
首章者。有首末自爲一韻,中間自爲一韻,若之五章者。有隔半章自
爲韻,若《生民》之卒章者。有首提二韻,而下分二節承之,若
《有瞽》之篇者。此皆詩之變格,然亦莫非出於自然,非有意爲
之也。①

討論《詩經》的韻例,基本上得到今人的贊同,表明了對《詩經》
韻例和古音研究的深入。如對《關雎》之首章、《卷耳》之首章、《車
攻》一二三七章②、《考槃》《清人》《還》《著》《十畝之間》《月出》
《素冠》《卷耳》之二三四章、《長發》一二三四五章、《兔罝》及《采
薇》首章、《魚麗》之前三章、《卷阿》之首章、《有瞽》的分析,都與
《詩經韻讀》相同。《生民》卒章登、升、歆蒸侵合韻,時、祀、悔之部,
最後今字與歆協,亦正確。

又同卷"易韻"條:

《易》之有韻,自文王始也。凡卦辭之繁者時用韻。《蒙》之瀆、
告,《解》之復、凤,《震》之虩、啞,《艮》之身、人是也。至周
公則辭愈繁,而愈多用韻。疑古卜辭當用韻,若《春秋傳》所載懿
氏之鏘、姜、卿、京,驪姬之渝、瀚、蓨、臭,伯姬之血、衈、償、
相、姬、旗、師、丘③,孤、弧、姑、逋、家、虛,鄢陵之蹙、目、
孫文子之陵、雄,衛侯之羊、亡、寶、逾。又如《國語》所載晉獻
公之骨、犅、挃,《史記》所載漢文帝之庚、王、光,《漢書·元后
傳》所載晉史之雄、乘、崩、興,皆韻也。故孔子作《彖、象傳》

① (清)顧炎武:《日知錄》卷二十一,第 1176—1177 頁。
② 顧炎武《車攻》分章與王力先生不同,王力先生把"駕彼四牡,四牡奕奕。赤芾金舄,
會同有繹"放入第三章,顧炎武把其看作第四章。顧氏分章見《詩本音》卷五,王力分章見
《詩經韻讀·楚辭韻讀》,中國人民大學出版社 2004 年版,第 248 頁。
③ 上海古籍本原"丘"字下屬,誤。

用韻，蓋本經有韻而傳亦韻，此見聖人述而不作，以古爲師而不苟也。①

按，瀆、告，覺屋合韻。復、夙，覺部。虩、啞，鐸部。身、人，真部。鏘、姜、卿、京，陽部；渝、翰侯部，猶、臭幽部，侯幽合韻；盝、覎、償、相，陽部；姬、旗，丘之部，師、脂部；孤、弧、姑、逋、家、虛，魚部；蹴、目，覺部；陵、雄，蒸部；羊、亡，陽部；竇，屋部，逾，侯部，侯屋合韻；骨、猾、捽②，物部；庚、王、光，陽部；雄、乘、崩、興，蒸部。所說用韻，除師字入韻可疑外③，其餘均確。

《日知錄》有時對韻例的分析還不算精密。如卷二十一"五經中多有用韻"條：

> 古人之文，化工也，自然而合於音，則雖無韻之文而往往有韻。苟其不然，則雖有韻之文而時亦不用韻，終不以韻而害意也。三百篇之《詩》，有韻之文也，乃一章之中有二三句不用韻者，如"瞻彼洛矣，維水泱泱"之類是矣。一篇之中有全章不用韻者，如《思齊》之四章、五章，《召旻》之四章是矣。又有全篇無韻者，《周頌·清廟》《維天之命》《昊天有成命》《時邁》《武》諸篇是矣。④

按，《清廟》《維天之命》《昊天有成命》《時邁》《武》無韻，王力先生《詩經韻讀》亦同。又"瞻彼洛矣，維水泱泱"，《詩經韻讀》認爲"矣"與下文"止"押韻，泱與後面二章遙韻。⑤《思齊》四章："肆戎疾不殄，烈假不瑕。不聞亦式，不諫亦入。"五章："肆成人有德，小子有造。古之人無斁，譽髦斯士。"王力先生以《思齊》四章前兩句無韻，后兩句式、入爲職、緝合韻，五章造、士爲幽、之合韻。⑥

趙翼《陔餘叢考》卷二十二"古文用韻"條：

① （清）顧炎武：《日知錄》卷二十一，第 1175—1176 頁。
② 《漢字古音手冊》未收。
③ 楊伯峻先生即認爲"師"不入韻，詳《春秋左傳注》，中華書局 1981 年版，第 364 頁。
④ （清）顧炎武：《日知錄》卷二十一，第 1173 頁。
⑤ 王力：《詩經韻讀·楚辭韻讀》，中國人民大學出版社 2004 年版，第 188 頁。
⑥ 同上書，第 312 頁。

　　古人文字未有用韻者。《尚書》喜起及五子歌、三風、十愆之類，皆歌耳。《洪範》"無偏無黨"之類，亦是使民歌詠。《左傳》"鳳凰于飛，和鳴鏘鏘，龍尾伏辰，天策焞焞"之類，皆繇詞耳。其行文則無韻也。散文有韻，顧寧人以《尚書》"帝德廣運"一節及《繫詞》"鼓之以雷霆"一節，謂皆化工之文，自然成韻者。今按《管子·牧民篇》"毋蔽汝惡，毋異汝度，堅者將不汝助。""言室滿室，言堂滿堂，是謂聖王。"及《小稱篇》《心術篇》《地員篇》俱有韻語。又《國語》中范蠡對越王"柔而不屈，彊而不剛，德虐之行，固以爲常"等數段，皆有韻。此爲散文用韻之始。以後則老子《道德》五千言，大半用韻。如"知其雄，守其雌，爲天下谿。知其白，守其辱，爲天下谷"之類，不可勝數。然其書自成箴銘一種，非散文也。《莊子》"其聲能短能長，能柔能剛，變化齊一，不主故常。在谷滿谷，在坑滿坑，塗卻守神，以物爲量"等句，《韓非子》"四海旣藏，道陰見陽。左右旣立，開門而當。勿變勿易，與二俱行。不知其名，復修其形。形名參同，用其所生。二者誠信，下乃貢情"等句，皆散文之用韻者。《史記》褚少孫所補《淳于意傳》數千字，通首用韻尤奇，此又《客嘲》《賓戲》等文所由倣也。[1]

　　按，惡、度，鐸部；助，魚部，魚鐸合韻。堂、王，陽部。剛、行、常，陽部。雌、谿，支部。辱、谷，屋部。長、剛、常、坑、量，陽部。藏、陽、當、行，陽部。名、形、生、情，耕部。

　　清代的古音研究，建立在對大量文獻精密考證的基礎上。如錢大昕《十駕齋養新錄》卷五"古今音"條：

　　《釋名》："古者言行曰'車'，聲如'居'，所以居人也，今曰'車'，聲近'舍'。"韋昭辨之云："古皆音尺奢反，從漢以來始有'居'音。"二說正相反。韋氏誤也。韋特見《詩》"王姬之車"、"君子之車"皆與"華"韻，而不知讀"華"爲呼瓜切亦非古音也。古讀"華"爲"敷"，《詩》"有女同車"與"華"、"琚"、"都"爲韻，"攜手同車"與"狐"、"烏"爲韻，"車"之讀"居"又何疑

---

① （清）趙翼：《陔餘叢考》卷二十二，中華書局 1963 年版，第 431—432 頁。

焉？宏嗣生於漢季，稍染俗學，故於古音不甚了了。①

討論古音，能從全局出發，這是比前人高明的地方，也是清人古音學取得重大突破的原因之一。不過，這種從今音推測古音的方法還不算科學，上文已經談到了這點。

《十駕齋養新錄》中所載一些古音研究的條目，顯示了作者的深厚修養。如卷一"脢"條從古音的角度對《詩》的異文作出判斷：

> "周原膴膴"當從《韓詩》作"脢脢"。"膴""脢"聲雖相近，而"脢"與"飴""謀""龜""止""時"於韻尤協也。左思《魏都賦》"脢脢坰野"，劉淵林注引《詩》"周原脢脢"。②

按，膴，魚部。脢、飴、謀、龜、止、時，之部。故錢氏認爲當作"脢"。

又同卷"易韻"條通過異文、形聲字等材料分析《易》韻，頗有見地：

> 《易·象傳》六十四卦皆有韻，唯《革傳》"大人虎變，其文炳也；君子豹變，其文蔚也；小人革面，順以從君也"三句，以今韻求之，不合。顧氏炎武撰《易音》，遂諱而不言。予案《說文》："彪，虎文彪也。從虍，彬聲。"與《易》義相應，則許君所見《周易》必作"彪"，不作"炳"也。"彬"、"炳"聲相近，故今本作"炳"，猶"彪彪"字本當作"彪"，而詞賦家多用"彪炳"耳。"彪"正字，"炳"假借字，當讀如"彪"，與"君"爲韻也。"蔚"從"尉"聲，"尉"本作"熨"，《說文》："熨，從上案下也。從尼，又，持火所以申繒也。"今吳人呼熨斗爲運斗，是"熨"有"運"音，則"蔚"亦可讀如"運"也。熨斗亦謂之之威斗，見《漢書·王莽傳》。《漢律》"婦告威姑"，"威姑"者，君姑也。③

---

① （清）錢大昕：《十駕齋養新錄》卷五，江蘇古籍出版社2000年版，第99頁。
② （清）錢大昕：《十駕齋養新錄》卷一，第19頁。
③ 同上書，第1頁。

按，彬、君，文部；尉、蔚，物部，文、物合韻。楊樹達《古音對轉疏證》舉"没痕"對轉之例甚多，可以參看。①

又卷四"徐仙民多古音"條討論徐邈注音保存古音的情況：

> 《詩》"四牡龐龐"，徐扶公反，讀如"蓬"。此古音也。韻書以"龐"入江韻，讀爲薄江切，而此音廢。
>
> 《詩》"寧不我顧"，徐音古，此古音也。《漢書·古今人表》有"韋鼓"，即《詩》之"韋顧"，今無讀"顧"爲上聲者。②

按，龐，古音並母東部，《廣韻》薄江切，錢氏以徐扶公反爲古音，當是認爲古音爲東部字，錢氏的看法是正確的。顧，古有上去兩讀③，後世上聲一讀消失。錢氏認爲音古爲古音，亦頗有卓見。

當然，《十駕齋養新錄》在對古音的考證上也存在錯誤。如卷四"錯"條：

> 漢御史大夫晁錯，晉灼讀爲"厝置"之"厝"，師古"據《申屠嘉傳贊〔序〕》'責躬請錯，匪躬之故'，以韻而言，則晉音爲是"。潘岳《西征賦》："成七國之稱亂，翻助逆而誅錯。恨過聽而無討，兹沮善而勸惡。"李善《注》："錯，七故切，今協韻七各切。"予謂善說非也。古人讀"善惡"之"惡"亦去聲，葛洪《字苑》始有去入兩讀之例，潘安仁晉人，讀"惡"爲去聲，正與"錯"爲韻。④

按，西晉潘岳《西征賦》以"寰郭謔博錯惡"押韻，又《秋興賦》以"薄託落惡"爲韻，曹魏丁儀《厲志賦》以"惡錯閣壑託薄度作恪昨"爲韻，均爲入聲。三處"惡"字均爲善惡之惡，錢氏以惡古無去入兩讀之例，認爲惡讀去聲，"葛洪《字苑》始有去入兩讀之例"，乃爲妄說。

錢氏《十駕齋養新錄》研究古音的一個較大貢獻是提出了"轉音"

---

① 《積微居小學金石論叢》，上海古籍出版社 2007 年版，第 157—161 頁。
② （清）錢大昕：《十駕齋養新錄》卷四，第 74 頁。
③ 周祖謨：《古音有無上去二聲辨》，《問學集》（上），中華書局 1966 年版，第 74 頁。
④ （清）錢大昕：《十駕齋養新錄》卷四，第 76—77 頁。

說。其卷一"毛傳多轉音"條：

> 古人音隨義轉，故一字數音。《小旻》："謀夫恐多，是用不集。"
> 與"猶"、"咎"爲韻。《韓詩》"集"作"就"，於音爲協。毛公雖
> 不破字，而訓"集"爲"就"即是讀如"就"音。《書‧顧命》"克
> 達殷集大命。"漢石經"集"作"就"。《吳越春秋》："子不聞河上
> 之歌乎：'同病相憐，同憂相救。驚翔之鳥，相隨而集。瀨下之水，
> 回復俱留。'"是"集"有"就"音也。《瞻卬》"藐藐昊天，無不克
> 鞏"，《傳》訓"鞏"爲"固"，即轉從"固"音，與下句"後"爲
> 韻也。《載芟》"匪且有且"，《傳》訓"且"爲"此"，即轉從
> "此"音，與下句"茲"爲韻也。顧亭林泥於一字祇有一音，遂謂
> 《詩》有無韻之句，是不然也。①

"集"爲緝部字，"就"爲幽部字，韻部較遠。錢大昕用"轉音"的
術語來說明押韻，實則"集"與"就"義同而換讀。《左傳‧桓公五
年》："可以集事。"杜預注："集，就也。"《廣雅‧釋詁三》："集，就
也。"鞏亦爲同義換讀。鞏爲東部字，固爲魚部字，後爲侯部字，魚侯合
韻。但且爲魚部字，此爲支部字，茲爲之部字，不一定爲轉音。

有時錢氏"轉音"的運用有過寬之嫌。如上面提到的"且"，可能由
於對韻部的劃分不夠細密，以致錢氏認爲其爲轉音。又如卷一"造"條：

> "造""次"爲雙聲，故"造"可轉爲"次"音。《詩》"小子有
> 造"與"士"韻，"蹻蹻王之造"與"晦"、"介"、"嗣"韻，是
> 也。《春秋傳》"使助薳氏之簉"，"簉"，次室也，是"造"有
> "次"義。②

按，造，幽部，士、嗣、晦，之部。次，脂部。介，月部。韻部並不
接近。"小子有造"與下文"士"爲幽、之合韻，而"蹻蹻王之造"一
篇爲無韻之詩。

---

① （清）錢大昕：《十駕齋養新錄》卷一，第22頁。
② 同上書，第20頁。

　　沈兼士先生提出的"義同換讀"與錢氏的"轉音"說實質上是基本一致的。這種"轉音",不是我們常說的"聲轉",而是一個字讀爲意義相同或相近的另一個字的讀音。不過"轉音"說與"義同換讀"着眼點不同,"義同換讀"着眼於文字上的借用,"轉音"說着眼於聲音上的改變。①

　　從轉音的角度研究古音,宋人已開前例,項世安《周易玩辭》卷五"終不可用也"條:

　　　　《小象》皆協韻,獨《剝》上九以"載"字協"用"字,《豐》九三以"事"字協"用"字,則古音用字皆通入志字韻矣。"以"字訓"用",意者"用"亦可以作"以"歟?②

　　按,"載"、"事"爲之部字,"用"爲東部字,韻部相差較遠,但根據韻例應該押韻,如用"義同換讀"來解釋則比較合理。《廣韻·用韻》:"用,以也。"《孟子·公孫丑下》:"王由足用爲善。"焦循正義:"用,以也。"但錢氏又比項氏的認識進了一步。

　　這種因"義同換讀"而協韻的現象,在上古還能找到一些例子。後世很少看到這種情況。沈兼士先生推測,中國文字經歷了一個文字畫變爲六書文字的過渡時期,這個階段"逐漸將各直接表示事物之圖形,變爲間接代表言語之符號。其形音義或由游離變爲固定,或由複合變爲獨立",並把這一階段的文字叫初期意符字。在這個階段中,漢字的形音義都不是十分固定。"義同換讀"即是這一實際情況的遺型。③

　　在聲母研究方面,《十駕齋養新錄》卷五提出了"古無輕唇音"、"古無舌上音",貢獻甚大,得到音韻學界普遍認同。又"舌音類隔之說不可信"中還指出"古人多舌音,後代多變爲齒音,不獨知徹、澄三母爲然也",並認爲中古的"章昌船書禪"在上古也讀舌頭音。這一觀點,有不少證據,但還沒有得到學術界的一致公認。又卷四"榮懷"條云:

　　①　姚永銘:《論"音隨義轉"》,《古漢語研究》1999年第2期。
　　②　項世安:《周易玩辭》卷五,臺北商務印書館《景印文淵閣四庫全書》第14冊,第297頁。
　　③　《論初期意符字之特性》,《沈兼士學術論文集》,中華書局1986年版,第207頁。

《秦誓》以"阢陧"、"榮懷"對文。"阢陧"雙聲，皆疑母。"榮懷"亦雙聲也。今人以"榮"屬喻母，"懷"屬匣母，未合於古。①

按，阢陧上古均爲疑母字。榮，《廣韻》雲母，上古喻三歸匣，亦屬匣母，"榮懷"古亦雙聲。錢氏的觀點是正確的。②

俞正燮、鄧廷楨、桂馥等人作爲小學名家，在其所著筆記中亦有不少討論古音的條目。

《癸巳存稿》卷三"鼜造音說"條：

　　《說文·壴部》"鼜"云："讀若戚。"此非今戚音也。鼜從蚤聲，蚤從叉聲。戚從未聲，古戚、蚤同音。《周官·眡瞭》注云："杜子春讀爲憂戚之戚。擊鼓聲疾數，故曰戚。"《鎛師》注云："杜子春言《春秋傳》所謂賓將趣者，音聲相似。"《掌固》注云："杜子春讀爲造次之造。"是漢人戚、促、趣、造、蚤皆同音。《孟子·萬章》云："舜見瞽瞍，其容有蹙。"《韓非子·忠孝》云："舜見瞽瞍，其容造焉。"《說文》："罋，罃省聲。"是罃、罋同音，而今不同音。今鼜宜讀造次之造，言字母者倉歷反、千歷反，皆似是而非。③

俞氏討論鼜的上古讀音，存在着諧聲偏旁使用過度、音轉過寬的毛病。造，從母幽部，又清母幽部。蚤，精母幽部。促，清母屋部。趣，清母侯部。戚，清母覺部。戚、促、趣、造、蚤並非完全同音。叉與未的上古讀音也不相同。叉，初母歌部。未，書母覺韻。同時，韻文的押韻，不一定是同一個韻部，有可能是合韻。瞍，心母幽部，蹙，精母覺部。俞氏引韻文材料證明鼜之讀音，亦有失精準。

又卷三"詩韻辨字略跋"條：

　　《漢書·東方朔傳》鉏、涂、亞、牙同韻。張晏"鉏音櫨梨之櫨。"涂則丈加反，朔曰："涂者，漸洳徑。"是泥涂如今涂揭音也。

① （清）錢大昕：《十駕齋養新錄》卷四，第14頁。
② 《潛研堂文集》卷十二《問答十二》認爲影喻曉匣在上古大體相同，古人不甚區別。
③ （清）俞正燮：《癸巳存稿》卷三，遼寧教育出版社2003年版，第78頁。

《漢書·敍傳》"楚人謂虎'於檡'"，注云："檡字或作菟，並音涂。"
蓋檡、鐸同音，今黔言檡樹爲側加切，則檡、涂、菟、遮、揭皆同韻。
今齟、涂一韻，亞、牙一韻，而亞亦讀汙，加亦讀姑，牙亦讀吾，檀
亦讀且，是今兩韻，古一韻，然究不知古言從今何韻也。①

按，齟、涂、牙，魚部。亞，鐸部。魚鐸合韻。菟、遮亦爲魚部。俞
氏云"泥涂如今涂揭音也"，乃根據協音爲說，揭古音屬葉部。
《癸巳類稿》卷七"書古韻標準後"條：

> 《楚詞·天問》云："勳闔夢生，少離散亡。何壯武厲，能流厥
> 嚴。"嚴蓋莊字，漢人所寫改。《管子·內業篇》云："泉之不涸，四體
> 乃固；泉之不竭，九竅遂通。"《心術下篇》云："泉之不竭，表裏遂
> 通；泉之不涸，四體堅固。"通是徹字，漢人傳寫，亦不依韻也。《古
> 韻標準》云：因《殷武詩》嚴遑連用，屈原遂以嚴亡爲韻，殆不然矣。
> 《離騷》云："求矩矱之所同，摯皋陶而能調。"《七諫》云："求矩矱
> 之不同，恐操行之不調。"同調雙聲即韻也。《古韻標準》云：因
> 《詩》"弓矢既調，射夫既同"而誤。（《詩》"赫赫業業，有嚴天子，
> 王舒保作。"《漢書·敍傳》："世宗熠熠，思宏祖業。疇咨熙載，髦俊
> 並作。"又"伏羲畫卦，書契後作。虞夏商周，孔纂其業。"是商周至
> 漢，業作同韻之證。《古韻標準》以不合其部，乃云班固誤讀《詩》
> 而強效之。）古人韻文，取其耳順，後人始分韻部耳，殆語音遞變，始
> 取古韻學之，古人無是也。②

按，王力認爲亡、嚴是陽談合韻，但又注曰：江有誥認爲"嚴"當
作"莊"③；又認爲同、調東幽合韻。④ 俞氏認爲"同調雙聲即韻"，誤。
又業、作爲盍鐸合韻。
《雙硯齋筆記》卷一：

---

① （清）俞正燮：《癸巳存稿》卷三，遼寧教育出版社 2003 年版，第 85 頁。
② （清）俞正燮：《癸巳類稿》卷七，商務印書館 1957 年版，第 263—264 頁。
③ 《詩經韻讀·楚辭韻讀》，中國人民大學出版社 2004 年版，第 435 頁。
④ 同上書，第 414 頁。

　　《小雅·杕杜》卒章，七句凡三易韻，弟一二句來疚爲一韻，與
《采薇》三章、《大東》二章同。弟叁肆句至恤爲一韻，與《蓼莪》
三章同。弟五七句偕邇爲一韻。《陟岵》三章偕與妣韻，《魚麗》五
章、《賓之初筵》一章，偕與旨韻，亦猶是也。來疚爲之咍部字，偕
邇爲脂皆部字，惟至恤，段氏十七部表以爲眞部之去入，王氏二十一
部表以爲至部之去入。攷之三百篇，當以王說爲長。①

　　按，來、疚，之部，至、恤，質部，偕、邇，脂部。鄧氏從《詩》
韻的角度證明王說爲長，誠是。
　　又同卷：

　　《唐風·山有樞篇》："他人是愉。"毛傳曰："愉，樂也。"今音
讀若娛。《唐韻》以隸虞部。鄭箋云："愉讀曰偷。"觀此可知俞聲之
字古音本在侯部，東漢猶然。由此推之，又可知區聲之字古音皆讀若
漚，無讀若祛者。婁聲之字皆讀若樓，無讀若蔞者。且《廣韻》雖
以愉入虞而切音羊朱，朱古音爲咮之平聲，是於今音中仍寓古音也。
學者明於此理，則虞侯之衇，瞭然易曉矣。②

　　按，愉、偷、區、婁均屬侯部。上古侯部的字到了《廣韻》時期變
成了侯韻以及虞韻的舌齒音和一部分喉音字。
　　《札樸》卷三"咍"條：

　　《廣韻》："咍，笑也，呼來切。"胡注《通鑑》云："咍，呼來翻，
楚人謂相啁笑曰咍。"案：古無此字，蓋即"嗤"之異文。《楚辭·九
章》："忠何辜以遇罰兮，亦非余之所志也。行不群以顛越兮，又衆兆
之所咍也。"束晳《玄居釋》："束晳閒居，門人並侍，方下帷深談，隱
幾而咍，含豪散藻，考撰同異。"馥謂《楚辭》與"志"爲韻，《玄居
釋》與"侍"、"異"爲韻，則《廣韻》之呼來切乃轉音也。③

————————

① （清）鄧廷楨：《雙硯齋筆記》卷一，第50頁。
② 同上書，第53頁。
③ （清）桂馥：《札樸》卷三，第113頁。

按，咍、志、侍，上古均屬之部。上古之部字從三國時代起分爲兩部，即之部和咍部。晉代侍、異爲之部，咍爲咍部，不過仍存在咍之合韻的現象。

又卷四"苓泠零"條：

> 《文選·七發》："蔓草芳苓。"李善注："苓，古蓮字。"《天官·內饔》："羊泠毛而毳羶。"徐邈讀泠爲朗年反。《廣韻》："零，落賢切。先零，西羌也。"《漢書·趙充國傳》："先零豪言願時渡湟水北。"注："零音憐。"①

苓泠零上古耕部，《廣韻》郎丁切。lieŋ。蓮上古元部，憐上古真部，上古真元兩部通押較多，兩字《廣韻》又均爲落賢切。lien。《廣韻》語音接近，依擬音，僅存在前鼻音和后鼻音的不同。

又卷七"藉田賦"條：

> 潘安仁《藉田賦》，《晉書》本傳："思樂甸畿，薄采其芳。大臣庶止，言藉其農。"案："芳"、"農"聲不相近。《文選》作"茅"是也。束晳《勸農賦》："惟百里之置吏，各區別而異曹。考治民之踐職，美莫富乎勸農。"可爲比照。《文選》"垂髫總髮"，與"庶"、"襪"二韻不合，本傳作"總髻"是也。
>
> 《集韻》"夔"、"懵"俱屬《冬部》，"獳"、"巙""懷"俱屬《豪部》。②

周祖謨《魏晉南北朝韻部之演變》③ 亦認爲《勸農賦》曹、農爲韻，《藉田賦》茅、農爲韻，並認爲均屬宵部字。

總之，清代筆記的古音研究，考證比前代大爲精密。對《詩經》等先秦韻文用韻和韻例的分析，基本可取。在方法上，能夠綜合運用文字、訓詁等材料考查古音，也比前人進了一步。

---

① （清）桂馥：《札樸》卷三，第 146 頁。
② （清）桂馥：《札樸》卷七，第 272 頁。
③ 周祖謨：《魏晉南北朝韻部之演變》，東大圖書股份有限公司 1996 年版，第 257—258 頁。

第三節　筆記與今音學研究

今音學是以《切韻》系韻書作爲研究對象的一門學問。何九盈先生認爲："從陸法言的《切韻》到《廣韻》《集韻》《五音集韻》以及平水韻，都應算是《切韻》系韻書。主要理由是他們所反映的基本音系大致上都一樣。"① 韻書的產生是以反切的產生與四聲的發現爲前提的，而字母之學也是從唐代開始興起的，因此，爲行文方便，我們把反切、四聲以及字母之學都看作今音學研究的範圍。

一　筆記與《切韻》系韻書的研究

《切韻》一書作爲中古音系的代表，在漢語語音史上佔有很高的地位。《顏氏家訓》卷七《音辭》對分析《切韻》音系的性質就有很重要的作用②。唐人筆記對《切韻》一書亦多有討論。李涪《刊誤》卷下"切韻"條云：

> 自周隨已降，師資道廢，既號傳授，遂憑精音。切韻始於後魏，校書令李啟撰《聲韻》十卷，游夏侯詠③撰《四聲韻略》十二卷。撰集非一，不可具載。至陸法言，采諸家纂述而爲己有。原其著述之初，士人尚多專業，經史精練，罕有不述之文。故《切韻》未爲時人之所急。後代學問日淺，尤少專經，或捨四聲，則秉筆多礙。自爾已後，乃爲要切之具。然吳音乖舛，不亦甚乎？上聲爲去，去聲爲上，又有字同一聲，分爲兩韻。且國家誠未得術，又於聲律求人，一何乖闊！然有司以一詩一賦而定否臧，言匪本音，韻非中律，於此考核，以定去留。以是法言之爲行於當代。法言平聲，以東農非韻，以東崇爲切。上聲，以董勇非韻，以董動爲切。去聲，以送種非韻，以送衆爲切。入聲，以屋燭非韻，以屋宿爲切。又恨怨之恨，則在去聲。很戾之很，則在上聲。又言辯之辯，則在上聲。冠弁之弁，則在去聲。又舅甥之

---

① 何九盈：《中國古代語言學史》，廣東教育出版社 2000 年版，第 121 頁。
② 此點討論的人很多，這裏從略。
③ 游，《學津討原》本作梁，當是。此段文字原標點訛謬之處較多，改動之處，不一一俱述。

舅，則在上聲。故舊之舊，則在去聲。又皓白之皓，則在上聲。號令之號，則在去聲。又以恐字、苦字俱去聲，今士君子於上聲呼恨[1]，去聲呼恐，得不爲有知之所笑乎？……夫吳民之言，如病喑風而噤，每啟其口，則語淚呐呐。隨聲下筆，竟不自悟。凡中華音切，莫過東都。蓋居天地之中，稟氣特正。予嘗以其音證之，必大哂而異焉。……予今別白去上各歸本音，詳較重輕以符古義。理盡於此，豈無知音。其間乖舛既多，載述難盡，申之後序，尚愧周詳。[2]

《切韻》的產生是陸法言與劉榛、盧思道、魏彥淵、李若、蕭該、辛德源、薛道衡、顏之推等人討論的結果，在撰寫的過程中可能還參考了其他一些資料。故李氏云“至陸法言采諸家纂述而爲己有”，雖言辭過於苛責，卻也有一定的道理。又李氏認爲《切韻》爲吳音，這是不正確的。李氏所處的時代與《切韻》產生的時代相差幾百年，從方法上講，作出這樣的推測是危險的。又，李氏之所以認爲《切韻》爲吳音，可能把陸法言當作江南陸氏之後。正因爲如此，唐人筆記對李氏的這種說法提出了批評。

趙璘《因話錄》卷五《徵部》：

又有人檢陸法言《切韻》，見其音字，遂云：“此吳兒，真是翻字太僻。”不知法言是河南陸，非吳郡也。[3]

蘇鶚《蘇氏演義》卷上：

陸法言著《切韻》，時俗不曉其韻之清濁，皆以法言爲吳人而爲吳音也。且《唐韻·序》云：“隋開皇初，儀同劉臻等八人詣法言論音韻，曰：‘吳楚則多傷輕淺，燕趙則多傷重濁，秦隴則去聲爲入，梁益則平聲似去。’”此蓋研窮正聲削去紕繆也，豈獨取方言鄉音而已哉？洎孫愐等論音韻者二十餘家，皆以法言爲首出。薛道衡，隋朝

---

① 恨，《學津討原》本作恨，當是。

② （唐）李涪：《刊誤》卷下，遼寧教育出版社 1998 年版，第 15—16 頁。

③ （唐）趙璘：《因話錄》卷五，上海古籍出版社 1979 年版，第 106 頁。

之碩儒，與法言同時，嘗與論音韻，則豈吳越之音而能服四方之名人乎？蓋陸氏者，本江南之大姓，時人皆以法言爲士龍、士衡之族，此大誤也。法言本代北人，世爲部落大人，號步陸孤氏。後魏孝文帝改爲陸氏，及遷都洛陽，乃下令曰："從我入洛陽。"皆以河南洛陽爲望也。當北朝號四姓，穆、奚、于，皆位極三公，比漢朝金、張、許、史、兼、賀、婁、蔚謂之八族。後魏征西將軍東平王陸俟生頹、歸、騏、驎、馥，皆相繼爲黃門侍郎。驎孫爽，隋中書舍人，生法言、正言，正言隋朝承務郎。①

　　蘇氏認爲，《切韻》是一部追求規範性的韻書，參與討論的與會者都是當時大儒，不可能"獨取方言鄉音"，這種說法無疑是正確的。據《切韻·序》記載，陸法言、顔之推、蕭該等與會人員對當時南北各地的語音作了評論，並提出了解決問題的辦法："因論南北是非，古今通塞，欲更捃選精切，除削舒緩。"雖然現在對《切韻》音系的性質多有爭議，但是《切韻》音系不可能是吳音，這是肯定的。

　　宋王應麟《困學紀聞》卷八《小學》論述《切韻》系韻書的傳承情況②：

　　　　隋陸法言爲《切韻》五卷，後有郭知玄等九人增加。唐孫愐有《唐韻》，今之《廣韻》則本朝景德、祥符重修。今人以三書爲一，或謂《廣韻》爲《唐韻》，非也。③

　　不只是宋人，很長一段時間内人們常常把三書混而爲一。如顧炎武的《唐韻正》，所說的《唐韻》就是《廣韻》。王應麟指出三書的傳承關係，可謂見識卓著。

　　韻書應該隨着口語語音的變化而不斷變化。《切韻》一系後起的韻書，大部分拘泥於《切韻》，只是在《切韻》的基礎上作些歸并和調整，顯示出一定的保守性，有時還與實際語音脫節。有的筆記對《切韻》系

---

　　①　（唐）蘇鶚：《蘇氏演義》卷上，商務印書館《叢書集成初編》本，1939 年，第 11—12 頁。

　　②　王應麟《玉海》卷四十五《小學》對《廣韻》有詳細的論述。

　　③　（宋）王應麟：《困學紀聞》卷八，遼寧教育出版社 1998 年版，第 185 頁。

後起韻書的這種特點提出了批評。如宋張世南《游宦紀聞》卷二發現
《韻略》存在失收常用字和讀音不合口語的情況：

> 《韻略》中無"打"字，已詳見《歸田錄》中，但於《廣韻》
> "梗"字韻中，音德冷、又都挺切。今俗談謂打魚、打水、打船、打
> 繳、打量之類，於義無取。沙隨先生云："往年在太學爐亭中，以此
> 語同舍，有三山黃師尹曰：'丁，當也。以手當之也。'其義該而
> 有理。"
>
> 無"不"字，但於"有"字韻中音俯九，又"尤"字，韻中音
> 方鳩。
>
> "裰"字亦常用者，徧檢字書皆無之。"尖"字，韻中亦不載。①

按，俯九音義同"否"，非"不"字口語讀音。尤字，《增修互注禮
部韻略》和《附釋文互注禮部韻略》均載尤爲于求切，聲母爲雲母，可
能張氏所見本如此。

《容齋五筆》卷八"禮部韻略非理"條：

> 《禮部韻略》所分字，有絕不近人情者，如東之與冬，清之與
> 青，至於隔韻不通用。而爲四聲切韻之學者，必强立說，然終爲
> 非是。②

對於《切韻》系後起韻書對《廣韻》韻部所作的一些歸并和調整，
筆記也有所考證。如宋景祐四年，詔令丁度等刊定窄韻十三處。錢大昕
《十駕齋養新錄》卷五"唐宋韻同用獨用不同"條考證合并之十三處爲：

> 殷與文同用也，隱與吻同用也，焮與問同用也，迄與物同用也，
> 廢與對、代同用也，嚴與鹽、添同用也，凡與咸、銜同用也，儼與
> 琰、忝同用也，范與琰、檻同用也，釅與豔、㮇同用也，梵與陷、鑒

---

① （宋）張世南：《游宦紀聞》卷二，中華書局 1981 年版，第 17 頁。

② （宋）洪邁：《容齋五筆》卷八，第 900 頁。

同用也，業與葉、帖同用也，乏與洽、狎同用也。①

這個考證，與戴震《聲韻考》卷二的考證相同。
又同卷"平水韻"條考證平水韻著者云：

　　古韻分二百六部，唐宋相承，雖先後次第及同用、獨用之注小有異同，而部分無改。元初黃公紹《古今韻會》始并爲一百七韻，蓋循用平水韻次弟，後人因以并韻之咎歸之劉淵。今淵書已不傳，據黃氏《韻會凡例》稱，江南監本免解進士毛氏晃《增修禮部韻略》、江北平水劉氏淵《壬子新刊禮部韻略》互有增字，而每韻所增之字於毛云"毛氏韻"，於劉云"平水韻"，則淵不過刊是書者，非著書之人矣。予嘗於吳門黃孝廉丕烈齋見元槧本《平水韻略》，卷首有河間許古《序》，乃知爲平水書籍王文郁所撰。後題"正大六年己丑季夏中旬"，則金人，非宋人也。考己丑在壬子前廿有三年，其時金猶未亡，系淳祐壬子則金亡已久矣。意淵竊見文郁書，刊之江北而去其《序》，故公紹以爲劉氏書也。
　　王氏平水韻并上下平聲各爲十五、上聲廿九、去聲三十、入聲十七，皆與今韻同。文郁在劉淵之前，則謂并韻始於劉淵者非也。論者又謂平水韻并四聲爲一百七韻，陰時夫又并上聲拯韻入迥韻，今考文郁韻上聲拯等已并於迥韻，則亦不始於時夫矣。②

　　錢氏認爲平水韻乃王文郁所撰，而劉淵只是刊刻者而已，平水韻始於王文郁，而不始於陰時夫。王國維《觀堂集林》卷八《書金王文郁新刊韻畧張天錫草書韻會後》云見張天錫《草書韻會》與王文郁分韻同，署正大八年二月。王文郁韻"前乎張書之成才一年有半。又王韻刊於平陽，張書成於南京，未必即用王韻部目。是一百六部之目，并不始於王文郁，蓋金人舊韻如是，王張皆用其部目。何以知之？王文郁書名《平水新刊韻畧》，劉淵書亦名《新刊禮部韻畧》，《韻畧》上冠以'禮部'字，蓋

---

① （清）錢大昕：《十駕齋養新錄》卷五，第 94 頁。
② 同上書，第 94—95 頁。

金人官書也。"① 王國維認爲，《禮部韻略》是官韻，韻部的歸并必須得到官方的認可，王文郁不可能私自合并韻部。又解釋王書一百零六韻與劉書一百零七韻之來源云："考金源詞賦一科，所重惟在律賦，律賦用韻，平仄各半，而上聲拯、等二韻，《廣韻》惟十二字，《韻略》又減焉，在諸韻中字爲最少。今人場屋或曾以拯韻字爲韻，許其與迥通用，於是有百七部之目，如劉淵書。或因拯及證，於是有百六部之目，如王文郁書及張天錫所據韻書。至拯、證之平入兩聲猶自爲一部，則因韻字較寬之故。要之此種韻書全爲場屋而設，故參差不治如此。殆未可以聲音之理繩之也。"② 王國維的說法是有道理的。光緒十八年刻本《山西通志》卷八十七《經籍志》云："《平水韻》，金毛麾撰。"下有一條案語："舊《通志》著錄，無卷數。按平水韻即今韻，爲劉淵所并者。云毛麾未詳所本，或因毛晃《韻會》而誤，俟考。"張守中先生認爲，毛麾有著作《平水韻》的可能，其時代要比王、劉早半個世紀以上。③

二　筆記與反切、四聲及字母之學的研究

反切的創製和四聲的發現是音韻學史上的兩件大事。對反切的起源，筆記多有討論，並提出自己的看法。如《夢溪筆談》卷十五《藝文二》：

> 切韻之學，本出於西域。漢人訓字，止曰"讀如某字"，未用反切。然古語已有二聲合爲一字者，如不可爲叵，何不爲盍，如是爲爾，而已爲耳，之乎爲諸之類，似西域二合之音，蓋切字之原也。如輐字文從而、犬，亦切音也。殆與聲俱生，莫知從來。④

《十駕齋養新錄》卷二"乘"條：

> 襄十二年"吳子乘卒"，即壽夢也。服虔以"壽夢"爲發聲。

---

① 王國維：《書金王文郁新刊韻略暨張天錫草書韻會後》，《觀堂集林》（上），中華書局1959年版，第392頁。
② 同上書，第393—394頁。
③ 張守中：《〈平水韻〉考》，《山西大學學報》1982年第1期。
④ （宋）洪邁：《夢溪筆談》卷十五，第158頁。

"壽夢"一言也，《經》言乘，《傳》言壽夢，欲使學者知之也。予謂"乘""壽"皆齒音，"壽"當讀如"疇"，與"乘"爲雙聲，"夢"古音莫登切，與"乘"疊韻，并兩字爲一言，孫炎制反切萌芽於此。①

《癸巳類稿》卷七"反切證義"條：

三國時，孫炎作反語，以雙聲字讀就疊韻字，即得之。後人惡反字，因名之曰切，蓋兩合讀法，緩呼之則二字，急呼則一字也。論者謂反切自西域入中國，且分別反切異義，乃不思之過。就緩讀法求之，《春秋》穀邱，《左傳》句瀆之邱，＊《桓十二》句瀆，穀也。《春秋》遇于垂，《左傳》遇于犬邱，＊《隱八》犬邱，垂也……凡此，皆反切所出，自然之故，至美之義，見經史正文及小說所記方言嗻文，其人皆不見西域書，反切不出西域，至顯白矣……孫炎作反語，後又互反之。《匡謬正俗》云：晉灼《漢書音義》：楊惲反由嬰。＊楊舊音盈。《吳志·諸葛恪傳》云"成子閣"者，反語石子崗也……蓋反切以雙聲疊韻，或流爲口吃詩，故求古反切，在方言異文、廋辭雅諧、微茫之際，中國自言反切，佛書自言字母，離之則兩美，且有字自有反切。《北齊書·廢帝紀》云：跡字自反，足亦反爲跡，足責反爲蹟也。其先亦有此義，《說文》云：風動蟲生，從虫凡聲。《論衡·商蟲篇》：夫蟲風氣所生，蒼頡知之，故凡蟲爲風之字，是倉頡從凡蟲省。《太平御覽》引《春秋考異郵》云：其字虫動於凡中者爲風。則凡虫自切爲風也。推之舍予自切爲舒，赤㤅自切爲經，赤貞自切爲赬……知兩合爲反切，則緩讀急讀，古人用文字中自有反切。兩合自反，則古人制文字中亦自有反切。廋文隱義，又見世俗常言亦有反切。反切，自中國之學，若沈括引奭爲而犬兩合②，此又不學之過，奭字豈得從犬？亦僧徒之莠言也。③

① （清）錢大昕：《十駕齋養新錄》卷三，第36頁。
② 原"兩"字下斷句，誤。
③ （清）俞正燮：《癸巳類稿》卷七，第230—233頁。

　　按，《說文·車部》："輭，喪車也。从車，而聲。"又《大部》："奊，稍前大也。从大，而聲。""而"下爲"大"，故俞氏以沈括爲誤說。諸家把反切的原理於漢字的兩字急讀合音聯繫起來，俞正燮甚至把反切的產生提前到造字時代。對於這些觀點，吳承仕《經籍舊音敘錄》云："言及六朝，反語益衆。""顧炎武《音論》所錄不下十數事，俞正燮《反切證義》所舉尤多。或由聲音節族，眇合自然；或由顛倒音辭，用資談謔，雖與反語相應，究非比況作音。"① 認爲兩字急讀合音和民間流行的反語還不能算是真正的反切。何九盈先生認爲，反切的產生與漢字的兩字急讀合音有關，是反切產生的內因。但反切與漢字合音詞是有區別的，二者在性質上並不相同。構成兩字急讀合音的兩個漢字與其合成的字在意義上是相等同的，而反切不是。漢末人受到梵文拼音法的啓發創造了反切，這是反切得以產生的外因。② 反切是有意識的運用拼音的原理，而兩字急讀合音則是無意識的。沈括認爲反切出自西域，又說"二聲合爲一字""蓋切字之原"，這種說法看到了反切產生的內外因。又，俞正燮發現古人制字"自有反切"的現象，實爲一大發現。林語堂《漢字中之拼音字》舉替、欽字證明漢字中有拼音字，認爲侃言切替，欠金切欽。③ 俞氏大量發現漢字"自有反切"的現象，比林語堂爲早。

　　《夢溪筆談》卷十五《藝文二》則討論了反切之法：

　　　　今切韻之法，先類其字，各歸其母，脣音、舌音各八，牙音、喉音各四，齒音十，半齒半舌音二，凡三十六，分爲五音，天下之聲，總於是矣。每聲復有四等，謂清、次清、濁、平也，如顛、天、田、年，邦、胮、龐、庞之類是也。皆得之自然，非人爲之。如幫字橫調之爲五音，幫、當、剛、臧、央是也。幫，宮之清。當，商之清。剛，角之清。臧，徵之清。央，羽之清。縱調之爲四等，幫、滂、傍、茫是也。幫，宮之清。滂，宮之次清。傍，宮之濁。茫，宮之不清不濁。就本音本等調爲四聲，幫、膀、謗④、博是也。幫，宮清之平。膀，宮清之上。謗，

————————————
① 吳承仕《經籍舊音敘錄》，中華書局1986年版，第7頁。
② 何九盈：《中國古代語言學史》，廣東教育出版社2000年版，第93—94頁。
③ 林語堂：《語言學論叢》，開明書店1934年版，第133—142頁。
④ "謗"原作"傍"，據《文淵閣四庫全書》本改。"傍"《廣韻》屬並母，"謗"屬幫母，此幾字均爲宮清，聲母當同。

...

宮清之去。博，宮清之入。四等之聲，多有聲無字者，如封、峯、逢，
止有三字；邕、肙，止有兩字；竦、火、欲、以，皆止有一字。五音
亦然，滂、湯、康、蒼，止有四字。四聲，則有無聲，亦有無字者。
如蕭字、肴字，全韻皆無入聲。此皆聲之類也。所謂切韻者，上字爲
切，下字爲韻。切須歸本母，韻須歸本等。切歸本母，謂之音和，如
德紅爲東之類，德與東同一母也。字有重、中重、輕、中輕，本等聲
盡，汎入別等，謂之類隔。雖隔等須以其類，謂脣與脣類，齒與齒
類，如武延爲綿、符兵爲平之類是也。韻歸本等，如冬與東字母皆屬
端字，冬乃端字中第一等聲，故都宗切，宗字第一等韻也，以其歸精
字，故精徵音第一等聲；東字乃端字中第三等聲，故德紅切，紅字第
三等韻也，以其歸匣羽音第三等聲。又有互用借聲，類例頗多。大都
自沈約爲四聲，音韻愈密。然梵學則有華、竺之異，南渡之後，又雜
以吳音，故音韻庞駁，師法多門。至於所分五音，法亦不一。如樂家
所用，則隨律命之，本無定音，常以濁者爲宮，稍清爲商，最清爲
角，清濁不常爲徵、羽。切韻家則定以脣、齒、牙、舌、喉爲宮、
商、角、徵、羽。其間又有半徵、半商者，如來、日二字是也，皆不
論清濁。①

　　沈括所說的"濁、平"相當於全濁、次濁。又"幫字橫調之爲五音"
指的是全清脣（重脣）舌（舌頭）齒（齒頭）牙喉音。"縱調之爲四等"
亦指全清、次清、全濁、次濁。"就本音本等調爲四聲"當指同一個聲母
有平上去入四聲。又云："本等聲盡汎入別等，謂之類隔"，類隔的產生
並不是"聲盡"，而是語音發展的結果。又沈括認爲"紅字第三等韻"，
與現今的觀點也不一致，今天把紅看作一等韻。沈括對反切之法的分析頗
爲周詳，爲我們今天研究反切提供了參考資料。
　　古人一般認爲是沈約發現了四聲。《陔餘叢考》卷十九"四聲不起於
沈約"條對這種說法提出了質疑：

　　　　沈約作平上去入《四聲韻譜》，以爲在昔詞以人累千歲而不悟，
　　獨得胸臆，窮其妙旨，自謂入神之作。然《石林詩話》謂魏、晉間

雖未知聲律，而陸雲相謔之詞“日下荀鳴鶴，雲間陸士龍”，已與後世律詩無異，知此體出於自然，不待沈約而後刱也。今按《隋・經籍志》晉有張諒撰《四聲韻林》二十八卷，則四聲實起晉人，而并非石林所謂古人暗合者矣。《南史・陸厥傳》云：沈約、謝朓、王融以文章相推，汝南周顒善識聲韻。約等文皆用宮商相宣，將平上去入四聲以之制韻，有平頭、上尾、蜂腰、鶴膝。五字之中，音韻悉異，兩句之內，角徵不同，謂之永明體。沈約作《宋書》，《謝靈運傳》後論之甚詳。厥乃爲書辨之，以爲歷代衆賢，未必都闇此處也。此又約之前已有四聲之明証，卽與約同時者，周顒有《四聲譜》行於時，劉善經有《四聲指歸》一卷，夏侯詠有《四聲韻略》十三卷，王斌有《四聲論》，皆齊、梁間人。又梁武問周捨曰：“何謂四聲？”捨曰：“天子聖哲是也。”沙門重公謁梁武帝，帝問：“在外有四聲，何者爲是？”重公應聲曰：“天保寺刹。”出以語劉孝綽，孝綽曰：“何如道天子萬福？”則約同時之人，明於此者，亦不止約一人，特約獨取以成書，遂擅名耳。①

漢語很早就有了四聲，四聲是漢語存在的客觀語言現象，不需要創製，因此趙翼說“知此體出於自然，不待沈約而後創”，這是正確的。但把漢語的聲調歸納爲四聲，則需要細緻的觀察。趙翼認爲四聲不是沈約發現的，早在晉代張諒撰《四聲韻林》時已發現了四聲，可作爲一家之說。

《十駕齋養新錄》卷五“紐弄”條：

> 唐沙門神珙《四聲五音九弄反紐圖序》云：“夫欲反字先須紐弄爲初，一弄不調則宮商靡次。昔有梁朝沈約創立紐字之圖。唐又有陽寧公、南陽釋處忠，此二公又撰《元和韻譜》。”據此《序》知神珙元和以後人，其實尚未有字母也。
>
> 《封氏聞見記》：“周彥倫好爲體此字疑。語，因此字皆有紐，紐有平上去入之異。②

---

① （清）趙翼：《陔餘叢考》卷十九，第 377—378 頁。
② （清）錢大昕：《十駕齋養新錄》卷五，第 88—89 頁。

又同卷"舌喉齒脣牙音"條云：

東方喉聲：何、我、剛、鄂、歌、可、康、各；
西方舌聲：丁、的、定、泥、寧、亭、聽、歷；
南方齒聲：詩、失、之、食、止、示、勝、識；
北方脣聲：邦、尨、剥、雹、北、墨、朋、邀；
中央牙聲：更、硬、牙、格、行、幸、亨、客。

右《玉篇》卷末所載沙門神珙《四聲五音九弄反紐圖》，分喉舌齒脣牙五聲，每各舉八字以見例，即字母之濫觴也。①

字母的創製大概經歷了雙聲語到助紐字再到字母這樣一個過程。何九盈先生說："體語也叫雙聲語，說話時有意用雙聲詞組成詞句。舊稱梵文元音爲'聲勢'，輔音爲'體文'，故稱雙聲語爲體語。"② 因此，懷疑體字爲誤是不正確的。所謂"九弄"，是指"反音、雙聲、正韻、傍韻、綺錯、羅文、疊韻、傍紐、正紐"九種關係。楊劍橋先生曾經對其作了很好的解釋。③ 殷孟倫先生認爲，《四聲五音九弄反紐圖》"是由采用雙聲疊韻法過渡到後來興起等韻之學這一階段裏面的必然產物"④。又，錢大昕所附《玉篇》卷末舌喉齒脣牙音，一般叫《五音聲論》，戴震認爲非神珙所作。⑤《五音聲論》雖還沒有真正的字母，但確是向字母過渡的產物，錢大昕的話是對的。

字母的創製受到梵學的影響，但漢語的聲母、音節結構畢竟與梵語不同，漢語字母的創製必須符合漢語的特點。明王鏊《震澤長語》卷下《音韻》論及梵漢語音的區別說：

《七音韻鑑》出自西域，應琴七弦，從衡正倒，展轉成圖，不比華音平上去入而已。華有二合之音，如《漢書》元元之類，無二合

---

① （清）錢大昕：《十駕齋養新錄》卷五，第96頁。
② 何九盈：《中國古代語言學史》，廣東教育出版社2000年版，第98頁。
③ 楊劍橋：《神珙〈九弄圖〉再釋》，《中國語文》1995年第2期。
④ 殷孟倫：《四聲五音九弄反紐圖簡釋》，《子云鄉人類稿》，齊魯書社1985年版，第300頁。
⑤《戴東原集·書玉篇卷末聲論反紐圖後》。

之字；梵有二合三合四合之音，亦有其字。華書惟琴譜有之。蓋琴尚音，一音難可一字該，必合數字之體，以取數字之文。華音論讀，必以一音爲一讀；梵音論諷，雖一音，而一音之中，自有抑揚高下，二合者其音易，三合四合者其音轉難。[①]

對漢語二合音的理解不盡正確，卻注意到了梵語與漢語音節的不同。《十駕齋養新錄》卷五"字母"條：

今考《華嚴經》四十二字母與三十六字母多寡迥異。四十二字母，梵音也；三十六字母，華音也。華音疑、非、敷、奉諸母《華嚴》皆無之，而《華嚴》所謂"二合""三合"者又非華人所解，則謂見、溪、群、疑之謂出於《華嚴》者非也。[②]

又同卷"西域四十七字'菴'、'惡'二字不在內"條：

《大般涅槃經·文字品》，字音十四字，裒、烏可反。阿、壹、伊、埡、烏古反。理、重。厘、力之反。翳、烏奚反。此十四字以爲音，一聲中皆兩，兩字同，長短爲異，皆前聲短後聲長。菴、惡。此二字是前"惡""阿"兩字之餘音。若不餘音則盡不一切字，故復取二字以窮文字也。比聲二十五字：迦、呿、伽、㖶、其柯反。俄，舌根聲；凡五字，中第四字與第三字同，而輕重微異。遮、重。車、闍、膳、時柯。若，耳賀反。舌齒聲；吒、重。咃、五加。茶、吒、仁賈。拏，上㖶聲；多、他、陀、蚨、徒柯。那，奴賀。舌頭聲；婆、頗、婆、婆、去。摩，莫个。脣吻聲；蛇、重。邏、盧舸。羅、李舸。縛、奢、沙、婆、呵，此八字超聲。此見於《一切經音義》者也，與今《華嚴經》四十二字母殊不合……然《涅槃》所載比聲二十五字，與今所傳見、溪、群、疑之譜小異而大同：前所列字音十四字，即影、喻、來諸母。然則唐人所撰之三十六字母，實采《涅槃》之文，參以中華音韻而去取之，謂

---

① （明）王鏊：《震澤長語》卷下，商務印書館《叢書集成初編》本，1937 年，第 36 頁。
② （清）錢大昕：《十駕齋養新錄》卷五，第 96 頁。

出於《華嚴》則妄矣。①

　　錢大昕認爲三十六字母與《大般涅槃經·文字品》的關係較深，而與《華嚴經》的關係較遠。比聲爲梵語輔音，《文字品》把比聲分爲舌根聲、舌齒聲、上腭聲、舌頭聲、脣吻聲，說明漢語對韻母發音部位的分析也受到梵語這種語音分析的啓發。錢大昕"唐人所撰之三十六字母，實采《涅槃》之文，參以中華音韻而去取之"，這種看法是正確的。②

　　古人筆記也有對梵音字母認識失當的。《札樸》卷七"字母"條：

　　　《隋書·經籍志》："自後漢佛法行於中國，又得西域書，能以十四字貫一切音，文省而義廣，謂之婆羅門書。"案："十四字"當作"四十字"，謂華嚴字母四十字也。然則字母自後漢已入中國，至魏始大傳於世。③

　　桂馥改"十四"爲"四十"，不確。古人言十四音者頗多，並對十四音具體何指論證。饒宗頤先生《唐以前十四音遺說考》羅列各家說法，並加以一一考證，可確信當爲"十四"字。④

　　明謝肇淛《五雜組》卷十三《事部一》：

　　　切字有三十六字母，相傳司馬溫公作也，其中有一音而兩母者，如群、溪、徹、牀等字，蓋因平聲有清濁，故不得不爲兩母。余常謂加一母不如加一聲。凡字以五聲切之，如通、同、統、痛、突之類，則凡同母者可以盡廢。又切平聲者當分清濁二音，如風字宜作方空切，今俱作方馮切，則逢字也；馮字宜作符同切，今云符風，則豐字也。此類甚多，蓋俗人但知拘沈約韻，漫取韻中一字切之，不知施之上、去、入則可，平聲自有二種，不可混而爲一也。⑤

----

①　（清）錢大昕：《十駕齋養新錄》卷五，第97—98頁。
②　參見李恕豪《中國古代語言學簡史》，巴蜀書社2003年版，第157—158頁。
③　（清）桂馥：《札樸》卷七，第296頁。
④　原載《中華文史論叢》1987年第1輯，收入《梵學集》，上海古籍出版社1993年版，第159—178頁。
⑤　（明）謝肇淛：《五雜組》卷十三，《明代筆記小說大觀》第2冊，上海古籍出版社2005年版，第1780頁。

謝氏由於不明古音，從當時實際語音出發對前代的聲韻妄加評論。但認爲字母、反切要適應實際語音的發展變化，這點是值得肯定的。

第四節　筆記與例外音變研究

語音的演變是有規律的，但在規律之外總有一些零碎的例外。如何解釋這些例外音變現象，是語言研究的一個難點，因爲差不多對每一個例外音變都要進行特殊的研究。同時，弄清楚每個字的例外音變，有助於更好地認識和檢驗語音演變的規律性。現今學者對例外音變進行研究的，有李榮①、林濤②、劉太傑和張玉來③等人。從目前的情況看，對例外音變的研究雖然取得一些成果，但還有許多例外音變沒有得到合理的解釋，尚須投入大量的工作。在古人筆記中，有一些條目已經開始了對音變例外的探討，而且，這些零星的討論涉及音變例外的諸多因素。系統地總結這些觀點，對我們今天研究例外音變仍具有一定的參考價值。

從筆記材料看，古人已經從以下一些方面探討例外音變的原因。

一　語流音變

字音不是孤立的，人們說話總是在一連串的語流中進行的。這些鄰近音的相互影響產生的語流音變，有可能造成語音演變的例外。

《老學庵筆記》卷五：

> 故都里巷間，人言利之小者曰"八文十二"。謂十爲諶，蓋語急，故以平聲呼之。白傳詩曰："綠浪東西南北路，紅欄三百九十橋。"宋文安公《宮詞》曰："三十六所春宮館，二月香風送管弦。"晁以道詩亦云："煩君一日殷勤意，示我十年感遇詩。"則詩家亦以十爲諶矣。④

---

①　李榮：《語音演變規律的例外》，《音韻存稿》，中華書局 1980 年版，第 107—118 頁。

②　林濤：《少數字今讀與〈廣韻〉小韻反切規律音相異之音》，《廣韻四用手冊》，中國國際廣播出版社 1992 年版，第 397—400 頁。

③　劉太傑、張玉來：《普通話不規則字音產生的原因》，《語言教學與研究》1998 年第 1 期。

④　（宋）陸游：《老學庵筆記》卷五，第 63—64 頁。

十爲什麼讀平聲，陸游用"語急"來解釋。十，《廣韻》是執切，禪母緝韻開口三等入聲 $ẓ\tilde{i}ĕp$，諶，《廣韻》氏任切，禪母侵韻開口三等平聲 $ẓ\tilde{i}ĕm$。日本學者小川環樹根據敦煌出土文獻《九九乘法表》等漢藏對音材料，如：

九	九	八	十	一，	八	九	七	十	二，	七	九	六
gyihu	gyihu	pa	sib	yir	par	gyihu	tshi	Śim	Źi	tshir	gyihu	lug

十	三，	六	九	五	十	四，	五	九	四	十	五 ……
Śib	sam	lug	gyihu	hgu	Śib	zi	hgu	gyihu	zi	Śim	hgu ……

指出"十"變爲 m 尾完全是由於後面"二、五"等字的鼻輔音 ŋ、n 影響的結果，是一種語音同化現象。[①] 陸游雖然沒有現代語流音變的概念，但他所說的"八文十二"，十讀爲諶，正是後面"二"字讀音影響的結果，"語急"的提法表明陸游已經隱約意識到語流音變對字音變化的影響。

二　同義換讀

同義換讀指的是，有時候人們不管某個字原來的讀音，把這個字用來表示意義跟它原來所代表的詞相同或相近的另一個詞（一般是已有文字表示的詞）。這兩個詞的音可以截然不同。[②] 同義換讀也是造成例外音變的原因之一。《匡謬正俗》卷八"仇"條即看到了這種現象：

> 怨耦曰仇，義與讎同。嘗試之字，義與曾同。邀迎之字，義與要同。而音讀各異，不相假借，今之俗流，徑讀仇爲讎，讀嘗爲曾，讀邀爲要，殊爲爽失。若然者，初字訓始，宏字訓大，淑字訓善，亦可讀初爲始，讀宏爲大，讀淑爲善邪。[③]

---

① 《"南朝四百八十寺"の讀み方》，轉引自楊劍橋《"一聲之轉"與同源詞研究——漢語語音史觀之二》，載《語言研究集刊》第三集，上海辭書出版社 2006 年版，第 198 頁。
② 裘錫圭：《文字學概要》，商務印書館 1988 年版，第 219 頁。
③ （唐）顏師古：《匡謬正俗》卷八，第 71 頁。

　　從顏師古的觀點來看，這几例均爲“義同換讀”。所謂“音讀各異，不相假借”，兩字義同，其中某一字“徑讀”爲另一字的音，正是對“義同換讀”的描述。嘗，上古禪母陽部，《廣韻》市羊切，禪母陽韻開口三等平聲‚ʑiɑŋ。曾，上古從母蒸部，《廣韻》昨棱切①，從母登韻開口一等平聲‚dzəŋ。嘗的本義是品嘗，引申爲經歷、經過義。《說文·旨部》：“嘗，口味之也。从旨，尚聲。”段玉裁注：“引申凡經過者爲嘗，未經過者爲未嘗。”《論語·八佾》：“吾未嘗不得見也。”邢昺疏：“嘗，曾也。”《助字辨略》卷二：“杜子美詩：‘曾爲掾吏趨三府。’此曾字，猶云嘗也。”由于在曾經一義上嘗、曾同義，故嘗換讀爲曾音。至于邀要二字與仇讎二字，裘錫圭先生説：“《廣韻》訓‘遮’的‘邀’有‘於霄切’，‘古堯切’二讀。顏氏之意蓋謂“邀迎”之意當讀古堯切，讀爲於霄切，就是改讀爲‘要’。而仇讎二字讀音相近，既可看作是‘義同換讀’，也可以解釋爲假借一個音義都跟‘讎’有密切關係的筆劃較少的字。”②

　　明楊慎《丹鉛續錄》卷九“撻打同字”條：

　　　　《書》曰“撻以記之。”撻音入聲，又轉入上聲，俗用打爲撻，非。打字從手從丁，當音丁曆切，見歐陽公《集古錄》。云打以音義言之，當爲丁曆切，不知何以轉爲莫迥切③。蓋打字從丁爲聲，轉入上聲，與鼎同音，又轉爲上聲④，與鏑同音。其義皆訓擊也，義與撻同，故俗借用之。是知《虞書》撻字轉爲打。韻書音鼎，歐公音鏑，俗語打坐打睡作撻上聲，於音和，同爲透字母也⑤，古俗皆通。⑥

　　打爲何變爲丁雅切，楊慎以爲是受到撻字的影響。林濤先生即贊同楊

---

　　① 《廣韻》曾有作滕切一讀，但意義不符。
　　② 裘錫圭：《文字學概要》，商務印書館 1988 年版，第 221—222 頁。
　　③ 按，疑“莫”字誤。又，歐陽修討論打字見《歸田錄》卷二，且歐陽修原文爲：“故音讁耿爲是，不知因何轉爲丁雅也。”蓋楊慎誤記。
　　④ 按，“上聲”當爲“入聲”之誤。
　　⑤ 據《廣韻》和《六書故》，打爲端母。
　　⑥ （明）楊慎：《丹鉛續錄》卷九，臺北商務印書館《景印文淵閣四庫全書》第 855 冊，第 206 頁。

慎的觀點①。但從同義換讀的規律來說，一般傾向用使用頻率高的詞的讀音來替換頻率低的詞的讀音，而打是一個比撻更爲常用的詞。據侯精一先生調查，平遙方言"打"與"冷""行"（同在梗攝開口二等庚韻）白讀韻同。"冷"平遙方言白讀爲ᶜlia，"行"平遙白讀爲₌ çia②。梗攝開口二等舒聲白讀主要母音是a的在山西南部還有一些，如萬榮、臨猗兩地"生"讀₌ ȿa，冷讀ᶜlia，杏讀 xaᵓ。萬榮"棚"讀₌ phia③。筆者方言中的"甥"（梗攝開口二等庚韻）和"爭"（梗攝開口二等耕韻）韻母亦讀爲a。如果從這種語音變化的平行性出發，"打"可能是自身的音變所致，楊慎的觀點值得進一步考慮。

《字詁》"頫"條：

頫、俯二字同義不同音，俯自音府，頫自音眺，後人以其義同，遂誤呼頫爲俯。諸家韻書不辨其誤，乃於嘯、麌二韻兩收之，不知頫字從兆聲，無斐古切之理。又俛字，《說文》訓俯，當亦同義不同音，今字書亦收銑、麌二韻，並誤。④

按，俯、俛、頫三字均有低頭之義，黃生認爲三字起初不同音，俛從免聲，頫從兆聲，由於同義換讀均變成了俯音。從文獻材料看，黃生的這一說法是有道理的。如銀雀山竹書本《尉繚子·兵談》："備者不得迎"，備即俛的異體，帗、免音近，此例即俛從免得聲的證據。而古書當聘問、察視等義講的頫都讀爲眺，也是頫從兆得聲的證據之一。⑤ 有的著作把俛字歸於侯部、文部⑥，把頫歸爲侯部⑦，竊以爲不妥。

三　字形的影響

漢字是表意體系的文字，形音義之間存在密切的聯繫。文字的訛變和

①　林燾：《少數字今讀與〈廣韻〉小韻反切規律音相異之音》，《廣韻四用手冊》，中國國際廣播出版社 1992 年版，第 398—399 頁。

②　侯精一：《平遙方言的文白異讀》，《語文研究》1988 年第 2 期。

③　王洪君：《山西聞喜方言的白讀層與宋西北方音》，《中國語文》1987 年第 1 期。

④　黃生：《字詁》，第 29 頁。

⑤　裘錫圭：《文字學概要》，商務印書館 1988 年版，第 220 頁。

⑥　陳復華、何九盈：《古韻通曉》，中國社會科學出版社 1987 年版，第 156、308 頁。

⑦　同上書，第 156 頁。

相混、字形結構的重新分析都會對漢字的語音發展造成影響。

《匡謬正俗》卷一"刉"條：

> 《甫田》篇云："勞心刉刉"，《爾雅音》："切切，憂也。"後之
> 賦者，敘憂慘之情多爲"刉怛"。王仲宣《登樓賦》云："心悽愴以
> 感發，意刉怛而潛惻。"諸如此類，皆當音"切"，字與"切"字相
> 類。"切"字從刀、七聲，傳寫誤亂，或變爲"刉"。今之學者諷誦
> 辭賦，皆爲"刉怛"，不復言切，失之遠矣。①

按，《詩·齊風·甫田》："無田甫田，維莠驕驕。無思遠人，勞心忉
忉。"又《陳風·防有鵲巢》："防有鵲巢，邛有旨苕。誰侜予美，心焉忉
忉。"又《檜風·羔裘》："羔裘逍遙，狐裘以朝。豈不爾思，勞心忉忉。"
從押韻的角度看，均不能換爲"切切"。顏氏雖舉例失當，但卻認識到了
漢字形體對語音產生的影響，這一點是不可否認的。

又卷七"彡髟"條：

> 潘安仁《秋興賦》云："班鬢彡以承弁，素髮颯以垂領。"讀者
> 皆以"彡"爲"杉"音。案許氏《說文解字》云："彡，毛飾畫之
> 文也。象形。"《字林》音"山廉反"。此字既訓形飾，所以"形"
> 及"彫"字並從"彡"。《說文解字》云："長髮猋猋也。從彡。"
> 《字林》音"方周反"。此字既指訓髮貌，所以鬢髮之屬字，皆從
> "髟"字。安仁之辭，正合義訓。今讀《秋興賦》當音"方周反"，
> 不得謂之"彡"也。②

按，"彡"本不是形聲字，之所以讀作"杉"音，是由於把彡當成了
聲符，對字形結構作了重新分析。顏師古說明"彡"的讀音和分析"髟"
的字形結構，注意到了字形結構的分析對漢字讀音的影響。

《札樸》卷六"玉篇廣韻"條：

---

① （唐）顏師古：《匡謬正俗》卷一，第4頁。
② （唐）顏師古：《匡謬正俗》卷七，第54頁。

《彌部》"塼"下引《說文》"小匜有蓋"，《遇部》"塼"① 下訓同。以從"專"之字誤從"專"，聲隨形異，謬亦甚矣。②

按，周祖謨《廣韻校本》於《遇韻》"塼"下校勘云："案此塼字當是塼字之誤。《說文》：'塼，小匜有蓋者。'塼已見《彌韻》市充切下，塼字當刪。"③ 與桂馥同。"塼"本是從專得聲的字，後專訛作專，《廣韻》遂收此字於《遇韻》中。桂馥提出"聲隨形異，謬亦甚矣"，鮮明地指出了這一點。

《雙硯齋筆記》卷一：

> 江征君聲作《今文尚書注疏》"堯典厤象日月星辰"，辰書作晨，用《左傳》"日月之會是謂辰"之說也。《說文》晨字在會部，解云："日月合宿爲晨。從會辰，辰亦聲。"所說與《左傳》合。大小徐本並同。而段氏《說文解字注》，據《廣韻》晨黃外切之音改爲會亦聲，以爲晨乃《左傳》之會字，非《左傳》之辰字，與江說異。按，段說非也。《堯典》之辰，正謂辰以配日，日月一歲十二會，所會之處謂之十二次，故字從會作晨，會爲會意，而辰爲諧聲。《玉篇》依許氏辰亦聲之說作時真切不誤，不當據《廣韻》而疑《玉篇》也。且《說文》全書之例，皆以建首之字爲質，其諧聲則曰從某聲。如《一部》吏字曰從一從史，史亦聲，不聞曰一亦聲也。《示部》禮字曰從示從豊，豊亦聲，不聞示亦聲也。若謂晨字從會聲，則當在《辰部》，廁於辰字之後辱字之前，曰從辰會，會亦聲。乃與全書之例相合。今以隸《會部》，是會字爲質，故鞞字下云："益也，從會卑聲。"晨字下云："從會辰，辰亦聲。"兩字一例，安得改辰爲會耶！謹記於此，以待質疑。④

按，《篆隸萬象名義·會部》："晨，時仁反。日月會。"是爲《說文》讀音的佐證。晨本是從辰得聲的字，後來人們不明其字形結構，把其看作

---

① 原作"塼"。

② （清）桂馥：《札樸》卷六，第 227 頁。

③ 周祖謨：《廣韻校本》，中華書局 1988 年版，第 375 頁。

④ （清）鄧廷楨：《雙硯齋筆記》卷一，第 51—52 頁。

從會得聲的字，《廣韻》遂音黃外切，《集韻》等後世韻書遂沿襲其音。段玉裁以《廣韻》爲據改《說文》，是以不誤爲誤矣。

四　避忌心理

避忌心理也可以引起音變例外的發生。筆記裏面所談的避忌心理主要是避諱，還包括其他一些心理上的避忌因素。

《雞肋編》卷中：

> 按許慎《說文》：“甄、匋也，從瓦垔音。”居延反。《吳書》孫堅入洛，屯軍城南，甄官井上旦有五色氣，令人入井，探得傳國璽。堅以甄與己名相協，以爲受命之符。則三國以前，未有音爲之人切音矣。[①]

按，宋孫奕《履齋示兒編》卷十八討論“甄”字云：“《文選》張華《女史箴》云：‘散氣流形，既陶且甄，在帝包羲，肇經天人。’則已押在十七眞矣。”陳垣先生《史諱舉例》云：“今考《晉書·張華傳》：‘華，范陽方城人。始仕魏，司馬炎謀乏吳，華與羊祜實贊成其計。及吳滅，封廣武縣侯。’誠如《雞肋編》所言，則華固北人，與江左何涉！《女史箴》以甄與人爲韻，則河北早有是音，非爲吳諱矣。”[②]

《七修類稿》卷二十《辯證類》“綸巾”條：

> 綸字世人皆知兩音：一曰倫，一曰關，而不知其故也。蓋倫巾韻同而音近，詩法所忌也，故讀曰關。皮日休有“白綸巾下髮如絲”之句，有一本註作關，想始於此。《韻會》雖有兩收，皆引釋於倫字之下，而無一字及關字義，且關字仍註龍春切，則依舊當爲倫字矣。其所以二收，正因韻書起于沈約，若《說文》止於一收，爲可知矣。[③]

---

①　（宋）莊綽：《雞肋編》卷中，第78頁。
②　中華書局2004年版，第8頁。
③　（明）郎瑛：《七修類稿》卷二十，第294—295頁。

按，綸上古爲文部字。上古文部的字大部分變爲中古臻攝的字，一部分變爲了中古山攝的字，如盼、扮上古均屬文部，到了中古變爲寒韻字。而綸字倫音一讀正好是臻攝字，關音一讀正好是山攝字。從聲母上考察，上古來母字與舌根音相諧的特別多。因此所謂"關"音，當爲語音發展的結果所致。郎瑛的看法是錯誤的。

五　方言讀音的影響

方言和方言之間的相互影響也會引起語音的變化。有時候，一種方言受其他方言的影響語音發生了變化，在這種方言看來，就是一種語音發展的例外音變。《顏氏家訓》已經注意到了方言讀音的影響造成的音變現象，其卷七《音辭》云：

> 岐山當音爲奇，江南皆呼爲神祇之祇。江陵陷沒，此音被於關中，不知二者何所承案。①

周祖謨注補云："《切韻》奇渠羈反，祇巨支反，二字同在支韻，皆羣母字，而等地有差。奇三等，祇四等。《切韻》岐山之岐，音巨支渠羈二反，見王抄《切韻》第二種，故宮本王仁昫《切韻》同。《易·升卦》'象曰：王用亨於岐山'，《釋文》云：岐其宜反，或祁支反。亦有二音。祁支卽巨支，其宜卽渠羈也。顏云河北江南所讀不同，亦言其大略耳。考《原本玉篇》岐卽作渠宜反，是江南亦有讀奇者也。"②

《匡謬正俗》卷五"隄"條：

> 又隄防之"隄"字，並音丁奚反，江南末俗，往往讀爲大奚反，以爲風流。恥作"低"音，不知何所憑據？轉相放習，此弊漸行於關中。其提封本取提挈之義，例作低音，而呼隄防之字，卽爲蹄音，兩失其義。良可歎息。③

---

① （北齊）顏之推：《顏氏家訓》卷七，第545頁。
② 周祖謨：《問學集》上冊，中華書局1966年版，第422—423頁。《漢字古今音表》（修訂本）渠羈、巨支切擬音相同，今所不取。渠羈、巨支切爲一對重紐，顏氏認爲其不同音，也可證明重紐是實際語音的反映。
③ （唐）顏師古：《匡謬正俗》卷五，第34頁。

按，隄，《廣韻》都奚切，端母齊韻開口四等平聲｡tiei；音大奚反則聲母爲定母｡diei。兩音有清濁的不同。

又卷八"愈"條：

> 愈，勝也。故病差者言愈。《詩》云："政事愈蹙。"《楚辭》云："不侵①兮愈疏。"此愈並言漸就耳。文史用之者皆取此義。與病癒義同。而江南近俗，讀"愈"皆變爲踰，關內學者遞相放習，亦爲難解。②

按，愈，《廣韻》以主切，以母麌韻合口三等上聲 jīu˙；踰，《廣韻》羊朱切，以母麌韻平聲｡jīu。兩者聲調有別。

(6) 反切的訛誤

古代的注音主要以反切爲主，當反切在傳抄的過程中出現訛誤，後人不察，也會造成語音的變化。《癸巳類稿》卷七"歇音義"條：

> 《左傳·僖三十年》"昌歇"，自以從欠蜀聲，在惑反者爲是。而"惑"誤爲"感"，則在感反矣。又"在感"爲"在敢"，又改"在敢"爲"徂感"。字母之說盛行，而"在惑"之音遂亡。此如《詩》"鷮"字，自以爲從鳥唯聲以水反爲是，而"水"誤爲"小"，則以小反矣。又改"以小"爲"以紹"，又改"以紹"爲"五沼"，沈重至以爲雉③皎反。字母之說盛行，而以小之音遂亡。《春官》"䨄"字，自以從雨畾聲力胃反者爲是，而"胃"誤爲"冑"，則力冑反矣，又改"力冑"爲"力救"，字母之說盛行，而《集韻》類字中無"䨄"，溜字中有有"䨄"，而力胃之音遂亡。（《說文》軵，云"從車從付，讀若茸"。蓋以茸、軵連文。《淮南·覽冥注》云：音揖拊之拊。《淮南》有許叔重注，可證也。自以《集韻》斐古切爲是，而望茸音作文者，《說文》音從《廣韻》作而隴反，《集韻》亦別收乳勇

---

① 疑脫"近"。《楚辭》作"不寢近兮愈疏。"洪興祖補注："寢，一作侵，一作浸。"

② （唐）顏師古：《匡謬正俗》卷八，第71頁。

③ 按，雉當爲耀字。《經典釋文》即云"沈耀皎反"。

反一音。字母之說行，則而乳同母，讀若茸付之音遂亡。)①

　　這一段俞氏舉好幾個例子來說明反切的訛誤造成的字音變化。其中畾字，可能是反切的訛誤造成的。畾乃雷字，徐鉉音魯回切，讀爲力救反當爲反切的訛誤所致。其他三字則多不可信。歔字，段玉裁《說文解字注》云："歔之讀在感反者，語之轉也。歔與歎同在三部，音轉皆入八部。"根據鄭張尚芳先生擬音，歔上古有 thjog 和 sdoom？兩讀，昌歔的歔即讀sdoom？②，則歔的兩個讀音有音轉關係。鷟字本從唯聲，脂部字，讀爲"以小反"，是脂部字與宵部字相轉所致，與反切的訛誤無關③。至於軵字，俞正燮認爲《說文》有脫誤，但《淮南子·氾論》："相戲以刃者太祖軵其肘。"高誘注："軵，讀近茸，急察言之。"可證俞氏之非。楊樹達《積微居小學金石論叢》卷三《古音對轉疏證》認爲軵從付聲爲侯鍾對轉，並云："以其聲相遠，近世小學諸儒遂不知其爲從付得聲矣。"④ 楊先生一方面承認"其聲相遠"，一方面又說其爲對轉，可見論述並不嚴密。今案付爲唇塞音，茸乃鼻音，聲紐相差較遠，似無由對轉。竊以爲軵讀爲茸者，乃摧、軵同義而換讀。軵、摧均有推義，《廣韻·腫韻》："軵，推車，或作摧。"故可換讀。《易緯乾坤鑿度》卷下："坤道成，坤大軵，上發乃應。"鄭玄注："軵者，輔也。"此處即讀從付聲得音者。故從付得聲者爲其本音，茸音者爲其換讀音也。

　　從以上的論述可以得知，古人已經能夠考慮到語音發展中的諸多例外因素，從語流音變、同義換讀、字形的影響、避忌心理、方言的影響、反切的訛誤等方面討論例外音變。筆記在探討引起例外音變的因素時，雖然有時存在失當的情況，但是他們提到的這些因素無疑是客觀存在的。拿避忌心理來說，雖然上文所舉兩例均有失偏頗，但其確實是引起例外音變的原因之一。如徙璽二字，《廣韻》斯氏切，正好與死（《廣韻》息姊切）音同，按音變規律，當同讀爲 sǐ。但人們忌諱"死"這個字眼，所以徙

　　① （清）俞正燮：《癸巳類稿》卷七，第 250—251 頁。
　　② 鄭張尚芳：《上古音系》，上海教育出版社 2003 年版，第 468、469 頁。
　　③ 吳承仕：《經籍舊音辨證》（與《經籍舊音敘錄》合爲一冊），中華書局 1986 年版，第91—93 頁。
　　④ 楊樹達：《積微居小學金石論叢》卷三，上海古籍出版社 2007 年版，第 200 頁。

璽避開了 sɿ 的讀音，讀爲了 xɿ。① 另外，筆記中提到的一些例外音變的原因，如反切的訛誤、字形結構的重新分析等，現今學者談得很少，我們對這些因素應該引起重視。

值得注意的是，古人筆記中有相當材料談到上古到中古語音演變的例外現象。而現在探討語音演變規律的論文，多以中古到近現代的例外音變爲主，涉及上古到中古例外音變的很少。上古韻部的歸納也存在一種傾向，即以《廣韻》反切爲主直接上溯，中古有不同讀音的字在上古往往歸納爲不同的韻部，這樣做的缺陷是往往沒有考慮上古到中古語音發展的例外。如頳、俛二字的歸部就是一個例子。由此可見，筆記裏對例外音變原因的探討，對於我們今天語音史的研究仍具有一定的參考價值。

---

①　李榮：《語音演變規律的例外》，《音韻存稿》，中華書局 1980 年版，第 111—112 頁。

第三章

筆記與文字學研究

依據文字學研究的實際內容，我們可以大致把其分爲傳統的《說文》學、古文字學及俗字的研究三個方面。漢字在自身的歷史發展過程中，其面貌也發生了不少變化，筆記對此亦多有涉及。因此，本章擬從上述四個方面討論筆記與文字學的研究。

第一節　筆記與《說文》研究

文字學的研究，在古代是以《說文》學爲中心的。我們把筆記的《說文》研究分爲唐宋元明和清代兩個階段，因爲從筆記的實際情況看，唐宋元明對《說文》研究進展不大，而至清代，《說文》的研究取得了很大的進展。這也與整個《說文》學的研究相合。

一　唐至明筆記的《說文》研究

唐代李陽冰刊定《說文》，推動了《說文》的傳播流佈。五代徐鉉、徐鍇兄弟校訂和研究《說文》，使《說文》有了可據之本，在《說文》研究史上佔有重要的地位。唐宋時一些筆記也對《說文》有不少關注。如《匡謬正俗》卷二"閼"條：

> 《費誓·序》云："魯侯伯禽宅曲阜，徐夷一作尻。並興，東郊不閼。"孔安國注云："徐戎淮夷並起爲寇於東，故東郊不閼。"徐仙音"開"。按許氏《說文解字》及張揖《古今字詁》，"閼"古"開"字、閧古閼字。但閼既訓開，故孔氏釋云"東郊不開"，爾不得徑讀"閼"爲"開"，亦猶《蔡仲之命》云"乃致辟管叔于商"，孔安國注云："致法謂誅殺也。"豈得即音"辟"爲"法"乎？此

例多矣。①

按，《說文·門部》：“闢，開也。从門，辟聲。𨳿，《虞書》曰：‘闢四門’，从門从𠬪。”𨳿爲闢之古文形體。闢，盂簋作𨳿，闢鼎作𨳿，彔伯簋作𨳿，兩手開門以會意。又：“開，張也。从門，从开。𨳿，古文。”古文从一从𠬪，一象門關之形。“蓋門有關，兩手去其關則爲開，門無關，第以二手推左右扉而啓之，則謂之闢也。”② 顔師古認爲𨳿爲闢字，雖與開同，但并不能讀作“開”音。

《蘇氏演義》卷上云：

古文卜音卜字象龜支兆之文，卜法云：大曰兆，旁出文曰支。支者，如草木有枝葉。俗云：十字不全爲卜。大謬爾。梁川子曰：“卜者，鑽龜之聲。”卜者攴普木反。許慎云：“攴者，小擊之音，从卜，下从彐。篆文攴字作𠂹，象右手之形，即是以手擊物成聲也。③

按，《說文·卜部》：“卜，灼剝龜也，象灸龜之形。一曰象龜兆之從横也。凡卜之屬皆从卜。卜，古文卜。”所引古文卜與《說文》同，說解亦與“一曰”同。

《夢溪筆談》卷十七《書畫》：

古文已字從一、從亡，此乃通貫天地人，與王字義同。中則爲王，或左或右則爲已。僧肇曰：“會萬物爲一己者，其惟聖人乎？子曰：‘下學而上達。’人不能至於此，皆自域之也。”得已之全者如此。④

《學林》卷八“筆談”条：

---

① （唐）顔師古：《匡謬正俗》卷二，第9—10頁。
② 楊樹達：《積微居小學述林全編》卷三《釋開關閉》，上海古籍出版社2007年版，第130頁。
③ （唐）蘇鶚：《蘇氏演義》卷上，第13頁。
④ （宋）沈括：《夢溪筆談》卷十七，第171頁。

存中曰："古文己字從一從亡，此乃貫通天地人，與王字同義，同中則爲王，或左右則爲己。"觀國按，己字篆文爲弓，而古文篆又爲仁，篆乃象己字之形而銳其筆耳，非從一從亡也，亦非若王字之從三畫也。存中既誤析其偏旁，又誤訓曰同中則爲王，或左右則爲己，蓋不攷字書而爲臆説，殊礙理也。①

按，《説文》："乚，古文己。"故沈括以爲從一、從乚。朱駿聲《通訓定聲》："己卽紀之本字，古文象別絲之形，三橫二縱，絲相別也。小篆象古文之形，左右誤連。"朱説謂己爲紀的初文，説是，謂三橫二縱則过於拘泥。甲骨文、金文己字像繩索詰絀之形。

《夢溪筆談》卷八《象數二》：

如今姓敬者，或更姓文，或更姓苟。以文考之，皆非也。敬本從苟、音亟。從攴，今乃謂之苟與文，五音安在哉？②

按，《説文·苟部》："敬，肅也。从攴、苟。"又："苟，自急敕也。从羊省，从包省，从口，口猶慎言也，从羊，羊與美善同義。凡苟之屬皆从苟。䇓，古文羊不省。"甲骨文苟作𠧪、𠧪等形，爲敬之初文。可能因《説文》以䇓爲古文，故沈括以"敬本從苟、從攴"。

《甕牖閒評》卷一：

旦字從日從一，一者地也，日初在地上，則爲旦。故《孟子》云"坐以待旦"，《左氏傳》云"旦而戰"，《月令》云："昏參中，旦尾中"，古詩亦謂"將旦羣陰伏"，皆日初出之謂。而或者不知，乃以日一爲旦，謂初一日也，此説誤矣。又有以日下一爲旦，此説尤誤矣。③

按，《説文·旦部》："旦，明也。从日見一上，一，地也。"是爲袁氏所本。

宋周密《癸辛雜識別集》上"亂敵二字"條討論亂與敵字的區別，亦以《說文》爲本：

> 治亂之亂當作亂，从商从乙郎段切，治也，治之也。煩敵之敵當作敵，作从商从攴音同前，煩也。並見《說文》乙部、攴部。①

按，《說文·乙部》："亂，治也。从乙，乙治之也。从商。"又《攴部》："敵，煩也。从攴，从商，商亦聲。"

宋宋祁《宋景文公筆記》卷中"考古"條則反復強調《說文》的重要性：

> 學者不讀《說文》，余以爲非是。古者有六書，安得不習。春秋止戈爲武，反正爲乏。亥二首六身，韓子八厶爲公，子夏辨三豕度河，仲尼登太山見七十二家字皆不同。聖賢尚爾，何必爲固陋哉。
>
> 唐呂溫作《由鹿賦》曰："由此鹿以致他鹿，故曰由鹿。"予案：《說文》曰："率鳥者，繫生鳥以來之，名圖。圖音由。"呂得其意而不知《說文》有此圖字也。
>
> 焉本鳥名，能獸名，爲猴名，乙鳦名，借鳳爲朋黨字朋本音鳳，學者多不知，不讀《說文》之過也。②

宋祁所解之字都以《說文》爲本，其實《說文》對一些字的解說有誤，如武、乏、亥、公、爲等。又"由鹿"之"由"段注亦認爲圖爲本字。

《容齋續筆》則注意到了《說文》引經與傳本經傳的不同。其卷六"怨耦曰仇"條：

> 《左傳》師服曰："嘉耦曰妃，怨耦曰仇，古之命也。"注云：

---

① （宋）周密：《癸辛雜識別集》上，中華書局 1988 年版，第 254 頁。

② （宋）宋祁：《宋景文公筆記》卷中，商務印書館《叢書集成初編》本，1936 年，第 8—9 頁。

"自古有此言。"案許叔重《說文》，於"述"字上引《虞書》曰："方述屛功。"又曰："怨匹曰述。"然則出於《虞書》，今亡矣。以"鳩僝"爲"述屛"，以"耦"爲"匹"，以"仇"爲"述"，其不同如此。而"僝"字下所引，乃曰："旁救僝功。"自有二説。"旻"字下引《虞書》曰："仁閔覆下，則稱旻天。""埶"字下引《虞書》："雄埶"，今皆無此。方述，《說文》作旁述。①

又同卷"説文與經傳不同"條：

許叔重在東漢，與馬融、鄭康成輩不甚相先後，而所著《説文》，引用經傳，多與今文不同。聊摭逐書十數條，以示學者，其字異而音同者不載。所引《周易》"百穀草木麗乎土"爲"艸木麗乎地"，"服牛乘馬"爲"犕音備。牛乘馬"，"夕惕若厲"爲"若夤"，"其文蔚也"爲"斐也"，"乘馬班如"爲"驙如"，"天地絪緼"爲"天地壹壹"，"繻有衣袽"爲"需有衣絮"，書"晉卦"爲"晉"，"巽"爲"巺"，"艮"爲"皀"。②

還有的筆記對《説文》的一些解釋提出了質疑，並且提出了很可貴的意見。如《蘇氏演義》卷上：

母者，汝也。篆文㱾音女字加二短畫，謂之㛮音母。二短畫象雙乳之形，遂云無乳曰女，有乳曰母，皆類人之形。許慎又云：二畫短或象懷妊者，則何必象雙乳乎？乃誤説也。③

按，《説文·女部》："母，牧也。从女，象裹子形，一曰象乳子也。"甲骨文母字作　、　等形，兩點像雙乳之形，《説文》母字之二短畫當由像雙乳之兩點變來。蘇氏所言極是。
《瓮牖閒評》卷一：

---

① （宋）洪邁：《容齋續筆》卷六，第287頁。
② 同上書，第288—289頁。
③ （唐）蘇鶚：《蘇氏演義》卷上，第8頁。

霙字從天從雲省，故《易》曰"雲上于天，霙"，霙字不從而也。今人作需字乃從而，蓋篆文天字與而字相類，後之作字者失于較量，各從其便書之，其誤甚矣。《五經文字》云："需音須，遇雨而不進。"從而非也。①

按，《說文·雨部》："需，𡓃也，遇雨不進止𡓃也。从雨而聲。《易》曰：'雲上於天需。'"徐鉉等按，"李陽冰據《易》'雲上於天'，云當从天，然諸本及前作所書皆从而，無有从天者。"段玉裁注："𡓃者，待也。遇雨不進，說從雨之意；而者，𡓃之意。此字爲會意。"徐中舒主編《甲骨文字典》認爲需、儒一字。甲骨文儒字作𤕣、𤕣等形，並解字云："從大大從﹙或﹚﹐，象人沐浴濡身之形，爲濡之初文。殷代金文作𤕣父辛鼎，與甲骨文略同。周代金文譌作𤕣孟簋、𤕣白公父簋，至《說文》則譌作從雨從而之篆文𤕣。"②袁文大膽懷疑《說文》，是值得重視的。

當然，有些筆記對字形的說解存在一些問題。如《兼明書》卷五《雜說》"字書"條：

氐，丁兮反，從氏下一。底，丁米反③，山居也，亦月下也。從氏。二字，《說文》及《字樣》。明曰④：按，氐字氏下一，凡聲相近者和皆從氐，羝、祇之類是也。《說文》《字樣》底字獨無下一，非。
協。《字樣》從十⑤。明曰：協字訓和宜從心也。且協音嫌臘反，心邊著劦，與口邊著十，皆是諧聲，何得協字更從十乎？⑥

按，大徐本《說文》底从广氐聲，可能丘氏所見《說文》如此。又丘氏所言"底"字，見於《五經文字》，而非《九經字樣》，《九經字樣》乃補《五經文字》之不足而撰寫的，可能丘氏誤記。

《說文·劦部》："劦，同力也。从三力。"又："協，同心之和。从劦

① （宋）袁文：《甕牖閒評》卷一，第1頁。
② 徐中舒主編：《甲骨文字典》，四川辭書出版社2003年版，第878—879頁。
③ 原作"丁木反"，據遼寧教育出版社《新世紀萬有文庫》本改。
④ 原空兩字，據遼寧教育出版社《新世紀萬有文庫》本補。
⑤ "字樣"原作"容樣"，誤，據遼寧教育出版社《新世紀萬有文庫》本改。
⑥ （五代）丘光庭：《兼明書》卷五，商務印書館《叢書集成初編》本，1936年，第50頁。

从心。"又："協，衆之同和也。从劦从十。叶，古文協从曰十。叶，或从口。"徐鉉等曰："十，衆也。"恊、協當爲劦之分形字。甲骨文劦字作⺬⺬⺬、彡、⿳等，⺬象原始之耒形，會合力並耕之意。劦下加 ⿴者， ⿴疑盛耒之器。甲骨文有⿺字，釋爲叶，亦協字。丘氏認爲協字宜从心不从十，亦甚拘矣。

宋元明時期，思想活躍，人們對漢字的造字意圖紛紛發表自己的看法。如歲字，《夢溪筆談》卷七《象數一》云：

> 曆法步歲之法，以冬至斗建所抵，至明年冬至所得辰刻衰秒，謂之斗分。故"歲"文從步、從戌。戌者，斗魁所抵也。[1]

《丹鉛續錄》卷四"崴非古字"條：

> 《說文》云："步戌[2]爲歲。"蓋秦以十月爲歲首，故附會此説。歲字亦秦所制也。歲古作屮，見薛氏《欸識法帖》及崔希裕《略古篇》。[3]

又"古崴作屮"條：

> 干寶《周禮注》："中氣帀謂之歲，朔氣帀謂之年。"故古歲字作屮，從一帀而倒之，周一遭也。[4]

《丹鉛摘錄》卷六：

> 古遂字即崴時之崴。今文崴字從步，從戌，年至戌而終，乃秦人以十月爲崴首，故制字從步戌，前此未也。宋姚孝寧已辨之，予觀《史記》注引陸賈《楚漢春秋》云："三老董公八十二遂封爲成侯。"遂即崴也。陸賈著書不用秦篆，而用古文，亦卓士哉！崔希裕《畧

---

[1] （宋）洪邁：《夢溪筆談》卷七，第79頁。
[2] 按，戌當爲戌。
[3] （明）楊慎：《丹鉛續錄》卷四，商務印書館《叢書集成初編》本，1936年，第69頁。
[4] 同上。

古篇》古崴字作屮，未詳其義，然亦可證步戌之爲秦制，而非古矣。①

《焦氏筆乘》卷六"用修誤解歲字"條：

> 用修云："歲，古即遂字。今文從步，從戌，年至戌而終。乃秦以十月爲歲首，故之字從步、戌，前此未有也。"按《爾雅》"夏曰歲"，取歲星行一次也。歲星行一次而四時之功畢，故年謂之歲。從步者，其躔度可推步；從戌者，木星之精生於亥，自亥至戌而周天也。謂其始於秦，蓋誤。②

按，《史記·高祖本紀》注引《楚漢春秋》作"董公八十二，遂封爲成侯"，"遂"字當下屬。楊慎以"古遂字即歲"，誤。遂用爲歲乃用字法。《古文四聲韻》引崔希裕《纂古》收"屮"字，謂即歲字。甲骨文歲字作從戉不從戌。諸家所言，乃從後世訛變之字形解說，頗多穿鑿。歲本戉之異文，象斧之納柲形，歲星義乃爲後起之意義。郭沫若《金文叢考·器銘考釋·毛公鼎之年代》云："盖木星至明，而運行有異，原人未明其理，頗神異視之，故歲星每居天界之最上位，如巴比侖之視歲星爲至上神，而以矛頭爲其符徵者，其例也。以矛頭爲之符徵者，乃示其畏棱可畏，中國則以戉形表示之也。故歲遂孳乳爲歲星字。"③

《焦氏筆乘》卷六"漢儒失制字之意"條從字形的角度對漢代流行的聲訓作了批判：

> 漢儒鄭玄、賈逵、杜預、劉向、班固、劉熙諸人，皆號稱博洽，其所訓注經史，往往多不得古人制字之意。姑以釋親言之，如云父，矩也，以法度教子也。母，牧也，言育養子也。兄，況也，況父法也。弟，悌也，心順行篤也。子，孜也，以孝事父，常孜孜也。孫，順也，順於祖也。男，任也，任功業也。女，如也，從如人也。姑，

---

① （明）楊慎：《丹鉛摘錄》卷六，臺北商務印書館《景印文淵閣四庫全書》第 855 冊，第 269 頁。

② （明）焦竑：《焦氏筆乘》卷六，第 225—226 頁。

③ 《郭沫若全集·考古編》第 5 卷，學林出版社 2002 年版，第 601 頁。

故也，言尊如故也。姊，咨也，言可咨問也。夫，扶也，以道扶接也。婦，服也，以禮屈服也。妻，齊也，與夫齊體也。妾，接也，以時接見也。凡此率以己意牽合，豈知古人命名立義，固簡而易盡乎？今以六書及許慎《說文》考之，蓋父子從彐從丨，彐即手字，丨即丈，以手執杖，言老而尊也。母字從女從兩點，女而加乳，象哺子形也。兄字從口，從人，象同胞之長，以弟未有知而諄諄誨之，友愛之情也。弟字上象丱角，中象攀手，下象跂足，不良於行，義當從兄也。子字上象其首，中象其手，下象并足，始生襁褓之行也。孫字從子，從系，子之系，所以續祖之後也。男字從田從力，壯而力田，供爲子職也。女子①象兩手相拚，斂足而坐，淑德貞閑也。姑字從女從古，齒德俱尊，觀舅從白可知也。姊字從女從市，市即古綎字，綎爲蔽膝，義取在前，觀妹從末可知也。夫字從天而出，象妻之所天也。婦字從女從帚，女而持帚，承事姑舅之義也。妻字從女從尚，言女而上配君子也。妾字從女從立，女而侍立，卑以承尊也。細玩篆文，其義立見，乃漫不之省，輒爲之附會，其說亦鑿矣哉。②

焦氏所言，部分以《說文》爲依據，如父、母、孫、男等字，與《說文》合，亦言而有據。其所解一些字亦有穿鑿臆斷之嫌。《說文·弟部》：“弟，韋束之次第也。從古字之象，凡弟之屬皆從弟。𢎨，古文弟從古文韋省，丿聲。”與《說文》異。甲骨文弟不從韋作𡴆形，像繩索束弋之形。繩索束弋，必有次第，由此引申之有次第之義。《女部》：“姊，女兄也，從女，𣬉聲。”姉即姊，爲姊之俗體。居延簡甲三六、馬姜墓記即作此形。又：“妹，女弟也。從女，未聲。”《夫部》：“夫，丈夫也。從大一，以象簪也。周制以八寸爲尺，十尺爲丈，人長八尺，故曰丈夫。”甲骨文夫、大一字，象人正立之形。《女部》：“姑，夫母也。從女，古聲。”又：“妻，婦與夫齊者也。從女，從屮，從又。又，持事妻職也。𡢘，古文妻從𣎵女，古文貴字。”甲骨文妻作𡚦、𡚹等形，從屮從𡚩，𡚩象婦女長髮形，𣬉或作𣬉，同。《說文》以後世訛變字形說解，非，焦氏說解亦非。《辛部》：“妾，有辠女子給事之得接於君者，從辛從女。《春秋》云：

---

①　按，子當爲字。
②　（明）焦竑：《焦氏筆乘》卷六，第 228—229 頁。

‘女爲人妾，妾不娉也。’” 焦氏所说妾字爲後世訛變字形。

二 清代筆記的《說文》研究

到了清代，《說文》的研究達到了一個高潮。顧炎武等人倡導樸實的學風，對《說文》亦多關注。《日知錄》卷二十一“說文”條評價《說文》云：

> 自隸書以來，其能發明六書之指，使三代之文尚存於今日，而得以識古人制作之本者，許叔重《說文》之功爲大。後之學者，一點一畫莫不奉之爲規矩。而愚以爲亦有不盡然者。且以六經之文，左氏、公羊、穀梁之《傳》，毛萇、孔安國、鄭衆、馬融諸儒之訓，而未必盡合，況叔重生於東京之中世，所本者不過劉歆、賈逵、杜林、徐巡等十餘人之說，【原注】楊慎《六書索隱序》曰：《說文》有孔子說，楚莊王說，左氏說，韓非說，淮南子說，司馬相如說，董仲舒說，京房說，衛宏說，揚雄說，劉歆說，桑欽說，杜林說，賈逵說，傅毅說，官溥說，譚長說，王育說，尹彤說，張林說，黃顥說，周盛說，逯安說，歐陽僑說，寧嚴說，爰禮說，徐巡說，莊都說，張徹說。而以爲盡得古人之意，然與否與？一也。五經未遇蔡邕等正定之先，傳寫人人各異，今其書所收率多異字，而以今經校之，則《說文》爲短。又一書之中有兩引而其文各異者，【原注】如“汜”下引《詩》“江有汜”，“洍”下引《詩》“江有洍”。“逑”下引《書》“旁逑孱功”，“僝”下引《書》“旁救僝功”。“巹”下引《詩》“赤舄己己”，“掔”下引《詩》“赤舄掔掔”。後之讀者將何所從？二也。【原注】鄭玄常駁許慎《五經異義》，《顏氏家訓》亦云：“《說文》中有援引經傳與今乖者，未之敢從。”流傳既久，豈無脫漏？即徐鉉亦謂篆書堙替日久，錯亂遺脫，不可悉究。今謂此書所闕者必古人所無，別指一字以當之，【原注】如《說文》無“劉”字，後人以“鎦”字當之。無“由”字，以“甹”字當之。無“免”字，以“絻”字當之。改經典而就《說文》，支離回互，三也。今舉其一二評之。如秦、宋、薛，皆國名也。“秦从禾，以地宜禾”，亦已迂矣；宋从木爲居，薛从辛爲辠，此何理也？《費誓》之“費”改爲粊，訓爲惡米。“武王載旆”之“旆”改爲坺，訓爲臿土。“威”爲姑，“也”爲女陰，“殹”爲擊聲，“困”爲故廬，“普”爲日無色。此何理也？“‘貉’之爲言，惡也”，

"視犬之字如畫狗","狗，叩也"，豈孔子之言乎？訓"有"則曰
"不宜有也，《春秋》書'日有食之'"。訓"郭"則曰"齊之郭氏善
善不能進，惡惡不能退，是以亡國"，不幾於剿說而失其本指乎？
"居"爲法古，"用"爲卜中，"童"爲男有罪，"襄"爲解衣耕，
"弔"爲人持弓會毆禽，"辱"爲失耕時，"史"爲束縛捽抶，"罰"
爲持刀罵詈，"勞"爲火燒門，"宰"爲罪人在屋下執事，"冥"爲十
六日月始虧，"刑"爲刀守井，不幾於穿鑿而遠於理情乎！武曌師之
而製字，荊公廣之而作書，不可謂非濫觴於許氏者矣。若夫訓"參"
爲商星，此天文之不合者也。訓亳爲京兆杜陵亭，此地理之不合者
也。書中所引樂浪事數十條，而他經籍反多闕略，此采摭之失其當者
也。今之學者能取其大而棄其小，擇其是而違其非，乃可謂善學
《說文》者與？【原注】《後周書》："黎景熙其從祖廣，太武時爲尚書郎，善
古學，嘗從吏部尚書崔元伯受字義，又從司徒崔浩學楷篆。"自是家傳其法，景
熙亦傳習之，頗與許氏有異。可見魏、晉以來，傳受亦各不同。

　　《王莽傳》："劉之爲字卯、金、刀也。正月剛卯，金刀之利，皆
不得行。"【原注】《食貨志》亦云。又曰："受命之日丁卯。丁，火，漢
氏之德也。卯，劉姓所以爲字也。"光武告天祝文引《讖記》曰：
"卯金修德，爲天子。"公孫述引《援神契》曰："西太守乙卯金。"
謂西方太守而乙絶卯金也。是古未嘗無"劉"字也。【原注】趙宧光
曰："《說文》無'劉'字，但作'鎦'。"今按《漢書》卯金刀之讖及古印流
傳者，劉姓不下數十百，並作"劉"，無"鎦"字。魏明帝太和初，公卿奏
言："夫歌以詠德，舞以象事，於文文武爲斌，臣等謹制樂舞名曰章
斌之舞。"魏去叔重未遠，是古未嘗無"斌"字也。【原注】徐鉉較定
《說文》，前列斌字，云是俗書。

　　《說文》原本次第不可見，今以四聲列者，徐鉉等所定也。切
字，鉉等所加也。【原注】趙古則《六書本義》曰："漢以前未有反切，許氏
《說文》、鄭氏箋注但曰'讀若某'而已。今《說文》反切乃朱翱以孫愐《唐
韻》所加。"旁引後儒之言，如杜預、裴光遠、李陽冰之類，亦鉉等加
也。又云："諸家不收，今附之字韻末"者，【原注】"瀾"下。亦鉉等
加也。【原注】"眸"字下云："《說文》直作牟。"趙宧光曰："詳此則本書雜
出衆人之手審矣，安得不蕪穢也。凡參訂經傳，必以本人名冠之，方才不混於
前人耳。"

　　"始"字,《說文》以爲"女之初也",已不必然,而徐鉉釋之以"至哉坤元,萬物資始",不知經文乃是"大哉乾元,萬物資始",若用此解,必從男乃合耳。①

　　顧氏認爲《說文》在保存造字意圖、闡發六書之指方面發揮了重要的作用,然而,《說文》畢竟距離造字時代有了一定的時間,不可能完全沒有錯誤。從今天發掘的古文字資料來看,《說文》一些字形已經發生訛變,其形體已經不是造字時的本意,顧氏的說法是很有道理的。

　　不過,從顧氏對《說文》的批評可以看出,其對《說文》還存在一些常識性的錯誤。如云"《說文》原本次第不可見,今以四聲列者,徐鉉等所定也"。田汝成集釋即云:"顧氏所見以四聲列者,特李燾所編《五音韻譜》耳,非徐鉉等所定也。今鉉等所校《說文》原本,自一至亥,五百四十部之書,自毛氏汲古閣刊行以來,更有小字宋本、大字宋本之刻。而朱竹君則以毛本重刻,今不啻家有其書矣。"又顧氏云"今《說文》反切乃朱翱以孫愐《唐韻》所加",亦不確。黃汝成集釋引錢氏曰:"朱翱自造反切,與《唐韻》反切不同,趙古則非是。"顧氏出現此種疏漏,說明《說文》在清初的研究還沒有達到很高的水平。

　　顧氏舉例批評《說文》的漢字解說,大部分言之成理,小部分不確,還有的迄無定論。茲一一說明之:

　　秦:甲骨文秦作、等形,像抱杵舂禾之形。②

　　宋:《說文·宀部》:"宋,居也。从宀,从木。"甲骨文宋像以木爲梁柱而成地上居宅之形。③

　　薛:《說文·辛部》:"辪,辜也。从辛,自聲。"金文中辪字爲輔翼正治之義。關於此字之含義,尚有爭議。秦、宋、薛三字,許說未可輕易否定。

　　粊:訓爲惡米,與地名之費無涉。《尚書》有《費誓》,孫星衍《尚書今古文注疏》:"鄭注《周禮·雍氏》及《曾子問》皆引作'粊',今《曾子问》注作'費'。按《釋文》,可證爲後人改也,許氏蓋存孔璧古

————————————

①　(清)顧炎武:《日知錄》卷二十一,第1202—1208頁。

②　徐中舒主編:《甲骨文字典》,四川辭書出版社2003年版,第784頁。

③　同上書,第810頁。

文耳。"段注亦認爲費字爲後人所改，不過改"柴"爲"柴"。

旆：《詩·長發》："武王載旆"，《傳》："旆，旗也。"馬瑞辰《通釋》："《荀子·議兵篇》《韓詩外傳》引《詩》並作'武王載發'，《說文》引作'武王載坺'，王尚書言：'發正字，旆、坺皆借字，發謂起師伐桀。'是也。"

威：林義光《文源》卷六："戌非聲，威當與畏同字。王孫鍾威儀作畏義。從𢦔，象戈戮人，女見之，女威懼之象。"① 戴家祥主編《金文大字典》上《女部》云："林義光說是矣。金文威從戈從女，結構與𢦔畏相通。"②

也：林義光《文源》卷二認爲當爲首施之施本字，郭沫若《兩周金文辭大系圖錄考釋·沈子毁》認爲也乃古文匜，像匜之平視形。李孝定《金文詁林讀後記》卷十二認爲許說不誤。③

殹：《說文·殳部》："殹，擊中聲也。从殳，医聲。"段玉裁注："此字本義亦未見。《酉部》醫從殹，王育說殹，惡姿也，一曰殹，病聲也。此與毄中義近。"

困，甲骨文困或作𣎵。楊樹達《積微居小學述林全編》卷五《文字初義不屬初形屬後起字考·困梱》："故盧之訓，於形不相符，經傳亦未見有用此義者，許說迨非也。俞樾《兒笘錄》云：'困者，梱之古文也。《木部》：梱，門橜也。从木，困聲。困既从木，梱又从木，緟複無理，此蓋後出字，古字只作困。从囗者，象門之四旁，上爲楣，下爲閾，左右爲根也。其中之木，即所謂橜也。《曲禮》曰：外言不入於梱，内言不出於梱。《鄭注》曰：梱，門限也。梱有限止義，故古文从木从止會意。《廣雅·釋室》曰：橜、機、闑，朱也，是即以朱爲門梱字。然則困梱之爲一字可知矣。凡困極困窮之義皆從限止一義而引申之，其後引申義行而本義反爲所敓，乃更製从木之梱，又或从門作闃，而困之既爲門橜，雖許君不知矣。'今案俞說是也。困爲門梱，此初形初義也。今困字失此初義，而後起加形旁木之梱字佔有之，困但有困苦困頓等義矣。"④

普：段玉裁注："此義古籍少用。《衣部》'祥'下曰'無色也，讀

① 轉引自李圃主編《古文字詁林》卷九，上海教育出版社1999年版，第784頁。
② 戴家祥主編：《金文大字典》（上），學林出版社1995年版，第1472頁。
③ 轉引自《古文字詁林》卷九，第922頁。
④ 楊樹達：《積微居小學述林全編》卷五，上海古籍出版社2007年版，第297頁。

若普。’兩無色同讀。是則之本義實訓日無色。今字借爲溥大字耳。今
《詩》‘溥天之下’，《孟子》及漢人引《詩》皆作‘普天’。趙歧曰：
‘普，偏也。’”張舜徽《約注》：“普字久爲借義所專，自來未見有用其
本訓者，然方言俗語中今猶存之。湖湘間稱物色暗淺及暮光無精者皆曰
普，蓋古遺語也。普之本義爲日無色，因引申爲凡無色之名耳。”殷寄明
先生認爲普字單用，自來未見有“日無色”之義，普之本義即“日光普
照”之義。從詞義源流的角度來說，“普”全面、廣大之義，當爲日光普
照之引申。從同源詞的角度來看，從竝得聲的文字所表詞語“併、骿、
絣、輧、輧、踫、骿、駢、鯿、艵”俱有比並之義，其文字結構均爲形聲
兼會意格局，“普”字與之同。①

　　貉、狗：這兩字的訓釋爲當時的聲訓。狗字，徐鍇《繫傳》：“聲有
節若叩物。”章太炎《語言緣起說》則認同此說。張舜徽《約注》：“狗
與犬渾言無分，析言則犬者名犬，小者名狗。《爾雅·釋畜》云：‘未成
豪，狗。’是其本義。小犬謂之狗，猶小羊謂之羔耳。推之他獸之小者亦
可名狗，《爾雅·釋獸》云‘熊，虎醜，其子狗’是已。可知以叩訓狗，
非狗字受義之原也。”貉字，《說文·豸部》：“貉，北方豸穜。从豸，各
聲。孔子曰：‘貉之爲言惡也。’”段玉裁注：“此與西方羌从羊，北方狄
从犬、南方蠻从虫，東南閩从虫，東方夷从大，參合觀之。”“貉之爲言
惡也”反映了當時對北方民族一種輕蔑、厭惡的觀念。

　　有：古文字有從又持肉表示持有，《說文》誤。

　　郭：段注“齊之郭氏虛”下云：“謂此篆乃齊郭氏虛之字也。郭本國
名，虛墟古今字。郭國既王，謂之郭氏墟，如《左傳》言少昊之虛、昆
吾之虛、大暭之虛、祝融之虛也。郭氏虛在齊境內。”又“善善不能進，
惡惡不能退，是以亡國也”下云：“郭何以亡國，職是故也。事見《韓詩
外傳》。《新序》《風俗通》皆同。”王筠《句讀》：“許君宗毛，而亦時引
《韓詩》。”

　　居：《說文》：“居，蹲也。从尸，古者居从古。”徐鉉等曰：“居从古
者言法古也。”按，从古殊難通。故段注改爲古聲。

　　用：甲骨文作 ，、 ，、 等形。當爲一種器具。楊樹達《積微居小
學述林全編》卷五《文字初義不屬初形屬後起字考·用桶》、于省吾《甲

---

　　① 殷寄明：《語源學概論》，上海教育出版社 2000 年版，第 269—270 頁。

骨文字釋林》下卷《釋甬》①認爲是甬（桶）。

童：詹鄞鑫《釋辛及其與辛有關的幾個字》認爲古文字童人形頭上加辛表示奴隸罪人的身份。童字甲骨文作𤽗，頭上有鑿具標志，表示黥行，則許說不誤。②

襄：金文有𢍏、𢦏字，即襄字。其本義尚無定論，但許慎之說有誤已是共識。

弔：金文弔字作𠧢形，羅振玉謂丿像弓形，丨像短矢，𠃊像繳曲之形。③周法高《金文詁林》卷八謂弔字像人持繒繳之形，非弓矢形也。④

辱：楊樹達《積微居小學述林全編》卷二《釋辱》認爲辱即耨之初文。云："尋辰字甂甲金文皆作蜃蛤之形，實蜃之初字，辱字从寸从辰，寸謂手，蓋上古之世，尚無金鐵，故手持摩銳之蜃以芸除穢草，所謂耨也。"⑤

臾：金文有𦥑、𠂤，于省吾先生《甲骨文字釋林》下卷《釋臾》認爲即臾，像兩手捽抴一人之形。⑥

罰：《說文》解釋學者多疑之。馬敘倫《說文解字六書疏證》卷八引諸家之說："徐灝謂從网，從言，從刀。网者，罪之省也。言者，爰書定罪之意。刀者，自大辟以至刵劓剕黥之屬，皆刑其肢體也。孔廣居：持刀罵詈之說，俚鄙穿鑿。昭孔謂從刀詈聲，罰轉去則房處切，故與詈諧。林義光謂從言剛，剛，古剛字。……疑謂從言剛省聲，剛亦得聲於网也。"⑦

勞：清徐灝《說文解字注箋》認爲"熒火燒冂"四字非許語。《說文》焱爲"屋下鐙燭之光"，則非燒冂明矣。林義光《文源》卷六謂勞本作𤇣《師袁敦》，爲燎之古文，象兩手持衣象火中。省作𤇤齊侯鎛，勤勞之勞爲袞之借義。⑧又毛公鼎、單伯鐘有𤏻字，王國維釋爲勞字，謂像兩手

---

①　于省吾：《甲骨文字釋林》下卷《釋甬》，中華書局1979年版，第359—361頁。

②　詹鄞鑫：《釋辛及其與辛有關的幾個字》，《中國語文》1983年第5期。

③　見李孝定《甲骨文字集釋》卷八所引羅說，中研院歷史語言研究所專刊之五十，第2667頁。

④　周法高：《金文詁林》卷八，香港中文大學出版社1975年版，第5094頁。

⑤　楊樹達：《積微居小學述林全編》卷二，上海古籍出版社2007年版，第79頁。

⑥　于省吾：《甲骨文字釋林》下卷《釋臾》，中華書局1979年版，第301—303頁。

⑦　轉引自李圃主編《古文字詁林》卷四，上海教育出版社1999年版，第573、574頁。

⑧　同上書，第430頁。

奉爵形，古之有勞者，奉爵以勞之，故从兩手奉爵。①

宰：吳其昌謂宰字爲屋下有辛類兵器，故宰之義爲宰殺，蓋宰本示於屋下操辛以屠殺切割牛羊牲牷者。馬叙倫謂吳說無據，謂僕宰之本義，實爲皋人執事者也。② 詹鄞鑫謂宰本義爲室內手工業勞動。③

冥：甲骨文有冪字，即冥字。唐蘭《天壤閣甲骨文存考釋》謂象兩手以巾覆物之形，本義當爲幎。④

刑：馬叙倫《說文解字六書疏證》卷十認爲從刀井聲。⑤ 楊樹達《積微居小學述林全編》卷三《釋荆》："考甲骨文死字作屆，象人臥棺中之形。荆字左旁蓋本作井，以形似遂誤作井字，實非井字也。荆罰字無可象，故以棺形表死刑，从刀則示刀具之形，《書・呂刑》所謂劓荆椓黥之屬也。"⑥

訓參爲商星，錢大昕認爲《說文》注與本字連文本謂參商皆星名，非訓參爲商。

亳：段玉裁注："《六國表》'湯起于亳'，徐廣曰：'京兆杜縣有亳亭。'錢氏大昕《史記攷異》曰：'《殷本紀》湯始居亳，皇甫謐曰："梁國穀熟爲南亳，湯所都也。立政三亳，皆非京兆之亳亭。"《秦本紀》："寧公二年遣兵伐蕩社，三年與亳戰，亳王奔戎，遂滅蕩社。"徐廣云："蕩亦作湯，社一作杜。"皇甫謐以爲亳號湯，西夷之國，又云周桓王時自有亳王號湯，非殷也。《封禪書》于杜亳有三杜之祠，蓋京兆之亳，乃戎王號湯者之邑。徐廣以爲所起，其不然乎！然此篇稱作事必於東南，收攻實者常於西北，乃述禹興西羌，周始豐鎬，而及湯之起亳，則史公固以關中之亳系之湯矣！'按許不言三亳而獨言杜陵亭者，正爲其字从高，則以此亭當之也。然十里一亭者秦制，亳亭之名秦漢乃有之，亳之字固不起於亭也，以解字爲書，不得不有涉於皮傳者。"錢泳《履園叢話・叢話三・考索》"亳"條："顧亭林《日知錄》論《說文》云：'亳爲京兆杜陵亭，此地理之不合者。'按《史記集解》徐廣曰：'京兆杜縣有亳亭。'

① 《王國維遺書》第六冊《毛公鼎銘考釋》，上海古籍書店1983年版，第7頁。

② 詳參《說文解字六書疏證》卷十四，轉引自《古文字詁林》卷六，上海教育出版社1999年版，第825頁。

③ 詹鄞鑫：《釋辛及其與辛有關的幾個字》，《中國語文》1983年第5期。

④ 轉引自《古文字詁林》卷六，第483頁。

⑤ 轉引自《古文字詁林》卷五，第275—276頁。

⑥ 楊樹達《積微居小學述林全編》卷三《釋荆》，上海古籍出版社2007年版，第133—134頁。

《索隱》：'秦寧公與亳王戰亳，王奔，遂滅湯社。皇甫謐云："周桓王時，自有亳王號湯，非殷也。"'此亳在陝西長安縣南，若殷湯所封，是河南偃師之薄。《書》《傳》及本書原作'薄'，如《逸周書·殷祝解》云：'湯放桀而歸薄。'《郊特牲》：'薄社北牖。'《管子·地數篇》云：'湯有七十里之薄。'《墨子·非攻篇》云：'湯奉桀衆以克，有屬諸侯於薄。'《荀子·議兵篇》云：'古者湯以薄。'《呂覽·具備篇》云：'湯嘗約於郼薄矣。'高誘注："'薄'或作'亳'。'惟《孟子》作'湯居薄'，蓋借音字。則《說文》所指京兆杜陵亭者，未嘗誤也。"

趙宧光謂《說文》無劉字，顧氏認爲古有劉字。按，《說文·竹部》："籀，竹聲也。從竹，劉聲。"又《水部》："瀏，流清兒。從水，劉聲。《詩》曰：'瀏其清矣。'"故《說文》當有劉字。

斌字，漢代亦見。《史記·儒林列傳序》："自此以來，則公卿大夫士吏，斌斌多文學之士矣。"

又同卷"說文長箋"條評價其書云：

萬曆末，吳中趙凡夫宧光作《說文長箋》，將自古相傳之五經肆意刊改，好行小慧，以求異於先儒。……然其於六書之指不無管窺，而適當喜新尚異之時，此書乃盛行於世。及今不辯，恐他日習非勝是，爲後學之害不淺矣。故舉其尤刺謬者十餘條正之。……

"瓜分"字見《史記·虞卿傳》《漢書·賈誼傳》。【原注】《戰國策》注，分其地如破瓜然。○《鹽鐵論》，隔絕羌胡，瓜分其地。"窻突"字見《漢書·霍光傳》。今云瓜當作爪，突當作窔。然則鮑昭《蕪城賦》所謂"竟瓜剖而豆分"，魏玄同疏所謂"瓜分瓦裂"者，古人皆不識字邪？按張參《五經文字》云：突，徒兀反。作窔者訛。……

云"唐中晚詩文始見'簿'字，前此無之。"【原注】"譜"下。不知《孟子》言"孔子先簿正祭器"，《史記·李廣傳》"急責廣之莫府對簿"，《張湯傳》"使使八輩簿責湯"，《孫寶傳》"御史大大張忠署寶主簿"，《續漢輿服志》"每出，太僕奉駕上鹵簿"，《馮異傳》"光武署異爲主簿"，而劉公幹詩已云"沈迷簿領書，回回目昏亂"矣。

"眊"字云"字不見經"。若言五經，則不載者多矣，何獨"眊"字。若傳記史書，則此字亦非隱僻。《晉語》："被羽先升"，

注："繫於背，若今將軍負耗矣。"《魏略》："劉備性好結耗。"《吳志·甘寧傳》："負耗帶鈴。"梁劉孝儀《和昭明太子》詩："山風亂采耗，初景麗文輢。"

"禰衡爲鼓吏，作《漁陽撾摻》，摻乃操字。"【原注】"操"下。按《後漢書》："衡方爲《漁陽參撾》，蹀躍而前。"注引《文士傳》作"漁陽參槌"。王僧孺詩云："散度廣陵音，參寫漁陽曲。"自注云："參，音七紺反。乃曲奏之名，後人添手作摻。"後周庾信詩："玉階風轉急，長城雪應暗。新綏始欲縫，細錦行須篸。聲煩廣陵散，杵急漁陽摻。"隋煬帝詩："今夜長城下，雲昏月應暗。誰見倡樓前，心悲不成摻。"唐李頎詩："忽然更作漁陽摻，黃雲蕭條白日暗。"正音七紺反。今以爲操字，而又倒其文，不知漢人書"操"固有借作摻者，而非此也。

叩，京兆藍田鄉。箋云"地近京口，故從口。"【原注】"叩"下。夫藍田乃今之西安府屬，而京口則今之鎮江府，此所謂風馬牛不相及者。凡此書中會意之解，皆"京口"之類也。

寸，十分也。《漢書·律曆志》："一黍爲一分，十分爲一寸。"本無可疑，而增其文曰："析寸爲分，當言十分尺之一。"【原注】"寸"下。夫古人之書，豈可意爲增改哉！①

元明時期，出現了一大批關於六書理論的著作，《說文長箋》爲其中代表作之一。此類著作於六書理論及造字意圖有所發明，但也存在臆斷、空疏的缺陷。顧氏對《說文長箋》的批評就是針對此種缺陷而言的。爪字當爲瓜之俗體，顏元孫《干祿字書》："苽瓜，上俗，下正。"S.617《俗務要名林》："苽，古華反。"S.5588《敦煌錄》："東入苽州界。"S.617《啟顏錄》："七月七日新節，苽兒㿚子落喧。"② 所寫瓜字均出來一點。《說文·穴部》："窏，深也。一曰竈突。從穴從火，從求省。"又《穴部》："突，犬從穴中暫出也。從犬在穴中。一曰滑也。"田汝成《集釋》："《說文》窏突音義俱別。張參蓋指突，非謂窏也。若《漢書》灶突，直誤作突耳。"竈突不見《霍光傳》，見於《司馬相如傳》"巖

① （清）顧炎武：《日知錄》卷二十一，第1208—1214頁。
② 均參見黃征《敦煌俗字典》，上海教育出版社2005年版，第135頁。

突洞房”[1] 和《敘傳》下“墨突不黔”師古注。《干祿字書》犬俗字作犮，故突俗體作宊。《説文·攴部》：“敂，擊也。从攴，句聲。讀若扣。”叩字口爲聲符。其餘對簿、瓱、摻、寸等字的批評亦多有道理。

乾嘉時期，《説文》的研究達到了一個高潮，當時一些著名筆記研究《説文》的條目也較多。這裏主要討論錢大昕、桂馥、鄧廷楨等對《説文》的研究。

錢大昕作爲乾嘉時期一位有名的學者，其所著《十駕齋養新錄》有不少涉及《説文》的材料。胡樸安《中國文字學史》云：“錢大昕關於文字學，雖未有偉大之著作，而其見之于《養新錄》中者，極多精深之見解。”[2]《十駕齋養新錄》有不少條目涉及對《説文》的校勘及其聲韻的分析。其卷四“二徐私改諧聲字”條：

> 《説文》九千三百五十三文，形聲相從者十有其九，或取同部之聲，今人所云疊韻也，或取相近之聲，今人所云雙聲也。二徐校刊《説文》，既不審古音之異於今音，而於相近之聲全然不曉，故於“从某某聲”之語往往妄有刊落。然小徐猶疑而未盡改，大徐則毅然去之，其誣妄較乃弟尤甚。今略舉數條言之：“元，从一兀。”小徐云：“俗本有‘聲’字，人妄加之也。”按“元”“兀”聲相近，“兀”讀若“夐”，“瓊”或作“璇”，是“夐”“旋”同音，“兀”亦與“旋”同也；“髡”從“兀”或從“元”，“軏”《論語》作“軏”，皆可證“元”爲“兀”聲。小徐不識古音，轉以爲俗人妄加；大徐并不載此語，則後世何知“元”之取“兀”聲乎？“暜，从日，竝聲。”按古音“並”如“旁”，“旁”“薄”爲雙聲，“暜”“薄”聲亦相近，漢《中岳泰室闕銘》“竝天四海，莫不蒙恩”，“竝天”即“暜天”也。小徐以爲會意字，謂“聲”字傳寫誤多之，大徐遂刪去“聲”字，世竟不知“普”有“竝”聲矣。“朏，从月，出聲。”按“出”有去、入兩音，“朏”亦有普忽、芳尾兩切，則“朏”爲“出”聲何疑？小徐乃云“本無‘聲’字，有者誤也”，而

---

① 《司馬相如傳》突爲宊的訛字，詳參王念孫《讀書雜志·漢書第十》“巖突洞房”條和郭在貽、張湧泉《俗字研究與古籍整理》，原載《古籍整理與研究》第5期，收入蔣紹愚、江藍生編《近代漢語研究》（二），商務印書館1999年版，第72—73頁。

② 胡樸安：《中國文字學史》，上海書店據1937年商務印書館本影印，1984年，第386頁。

大徐亦遂去之，此何說乎？"昆，從日①，比聲。"按"比""頻"聲相近，"玭"或作"蠙"，"昆"由"比"得聲，取相近之聲也。小徐不敢質言非聲，乃創爲"日日比之"之說，《大徐》採其語而去"聲"字，毋乃是今而非古乎？②

按，元字：段玉裁注："徐氏楷云不當有聲字，以髡從兀聲，軏從元聲之例觀之，徐說非。古音元兀相爲平入也。"桂馥《義證》引王念孫之說："今考《說文》髡字從髟兀聲，或作髡，又軏字從車元聲，音月，卽'小車無軏'之軏。蓋元與兀本一聲之轉，故元從兀聲，而從兀之字可從元，從元之字又可以從兀也。又唐元（玄）度《九經字樣》皆本《說文》，其元字注亦云從一兀聲，則《說文》本作從一兀聲明甚。"按元兀一字。楊樹達《積微居小學述林全編》卷二《釋元》："《說文》一篇上《一部》云：'元，始也，從一，從兀。'按許君以元爲會意字，然一兀義無可說，許說殊不可通。宋戴侗《六書故》云：'元，首也，從儿，從二。儿，古文人；二，古文上。人上爲首，會意。'近人徐灝撰《說文段注箋》述戴氏之說，且引《左氏》僖公三十三年《傳》'狄人歸其元'，哀公十一年《傳》'歸國子之元'，孟子滕文公篇'勇士不忘喪其元'，以證明其義，可謂信而有徵矣。"③高鴻縉《中國字例三篇》："元兀一字，意爲人之首也。名詞從人，而以指明其部位，正指其處，故爲指事字……後世元兀二字分化，其叚借之意亦相差異矣。高而上平爲兀之叚借意，兀不從一在人上，元亦不從一從兀。"④

普：王筠《說文釋例》："普從並，當作並聲。《經義述聞》曰：徐鍇《傳》云有聲字，傳寫誤多之也。鍇不知古音，故以爲誤。鉉本遂刪聲字矣。《孫叔敖碑陰》'孫氏宗族譜記'，《隸釋》曰：'譜卽譜字。杜預《春秋左氏傳》"叙地名譜第"，《釋文》曰："譜，本又作諩，言旁作竝，亦以竝爲聲也。"'按，普爲模部字，竝爲唐部字，模唐對轉。《說文·茻部》："莫，日且冥也。從日在茻中，茻亦聲。"茻，唐部；莫讀如模部。《說文·攴部》："攱，撫也。從攴，亡聲。讀與撫同。"亡，唐部；攱，

---

① "日"原作"目"，誤。
② （清）錢大昕：《十駕齋養新錄》卷四，第65頁。
③ 楊樹達：《積微居小學述林全編》卷二，上海古籍出版社2007年版，第98—99頁。
④ 轉引自李圃主編《古文字詁林》卷一，上海教育出版社1999年版，第14頁。

讀入模部。

朏：清徐灝《説文解字注箋》："月朔初生明，至初三乃可見，故三日曰朏，從月出會意。"《漢書·律曆志下》："古文《月采》篇曰'三日曰朏'。"《楚辭·王逸〈九思·疾世〉》："時䀳䀳兮旦旦，塵莫莫兮未晞。"原注："日月始出，光明未盛爲䀳。䀳，一作朏。"洪興祖補注："䀳，日將曙。朏，月未盛明。"䀳、朏爲同源詞。朏爲會意字無疑。朏之普乃、敷尾兩切均屬微部，出爲物部①，關係密切，但從聲母來説，似乎相差較遠。

昆：清鈕樹玉《説文校録》即引錢説。然此字有爭議，徐本《説文》未可輕易更改。

又同卷"説文讀若之字或取轉聲"條指出《説文》一些字的讀音與其聲符有聲轉的關係：

> 《説文》讀若之例，或取正音，或取轉音。"楣"，"胥"聲，而讀若"芟刈"之"芟"，"䣄"，"余"聲，而讀若寧；鞈，"茧"聲，而讀若"聘"；"庳"，"卑"聲，而讀若"逋"；"袢"，"半"聲，而讀若"普"；"訬"，"少"聲，而讀若"龜"，"昕"，"斤"聲，而讀若"希"……皆古音相轉之例。自韻書出，分部漸密，有不及兩收者，則詫以爲異矣。②

又同卷"《説文》校訛字"條：

> 《艸部》兩"藍"字。前云"染青艸也。從艸，監聲。"此正字。後云："瓜菹也。從艸，監聲。"此誤字，當作"蘫"，從"艸"，"濫"聲。《玉篇》載此兩字，一從"監"一從"濫"。《廣韻》"蘫，瓜菹也"，出《説文》，是《説文》有"蘫"字。
>
> 《耳部》"耿，從耳，炯省聲"，宋本"炯"作"烓"，毛氏初印本亦是"烓"字。"烓"讀如"冋"，乃是古音。《詩釋文》引《説文》"烓行竈也"，"吕忱同音口頍反，何康瑩反，顧野王口井、烏攜

---

① 鄭張尚芳：《上古音系》，上海教育出版社 2003 年版，第 317、291 頁。
② （清）錢大昕：《十駕齋養新録》卷四，第 64—65 頁。

二反。”《爾雅釋文》:“娃,《字林》口穎反,顧口井、烏攜二反。”
蓋“娃”從圭聲,“圭”與“同”聲相近,《禮記·祭義》“跬步”
之“跬”讀爲“頃”,此其證也。小徐未審古音,輒改“娃”爲
“炯”,而大徐本猶未誤,當依宋本改正。

《火部》“娃,讀若囘”,口迴切,宋本“囘”作“同”、“迴”
作“迴”。《廣韻·四十一迴部》“娃口迴切”,與《說文》合,當從
宋本。說見上。古今韻書從無收“娃”入《灰韻》者,“口迴”之言
斷不可用。

《人部》“偶,桐人也”,“桐”當作“相”。《中庸》“仁者人也”,
鄭康成讀如“相人偶”之“人”,《儀禮注》屢言“相人偶”,惠氏《九
經古義》、臧氏《經義雜記》援引詳矣。此其證也。吳明經淩雲云:“舊板
《玉篇》‘偶相人也’,今本‘相’作‘桐’,蓋好事者依今《說文》
輒改。”又鮑所見《戰國策》全據《說文》爲訓,其注《齊策》亦云
“偶相人也”,是鮑所見《說文》猶作“相”字。①

按,段玉裁亦改“藍”作“灆”,云:“各本篆作藍,解誤作監聲,
謹依《廣韻》《集韻》訂。”今按,《篆隸萬象名義》亦作“灆”。

耿,段玉裁注:“娃,小徐作炯,大徐本舊皆作娃,娃讀若冂(按,
當作囘),見《火部》。”

偶,嚴可均《說文校議》、朱駿聲《說文通訓定聲》贊同錢說。張舜
徽《約注》引顧廣圻曰:“桐字非譌。《漢書·江充傳》:‘掘地求偶人。’
又云:‘得桐木人。’是其證。與鄭注‘相人偶’初不相涉。《淮南·繆稱
篇》;‘魯以偶人葬。’高注:‘偶人,桐人也。’道藏本《淮南》不譌,
新刻亦改桐爲相矣。”②

又同卷“妥”條云:

《說文》:“妥從又,從灾,闕。”許君以“妥”從灾無義,故闕
而不言。予謂“妥”蓋從“宵”省聲。《學記》“足以諛聞”《注》:

① (清)錢大昕:《十駕齋養新錄》卷四,第68頁。
② 又參見喬輝《錢大昕〈十駕齋養新錄〉“說文校譌字”之“偶”字字義商榷》,《長江
學術》2008年第3期。

"諓之言小也。"又"宵雅肄三"《注》:"宵之言小也。""宵""叜"聲相近,人幼爲冥、狀爲晝、老爲宵,"叜"之言"宵"猶晦昧無所知也。①

按,《說文》此字傳本不同。小徐本作"從又灾",無闕字。慧琳《一切經音義》六十一卷"叜"注引《說文》"从灾,又聲"。段玉裁注:"玄應曰:'又音手,手灾者,衰惡也。言脈之大候在於寸口,老人寸口脈衰,故從又從灾也。'此說蓋有所受之。《韻會》引《說文》'从又从灾。灾者,衰惡也。'蓋古有此五字,而學者釋之。"清王紹蘭《說文段注訂補》:"叜蓋本從又從夾,夾人之臂亦也。言人以右手扶夾也。夾與灾形相近,故譌。"朱駿聲《通訓定聲》:"叜即㕟之古文,从又持火,屋下索物也。會意。爲長老之稱者,發聲之詞,非本訓。"俞樾《兒苦錄》即從朱說。以甲骨文字觀之,朱俞之說允當。甲骨文叜作𠭯、�等形,像人持杖或火炬在屋中搜索之形,或只以手持杖或火炬。《說文》字體已發生訛變,故段錢之說皆迂曲難通。

錢大昕研究《說文》,一個很重要的發現是《說文》一些字的說解要連上篆來讀。《十駕齋養新錄》卷四"說文連上篆字爲句"條:

　　許氏《說文》唐以前本不傳,今所見者唯二徐本,而大徐本宋槧猶存,凡五百四十部,部首一字解義即承,正文之下但以篆隸別之,蓋古本如此,大徐存以見例,其實九千餘文皆同此式也。小徐本並部首解義亦改爲分注,益非其舊,或後人轉寫以意更易故耳。許君因文解義,或當疊正文者即承上篆文連讀,如"昧爽旦明也"、"胅響布也"、"湫隘下也"、"腬嘉善肉也"、"燮燨侯表也"、"詁訓故言也"、"䫏𤺺不聰明也"、"參商星也"、"離黄倉庚也"、"巂周燕也",皆承篆文爲句;諸山水名云"山在某郡"、"水出某郡"者,皆當連上篆讀;《艸部》"蘺"、"藘"、"茴"、"蘚"諸字但云"艸也",亦承上爲句,謂蘺即蘺艸、藘即藘艸耳,非艸之通稱也。"芺"、"葵"、"葅"、"蘢"、"薇"、"萑"諸字但云"菜也",亦承上讀,謂芺即芺菜、葵即葵菜也。今本《說文》"莧"字下云"莧菜也",此校書者

_____

① (清) 錢大昕:《十駕齋養新錄》卷四,第 70 頁。

所添，非許意也。古人著書簡而有法，好學深思之士當尋其義例所在，不可輕下雌黄。以亭林之博物，乃譏許氏訓"參"爲"商星"以爲"昧於天象"，豈其然乎？《人部》"佺"字下云："偓佺，仙人也。""偓"字下云："佺也。"亦承上讀，宋槧本不疊"偓"字，汲古閣本初印猶仍其舊，而毛斧季輒增入"偓"字，雖於義未乖，而古書之真面目失矣……①

　　錢氏此說影響很大，很多學者表示贊同。如劉葉秋《中國字典史略》談到《說文》時說："但其中不少字的解說，必須承上篆文來連讀，才能領會它的意義。……後人管這叫'連篆爲句'。如果不知道這種義例，就會對《說文解字》的釋義發生誤解。清代大學者顧炎武即曾把'曑'字解說讀爲'曑，商星也'；因而他指責許慎所說爲不合天文，其實是他自己弄錯了句讀。"② 姚孝遂《許慎與說文解字》完全贊同錢氏的觀點，把其看作《說文》一個基本的體例。③ 不過，還有學者持保留態度。如劉曉南先生通過對《說文》條例的分析，認爲連篆讀作爲《說文》全書的一個通例，是不存在的。④ 湯可敬《說文解字今釋》認爲"說文連上篆字爲句"，解決了《說文》閱讀中的一大疑難。但錢氏又指出，山名、水名、草名、菜名也"當連上篆讀"，則是不對的。⑤ 但無論如何，《說文》中一些字的訓釋存在着"連上篆字爲句"的情況，則是共識。

　　桂馥作爲清代研究《說文》四大家之一，其所著《札樸》考證本字的條目很多，一般以《說文》爲本，茲不贅述。其利用和研究《說文》亦還有一些條目，如卷五"覛"條則指出有的經傳常用字不見於《說文》的情況：

　　　　《說文》無"覛"字，而見於《左傳》者凡六七處。⑥

───────────

① （清）錢大昕：《十駕齋養新錄》卷四，第63—64頁。
② 劉葉秋：《中國字典史略》，中華書局1983年版，第18頁。
③ 姚孝遂：《許慎與說文解字》，中華書局1983年版，第14頁。
④ 劉曉南：《〈說文〉連篆讀例獻疑》，《古漢語研究》1989年第1期。
⑤ 轉引自陳蒲清《熔鑄古今 雅俗共賞》，《書屋》1998年第3期。
⑥ （清）桂馥：《札樸》卷五，第171頁。

又同卷"榛"條根據《字林》和《一切經音義》考證《說文》逸文：

> 《詩·鳲鳩》："其子在榛。"《釋文》："榛，木名也。"《字林》："木叢生也。"《說文》："榛，木也。一曰蓁也。"徐鍇《繫傳》"樼"字云："《說文》無榛字，此即榛字也。"《一切經音義》云："《說文》：'榛，叢木也。'"是唐本有榛字矣。①

按，大徐本《說文》有榛字，又有樼字，云："樼，木也。从木，晉聲。《書》曰：'竹箭如樼。'"小徐以樼、榛一字，誤也。

又卷七"集韻脫芎字"條利用《說文》糾正《集韻》傳本的失誤：

> 《集韻》"縜"下云："《說文》：'莐也，謂茅根。一曰藕梢。'"案：此乃"芎"字訓，漏脫"芎"字，誤屬"縜"下，又失"縜"之本訓也。《廣韻》："芎，藕根小者。"②

又同卷"袞"條：

> 《說文》："袞，從衣，公聲。"此誤也，當從"公"。《說文》："公，讀若沇州之沇。"沇，隸作兗。魏《受禪碑》："襲龍。"其字從兗省，不從公，故知當從公。
>
> 俗書變公爲公，船、鉛從公，今作舩鈆，與袞作袞同。③

按，段玉裁亦改公爲公，云："公見《口部》及《水部》，古文沇州字也，袞以爲聲，故《禮記》作卷，荀卿作袞，《王純碑》以袞爲兗州字。各本作公聲，篆體作公，公與袞雖雙聲，非同部，今正。按《爾雅音義》曰：'袞，《說文》云从衣从公，羊瑑反，或云从公从衣。'从公當作公聲。或云从公衣五字非許語也，許明云天子衣矣。"今按，公、公字形相近。金文伯

---

①　（清）桂馥：《札樸》卷五，第 176 頁。

②　（清）桂馥：《札樸》卷七，第 289 頁。

③　同上書，第 293—294 頁。

晨鼎作🔤，從公；吳方彝🔤，從仒，則金文已有從公從仒之兩種寫法。

鄧廷楨也是乾嘉時期著名的學者，其有關《說文》的代表作是《說文解字雙聲疊韻譜》，《雙硯齋筆記》亦經常藉助《說文》解決文字問題。如卷五以下兩條材料：

> 《漢書·百官公卿表》蒜作朕虞。應劭注曰："蒜，伯益也。"師古注曰："蒜，古益字。"案，顏說非也。《說文》嗌字解曰："咽也。從口益聲。"又出蒜字曰："籀文嗌，上象口，下象頸，脈理也。"是蒜即嗌字。嗌為小篆，諧聲字。蒜為籀文，象形字。《漢書》叚借作益，非即益字也。①

> 《楚辭·九歌》："𤯬芳椒兮成堂。"王逸注曰："布香椒於堂上也。𤯬一作播。"丁度云："𤯬古播字。"案：丁說非也。《說文》番字解云："獸足謂之番。"又出𤯬字云："古文番。"《九歌》之𤯬，正古文之𤯬。王注訓布，乃是播字之義。義為播而文作𤯬者，播從番聲，故叚番為播。而書作古文之𤯬也，一本作播，乃以本字易叚借字，非謂即播字也。蓋識字之難也如此。②

按，蒜，金文作🔤。戴家祥《金文大字典》上云："🔤為咽之初文，從口從幵，殆指人之咽喉當頰須之口，同聲通假，則讀為益⋯⋯🔤本象形，變而為咽、為嗌、為噎則為形聲，而又聲符更旁，後又假借為益，離造字之初宜遠矣。"③ 同樣，《九歌》𤯬當為番，播為其假借用法。

清代金石學復興，到了清末，吳大澂、孫詒讓等學者的古文字研究已達到較高的水平。吳大澂著《說文古籀補》，利用古文字材料訂正《說文》之失，可謂是《說文》研究方法的新進展。于鬯《香草校書》也利用古文字來訂正《說文》。如卷五十七《說文一》"上部丄、古文上，指事也。丅、指事"條下云：

---

① （清）鄧廷楨：《雙硯齋筆記》卷五，第331—332頁。
② 同上書，第379頁。
③ 戴家祥《金文大字典》，學林出版社1995年版，第1800頁。

如天字見《盂鼎》及《彔戎敦》並作□。蓋大象人也，指點其在人上者天也。□變爲□，而說曰一大，是許已昧其指事矣。[1]

按，天字本義爲人頭，後用來指上天之天。□上之一乃指事上部之義。

又“□、古文真”條下云：

鬯案：此字當在下文化字之下，乃化字之古文，非真字之古文也。誤在化字之上，則在真字之下矣。後人因改說解古文化爲古文真耳。上从匕，諧匕聲也。下从□，蓋貝字。金刻貝字有□、□、□諸體，皆與此□字相似，則□即貝字無疑。□从貝，匕聲，匕聲即化聲，實今之貨字矣。[2]

按，真字本作□，後又變作□，《說文》□下□乃貝之誤形。唐蘭先生云：“《說文》真古文作□，昔人不得其解。于鬯曰：‘下从□，蓋貝字。’殊有見地。然謂爲貨之古文則誤。……余謂真字本作□，當是从貝匕聲，匕非變化之化，實殄字古文之□也。”[3]

第二節　筆記與俗字研究

關於俗字的定義，蔣禮鴻《中國俗文字學研究導言》認爲：“俗字是對正字而言的。所謂正字，從顏元孫的話[4]來看，可以有下列的意義：第一，是‘有憑據’，而所謂‘憑據’者，實在是‘總據《說文》’，就是說合於前人所認識的《說文》裏的六書條例。第二，是不‘淺近’，用於高文大冊，是有學問的文人學士所使用的。第三，在封建社會中，這種統治階級

① （清）于鬯：《香草校書》卷五十七，中華書局 1984 年版，第 1148 頁。

② 同上書，第 1187 頁。

③ 故宮博物院編：《唐蘭先生金文論集》上編《釋真》，紫禁城出版社 1995 年版，第 32 頁。

④ 顏元孫《干錄字書》把字分爲正、俗、通三類。云：“自改篆行隸，漸失本真。若總據《說文》，便下筆多礙，當去泰去甚，使輕重合宜。具言俗、通、正三體。所謂俗者，例皆淺近，唯籍帳文案，券契藥方，非涉雅言，用亦無爽；儻能改革，善不可加。所謂通者，相承久遠，可以施表奏牋啓，尺牘判狀，固免詆訶。所謂正者，並有憑據，可以施著述文章，對策碑碣，將爲允當。”

所使用的‘正字’，是被認爲合法的，規範的。那麼，俗字者，就是不合六書條例的（這是以前大多數學者的觀點，實際上俗字中也有很多是依據六書原則的），大多是在平民中日常使用的，被認爲不合法的、不合規範的文字。應該注意的，是‘正字’的規範既立，俗字的界限才能確定。"① 郭在貽、張湧泉《俗字研究與古籍整理》云："所謂俗字，是相對於正字而言的，正字是指得到官方認可的字體，俗字則是指在民間流行的通俗字體。"② 黃征《漢語俗語詞通論》則認爲：漢語俗字是漢字史上各個時期流行於各社會階層的不規範的異體字。並謂："我還加了‘流行於各社會階層’的限定語，這是因爲俗字不僅普通老百姓在使用，而且官吏、文人、書法家等具有高層文化修養的人也都在使用，根本已經無法用‘民間’、‘俗間’之類的狹窄範圍來框定了。俗字在本質上是一種異體字，只是異體字中的一部分。有的字古人注曰‘皆正’，說明異體字中也有被定爲正字的，不完全是俗字，這樣我們便有必要在‘異體字’前加上‘不規範的’限定語。"③ 我們認爲，雖然對俗字的看法有些差異，但俗字是與正字相對的，被認爲是不規範的寫法，這一點則是大家的共識。

在漢字中，還有一部分方言用字，這類字只有在特定的方言區才使用，沒有對應的規範的正體。這類字在古人看來也是鄙俗之字，我們把其看作比較特殊的一類俗字，也放入本節來討論。

由於歷史的原因，對俗字的研究一直比較滯後，近年來才開始更多的關注。值得我們注意的是，古人筆記就記載和討論了許多俗字，這些材料應該引起我們的重視。

一　筆記對俗字的記錄和考釋

古人對俗字的記錄和考釋，除《干祿字書》《一切經音義》《龍龕手鏡》等字書外，還有一些散見於筆記中。如《顏氏家訓》卷六《書證》談到當時社會上俗字的流行情況：

---

① 蔣禮鴻：《中國俗文字學研究導言》，原載《杭州大學學報》1959 年第 3 期，《蔣禮鴻語言文字學論叢》，浙江古籍出版社 1994 年版，第 116—117 頁。

② 郭在貽、張湧泉：《俗字研究與古籍整理》，原載《古籍整理與研究》第 5 期，收入《近代漢語研究》（二），商務印書館 1999 年版，第 62 頁。

③ 轉引自黃征《敦煌俗字典·前言》，上海教育出版社 2005 年版，第 4 頁。

“亂”旁爲“舌”，“揖”下無“耳”，“黿”、“鼉”從龜，“奮”、“奪”從“雚”，“席”中加“帶”，“惡”上安“西”，“鼓”外設“皮”，“鑿”頭生“毀”，“離”則配“禹”，“壑”乃施“豁”，“巫”混“經”旁，“皋”分“澤”片，“獵”化爲“獦”，“寵“變成“竉”，“業”左益“片”，“靈”底著“器”。①

按，劉盼遂云：“黄門所舉諸俗字，具見於邢澍《金石文字辨異》、楊紹廉《金石文字辨異續篇》、趙之謙《六朝别字記》，楊守敬《楷法溯源》、羅振玉《六朝碑别字》諸書，而陸德明《經典釋文敘錄·條例》云：‘《五經》文字，乖替者多，至如黿鼉從龜，亂辭從舌，席下爲帶，惡上安西，析傍著片，離邊作禹，直是字譌，不亂餘讀。如寵字爲竉，錫字爲鍚，用支代文，將无混旡，若斯之流，便成兩失。’張守節《史記正義·論字例》云：‘若其黿鼉從龜，亂辭從舌，覺學從與，泰恭從小，匱匠從走，巢藻從果，耕藉從禾，席下爲帶，美下爲大，裹下爲衣，極下爲點，析傍著片，惡上安西，餐側出頭，離遍作禹，此之等類，直是字譌。竉鍚爲錫，以支代文，將旡混无，若兹之流，便成兩失。’陸、張所舉，與黄門大同小異，殆即轉襲此文歟。”② 由此可見《顔氏家訓》之影響。

又《書證》下條辨認俗字云：

有人訪吾曰：“《魏志》蔣濟上書云‘弊玏之民’，是何字也？”余應之曰：“意爲玏即是皴倦之皴耳。張揖、吕忱並云：‘支傍作刀劒之刀，亦是剞字。’不知蔣氏自造支傍作筋力之力，或借剞字，終當音九偽反。”③

按，《玉篇·刀部》：“刘同剞，居蟻切。刃曲也。”张湧泉先生云：“《廣韻·寘韻》：‘皵，瘦極。’《集韻》：‘皵，疲極也。或作玏。’‘皴’即‘皵’字。顔氏謂將濟書之‘玏’或爲‘皵（皵）’的生造俗字，或是借‘玏（刎）—剞’爲‘皵（皵）’，顯然都有可能。這短短七十餘字，

① （北齊）顔之推：《顔氏家訓》卷六《書證》，第515—516頁。

② 王利器：《顔氏家訓集解》（增補本），中華書局1993年版，第517頁。

③ （北齊）顔之推：《顔氏家訓》卷六《書證》，第472頁。

簡直就是一篇考辨俗字的學術論文了。"①

《顏氏家訓》在俗字研究方面佔有很高的地位。有許多六朝流行並爲後世所沿用的俗字，《顏氏家訓》給予了正式的記載，諸如影、陣、乱、妬（妒）、恶（惡）、甭（罷）、甦（蘇）、𦒶（老），等等，都首先載於《顏氏家訓》。② 張湧泉先生說："如果要問漢字的俗字研究從什麼時候開始的話，那我們可以說顏之推的《顏氏家訓》已導夫先路了。"③

《顏氏家訓》之後的筆記也對俗字給予了較多的關注。如《刊誤》卷下"僅甥傍繆廐薦"條：

> 又五十年來，馬廐字皆書"廏"字。"廏"字，從殳，"廐"字，從旡。經史中且無此"廐"字。殳者，戈戟之類。馬，亦武事，故曰廏庫。是以"廏"字從殳，若從旡，即失武事之義。④

按，《說文·广部》："廏，馬舍也。從广，㲃聲。"李涪對廏的字形分析有誤。以《說文》爲本，"廐"就是一個俗字。

《容齋三筆》卷十三"五俗字"條：

> 書字有俗體，一律不可復改者，如沖、涼、況、減、決五字，悉以水爲丿，筆陵切，與"冰"同。雖士人札翰亦然。《玉篇》正收入於水部中，而丿部之末亦存之，而皆注云'俗'，乃知由來久矣。唐張參《五經文字》亦以爲訛。⑤

《甕牖閒評》卷四：

> 今人作添減字，添字從氵，是也，而減字從丿，丿乃是冰字，于減字有何意義？其謬誤有如此者。⑥

---

① 張湧泉：《漢語俗字研究》，岳麓書社 1995 年版，第 244 頁。
② 同上。
③ 同上。
④ （唐）李涪：《刊誤》卷下，第 14—15 頁。標點與原文有出入。
⑤ （宋）洪邁：《容齋三筆》卷十三，第 573—574 頁。
⑥ （宋）袁文：《甕牖閒評》卷四，第 71 頁。

兩書均記載了俗書冫與丫相混的情況。

又同卷：

> 今人作脆字從月從危，非也。字書脃字乃從月從色，蓋從絶省
> 耳，言肉易斷也。①

按，《干錄字書》收脃、脆二字，亦以脃字爲正體。《説文・肉部》：
"脃，小奭易斷也。从肉，从絶省。"是爲袁氏所本。

《容齋四筆》卷十二"小學不講"條：

> 大曆十年，司業張參纂成《五經文字》，以類相從。至開成中，
> 翰林待詔唐玄度又加《九經字樣》，補參之所不載。晉開運末，祭酒
> 田敏合二者爲一編，並以考正俗體訛謬。……
> 予采張氏、田氏之書，擇今人所共昧者，漫載於此，以訓子孫。
> 本字從木，一在其下，今爲大十者非。休字象人息於木陰，加點者
> 非。美從羊從大，今從犬從火者非。軍字古者以車戰，故軍從勹下
> 車，後相承作軍，義無所取。看字從手，凡視物不審，則以手遮目看
> 之，作看者非。揚州取輕揚之義，從木者非。梁從木，作梁者非。乾
> 有干、虔二音，爲字一體，今俗分別作乹字音虔而乾音干者非。尊從
> 酋下寸，作尊者非。奠從酋從丌，作奠者非。夷從弓從大，作夷者
> 訛。耆從旨，作老下目者訛。……②

洪氏所記載的這些字，除見於《五經文字》外，都有文獻材料作爲
印證。如夲，《中華字海》云見《直音篇》，晚。漢《白石石君碑》已作
夲字。又有作夲者，見唐《大智禪師碑》③。休字，魏《張玄墓誌》作㲦，
魏《蘇屯墓誌》作休，北魏《張猛墓誌》作㲦、魏《三級浮屠頌》作
休④，均加點。美字，魏《富平伯于纂墓誌》作美⑤，下部與犬接近。S.

---

① （宋）袁文：《甕牖閒評》卷四，第 75 頁。
② （宋）洪邁：《容齋四筆》卷十二，第 749—751 頁。
③ 秦公：《碑別字新編》，文物出版社 1985 年版，第 15 頁。
④ 同上書，第 19 頁。
⑤ 同上書，第 101 頁。

338《正名要錄》：“美，從大或火。從犬，俗，無依。”① 軍字，《說文·車部》：“⬚，圜圍也。四千人爲軍。从車，从包省。軍兵車也。”故洪氏以軍爲俗。看字，唐《還神主師子記》作看②，S. 527《顯德六年正月三日女人社再立條件》即作看。③ 乾字，魏《寇臻墓誌》作乹，唐《諸書聖教序》作乹。④ 梁字，漢《張壽碑》作梁，魏《元祐墓誌》作梁⑤，下半部分均不爲木。尊字，魏《元纘墓誌》作尊。⑥ 奠字，隋《新鄭縣令蕭瑾墓誌》作奠，隋《董美人衛美墓誌》作奠⑦，下部均與洪氏所言相近。夷字，隋《盧文溝墓誌》作夷⑧，夷下之丿即分開。者，隋《劉淵墓誌》作者，隋《寇嶠妻墓誌》作者，《寶梁經》作者⑨，下均從目。

　　像上條材料一樣，《示兒編》有意搜集了當時流行的許多俗字，如卷二十二《字說》“集字二”條引《字譜總論訛字》云：

　　　　今考訂其訛謬疏于後，且如蟲之虫，虫音虺字；須之湏，湏古頮字；關之開，開音弁字，又扶邁反；船之舡，舡音航；商之商，商音的；鼃之蚕，蚕音腆；鹽之盬，盬音古；美之羑，羑音羔；體之体，体音坌；本之夲，音滔；匹之疋，疋音雅，又音所；麥之麦，麦音陵，凡此非爲訛失，是全不識字也。⑩

　　按，Φ096《雙恩記》：“耕者出虫而烏啄。”“老烏犁過旋銜虫。”蟲俱作虫。⑪

　　《說文·水部》：“沬，灑面也。湏，古文沬从頁。”《玉篇·水部》：

---

① 黃征：《敦煌俗字典》，上海教育出版社 2005 年版，第 270 頁。
② 秦公：《碑別字新編》，文物出版社 1985 年版，第 100 頁。
③ 黃征：《敦煌俗字典》，第 219 頁。
④ 秦公：《碑別字新編》，第 145 頁。
⑤ 同上書，第 167 頁。
⑥ 同上書，第 197 頁。
⑦ 同上書，第 195 頁。
⑧ 同上書，第 23 頁。
⑨ 同上書，第 135 頁。
⑩ （宋）孫奕：《履齋示兒編》二十二《字說》，商務印書館《叢書集成初編》本，1935 年，第 227 頁。
⑪ 黃征：《敦煌俗字典》，第 55 頁。

“頮，灑面也。”又：“沬，同頮。”《孔龢碑》須即作湏。[①]

《説文·門部》：“閞，門欂櫨也。”關字俗書作閞。如 S. 800《論語》：“師摯之始，《閞雎》之亂，盈盈乎盈耳哉！”S. 388《正名要録》：“關閞，右正行者揩（楷），脚注稍訛。”[②]

《玉篇·舟部》：“舡，火江切。船也。”兩字讀音不同。《集韻·僊韻》：“船，俗作舡。”

《廣韻·錫韻》：“啇，本也。”顔元孫《干禄字書》：“啇商，上俗下正。”Φ096《雙恩記》：“幾多珠玉被風陷，無限經啇遭水吹。”[③]

《廣韻·銑韻》：“蚕，《爾雅》曰：‘螼蚓，蜸蚕。’郭璞云：“即蛩蟺也，江東呼寒蚓。他典切。”又《覃韻》：“蠶，俗作蚕。”

《説文·鹽部》：“盬，河東鹽池。袤五十一里，廣七里，周百十六里。从鹽省，古聲。”盬、鹽读音不同。

《字彙·羊部》：“羑，同羔。”美寫作羑見上。

体，《廣韻·混韻》：“体，麤皃。又劣也。蒲本切。”

《説文·夲部》：“夲，進趣也。从大从十。大十，猶兼十人也。凡夲之屬皆从夲。讀若滔。”本、夲之混見前。

《説文·疋部》：“疋，足也。”《廣韻·魚韻》所葅切。又《質韻》：“匹，俗作疋。”《字彙補·疋部》：“疋，匹、疋二字自漢已通用矣。”

《説文·夊部》：“夌，越也。”《廣韻·蒸韻》力膺切。P. 3906《碎金》：“夌蟉蛀：呼交反，下注。”《敦煌俗字典》：“按，此字别本 P. 2717 卷作‘麦’簡體字，故知其爲‘麥’之俗字。”[④] 筆者按，“麥之夌”可爲佐證。

《齊東野語》卷十二“白石禊帖偏旁考”條記載姜夔《禊帖偏旁考》之字云：

> “永”字無畫，發筆處微折轉。“和”字口下横筆稍出。“年”字懸筆上湊頂。“在”字左反剔。“歲”字有點，在山之下，戈畫之右。“事”字脚斜拂不挑。“流”字内𠫓字處就

---

① （清）顧藹吉：《隸辨》，中華書局 1986 年版，第 21 頁。

② 黄征：《敦煌俗字典》，上海教育出版社 2005 年版，第 137 頁。

③ 同上書，第 354 頁。

④ 同上書，第 263 頁。

回筆，不是點。　"殊"字挑脚帶橫。　"是"字下疋音疎凡三轉不斷。　"趣"字波略反卷向上。　"欣"字欠右一筆作章草發筆之狀，不是捺。　"抱"字已開口。　"死生亦大矣"亦字是四點。　"興感"感字，戈邊亦直作一筆，不是點。　"未嘗不"不字下反挑處有一闕。①

所載字形寫法，大多和俗字密切相關。如敦煌文獻歲字，點多在右。② 流字，隸書作流、流、流等形。③ 亦字，魏《魏靈藏造象記》作灻，魏《張寧墓誌》作灻。④ 不字，《孔宙碑》作不，《白石神君碑》作不。⑤

《七修類稿》卷二十三《辯證類》"諺語解"條：

　　挽音兜踏，取桔橰取水之義，上以手挽而入，下以脚踏而出，謂其輾轉不散亂也，借人之難理會意。邋音臘遏。音塔。《海篇》云：行歪貌。借爲人鄙猥糊塗意也。韇歇字平聲韇音遮二字，雖《海篇》亦不載，今《俗字集》上有之，謂作事軒昂太過之意。予有《雜字》一冊，乃宋刻也，似此等語皆出宋時。故《山谷集》中有隻、音烈。奠、音契。蓥、拿。讀上聲。苴、音鮓。偈、音塔。僮音報。銃、充仲反。韰蒲進反等字，多謂蜀語也，義皆如今時之解：但、偈、僮，謂物不蠲也，《海篇》亦曰惡也，不知何意。⑥

筆記中所記載的一些拆字、解字的字謎、讖語等，與俗字及俗形義學亦有一定的聯繫。如緒論部分所提到的"桑"字讖語，就與俗字有關。又如《齊東野語》卷二十"隱語"條所載"用"字謎語：

　　用字謎云："一月復一月，兩月共半邊。上有可耕之田，下有長

----

① （宋）周密：《齊東野語》卷十二，第213頁。
② 黃征：《敦煌俗字典》，上海教育出版社2005年版，第390頁。
③ （清）顧藹吉：《隸辨》，中華書局1986年版，第72頁。
④ 秦公：《碑別字新編》，文物出版社1985年版，第17頁。
⑤ （清）顧藹吉：《隸辨》，第115頁。
⑥ （明）郎瑛：《七修類稿》卷二十三《辯證類》，第349頁。

流之川。六口共一室，兩口不團圓。"又云："重山復重山，重山向下懸。明月復明月，明月兩相連。"①

這一類的拆字、解字的字謎與傳統"六書"理論完全不同，六書是探求漢字的字形結構、造字意圖，而這是一種俗的文字學方法。

筆記不僅記錄當世俗字，而且對歷史上的一些俗字給予了一定的關注。如《丹鉛雜錄》卷一"伨达"條：

> 《古毗陵志》有《漢司農劉夫人碑》文，許劭所製，存者僅百十字，中有伨达二字，不知何音義。又《酒官碑》有僅字，亦不知識，書以詢知者。②

又同卷"八分書僅字"條：

> 蜀夾江縣，有《酒官碑》，令狐世弼所書，字畫有漢魏法。其中有云："南由市入爲闤，北抵湖出爲僅，闤中之館。"僅字不知何音義，錄于此以俟博洽者問之。《唐韻》僅即亦字。③

按，《字彙補·人部》："伨，見《毗陵志·漢司農劉夫人碑》，音義未詳。"又《辵部》："达，此字見《毗陵志》，音未詳。"又亦雖俗體作僅，但與語境不符，俟考。

到了清代，一些筆記對前代不易識別的一些俗字進行考釋，顯示出了深厚的學術修養。桂馥在《札樸》中對俗字多有關注，書中有多處涉及俗字考釋的內容。如卷八"麿字印"根據偏旁位置移動考釋麿字：

> 古印有"麿"，或釋作"王廣山"。案：《玉篇》有"嶡"字，印文移"山"於下耳。④

① （宋）周密：《齊東野語》卷二十，第 378 頁。
② （明）楊慎：《丹鉛雜錄》卷一，商務印書館《叢書集成初編本》，1936 年，第 11 頁。
③ 同上書，第 12 頁。
④ （清）桂馥：《札樸》卷八，第 315 頁。

又同卷"銅弩機文"條：

程君敦於西安得銅弩機，有金錯隸書十二字，曰："右中郎將曹
稅赤黑間卷轉臂。"……《說文》："冑，《司馬法》從革作鞪。"此
"轉"變"由"從"冑"，又加"寸"。《說文》："躲，篆文從寸。
寸，法度也，亦手也。"此加寸之義也。冑臂謂臂杳也。《說文》：
"弩，弓有臂也。"《釋名》："弩，其炳曰臂，似人臂也。"謹述所
聞，以復陸君，並質之程君。①

考釋轉字，從《說文》出發，分析字體變化的過程，極爲精審。《漢
語大字典》轉字全引此條②。
又同卷"韓勑碑"條：

《碑》云："邁栟禁壴。"《隸釋》以"栟"爲"枊"，云："音凡，
木名也，皮可爲索。"又釋"禁"字，引《禮器》："大夫士椸禁。"
馥案："栟"即"椸"字。《玉篇》："椸，几屬也。"《廣韻》："椸，
無足尊也。""栟，木名，可爲箭笴。"蓋隸體借"栟"爲"椸"也。
《太平御覽》："禁，一名椸。"引《三禮圖》："椸，長四尺，廣二尺
四寸，深五寸，無足，漆赤中，青雲畫陵苕華飾。禁，長四尺，廣二
尺四寸，通局足高三寸，漆赤中，青雲畫陵苕華飾，刻鏤其足，爲襄
帷之形。"據此則有足爲禁，無足爲椸。與《玉篇》《廣韻》相合。
《禮器》注云："椸，斯禁也。謂之椸者，無足有似於椸，或因名云
爾。"孔《疏》："椸是舉名。故《既夕禮》云：'設椸於東堂下。'注云：'椸，
今之舉也。'又注《特牲》云：'椸之制，如今大木舉也。上有四周，下無足。'
今大夫斯禁亦無足，似木舉之椸。故周公制禮或因名此斯禁云'椸'耳。"是
則"邁"、"栟"、"禁"、"壴"皆禮器，韓君所造者也。洪氏知引
"椸禁"而不識"栟"字，蓋疏於借體，誤以"枊"字當之矣。……
《碑》側題名"宍盧城子。"婁氏《字源》不收"宍"字。《金薤
琳瑯》釋作"元"。案："宍"即"卞"字。魯國有卞縣。"卞"，篆

---

① （清）桂馥：《札樸》卷八，第308—309頁。
② 《漢語大字典》第7卷，第4350頁。

作"夶"，隸作"六"，俗作"卞"。徐鉉云："䀩，今作抃，是也。《孔廟碑》"於六時廱"，借"卞"爲"變"。①

桂氏認爲文獻"梐禁"經常連文，遺梐禁壼均爲禮器，故梐即梐字。《漢語大字典》梐❷：通"梐"。古代盛放酒器的禮器。引《韓勑碑》爲例，並引桂氏之說②。又六字，《雙硯齋筆記》卷二："《孔廟碑》：'乃綏二縣，黎儀以康。於六時廱，撫茲岱方。'……六乃卞字，按，變从支，䜌聲，音與弁近。碑卽叚弁爲變，又易弁爲卞，而書作六也。"桂氏考釋六字從篆體到隸體的演變入手，是爲確論。六字《大字典》《中華字海》未收。

俗字的字形不是憑空產生的，而往往是對前代字體的繼承和變異。如上面提到的六字，就是篆體的一種隸變。《札樸》卷三"夭"條指出"夭"字亦是同樣情況：

> 《尚書序》："皋陶矢闕謨。"《釋文》云："矢本又作夭。"《隸釋·唐扶頌》："惟直如夭。"案：《說文·匕部》"䮛"下云："夭，古文矢字。"馥謂"夭"，隸體從古文變也。《廣韻》以"夭"爲俗字。③

桂氏認爲，夭字的產生是古文夭隸變的結果。按，夭乃疑字初文。甲金文字有𤕦、𣏾、𥄂、𤕦（亞𤕦合文），其中所從之𤕦，羅振玉認爲："殆即疑字，象人仰首旁顧形，疑之象也。"于省吾先生贊同羅說，並認爲𤕦像右手持杖形，𤕦右所從之𤕦，表示執杖行動之義。《說文》䮛即由𤕦或𤕦演化而來。④ 許慎以夭爲古文矢字，誤。又，矢的俗體除夭外，還可寫作矣（見隋《王弘墓誌》）。⑤ 故夭不當由夭而變來。桂氏雖分析失當，但從古文字的角度分析俗字的形成，其思路是值得肯定的。

隸書對篆書的改造是有規律的，同一偏旁的字往往字形相同。《札

---

① （清）桂馥：《札樸》卷八，第 319—321 頁。

② 《漢語大字典》第 2 卷，第 1200 頁。

③ （清）桂馥：《札樸》卷三，第 116 頁。

④ 于省吾：《釋"夭"和"亞夭"》，《社會科學戰線》1983 年第 1 期。

⑤ 秦公：《碑別字新編》，文物出版社 1985 年版，第 17 頁。

樸》卷八"韓勑後碑"條就根據這種規律考釋文字：

> 《後碑》云"庫窒中郎"。吾友武君億曰："'窒'即'室'字。
> 宣十四年《左傳》'屨及於窒皇'，當爲'室皇'。《漢書》'坐堂皇
> 上'，顏注：'室無四壁曰皇。'是也。"馥謂隸體從"宀"之字改從
> "穴"者，如"穽"、"窟"、"窂"、"寵"，不可枚舉。《論語》："惡
> 果敢而窒者。"《釋文》："魯讀'窒'爲'室'。"《漢書·功臣表》
> 有清簡侯室中同，《史記》作"室中"，徐廣曰："'室'，一作
> '窒'。"①

又同卷"張遷碑"條：

> 《碑》書"覽"作"覽"。案：《堯廟碑》"博覽衆文"，《督郵班
> 碑》"攬生民之上摻"，並從"臨"。《碑》作"臨"，又"臨"之變
> 也。《續漢書》："盜伏於覽下"，《漢書·陳遵傳》注作"覽"，蓋隸
> 體從"監"者多變從"臨"。《韓詩外傳》："覽乎陰陽之交。""覽"，
> 本或作"臨"。
> 雙，《碑》作"雙"，隸喜填滿，故以三點補空。
> 城，《碑》作"城"②。隸體土旁加點作"圡"，又變爲"土"。
> 曾見銅印文"睦"字"土"作"圡"。繆篆原與隸通。③

桂馥發現監隸體多變從臨的現象，並指出臨又是臨形體變化的結果。
雙、城兩字又是文字小變的結果。
　　與桂馥一樣，俞正燮對俗字亦有較多的考釋。如《癸巳存稿》卷三
"罙"條：

> 《詩》："罙入其阻。"箋云："罙，冒也。"《釋文》引《說文》
> 從网，今《說文·网部》罙，米聲。重文㮚，亦從冎、米聲也。隸變

---

①　（清）桂馥：《札樸》卷八，第 321 頁。
②　"城"原作"城"，據文義改。
③　（清）桂馥：《札樸》卷八，第 322—323 頁。

從冂、米聲，其義甚通。《唐石經》木上作冂，與米上作冂者相去微
茫耳，書手筆迹小移。《釋文》通志堂本作木上四，抱經堂本作米上
冂，而《唐石經校文》謂抱經失之，蓋以木上四爲唐時俗字，存之
可喜耳。其實楷應米上冂也，若作罙，則是篆從穴、從火、從求省之
隸變。《說文》云"深也"，與箋說不相涉，乃毛傳義。①

按，《說文·网部》："罙，周行也。從网，米聲。《詩》曰：'罙入其
阻。'罙，罙或從占。"俞氏從文字隸變、訛變的角度分析了俗字形成的原
因，極有道理。漢《郙閣頌》深即作深②，可爲米、木相混之佐證。
又同卷"書難字後"條：

　　金山曹君同福、宛平王君堂同集字一册，題曰《難字》，皆取之
學堂字書，欲持以難塾師者。余覽之，多不識，審視之，則十九誤字
也。按，《七錄》亦有魏張揖《難字》一卷，今《廣雅》字多奇怪，
蓋以隸承篆，勢不能合。《汗簡》之屬轉爲楷書，不得古意可知。加
以字匠不精，讀者奉爲程式，轉採轉誤，適以惑世。渠本有木，又榘
省聲，不知何時誤少一筆，而巨作戶。曲阜有《魏張猛龍碑》，其高
祖仕大沮渠，時俗字也。《玉篇》出一"渠"字，云："强魚反，櫸
把也。"蚕，蜻蚓也，以共得聲，不知何時誤多一筆，而共作"日
大"。《集韻》出一"蟗"字，云："亦作蚕。"《說文》"陸"從坴得
聲，籀文"隆渾"，《公羊》當作蓫，不知何時誤作蕡。《集韻》即列
"蕡"字，入聲，立竹切。今乃言《蕡卦》上從三十，蕡渾上從十、
從廿。《說文》"反爪爲爪"，不知何時楷作人傍几。《梁四公記》注
云："仉，音掌。魯有黨氏溝，音掌。孟子母掌氏，一作爪，即魯黨
氏也，今亦作人傍几。至云魏公子仉膺之後，魏公子謂梁四公，其誤
至此。《燕禮》"袒朱襦"，從需也，不知隋、唐字匠人誤影"需"
爲"鳥"，而《釋文》出一"褕"字，宋張淳《儀禮識誤》據"褕"
以改"襦"，且改《喪服》注"孺字室"爲"鴉子室。"《史記·秦
紀》云"賀以黼黻"，兩字從黹也，不知隋、唐以前何時誤作兩

① （清）俞正燮：《癸巳存稿》卷三，第87—88頁。
② 秦公：《碑別字新編》，文物出版社1985年版，第171頁。

"耑"。唐張守節《正義》云："歷代《史記》本同。"宋婁機《班馬字類》即列黼，九虡；黻，八勿。《法苑珠林》卷一百有"黼"字，字匠逞奇，改黼上爲草，而黼作藟。音義云："藟，方矩反，同黼。"《史記·周紀》云："襄王告急於晉。"急，從及也，不知何時及誤作叉。《班馬字類》列急於二十六緝。《漢書·薛宣傳》"陰陽否鬲"，否在不部、口部也，不知何時誤口作几。梁《金樓子》以寫"屯否"字從口者爲不學。《玉篇》列"字畫豪氂別"者，可否從口，屯否從几。宋人《班馬字類》列夯《四紙》。此漢人所謂壞字，方欲整齊之，而隋、唐以後人乃集之以爲楷則。又甯寧同也，《漢書·王莽傳》"永以康甯"，不知何時誤多一筆，心作必，字書乃言甯從心者獨用，從必者通寧。[①]

又卷十"省堂寺碑跋"條：

> 右《省堂寺碑》拓文，碑在莒州大山東麓……碑中"勘"乃"鮮"字，"隊"乃"隰"省。魏永平時《鄭文公碑》"使協皇華，元隰斯光"亦然。……"鳬"下刀即夕音殊。轉，宋人或以爲從人，言鳬人鳥，隸刀即篆人也，故又訛作"鳧"，而從乃者，不知從刀則是《爾雅》"鳭鷯，剖葦"，謂從人從乃者，又不足言矣。"璨"兼雅瑛俗琛兩體，而字不全。"菀"即苑何忌、菀羊之菀而加宀。音綿。青州《齊臨淮王像碑》"神爵集菀"亦然。"畚"字作"畓"，同文門齊乾明時碑殘缺，中見半字，亦卜右多一筆，蓋取茂美。碑"欂"從専。字應作"欂"，薄省。壁柱也。"寍"應作"穿"，"莧"應作"莧"，"埶"應作"勢"，"埊"應作"望"，皆用俗怪字。"袄"亦族別體，或亦作"挨"，或又作"袯"。《魏高澄碑》此非齊高澄，墓在德州。"率袄攻圍"，族旅皆從衣，不可解也。……"混屯"，"屯"作"毛"。《風俗通》言"毛姓"，《水经注》言屯氏河，皆由屯毛中有乇字致訛。……"敖"字初不可識，《偃師金石志·齊孟阿妃造老君像記》"息子敖"，云"敖"不曉何字。今思之，實止敖字加一筆耳。"幹"則幹加一。《高澄碑》"氣幹英發"亦同，《高貞碑》則作

---

① （清）俞正燮：《癸巳存稿》卷三，第92—93頁。

"斡"。又《澄碑》"憑春灑轎，席中抽琴"，今人於斡翰中多喜加一筆，有由來矣。①

　　俗字的形成在很大程度上是書寫者筆畫的小異訛變而成的，俞氏主要從筆畫訛誤的角度考釋前代的俗字，所考極爲精審。如淶字，魏《王宋墓誌》②、敦研 179—1《妙法蓮華經授記品第六》渠即作"淶"③。《玉篇》重出"淶"字，云："淶，强魚反，欅把也。"當誤④。㦮，甘博 078《維摩詰所說經》卷中《觀衆生品第七》"無所希望"，上部即與政接近，而 S. 6825V 想爾注《老子道德經》卷上"呂望佐武王伐紂"，望下部王象立字，稍變之即爲之字。⑤ 族字，魏《元颺妻王夫人墓誌》作祑，魏《司馬景和妻墓誌》作祑，魏《張猛龍碑》作扶⑥，可證俞氏之言。屯字，S. 2832《願文等範本·亡兄弟》"唯願諸親眷屬，三災霧卷，五福雲屯。""屯"即寫作"乇"。⑦ 毛字，《曹全碑陰》"故攻曹乇定吉。"⑧ 乇即毛字。可爲《水經注》毛、屯相混之證。唯言賁乃陸字之訛似可商榷。《公羊傳·宣公三年》："楚子伐賁渾戎。"陸德明釋文："賁渾，舊音六，或音奔；下户門反。二《傳》作陸渾。"陸與賁形體差別較大，不太可能相混。又需字，《堯廟碑》"濡術之宗"，《景北海碑》"陰營陵繻良"⑨，右部均爲需字，乃知漢代已然，非始於唐宋時影印之誤。急作受，當爲從篆書隸變去心耳。

　　對於俗字的產生歷史，筆記也有所關注。如對準之俗體准字的考證，《野客叢書》卷十四"承准字"條云：

　　　　今吏文用承准字，合書準。說者謂因寇公當國，人避其諱，遂去十字，只書准。僕考魏晉石本，吏文多書此承准字。又觀秦漢間書與

①　（清）俞正燮：《癸巳存稿》卷十，第 285—287 頁。
②　冷玉龍等：《中華字海》，中國友誼出版公司 1994 年版，第 755 頁。
③　黃征：《敦煌俗字典》，上海教育出版社 2005 年版，第 330 頁。
④　中華書局所據張氏澤存堂本《玉篇》無此條。
⑤　黃征：《敦煌俗字典》，第 420 頁。
⑥　秦公：《碑別字新編》，文物出版社 1985 年版，第 165 頁。
⑦　黃征：《敦煌俗字典》，第 411 頁。
⑧　（清）顧藹吉：《隸辨》，中華書局 1986 年版，第 52 頁。
⑨　同上書，第 21 頁。

夫隸刻，平準多作准。知此體古矣。《干祿》書、《廣韻》注謂准俗
準字，既古有是體，不可謂俗書，要皆通用。《石林燕語》言："京
師舊有平準務，自漢以來，有是名。蔡魯公爲相，以其父名準，改爲
平貨務。"僕謂平準字，自古以來，更革不一。觀《宋書》，平準令
避順帝諱，改曰染署，其他言準字處，所避可知。①

《癸巳存稿》卷三"準"條云：

　　《農田餘話》云，"寇萊公當國，凡有文字'準此'字，去
'十'作'准'，至今不改。先宋諸人言之。然韻中亦有此'准'
字，《莊子》有'平中准'"云云。今案，准是準草書，見《急就
章》。宋順帝諱準，昇明中，取此字。又魏人以准爲淮水不足。不得
謂寇準時去十作"准"。②

按，《銅柏廟碑》："准則大聖。"③ 准則準之俗書。
《陔餘叢考》卷二十二"重字二點"條：

　　凡重字下者可作二畫，始於《石鼓文》，重字皆二畫也。後人襲
之，因作二點，今并有作一點者。④

按，重字二點，商周甲金文已見。⑤
《十駕齋養新錄》卷四"床"條考證俗字"床"的歷史：

　　《九域志》《宋史·地理志》俱云"秦州有床穰堡"，遍撿字書皆
無"床"字，莫詳其音。頃讀《一切經音義》，知《大般涅槃經》有
"粟床"字，云："字體作'麻''穈'二形，同忙皮反，禾穄也。

---

①　《野客叢書》卷十四，第 160 頁。
②　（清）俞正燮：《癸巳存稿》卷三，第 89 頁。
③　引自《漢語大字典》第 1 卷，第 299 頁。
④　（清）趙翼：《陔餘叢考》卷二十二，第 428 頁。
⑤　詳參麥里筱（Chrystelle Maréchal）《古漢字的第一個難產的標點：商周甲金文的重文符
號"＝"》，《古文字研究》第二十七輯，中華書局 2008 年版。

關西謂之‘床’，冀州謂之‘稴’。”乃知隋唐以前已有此字。秦州本關西地，方俗相承，由來舊矣。①

按，《漢語大字典》“床”字條即引《十駕齋養新錄》。②《隋書·東夷傳·流求》：“土宜稻、梁、床黍、麻、豆、赤豆、胡豆、黑豆等。”《西陲簡》22·10 即已有“床”字。

《札樸》卷三“斈”條：

> 俗書“學”字作“斈”，亦有所承。宋景文云：“北齊時里俗多作偽字，以文子爲學。”馥案：“斈”乃“斈”之變体，“斈”通用“學”。漢碑作“學”，變爻爲爻，其來已久，不始於北齊。③

清畢沅《中州金石記》卷五南宋《何友直題名》跋：“題云‘……臨行不竟黯然……’覺字作‘竟’，蓋省筆，‘文’有‘爻’之譌也。”與桂氏看法同。張湧泉先生認爲，“學”上面的“文”字當爲符號替代，如“齊”作斉，齋作斈等。④ 按，學字，漢《武榮碑》作斈，魏《元玕墓誌》作斈，均變爻爲文，隋《仲思那造橋碑》作斈，變爻爲支，支與文亦相近。⑤ 從碑刻文獻來看，桂氏之說亦不可輕易否定。

二　筆記對俗字特點的一些認識

張湧泉先生在《漢語俗字研究》中把俗字的特點概括爲通俗性、任意性、時代性、區別性、區域性五個方面。⑥ 筆記對俗字的特點雖然沒有這麼全面地概括歸納，但已零零星星地談到俗字的一些特點。

《顏氏家訓》卷七《雜藝》：

> 北朝喪亂之餘，書迹鄙陋，加以專輒造字，猥拙甚於江南。乃以

---

① （清）錢大昕：《十駕齋養新錄》卷四，第 85 頁。
② （清）錢大昕：《十駕齋養新錄》卷二，第 877 頁。
③ （清）桂馥：《札樸》卷三，第 98 頁。
④ 張湧泉：《漢語俗字研究》，岳麓書社 1995 年版，第 71 頁。
⑤ 秦公：《碑別字新編》，文物出版社 1985 年版，第 347 頁。
⑥ 張湧泉：《漢語俗字研究》，第 116—130 頁。

百念爲憂，言反爲變，不用爲罷，追來爲歸，更生爲蘇，先人爲老，如此非一，徧滿經傳。①

俗字與正字相比，書寫具有一定的任意性，其創製亦有一定的主觀性。所謂"專輒造字"體現了俗字的此種特點。王利器集解："穆子容《太公碑》：'器業偃洽。'偃字從偃。"《龍龕手鏡·心部》："㥈，俗；愻，古文，於求反，志也，亦憂愁也。今作憂，同。"② 徐鯤曰："顧炎武《金石文字記》云：'追來爲䢜，見穆子容《太公碑》，作䢜；先人爲老，見《張猛龍碑》，作耂。"③《龍龕手鏡·來部》："㑰，音歸。"《集韻·模韻》："穌，死而更生曰穌，通作蘇，俗作甦，非是。"《龍龕手鏡·更部》："甦，音蘇。"

有的筆記指出，一些俗字是統治者個人因素造成的。如宋趙與時《賓退錄》卷五：

　　　　唐《君臣正論》載：武后改易新字，如以山水土爲地，千千萬萬爲年，永主久王爲證，長正主爲聖，一忠爲臣，一生爲人，一人大吉爲君。然嘗考之，但埊、𠡦、𢘑、𡈼四字合；證作𨪍，聖作𡌆，君作𥆞，皆與《正論》所言不同。今大理國文書至廣右者，猶書國作圀，亦武后所改。又吳主孫休名字四子嘗創𩪋音灣、䆣音迄、壾音魷、𡕭④音礥、𢼸音莽、𣅲音舉、寇音襄、𤓯音擁八字。南漢劉岩自製龑音儼字爲名，蓋取"飛龍在天"之意云。⑤

按，施安昌先生根據武則天統治時期奉敕撰寫的《大周無上孝明高皇帝碑》《夏日游石淙詩刻石》《大周封祀壇碑》，確定了武則天改字的規範字形。其中證作𨪍，聖作𡌆，正作𠂹，君作𥆞⑥，與《君臣正論》相同、

　　① （北齊）顏之推：《顏氏家訓》卷七，第 575 頁。
　　② 㥈爲憂愁之憂的本字，憂爲優游之優的本字，愻當爲㥈的形譌字。詳參張湧泉《漢語俗字研究》，岳麓書社 1995 年版，第 42 頁。
　　③ 王利器：《顏氏家訓集解》（增補本），中華書局 1993 年版，第 576 頁。
　　④ 𩪋、壾、𥆞、𡕭字體依《叢書集成初編》本。
　　⑤ （宋）趙與時：《賓退錄》卷五，《宋元筆記小說大觀》第 4 冊，上海古籍出版社 2001 年版，第 4181—4182 頁。
　　⑥ 施安昌：《從院藏拓本探討武則天造字》，《故宮博物院院刊》1983 年第 4 期。

相近。《三國志·吳志·三嗣主傳》：“戊子，立子𩅹爲太子，大赦。”南朝宋裴松之注引《吳錄》所載孫休詔：“孤今爲四男作名字：太子名𩅹，𩅹音如湖水灣澳之灣，字莔，莔音如迄今之迄；次子名𩅠，𩅠音如兒觟之觟，字羿，羿音如玄礥首之礥；次子名𪩟，𪩟音如草莽之莽，字昷，昷音如舉物之舉；次子名𡨄，𡨄音如襃衣下寬大之襃，字燅，燅音如有所擁持之擁。”𡨄與𡨄字形微異。《新五代史·南漢世家·劉龑》：“（乾亨）九年，白龍見南宮三清殿，改元曰白龍，又更名曰龑，以應龍見之祥。有胡僧言：‘讖書：“滅劉氏者龑也。”’龑乃採《周易》‘飛龍在天’之義爲‘龑’字，音‘儼’，以名焉。”

《游宦紀聞》卷九：

　　字學不講，多因前代諱惡，遂致書畫差誤。漢以火德王，都于洛陽，惡水能滅火，遂改“洛”爲“雒”。故今惟書經作“洛”，而傳記皆作“雒”矣。秦始皇嫌“皋”《韻畧》在上聲字似“皇”，改爲“罪”，自出己意，謂非之多則有皋也。今經書皆以“罪”易“皋”，獨《禮記》《爾雅》，猶有可考。“无”字、乃子雲奇字古文“天屈西北爲‘无’。”今《易》中“無”，皆從“无”，它書則雜之矣。“世”字因唐太宗諱世民，故今“牒”、“葉”、“棄”，皆去“世”而從“云”。漏“泄”、縲“絏”，又去“世”而從“曳”。“世”之與“云”形相近，與“曳”聲相近，若皆從“云”，則“泄”爲“沄”矣，故又從“云”而變爲“曳”也。“民”則易而從“氏”，“昏”、“愍”、“泯”之類，至今猶或從“氏”也。①

張氏認爲所舉這些字，是由於避諱的原因造成的。其中罪字，《說文·辛部》“皋”下云：“秦以皋似皇字，改爲罪。”“牒”“葉”、“棄”等字去“世”而從“云”，張湧泉先生亦認爲由避諱而造成。②“无”看不出避諱的論述。《說文·亡部》：“無，亡也。从亡，無聲。无，奇字无通於元者，王育說天屈西北爲无。”雒、昏二字亦與避諱無關。《學林》卷六“雒”條：“《前漢·地理志》，河南郡雒陽縣。顏師古注曰：‘魚豢

---

① （宋）張世南：《游宦紀聞》卷九，第 77 頁。
② 張湧泉：《漢語俗字研究》，岳麓書社 1995 年版，第 122 頁。

云漢火行忌水，故去"洛""水"而加"隹"。如魚氏說，則光武以後改爲"雒"字也。'觀國按：《史記·河渠書》曰："東下砥柱及孟津、雒汭。'又《史記·封禪書》曰："幽王爲犬戎所敗，周東徙雒邑。'又《史記·十二諸侯年表》曰："周平王元年，東徙雒邑。'由此觀之，則司馬遷作《史記》時，已用雒字，非光武以後改也。漢雖火行，然漢字亦從水，未嘗改避，豈於雒字獨改之哉？本用洛字，而司馬遷、班固多假借用字，故亦通用雒字耳，魚豢之說非也。"《野客叢書》卷十七"昏字"條："世謂昏字合從民，今有從氏者，避太宗諱故爾。僕觀《唐三藏聖教序》，正太宗所作，褚遂良書，其間重昏之夜，則從民，初未嘗改民以從氏也。謂避諱之說，謬矣。蓋俗書則然。又觀《温彦博墓志》，貞①觀間歐陽詢書，其後言民部尚書唐檢云云。當太宗時，正字且不諱，而況所謂偏旁乎？又有以見太宗不諱之德。"《說文·日部》："昏，日冥也。從日，氏省聲，氏者，下也。一曰民聲。"《繁陽令楊君碑》"宿不命閽"，裏面之昏即從氏字。②

《蘇氏演義》則指出了俗字的通俗性：

> 只如田夫民爲農，百念爲憂，更生爲甦③，兩隻爲雙，神蟲爲蠱，明王爲聖，不見爲覓，美色爲艷，口王爲國，文字爲學：如此之字，皆後魏流俗所撰，學者之所不用。④

"流俗所撰"體現了俗字通俗性的特點。《字彙·隹部》："雙，俗雙字。"Φ096《雙恩記》："佛隱雙林，我偏失所。""王都即是王舍，佛隱鷲峰，山、都兩處雙彰。""雙眉族恨幾時開？"雙上部爲"雨"形，下部爲"隻"形。⑤因俗書兩可寫作雨，故有此形。《玉篇·虫部》："蛵，自含切，俗蠱字。"S. 388《正名要錄》："蠱蛵，右正行者正體，脚注訛俗。"⑥"神蟲爲蠱"之"虫"疑爲"虫"。隋開皇十三年《諸葛子恒等造

---

①　貞原避諱作正，今回改。
②　（清）顧藹吉：《隸辨》，中華書局 1986 年版，第 39 頁。
③　甦疑爲蘇字之誤。
④　（唐）蘇鶚：《蘇氏演義》，第 11 頁。
⑤　黃征：《敦煌俗字典》，上海教育出版社 2005 年版，第 379 頁。
⑥　同上書，第 35 頁。

象頌》有墾字，即聖。① 《玉篇·見部》："覔，同覓，俗。" S. 388《正名要錄》："覔覓，右正行者正體，脚注訛俗。" 甘博 004—1《賢愚經》："斯事至難，當覔因緣。" P. 2299《太子成道經》："難爲求覔。" 覓均作覔。② 囯，《龍龕手鏡·口部》以爲國的俗字。S. 388《正名要錄》："國囯，右正行者正體，脚注訛俗。" Φ096《雙恩記》："吾唯有汝偏憐惜，滿囯黃金未爲值。" S. 2073："付囑囯王大臣，智者方能了義。"③ 學字，S. 2721《舜子變》："孝得甚崇惑術魅。" P. 2305《妙法蓮華經講經文》："自居山內孝修行，不省因循入帝京。" 學均作孝。④ "文字爲學"之"字"疑爲"子"。

有的俗字只流行於一定的地域，對於俗字的區域性，筆記裏談得較多。如范成大《桂海虞衡志·雜志》：

俗字。邊遠俗陋，牒訴券約專用土俗書。桂林諸邑皆然。今姑記臨桂數字，雖甚鄙野，而偏傍亦有依附。

亵音矮，不長也。

閟音穩，坐於門中，穩也。

奎亦音穩，大坐，亦穩也。

仦音嫋，小兒也。

奀音動⑤，人瘦弱也。

歪音終，人亡絕也。

㚻音臘，不能舉足也。

妖音大，女大及姊也。

嵒音堪，山石之巖窟也。

閂音攔，門橫關也。

他不能悉記。予閱訟牒二年，習見之。⑥

---

① 張湧泉：《漢語俗字研究》，岳麓書社 1995 年版，第 103 頁。
② 黃征：《敦煌俗字典》，上海教育出版社 2005 年版，第 273 頁。
③ 同上書，第 143 頁。
④ 同上書，第 468 頁。
⑤ 《賓退錄》動作勒，見下。
⑥ （宋）范成大：《桂海虞衡志·雜志》，《范成大筆記六種》，中華書局 2002 年版，第 129 頁。

宋周去非《嶺外代答》卷四"俗字"條：

> 廣西俗字甚多，如奀音矮，言矮則不長也。坌音穩，言大坐則穩也。奀音動，言瘦弱也。歪音終，言死也。尞音臘，言不能舉足也。仔音嫩，言小兒也。妖徒架切，言姊也。閂音檻，言門橫關也。岙音礐，言巖崖也。氽音泅，言人在水上也。汆音魅，言沒入水下也。毟①音鬍，言多髭。硍②，東敢切，言以石擊水之聲也。③

《賓退錄》卷五：

> 吳虎臣曾《漫錄》云：婺州下俚有俗字，如以奀爲矮，奜爲齋，訟牒文案亦然。范文穆《桂海虞衡志》云：邊遠俗陋，牒訴券約專土俗書，桂林諸邑皆然。今姑記臨桂數字，雖甚鄙野，而偏傍亦有依附。奀音矮，不長也。閪音穩，坐於門中，穩也。坌亦音穩，大坐亦穩也。仔音嫩，小兒也。奀音勒，人瘦弱也。歪音終，人亡絕也。尞音臘，不能舉足也。妖音大，大女即姊也。岙音礐，山石之巖窟也。閂音擴，門橫關也。他不能悉記。《嶺外代答》於此外，又記五字。氽音茜，言人在水上也。汆音魅，言沒入水下也。閊，和戩切，言隱身忽出以驚人之聲也。毟音胡，言多髭也。丼④，東敢切，以石擊水之聲也。⑤

《湧幢小品》卷十八"字義字起"條：

> 其（指廣西）俗字頗多，皆鄙俗所附。如坌、音穩，人坐穩也。喬、音矮，不高故矮也。奀、亦音矮，不長故矮也。奀、音勒，不大故瘦也。岙、音礐，山石之巖窟也。閂、音擴，門橫關也。氽、音茜，人在水上也。汆、音魅，人沒入水下也。閊、和戩反，言隱身忽出以驚人之也。毟、音鬍，

---

① 毟當爲毟字之訛。
② 《湧幢小品》引作丼。
③ （宋）周去非：《嶺外代答》卷四，《四庫全書珍本別集》本。
④ 《叢書集成初編》本作硍。
⑤ （宋）趙與時：《賓退錄》卷五，第4181頁。

毛口故齬也。丼，束①敢反，以石投水有聲也。自范成大帥靜江時已有之。見《桂海虞衡志》。今又有塍、泵之類，殆難研究。②

清鈕琇《觚賸》卷七《粤觚上》"語字之異"條：

（粤中）其字之隨俗撰出者，如：穩坐之爲"奀"，音穩。人物之短者爲"矞"，音矮。人物之瘦者爲"夭"，音芒。山之岩洞爲"峃"，音勘。水之礬激爲"泵"，音聘。蓄水之地爲"氹"，音泔。通水之道爲"圳"，音浸。水之曲折爲"凼"，音囊。路之險隘爲"卡"，音汊。隱身忽出爲"閄"，音或。截木作墊爲"厇"，音墩。橫木上闌爲"閂"，音拴。此粤字之異也。③

上述筆記所記載的這一組字流行於兩廣地區。④這些字大體上爲會意字，筆記對這些字的分析也指明了這一特點。從筆記記載看，這些字在兩廣地區可謂源遠流長。徐珂《清稗類鈔·經術類》："廣西人所用者如下……塍，音近産，假子也。"《漢語大字典》書證即引此⑤，比《湧幢小品》爲晚。又圳字，戴侗《六書故》卷五："甽，子浚切……按今作圳，田間溝畖也。"今浙江和江西一部分地區、福建、廣東等地都有以圳命名的地名，由此可見，圳當不只廣東地區流行。

《菽園雜記》卷十二記錄了當時流行於各地的一些俗字：

廣西有庹姓，音託。今吳中人伸兩臂量物曰託。庹既與度似，而又從尺，疑卽此歟！陝西有夯字，音罕，持物也。奋音胎字上聲，南人罵北人爲奋子。廣東有孻字，音柰平聲，老年所生幼子。要音少，杭人謂男之有女態者。娸音其緺反，謂子之幼稱者。吽讀如撼，恨其人而欲害之之辭。越中有此等字，往往於訟牒中見之。⑥

---

① 束疑爲東字之誤。

② （明）朱國楨：《湧幢小品》卷十八，第 421 頁。

③ （清）鈕琇：《觚賸》卷七《粤觚上》，文海出版社 1982 年版，第 139—140 頁。

④ 這些字可能有少數民族語言用字的成分。

⑤ 《漢語大字典》第 4 卷，第 2578 頁。

⑥ （明）陸容：《菽園雜記》卷十二，第 144 頁。

按，《改併四聲篇海·广部》引《餘文》："庹，姓也。"《萬姓統譜·歌韻》："庹，音佗，見《直音》。明萬曆間，河南南陽衛指揮庹五常，慈州人。"清王士禎《池北偶談》卷二十《談異一·奇姓》："壬子典試四川，有副榜庹謀，音拓。"則庹姓並不限於廣西。宋司馬光《涑水紀聞》卷一："（宋）太祖謂諸將曰：'近世帝王，初舉兵入京城，皆縱兵大掠，謂之夯市。汝曹今毋得夯市及犯府庫。"夯即劫持之義。元金仁傑《追韓信》第三折："量這個夯錢之夫小可人，怎做這社稷臣！"夯錢即撈取錢財之義。《漢語大字典》即引《菽園雜記》考證"夯市"、"夯錢"之義①。北方人與南方人相比身軀較大，故南人稱北人爲畚子。盗字，《觚膡續編·亞盗成神》："'盗'字不見于書，唯閩粵之俗有之，謂末子爲盗。"奀字，《大字典》收錄"奀姦"②，《字彙補》音古溪切，陸氏所記吳音與其不同。娟字，《漢語大字典》即引《菽園雜記》③。又吽字，《漢語大字典》所列義項均與陸氏所言有別，讀音亦不同。④

對於俗字的時代性，筆記雖然沒有明確指出，但在論述中也可以窺見俗字是具有時代性的。

《因話錄》卷五《徵部》：

> 又《玉篇》《切韻》，噉字是正也，著兩火俗也，並徒敢反。正合作噉不疑矣。⑤

《學林》卷九 "啖袴" 条：

> 噉、啖、啗三字，諸家字書同音徒濫切，又同音杜覽切，雖有二音切，其義則同爲噉食之字。趙璘《因話錄》緣唐武宗廟諱炎，遂辨此三字，謂《玉篇》噉字是正，啖字是俗。觀國按，《說文》有啖字篆文，則啖字非俗也。《玉篇》亦未嘗以啖字爲俗字。《廣韻》曰《前秦錄》有將軍噉鐵，而《元和姓纂》作啖鐵，唐亦有啖助，則啖

---

① 《漢語大字典》第 1 卷，第 526 頁。
② 《漢語大字典》第 2 卷，第 1037 頁。
③ 同上書，第 1057 頁。
④ 《漢語大字典》第 1 卷，第 589 頁。
⑤ （唐）趙璘：《因話錄》卷五，第 110 頁。

固非俗書也。①

按，《說文・口部》：“啖，噍啖也。从口，炎聲。一曰噉。”又：“唅，食也。从口，含聲。讀與含同。”在許慎時代，啖不是俗字，趙璘認爲啖爲俗字，可見俗字是有時代性的。又，趙璘所說《玉篇》云噉正啖俗，與今本《玉篇》不同，故王觀國云“《玉篇》亦未嘗以啖字爲俗字”。

《老學庵筆記》卷六：

> 今人書“某”爲“厶”，皆以爲俗從簡便，其實古“某”字也。《穀梁》桓二年：“蔡侯、鄭伯會於鄧。”范甯注曰：“鄧，厶地。”陸德明《釋文》曰：“不知其國，故云厶地，本又作某。”②

《桂海虞衡志・雜志》：

> 大理國。間有文書至，南邊及商人持其國佛經，題識猶有“圀”字者。“圀”，武后所作國字也。《唐書》稱大禮國，今其國止用理字。③

按，P. 2151《妙法蓮華經・序品第一》：“國界自然，殊特妙好。”國即寫作圀。④ 范氏所記表明在圀在南宋時期已經不常用，而在唐代應當使用範圍較廣。

《七修類稿》卷二十二《辯證類》“古字”條：

> 古字多矣，不及錄出，但如崧、烟、針、碁、栖、笋、飢、个等字，世每以爲省筆者，不知反是古字。⑤

崧，《詩・大雅・崧高》：“崧高維嶽，駿極于天。”毛傳：“崧，高

---

①　（宋）王觀國：《學林》卷九，第 295—296 頁。
②　（宋）陸游：《老學庵筆記》卷六，第 81 頁。
③　（宋）范成大：《桂海虞衡志・雜志》，第 130 頁。
④　黃征：《敦煌俗字典》，上海教育出版社 2005 年版，第 143 頁。
⑤　（明）郎瑛：《七修類稿》卷二十二《辯證類》，第 332 頁。

貌。山大而高曰崧。"《廣韻·東韻》:"崧,同嵩。"烟,《說文·火部》:
"煙,火氣也。从火,垔聲。烟,或从因。"《淮南子·說山》:"先鍼而後
縷,可以成帷;先縷而後鍼,不可以成衣。"漢繁欽《定情詩》:"何以結
中心,素縷達雙鍼。"慧琳《一切經音義》卷六十四:"鍼,俗作針。"
《說文·金部》"鍼"字下徐鉉等曰:"今俗作針,非是。"《玉篇·石
部》:"碁,音其,圍碁也。"《集韻·之韻》:"棊,或作碁,通作棋。"
《說文·西部》:"西,鳥在巢上。象形。日在西方而鳥棲,故因以爲東西
之西,凡西之屬皆从西。棲,西或从木妻。"笋,《說文·竹部》:"筍,
竹胎也。从竹,旬聲。"無笋字。《集韻·準韻》:"筍,竹胎也,或作
笋。"北周庾信《春賦》:"新芽竹笋,細核楊梅。"飢,《說文·食部》:
"飢,餓也。从食,几聲。"又:"饑,穀不熟爲饑。从食,幾聲。"飢、
饑後世混同。《儀禮·士虞禮》:"舉魚腊俎,俎釋三个。"鄭玄注:"个,
猶枚也。今俗或名枚曰個,音相近。"

　　《野客叢書》還通過俗字的時代性說明問題。其卷十七"漢碑疑
字"條:

　　《孫叔敖碑》云:"視事一紀。"趙氏謂漢時令有在官一紀不遷
者。洪氏謂前碑言臨縣一載,此云一紀,蓋以一紀爲一年耳。僕觀漢
人文字,罕有以一紀爲一年用者,疑此祀字耳。借紀爲祀,祀與紀字
亦相似也。《毛詩》:"終南何有?有紀有堂。"注:紀音杞。可證也。
又《楊司隸碑》云:"高祖受命,興於漢中。道由子午,出散入秦。
建定厥位,以漢詆焉。"歐公謂詆字未詳。洪氏謂詆音抵,不釋其
義。僕疑此借用氏字耳,非抵字也。蓋詆字言從氏,非從氏。然漢碑
多以氏爲妷,既加以女,安知其不加以言邪。《漢書》妖字寫作訞,
以言易女,可據也。謂漢氏,猶言虞氏夏氏耳。[1]

　　按,王楙認爲"紀"當爲"祀",不當。"視事一祀"殊不成文句。
又詆字,《隸辨》卷三云:"詳其文義,蓋以詆爲氐,言高祖由漢中而至
秦也。"[2] 所釋亦不當。高文《漢碑集釋》:"'詆'即'氐'字,猶《費

---

① (宋)王楙:《野客叢書》卷十七,第190頁。
② (清)顧藹吉:《隸辨》,中華書局1986年版,第86頁。

汎碑》以‘娂’爲‘氏’。”① 王楙所論，可謂卓識。

有的筆記還從區別性探討俗字的成因，如《札樸》卷三“𠀋”條：

> 《周禮》：“以參互考日成。”故書“互”爲“巨”。杜子春讀爲“參互”。《掌舍》：“設梐枑再重。”故書“枑”爲“柜”。杜子春讀爲“梐枑”。《脩閭氏》：“掌比國中宿互欜者。”故書“互”爲“巨”。鄭司農云：“巨當爲互，謂行馬所以障互禁止人也。”“互”、“巨”易譌，故隸變“互”爲“𠀋”。②

桂氏指出，互之所以寫爲“𠀋”，是因爲“互”、“巨”易訛，是和“巨”相區別的結果。

三　筆記對俗字類型和成因的探討

張湧泉先生在《漢語俗字研究》中，把俗字的類型分爲增加意符、改換義符、改換聲符等十三種類型。筆記雖沒有這樣全面深入的論述，但也零零星星地涉及了俗字的類型問題。

（一）合文

《容齋隨筆》卷五“廿卅卌字”條：

> 今人書二十字爲廿，三十字爲卅，四十爲卌，皆《說文》本字也。廿音入，二十并也。卅音先合反，三十之省便，古文也。卌音先立反，數名，今直以爲四十字。③

所謂“二十并”、“三十之省便”便是對合文的稱呼。在合文中，還有一類並不是有意的合文，而是文字的誤和。《七修類稿》卷二十八《辯證類》“欸乃”條指出了這樣一種現象：

> 欸，嘆聲也，亦作欵。本哀音，收灰、隊二韻，亦讀作上聲。

① 高文：《漢碑集釋》，河南大學出版社1997年版，第94頁。
② （清）桂馥：《札樸》卷三，第101頁。
③ （宋）洪邁：《容齋隨筆》卷五，第69頁。

欸，按《說文》無襖音也。乃，即俗之迺字，《春秋傳》以爲難辭，王安石謂繼事之辭也，而《說文》亦無霸音。今二字連綿讀之，是棹船相應之聲，柳子厚詩云："欸乃一聲山水綠"是也。後人因柳集中有註字云：一本作"襖霸"，遂即音"欸"爲"襖"，音"乃"爲"霸"，不知彼註自謂別本作"襖霸"，非謂"欸乃"當音"襖霸"也。黃山谷不加深考，從而實之：欸乃是湖中節歌之聲，元結有《欸乃曲》。已一錯也。其甥洪駒父又辯曰：柳子"勢霸一聲山水綠"，而世俗乃分勢乃爲二字，誤矣。見《冷齋夜話》。尤爲可笑，不知此勢字爲何字也？雖《海篇》雜字中亦無也。又按劉蛻文集有《湖中霸迺歌》，劉言史《瀟湘詩》有"閑歌曖乃深峽裏"，元次山有《湖南欸乃歌》，則知二字有音無文者。特柳子用此二字，後人註之，毛晃增入韻中，故數子之意皆同，而用字自異，是數字不妨並行，特用其音意耳。《韻會》已少辯之矣。①

按，《漢語大字典》勢（第 3 卷 2146 頁）引洪氏之說爲據②，誤。

（二）簡省

如前《老學庵筆記》所云"書某爲厶"，陸游指出爲"俗從簡便"。又如《野客叢書》卷十八"漢人作字"條：

　　漢人作字不一，有省筆者，有增筆者。省筆者，如寫爵作时，寫鶴作崔之類是也。③

按，《馬王堆漢墓帛書·老子甲本·德經》："（道）之尊，德之貴也，夫莫之时，而恒自然也。"乙本作"道之尊也，德之貴也，夫莫之爵，而恒自然也。"《婁壽碑》爵即作𦥑寸。④

《容齋隨筆》卷五"字省文"條：

　　今人作字省文，以禮爲礼，以處爲処，以與爲与，凡章奏及程文

---

① （明）郎瑛：《七修類稿》卷二十八《辯證類》，第 429—430 頁。
② 《漢語大字典》第 3 卷，第 2146 頁。
③ （宋）王楙：《野客叢書》卷十八，第 202 頁。
④ （清）顧藹吉：《隸辨》，中華書局 1986 年版，第 177 頁。

書册之類不敢用，然其實皆《說文》本字也。許叔重釋礼字云："古文。"処字云："止也，得几而止。或從處。"与字云："賜予也。与與同。"然則當以省文者爲正。①

按，《說文·示部》："禮，履也，所以事神致福也。从示，从豊，豊亦聲。◆，古文禮。"②《說文》古文又見於《汗簡》。《說文·几部》："◆，或从虍聲。"金文處作◆、◆，処即其形變。又與字，金文作◆、◆等形，像兩人用手鉤牙之形，從口爲附加之形符。与有可能本與牙爲一字③，後用作賜予之與。洪氏完全認爲省文者爲正，這是不正確的。

（三）增繁

前面提到的《札樸》《癸巳存稿》已指出由雙到◆、由土到圡、由幹到斡的變化均屬於筆畫的增多現象。又如《野客叢書》卷十八"漢人作字"條：

漢人作字不一，有省筆者，有增筆者。……增筆如寫春作◆，寫秋作◆之類是也。④

按，漢《孔謙碣》春即作◆⑤，漢印春作◆、◆、◆等形，《睡虎地秦簡》作◆、◆等形⑥。字形實以草木在太陽照耀下萌生會意。《楊著碑》秋作◆⑦。《說文·禾部》："秋，禾穀孰也。从禾，◆省聲。◆，籀文不省。"◆即承籀文形體。

（四）增加義符

《資暇集》卷中"俗字"條：

① （宋）洪邁：《容齋隨筆》卷五，第70頁。
② 豐爲禮之初文，詳參王國維《觀堂集林》卷六《釋禮》，中華書局1959年版，第290—291頁。
③ 湯餘惠：《略論戰國文字形體研究中的幾個問題》，《古文字研究》第15輯，中華書局1986年版，第11頁。
④ （宋）王楙：《野客叢書》卷十八，第202頁。
⑤ 秦公：《碑別字新編》，文物出版社1985年版，第93頁。
⑥ 李圃主編：《古文字詁林》卷一，上海教育出版社1999年版，第581頁。
⑦ （清）顧藹吉：《隸辨》，中華書局1986年版，第72頁。

俗字至夥。芻字已有二草在心，今或更加草，非也。因芻又記得趨走之趣，今皆以多居走，非也。音馳。焦下已有火，今復加一火，剩也。瓜果字皆不假，更有加草，瓜字已象剖形，明矣。俗字甚衆，不可殫論。①

《學林》卷十"尊"條：

尊字乃古之酒尊字……又有罇、樽二形，古文所不載，當是後人所增……字爲俗書所增加者多矣，如回之有迴，圍之有圙、果之有菓、欲之有慾、席之有蓆……"②

又卷九"暴"條：

暴字日下㬥，今作日下恭爲暴者，俗書也。暴音薄報切，疾也，猝也。又音蒲木切，日乾也。所謂一日暴之，所謂春暴練，所謂晝暴諸日，所謂暴其過惡，所謂九烝九暴，所謂暴露其精神，所謂使二國暴骨，諸家音義，皆音作蒲木切者也。凡義當讀音蒲木切者，不可移而讀作薄報切，蓋二義異也。又俗書有曝字，且暴上已有日矣，旁又加日，豈不贅哉！亦如莫字從日，而俗又加日而爲暮；基字從土，而俗又加土而爲墢；然字從火，而俗又加火而爲燃；岡字從山，而俗又加山而爲崗。凡此皆不可遵用者也。③

《履齋示兒編》卷二十二《字說》引《字譜總論訛字》：

又有暴字之類者，上有日矣，旁又加日焉。類如莫之暮，基之墢④、然之燃、岡之崗，凡此皆偏旁之贅者。⑤

---

① （唐）李匡乂：《資暇集》卷中，商務印書館《叢書集成初編》本，1939 年，第 16 頁。
② （宋）王觀國：《學林》卷十，第 325、326 頁。
③ （宋）王觀國：《學林》卷九，第 286 頁。
④ 墢原作樤，據遼寧教育出版社《新世紀萬有文庫》本改。
⑤ （宋）孫奕：《履齋示兒編》卷二十二《字說》，第 227 頁。

清胡鳴玉《定譌雜錄》卷十"雜字音義"條：

> 俗書喜加艸字，如絲麻作蔴、臥席作蓆、努荙作蒭、蔬果作菓，蔥韭作韮之類，出自俚俗，不足爲怪，文人學士所當戒也。①

(五) 偏旁類化

《焦氏筆乘》續集卷五"聯字"條：

> 俗於聯字，有因上誤下者，有因下誤上者。駏驉誤以驉從馬作驉，齧齦誤以齦從齒作齦，蹴鞠誤以鞠從足作踘。此類甚多，皆一時趁筆之誤，後多沿其失而不考耳。②

(六) 改換聲符

《顏氏家訓》卷六《書證》：

> 張敞者，吳人，不甚稽古，隨宜記注，逐鄉俗訛謬，造作書字耳。吳人……呼紺爲禁，故以糸傍作禁代紺字；……呼鑊字爲霍字，故以金傍作霍代鑊字。③

《匡謬正俗》卷六"剛扛"條：

> 或問曰："吳楚之俗謂相對舉物爲剛，有舊語否？"答曰："扛，舉也。音江。字或作舡。《史記》云：項羽力能扛鼎。張平子《西京賦》云：'烏獲扛鼎。'並是也。彼俗音訛，故謂扛爲剛耳。既不知其意，乃有造捌字者，故爲穿鑿也。"④

按，顏之推指出，紺作繕、鑊作鏷是由於方音歧異而改換聲符。顏師

---

① （清）胡鳴玉：《定譌雜錄》卷十，商務印書館《叢書集成初編》本，1936 年，第 116 頁。

② （明）焦竑：《焦氏筆乘》續集卷五，第 418 頁。

③ （北齊）顏之推：《顏氏家訓》卷六《書證》，第 491 頁。

④ （唐）顏師古：《匡謬正俗》卷六，第 44 頁。

古認爲"彼俗音訛，故謂扛爲剛耳"，於是在吳楚方音的基礎上另造掆字。

其餘如異形借用、書寫變異、變換結構等類型，筆記也都有所涉及。如前舉《履齋示兒編》卷二十二《字說》"集字二"條引《字譜總論訛字》就是異形借用的例子，所謂"全不識字"正指明了這一點。又如前舉《札樸》卷八"麿字印"就認爲麿爲變換結構所致。而前舉《癸巳存稿》大體上從書寫變異的角度考證俗字。

另外，筆記還對俗字的成因作了一些探討。如草書對俗字形成具有一定的作用，《學林》就多次指出了這一點，其卷四"斷"條云：

> 又有斷、断二字，皆俗書，不可用，蓋草書斷字作断形，而世俗作字多從簡易，故隸書亦爲草字之形，殊不知失字法也。①

按，陸錫興《漢代簡牘草字編》所引《急就章》斷作𨀀②。
又卷十"稱秤"條：

> 俗書秤字，蓋生於草書稱字。按草書法"禹"③ 字與草書"平"字相類，因而訛書作秤也。字因草書而訛變其體者甚多，不特此也。④

按，洪鈞陶編《草字編》所收稱之草書大多數作秤⑤。
又同卷"尒尓"條：

> 許慎《說文》曰："爾，兒氏切，麗爾也。""尒，詞之必然也。"《廣韻》曰："爾，汝也，義與尒同。"然則尒者乃爾字之首也，後世既書爾爲爾而平其首，又改尒爲尓，是俗書也。姓有尒朱氏、尒綿氏，只用尒字，蓋得姓之始用尒字，固不可變尒爲爾也。後世俗書乃作尔字，

---

① （宋）王觀國：《學林》卷四，第 132 頁。
② 陸錫興：《漢代簡牘草字編》，上海書畫出版社 1989 年版，第 266 頁。
③ "禹"原作"甬"，據文意改。《文淵閣四庫全書》本正作"禹"。
④ （宋）王觀國：《學林》卷十，第 322 頁。
⑤ 洪鈞陶編：《草字編》，文物出版社 1983 年版，第 2915—2918 頁。

故書彌爲弥，書嬾爲妳，書禰爲祢，書獼爲狝。皆非字法也。而俗書厽字亦作尔，如書珍爲珎，書軫爲軡，書診爲訡，書參爲叅之類，皆因草書厽字爲尔形，故隸書亦從而變之，然失字法亦遠矣。①

按，珍、軫、診、參之厽草書多作尔②，俗體可能受草書的影響。
又同卷"參"條：

　　草書法，桑字與參字同形，故晉人書操字皆作摻，今法帖碑本中王操之書皆作摻之，殊不知摻字乃音所咸切，又音所減切。《詩》曰"摻摻女手"是也。後漢禰衡爲漁陽參撾。參音七紺切，參撾者，擊鼓也。文士用參撾字，或用爲摻，或用爲傪，皆讀音七紺切，蓋假借也。徐鍇博學多識，時有修字官，凡字有從參者，悉改從桑，鍇曰："非可以一例，如《漁陽參》'黃塵蕭蕭白日暗'，則從參者，固不可改桑也。"衆皆服其說。古人草書繰字作縿字，蓋繰音騷，乃繹繭爲絲者；縿音衫，乃旌旗之斿也。又草書澡字作渗字，蓋澡音早，而渗音所禁切也。又草書趮字作趝字，蓋趮音躁，而趝音�}也。若據草書而改變隸體，則礙矣。又如草書方字類才字，故於字改爲扵，遊字改爲逰。又草書豔爲迷，故斷字改爲断，繼字改爲继，如此類甚多，皆非法也。③

　　按，參字，居延漢簡7.31作马，所引《急就章》作桑④，可證桑、参相類。又方字，武威漢代醫簡79作才，居延漢簡149.19作方。施字，银雀山漢墓竹簡853作施，居延漢簡458.66作施，居延漢簡286.30作施，居延漢簡123.12作施。游字，银雀山漢墓竹簡659作游。⑤ 均爲方、才相類之證。
　　《十駕齋養新錄》卷一"陸氏釋文諱訊不分"條：

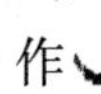

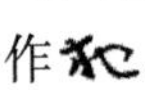

---

① （宋）王觀國：《學林》卷十，第341頁。
② 洪鈞陶編：《草字編》，文物出版社1983年版，第1908—1909、3483、3684、608—609頁。
③ （宋）王觀國：《學林》卷十，第320—321頁。
④ 陸錫興：《漢代簡牘草字編》，上海書畫出版社1989年版，第132頁。
⑤ 方字，見陸錫興《漢代簡牘草字編》，上海書畫出版社1989年版，第175—176頁。施字和游字，見該書第132頁。

"誶"訓告，"訊"訓問，兩字形聲俱別，無可通之理。六朝人多習草書，以"卒"爲"卆"，遂與"卂"相似。陸元朗不能辨正，一字兩讀，沿訛至今。《詩·陳風》"歌以訊之，訊予不顧"，陸云："本又作誶，音信，徐昔悴反，告也。"《小雅》"莫肯用訊"，陸云："音信，徐息悴反，告也。"案此兩詩本是"誶"字，王逸注《楚詞》引"誶予不顧"，其明證矣。徐仙民兩音息悴反，是徐本亦從卒也。陸氏狃於韻緩不改字之說，讀"誶"爲"信"，豈其然乎？①

按，甘博003《佛說觀佛三昧海經》卷第五："獄卆羅剎以大鐵叉刺罪人眼。"② 卆即卒字。S.4642《發願文範本等》："屛帷四合而煙凝，花敷五色而雲芔。"③ 芔即萃字。S.318《洞淵神咒經·斬鬼品》："先斬萬碎不恕矣。"碎即碎字。S.2641《大目乾連冥間救母變文》："髑髏矼，骨肉爛，筋皮折，手膽（當爲膊字之誤）斷。"④ 碎即寫作矼形。卒寫作卆敦煌文獻甚多，茲不贅述。

字形的相似和混同與俗字的產生有關，《學林》卷九"弈奕"條指出了這一現象：

世俗書弈、奕二字，不豫分二字之義而書之，或從廾，或從大，混而無別，則害於義矣。亦如獎字下從大，而俗書則變爲弊。弊字下從廾，而俗書則變爲獎。蓋字法爲俗書所變者，多此類也。⑤

《甕牖閒評》卷四：

獎字下從大，其從廾者，俗書也，然世皆通用爲弊字。葵字下從大，其從廾者，俗書也，然世皆通用爲葬字。獎字下從大，其從廾者，俗書也，然世皆通用爲弊字。至莫字則不然，莫字下亦從大，其從廾者乃本于《說文》，非俗也，而世反不用，所不可曉。若夫奕字

① （清）錢大昕：《十駕齋養新錄》卷一，第16頁。
② 黃征：《敦煌俗字典》，上海教育出版社2005年版，第575頁。
③ 同上書，第70頁。
④ 同上書，第391頁。
⑤ （宋）王觀國：《學林》卷九，第293頁。

則又不然，奕字下亦從大，《説文》則云："奕，大也。"其從廾者，《説文》則云："弈，圍棊也。"二字義絶不同，而世混爲一字用，尤不可曉也。①

俗字的產生還與語源的淡化及類推心理有關，《資暇集》卷下"畢羅"條就指出了這種情況：

> 畢羅者，番中畢氏、羅氏好食此味。今字從"食"，非也。餛飩以其象渾沌之形，不能直書"渾沌"而食，避之從食，可矣。至如不托，言舊未有刀机之時，皆掌托烹之，刀机既有，乃云"不托"。今俗字有"餺飥"，乖之且甚。此類頗多，推理證辨可也。元和中，有姦僧鑒虛，以羊之大府，特造一味，傳之于今。時人不得其名，遂以其號目之曰"鑒虛"，今往往俗字又加"食"旁，率多此類也。②

李氏云"此類頗多，推理證辨可也"，指明了類推心理在俗字產生中的重要作用。

《甕牖閒評》卷一：

> （螽斯之）斯乃是語辭，與"菀彼柳斯"，"蓼彼蕭斯"之斯同。……又《法言》于鷽斯，"斯"字復添一鳥字，不知何義，遂使《唐韻》斯字門復添一"鷉"字，云"此鷽鷉之鷉"，若"斯"字可添一鳥字，則"柳斯"、"蕭斯"當復添何字？殊可笑也。只恐是後人誤添爾。③

按，螽斯之斯與柳斯、蕭斯、鷽斯同爲虛詞，但用法不同。《詩·周南·螽斯》："螽斯羽，振振兮。"楊樹達《詞詮》卷六認爲"螽斯"之斯與文言"之"字法相同，而柳斯、蕭斯、鷽斯爲語末助詞。④ 袁氏指出，鷽斯之斯爲語辭，後人誤以爲鷽斯爲鳥遂造一鷉字。

---

① （宋）袁文：《甕牖閒評》卷四，第67—68頁。
② （唐）李匡乂：《資暇集》卷下，第24頁。
③ （宋）袁文：《甕牖閒評》卷一，第36頁。
④ 楊樹達：《詞詮》，中華書局1954年版，第322—323頁。

《札樸》卷三"三刀爲州"條：

> 《晉書·王濬傳》："三刀爲州字。"州本不從刀，因班辨從刀，隸作刂，似州之半體，故謂州爲三刀。慕容詳時童謠云："八井三刀卒起來。"議者謂魏師盛於冀州。此亦以三刀爲州。①

按，州字碑刻作州、州、州等形②，與桂馥所說相同。班辨中間刂爲刀，故《孔宙碑陰》"下邳朱班"即作班王③，漢《景君碑》班作辨④。桂馥指出，州由於受班、辨的類化，故亦變爲三刀。

還有的筆記從語義的角度來解釋俗字的產生。如《學林》卷五"皋"條：

> 《前漢·地理志》，河南郡成皋縣、河內郡平皋縣。《後漢·郡國志》，河南有成睪縣，河內有平睪縣。在《前漢書》用皋字，《後漢書》用睪字。觀國按：許慎《說文》皋字下从夲，土刀切，進也，亦作夲，亦作丰，从大十，大十者，猶兼十人也。故皋字亦作皋，於偏旁之義皆不失也。古人多假借用字，故《後漢書》用睪字。今按字書，睪，羊益切，又尼輒切，伺視也，其字從目從夲。蓋夲音聶，其字形與其音其義，皆與皋不同。皋之爲義澤也，因其有澤之義，故變皋爲睪，以澤字從睪故也，雖云假借，實失其義。《史記·天官書》曰："其色大圜黃滜。"裴駰注曰："滜，音澤。"蓋司馬遷變澤爲滜，故范蔚宗以皋、睪二字通用之也。今以偏旁推之，諅、嶹、槹、鶴與夫譯、嶧、檡、鸅，音與義皆異，不可假借通用明矣。⑤

第三節　筆記與古文字研究

古代的金石學與古文字的研究有密切的關係。金石學是以青銅器及其

---

① （清）桂馥：《札樸》卷三，第116—117頁。

② （清）顧藹吉《隸辨》，中華書局1986年版，第73頁。

③ 同上書，第42頁。

④ 秦公：《碑別字新編》，文物出版社1985年版，第16頁。

⑤ （宋）王觀國：《學林》卷五，第159頁。

銘文與石刻爲研究的專門學問，屬於考古學的範疇①。其中秦以前的金石文字，是古文字學研究的主要對象之一②。筆記也有一些有關金石之學的材料。如《容齋隨筆》卷十三"鐘鼎銘識"條、"再書博古圖"條都是研究金石治學的材料。不過，這兩條材料重點不在考釋古文字。真正考釋古文字的是下面一條材料：

《夢溪筆談》卷十九《器用》：

> 禮書言罍畫雲雷之象，然莫知雷作何狀。今祭器中畫雷，有作鬼神伐鼓之象，此甚不經。余嘗得一古銅罍，環其腹皆有畫，正如人閒屋梁所畫曲水。細觀之，乃是雲、雷相閒爲飾，如者，古雲字也，象雲氣之形；如◎者，雷字也，古文◎爲雷，象回旋之聲。其銅罍之飾，皆一一◎相閒，乃所謂雲、雷之象也。今《漢書》罍字作䨄，蓋古人此飾罍，後世自失傳耳。③

《七修類稿》卷二十四《辯證類》"靁字"條：

> 《史記》："漢景帝後元三年十二月晦，靁。"徐廣註曰："一作畫，又作圖，未詳。"《墨談》云："疑靁，雷字之誤。十二月晦日而雷，紀異也。"此說固是，但不知靁字古文，非誤也，惜徐廣亦不識耳。近時所刻《古字便覽》，收亦廣矣，然止得靁、䨲、䨄、霝、品五字，又未有前字也。④

按，《說文·雨部》："云，古文省雨。𩃬亦古文雲。"甲骨文雲字作云、𩃬等形，像雲回轉形，後世始加雨字作爲意符。《說文·雨部》："靁，陰陽薄動，靁雨生物者也。從雨，畾象回轉形。𩄐，古文靁。䨓，古文靁。霳籀文靁閒有回，回雷聲也。"于省吾《甲骨文字釋林》上卷《釋靁》：甲骨文有𣲲、𣲲，即靁字初文。或省作𣲲，從實點與從虛廓一也。靁字亦作𣲲或𣲲。從𢑛與從田一也，田形中間之橫豎畫乃文飾，無義可

---

① 黃德寬、陳秉新：《漢語文字學史》（增訂本），安徽教育出版社 2006 年版，第 96 頁。
② 同上書，第 130 頁。
③ （宋）沈括：《夢溪筆談》卷十九《器用》，第 191 頁。
④ （明）郎瑛：《七修類稿》卷二十四《辯證類》，第 359 頁。

言。周器盉駒尊作▨，《說文》古文作▨。商器靁甗靁字▨，父乙罍作▨，周器師旟鼎作▨，洎罍作▨，中从🥀、乀、乂，即🥀形之譌變。《說文》靁之古文作▨，又由金文而譌變者也①。洪氏所言◎與後世之回、田、口形等均爲靁字象形符號後來之寫法。罍下部爲圍，疑爲後起字。

《譚苑醍醐》卷四"久湫大沈"條：

> 秦《詛楚文》有"久湫大沈"之語。沈之爲義，世多未解。按《說文》曰："沈，濁黕也。"《莊子》"沉有漏"注："沈、水污也。"《漢書·刑法志》："山川沈斥。"應劭《風俗通》曰："沈、莽也，言其平望莽莽無涯際也。"郭緣生《述征記》"烏當沈中，有九十臺，皆生結蒲，秦王繫馬蟠蒲也。"自注："齊人謂湖曰沈。"顏師古曰："沈謂居深水之下，深而又深也。"古云沈潛，又云沈溺、沈湎，又云默而有深沈之思，皆取深而又深之意。北方謂水皆曰沈，不獨齊語爲然。蓋北之言沈，南之言潭也，故沈亦音譚。《史記·陳涉世家》："涉之爲王沈沈者。"應劭曰："沈沈，宮室深邃之貌。長含反。"當呼爲潭潭也。韓退之"潭潭府中居"正用此語。又按《管子》："夏人之王，鑿二十蛗，澟十七湛。"注："湛即沈沛之沈，大澤巨浸也。"是潭與湛字雖不同，義可互證，故併引之。②

文中考證《詛楚文》"久湫大沈"中沉的含義，旁徵博引，證據確鑿。

《日知錄》卷二十一"金石錄"條：

> 《金石錄》有《宋公䜌鍊鼎銘》，云："按《史記·世家》，宋公無名䜌者，莫知其爲何人。"今考《左傳》，宋元公之太子欒嗣位，爲景公。《漢書·古今人表》有宋景公兜欒，而《史記·宋世家》"元公卒，子景公頭曼立"，是兜欒之音訛爲頭曼，而宋公䜌即景公也。③

---

① 于省吾：《甲骨文字釋林》上卷，中華書局 1979 年版，第 10—11 頁。
② （明）楊慎：《譚苑醍醐》卷四，第 28 頁。
③ （清）顧炎武：《日知錄》卷二十一，第 1221—1222 頁。

按，《說文·言部》"䜌"字段玉裁注："宋景公之名。《左傳》作
欒，《古今人表》作兜欒，《宋世家》作頭曼。趙宋祕閣有《宋公䜌鍊
鼎》，與竹書宋景公䜌合。"

《札樸》卷八"芉子戈"條：

　　顏教授崇槼藏古銅戈，文曰："芉子之艁戈。""艁"，古文
"造"字。《尚書·顧命》："兊之戈，和之弓，垂之竹矢。"鄭注：
"兊也，和也，垂也，皆古人造物者之名。"唐韋皋鎮蜀，所進兵器，
皆鏤"定秦"字，不相與者造成罪名。陸暘上言："臣向在屬，知
'定秦'者，匠名也。"因此得釋。馥謂芉子亦造戈人也。《月令》：
"物勒工名，以考其誠。"注云："勒，刻也，刻工名於其器。"或釋
"艁戈"爲"服戈"。馥謂當作"造"，又見一戈，文曰："衛公孫呂
之告戈"。"告"即"艁"之省文。《大戴禮》矛銘云："造矛造矛。"
亦可證"造"字。[1]

按，《說文·辵部》："造，就也。艁，古文造从舟。"《方言》第九：
"艁舟謂之浮梁。"金文造字有𦨶、𦨭、𧦝、𧩙、𣪠多種字形，或從舟，或
從戈，或從貝，或從辵。高鴻縉《頌器考釋》："𡨥，製造之本字。亦作
艁。从宀，从舟，告聲。言屋或舟均爲人所製造也。後世通以造訪之造代
之，久而成習，而𡨥與艁均廢。"[2] 桂馥通過對比字書字形、偏旁印證、
據文義求證的方法，結論可靠。

筆記中除考釋金石文字中的古文字外，還對傳世的古文字多加關注。
如《學林》卷一"古文"條：

　　班固作史，亦或用古文字。《史記·商本紀》曰："湯既勝夏，
歸，仲𣆀作誥。"𣆀乃古文虺也。又《周本紀》曰："穆王命伯臩申誡
太僕，作《臩命》。"臩乃古文冏也。又孔子弟子有曾蒧，蒧乃古文
點也。《前漢·古今人表》有伯嫛，嫛乃古文囝也。又《百官公卿表》
曰："蒜作朕虞。"蒜乃古文益也。又《郊祀志》曰："天墜神祇之物

---

①　(清) 桂馥:《札樸》卷八，第306頁。
②　轉引自李圃主編《古文字詁林》卷二，上海教育出版社1999年版，第344頁。

皆至。”墜乃古文地也。又《禮樂志》曰："屮木零落。"屮乃古文草也。又《刑法志》曰："㦬之以行。"㦬乃古文悚也。又《藝文志》有《大命》三十七篇，命乃古文禹也。又《地理志》曰："隨山㭎木。"㭎乃古文刊也。又平原郡安惪縣，惪乃古文德也。又清河郡蒪題縣，蒪乃古文莎也。又北地郡大嬰縣，嬰乃古文要也。又《路溫舒傳》曰："㡭者不可復屬。"㡭乃古文絕也。又《敘傳》曰："東丛虐而殱仁。"丛乃古文鄰也。又《召信臣傳》曰："晝夜㷉蘊火。"㷉乃古文然也。又《五行志》曰："王心弗戡。"戡乃古文堪也。又《揚雄傳·反離騷》曰："臫既㧋夫傳説兮。"㧋乃古文攀也。《後漢·輿服志》曰："乾巛有文。"巛乃古文坤也。諸史如此類甚多，然則作史者尚不忍廢古文，而況古文經書，其可輕改作乎？許慎《說文序》曰："依類象形謂之文，形聲相益謂之字，著於竹帛謂之書。""五帝三王之世，改易殊體，封於泰山者七十有二代，靡有同焉。"蓋古者帝王登封泰山，必有金石之刻，其文字形體各不同，歷時既久，罕有傳者。今世所傳秦皇時李斯所篆《嶧山碑》，如御史大夫篆作御史夫夫①，竊意夫字亦必有大音，李斯用古文篆，後世不知其用字之因也。又今世所得古器，秦時鐘鼎篆銘有字皆篆爲彐，如"有秦"，篆爲"彐秦"之類。後世字書彐字爲又字，諸字書未嘗讀又爲有也。許慎《説文》屮②字丑列切，兩艸相並爲艸，即今之草字，而《漢書》乃用屮字爲草字。凡此類皆不可以字書攷證之也。③

　　王氏對這些文字的判斷，基本上是正確的。

　　䚅：《商本紀》"仲䚅作誥"，司馬貞索隱："仲虺二音。䚅作'畾'，音如字，《尚書》又作虺也。"《字彙·田部》："䚅，與虺同。"

　　奔：《說文·夭部》："奔，驚走也。一曰往來也。从夭、卉。《周書》曰'伯奔'。古文疋，古文囟字。"

　　蒧：　《史記·仲尼弟子列傳》："曾蒧，字皙。"司馬貞索隱："音點。"

---

①　"夫夫"原作"大人"，誤。原碑文作"夰"。"夫"、"大"古爲一字。

②　"屮"原作"史"，據文義改。《文淵閣四庫全書》本即作"屮"。

③　（宋）王觀國：《學林》卷一，第20—21頁。

𤈦：《康熙字典・火部》："𤈦，《字彙補》音迥。《前漢・古今人表》'伯𤈦'註：師古曰'穆王太僕也。𤈦，音居永反。'按，伯冏，《五音集韻》通作𪓫、𤰞。疑𤈦或爲𤰞字之譌。"㝢爲囧之俗字。

𦼮：此處用作益，詳見前文。

墬：《說文・土部》："墬，籀文地从𨻰。"《侯馬盟書》有"晉邦之墬"、中山王壺有"敬命新墬"，墬即用爲地。

屮：《說文・屮部》："屮，艸木初生也，象丨出形有枝葉也。古文或以爲艸字。"屮、艸本一字。

𢥞：《說文・心部》："愯，懼也。从心，雙省聲。《春秋傳》曰：'駟氏愯。'"段玉裁注："昭公十九年《左傳》文，今本作聳，後人所易也。又昭六年《左傳》：'聳之以行。'《漢書・刑法志》引作𢥞，晉灼曰：'古悚字。'按《漢書》雙不省。"《集韻・腫韻》："悚，或作𢥞。"

𡖅：《說文・内部》："禹，蟲也。从厹。象形。□，古文禹。"《玉篇・内部》："𡖅，同禹。"《漢書・藝文志》："《大𡖅》三十七篇。"顏師古注："𡖅，古禹字。"金文禹有□、□、□等形，戰國印文禹有作□形，𡖅與□、□一脈相承。

栞：《說文・木部》："栞，槎識也。从木、㚟，闕。《夏書》曰：'隨山栞木。'讀若刊。栞，篆文从幵。"《漢書・地理志上》"栞木"顏師古注："栞，古刊字也。"

悳：《說文・心部》："悳，外得於人，内得於己也。从直从心。"按，直亦爲聲符。用德爲悳，甲金文中已然。

𡴭：《漢書・地理志上》"𡴭題"顏師古注："𡴭，古莎字。"

𡝩：《漢書・地理志下》"大𡝩"顏師古注："𡝩即古要字也。音一遙反。《說文・臼部》："□，身中也。象人要自臼之形。从臼，交省聲。□，古文要。"段玉裁改□爲□，云："按各本篆作□。'從臼'下有'交省聲'三字。淺人所妄改也。今依《玉篇》《九經字樣》訂。顧氏、唐氏所據《說文》未誤也。《漢・地理志》'北地大𥃓縣'注：'一遙反'。上黨沾縣大𥃓谷，清漳水所出。《說文》《水經注》作大要谷，今《志》誤爲鼌字矣。"金文是要簋要作□，伯要𣪕作□，《說文》古文與其形近，𡝩爲後世訛變字形。

𢇍：《說文・糸部》："□，古文絕。"《漢書・路溫舒傳》曰："𢇍者不可復屬。"顏師古注："𢇍，古絶字。"中山王□壺絶即作□。甲骨文有

⊣、⊣，即絕，與縣造字意圖相同。

代：《漢書·叙傳》："東代虐而殘仁。"顏師古注："代，古鄰字也。"甲骨文有字作■■，即鄰字，魯實先先生謂■■乃象二室相鄰之義，何琳儀先生謂兩城比鄰之形。後人誤以■■所從之口爲人所言食之口，而口之古文多作▽，隸變作厶，故《漢書》遂訛作代。①

爇：《漢書·召信臣傳》："晝夜爇薀火。"顏師古注："爇，古然字。"《說文·火部》："然，燒也。从火，肰聲。爇，或从艸、難。"金文者減鐘然字作煕，爇字即爲其後世字形。

戜：《漢書·五行志下之上》："王心弗戜。"顏師古注："孟康曰：古堪字。"堪爲侵部字，從今得聲的字亦爲侵部字。

崔：《說文·攴部》："崔，引也。从反廾。凡崔之屬皆从崔。攀，崔或从手从樊。"《漢書·揚雄傳上》："顛既崔夫傅說兮。"顏師古注："崔，古攀字。"

巛：《龍龕手鏡·巛部》："巛，古文，音坤。乾坤。"《康熙字典》以川釋巛，以坤釋巛。

王氏所談的這些古文字，并不一定是真正的古文字形體，有些已經發生訛變。還有些字只是借用，并不一定是本字，如代用爲巌、蔵用爲點、蒜借用爲益。再如巛字，王引之《經義述聞·周易上》"巛"條下："其作巛者，乃是借用川字。考漢《孔龢碑》《堯廟碑》《史晨奏銘》、魏《孔羨碑》之乾坤，《衡方碑》之剝坤，《郙閣頌》之坤兌字，或作巛，或作巛，或作川，皆隸書川字，是其借川爲坤，顯然明白。川爲坤之假借，而非坤之本字。"

《宋景文公筆記》卷中"考古"條探討字的本義：

> 古文卯本柳字，後借爲辰卯之卯。北本別字，後借爲西北之北。虞翻笑鄭玄不識古文，以卯爲昧，訓北曰："北、猶別也。"②

宋祁謂"卯本柳字"，誤。卯之本義，林義光《文源》卷一認爲兜鍪

---

①　轉引自李圃主編《古文字詁林》卷六，上海教育出版社 1999 年版，第 257—258 頁。
②　（宋）宋祁：《宋景文公筆記》卷中，第 11 頁。

之鎏，胡光偉《說文古文考》認爲即劉，嚴一萍《甲骨文斷代研究新例》① 認爲卯之初字，迄今仍無定論②。北爲背之初文，亦非別字。

第四節　筆記與漢字發展史研究

漢字的發展包括兩個方面的內容，一是文字本身的孳乳發展，如文字的增多和消亡、古今字的演變等，一是文字書寫方式的變化，如由甲骨文、金文到篆書、由篆書到隸書等。本節就從這兩個方面談談筆記對漢字發展的一些認識。

一　筆記對漢字孳乳發展的研究

一些漢字在發展的過程中會發生孳乳現象，這種孳乳正是漢字字數增多的一個原因。所謂的古今字③便是孳乳的一種表現。筆記中就包含一些對古今字的研究內容。

《顏氏家訓》卷六《書證》：

> 《尚書》曰：“惟影響。”《周禮》云：“土圭測影，影朝影夕。”《孟子》曰：“圖影失形。”《莊子》云：“罔兩問影。”如此等字，皆當爲光景之景。凡陰景者，因光而生，故即謂爲景。《淮南子》呼爲景柱。《廣雅》云：“晷柱掛景。”並是也。至晉世葛洪《字苑》，傍始加彡，音於景反。而世間輒改治《尚書》《周禮》《莊》《孟》從葛洪字，甚爲失矣。④

> 太公《六韜》，有天陳、地陳、人陳、雲鳥之陳。《論語》曰：“衛靈公問陳於孔子。”《左傳》：“爲魚麗之陳。”俗本多作阜傍車乘之車。按諸陳隊，並作陳、鄭之陳。夫行陳之義，取於陳列耳，此六書爲假借也。《蒼》《雅》及近世字書，皆無別字，唯王羲之《小學

① 載《歷史語言研究所集刊外編》第四種。
② 李圃主編：《古文字詁林》卷十，上海教育出版社 1999 年版，第 1116—1121 頁。
③ 關於古今字有兩種看法：一是把其看作用字現象；二是從造字的角度出發把古今字看作本原字和區別字，本書所說的古今字屬後面一種。
④ （北齊）顏之推：《顏氏家訓》卷六《書證》，第 430 頁。

章》，獨皁傍作車，縱復俗行，不宜追改《六韜》《論語》《左傳》也。①

按，景、影，陳、陣正是兩對古今字。段玉裁曰："惠定宇說漢《張平子碑》即有影字，不始於葛洪；漢末所有之字，洪亦采集而成，非自造也。"② 陳直曰："按：或說漢《張平子碑》即有影字，不始於葛洪。張碑原石久佚，殊不可據。東晉末《爨寶子碑》云：'影命不長。'此影字之始見。又東魏《武定六年邑主造像銘》云：'台鈎相望，珪璋疊影。'景之作影，在六朝時始盛行耳。葛洪《字苑》久佚，今影字始見於《廣韻》。"③ 這些今字在產生初期經常被視爲"俗字"，之推所說"縱復俗行"是也④。

《匡謬正俗》卷七"振"條：

> 許慎《說文解字》曰："振，舉救也。"諸史籍所云"振給"、"振貸"，其義皆同，盡當爲"振"字。今人之作文書者，以其事涉貨財，輒改"振"爲"賑"。按《說文解字》云"富也"，左思《魏都賦》云："白藏之藏，富有無隄。同賑大内，控引世資。"此則訓不相干，何得輒相混雜？言"振給"、"振貸"者，並以其飢饉窮厄，將就困斃，故舉救之，使得存云耳，甯有富事乎？⑤

《能改齋漫錄》卷七《事實》"賑濟振濟"條在顏氏之說上進一步云：

> 予以顏說甚當，但未有據。按，《春秋傳·文公十六年》："楚人出師，自廬以往，振廩同食。"注云："廬，今襄陽中廬縣也。振，發廩倉也。同食，上下無異饌也。"然則振濟，當以《左氏》爲據。今字書止云賑，言其富。蓋言於利能不失時，則可以致富矣。《漢·

---

① （北齊）顏之推：《顏氏家訓》卷六《書證》，第 432 頁。
② 王利器：《顏氏家訓集解》（增補本），中華書局 2003 年版，第 432 頁。
③ 同上書，第 431、432 頁。
④ 俗字與古今字存在着交叉的情況，一些今字剛產生的時候，通常也會被看作俗字，但有些俗字不能看作古今字。
⑤ （唐）顏師古：《匡謬正俗》卷七，第 59 頁。

汲黯傳》"發河內倉粟，以振貧民。"亦作此振字。[1]

宋劉昌詩《蘆浦筆記》卷一"振字"條在吳說基礎上又進一步指出：

　　予考《周易·蠱卦》："君子以振民育德。"注："振，濟也。"
何不引此，豈偶忘邪？[2]

　　按，振、賑爲古今字。在賑濟這一意義上起初用振字，大概一般用財富賑濟，後來遂寫作賑。

《匡謬正俗》卷五"緡"條：

　　《食貨志》云"藏緡"，謂繩貫錢，故摠謂之"緡"耳。又云
"算緡"，亦云"以緡穿錢"，故謂貫爲"緡"也。而後之學者謂
"緡"爲錢，乃改爲"鍲"字，無義可據，殊爲穿鑿。[3]

　　按，《說文·糸部》："緡，鈎絲也。"緡本指粗長的繩索，因古代錢幣多穿在繩索上，故用來指穿好繩的錢貫。《管子·國蓄》："則市糴釜十緡。"《漢書·食貨志下》："使萬室之邑必有萬鍾之臧，臧緡千萬。"顏師古注引孟康曰："緡，錢貫也。"後來人們因錢幣用金屬織造，故變從金旁。《文選·左思〈蜀都賦〉》："藏鏹巨萬，鈲攬兼呈。"劉逵注："鏹，錢貫也。"

《譚苑醍醐》卷四"均即韻"條：

　　《唐書·樂志》："古無韻字，均即韻也。五帝之學曰成均，均亦音韻。《書》曰："命汝典樂，教胄子。"《論語》曰："成于樂。"是成均之說也。周人立太學，兼五帝及二代之名，東學爲東序，西學爲瞽宗，北學爲上庠，南學爲成均。宜學言語者，處之成均，則均之爲韻也，益明矣。潘安仁《笙賦》："音均不恒，曲無定制。"註："均，

––––––––––––––

① （宋）吳曾：《能改齋漫錄》卷七《事實》，上海古籍出版社 1979 年版，第 167 頁。
② （宋）劉昌詩：《蘆浦筆記》卷一，中華書局 1986 年版，第 22 頁。
③ （唐）顏師古：《匡謬正俗》卷五，第 29 頁。

古韻字。"《鶡冠子》:"五音不同均,然其可喜一也。"《唐書·李綱傳》,引《周禮》"均工樂胥,不得列于士伍。"①

《說文》本無韻字,新附字收有韻字。徐鉉注:"和也。从音,員聲。裴光遠云:'古與均同。'未知其審。"《楚辭·惜誓》:"二子擁瑟而調均兮,余因稱乎清商。"王逸注:"均,亦調也。"韻爲和諧之聲,與均之義相通,故古用均字。

《丹鉛雜錄》卷一"字義"條②:

> 斦,鐵砧也,从兩斤,別作鑕,贅矣。棘,同帀也,自東而復於東,故从兩東。官曹之曹,从棘,其音義可知,今別作曹,贅矣。源委之委③,从兩水,火焰之焰,从兩火,可以類推。④

按,《說文·斤部》:"斦,二斤也。从二斤。"徐鉉音語巾切。段玉裁依徐鍇作:"二斤也。闕。"注云:"闕者,言其義其音未之聞也。"《玉篇·金部》:"鑕,鐵鑕砧。"以斦爲鑕似乎證據還不充足。《說文·曰部》:"曹,獄之兩曹也。在廷東。从棘,治事者;从曰。"王獻唐先生認爲:"兩東並列爲棘,義猶兩東並列也。棘體久見契文,今字書音曹,爲曹字所从,亦即曹字初文。《汗簡》卷中之一,引演《說文》,曹正作棘,可證也。"又謂曹之初義爲偶,"故又訓輩,訓群,群而治事,更號其治事之所亦曰曹,此獄曹所由起。"⑤棘是否爲曹之初文,還可討論。《說文·灥部》:"灥,水泉本也。从灥出厂下。原,篆文从泉。"段玉裁注:"後人以原代高平曰邍之邍,而別製源字爲本原之原。"楊氏分析源的結構有誤。《說文·炎部》:"燄,火行微燄燄也。从炎,臽聲。"黃侃《說

---

① (明)楊慎:《譚苑醍醐》卷四,第42頁。

② 黃侃《文字學筆記·論文字變易孳乳二例》:"古今文字之變,不外二例:一曰變易,一曰孳乳。變易者,聲、義全同而別作一字。變易猶之變相。孳乳者,譬之生子,血脈相連,而子不可謂之父。"(中華書局2006年版,第72頁)鑒於古代筆記的實際情況,本書不作詳細區別,把前後寫法不同且字形有聯繫的均放孳乳內討論。

③ 按,委疑爲源字。

④ (明)楊慎:《丹鉛雜錄》卷一,第12頁。

⑤ 王獻唐:《周曹這鈈考》,載《那羅沿稽古文字》,轉引自李圃主編《古文字詁林》卷五,上海教育出版社1999年版,第18頁。

文箋識·說文同文》以炎、燄同文。①

《札樸》卷五"荅"條：

> 古無荅字，合即荅也。《釋詁》："合，對也。"宣二年《左傳》："華元見叔牂曰：'子之馬然也。'對曰：'非馬也，其人也。'既合而來奔。"杜注："合，猶荅也。"叔牂言畢，遂奔魯。丹封案：《爾雅·釋詁》："妃、合、會，對也。"郭注云："皆相當對"，似非對荅之義。②

《癸巳存稿》卷三"荅"條：

> 荅當之荅，應以合爲聲，其合聲從艸者，假借小菽之荅，在六書也。《宣二年·左傳》云："既合而來奔。"合即荅也，注亦云："合猶荅。"其合聲從竹者，乃隸變之訛，隋代俗字。《廣雅》"對，畣"，曹憲以爲俗作"對答"失之，是也。《爾雅》"畣然"，《廣雅》"對畣"，合聲從田，實無此字。或謂是《說文·㗊部》竹部之筓，轉寫作畣，亦假借字，雖善無徵也。張有《復古編》謂是假借畐字，則不善而無徵矣。③

按，《說文·亼部》："合，合口也。"《禮記·喪服小記》："詘而反以報之。"注："報，猶合也。"睡虎地秦墓竹簡《封診式》："自殺者必先有故，問其同居，以合（荅）其故。"銀雀山竹簡《孫臏兵法》"荅曰"皆作"合曰"。高鴻縉《中國字例五篇》："（合）乃對答之答本字。凡對答必須用口，故合字從口。"④ 王寧先生亦認爲合是對答、應答的本字，答是同音借用字⑤。

《甕牖閒評》則明確提出了字的孳乳過程，其卷四云：

> 白疊，布也，只合作此疊字，今字書又出一㲲字，爲白㲲也。木

---

① 黃侃：《說文箋識·說文同文》，中華書局 2006 年版，第 68 頁。
② （清）桂馥：《札樸》卷五，第 177 頁。
③ （清）俞正燮：《癸巳存稿》卷三，第 86 頁。
④ 轉引自李圃主編《古文字詁林》卷五，上海教育出版社 1999 年版，第 383 頁。
⑤ 《訓詁原理概說》，見《訓詁學原理》，中國國際廣播出版社 1997 年版，第 72—73 頁。

綿，亦布也，只合作此綿字，今字書又出一棉字，爲木棉也。二者皆
非也。推其類而求之，字如此者甚多，《左氏傳正義》云：“字者孳
乳而生。”既有此疊字，遂生此氎字，既有此綿字，遂生此棉字，其
孳乳豈謂此耶？①

《癸巳類稿》卷七“吉貝木棉字義”條：

又木棉字，本止作木綿，謂木中之綿。袁文《甕牖閒評》云：
“木綿止合作此綿字，今字書又出一棉字爲木棉。”是綿字亦始於宋。
此字可云新增，不可云俗。於六書法從木從綿省，卽聲卽義也。②

按，《湛園札記》卷二：“《後漢·南蠻傳》：‘哀牢夷知染采文，繡
罽罽白疊。’注：《外國傳》曰：‘諸薄國女子織作白疊花布。’《唐書·
西域高昌傳》有草名白疊，擷花可織爲布，則白疊是草，西南夷皆有之，
恐亦是今木棉之類。”白疊爲草木，故後加木字。又綿與棉字，裘錫圭先
生謂：“我國本來只有絲棉，沒有木棉、草綿。中古時代種植木棉、草棉
之後，起初就用‘綿’字表示它們，後來把‘綿’字的‘糸’旁改爲
‘木’旁，分化出了專用的‘棉’字。”並引俞說爲據。又謂：“‘棉’字
已見於《玉篇》《廣韻》，其出現當在宋代之前。”③

漢字在滋生發展的過程中，會出現這樣的情況：一個詞本來寫作某
字，因爲其意義特殊，與這個字的常用義差別較大，而隨着時間的推移，
其讀音與其常用義的讀音亦有了區別，有時就在其原字的基礎上字形發生
微變，分化爲另一個詞。筆記裏已經指出了這一現象。

《資暇集》卷上“祿里”條：

漢四皓，其一號角里。角音祿，今多以覺音呼，乖也。是以
《魏子》及孔氏《祕記》、荀氏《漢紀》慮將來之誤，直書錄里，可
得而明也。④

① （宋）袁文：《甕牖閒評》卷四，第69頁。
② （清）俞正燮：《癸巳類稿》卷七，第257頁。
③ 裘錫圭：《文字學概要》，商務印書館1988年版，第232頁。
④ （唐）李匡乂：《資暇集》卷上，第1頁。

《野客叢書》卷三十"角里"條：

　　四皓中角里先生，角音禄。今呼爲閣里，則發笑。僕考之，禄亦角也。魯直詩曰："阿童三尺箠，御此老觳觫。石吾甚愛之，勿遣牛礪角。"雖讀爲禄，實則角爾。魯直此語，豈無自哉！傅玄《盤中詞》曰："與其書，不能讀，當從中央周四角。"是亦以角爲禄也。按《玉篇》《廣韻》注，二音皆通用。《羣經音辨》："古岳切，獸角也。"《禮》："黃鍾爲角。"音禄，又如字。《資暇錄》謂孔氏《祕記》慮將來之誤，直書爲禄里。①

《齊東野語》卷五"四皓名"條：

　　古字禄與用字通用，故《樂書》作觮。鄭康成於《禮書》，用皆作禄。《陳留志》則又作用，唐李涪嘗辨之矣……又《吳俗紀》云："先生吳人，姓周氏。今太湖中有禄里村，用頭寨，即先生逃秦聘之地。"《韓詩》："虎有爪兮牛有角，虎可搏兮牛可觸。"蔡氏註云："角、觸，協音也。"淳化中，崔偓佺判國子監，有字學。太宗問曰："李覺嘗言四皓中一人姓用，或云：用上加一撇，或云：用上加一點，果何音？"偓佺曰："臣聞刀下用乃榷音，兩點下用乃鹿音。用上一撇一點，俱不成字。"然用里作角里，亦非也。後漢有用善叔，乃讀作覺音，何邪？②

《焦氏筆乘》卷一"角里"條：

　　漢角里先生，"角"一音"錄"。按《毛詩》："麟之角，振振公族。"又："誰謂雀無角，何以穿我屋？"蘇伯玉妻《盤中詩》："今時人，知四足；與其書，不能讀，當從中央周四角。"是古有此音，非二字也。《宋史》崔偓佺對真宗云："刀下用音榷，兩點下用音鹿，

---

① （宋）王楙：《野客叢書》卷三十，第348—349頁。
② （宋）周密：《齊東野語》卷五，第76頁。

一點一撇不成字。"按《說文》:"角象獸角形。"無刀用、兩點之說。僵俀以字學名於時,而不讀《說文》,作史者因此一事爲之立傳,亦盲矣。①

按,角里先生本寫作角,後來角的常用義讀作榷音,角里先生讀作鹿音,於是角里先生的角字形發生了微變。《野客叢書》《焦氏筆乘》從古音的角度認識到了這一點。

《能改齋漫錄》卷十二《記事》"曾滁州誤呼厙爲庫"條:

> 曾子開知滁州,覽訟牒,誤呼厙爲庫。其人云:"某姓厙。"子開遽于厙字上增一點云:"厙豈有點乎。"然南北朝有厙狄者,周有少師厙狄峙,北齊有宣都郡王厙狄伏連,皆複姓也。後漢亦有輔義侯厙鈞,古又有獨姓厙者。厙音赦,《廣韻》音始夜切。又齊有厙狄回洛、厙狄盛、厙狄干,又周有厙狄昌。蓋本無庫字,後人除一點,以爲庫別耳。②

《十駕齋養新錄》卷四"厙"條:

> 《後漢書·竇融傳》有金城太守厙鈞,《注》引《前書音義》云:"厙姓即倉庫吏後也。今羌中有姓厙,音舍,云承鈞之後也。"據此是"厙"有"舍"音,《廣韻》別出"庫"字,云"姓也",此亦流俗所傳無稽之字。③

《癸巳類稿》卷七"百家姓書後"條:

> 今其書通行,授者自爲一家言,如師鞏厙聶,據《漢·竇融傳》有厙鈞,自以掌庫受氏。此讀曰舍者,《釋名·釋車》云:今聲近舍。《釋宮室》云:庫舍也,物所在之舍也,齊魯謂庫爲舍。故厙狄

---

① (明)焦竑:《焦氏筆乘》卷一,第50頁。
② (宋)吳曾:《能改齋漫錄》卷十二《記事》,第361頁。
③ (清)錢大昕:《十駕齋養新錄》卷四,第84頁。

氏亦音舍，皆沿漢時齊魯語音。今去广從厂，當由姓庫者不能與俗爭音，甘去上筆以識之。唐參廖子《闕史》，言進士單長鳴，言從兩方口者音丹，從兩尖口者音善。或笑之，引呂台吳＊俗下從天矢＊俗亦從天爲方口尖口分別之證，時謂之舉妖。其情蓋與庫氏同，而庫氏不言，遂立庫姓，單氏爭之，乃得舉妖之目。又見一曹姓言：上兩直者曹魏後，上一直者曹參後。又逢，大也，以丰得音，今逢姓云從夆，是夆服，失誼矣。查從且得音，今查姓從旦，亦無音矣。①

按，諸家認爲庫由庫分化而來，誠是也。庫，《廣韻》苦故切，溪母暮韻，上古溪母魚部。《說文·广部》："庫，兵車藏也。从車在广下。"是許慎將庫分析爲會意字。錢大昕將其分析爲从車得聲字，得到馬敘倫的贊同②。車，上古昌母魚部，又見母魚部。故錢說可從。又俞氏認爲，類似庫變爲庫這種現象，有社會性的因素在起作用，需要得到社會的認可，這也是正確的。

《十駕齋養新錄》卷四"余"條：

《廣韻》"余"姓有二：一以諸切，"《風俗通》云：'秦由余之後。'何氏《姓苑》云：'今新安人。'"一視遮切，"見《姓苑》'出南昌郡'"。今人妄造"佘"字，讀爲視遮切，非也。予又考《漢書·景十三王傳》"使男子荼恬上書"，蘇林音食邪反，則"余"姓讀如"蛇"者，即"荼"之省文爾。③

按，《康熙字典·人部》："古有余無佘，余之轉韻爲禪遮切。音蛇，姓也。"按，余，上古余母魚部，佘，上古禪母魚部。舍，上古書母魚部。甲骨文余作余、舍等形，徐中舒主編《甲骨文字典》認爲余字像樹木支撐的房舍④，高鴻縉《散盤集釋》認爲余即茅舍之舍本字⑤。舍、余中

---

① （清）俞正燮：《癸巳類稿》卷七，第 275 頁。
② 詳參《說文解字六書疏證》卷十八，見李圃主編《古文字詁林》卷八，上海教育出版社 1999 年版，第 256 頁。
③ （清）錢大昕：《十駕齋養新錄》卷四，第 83 頁。
④ 徐中舒主編：《甲骨文字典》，四川辭書出版社 2003 年版，第 72 頁。
⑤ 轉引自李圃主編《古文字詁林》卷一，上海教育出版社 1999 年版，第 672 頁。

古音近，亦可證佘爲余之分化字。

《雙硯齋筆記》卷五：

> 《史記·孝文本紀》二年詔曰："令至，其悉思朕之過失。及知見之所不及，匄以啟告朕。"《說文》："匄，气也。"气本謂雲氣，經典借爲气求气與字，隸變作乞。《通俗文》曰："求願曰匄。"詔稱"匄以啟告朕"者，猶言乞以啟告、願以啟告也。①

按，于省吾《甲骨文字釋林》上卷《釋气》："（甲骨文）气字，俗作乞。《說文》：'气，雲气也。'……气字之用法有三，一爲气求之气，二爲迄今之迄，三爲終止之訖。"② 气、乞本一字，後乞專用於乞求之乞，遂分化爲二字。

有的筆記還指出，由於語音的變化，一些漢字原來的偏旁失去表音作用，又別造新字來記錄這個詞。《匡謬正俗》卷六"猱"條：

> 或問曰："今之戎獸皮可爲褥者，古號何獸？何以謂之'戎'？"答曰："按許氏《說文解字》曰：'夒，貪獸也。'李登《聲類》音'人周反'。字或作'猱'，《詩》云'無教猱升木'，《毛傳》云'猱，猨屬也'，《箋》云'猱之性善登木'。《爾雅》云'猱猨善援'，郭景純注曰'便攀援也'。《爾雅》又云'蒙頌猱狀'，郭注云'即蒙貴也，狀似蜼而小，紫黑色。猱亦獼猴類耳'。按郭此說，蓋蒙頌爲獸，狀似猱。又《上林賦》云'蜼玃飛鼺，蛭蜩玃猱'，左思《吳都賦》云'射猱狿'，劉逵注云'猱似猴而長尾'。尋據諸說，驗其形狀，'戎'即'猱'也，此字既有'柔'音，俗語變訛，謂之'戎'耳。猶今之'香葇'謂之'香戎'，今謂'猱'別造'狨'字，蓋穿鑿不經，于義無取。"③

顏氏指出，猱音轉變爲戎音，故又新造狨字。劉曉東《匡謬正俗平

---

① （清）鄧廷楨：《雙硯齋筆記》卷五，第331頁。
② 于省吾：《甲骨文字釋林》上卷，中華書局1979年版，第80頁。
③ （唐）顏師古：《匡謬正俗》卷六，第42頁。

議》："《漢書·司馬相如傳》錄《上林賦》作'蜼',宋祁曰:'蜼當作猱。'師古注云:'蜼音乃高反,又音柔。即今所謂戎皮爲窜褥者也。戎音柔,聲之轉耳,非獼猴也。'可與此條相參。"又云:"按師古以'戎'爲'柔'之轉音是也。'猱'音柔,其韻在豪尤之間,'戎'則韻屬東冬之類,二者固可相轉也……《方言》卷三:'蘇亦荏也。其小者谓之蘸菜。'錢繹《箋疏》云:'蘇頌《圖經》云:似白蘇而葉更細,一作香荏。孟詵《食療本草》又謂之相戎,戎與荏通。''菜'、'荏'之轉,亦其類也。"①

漢字在發展的過程中整體上有增多的趨勢。社會的發展,需要不斷產生新字。而文字的孳乳分化,也促使了漢字的增多。但對於某些具體的漢字而言,出於使用文字的某些習慣等原因,也存在文字合併的現象。《雙硯齋筆記》卷四明確指出了這種現象:

　　或謂古字少今字多,似也。然頗有古多於今者。姑就見聞撮舉之。古柴燎祭天作柴,《說文》引《虞書》"至於岱宗柴",今書作柴。柴,祭天之正名,柴則取燔柴之義也。小木散財作柴,是古多柴字也。古類于上帝作禷,《爾雅·釋天》"是禷是禡",今經典多作類。禷,祭之正名,類則取禷祭之義也。同類作類,是古多禷字也。古韻分以祘作祘。《說文》引《逸周書》曰"士分民之祘","均分以祘之也",今《逸周書》無此文。算籌作算,算數作算,是古多祘字也,算亦非俗體也。古大圭作玠,《說文》引《周書》曰"稱奉介圭",蓋約舉《顧命》"太保承介圭,稱奉歸兼幣"之文。介畫作介,今以爲介賓、介使、介胄字,而專以畍爲介畫字,介畫即界境也。是古多玠字也……②

漢字是形音義的統一體。漢語詞彙發展,存在着和文字交互影響的現象。當詞彙以書面形式寫出後,文字可能對詞彙起到反作用。筆記裏面已經意識到了這一問題。

《學林》卷十"盼盻盼"條:

___

① 劉曉東:《匡謬正俗平議》,山東大學出版社1999年版,第184—185頁。
② (清)鄧廷楨:《雙硯齋筆記》卷四,第273—322頁。

　　盼、眄、盻三字，三音偏旁不同，義亦不同。盼從分，普莧切，字書曰："黑白分也。"《詩》所謂"美目盼兮"是已。眄從丏，音面，字書曰："邪視也。"《列子》所謂："始得夫子之一眄。"鄒陽書所謂"莫不按劍相眄"是已。盻從兮，音睨，字書曰："恨視也。"《孟子》所謂"使民盻盻然，將終歲勤動，不得以養其父母"是已。三字音義雖異，而偏旁易於相亂，故世俗多誤書，當書盼或誤爲眄，當書眄或誤爲盻。左太沖《詠史》詩曰："左眄澄江湘，右盼定羌胡。"其用眄與盼，不相混也，俗自易於混疑耳。世言顧眄，謂邪視也，而多誤讀爲顧盼。袁彥伯《三國名臣贊》曰："六合紛紜，民心將變。鳥擇高梧，臣須顧眄。"杜子美《石硯》詩曰："公含起草姿，不遠明光殿。致乎丹青地，知汝隨顧眄。"蓋於義則有顧眄而無顧盼，古之文士未嘗誤用也，世俗多誤讀顧眄爲顧盼耳。世俗雖誤讀，然文士不可誤讀也。①

　　按，王觀國認爲顧盼本當作顧眄，由於盼、眄、盻三字字形相近，顧眄訛爲了顧盼。曾良先生認同王觀國的看法，認爲中古漢語"顧眄"多見，絕少寫作"顧盼"，并做了更詳細的論述。②

　　趙叔向《肯綮錄》"涕洟"條：

　　　　《五經文字》云："涕、音體，洟、音替，自目出曰涕，自鼻出曰洟。"今人寫作鼻涕，亦只作涕，誤矣。亦音夷。士大夫作字，從《五經文字》爲佳。③

　　按，關於涕由眼淚轉化爲鼻涕義，多認爲是詞義引申的結果。如王力先生《漢語史稿》："'涕'由'眼淚'的意義轉化爲鼻涕的意義，是因爲哭的時候往往是眼淚鼻涕一齊來，所以有轉化的可能性。王褒《僮約》：'目淚下落，鼻涕長一尺。'可見到了漢代，'涕'字才當鼻涕講。"④韓陳其《漢語詞彙論稿》："涕的本義是眼淚，泗的本義是鼻涕，

---

①　（宋）王觀國：《學林》卷十，第 328 頁。
②　《"盼望"、"疆場"俗變探討》，《中國語文》2008 年第 2 期。
③　（宋）趙叔向：《肯綮錄》，商務印書館《叢書集成初編》本，1939 年，第 5 頁。
④　王力：《漢語史稿》，中華書局 1980 年版，第 542 頁。

後來涕引申爲鼻涕，從而代替了泗，而産生一個淚表示涕的本義。"① 近來才有付義琴指出，涕有鼻涕義並不是詞義引申的結果，而是洟訛誤爲涕造成的。徐廣、徐鍇、段玉裁、朱駿聲都曾指出涕、洟混用的現象。在小篆和隸書中"弟"、"夷"形似，而且讀音相近，故常相混。② 趙叔向引《五經文字》爲據，亦認爲是字形相混的結果。

宋劉邠《中山詩話》：

> 古稱駔儈，今謂牙也。劉道原云："本稱互郎，主互市，唐人書互爲牙，因訛爲牙。"理或信然。③

《南村輟耕錄》卷十一"牙郎"條：

> 今人謂駔儈者爲牙郎。本謂之互郎，謂主互市事也。唐人書互作牙，互與牙字相似，因訛而爲牙耳。④

按，《廣韻·暮韻》："互，差互。俗作乎。"敦煌文獻 P. 2160《摩訶摩耶經》卷上："若居王位，互相討伐。"互寫作㸦。S. 6631Vg《辭父母讚文一本》："互相貪染結因緣。"互寫作㸦⑤。均與牙字相近。

二　筆記對漢字字體發展的研究

漢字字體經歷了甲金文字到篆書再到隸書、草書和楷書、行書的過程。在這個過程中，字體也隨之發生了變化。《顔氏家訓》卷六《書證》就指出了字體的變化：

> 世間小學者，不通古今，必依小篆，是正書記；凡《爾雅》《三蒼》《説文》，豈能悉得倉頡本指哉？亦是隨代損益，乎有同異。⑥

---

① 韓陳其：《漢語詞彙論稿》，江蘇古籍出版社 2002 年版，第 224 頁。
② 《涕有鼻涕義不是語義引申》，《殷都學刊》2008 年第 4 期。
③ （宋）劉邠：《中山詩話》，臺北商務印書館《景印文淵閣四庫全書》第 1478 冊，第 273 頁。
④ （元）陶宗儀：《南村輟耕錄》卷十一，第 139 頁。
⑤ 黄征：《敦煌俗字典》，上海教育出版社 2005 年版，第 158 頁。
⑥ （北齊）顔之推：《顔氏家訓》卷六《書證》，第 515 頁。

《夢溪筆談》卷十七《書畫》:

> 古文自變隸,其法已錯亂,後轉爲楷字,愈益譌舛,殆不可考。如言有口爲吳,無口爲天。按字書,"吳"字本從口、從矢音捩。非天字也。此固近世謬從楷法言之。至如兩漢篆文尚未廢,亦有可疑者。如漢武帝以隱語召東方朔云:"先生來來。"解云:"來來,棗也。"按"棗"字從朿音刺。不從來。此或是後人所傳,非當時語。如卯、金、刀爲劉,貨泉爲白水眞人,此則出於緯書,乃漢人之語。按劉字從卯、音酉從金,如柳、聊、酉,皆從卯,非卯字也。貨從貝,眞乃從貝,亦非一法,不知緣何如此?字書與本史所記,必有一誤也。①

　　按,《說文·矢部》:"吳,姓也,亦郡也。一曰,大言也。从矢、口。"劉字,上部亦非卯字。棗字,武威漢代醫簡65作棗,武威漢代醫簡77作棗②。魏《李次明造像》作棗,晉《王浚妻華芳墓誌》作棗③。《酉陽雜俎前集》卷八《夢》:"補闕楊子孫董,善占夢。一人夢松生戶前,一人夢棗生屋上。董言松丘壠間所植,棗字重來,重來呼魄之象。二人俱卒。"王觀國《學林》卷九"救"條:"然世俗寫朿字來字,並作來形,如棗字作棗,棘字作棘之類是也。"此字常見,《大字典》《中華字海》未收。

　　漢字由篆書到隸書,是漢字發展史上最重要的一次變革。在這次變革中,漢字的字形發生了很大的變化,裘錫圭先生《文字學概要》曾經詳細地說明了隸變對漢字的影響。④ 鄧廷楨也注意到了這個問題,其所著《雙硯齋筆記》卷四云:

> 自篆變爲隸,六書之恉毀裂殆盡,加以讖緯之附會,謠諺之俚俗,如劉從金刀,卯聲,卯古酉字,而曰卯金刀。董從艸從童,亦作

---

① （宋）沈括:《夢溪筆談》卷十七《書畫》,第172頁。
② 陸錫興:《漢代簡牘草字編》,上海書畫出版社1989年版,第136頁。
③ 秦公:《碑別字新編》,文物出版社1985年版,第207頁。
④ 裘錫圭:《文字學概要》,商務印書館1988年版,第82—85頁。

董，從重，重從壬，東聲，而曰千里艸，皆無稽之甚。①

又卷五：

自篆變爲隸，於是故知畫然兩字者皆混而一之。如出物之賞，篆文作鬻，莫解切，從出從買。《周禮·胥師》儥字從之。訓衒之賣，篆文作𧷓，余六切，續蕒覿等字從之。兩字也，而隸皆作賣。說詳"賣，衒也"條下。獻案：以價爲賈大誤。《胥師》之價，先鄭訓賣。《司市》《質人》之價，後鄭訓買。此明是𧷓字之借，非卽賣字也。訓善之壬，篆文作壬，他鼎切，從人從士，廷呈徵𡉵㠯等字從之，音在青部。辰名之壬，篆文作壬，似玉篆而中畫稍長，如林切，任袵紝等字從之，音在侵部。兩字也而隸皆作壬。甲乙之乙，篆文作乚，於筆切，乾亂等字從之。燕鳥之乞作乙，篆文作乚，烏轄切，孔乳等字從之。兩字也，而隸皆作乙。暴露之暴，篆文作暴，蒲沃切，從日從出，從廾從米，《說文》曰："晞也。"蓋日出而掬米以晞之，爲會意字。《檀弓》"吾欲暴巫而奚若"，《攷工記》"晝暴諸日"，《孟子》"秋陽以暴之"是也。暴虐之暴，篆文作暴，薄苃切，從日從出，從廾從本。《說文》曰："疾有所趣也。"凡從本之字皆訓進訓疾，故從本爲暴。《詩·邶風》"終風且暴"，《鄭風》"襢裼暴虎"是也。兩字也而隸皆作暴，從关從氺，文且不成，義將安取。總之賞賣二字形聲義皆別，乙乙二字形畧佀而聲義皆別，壬王二字形畧佀而聲義皆別，暴暴二字形義皆別而聲則通轉。

馬篆文作馬。《說文》曰："象馬頭髦尾四足之形。"所謂象尾四足者，指下體之五畫言之也。牛篆文作牛。《說文》曰："象角頭三封尾之形。"所謂象角頭三者，指上體之三岐言之也。書馬者尾與足而五，書牛者角與頭而三，意取象形，天然偶儷。隸書變爲馬，髣髴畧存；變爲牛，形模全失矣。

粥古字作鬻，篆體作鬻，從䰜米，其兩弓之㐱乃象執餁五味氣上出形。隸省作粥而兩弓作弓字。後世乃有以粥爲雙弓米者，可哂也。②

---

①　（清）鄧廷楨：《雙硯齋筆記》卷四，第 256—257 頁。
②　（清）鄧廷楨：《雙硯齋筆記》卷五，第 324—326、332、355 頁。

　　從以上材料得知，鄧氏已經注意到由篆而隸是漢字發展史上最重要的一次變革。在這次變革中，漢字的象形程度大大降低，字形結構也發生了很大的變化，一些字的字形出現省略和偏旁混同的現象。

　　同時，筆記對隸書的起源及名稱也有所考辨。唐封演《封氏聞見記》卷二"文字"條：

　　　　善長注《水經》云："臨淄人發古塚得桐棺，前和外隱起爲隸字，言'齊太公六代孫胡公之棺'，惟三字是古，餘同今書。故知隸書非始于秦世也。"按此，書隸在春秋之前，但諸國或用或不用。程邈觀其省易有便于時，故脩改而獻，非創造也。①

《太平廣記》93 卷《宣律師》（出《法苑珠林》）

　　　　故《玉篇序》云，有開春申君墓得其銘文，皆是隸字。檢春申君是周武、六國同時，隸文則非吞併之日也。②

《陔餘叢考》卷十九"隸書不始于程邈"條：

　　　　《書斷》云：秦下邽人程邈，字元岑，爲縣吏，以罪下雲陽獄，精思十年，益小篆方圓而得隸書三千字奏之。始皇善之，用爲御史。時以篆字難成，乃用隸書，以爲隸人佐書務趨便捷，故曰隸書。是以古來皆以隸書爲邈所作。然《封氏聞見記》謂酈道元注《水經》云：臨淄人發古塚，得銅棺，前和外隱起爲隸字，言"齊太公六代孫胡公之棺"，惟三字是古篆，餘同今書，則知隸書非始于秦也。封氏又謂此書在春秋之前已有之，但諸國或用或不用，程邈觀其省易，有便於時，故修改而獻，非創造也。然則隸書非起於邈矣。又按許氏《說文自序》云：秦李斯省改史籀大篆作小篆，又有隸書以趨約易云云。似隸書亦李斯所作。其下文又謂新莽改定六書，一古文，二奇

---

① （唐）封演：《封氏聞見記》卷二，中華書局 1958 年版，第 5 頁。
② （宋）李昉等編：《太平廣記》93 卷《宣律師》，第 616 頁。

字，其三曰篆書，即小篆，秦始皇使下杜人程邈所作也。四佐書，即秦隸書云云。是許氏於隸書不言程邈所作，而反以小篆爲邈作。①

　　按，啟功《古代字體論稿》："《書斷》卷上引蔡邕《聖皇篇》：'程邈刪古立隸文'，此後都承認隸是程邈所作。"② 可能是沒有看到這些材料，故有此言。筆記對程邈創造隸書的傳統說法提出質疑，是極其正確的。一種字體不可能由一人創造，字體的使用是約定俗成的。隸書不僅有漢隸、秦隸，在秦隸以前還有類似隸書的字體。湖北雲夢睡虎地十二號戰國秦墓和四川省青川縣第五十號戰國古墓出土的秦武王二年的二件木牘，均用隸書書寫。蔣善國《漢字形體學》："我們可以肯定古隸到了秦代流傳已久，在象形文字發生後不久就產生這種簡略的形式了。程邈只不過是一個著名整理古隸的人兒罷了。"③ 又許慎云認爲新莽小篆乃"秦始皇使下杜人程邈所作也"，啟功先生認爲新莽小篆與秦隸關係密切，與相傳隸書爲程邈所作並不矛盾。④

　　《補筆談》卷二《藝文》：

　　　　今世俗謂之隸書者，只是古人之八分書，謂初從篆文變隸，尚有二分篆法，故謂之八分書。後乃全變爲隸書，即今之正書、章草、行書、草書皆是也。後之人乃誤謂古八分書爲隸書，以今時書爲正書，殊不知所謂正書者，隸書之正者耳。其餘行書、草書，皆隸書也。杜甫《李潮八分小篆歌》云："陳倉《石鼓》文已譌，大小二篆生八分。苦縣光和尚骨立，書貴瘦硬方通神。"苦縣，《老子朱龜碑》也。《書評》云："漢、魏牌榜碑文和《華山碑》，皆今所謂隸書也。杜甫詩亦只謂之八分。"又《書評》云："漢、魏牌榜碑文，非篆即八分，未嘗用隸書。"知漢、魏碑文，皆八分，非隸書也。⑤

　　隸書爲何又叫八分書？至今還沒有一個統一的意見。隸書的寫法經歷

---

① （清）趙翼：《陔餘叢考》卷十九，第 368—369 頁。

② 啟功：《古代字體論稿》，文物出版社 1964 年版，第 26 頁。

③ 蔣善國：《漢字形體學》，文字改革出版社 1959 年版，第 169 頁。

④ 詳參啟功《古代字體論稿》，文物出版社 1964 年版，第 29 頁。

⑤ （宋）沈括：《補筆談》卷二《藝文》，第 314—315 頁。

了一個逐漸變化的過程。早期的隸書，還不能認爲是八分書。在西漢中期，八分這種字體逐漸形成。裘錫圭先生認爲："在敦煌、居延等地發現的武帝晚期的簡上，可以看到八分逐漸形成的過程。""至遲在昭宣之際，八分已經完全形成。"① 又云："到了東漢後半葉，出現了一種新隸體，很大程度上拋棄了收筆的寫法。同時接受了草書的一些影響，呈現出由八分向楷書過渡的面貌。"② 又洪氏所云隸書，與今天隸書的概念不同。古文經常把真書稱爲隸書。趙明誠《金石錄》卷二十一"東魏大覺寺碑陰"條云，碑題"銀青光錄大夫臣韓毅隸書，蓋今楷字也。"《晉書·王羲之傳》云王羲之"善隸書，爲古今之冠"。沈氏從文獻出發，發現古人稱隸書與今之概念的不同。③

---

① 裘錫圭：《文字學概要》，商務印書館 1988 年版，第 80 頁。
② 同上書，第 89 頁。
③ 詳參啟功《古代字體論稿》，文物出版社 1964 年版，第 36 頁。

第四章

筆記與訓詁學研究（上）

——筆記訓詁的內容

　　訓詁是以詞義解釋①爲中心的一項解釋古代文獻的綜合工作。訓詁以詞義解釋爲中心，但并不限於詞義解釋，還包括分析句讀、分析句意和篇章大意、說明修辭手段和古書辭例、解釋語法等內容。結合筆記訓詁資料的實際情況，我們主要從解釋詞義、分析句讀和說明句意、校證文字、考辨音讀、闡述語法五個方面論述筆記訓詁的內容。

第一節　解釋詞義

一　筆記裏的詞義訓釋

　　訓詁是以探討文獻詞義爲中心的。古人筆記的訓詁也不例外，它裏面有大量探求詞義的條目。其中有些條目考證詞語的確切含義，頗爲精道。如《札樸》卷三"列"條：

　　　　任昉《彈劉整文》："輒攝整亡父舊使奴海蛤到臺辨問，列稱"云云。沈約《彈王源文》："輒攝媒人劉嗣之到臺辨問，嗣之列稱"云云。案：司馬遷《報任安書》："拳拳之忠，終不能自列。"李善引《說文》："列，分解也。"②

　　按，列爲申辯、陳訴之義。《說文·刀部》："列，分解也。"解釋列

---

① 古人訓詁不刻意區分字和詞，因此，本章所說的詞義從嚴格意義上講，有時只是字義。

② （清）桂馥：《札樸》卷三，第109頁。

的本義爲分裂。但列之申辯義與其有密切的關係，申辯即是把情由一一分開列出，進行辯解。桂馥羅列"列"的有關材料，是爲了證明列有申辯一義。

清錢泳《履園叢話·叢話二·閱古》"秦漢瓦當"條：

> 瓦當者，宋李好文《長安圖志》謂之瓦頭，蓋屋瓦皆仰，當兩仰瓦之際，爲半規之瓦以覆之，俗謂筒瓦是也。云當者，以瓦文中有蘭池宮當、宗正官當、宜富貴當、八風壽存當，是秦、漢時本名。《說文解字》云："當，田相值也。"《韓非子·外儲說》："玉卮無當。"《史記·司馬相如傳》："華榱璧當。"司馬彪曰："以璧爲瓦之當也。"《西都賦》："裁金璧以飾當。"注家謂當即底也，故謂之瓦當。①

《札樸》卷四"古瓦文"條：

> 秦漢瓦頭文有蘭沱宮當、宗正宮當。案：《史記·司馬相如傳》："華榱璧璫。"司馬彪曰："以璧爲瓦之當也。"《西都賦》："裁金璧以飾璫。"又李尤《平樂館銘》："棼梁照曜，朱華飾當。"《廣雅》："棺當謂之脈。"又云："脈，棺頭。"然則瓦當謂瓦頭也。②

《履園叢話》考證當爲底義，《札樸》考證當爲頭義，實則意義相通。《廣雅·釋器》："（棺），其當謂之脈。"王念孫疏證："當，謂棺前後蔽也。車前後蔽謂之篃，義與棺當同。"瓦當一般在其頭部突出的地方刻有文字或圖案。瓦當又名瓦頭，也可證當即頭義。

更多的是對前代舊注的釋義提出質疑。如五代丘光庭《兼明書》卷二《尚書》"包匭菁茅"條：

> 《禹貢》揚州所貢"包匭菁茅"。孔安國曰："包，橘柚也，匭，匣也。菁以爲菹，茅以縮酒。"僖四年《左傳》稱齊侯責楚云："爾

---

① （清）錢泳：《履園叢話·叢話二·閱古》，中華書局1979年版，第39頁。
② （清）桂馥：《札樸》卷四，第163頁。

貢包茅不入，王祭不共，無以縮酒，寡人是徵。"杜元凱曰："包，
裹束也；茅，菁茅也。"明曰：孔失而杜得也。何以言之？按，太史
公《封禪書》云："江淮之間，一茅三脊。"是知菁茅即三脊之茅也，
菁者，茅之狀貌菁菁然也。三脊之茅，諸土不生，故楚人特貢之也。
孔云："菁可爲菹"，是謂菁爲蔓菁也，且蔓菁常物，所在皆生，何
必須事楚國匭盛而貢之哉？故知孔失之矣。①

　　僞孔傳分"菁茅"爲二物，丘光庭認爲不妥。按，陸德明釋文引鄭
玄曰："茅有毛刺曰菁茅。"與杜注合。《穀梁傳·僖公四年》亦曰："菁
茅，香草，所以縮酒。"丘光庭引《封禪書》證明"菁茅"爲一物，"菁
茅"爲楚國所產，並謂如果把菁解爲蔓菁，隨處皆生，何必非要楚國進
貢，抓住了問題的要害。《管子·輕重丁》："江淮之間，有一茅而三脊，
母至其本，名之曰菁茅。"明李時珍《本草綱目·草二·白茅》："香茅一
名菁茅，一名瓊茅，生湖南及江淮間，葉有三脊，其氣香芬。"北魏酈道
元《水經注·湘水》："縣（泉陵縣）有香茅，氣甚芬香。"晉左思《吳
都賦》："綸組紫絳，食葛香茅。"均可證出產於江淮及湖南等地。《漢語
大詞典》"菁茅"條采用兩種說法②，有失妥當。

　　《甕牖閒評》卷二：

　　　　許慎注《淮南子》云："楚人謂袍爲裋。"《說文》云："粗衣。"
　　《廣韻》："敝衣襦也。"《荀子》乃作"豎褐"者，疑借豎字耳。而
　　注家便解爲僮豎之豎，乃云僮豎之褐。《漢書》"裋褐不完"，注家亦
　　云裋者，僮豎所著布長襦也，承《荀》注之誤耳。③

　　按，《荀子·大略》："古之賢人，賤爲布衣，貧爲匹夫，食則饘粥不
足，衣則豎褐不完。"唐楊倞注："豎褐，僮豎之褐，亦短褐也。"《史
記·秦始皇本紀》："夫寒者利裋褐而飢者甘糟糠，天下之嗷嗷，新主之
資也。"唐司馬貞索隱："裋，一音豎。謂褐布豎裁，爲勞役之衣，短而

---

①　（五代）丘光庭：《兼明書》卷二《尚書》，第 14 頁。
②　《漢語大詞典》第 9 卷，第 428 頁。
③　（宋）袁文：《甕牖閒評》卷二，第 47 頁。

且狹，故謂之短褐，亦曰豎褐。"均依豎字之義解之，不確。《列子·力命》："朕衣則裋褐，食則粢糲，居則蓬室，出則徒行。"楊伯峻集釋："許慎注《淮南子》云：楚人謂袍爲裋。《説文》云：粗衣也。又敝布襦也。又云：襤褕短者曰裋褕。有作短褐者誤。《荀子》作豎褐。楊倞注云，僮豎之褐，於義亦曲。"黃金貴《古代文化詞義集類辨考》"裋（豎、短）·褐"條亦認爲楊倞僮豎説與司馬貞豎裁説顯然不符合實際情況，裋从衣，本義絶不會是僮豎。① 袁文之説，可謂卓識。

《敬齋古今黈》卷一：

> 《前漢·西域傳》云："玉門、陽關出西域有兩道。從鄯善傍南山北，波河西行至莎車，爲南道。自車師前王庭隨北山，波河西行至疏勒，爲北道。"師古曰："波河，循河也，音彼義反。"黈曰：此義是而音非。波止當如字讀之。波之爲言，自有循順之義。今人言循河而行者，皆謂之邊河。波河之語與邊河政同。又云："出陽關，自近者始，曰啼羌，去長安六千三百里，辟在西南，不當孔道。"師古曰："孔道者，穿山險而爲道，猶今言穴徑耳。"此又誤矣。孔道止謂大道也。前言辟在西南，故後言不當大道。若言不當穴徑，是何説之怪耶。故其下又言西北至鄯善，則知鄯善正當大道耳。②

按，《後漢書·西域傳序》兩處均作"陂河"。李賢注："循河曰陂。"《説文·𨸏部》："陂，阪也。从𨸏，皮聲。一曰沱也。"段注改沱爲池，云："陂得訓爲池者，陂言其外之障，池言其中所蓄之水。故曰'劉媪嘗息大澤之陂'，謂大澤之旁也。曰'叔度汪汪若千頃陂'，即謂千頃池也。湖訓大陂，即大池也。《陳風》'彼澤之陂'傳曰：'陂，澤障也。'《月令》注曰：'畜水曰陂。'凡經傳云陂池者，兼言其內外，或分析言之，或舉一以互見。許池與陂互訓，渾言之也。陂有叚波爲之者。如《漢·諸侯王表》曰'波漢之陽'，《西域傳》曰'傍南山、北波河。'"《詩·陳風·澤陂》："彼澤之陂，有蒲與荷。"毛傳："陂，澤障也。"孔穎達疏："澤障，謂澤畔障水之岸，以陂內有此二物，故舉陂畔言之，二

---

① 黃金貴：《古代文化詞義集類辨考》，上海教育出版社 1995 年版，第 747 頁。

② （元）李冶：《敬齋古今黈》卷一，第 2—3 頁。

物非生於陂上也。"陂爲澤障，沿水而建，故有沿、循義。"波"當爲"陂"之假借。

又"孔道"，王念孫《讀書雜志·漢書第十五》"孔道"條批評顏氏之說云："師古之說甚迂。孔道猶言大道，謂其國僻在西南，不當大道也。《老子道經》'孔德之容'河上公注曰：'孔，大也。'《太元（玄）·羨次》五曰'孔道夷如，蹊路微如。'孔，字亦作空。《張騫傳》'樓蘭姑師小國當空道'是也。《說文》曰：'孔，通也。'故大道亦謂之通道，今俗語猶云通衢大道矣。"所說比李氏爲晚。

《日知錄》卷二十一"漢書注"條：

> "國亡捐瘠者"。瘠，古"胔"字，謂死而不葬者也。《婁敬傳》"徒見羸胔老弱"，《史記》作"瘠"，《後漢書·彭城靖王恭傳》"毀胔過禮"，《大戴禮》"羸醜以胔"，皆是"瘠"字。則此"瘠"乃"胔"字之誤，當從孟康之說。【原注】蘇林音漬，是。①

按，《荀子·榮辱》："糧食大侈，不顧其後，俄則屈安窮矣，是其所以不免於凍餓，操瓢囊爲溝壑中瘠者也。"王念孫《讀書雜志·荀子一》"爲溝壑中瘠"條："瘠讀爲'掩骼埋胔'之'胔'。露骨曰'骼'，有肉曰'胔'，出蔡氏《月令章句》言凍餓而轉躰於溝壑，故曰'爲溝壑中胔'。作瘠者，借字耳。"《禮記·月令》："（孟春之月）掩骼埋胔。"鄭玄注："骨枯曰骼，肉腐曰胔。"《後漢書·寇榮傳》："罰及死没，髡剔墳墓，但未掘壙出尸，剖棺露胔耳。"李賢注："胔，謂骨之尚有肉者也。"胔或又作骴。桂馥《札樸》卷一"骴"條："《食貨志》：'國亡損瘠'，卽骴字。"《周禮·秋官·蠟氏》："掌除骴。"鄭玄注："《曲禮》'四足死者曰漬'，故書骴作脊，鄭司農云：'脊讀爲漬，謂死人骨也，《月令》曰'掩骼埋骴'，骨之尚有肉者也，及禽獸之骨皆是。"又："掌凡國之骴禁。"鄭玄注："禁，謂孟春掩骼埋胔之屬。"

《陔餘叢考》卷二"韋昭注國語"條：

> 韋昭注《國語》，合賈逵、虞翻、唐固諸本，參考是正，最號詳

---

① （清）顧炎武：《日知錄》卷二十一，第1535頁。

核，然亦有舛謬者。晉文公請隧，賈逵云：王之葬禮，闕地通路曰隧，昭則以爲天子之六鄉六隧地也。按襄王之詞曰："若班先王之大物以賞私德"，又曰"叔父若能更姓改物以取備物"，又曰"余敢以私勞變前之大章乎?"又《晉語》：文公請隧，弗許，曰："王章也。"大物、備物，大章、王章，皆謂禮之大者，非郊隧地可知。況是時王正勞之以地，豈又辭所賜之地而別請所不賜之地乎?[1]

按，徐元誥集解："吳曾祺曰：玩一篇語氣，似賈說爲長。如韋《注》，當作'遂'，不作'隧'。且韋云諸侯無隧，考《尚書·牮誓》云'魯人三郊三遂'，則成王時諸侯已有之矣，韋亦失之不考。元誥按：《內傳·注》：'闕地通路曰隧，王之葬禮也。諸侯皆懸柩而下。'《釋文》云：'隧音遂，今之延道。'下文又云'死生之服物采章'，正指葬禮而言。"與趙氏同。

《癸巳類稿》卷二"製解"條：

《說文》云：製，裁也。蓋未成衣，如今斗蓬，與袯連文，袯正斗蓬。《說苑·復恩》云：衝宵文子具紵絺三百製，致吳赤市。亦裁料也。《說文》又云：蠻夷衣。《續漢書·禮志》云：大儺侲子，赤幘皁製。如今番子袈裟。亦無袖也。《詩·七月》正義引《定九年左傳》服虔注，以爲狸裘。杜注《左傳》，則一爲裘，一爲雨衣。《定公九年傳》云：齊東郭書皙幘而衣狸製。注云：製，裘也。乃望狸文生義，按其時爲周之秋，當斗指午未申三月，不當衣裘。狸製，是狸色斑然斗蓬耳。《哀二十七年傳》云：陳成子救鄭，及濮雨，不涉，鄭告急，成子衣製杖戈，立於阪上，馬不出者，助之鞭之。注云：製，雨衣也。按其時亦在四月後八月前，當周正五六七月，自不衣裘。然齊師遇雨時，在濮不濟，予思古說是國參在鄭，不與駟宏同行，及鄭知之，又使人至軍，爲日已久，無緣定知出馬日亦雨，亦不定知不雨，則製亦是斗蓬，通言雨衣可也。以爲裘，定非也。[2]

①　（清）趙翼：《陔餘叢考》卷二，第49頁。
②　（清）俞正燮：《癸巳類稿》卷二，第72頁。

俞氏斷定"製"不可能是"裘",其理由有二:第一,從時間的角度來看,正當炎熱季節,不可能衣裘;第二,《說文》"製"、"被"相次推測,兩字字義多有相通之處,"被"爲斗篷,故"製"亦當爲斗篷。不惟如此,俞氏還分析了舊注誤釋的原因爲"乃望狸文生義"。段玉裁《說文解字注》認爲《說文》"製"當排在"裁"篆之下,從"製"爲斗篷的詞義看來,亦不能輕易否定今本《說文》的排列次序。俞氏之說言而有據,楊伯峻先生《春秋左傳注》和《漢語大詞典》[①] 即採其說。《漢語大字典》依杜注[②],誤。

與俞氏一樣,桂馥《札樸》卷二"狸製"條也斷定"製"爲"裘"的舊注不當,不過桂氏是從字誤的角度出發的:

> 定九年《傳》:"衣狸製。"杜注:"製,裘也。"案:"裘"當爲"衰"字之誤也。哀二十七年,"陳成子救鄭,及濮,雨。成子衣製,杖戈。"杜注:"製,雨衣也"。《說文》:"衰,艸雨衣。""衰"、"裘"形似,故誤也。同一"製"字,此訓雨衣彼訓裘,杜氏不應矛盾,後人因可[③]爲裘,妄改之。[④]

但製、裘相誤的例子文獻少見,且杜注有"望狸文生義"的嫌疑,故其說不可從。不過,桂氏認識到杜注之誤也是難能可貴的。

對前代舊注釋義衆說紛紜的問題,筆記的作者也紛紛提出了自己的見解,而且隨着討論的深入,問題也逐漸明朗起來。如關於"肺附"的詞義,《學林》卷七"肺附"條云:

> 《前漢·劉向傳》,上封事曰:"臣幸得託肺附,誠見陰陽不調,不敢不通所聞。"顏師古注:"舊解云肺附,謂肝肺相附著,猶言心脊也。一説肺謂斫木之肺札也,自言于帝室,猶肺札附于大材木也。"又《田蚡傳》曰:"上初即位,富于春秋,蚡以肺附爲相。"又曰:"天下幸而安樂無事,蚡得肺附。"又曰:"臣以肺附幸得待罪。"

①　《漢語大詞典》第 9 卷,第 101 頁。
②　《漢語大字典》第 5 卷,第 3095 頁。
③　"可"疑爲"訛"或"譌"字。
④　桂馥:《札樸》卷二,第 77 頁。

顏師古注同前。又《師丹傳》曰："哀帝少在國邑，見外家王氏僭
盛，常邑邑。即位，多欲有所救正。封拜丁、傅。奪王氏權。丹上書
曰：'肺附何患不富貴，不宜倉卒。'"觀國按，《史記·惠景閒侯者
年表》曰："孝惠、孝景諸侯子弟若肺附。"又《前漢·王莽傳》曰：
"臣莽伏自惟念，得託肺腑，獲爵土。"《蜀志·劉備傳》曰："備肺
腑枝葉，宗子藩翰。"以此觀之，則《劉向、田蚡、師丹傳》所言肺
附，皆肺腑也。史家或假借作附字耳。肺腑謂國戚也，猶人之有肺腑
連繫相親也。劉向乃楚元王交之後，陽城侯德之子。田蚡乃景帝王皇
后同母弟，武帝之舅氏。師丹所論者，戚里丁氏之家，王莽乃元后王
家之子，皆國戚也，故皆言肺腑。在他人非國戚者，不可言也。①

《甕牖閒評》卷一：

　　《史記》《漢書》，"肺腑"二字亦有作"肺附"者。古人多假借
用字，蓋喻親族猶人之有肺腑，常相依者也。注家不能深考其義，乃
妄爲解釋，遂有肝肺相附之説。余謂作附處下當云"附讀與腑同"，
而徐廣注《史記》卻于腑字下音爲附字，殊非作史者之意耳。②

《敬齋古今黈》卷五：

　　又"蚡以肺附爲相，非痛折節以禮屈之，天下不肅。"師古曰：
"舊解云：肺附，如肝肺之相附著也。一説，肺、折木札也，喻其輕
薄附著大材也。痛猶甚也，言以尊貴臨之，皆令其屈節而下己也。"
肺附二説，以上下文斷之，其後説爲優。肺附二字，此一卷凡三見。
此與《灌夫傳》："天下幸而安樂無事，蚡得爲肺附。"又韓安國謂田
蚡曰："君當免冠解印綬歸。"曰："臣以肺附幸得待罪，固非其任。"
披尋語意，皆是過自卑抑，若以肝肺爲解，卻見親密之甚。③

---

①　（宋）王觀國：《學林》卷七，第 245 頁。
②　（宋）袁文：《甕牖閒評》卷一，第 45 頁。
③　（元）李冶：《敬齋古今黈》卷五，第 61—62 頁。

《讀書雜志·漢書八》"肺附"條：

　　余謂肺、附，皆謂木皮也。《說文》曰："朴，木皮也。""柿，削木札朴也。"作肺者假借字耳。《後漢書·方術傳》云"風吹削肺"是也。今本肺誤作哺，《顏氏家訓》已辨之。《小雅·角弓》箋曰："附，木桴也。"《正義》曰："桴，謂木表之麤皮也。"桴、附、朴聲相近。肺附，語之轉耳。言己爲帝室微末之親，如木皮之託於木也。下文云"臣幸得託末屬"，是其證矣。……若以肺爲肺肝之肺，則義不可通。"①

　　《學林》以"肺腑"本字爲解，《甕牖閒評》以"肺附"爲解，均不得其旨。《敬齋古今黈》從行文的語意認爲以後說爲是，這是正確的。而《讀書雜志》則進一步考證了"肺附"的得義依據："肺"的本字爲"柿"，而"附"亦有木皮之義。故用來比喻"帝室微末之親"。

　　再如對蒲蘆的解釋，《夢溪筆談》卷三《辨證一》云：

　　蒲蘆，說者以爲蜾蠃，疑不然。蒲蘆，即蒲葦耳。故曰"人道敏政，地道敏藝"。夫政猶蒲蘆也，人之爲政，猶地之藝蒲葦，遂之而已，亦行其無所事也。②

　　《義府》卷上"蒲蘆"條則不同意沈說：

　　《中庸》："地道敏樹。夫政也者，蒲盧也。"陸佃《埤雅》以爲瓠之細腰者，得之。以爲蒲葦者固非，以爲土蜂者尤謬。蓋蜂以細腰，故亦有蒲盧之名，此處則指地之所植者言耳。蒲葦雖易生，第不須種植。瓠是種植所生之物，始與上文樹字相應，故沈括說亦似是而非。③

---

① （清）王念孫：《讀書雜志·漢書八》，第285頁。
② （宋）沈括：《夢溪筆談》卷三，第45頁。
③ （清）黃生：《義府》卷上，第145頁。

《雙硯齋筆記》卷一又提出了新的看法：

> 蒲盧者，小木之貌。沈括以爲蒲葦固謬，而謂爲蜾蠃，以土蜂釋
> 之亦非。蒲盧止是取疊韻字，形容小木之狀。音之轉遂爲蜾蠃、爲果
> 蠃，又爲扶蘇、爲胡蘇、爲扶胥、爲勃蘇，又轉爲樸樕、爲朴樕，其
> 實皆一義也。古人隨事用之。故蜾蠃可以爲蟲，果蠃可以爲木，而扶
> 胥胡蘇之類，言器言水，無所不可，若《中庸》之蒲盧，承敏樹言
> 則正指小木。若以爲蒲葦，則古人無稱葦爲盧者，管異之說。"①

按，《中庸》鄭玄注："蒲盧，蜾蠃，謂土蜂也。《詩》曰：'螟蛉有
子，蜾蠃負之。'螟蛉，桑蟲也，蒲盧取桑蟲之子，去而變化之以成爲己
子。政之於百姓，若蒲盧之於桑蟲然。"鄭氏釋"蒲盧"爲動物，不可信
從。而鄧氏以爲"小木之貌"，有音轉過寬之嫌。剩下沈氏與黃氏之說，
沈氏的影響要更大一些。如朱熹集注云："敏，速也。蒲盧，沈括以爲蒲
葦是也。以人立政，猶以地種樹，其成速矣，而蒲葦又易生之物，其成尤
速也。言人存政舉，其易如此。"不惟朱熹如此，今人許多譯注亦均信從
其說。潘天華《讀〈夢溪筆談〉札記》②和巫稱喜《〈夢溪筆談〉語言研
究方法論初探》③再次肯定了其正確性。

馮洪錢《宋沈括〈夢溪筆談〉蒲盧注釋質疑》④則與上述看法不同。
馮先生從農業史的角度，引《本草綱目》《齊民要術》等書證明"蒲盧"
亦當爲瓠之細腰者。馮文認爲從名稱上考察，蒲盧當係指一物，不能作兩
物解，"蘆葦"多簡稱爲"葦"而不是"蘆"。而"蒲盧"爲瓠瓜之類，
早於《夢溪筆談》的《廣志》（《本草綱目》所引）已有記載。

筆者贊同黃生、馮洪錢的看法。通過《漢籍全文檢索系統》和《文
淵閣四庫全書》的檢索發現，唐代以前文獻以"蒲葦"或"葦蒲"、"葦
莞"稱蒲草和蘆葦，而不是以"蒲盧（蘆）"或"盧（蘆）蒲"稱之，
簡稱中均不含"盧（蘆）"字。語言是約定俗成的，具有一定的穩定性，
很長時間內只有孤例是不能令人信服的。而《中庸》至遲在漢代已經有

①　（清）鄧廷楨：《雙硯齋筆記》卷一，第2—3頁。
②　潘天華：《讀〈夢溪筆談〉札記》，《中國語文》2001年第3期。
③　巫稱喜：《〈夢溪筆談〉語言研究方法論初探》，《語文研究》2002年第2期。
④　馮洪錢：《宋沈括〈夢溪筆談〉蒲盧注釋質疑》，《中國農史》1983年第1期。

了定本，顯然"蒲盧（蘆）"當另有所解。從文獻來看，唐代以前出現的"蒲盧（蘆）"亦均指一物，或爲細腰土蜂，或爲細腰葫蘆，或爲蚌蛤之屬（《大戴禮記·夏小正》："玄雉入於淮爲蜃。蜃者，蒲盧也"），沒有指兩物的。

　　以"蒲盧（蘆）"爲細腰之瓠，這一說法應當是可信的。《中庸》這幾句中，"敏"是勤勉的意思，"樹"是種植的意思。朱熹將"敏"解釋爲速，筆者認爲不符合原意。鄭玄注："敏，猶勉也……敏或爲謀。""敏"有勤勉之意。《論語·述而》："我非生而知之者，好古敏以求之者也。"清劉寶楠正義："敏，勉也。言黽勉以求之者也。"《大戴禮記·五帝德》："長而敦敏。"清王聘珍解詁："敏，猶勉也。"而且從異文"謀"來看，也與勉勵義近，與敏速義絕遠。到現在人們還經常說勤政、勉政。正如《義府》中所說，從文勢看，"夫政也者，蒲盧也"承襲前文"人道敏政，地道敏樹"而言，銜接緊密，故"蒲盧（蘆）"當與"樹"關係密切。蒲葦在古代爲水中野生植物，不需要種植，與前面"樹"字不相銜接，更不需要"敏樹"。瓠很早就是先民農事活動的一部分。《詩·豳風·七月》："七月食瓜，八月斷壺。"毛傳："壺，瓠也。"《齊民要術·種瓠》引崔寔之說："正月，可種瓠。六月，可畜瓠。八月，可斷瓠，作蓄瓠。"與《七月》記述相合。成書於西漢的《氾勝之書》（見《齊民要術·種瓠》所引）就詳細記載了種瓠之法。種瓠講求一定的農業技術，需要得其方法，勤勉從事。《中庸》用種瓠來比喻爲政之道，是頗爲貼切的。全句意爲，爲政之道就像種瓠一樣，只要得其方法，勤勉而爲，就能獲得成功。爲政之道與種瓠一樣，貴在人爲，所以下文以"故爲政在人"相銜接。從下文來看，講的是修身治國的一套方法，以及將其勤勉地付諸實踐，這與種瓠是一脈相承的。若將"蒲盧（蘆）"理解爲"蒲葦"，僅是"遂之而已，亦行其無所事也"，與下文"故爲政在人"亦不相符合。

　　從語源學的角度看，"蒲盧（蘆）"和"螺蠃"爲同源詞，均狀圓形之物。蓋上古事物命名，側重其聲，具有同一特點的不同事物可用同一種名稱，故"蒲蘆"既可以爲細腰土蜂，也可以爲細腰葫蘆。蜃謂之"蒲盧"，亦因其圓形之故。而"蒲蘆"又與"螺蠃"有音轉關係。潘遵行《果裸變語與諧聲》："吾人於土蜂變言'果蠃'爲'蒲盧'，已見 k-l-與 b-l-兩語核之當矣。同例，蝸牛謂之'蝸蠃'（《說文》），又謂之'蚹蠃'（《爾雅·釋魚》），亦曰'僕累'（《管子·地員》）；矛謂之'屈盧’（《史記·仲尼弟子端木賜列傳》），又謂之‘勃盧’（《越絕書》）。”①
《楚辭·招魂》：“赤蟻若象，玄蠭若壺些。”王逸章句：“壺，幹瓠也。言
曠野之中，有赤蟻其大如象，又有飛蠭腹大如壺，皆有蠚毒能殺人也。”
以“壺”來比喻“玄蠭”，可證“蒲蘆”和“蜾蠃”之相似點。故釋
“蒲蘆”爲細腰之瓠，不僅與文義合，而且能夠貫通與舊注“蜾蠃”的關
係。《漢語大詞典》採用兩說，釋“蒲蘆”爲“細腰土蜂”或“蒲葦”②，
均非。

　　推尋鄭注致誤緣由，乃由於“蒲盧（蘆）”同名異物所致。《山海
經·中山經》：“南望墠渚，禹父之所化，是多僕纍、蒲盧。”郭璞注：
“僕纍，蝸牛也。《爾雅》曰：‘蒲盧者，螅蛉也。”袁珂校注：“郭璞云：
‘僕纍，蝸牛也。’郝懿行云：‘蒲盧爲蜃盒之屬。僕纍、蒲盧，同類之
物，並生於水澤下溼之地。’則僕纍、蒲盧，蓋亦同聲之轉耳。”按，渚
爲水中小洲，則“蒲盧”當爲蜃蛤之屬，郭璞亦誤爲螅蛉，與鄭注錯誤
相類同。

二　筆記詞義訓釋值得注意的幾個特點

　　古人筆記裏的詞義訓釋，不僅解決了很多訓詁疑難問題，而且從筆記
對詞義的解釋和考證來看，所表現出來的一些特點值得我們注意：
　　第一，在討論詞義時已注意到詞義的概括性。詞義是對現實現象的概
括反映，概括性是詞義的一個重要特點。筆記對這一點多有談及。如
《容齋隨筆》卷八“人物以義爲名”條：

　　　　人物以義爲名者，其別最多。仗正道曰義，義師、義戰是也。衆
　　所尊戴者曰義，義帝是也。與衆共之曰義，義倉、義社、義田、義
　　學、義役、義井之類是也。至行過人曰義，義士、義俠、義姑、義
　　夫、義婦之類是也。自外入而非正者曰義，義父、義兒、義兄弟、義
　　服之類是也。衣裳器物亦然。在首曰義髻，在衣曰義襴、義領，合中
　　小合子曰義子之類是也。合衆物爲之，則有義漿、義墨、義酒。禽畜

---

① 潘遵行：《果裸變語與諧聲》，載《忽與果裸》，“國立”中山大學文史研究所，1933年。
② 《漢語大詞典》第9卷，第522頁。

之賢，則有義犬、義烏、義鷹、義鶻。[①]

　　此條討論義字的含義，實際上歸納概括了義字的不同義項。這些義字之間是有聯繫的。義有正義之義，所謂義師、義戰是也。有具有正義感之義，所謂義士、義俠、義姑、義夫、義婦是也。義倉、義社、義田、義學、義役、義井之類供民衆使用，是正義的事情。義父、義兒、義兄弟、義服之類，這些稱謂之所以用義，言非親屬，而是出於道義上的考慮。因爲義父、義兒並非親屬關係，而是名義上的，故義又引申爲假之義，所謂是義髻、義襴、義領是也。義犬、義烏、義鷹、義鶻之類，亦因義字之仗義得名。

　　義漿、義墨、義酒之義之混合義，當源於蘇軾。《書雪堂義墨》：“駙馬都尉王晉卿致墨二十六丸，凡十餘品。雜研之，作數十字，以觀其色之深淺，若果佳，當擣和爲一品，亦當爲佳墨。予昔在黃州，鄰近四五郡皆送酒，予合置一器中，謂之雪堂義樽，今又當爲雪堂義墨也耶？”義酒、義墨之混合義，當由義之自外義引申而來。從蘇軾的這段話可以看出，義酒、義墨均爲別人所贈，因把其混在一起，故後世義有了混合義。

　　至於義帝之義，還有爭論。一說亦即假帝。《史記·項羽本紀》：“項王使人致命懷王。懷王曰：‘如約。’乃尊懷王爲義帝。”《丹鉛總錄》卷十二《史籍類》“義帝”條：“項羽立楚王孫心爲帝，以從民望。不曰楚帝，而曰義帝，猶義父義子之稱。”謝肇淛《文海披沙》：“項羽尊懷王爲義帝，猶假帝也。”

　　《齊東野語》卷二十“閒字義”條：

　　　　閒隙之閒讀若艱，謂有容可入也。閒隔之閒讀若諫，謂入其閒而隔之也。閒暇之閒讀若閑，謂其閒有容暇也。閑有防義，或借作閒，非正字也。《季布傳》：“待閒，果言如朱家指。”師古曰：“待、謂待於天子。閒謂事務之隙也。”《劉賈傳》：“使人閒招楚大司馬周殷。”《顏註》：“閒謂私求閒隙而招之《漢書》無音。”《史記》閒作去聲。《張良傳》：“嘗閒從容步遊圯上《漢書》無音。”《索隱》：“閒、閑字

_____

① （宋）洪邁：《容齋隨筆》卷八，第105—106頁。

也。"《陳平傳》:"身閒行杖劍亡,渡河。"《音義》:"閒、紀間反。"①

按,周密通過對閒字意義的分析,歸納概括了閒的核心意義爲空隙,並指出,閑的空隙義爲借義。《說文·門部》:"閒,隙也。从門月。"段玉裁注:"隙者,壁際也。引申之,凡有兩邊有中者皆謂之隙。隙謂之閒。……閒者,稍暇也,故曰閒暇,今人分別其音爲戶閑切,或以閑代之。閒者,隙之可尋者也,故曰閒廁、曰閒迭、曰閒隔、曰閒諜,今人分別其音爲古莧切。"所說與周密大致相同。早在宋代對閒的詞義能有這么深入的分析,很值得引起我們的重視。

《敬齋古今黈》中亦有通過具體的例子概括歸納詞義的材料,如卷四:

> 洛言洛下,稷言稷下,相言相下,敖倉言敖下,吳郡言吳下,又今人言都下縣下。言稱下者,猶言在此處也。②

又逸文二:

> 健羨、健忘、健倒,健者,敏速絕甚之謂。莊生之屏健羨,則孟子之寡欲,老子之弱其志也。健羨非必爲惡,凡有所甚欲,皆謂之健羨也。③

《焦氏筆乘續集》卷五"肉孔"條:

> 壁孔曰肉孔,言其美滿也;樂音曰肉好,言其圓滑也。《禮記》"曲直繁瘠,廉肉節奏",注:"或宛轉而曲,或徑出而直,或豐而繁,或殺而瘠,或稜隅而廉,或圓滑而肉,或止而節,或作而奏。"④

---

① (宋)周密:《齊東野語》卷二十,第 376 頁。
② (元)李冶:《敬齋古今黈》卷四,第 55 頁。
③ (元)李冶:《敬齋古今黈》逸文二,第 170 頁。
④ (明)焦竑:《焦氏筆乘續集》卷五,第 403 頁。

　　按,《爾雅·釋器》:"肉倍好謂之璧,好倍肉謂之瑗,肉好若一謂之環。"郝懿行義疏:"肉好者,《玉人》云:'璧好三寸。'鄭衆注:'好,璧孔也。'《詩·泮水》正義引孫炎曰:'肉,身也。好,孔也。身大而孔小。'《左氏昭十六年》正義引李巡云:'好,孔也。'肉倍好,邊肉大,其孔小也;好倍肉,其孔大,邊肉小也。肉好若一,其孔及邊肉大小適等曰環也。"《禮記·樂記》:"寬裕肉好,順成和動之音作,而民慈愛。"《史記·樂書》引此文,唐司馬貞索隱引三國魏王肅曰:"肉好,言音之洪潤。"宋陳澔集說:"此言肉好,則以璧喻樂音之圓瑩通滑耳。"焦竑指出,肉有圓滑、通潤之義,故用以形容璧玉及音樂。

　　詞義具有概括性,但詞在使用的過程中,作爲句子的具體組成成分,受到特定語境的制約,往往又顯示出它的具體意義。"小學家之訓詁與經學家之訓詁不同。蓋小學家之說字,往往將一切義包括無疑。而經學家之解文,則只能取字義中之一部分","小學之訓詁貴圓,而經學之訓詁貴專"①。說的就是小學家注重詞的概括義,而經學家注重詞的具體義。《札樸》已經明確認識到詞義概括性和具體性的辯證統一關係。如卷二"嘔血"條:

　　　　哀二年《左傳》:"吾伏弢嘔血。"賈注:"面污血曰嘔。"杜注:"嘔,吐也。"《釋文》云:"嘔,本又作㕤,吐也。"《晉語》作"略血"。韋注:"面污血曰略。"此本賈說。案:"略"或作"喀"。《新序》:"兩手據地而歐之不出喀喀然。"馥謂弢吐血上伏而污其面,故曰面污血曰嘔。②

又卷五"效"條:

　　　　《曲禮》:"效馬效羊者右牽之。"注云:"效猶呈也。"文八年《左傳》:"司城蕩意諸來奔,效節於府人而出。"注云:"效猶致也。"昭二十六年《傳》:"宣王有志而後效官。"注云:"效,授

---

①　《黃侃國學講義錄》,中華書局2006年版,第242頁。
②　(清)桂馥:《札樸》卷二,第84頁。

也。"馥謂三訓雖異而意實同。①

桂氏指出，"嘔"的意思本爲"吐"，這是它的概括性，賈注之所以云"面污血曰嘔"，是考慮到句子的具體語境而隨文釋義。在分析"效"時桂氏云"三訓雖異而意實同"，亦是指出詞義的概括性與具體性的辯證關係，其核心義均爲"獻"。

第二，筆記在考證詞義時，往往找出大量與其同構的例證來論證詞語的確切含義。這種論證方法是很科學的。

《兼明書》卷三《爾雅》"桑鳸竊脂"條：

> 《釋鳥》云："桑鳸竊脂。"郭璞云："俗謂之青雀，觜曲，食肉，好盜脂膏食之，因以爲名也。"明曰：非也。按下文云："夏鳸竊玄，秋鳸竊藍，冬鳸竊黄，棘鳸竊丹。"豈諸鳸皆善爲盜而偷竊玄黄丹藍者乎？蓋竊之言淺也，竊玄者淺黑色也，竊藍者淺青色也，竊黄者淺黄色也，竊丹者淺赤色也，竊脂者淺白色也。今三四月間採桑之時，有小鳥灰色眼下正白，俗呼白鵊鳥是也，以其採桑時來故謂之桑鳸。而郭注謂竊脂爲盜脂肉，一何謬哉。②

《雙硯齋筆記》卷三：

> 《爾雅·釋鳥》"竊藍、竊黄、竊丹"，《釋獸》"虎竊毛謂之虦貓，貔如小熊，竊毛而黄"，郭注皆訓竊爲淺。案：《說文·米部》："盜自中出曰竊。"是竊無淺義。其訓作淺者，《爾雅》"竊毛謂之虦貓"，虦與淺同音，正文已自爲訓。《詩》"鞹鞃淺幭"，《毛傳》曰："淺，虎皮淺毛也。"義竝同。《說文》曰："虎竊毛謂之虦苗。从虎，淺聲。竊，淺也。"許君又特爲標舉之。郭注實本於此。竊淺一聲之轉，要以雙聲爲訓耳。③

---

① （清）桂馥：《札樸》卷五，第 173 頁。
② （五代）丘光庭：《兼明書》卷三《爾雅》，第 34 頁。
③ （清）鄧廷楨：《雙硯齋筆記》卷三，第 195—196 頁。

按,《左傳·昭公十七年》:"九扈爲九農正。"杜預注:"夏扈,竊玄;秋扈,竊藍。"孔穎達疏:"竊,即古之淺字。"《爾雅·釋獸》:"虎竊毛謂之虦貓。"郭璞注:"竊,淺也。"邢昺疏:"虎之淺毛者別名虦貓。是郭璞知竊有淺義而此處誤注也。"丘光庭爲了證明"竊"的含義,找到了"竊+顏色詞"其他用例,從而得出脂爲白色、竊爲淺色的含義。郝懿行《爾雅義疏》不贊同此說,據竊脂非白鳥,認爲竊即古淺字似是而非,可謂未達一間耳。竊脂雖爲青色,但眼下呈白色,所以叫竊脂。

再如對"子"義的探討,《能改齋漫錄》卷七《事實》"別分子將打銜頭"條:

> 沈存中在延安作口號云:"別分子將打銜頭。"按,唐僖宗光啓三年,魏博節度使樂彥禎,其子從訓聚亡命五百餘人爲親兵,謂之子將。[①]

《陔餘叢考》卷十五"子總管"條則云:

> 十年江南亂,以楊素爲行軍總管討平之。分註有"子總管來護兒",《集覽》引《正義》云:子者,人之嘉稱。《正誤》云:子總管,猶言小總管,裨將也。按《新唐書·百官志》:凡軍鎮五百人,有押官一人;千人,有子總管一人。而《突厥傳》武后遣沙吒忠義等擊默啜,將軍扶餘文宣等六人爲子總管。意隋時官制亦相類也。又考古人以子名官者甚多。有稱子都將者。《魏書·尉元傳》:元表言:劉彧將任農夫、陳顯達領兵三千來循宿豫,臣遣子都將于沓干、劉龍駒等將往赴擊。……有稱子使者。《北齊書·盧文偉傳》:文偉孫詢祖,天保末爲築長城子使。……有稱子都督者。《周書·達奚武傳》:以戰功拜羽林監子都督。……有稱子將者。《新唐書·玄宗紀》:大武軍子將郝靈佺殺突厥默啜。《藩鎮傳》:魏博節度使樂彥禎子從訓,聚亡命五百人,號子將是也。有稱子司者。《新唐書·百官志》:尚書省六尚書,兵部、吏部爲前行,刑部、戶部爲中行,工部、禮部爲後行,行總四司,以本行爲頭司,餘爲子司是也。《雲麓漫抄》:唐太常

---

① (宋)吳曾:《能改齋漫錄》卷七,第194頁。

寺有四院，天府院、御衣院、樂懸院、神廚院，皆子司耳。凡茲稱號，都非褒美之詞。陳氏訓子爲小，於義極得，若更引《唐志》爲證，則尤有根據矣。①

爲了考證“子”的含義，趙氏找出了大量“子＋官職”的例子，發現“子”爲小、副之義。子將亦如此。吳曾把“子將”的“子”理解爲兒子的“子”，毫無疑問是錯誤的。唐陳子昂《謝衣表》：“卒士被傷，子將多死。”“子將”即已出現，可見與樂彥禎之子從訓事並無關係。《舊唐書·樂彥禎傳》中雖有“其子從訓……從訓又召亡命之徒五百餘輩，出入卧內，號爲子將”幾句，但不能因此把子將的子理解爲兒子的子，子將在這裏仍然是副將的意思。

《札樸》卷七“牡”條：

《釋草》：“蔚，牡菣。”郭注：“無子者。”陸璣《詩疏》謂即“牡蒿，八月爲角，角似小豆角”。《本草》即馬先蒿。唐本注云：“實八月九月熟。”《圖經》云：“郭謂無子，陸云有子，二說小異。”又唐注《本草》“牡荊”云：“莖勁作樹，不爲蔓生，故稱之爲牡，非無實之謂也。”馥案：牡蘜、牡茅，皆非無實，郭說未允。②

按，桂馥據“牡荊”、“牡蘜”、“牡茅”類推蔚亦爲無子者。但類推的前提發生了錯誤。《周禮·秋官·蟈氏》：“蟈氏，掌去鼃黽，焚牡蘜。以灰洒之，則死。”鄭玄注：“牡鞠，鞠不華者。”李時珍《本草綱目·草四·菊》：“菊之無子者，謂之牡菊。”《爾雅·釋草》“蕏，牡茅。”邢昺疏：“茅之不實者也。”《儀禮·喪服》：“牡麻者，枲麻也。”《夢溪筆談》卷二十六《藥議》：“中國之麻，今謂之‘大麻’是也。有實爲苴麻；無實爲枲（麻），又曰牡麻。”《本草綱目·草四·牡蒿》：“《爾雅》：‘蔚，牡菣。’蒿之無子者。則牡之名以此也。”《爾雅·釋草》：“蔚，牡菣。”郝懿行義疏：“舊謂實大如車前，實而內子微細不可見，故人謂無子也。”故“牡菣”亦以無子而得名。

---

① （清）趙翼：《陔餘叢考》卷十五，第 277—278 頁。
② （清）桂馥：《札樸》卷七，第 265—266 頁。

第三，運用方言詞語和目驗的方法考釋、證明詞義。這兩種方法都是用活的材料來證明文獻詞語，只不過一種是語言材料，一種是用實物。

用方言詞語來解釋疑難詞語，是訓詁的一個有效的方法。其有兩方面原因，一是由於語言發展的不平衡性，一些前世文獻的詞語有時在通語中已不使用，卻保留在方言中；二是當時作者就用方言詞語來寫作。筆記中經常用後世方言來解釋文獻的疑難詞語。如《夢溪筆談》卷三《辨證一》：

> 《莊子》："程生馬。"嘗觀《文字注》："秦人謂豹曰程。"予至延州，人至今謂虎豹爲程，蓋言蟲也。方言如此，抑亦舊俗也。①

按，《莊子·至樂》："程生馬，馬生人。"成玄英疏："程，亦蟲名也。"《列子·天瑞》："久竹生青寧，青寧生程，程生馬，馬生人。"楊伯峻集釋即引沈說。

《困學紀聞》卷十《諸子》：

> 《莊子》楚狂之歌所謂"迷陽"，人皆不曉。胡明仲云："荊楚有草，叢生修條，四時發穎，春夏之交，花亦繁麗。條之腴者，大如巨擘，剝而食之，其味甘美。野人呼爲迷陽。其膚多刺，故曰'無傷吾行，無傷吾足。'"②

關於"迷陽"一詞，晉郭象注："迷陽，猶亡陽也。亡陽任獨，不蕩於外。"成玄英疏："迷陽，伏陽也。言詐狂。"均不得正解。王先謙集解："謂棘刺也，生於山野，踐之傷足。至今吾楚輿夫遇之，猶呼'迷陽踢'也。迷音讀如麻。"可證王氏之說。

《賓退錄》卷四：

> 陸放翁《入蜀記》載其"入沱後，見舟人焚香祈神云：'告紅頭須小使頭，長年三老，莫令錯呼錯喚。'問：'何謂長年三老？'云：'梢工是也。'長讀如長幼之長。乃知老杜'長年三老長歌裏，白晝

---

① （宋）沈括：《夢溪筆談》卷三《辨證一》，第40頁。
② （宋）王應麟：《困學紀聞》卷十《諸子》，第231頁。

攤錢高浪中'之語蓋如此。因問：'何謂攤錢？'云：'博也。'按梁冀'能意錢之戲'，注云：'即攤錢也。'則攤錢之爲博亦信矣。"予以世人讀杜詩者，多以長字爲平聲，故載陸語。①

《老學庵筆記》卷三：

　　吳人謂杜宇爲"謝豹"。杜宇初啼時，漁人得蝦曰"謝豹蝦"，市中賣筍曰"謝豹筍"。唐顧況《送張衛尉》詩曰："綠樹村中謝豹啼。"若非吳人，殆不知謝豹爲何物也。②

按，《禽經》："巂周，子規也，啼必北向。江介曰子規，蜀右曰杜宇。"晉張華注："啼苦則倒懸於樹，自呼曰謝豹。"
又卷八：

　　東坡《牡丹詩》云："一朵妖紅翠欲流。"初不曉"翠欲流"爲何語。及遊成都，過木行街，有大署市肆曰："郭家鮮翠紅紫鋪。"問土人，乃知蜀語鮮翠猶言鮮明也。東坡蓋用鄉語云。③

有些方言詞在前代曾是通語，只是隨着時間的推移，使用範圍縮小，成爲方言詞了。《困學紀聞》卷十八《評詩》則意識到"翠"就是這一情況：

　　陸務觀記東坡詩"翠欲流"，謂：蜀語鮮翠，猶言鮮明也。愚按：嵇叔夜《琴賦》云："新衣翠粲。"李周翰注：翠粲，鮮色。李善注引《子虛賦》：翕呷翠粲。張揖曰："翠粲，衣聲。"《漢書》作"萃蔡。"萃音翠。班倢伃賦：紛綷縩兮紈素聲。其義一也。以鮮明爲翠，乃古語。④

《十駕齋養新錄》卷十九"翠"條則在前代筆記的基礎上考證了

① （宋）趙與時：《賓退錄》卷四，第4179頁。
② （宋）陸游：《老學庵筆記》卷三，第35頁。
③ （宋）陸游：《老學庵筆記》卷八，第102頁。
④ （宋）王應麟：《困學紀聞》卷十八《評詩》，第340頁。

"翠"的本字:

> 陸務觀記東坡詩"翠欲流",謂"蜀語鮮翠猶言鮮明也"。案《說文》:"㴻,新也。"七罪反,與翠同音,故謂鮮新爲鮮翠。①

項楚先生考證敦煌變文《十吉祥講經文》和《維摩詰經講經文》中"翠"之含義,即引上述材料②。李實《蜀語》:"凡顔色鮮明爲翠。"今成都方言仍保留了這一意義。武建宇認爲㴻爲七罪切,而翠爲七醉切,一爲上聲,一爲去聲,故其本字不當爲"㴻"。並舉桂馥《說文解字義證》引徐鍇之說:"《詩》:'新臺有洒。'本此字。"認爲其本字當爲"洒"③。竊以爲錢說未可輕易否定。"新衣翠粲"之"翠粲"亦作"璀璨",璀即爲七罪切。《說文·水部》:"漼,深也。从水,崔聲。《詩》曰:'有漼者淵。'"則漼亦㴻之借字也。

《容齋隨筆》卷六"宣髮"條:

> 《考工記》:"車人之事,半矩謂之宣。"注:"頭髮顫落曰宣。《易》:'《巽》爲宣髮。'宣字本或作寡。"《周易》:"《巽》爲寡髮。"《釋文》云:"本又作宣,黑白雜爲宣髮。"宣髮二字甚奇。④

宋張淏《雲谷雜記補編》卷二"蒜髮"條:

> 今人言壯而髮白者,目之曰蒜髮,猶言宣髮也。⑤

《南村輟耕錄》卷十八"宣髮"條:

> 人之年壯而髮斑白者,俗曰算髮,以爲心多思慮所致。蓋髮乃血之餘,心主血,血爲心役,不能上廕乎髮也。然《本草》云:蕪菁子壓油

① (清)錢大昕:《十駕齋養新錄》卷十九,第399頁。
② 《變文字義零拾》,載《敦煌文學叢考》,上海古籍出版社1991年版,第122—123頁。
③ 《宋代筆記俗語詞斟補》,《河北師範大學學報》2003年第5期。
④ (宋)洪邁:《容齋隨筆》卷六,第80頁。
⑤ (宋)張淏:《雲谷雜記補編》卷二,中華書局1958年版,第96頁。

塗頭，能變蒜髮。則亦可作蒜。《易·說卦》："巽爲寡髮。"陸德明曰："寡，本作宣，黑白雜爲宣髮。"據此，則當用宣字爲是。①

《通雅》卷十八《身體》"宣髮，蒜髮也"條：

升菴曰：宣轉第三聲爲蒜，今少年白髮曰蒜髮。徐文長則謂"勞心計算，則髮易白，曰算髮。"《易·巽》"寡髮"，古本作"宣髮"。仲師曰："頭髮皓落曰宣"，宣其半白乎？智疑是寡之訛。②

《字詁》"宣"條：

宣，天子宣室也，借與亘布之亘同用。因宣布義又有明顯義，語云"五采相宣"是也。又《易·說卦傳》："巽爲宣髮。"虞翻云李鼎祚《易解》："爲白，故宣髮。馬君以宣爲寡髮，非也。"陸德明云："鄭本作宣。"又《易林》云："宣髮龍身。"可證《易》爲宣髮。按今人以早見二毛者謂之蒜髮，以其色似之也。或曰算髮，言以思算過多而早白也。並即宣音之轉，俗人强傅其義耳。③

清姜宸英《湛園札記》卷一：

"車人之事，半矩謂之宣。"註："頭髮皓落曰宣。《易》：'巽爲宣髮。'"諺人頭髮早白謂之算髮，即宣髮之訛也。④

按，《易》"宣髮"一本作"寡"，當以作宣爲是。筆記從俗語之"蒜（算）髮"入手，認爲當爲宣髮。漢焦贛《易林·節之井》："宣髮龍叔，爲王主國，安土成稷，天下蒙福。"原注："宣髮，黑白雜也。"章太炎《新方言·釋形體》："淮西、淮南、吳、越，謂黑中有一二莖白者

---

① （元）陶宗儀：《南村輟耕錄》卷十八，第224頁。
② （明）方以智：《通雅》卷十八《身體》，上海古籍出版社1988年版，第630頁。
③ （清）黃生：《字詁》，第19頁。
④ （清）姜宸英：《湛園札記》卷一，臺北商務印書館《景印文淵閣四庫全書》第859冊，第575頁。

爲宣髮。"宣有顯明、彰明之義。《荀子·解蔽》:"宣而成，隱而敗，闇君無之有也。"人之頭髮爲黑色，髮中有白是爲宣髮，取明顯、彰明之義。蒜（算）髮當爲宣髮之音轉，從其字面解釋是不對的。"宣髮"之宣一作"寡"，當與寡字俗書有關。《學林》卷一"疑異"條:"蓋俗書寡字下爲四點，作寪，與宣字相疑;攷其義，則宣髮之義爲多也。"《五經文字》:"寡，石經作寪。"《北海相景君銘》書寡作寪，《樊安碑》寫作寪①。均與宣字字形相似。

通過目驗的方法探討文獻詞語，筆記也多有涉及。如《夢溪筆談》卷二十二《謬誤》:

> 海物有車渠，蛤屬也，大者如箕，背有渠壟，如蚶殼，攻以爲器，緻如白玉，生南海。《尚書大傳》曰:"文王囚於羑里，散宜生得大貝，如車渠，以獻紂。"鄭康成乃解之曰:"渠，車罔也。"蓋康成不識車渠，謬解之耳。②

沈氏通過目驗的方法證明車渠爲蛤屬，認爲鄭玄誤釋的原因在於不識車渠。明李時珍《本草綱目·介二·車渠》:"車渠，大蛤也。大者長二三尺，闊尺許，厚二三寸。殼外溝壟如蚶殼而深大，皆縱文如瓦溝，無橫文也。殼內白皙如玉。"亦可證車渠確爲蛤屬。但亦不能輕易斷定鄭注爲誤。車渠爲蛤屬，本身就是大貝，如果把車渠理解爲大貝的話，"大貝，如車渠"則終嫌迂曲。蓋當時獻此大貝時還無名稱，故以"車渠"作喻，所謂"殼外溝壟如蚶殼而深大，皆縱文如瓦溝"正是這種情況的描述。後來才用車渠來稱呼貝。宋魏了翁《尚書要義》卷十八第廿八條討論"大貝如車渠"云:"伏生《書傳》云:'散宜生之江淮取大貝，如大車之渠。'是言大小如車渠也。《考工記》謂車輞爲渠，大小如車輞，其貝形曲如車輞，故比之也。"《山海經·海內經》:"韓流擢首、謹耳、人面、豕喙、麟身、渠股、豚止，取淖子曰阿女，生帝顓頊。"袁珂校注:"郭璞云:'渠，車輞，言骿脚也。《大傳》曰:"大如車渠。"'郝懿行云:'骿當爲胼，依字當爲骿，見《說文》（四）。'《尚書大傳》云:'取大貝，大如大車之渠。'鄭康成注

---

① （清）顧藹吉:《隸辨》，中華書局1986年版，第108頁。
② （宋）沈括:《夢溪筆談》卷二十二，第225頁。

云：'渠，車罔也。'是郭注所本。"魏氏和郝氏即把"車渠"引作"大車之渠"，可證鄭氏所言不誤。程大昌《演繁錄》卷二"車渠"條："《尚書大傳》曰：'散宜生輩之江淮之浦，取大貝，如車渠，陳於紂庭。'然則車渠非大貝也，特貝之大者可比車渠耳。不知車渠又何物也。《御覽》六百四十七。車者，車也；渠者，轍迹也。《孟子》謂城門之軌者是也。"雖未能把車渠和以後的大貝聯繫起來，但亦認爲此處以車渠作比，非大貝也。《通雅》"海扇車渠"條："程大昌言：《尚書大傳》'散宜生輩取大貝，如車渠'，謂如車輪之溝渠轍迹也。存中譏康成注《大傳》'渠，車罔也'，康成蓋不識車渠。智以車渠似車輪，故以名之。存中又誤譏矣。"有人認爲沈括的意見是正確的，值得商榷①。

《菽園雜記》卷六：

《莊子》言"即且甘帶"。即且、蜈蚣，帶、蛇也，初不知甘之之義。後聞崑山士子讀書景德寺中，嘗見一蛇出游，忽有蜈蚣躍至蛇尾，循脊而前，至其首，蛇遂伸直不動。蜈蚣以左右鬚入蛇兩鼻孔，久之而出。蜈蚣既去，蛇已死矣。始知所謂甘者甘其腦也。聞蜈蚣過蝸篆，即不能行。蓋物各有所制，如海東青，鷙禽也，而獨畏燕。象，猛獸也，而獨畏鼠，其理亦然。②

按，王先謙集解作"蝍且甘帶"，云："《釋文》：'蝍且，字或作蛆。'《廣雅》云：'蜈公也。'崔云：'帶，蛇也。'"陸容根據蜈蚣吃蛇的實際情況，證明"即且甘帶"的確切含義。

《札樸》卷五"魴"條：

以鯿爲魴，始誤於毛《傳》魚勞則尾赤之一語，孔疏遂斷云："魴尾本不赤，獨《說文》以魴爲赤尾魚。"余在沅江得一魚，麟白而尾赤，肉細多脂，形似赤鯉，此真魴也，益信許說有據，郭璞、陸璣竝失之。《釋魚》："魴魾，魦，大鱧。"③《爾雅》何嘗以魴爲鯿

①　潘天華：《讀〈夢溪筆談〉札記》，《中國語文》2001年第3期。
②　（明）陸容：《菽園雜記》卷六，第70頁。
③　當斷爲"魴，魾。魾，大鱧。"

耶？《古今注》：“白魚雄者曰鯸。”余所得即雄者，重四斤，非鯸而何？今之鯿豈無勞者，絕不見赤尾，是知魴、鯿不同物矣。[1]

按，《辭海》“魴”條：“魚綱，鯉科。體型似鯿，但背部特別隆起，腹面只腹鰭後部具肉棱。銀灰色，長達 50 餘厘米。”[2] 又“鯿”條：“魚綱，鯉科。體甚側扁，中部較高，略呈菱形，長達 30 餘厘米，重可達 2 千克。銀灰色，腹面全部具肉棱。”[3] 魴與鯿相類，故人們常認爲其爲一類。桂馥通過目驗證明許說不誤，可能誤認魴魚。又《爾雅·釋魚》：“鯸，大鱤。”郭璞注：“鱤似鮎而大，白色。”又：“魴，鯸。”郭璞注：“江東呼魴魚爲鯿，一名鯸。”據郭注，則鯸可指兩種魚類，爲異物同名，桂氏據《爾雅》證明魴與鯿不同類，已經偷換了概念。

筆記還通過民俗活動來驗證古書詞語的確切含義，這可以看作是一種特殊的目驗方法。

《陔餘叢考》卷四“負戴”條：

　　《孟子》：“不負戴于道路。”注：負，任在背；戴，任在首。余童時甚疑之，蓋習見內地人以肩挑也。及至滇、黔，始知苗傜擔物，皆用小架負于背，架有兩皮革，而以兩臂挽之，架上又有形如半枷者，附於頸，而以皮條從後縛于額，以固其所擔物；能負重行遠，使之肩挑，則一步不能行矣。乃知負戴之實有其事也。然此乃苗傜所爲，孟子何以知之？意當時中國人擔物亦如此耶？[4]

《雙硯齋筆記》卷五：

　　《漢百官公卿表》有挏馬官。應劭曰：“主乳馬，取其乳汁，挏治之，味酢可飲，因以名官。”如淳曰：“主乳馬，以韋革爲夾兜，受數斗，盛馬乳，挏其上肥，因名曰挏馬官。”《說文》曰：“挏，推引也。漢有馬官作馬酒。”案，此灋至今西北路蕃俗猶然，其灋以革

①　（清）桂馥：《札樸》卷五，第 208 頁。

②　《辭海》下冊，上海辭書出版社 1979 年版，第 4619 頁。

③　同上書，第 4630 頁。

④　（清）趙翼：《陔餘叢考》卷四，第 81 頁。

盛馬乳，一人抱持之，乘馬絕馳，令乳在囊中自相撞動，所謂挏也，往復數十次，即可成酒。余在西域時，親見額魯特及移駐之察哈爾皆沿此俗。①

第四，筆記考證詞義時還注意到詞語的搭配問題。

由於詞義呈現出各自不同的特點，所以詞與詞之間存在着相互選擇、相互搭配的問題。筆記有時根據詞義的搭配考辨詞的意義。

《丹鉛總錄》卷十五《字學類》"點與玷通"條：

> 點與玷同，古詩多用之。束皙《補亡》詩："鮮侔晨葩，莫之點辱。"左思《唐林兄弟贊》："二唐潔己，乃點乃污。"陸厥《答內兄希叔》詩："既叨金馬署，復點銅駝門。"杜子美詩："幾回青瑣點朝班"，正承諸賢用字例也。宋樓鑰表："游點從班，叨塵宥府。"②

《焦氏筆乘》卷四"點朝班"條則不認同此說：

> 子美："幾回青瑣點朝班"，用修謂："'點'讀如'玷'，《漢書》：'祇足以發笑而自點耳'，與此'點'字同。"余謂不然，若作"玷"字，不得用"幾回"字。王建詩："殿前傳點各依班，召對西來八詔蠻。"蓋唐人屢用之，亦可證杜詩之不音"玷"矣。③

焦氏根據"幾回"不與"玷"搭配，確認點不當爲污、辱之義。王建詩"殿前傳點各依班"，"傳點"連用，更可證成其說。這裏附帶說一下點與玷的關係問題。點與玷爲同源字，同爲端母談部。《說文·黑部》："點，小黑也。"由此引申爲污、辱之義。《漢書·司馬遷傳》："適足以發笑而自點耳。"顏師古注："點，汙也。"《詩·大雅·抑》："白圭之玷，尚可磨也。"毛傳："玷，缺也。"陸德明釋文："玷，《說文》作刮。"《說文·刀部》："刮，缺也。《詩》曰：'白圭之刮。'"玉有缺即有小點

----

① （清）鄧廷楨：《雙硯齋筆記》卷五，第378—379頁。
② （明）楊慎：《丹鉛總錄》卷十五《字學類》，臺北商務印書館《景印文淵閣四庫全書》第855冊，第514頁。
③ （明）焦竑：《焦氏筆乘》卷四，第152頁。

耳。後世以玷污之字寫作玷，不寫作點，其實點字亦能引申出玷污義。

《札樸》卷七"齺騎"條：

> 《管子·輕重戊篇》："車轂齺騎連伍而行。"注云："齺，齘也，言其車轂往來相齘。"案：《說文》："齘，齒相切也。齺，齘也。"注與"齘"義合。但"齘騎"未安。《說文》又云："齺，一曰馬口中橛也。"齺騎，言馬連伍受橛。司馬相如《諫獵書》云："猶時有銜橛之變。"張揖曰："橛，騑馬口長銜也。"①

按，桂氏所言《管子·輕重戊篇》即尹知章注。桂氏指出"'齘騎'未安"，實際上是說"齘"與"騎"不能搭配。然桂氏所言亦未當。郭沫若云："以尹注爲是，'齺'字當屬上讀。"②

三　筆記詞義訓釋與詞義引申

同任何事物一樣，詞義在其使用的過程中不是一成不變的，而是運動變化的。而且，詞義在其發展過程中呈現出一種有規律的運動。陸宗達、王寧先生《訓詁方法論》指出："詞義運動的基本形式是引申。""引申是一種有規律的詞義運動。詞義從一點（本義）出發，沿着它的特點所決定的方向，按照各民族的習慣，不斷產生新義或派生新詞，從而構成有系統的義列，這就是詞義引申的基本表現。"③ 筆記也經常根據詞義的引申規律說明同一個詞各義項之間的聯繫，或根據引申規律解決訓詁上的一些疑難問題。

如關於"除"的意義，《夢溪筆談》卷四《辨證二》云：

> 除拜官職，謂除其舊籍，不然也。除，猶易也，以新易舊曰除，如新舊歲之交，謂之"歲除"。《易》："除戎器，戒不虞。"以新易弊，所以備不虞也。階謂之除者，自下而上，亦更易之義。④

---

① （清）桂馥：《札樸》卷七，第 299 頁。
② 郭沫若、聞一多、許維遹：《管子集校》，科學出版社 1956 年版，第 1296 頁。
③ 陸宗達、王寧：《訓詁方法論》，中國社會科學出版社 1983 年版，第 140 頁。
④ （宋）沈括：《夢溪筆談》卷四，第 51 頁。

《學林》卷三“除”條云：

　　《前漢·景帝紀》曰：“中元二年，令諸侯太傅初除之官，有司奏策。”如淳注曰：“凡言除者，除故官就新官。”觀國按：朝廷簡擢賢才，不次任用，故曰除某官，除某差遣。若據如淳注，謂除故官者，是除去之也；無乃非美稱耶？字書除有三義：曰“除，開也”，曰“除，盡也”，曰“除，去也”。《天保》詩：“俾爾單厚，何福不除。”《毛氏傳》曰：“除，開也。”《東門之墠》詩《毛氏傳》曰：“墠，除地也。”《國語》曰：“九月除道。”《禮》曰：“雨畢而除道。”凡此皆開道也。《春秋》莊公四年《左氏傳》曰：“除道梁溠。”杜預注曰：“開直道也。”《史記》曰：“始皇除道，道九原，抵雲陽，壍山堙谷直通之。”所謂除道，亦開道也。《易·萃卦》曰：“君子以除戎器，戒不虞。”蓋除者開新簡擢，使戎器精且備也。以此觀之，則除官者亦如此類，蓋開新簡擢之也。除又訓盡者，顏延年《秋胡》詩曰：“良人爲此別，日月方向除。”五臣注《文選》曰：“除，盡也。”故階除謂之除者，階至此而盡也；歲除謂之除者，一歲至此而盡也。除又訓去者，如淳注《漢紀》，以除官爲除故官，則是除去之也，以除去之爲除官，固非美稱，如淳誤矣。①

　　按，《說文·𨸏部》：“除，殿陛也。”段玉裁注：“殿謂宮殿，殿陛謂之除，因之去舊更新皆曰除，取拾級更易之義也。”所說與沈括同。王觀國則不同意此觀點，認爲除官之除“蓋開新簡擢之也”，而“歲除”之除義爲盡也。其實，字書所謂“開也”、“盡也”、“去也”均從去舊更新引申而來。從更新來說是謂“開”，從去舊來說是謂“去”，臺階一級一級，對上一級臺階來講，走過的前一個臺階是爲“盡”。詞義的引申通常是從本義出發，本義決定了詞義引申的發展方向和特點，當詞義引申出新的意義之後，這個新產生的意義也往往帶有原來意義的特點。王觀國又認爲除官爲美稱，而“除故官就新官”之“除故官”爲“除去之”，非美稱，故所訓爲非。然“除故官就新官”裏有“就新官”，新官比舊觀職位更高，何以並非美稱？所以沈括的說法更爲合理。

　　①　（宋）王觀國：《學林》卷三，第104頁。

《學林》卷四“切”條:

戶限謂之切者，其限齊如刀之切物，所謂一切者，亦取一概整齊之義。《前漢·平帝紀》，元始元年，詔“賜天下民爵一級，吏在位二百石以上，一切滿秩如真。”顔師古注曰:“一切者，猶如以刀切物，苟取整齊，不顧長短縱橫，故言一切。”①

按，切本爲用刀切物之義。因刀切下的東西整齊畫一，故有此義。

又卷九“紾”條:

任人有問屋廬子曰:“以禮食，則飢而死；不以禮食，則得食，必以禮乎?”孟子曰:“紾兄之臂而奪之食，則得食；不紾，則不得食，則將紾之乎?”趙岐注曰:“紾，戾也。”齊宣王欲短喪，公孫丑曰:“爲朞之喪，猶愈於已乎?”孟子曰:“是猶或紾其兄之臂，子謂之姑徐徐云爾，亦教之孝悌而已矣。”趙岐注曰:“紾，戾也。”觀國案:《玉篇》曰:“紾，徒展切，紾轉也，又音軫。”《廣韻》曰:“紾，知演切，轉繩也。又音軫，單衣也。”以此觀之，則紾有兩義，其音徒展切、知演切者，其義則轉也；其音軫者，單衣也。紾兄之臂者，轉其臂使不得順而伸，若轉繩然也。……然則紾臂之紾，當讀爲徒展切。《周禮·考工記》:“弓人爲弓，凡相角，穉牛之角直而澤，老牛之角紾而昔。”“凡相膠，欲朱色而昔，昔也者，深瑕而澤，紾而摶廉。”鄭司農注曰:“紾讀爲抮縛之抮。”陸德明《釋音》曰:“紾、抮皆徒展反。”蓋穉牛之角直，則老牛之角紾，轉而曲矣。紾而摶廉，則雖屈曲之而猶嚴利也。凡此紾字，與紾臂之紾義皆同。②

按，《周禮·考工記·弓人》:“老牛之角紾而昔。”賈公彥疏:“紾謂理麤，錯然不潤澤也。”“紾而昔”與“直而澤”，義正相反。孫詒讓正義:“鄭司農云‘紾讀爲抮縛之紾’者，縛，舊本作‘縛’，非。今據宋本及《釋文》正。《釋文》云:‘紾，劉徒展反，許慎尚展反，角絞縛之

① （宋）王觀國:《學林》卷四，第145頁。

② （宋）王觀國:《學林》卷九，第310—311頁。

意。’孔廣森云：‘揚子《太玄·更》次二曰：“時七時九，軫縛其道。”
抮縛疑即軫轉字，軫轉又即輾轉之音轉也。’段玉裁云：‘《方言》曰：
“抮，戾也。”《說文·糸部》：“紾，轉也。”《淮南》高注云：“抮艵，了
戾也。”抮與紾皆纏絞之意。’江永云：‘紾與直對，謂辟戾不直也。’案：
孔、段、江說是也。《淮南子·原道訓》高注云：‘紾，轉也。’又云：
‘抮，轉也。’《孟子·告子篇》‘紾兄之臂’，趙注云：‘紾，戾也。’《廣
雅·釋詁》云：‘抮，㲯也。’又《釋訓》云：‘抮艵，轉戾也。’紾、
抮、軫、縛、轉，並聲近義通。《淮南·原道訓》：‘扶搖抮抱羊角而上’，
抮，《本經訓》作‘紾’，正羊角轉戾之形，高釋爲了戾。《酉陽雜俎》
說野牛角了戾，與此記牛角紾義亦正合，可以互證。”又：“江永云：‘昔
似與澤對，謂若陳久之色不鮮潤也。昔有久意，若昔酒是也。’俞樾云：
‘昔字不必改讀，古昔臘同字。《說文·日部》：“昔，乾肉也。”紾而昔
者，紾而乾也。《廣雅·釋詁》：“焟，乾也。”焟卽昔之俗字。下文“凡
相膠欲朱色而昔”，與此同義。’”王觀國從詞義的引申和系統性着眼，認
爲“紾”當爲屈曲之義，誠是。《漢語大詞典》[1] 認爲紾爲紋理粗糙義，
釋義誤。《漢語大字典》引鄭玄注引鄭司農曰：“紾，讀爲抮轉之抮。昔，
讀爲交錯之錯。”[2] 昔字不煩改讀。又“紾而搏廉”，孫詒讓認爲賈疏
不誤。

《菽園雜記》卷十：

> 車字昌遮切者，韻書云：輿輪之總名。今觀凡器之運轉者皆謂之
> 車，則車字有轉運之義。如桔槔汲水曰車水轆轤，挽舟過堰曰車壩，
> 紡紗具曰紡車，颺穀具曰風車，繅絲具曰繅車，圬者斂繩具曰線車，
> 漆工濾漆具曰漆車，規工曰車旋，皆以其有機軸能運轉也。[3]

按，車爲有輪子的交通運輸工具，行走時車輪在運轉，所以用軸輪旋
轉的工具亦可以叫做車。

《日知錄》卷二十四“司業”條：

---

① 《漢語大詞典》第9卷，第792頁。
② 《漢語大字典》第5卷，第3384頁。
③ （明）陸容：《菽園雜記》卷十，第121頁。

國子司業，以爲生徒所執之業，非也。唐歸崇敬授國子司業，上言："'司業'義在《禮記》'樂正司業'。正，長也。言樂官之長，司主此業。《爾雅》云：'大版謂之業。'按《詩·周頌》'設業設虡，崇牙樹羽'，則業是懸鍾磬之簨虡也。今太學既不教樂，於義無取，請改國子監爲辟雍，祭酒爲太師氏，司業一爲左師，一爲右師。"詔下尚書集百僚定議以聞。議者重難改作，其事不行。按《靈臺》之詩曰"虡業維樅"，即此"業"字。《傳》曰："業，大版也。所以飾枸爲懸也。捷業如鋸齒，或白畫之"，《爾雅》："大版謂之業"，左氏昭九年《傳》"辰在子卯，謂之疾日，君徹宴樂，學人舍業"，《禮記·檀弓》"大功廢業"，並謂此也。【原注】宋徐爰誤解此義，而曰："大功廢業，三年喪，何容讀書?"懸者，常防其墜，故借爲敬謹之義，《書》之"兢兢業業"，《詩》之"赫赫業業"、"有震且業"是也。【原注】《爾雅》："業業，危也。"凡人所執之事亦當敬謹，故借爲事業之義。①

按，《說文·丵部》："業，大版也。所以飾縣鍾鼓。捷業如鋸齒，以白畫之。象其鉏鋙相承也。从丵从巾。巾象版。《詩》曰：'巨業維樅。'"以古文字形體觀之，業下當从木，不當从巾。顧炎武從業本義出發，繫聯了其與敬謹、事業義之間的關係。

《札樸》卷六"亂詞"條：

騷賦篇末有亂詞。亂者，猶《關雎》之亂。《樂記》："武亂皆坐，周、召之治也。"鄭注："亂，謂失行列也。"《記》又云："行其綴兆，要其節奏。行列得正焉，進退得其焉。"馥謂亂則行列不必正，進退不必齊。案：騷賦之末，煩音促節，其句調韻脚與前文各異，亦失行列進退之意。②

桂馥認爲騷賦篇末稱"亂"，是亂義引申的結果。《楚辭·離騷》："亂曰：已矣哉，國無人莫我知兮，又何懷乎故都!"王逸注："亂，理

---

① （清）顧炎武：《日知錄》卷二十四，第 1368—1369 頁。
② （清）桂馥：《札樸》卷六，第 215 頁。

也，所以發理辭指，總撮其行要也。"《漢書·外戚傳上·孝武李夫人》：
"亂曰：佳俠函光，隕朱榮兮，嫉妒閼茸，將安程兮！"顏師古注："亂，
理也，總理賦中之意。"王逸和顏師古則認爲亂爲"理"義的引申義。今
按，從詞義引申的角度來看，桂馥所言亦有一定道理。"亂"除用與騷賦
的末尾，還用於音樂的末章或演奏、吟唱的末尾。黃生《義府·亂》：
"樂之卒章爲亂，即繁音促節之意。"《禮記·樂記》："始奏以文，復亂以
武。"鄭玄注："文謂鼓也，武謂金也。"音樂末尾與前所用樂調和樂器不
同，故稱之爲"亂"。

姜亮夫《楚辭通故》"亂曰"條分析楚辭的"亂"云："（亂）皆在
每篇篇末，且皆變其詞句之長短與結構。此蓋樂章文詞總結簡要之稱。更
照以《東皇太式》《禮魂》《大招》等篇，於樂之亂而審其義與形式，則
皆將全篇大義，作一簡畧檃括，稍變其句法，此古樂章文詞之體制也。或
以音樂、音程、音色等有關。其曰亂者，當爲演奏音樂之術語。蓋樂有始
終，凡樂至終極，往往多一變革之形勢，使一切樂皆大合奏，所謂合樂者
也。"① 與桂說相合。

《陔餘叢考》卷三十七"博士待詔大夫郎中"條：

　　按博士本師長之稱，漢武帝立五經博士，爲置弟子五十人，後四
方來學者，皆詣博士受業，故其時弟子稱師，皆曰博士。沿及六朝，
此風不改。《宋書》：王微爲兒時從博士讀小小章句。《北史》：劉晝知
宋世良家多書，乃求爲其子博士，恣意披覽。北齊張景仁教太原王紹
德書，武成帝又令景仁侍後主書，後主呼爲博士。登極後，與左右語，
猶稱張博士。武成又爲琅琊王儼求博士，得張彫武，與景仁號二張博
士。後周文帝置學東館，教諸將子弟，以樊深爲博士。可見博士猶先
生云爾。《封氏聞見記》：御史大夫李季卿宣慰江南時，茶飲初盛行，
陸鴻漸來見，衣野服，隨茶具而入。既坐，乃手自烹茶，口通茶名，
區分指點。李公心鄙之，茶罷，命奴子"取錢三十文，酬煎茶博士。"
此茶博士之名之始也。蓋其時茶事初起，精其技者尚少，故有茶博士
之稱，而李公因其稱以嘲之，可見是時賣茶者，無不稱博士也。《舊唐

---

① 姜亮夫：《楚辭通故》（三），《姜亮夫全集》第三冊，雲南人民出版社 2002 年版，第
682 頁。

書》：開元十一年，命州縣置醫博士二人。則醫亦稱博士也。其榷油者之稱博士，蓋亦因專習其技，而有是稱，或因煎茶者稱博士而倣之耳。按博士之始，本起于戰國。《漢書·賈山傳》：其祖祛，故魏王時博士弟子也。秦亦有此官，《史記·始皇本紀》侯生、盧生曰："博士雖七十人，特備員弗用。"又始皇不樂，輒令博士爲《仙真人詩》，令樂人歌弦之。漢初亦設此官，不過待問，未有進用者。至武帝立五經博士，遂爲師儒之宗，此博士之沿革也。待詔之稱，古來原多雜流。《舊唐書》：翰林有合煉、僧道、祝卜、術藝、書奕，各別院以廩之。天寶中，有嵩山道士吳筠，乾元中，有占星韓穎、劉烜，貞元末，有奕棋王叔文、侍書王伾，元和末，有方士柳泌、浮屠士通，寶歷初，有善奕王倚、興唐觀道士孫準，並待詔翰林。遼時，翰林畫院有畫待詔，翰林醫院有醫待詔。前明文徵明，亦以能書待詔。可見翰林中待詔者，原不皆文學之士，則鑷工之稱待詔，蓋亦實有以此技爲待詔者，而人因以稱之也。①

　　按，博士一詞最初爲官職名稱，後用來稱呼傳授文化知識的人，在近代漢語中則指擅長某種手藝的人。關於博士指稱手藝人這一詞義，有學者認爲是借用蒙語借詞的詞義，因爲這一義與"太學博士"相去甚遠②。趙翼則認爲是一種詞義引申現象。劉敏芝則以大量文獻爲證，認爲"博士"一詞由官職名稱轉指對一般手藝人的稱呼，是詞義引申的結果。劉敏芝認爲，從"博士"這一官名的歷史沿革來看，六國時就設有博士，秦漢相承，諸子、詩賦、術數、方技都立有博士。《舊唐書·輿服志》有漏刻博士、宮教博士、獸醫博士、諸醫藥博士、針博士、按摩博士等諸多名色。稱呼一般手藝人爲博士，雖與"太學博士"相去較遠，與上述之博士名目有密切關係。這些官職較爲卑微，且限於有技藝者，由此，這一官名便得以用來指稱民間藝人③。今按，博士由太學博士到漏刻博士等博士名目，再到茶博士、酒博士等指稱手藝人，其詞義引申的綫索是清晰的：

博士：精通書本知識　　　官職（太學博士）
　　　精通各種技能　　　官職（漏刻博士等）
　　　精通各種技能　　　——（茶博士）

①　（清）趙翼：《陔餘叢考》卷三十七，第803—804頁。
②　張清常：《漫談漢語中的蒙語借詞》，《中國語文》1978年第3期。
③　劉敏芝：《博士是怎樣指稱手藝人的》，《中國語文》1999年第6期。

　　博士用來指稱民間藝人，最初當指技藝精熟者。如日本來華僧人圓仁《入唐求法巡禮行記》卷三："頭陀僧義圓見雇博士……畫五臺山化現圖。"又："其博士惆悵而云：'……一生來捏作佛像，不曾見裂損之。'"趙翼指出"蓋其時茶事初起，精其技者尚少，故有茶博士之稱"，應當是客觀事實。到後來，一般的民間藝人都可以稱爲博士，而不一定是技藝精通者，猶今人稱人爲師傅。

　　至於待詔，趙翼認爲與博士不同，"古來原多雜流"，因此可指手工藝人。其實，博士也經歷了一個由專門的書本知識到"雜流"的階段，從"雜流"到指稱手藝人，引申路徑是相同的。

　　《陔餘叢考》卷三十六"公"條則開始總結引申的規律性：

　　　　《白虎通》：公者，謂三公及二王后也。此說本《公羊傳》。柳子厚《房公銘》，亦謂天子之三公稱公，王者之後稱公，諸侯入爲王卿士稱公。此皆以爵位稱者也，然美稱所在，輒多借用。周時本國之臣，已稱其君皆曰公，如《閟宫》詩"乃命魯公，俾侯於東"。孔子修《春秋》，凡書魯君皆曰公。則已不拘三公及二王後矣。後世遂益有濫及者。①

　　所謂"然美稱所在，輒多借用"，"後世遂益有濫及者"即是對稱謂詞引申規律的總結。

　　更爲可貴的是，筆記已注意到詞義發展中的同步引申規律，並用此解決訓詁問題②。同步引申指的是意義相同、相近、相反或相關的一組詞，在意義的引申方面往往向着相同的方向發展。③這種規律，江藍生先生稱之爲"類同引申"④。

　　顏師古《匡謬正俗》卷八"鄙人"條：

　　　　或問曰："愚陋之人，謂之'鄙人'。何也？"答曰："本字作

---

①　（清）趙翼：《陔餘叢考》卷三十六，第 785 頁。
②　清代學者段玉裁、王念孫也注意到詞義的同步引申現象。
③　許嘉璐：《論同步引申》，《中國語文》1987 年第 1 期。
④　《相關詞語的類同引申》，原爲英文稿，刊於游順釗主編《語彙叢刊·漢語十論》，1993 年，又收入《近代漢語探源》，商務印書館 2000 年版，第 309—319 頁。

'否'。'否'者蔽固不通之稱爾，音與'鄙'同。《詩》云：'嗚乎小子，未知臧否。匪面命之，言提其耳。'　'臧'者，善也，'否'者，惡也，故以相對。《書》云：'否德，忝帝位'，而司馬子長撰《史記》改'否'爲'鄙'，以其言同，故用'鄙'字。自爾已來，因曰'鄙人'。"又問曰："'鄙'非邊鄙之謂邪？美好者謂之'都'，言習京華之典則；醜陋者謂之'鄙'，謂守下邑之愚蔽，不其然歟？"答曰："非也。'都'者自是閑美之稱，《詩》曰：'不見子都，乃見狂且'，又云：'洵美且都'，《楚辭》云：'此德好閑習以都'，皆非上京之謂也。曹劌云：'肉食者鄙'，孔子曰：'鄙夫可以事君也與哉'，'出辭氣，斯遠鄙倍矣'，漢武帝詔賢良曰：'性命之情，或夭或壽，或仁或鄙'，董仲舒對策曰：'堯舜行德，則民仁壽；桀紂行暴，則民鄙夭'，楊惲云：'昆戎舊壤，子弟貪鄙'，班孟堅云：'周勃爲布衣時，鄙樸庸人'，曹大家《女誡·序》云：'鄙人愚闇，受性不敏'，皆非田野之謂也。至如《詩》有《都人士》篇者，此自別指都邑。"①

顏師古認爲鄙人的"鄙"本字當作"否"，楊慎不同意這種說法，其所著《譚苑醍醐》卷一"都鄙"條：

都何以訓美？都者，鄙之對也。《左傳》曰："都鄙有章。"《淮南子》云："始乎都者，常卒乎鄙。"蓋天子所居輦轂之下，聲名文物之所聚，故其士女雍容閑雅之態生。今諺云京樣，卽古之所謂都，《相如傳》"車從甚都"是也。邊氓所居，蕞爾之邑，狐狸豺狼之所嗥，故其閭閻各嗇村陋之狀出，今諺云野樣，卽古之所謂鄙。《老子》云："衆人皆有以，而我獨頑似鄙"是也。②

《陔餘叢考》卷二十二"都鄙"條則論述更爲詳細：

世以文雅者爲都，樸陋者爲鄙，其來最古。……其實都、鄙二字，蓋卽本周制。都乃天子諸侯所居之地，聲名文物之所聚，故其士

---

① （唐）顏師古：《匡謬正俗》卷八，第 66—67 頁。
② （明）楊慎：《譚苑醍醐》卷一，第 11 頁。

女容止可觀。鄙則郊遂以外，必多樸儜也。猶今人言京樣京欸、村氣鄉氣也。顏師古則謂鄙字本作否，乃蔽固不通之稱，故《尚書》否德忝帝位，《史記》作鄙德，以其字同也。按王充《論衡》引《論語》"子見南子"章"予所否者"，亦云"予所鄙者"，是否鄙二字古本通用。則鄙字自有凡陋本義，非田野之謂也。又都者，是閑美之稱，亦非上京之謂。今按《論語》：先進於禮樂，野人也。非指郊外之民乎？質勝文則野，非以郊外之人樸儜，而即以野爲樸陋之稱乎？《左傳》：楚申舟過宋而不假道，華元曰："是鄙我也。"杜註：以我同於其邊鄙也。然則都美之本於國邑，鄙樸之本於郊野，有自來矣。師古之說，未可信也。況都者，凡建立宗廟之地之通稱，亦非專指京邑也。而師古以上京當之，則其於都字之本義，亦未深考也。按《周禮》：大都、小都在王畿四百里五百里之內，公卿及王子弟食采之邑。《大司徒》：凡造都鄙。此即所謂都鄙用助法，皆指郊外之地。至子產使都鄙有章，則以都爲邑都、鄙爲野鄙。①

顏師古認爲"'都'者自是閑美之稱"，鄙"皆非田野之謂也"，而楊慎和趙翼則從同步引申的角度否定了此說。他們指出，與都鄙一樣，京與村、鄉、野都經歷了類似的引申過程。

有時候，筆記在處理和詞義相關的引申問題上也出現了錯誤。如《學林》卷九"榷"條：

《前漢·武帝紀》，天漢三年二月，初榷酒酤。應劭注曰："縣官自酤榷賣酒，小民不復得酤也。"韋昭注曰："以木渡水曰榷。謂禁民酤釀，獨官開置，如道路設木爲榷，獨取利也。"顏師古注曰："榷者，步渡橋，《爾雅》謂之石杠，今之榷杓是也。禁閉其事，總利入官，而下無由以得，有若渡水之榷，因立名焉。"又《昭帝紀》，始元六年二月，詔議罷鹽鐵榷酤；七月，罷榷酤官。又《食貨志》曰："昭帝罷鹽鐵酒榷均輸官。"今攷《漢書》，於《武帝紀》用榷字，《昭帝紀》《食貨志》用搉字。觀國按，字書搉、榷同音古岳切。搉從手，揚搉大舉也。榷從木，以木渡水也。搉酤者，揚舉其事，使

---

① （清）趙翼：《陔餘叢考》卷二十二，第445—446頁。

人曉然知之，而不得侵吾利。然則榷酒酤者，當用從手之榷也。史多假借用字，故或用從木之榷，注釋之家因其用從木之榷，乃用橫木渡水以訓之，誤矣。①

《初學記》卷七引晉郭義恭《廣志》卷上：“獨木之橋曰榷，亦曰彴。”宋程大昌《演繁露·闌出》：“榷者，水上獨木之橋也。”因榷有獨之義素，故引申出獨賣、專營之義。

值得注意的是，《札樸》卷四“虛”條還從詞義感染②的角度說明詞義的產生：

　　　　丘虛借爲虛實字，因丘有空義也。孟康注《漢書》云：“西方謂亡女壻爲丘壻。丘，空也。”③

按，《廣雅·釋詁三》：“丘，空也。”《漢書·息夫躬傳》：“（息夫）躬歸國，未有第宅，寄居丘亭。”顏師古注：“張晏曰：‘丘亭，野亭名。’此說非也。丘，空也。”《後漢書·龐參傳》：“三輔山原曠遠，民庶稀疏，故縣丘城，可居者多。”李賢注：“丘，空地。”丘之所以有空義，當由廢墟義引申而來。《楚辭·九章·哀郢》：“曾不知夏之爲丘兮，孰兩東門之可蕪？”朱熹集注：“丘，荒墟也……言楚王曾不知都邑宮殿之夏屋當爲丘墟。”荒墟無人居住，故引申出空義。丘虛的虛引申出虛實義，桂馥認爲是“因丘有空義也”，是詞義感染的結果。實則虛亦可以引申出虛實義。虛本義爲山丘，《說文·丘部》：“虛，大丘也。昆侖丘謂之昆侖虛。”段玉裁注：“虛者，今之墟字，猶‘昆侖’今之‘崑崙’字也。虛本謂大丘。”山丘居住人少，空曠遼闊，故引申出廢墟義。《荀子·哀公》：“君出魯之四門以望魯四郊，亡國之虛則必有數蓋焉，君以此思懼，則懼將焉而不至矣！”廢墟空無所有，故後引申出虛實義。

---

① （宋）王觀國：《學林》卷九，第297頁。
② 對於詞義感染，大多數都是像桂馥一樣，從組合關係的角度考察的。如伍鐵平《詞義的感染》（《語文研究》1984年第3期），鄧明《古漢語詞義感染例析》（《語文研究》1997年第1期）和《古漢語詞義感染補正》（《古漢語研究》2006年第2期）。俞理明先生對此持異議，並從漢語的實例出發，認爲詞義感染一般是聚合關係的感染。參《漢語歷史詞彙學》（川大內部講義）。
③ （清）桂馥：《札樸》卷四，第147頁。

第二節 分析句讀，說明句意

分析句讀是筆記中一個比較重要的內容。句讀的分析與句子、篇章的意義理解關係密切，句讀分析正確了，對句意的理解也就正確了，所以前人對句讀分析很重視。

《蘆浦筆記》卷一"約法三章"條：

"約法三章"，自班氏作《刑法志》，謂"高祖初入關約法三章"，至今以爲省約之約，皆作一句讀。予觀《紀》所書云："吾與諸侯約，先入關者王之，吾當王關中。與父老約，法三章耳。"若以"與父老約法三章耳"八字作一句，恐不成文理。合於"約"字句斷，則先與諸侯約，今與父老約，不惟上下貫穿，而"法三章耳"方成句語。①

劉氏從句子行文的角度認爲當從約字絕句，極是，已得到今人的普遍贊同。

又"馮婦"條：

《孟子》"晉人有馮婦者，善搏虎，卒爲善士，則之野，有衆逐虎"云云，其爲士者笑之。注："爲善士者，以善搏虎有勇名，故進以爲士，之於野外。"至今讀者以"卒爲善士"爲一句，"則之野"爲一句。以余味其言，則恐合以"卒爲善"爲一句，"士則之"爲一句，"野有衆逐虎"爲一句。蓋其有搏虎之勇，而卒能爲善，故士以爲則。及其不知止，則士以爲笑。"野有衆逐虎"句，意亦健，何必謂之野外而後云攘臂也。②

按，《癸辛雜識續集》卷上、《菽園雜記》卷十二及《丹鉛餘錄》卷十四亦同劉說。楊樹達先生云："此凡兩讀。舊讀以'卒爲善士'絕句，

---

① （宋）劉昌詩：《蘆浦筆記》卷一，第2頁。
② 同上書，第1—2頁。

'則之野'絕句。"並引劉氏之說。楊氏接着又說："閻若璩云：'古人文字序事未有無根者，惟馮婦之野，然後衆得望見馮婦。若如宋周密、明楊慎斷"士則之"爲句，以與末"其爲士者笑之"相照應，而"野"字遂屬下。野但有衆耳，何由有馮婦來？此爲無根。'樹達按楊說固是。然如其說，則'其爲士者笑之'士字亦無根矣。此兩讀皆可通矣。"① 今按，兩讀皆有不妥。如以"則之野"斷句，"則"字之用法奇怪異常，則與前文不相銜接，開端突兀。如以"士則之"斷句，則"野"字多餘，豈有逐虎於市朝者乎？且"善士"不應分開，"善士"在《孟子》中有固定含義，如《滕文公下》："子謂薛居州，善士也。"故當斷爲："晉人有馮婦者，善搏虎，卒爲善士則。之野，有衆逐虎。虎負，莫之敢攖。望見馮婦，趨而迎之。馮婦攘臂下車，衆皆悅之。其爲士者笑之。"②

《容齋四筆》卷十二"主臣"條：

漢文帝問陳平決獄、錢穀。平謝曰："主臣！"《史記》《漢書》皆同。張晏曰："若今人謝曰'惶恐'也。"文穎曰："惶恐之辭，猶今言死罪也。"晉灼曰："主，擊也。臣，服也。言其擊服，惶恐之辭。"馬融《龍虎賦》曰："勇怯見之，莫不主臣。"正用此意。《文選》載梁任昉《奏彈曹景宗》，先敘其罪，然後繼之曰"景宗卽主臣"，仍繼之曰"謹案某官臣景宗"，又《彈劉整》亦曰："整卽主臣。"齊沈約《彈王源》文亦然。李善捨《漢》《史》所書，而引王隱《晉書》庾純自劾以謂然，以主爲句，則臣當下讀，殊爲非是。不知所謂某人卽主，有何義哉？③

《陔餘叢考》卷二十一"主臣"條：

《史記》《漢書·陳平傳》：文帝問陳平決獄錢穀，平謝曰："主臣。"張晏曰：若今人謝曰惶恐也。文穎曰：猶今言死罪也。孟康

---

① 楊樹達：《古書句讀釋例》，中華書局 2003 年版，第 72 頁。

② 參見汪長林《〈孟子〉"馮婦"章句讀之再商榷》，《安慶師範學院學報》2002 年第 4 期；秦樺林、凌瑜《〈孟子·盡心下〉一則句讀獻疑》，《古漢語研究》2005 年第 2 期；楊永發《古文獻句讀商榷》，《甘肅高師學報》2005 年第 3 期。

③ （宋）洪邁：《容齋四筆》卷二十一，第 751 頁。

曰：主臣主羣臣也。晉灼曰：主、擊也，臣、服也。言其擊服惶恐之詞。馬融《龍虎賦》曰：勇怯見之，莫不主臣。是皆以爲惶恐之詞。然《文選·任昉〈彈曹景宗文〉》敘事旣訖，云景宗卽主句，臣謹案某臣景宗云云。其奏彈劉整及沈約彈王源文亦然。李善讀法則從"主"字析句。洪容齋乃引《史》《漢》爲據，謂亦當以"主臣"爲句，而詆李善之誤，殊不知非也。蓋"某卽主"句，乃總結前案，以明罪有所歸，而下復出己意以斷之，"主"字之義，猶言魁首耳。若從容齋之說，則所謂"某人卽惶恐者"，有何義哉？按《魏書·于忠傳》御史尉元匡奏曰：前領軍將軍臣忠，不能砥礪名行，自求多福，方因矯制，擅相除假，清官顯職，歲月隆崇，傷禮敗德。臣忠卽主，謹案臣忠云云。又《閹宦傳》：御史中尉王顯奏言：風聞前洛州刺史陰平子石榮，積射將軍抱老壽，恣蕩非軌，易室而姦，朦聲布於朝野，醜音被於行路。卽攝鞫問，皆與風聞無差，犯禮傷化。老壽等卽主，謹案石榮云云。此兩篇體例相同，"主"字之下，"謹案"之上，俱不用"臣"字，益知李善讀法別有此例矣。①

　　洪邁以"主"絕句非是，趙翼通過大量的例證證明當以"主"絕句。趙翼的說法是對的。錢鍾書《管錐編》"二〇三·《全梁文》卷二七"分析南北朝奏彈文字"……卽主。臣謹案"用例："'卽主'以上猶立狀，舉其罪，'謹案'以下猶擬判，定其罰。……任昉《奏彈劉整》《奏彈蕭穎達》猶明。"② 方一新、王雲路《中古漢語讀本》云："'某某卽主'是六朝奏彈文字在列舉罪狀後的慣用結語。'主'卽主犯、元兇。"③

　　《日知錄》卷二十七"漢書注"條：

　　　　"冠倫魁能"。"能"字當屬上句，言爲能臣之首。（第 1544 頁）

　　按，《漢書·揚雄傳上》："乃搜逑索耦皋、伊之徒，冠倫魁能，函甘棠之惠，挾東征之意，相與齊虖陽靈之宮。"顏師古注："應劭曰：'冠其

---

① （清）趙翼：《陔餘叢考》卷二十一，第 418 頁。
② 錢鍾書：《管錐編》第 4 冊，中華書局 1979 年版，第 1404 頁。
③ 方一新、王雲路：《中古漢語讀本》，上海教育出版社 2006 年版，第 393 頁。

羣倫魁桀也。'師古曰：'言選擇賢臣，可匹耦於古賢皋陶、伊尹之類，冠等倫而魁桀'。"王先謙補注："劉攽曰：能屬上句。劉敞曰：能屬魁字。齊召南曰：案《文選》以'冠倫魁能'爲句，則劉攽說是也。師古誤以魁字斷句，而以能字下連'函甘棠之惠'，甚屬牽強。先謙曰：應劭誤讀而師古從之。"

《焦氏筆乘續集》卷五"句讀"條則涉及了更多的句讀問題：

> 學者有讀書終身不知句讀者，由少年不經師匠，因仍至此。余童子時，聞部使者臨學宮講《論語》，諸生誦"點，爾何如"，至"點"字作一讀，使者動色嘉嘆，蓋人多忽此故耳。嘗觀李彥平讀《禮記》，"男女不雜，句。坐不同，句。柂枷不同，句。巾櫛不親授。句。"程伯淳讀《孟子》："至大至剛以直，句。養而無害，則塞於天地之間。"姚寬讀《左氏春秋》："故講事以度軌，句。量謂之軌。取材以章物，句。采謂之物。"又"聞晋公子駢脅欲觀，句。其躶浴，句。薄而觀之。"費補之讀《漢書·衛青傳》："人奴之，句。生得無笞罵即足矣。"楊用修讀《史記》："高祖與父老約，句。法三章耳。"皆妙得古人之旨，是正沿承之誤。其他經籍所具，余略條一二，俟學者以類推之。如《莊子》："涇流之大，兩涘渚涯之間不辨牛馬。"當"涇流之大"一讀，而林希逸以"涇流之大兩涘"爲句。《史記·封禪書》："八神：一曰天主，祠天齊；二曰地主，祠泰山、梁父。"觀後"天子至梁父禮祠地主"之文，則八神名當至"主"字句絕，而用修、允寧皆"一曰天"、"二曰地"爲句。《季布傳》："身屢典軍搴旗者數矣"，九字一句，而《索隱》"身屢典軍"爲句。《匈奴傳》"務諂納其說，以便偏指，不參彼已"句絕，而《索隱》以"偏指不參"爲句。《律書》："務妙必效情，句。核其華道者明矣。"而用修引之，作"情核其華"爲句。《魏豹彭越傳》"其雲蒸龍變，欲有所會其度"句絕，言欲遭時行志，與所蘊適相際也。如云"此足下度內耳"可證。而用修"其度以故"爲句。《谷永傳》"成帝數爲微行，多近幸小臣"句絕，"趙李從微賤專寵，皆皇太后與諸舅夙夜所常憂。"而用修、元美皆讀云"小臣趙李從微賤專寵"，此類未可悉數。①

---

①　（明）焦竑：《焦氏筆乘續集》卷五，第406—407頁。

　　焦竑所指出的這些句讀問題，有的已經成爲定論。如“點，爾何如”，“高祖與父老約，法三章耳”，“涇流之大，兩涘渚涯之間不辨牛馬”，“八神：一曰天主，祠天齊；二曰地主，祠泰山、梁父”，“身屢典軍奪旗者數矣”，“務妙必效情，核其華道者明矣”，“其雲蒸龍變，欲有所會其度”，“成帝數爲微行，多近幸小臣”。

　　又，《匈奴傳》：“世俗之言匈奴者，患其徼一時之權，而務諂納其說，以便偏指，不參彼已。”司馬貞索隱：“謂說者謀匈奴，皆患其直徼求一時權幸，但務諂進其說，以自便其偏指，不參詳始終屬害也。”可能焦氏誤記。

　　其他的則多不可信。《禮記·曲禮上》：“男女不雜坐，不同椸、枷，不同巾、櫛，不親授。”孫希旦集解：“鄭氏曰：自此至‘弗與同器而食’，皆爲重別，妨淫亂。不雜坐，謂男子在堂，女子在房也。椸，可以架衣者。呂氏大臨曰：男女不雜坐，經雖無文，然喪祭之禮，男女之位異矣。男子在堂，則女子在房；男子在堂下，則女子在堂上；男子在東風，則女子在西方。坐亦宜然。陳氏澔曰：植者曰楎，橫者曰椸，枷與架同，置衣裳之具也。巾以挩潔，櫛以理髮。此四者，所以遠私褻之嫌。”

　　《孟子·公孫丑》：“其爲氣也，至大至剛，以直養而無害，則塞於天地之間。”焦循正義：“云至大至剛正直之氣者，惟正直，故剛大。下言養之以義解以直養三字，直卽義也。緣以直養之，故爲正直之氣；爲正直之氣，故至大至剛。或謂趙氏以‘至大至剛以直’爲句，非也。”

　　《左傳·隱公五年》：“故講事以度軌量謂之軌，取材以章物采謂之物。”楊伯峻“故講事以度軌量謂之軌”注：“此解釋軌字。度軌量，度，動詞，舊讀入聲，音鐸，正也；軌量爲其賓語。度軌量猶言揆正法度。”“取材以章物采謂之物”注：“此釋物字。章，明也。物之本義爲雜色牛，引申之，凡雜色亦可曰物，此物采之物字卽是其義。物采爲同義連綿詞，猶上文軌量爲同義連綿詞，故亦可倒言爲‘采物’，文六年《傳》‘分之采物’是也。”《左傳·僖公二十三年》：“曹共公聞其（晉公子）駢脅，欲觀其裸，浴，薄而觀之。”楊伯峻注：“駢脅非裸體不能見。”“俟重耳浴，設簾而窺之。薄卽《晉語四》之‘微薄’，亦卽帷薄，今之簾也。依杜《注》意謂迫近觀之，不確。說詳沈欽韓《補注》。《釋文》以‘欲觀’爲一句，‘其裸裕’爲句，不如一讀至裸字絕句。”

《漢書·衛青傳》："人奴之生，得無笞罵卽足矣。"王先謙補注："沈
欽韓曰：《論衡·骨相篇》作'人奴之道'。按人奴謂衛媼本主家僮也。
費冘《梁谿漫志》以'人奴之'爲讀，非也。"

第三節　校正文字

古書在流傳的過程中會出現文字訛誤，要求得確詁必須先對這些訛誤
的字作出校證，筆記也常涉及這方面的內容。

《夢溪筆談》卷三《辨證一》：

> 江南有小栗，謂之"茅栗"。茅音草茅之茅。以予觀之，此正所謂
> 芧也，則《莊子》所謂"狙公賦芧"者。芧音序。此文相近之誤也。①

《觚賸》卷二《吳觚中》"芧栗"條：

> 杜工部《南鄰》詩"園收芧栗未全貧"，或作"芋栗"②，或作
> "芧栗"。芋栗不必植之園中，而芋與栗不當類舉，朱愚庵註杜，定
> 作"芧栗"爲是。余往湖口，路經南陵，訪王進士五清於山居。留
> 宿具餐，雜陳野蔌，中有粉葉子，和醯醢以進者，王謂余曰："此即
> 錦里之芧栗也。"似栗而小，山家率於冬月取實去皺，磨而溲之以
> 水，然後用之。是知芧、栗皆屬園果。況《莊子·徐無鬼》篇所載
> 甚明，益信杜詩無字不有來歷。③

按，《莊子·齊物論》："狙公賦芧。"陸德明釋文引司馬彪曰："芧，橡
子也。"又《徐無鬼》："先生居山林，食芧栗。"郭慶藩集釋："案《說文》：
橡，栩實。又曰：栩，柔也（柔與芧同），其實阜。（今借用草字，俗作皁。）
一曰樣。又曰：草斗，櫟實，一曰樣斗。高注《呂氏春秋》：橡，阜斗也
（《恃君篇》），其狀如栗。《漢書·司馬相如傳》應劭注曰：櫟，采木也。合

---

① （宋）沈括：《夢溪筆談》卷三，第43頁。
② "芋栗"疑當作"芧栗"。
③ （清）鈕琇：《觚賸》卷二，第39頁。

觀諸說，櫟，一名栩，一名柔，一名采。其實謂之皁，亦謂之樣。是樣者，采實也。司馬此注柔①橡子也，則采亦謂之樣矣。《說文》樣字，今書傳皆作橡。案《山木篇》杼栗，《徐無鬼篇》作芧栗，是芧柔杼三字皆通。"

《甕牖閒評》佚文：

> 杜子美詩云："片雲頭上黑，應是雨催詩。"世多疑"詩"是"時"字，而蘇東坡詩云："颯颯催詩白雨來。"又詩云："急雨豈無意，催詩走羣龍。"蓋與子美意同，則知子美詩是用"詩"字無疑。②

按，世人疑爲"時"字，乃是不曉詩意之故。宋郭知達《集九家注杜詩》："趙（彥才）云：此盖以爲戲也。雨甚，當速歸，而詩不了，則黑雲將欲爲雨以催之。笑東坡嘗使'纖纖入麥黃花亂，颯颯催詩白雨來。'"何焯《義門讀書記》卷五十三《杜工部集》分析"應是雨催詩"云："携伎納涼，忽遇風雨，大裂風景矣！却云催詩興會，轉勝。"

宋張邦基《墨莊漫錄》卷五：

> 杜子美有《憶鄭南玭》詩，云："鄭南伏毒守，蕭灑到天③心。"殊不曉"伏毒守"之義。
>
> "守"當作"寺"。按，《華州圖經》有伏毒寺，劉禹錫《外集》有："貞元中，侍郎舅氏牧華州，時予再忝科第，前後由華覲謁，陪登伏毒巖。"今世行本皆作"守"，誤也。④

按，宋郭知達《集九家注杜詩》："趙（彥才）云：舊本'伏毒守'難解，師民瞻作'手'，亦無義。一作寺，却似有理。蓋寺名伏毒，而在江心。"今人亦多從張說。

《丹鉛餘錄》卷三：

> 《文選·七發》："弭節伍子之山，通屬骨母之場。"骨當作胥。

---

① "柔"當作"柔"。
② （宋）袁文：《甕牖閒評》，第130頁。
③ "天心"，杜詩作"江心"。
④ （宋）張邦基：《墨莊漫錄》卷五，中華書局2002年版，第158頁。

《史記》吳王殺子胥，投之于江，吳人立祠江上，因名胥母山。古字胥作𦙞，其字似骨，其誤宜矣。今雖善書者，亦不知胥之爲𦙞也。①

按，《七發》此句李善注："《史記》：'吳王殺子胥，投之于江，吳人立祠于江上，因名胥母山。'……疑骨母，字之誤也。"漢袁康《越絕書·外傳記吳地傳》："旦食於紐山，晝遊於胥母。"

《札樸》卷七"骨母"條雖誤當作"骨母"，但也指出了骨、胥致誤的緣由：

《七發》："屬骨母之場。"李善注引"胥母山"，疑"骨"字之誤。案：隸書"胥"作"𦙞"，與"骨"形近，此致誤之由。《晉書》"揩次"又訛作"揖次"，亦音"𦚢""胥"形近。②

顧炎武《金石文字記》："《廣韻》胥俗作𦙞。然考之漢人固已書爲𦙞矣，亦或作𦙞。故李善注枚乘《七發》以通'屬骨母之場'爲'胥母'之誤。"③ 今按《桐柏廟碑》"于𦙞樂乎"，《石經尚書殘碑》"保后𦙞高"，前一字體爲𦙞，後面字體與骨相近④。漢《朱龜碑》作𦙞，周《費氏造像》作𦙞⑤，則與顧氏所言之𦙞合。

《札樸》卷一"予造天役"條：

《大誥》："予造天役。"《釋文》引馬注："造，遺也。"案："遺"當爲"遺"，傳寫之誤。《漢書·翟義傳》引《書》"予遭天役，遭有遭義。"故馬注訓遭。《文侯之命》："嗣造天丕愆。"孔《傳》訓"造"爲"遭"，是"造"、"遭"以聲借也。⑥

按，孫星衍《尚書今古文注疏》："《漢書》作'予遭天役遺，大解

---

① （明）楊慎：《丹鉛餘錄》卷三，臺北商務印書館《景印文淵閣四庫全書》第 855 册，第 16 頁。
② （清）桂馥：《札樸》卷七，第 273 頁。
③ 轉引自（清）顧藹吉《隸辨》，中華書局 1986 年版，第 19 頁。
④ 同上書，第 19 頁。
⑤ 秦公：《碑別字新編》，文物出版社 1985 年版，第 103 頁。
⑥ （清）桂馥：《札樸》卷一，第 16 頁。

難於予身，以爲孺子，不身自卹。'注：'師古曰："言天以漢家役事遺我，而令身解其難，故我征伐以爲孺子除亂，非自憂己身也。"造者，遭也。……云'遺也'，疑'遭也'之誤。"《書》中造、遭有相訓的情況。《文侯之命》："嗚呼，閔予小子嗣，造天丕愆。"僞孔傳："言我小子而遭天大罪過。"故"遺"可能是"遭"字之誤的可能性要大。黃焯《經典釋文彙校》於此處無校語，當校。

又卷二"夭札"條：

　　昭四年《傳》："民不夭札。"注云："短折爲夭，夭死爲札。"《釋文》云："札，側八反，一音截，夭死曰札。《字林》作此下脫"𣪠"字。狀列反，云夭死也。"又十九年《傳》："札瘥夭昏。"注云："夭死曰札，小役曰瘥，短折曰夭，未名曰昏。"《釋文》云："札，側八反，一音截，夭死也。《字林》作'𣪠'，狀列反，云夭死也。"馥案：注及《釋文》皆誤。注所云"夭死爲札"，當爲"大死"；《釋文》引注"夭死曰札"，亦當爲"大死"。《玉篇》："𣪠，夭𣪠。"與《字林》同。《廣韻》："𣪠，癘死。"即大死。《周禮·大司樂》："大札令弛縣。"鄭注："札，疫癘也。"《說文》："疫，民皆疾也。"民皆疾，故曰大死。大死曰札，小疫曰瘥，大死對小疫。①

按，《左傳·昭公四年》："厲疾不降，民不夭札。"黃焯於《釋文》"夭札"下彙校："宋本同。阮（元）云：北宋本、葉鈔本、盧本作下有𣪠字，與十九年《傳》音義合。葉鈔本夭作大是也。凡大死曰𣪠，謂死者甚多也。"又《昭公十九年》黃焯於《釋文》"夭死也"下彙校："夭，宋本及何校本、北宋本並作大。"與桂馥同。又《玉篇》"𣪠（中華本《重修玉篇》作此字形），夭𣪠也"，《篆隸萬象名義》"夭"即作"大"。《周禮·地官·大司徒》："大荒大札，則令邦國移民通財、舍禁、弛力、薄徵、緩刑。"鄭玄注："大札，大疫病也。"又桂馥所提"札瘥夭昏"注云："未名曰昏。"所釋有誤。詳參《經義述聞·春秋左傳下》"札瘥夭昏"條。

《十駕齋養新錄》卷二"挈"條：

_____

① （清）桂馥：《札樸》卷二，第72—73頁。

《周禮·草人》"騂剛用牛"，《注》："故書騂作犁，杜子春讀犁爲騂。"予謂"犁"無義，與"騂"聲不相近，當是埅字。《說文》："埅，赤剛土也。""埅"訛爲"犁"，猶"輕炎"之訛爲"炎"。①

按，埅《說文》作埅。孫詒讓正義："段玉裁云：'《說文·馬部》無騂字，徐鉉新附字作騂，云"從馬，鮮省聲。"案：《土部》曰："埅，赤剛土也。從土，鮮省聲。"此《周禮》騂剛正字。且《牧人》"騂牲"，《魯頌》"騂剛"，皆宜借用從土之埅。今皆從馬，則爲倒置。'徐養原云：'騂剛之騂，本作埅，埅鮮音同。故又借用鮮。《說文·角部》"鮮，角低仰便也。"引《詩》曰"鮮鮮角弓"。又有觢字，"一角仰也，從角韧聲"，引《易》曰"其牛觢"。今《易》作掣。蓋鮮與觢義類相近，故鮮字轉爲觢。觢與犁俱從韧，犁與掣俱從手，犁觢掣三字其音亦相近，是其輾轉相變之因也。'"

又卷二"建柶誤作捷柶"條：

《士冠禮》："筵末坐，啐醴，捷柶，興。"唐石經"捷"作"建"。案《士昏禮》亦有"坐，啐醴，建柶，興"之文，則石經是也。鄭《注》當云："建柶，扱柶於醴中。"陸德明所見本"扱柶"之"扱"作"捷"，故《音義》云："捷柶初洽反，又作鍤，又作扱。"此爲注音，非經有"捷"字也。宋人刻《釋文》者誤疑經文作"捷柶"，並《注》中"建"字亦改爲"捷"，曾不一檢《士昏禮》文，沿訛數百年，賴有石經正之，此石經所以可貴也。予見小字宋本《儀禮》經注俱是"建"字。②

按，胡培翬正義："建柶，唐石經，嚴、徐、《集釋》、敖氏俱作建，注建柶同。《通解》、毛本，建俱作捷，蓋因《釋文》而誤改。錢氏大昕云：《士昏禮》婦受禮亦有'坐，啐醴，建柶，興'之文，則作建爲是。《禮經釋例》云：《士昏》《聘禮》，皆云建柶，當從石經也。注：扱柶於醴中，扱，《釋文》作捷，云本又作插，亦作扱。今案嚴本及各本，多作扱，蓋用

① （清）錢大昕：《十駕齋養新錄》卷二，第26頁。
② 同上書，第24頁。

《釋文》亦作之本也。戴氏震校《集釋》云：唐初已非一本，毋庸改扱爲捷。盧氏文弨云：《釋文》云云，正指注言，後人誤會，乃改經之建柶爲捷柶。”亦引《十駕齋養新錄》爲據。錢、胡諸家的說法當是正確的。捷與建多相混。王念孫《讀書雜志·淮南內篇第二十》“挺肳”條：“‘乃折枹毀鼓，偃五兵，縱牛馬，挺肳而朝天下。’道藏本、劉本如是，各本挺肳皆作揖笐。念孫按，肳當爲笧。笧，古笐字也。……挺，當爲捷，隸書捷字或作揵。凡從建從建之字多相亂。說見《漢書》“揵之江”下。形與挺相似，因誤爲挺。《說苑·說叢篇》：“猿得木而捷，魚得水而騖。”《續史記·孝武紀》：“薦紳之屬。”索隱：“薦，音揖。揖，捷也。今本捷字竝誤作挺。捷與插同。言插笐而朝天下也。《小雅·鴛鴦篇》：‘戢其左翼。’《韓詩》曰：‘戢，捷也，捷其噣於左也。’《士冠禮》注：‘扱柶於醴中。’《鄉射禮》注：‘揖，插也。’《大射儀》注：‘揖，扱也。’《內則》注：‘揖，猶扱也。’《釋文》插、扱二字，竝作捷。《管子·小筐篇》：‘管仲詘繈捷袿’，字竝與插同。捷笧，猶揖笐也。後人不知挺爲捷之誤，而改挺爲揖。義則是而文則非矣。”又《漢書第九》“揵之江”條：“‘梁起於新郪以北著之河；淮陽包陳以南揵之江。’……念孫案，揵當爲捷字之誤也。隸書捷字或作揵，與揵字相似而誤爲揵。漢《巴郡太守張納功德敘》‘收功獻捷’，捷字作揵，是其證也。《士冠禮》“建柶”今本譌作捷柶。《史記·衛世家》：‘嗣伯卒，子建伯立。’《邶風》譜正義引作建伯，蓋從建從建之字，傳寫往往譌溷。捷之言接也。”捷，唐《往生碑》作捷，周《賀屯植墓誌》作揵[1]，捷均與揵相似。

有的筆記則從理論上總結校正文字的必要性及校勘的原則，如《日知錄》卷二十一“漢書注”條：

史書之文中有誤字，要當旁證以求其是，不必曲爲之說。如此傳（指《楊雄傳》）《解嘲篇》中“欲談者宛舌而固聲”，固乃“同”之誤。“東方朔割名於細君”，名乃“炙”之誤，有《文選》可證。而必欲訓之爲固、爲名，此小顏之癖也。《顏氏家訓》云：“《穀梁傳》：‘孟勞者，魯之寶刀也。’【原注】僖元年。有姜仲岳，讀刀爲力，謂：‘公子左右，姓孟名勞，多力之人，爲國所寶。’與吾苦諍。清河郡

---

① 秦公：《碑別字新編》，文物出版社 1985 年版，第 161 頁。

守邢峙，當世碩儒，助吾證之，赧然而服。"此傳割名之解得無類之。①

顧氏指出書籍中出現了誤字，不能據誤字而說解，而要根據其他文獻和句意先校正文字，然後再進行解釋。這些意見都是十分中肯的。

第四節　考辨音讀

考辨音讀也是筆記訓詁較爲關注的內容之一。漢字是形音義的統一體，形音義之間有密切的聯繫。筆記所考辨的有些字的讀音就與其形義有密切聯繫。

如《甕牖閒評》卷一：

> 《後漢書·馬援傳》有尤豫二字，注云："尤音以林反。"恐當時只是猶字，借用尤字耳，傳寫之錯，致章懷誤音也。②

按，《說文·冂部》："尤，淫淫行皃。从人出冂。"徐鉉音余箴切。《廣韻·侵韻》："尤，行皃。餘針切。"與以林反之音合。但《後漢書·馬援傳》爲猶豫之義，當讀爲猶音。《集韻·尤韻》："尤，尤豫，不定。通作'猶'。"《資治通鑒·漢光武帝建武六年》："囂復多設疑故，事久尤豫不決。"胡三省注："尤，讀與猶同。"

《野客叢書》卷二"未渠央"條：

> 今人詩句多用未渠央事，往往不究來處，渠字作平聲用。按《庭燎詩》"夜未央"注云："夜未渠央。渠，其據切。"當呼遽，只此一音，謂夜未遽盡也。《古樂府》王融《三婦艷》詩曰："大人且安坐，調絃未遽央。"又《長安狹斜行》曰："丈夫且徐徐，調絃未渠央。"淵明詩曰："壽考豈渠央。"魯直詩曰："木穿石槃未渠透。"並合呼遽。史記尉佗曰："使我居中國，何渠不若漢。"《班史》作

---

① （清）顧炎武：《日知錄》卷二十一，第1544—1545頁。
② （宋）袁文：《甕牖閒評》卷一，第49—50頁。

"何遽不若漢"，益可驗也。①

《履齋示兒編》卷十一"未渠央"條：

> 《庭燎》曰："夜未央。"箋云："夜未央，猶言夜未渠央也。渠，陸音其據反。"……嘗原音其據反者，即與遽同音，故《荀子·修身篇》云："有法而無志②其義，則渠渠然。"渠讀爲遽，古字渠遽通。渠渠，不寬大之貌。《顏氏家訓》曰："古樂歌詞云：'丈人且安坐，調絃未遽央。'"淵明《雜詩》曰："嚴霜結野草，枯瘁未遽央。"《談藪》載高爽《題鼓嘲孫挹》云："身有八尺圍，腹內無寸腸。面皮如許厚，受打未遽央。"邢居實《寄陳履常》云："會合能幾日，歡樂何遽央。"王介甫《少壯喜文章》云："良夜未渠央，青燈對寒更。"皆作遽字。攷之《廣韵》："遽，卒也，急也。"是謂未卒然而中也。至如淵明《讀山海經》詩："方與三辰游，壽考豈渠央。"魯直《觀伯時畫馬》詩云："木穿石盤未渠透，坐窗不傚令人瘦。"此古體必讀爲去聲。③

孫奕所論《荀子》"渠渠"義本自楊倞《荀子注》。王念孫《讀書雜志·荀子第一》："太倉陳氏碩甫曰：渠渠猶瞿瞿。《齊風》傳云：'瞿瞿，無守之貌。'楊注：'渠讀爲遽，不寬泰之貌。'失之。"王先謙《荀子集解》亦贊同陳說。王觀國和孫奕從古注、異文和文義的角度，認爲"未渠央"的"渠"通"遽"，當呼"遽"音，作仄聲用。今按，《廣雅·釋言》："腒，央也。"王念孫疏證："腒字或作渠，又作巨，又作遽。卷一云：'央，盡也。'……《集韻》：'巨，央也。'通作腒。諸書或言未央，或言未遽，或言未遽央，其義一也。卷三云：'腒，久也。'《說文》云：'央，久也。'久謂之腒，亦謂之央，猶已謂之央，亦謂之腒矣。"遽央爲並列結構。又《釋詁》："腒，久也。"王念孫疏證："腒者，《說文》：'北方謂鳥腊爲腒。'《周官·庖人》：'夏行腒鱐。'鄭衆注云：'腒，乾

---

① （宋）王楙：《野客叢書》卷二，第16頁。
② 原於"無志"斷句，誤。
③ （宋）孫奕：《履齋示兒編》卷十一，第106頁。

雉也。'乾雉謂之腒，猶乾肉謂之腊。腒之言居，腊之言昔，皆久之義也。"依王說，則遽并非本字。

《能改齋漫錄》卷三《辨误》"蘭若若字兩音"條①：

> 蘭若若字，白樂天詩作惹字押，爾者切。余按，上官儀《酬薛舍人萬年宮晚景寓直懷友》詩中四句云："東望安仁省，西臨子雲閣。長嘯披烟霞，高步尋蘭若。"此又作日灼切押。②

《十駕齋養新錄》卷四"若"條與此大同小異。元白珽《湛淵靜語》卷一則分析說：

> 文字閒一字各義，曰假借。亦有兩字各義者……委蛇，委曲也。《莊子》："澤有委蛇"，蛇如字，神名也。蘭若，佛寺之小者也。《選》詩："蘭若生朝陽"，若亦如字，蘭與杜若也。③

按，蘭若有兩義：一爲蘭草與杜若的省稱。《文選·顏延之〈和謝監靈運〉》："芬馥歇蘭若，清越奪琳珪。"唐李周翰注："蘭若，香草。"一爲寺院，是梵語"阿蘭若（Āraṇya）"的省稱，其意爲寂淨無苦惱煩亂之處。唐慧琳《一切經音義》卷五："阿練若：或云阿蘭那，或徂云蘭若，皆梵語訛轉耳。正梵語應云阿蘭轉舌上聲孃。此土義譯云寂靜處。"意義有別，讀音亦有不同。在蘭草與杜若的意義上讀爲日灼切，在寺院的意義上讀爲爾者切。《廣韻·藥韻》："若，如也。順也。汝也。辝也。又杜若，香草。"而灼切與日灼切讀音同，而字屬日母。《一切經音義》卷二十七："阿練若：尒者反，閒寂處也。去村一俱盧舍四裏有餘也。"《廣韻·麻韻》："若，人者切。乾草。又般若，出釋典。又夷複姓。又人勺切。"阿練若和般若均爲佛教譯語，若均讀爾者切。清仇兆鰲注杜詩《大覺高僧蘭若》："巫山不見廬山遠，松林一作閒蘭若爾者切秋風晚，一老猶鳴日暮鐘，諸僧但一作尚乞去氣切齋時飯。"又《留別公安太易沙門》："隱

---

① 對本條的分析摘自筆者碩士論文《〈能改齋漫錄〉訓詁研究》，第61—63頁。
② （宋）吳曾：《能改齋漫錄》卷三《辨误》，第44頁。
③ （元）白珽：《湛淵靜語》卷一，商務印書館《叢書集成初編》本，1939年，第4頁。

居欲就廬山遠，麗藻初逢休上人。數色角切問舟航留製作，長開篋笥擬心
神。沙邨白雪仍含凍，江縣紅梅已放春。先去聲踏罏峰置蘭若爾者切，徐
飛錫杖出風塵。"兩處蘭若均爲佛寺義，故仇注若爲爾者切。

白珽以佛寺一義爲爾者切，蘭與杜若一義爲日灼切，此誠爲至精之
論。考之詩歌用韻，亦與此相合。如唐李白《題嵩山逸人元丹丘山居》、
宋謝逸《懷呂聘君》中"蘭若"義爲蘭與杜若，皆作日灼切押。唐白居
易《蘭若寓居》、宋李彭《奉同伯固駒甫師川聖功養直及阿虎尋春因賦問
柳尋花到野亭分得野字》、清孫枝蔚《登赤城山》中"蘭若"義爲佛寺，
故作爾者切押。

最後，我們回到吳氏所舉的那首詩，全詩是："奕奕九成臺，窈窕絕
塵埃。蒼蒼萬年樹，玲瓏下冥霧。池色搖晚空，巖花一作光歛餘煦。清切
丹禁靜，浩蕩文河注。留連窮勝託，夙一作風期暌善謔。東望安仁省，西
臨子雲閣。長嘯披煙霞，高步尋蘭若。金狄掩通門，雕鞍歸騎喧。燕姝對
明月，荊豔促芳尊。別有青山路，策杖訪王孫。"很明顯，這裏的蘭若是
佛寺義。對此，明顧起元《說略》卷十九說："阿蘭若或名阿練若，《大
論》翻遠離處。《薩婆多論》翻閒靜處。《天台》云：'不作衆事，名之
爲閒；無憒鬧，名之爲靜。或翻無諍，謂所居不與世諍，即離聚落五里處
也。'應法師翻空寂。《四分律》云空靜處。若字白樂天詩作惹字押，爾
者切。上官儀《酬薛舍人萬年宮晚景寓直懷友》詩云：'東望安仁署，西
臨子雲閣。長嘯咏烟霞，高步尋蘭若。'此又作日灼切，恐誤也。"筆者
認爲，上官儀在此作日灼切押，可能是由于蘭若與煙霞相對，煙霞爲並列
結構，蘭若在蘭草與杜若一義上亦爲並列結構，故臨時借用蘭草與杜若一
義的若的讀音。

《漢語大詞典》注"般3若"音 rě①，人者切，而沒有注明"蘭若"❷也
音人者切②，《辭海》同③。《辭源》修訂本注"蘭若"❷音 rě④，應是。

筆記還指出，有些字讀音的誤注，與文字的形體有密切的關係。

《十駕齋養新錄》卷二"貸"條：

---

① 《漢語大詞典》第9卷，第3頁。
② 《漢語大詞典》第6卷，第628頁。
③ "般若"見《辭海》下第4979頁，"蘭若"❷見《辭海》上第740頁，中華書局1979年版。
④ 《辭源》修訂本第4冊，商務印書館1981年版，第2741頁。

《月令》"貸"字三見,陸氏《釋文》於"孟春宿離不貸"則云"吐得反,徐音二",於"季夏無或差貸"則云"音二,又他得反",於"仲冬毋有差貸"亦云"音二,又他得反",皆兼存兩音,而先後微異,似"差貸"字以音二爲正。以予考之,殊未然也。《說文》:"忒,失常也。""貣,更也。"兩字皆他得反。"差忒"字本當從"心"作"忒",經典借用從"貝"之"貸",仍讀如"忒",與"疑貳"之"貳"形聲俱別,六朝字體不正,或訛爲"貳",故徐仙民有此音,陸氏不能辨證,沿訛到今。①

《經義述聞·禮記上》"宿離不貸"條亦云:

(貸)正當音吐得反。而徐又音二者,忒字通作貸,豫《彖傳》:"四時不忒。"《釋文》:"忒,京作貸。"又通作貳。《周官·馮相氏》注引《月令》作"宿離不貳"。《洪範》"衍忒",《史記·宋微子世家》作"衍貳"。貳與貳,字形相似,故貳字多有誤作貳者。徐音二,則所見本作貳,貳者貳之誤也。若諸本皆作貸字,不得有二音矣。故音之誤者,亦可以攷見古本云。②

按,錢、王二家之說是也。《爾雅·釋詁下》:"貳,疑也。"郝懿行義疏:"貳,本或作貣。"《資治通鑑·秦紀二》:"將軍之乞貸亦已甚矣。"胡三省注:"貸,與貣同。"

漢語中存在音變構詞的語法現象。所謂音變構詞,是通過音節中音素的變化構造意義有聯繫的新詞。③漢語中一個詞的詞義引申出新的意義後,有時在這個詞原有讀音的基礎上採用音變的形式來記錄這個新的意義。音變構詞可以分爲變聲構詞、變韻構詞和變調構詞三種。對於音變構詞特別是變調構詞,筆記也多所考辨。

《顏氏家訓》卷七《音辭》:

---

① (清)錢大昕:《十駕齋養新錄》卷二,第29頁。
② (清)王引之:《經義述聞·禮記上》,第334頁。
③ 孫玉文:《漢語變調構詞·導言》(增補本),商務印書館2007年版,第1頁。

夫物體自有精麤，精麤謂之好惡；人心有所去取，去取謂之好惡。此音見於葛洪、徐邈。而河北學士讀《尚書》云好生惡殺。是爲一論物體，一就人情，殊不通矣。①

江南學士讀《左傳》，口相傳述，自爲凡例，軍自敗曰敗，打破人軍曰敗。諸記傳未見補敗反，徐仙民讀《左傳》，唯一處有此音，又不言自敗、敗人之別，此爲穿鑿耳。②

按，陸德明《經典釋文·序錄》："夫質有精麤，謂之好惡，竝如字。心有愛憎，稱爲好惡，上呼報反，下烏路反。……及夫自敗蒲邁反敗他蒲敗反之殊……此等或近代始分，或古已爲別，相仍積習，有自來矣。"《宋景文公筆記》卷中《考古》：

《漢書·李廣傳》"數奇"，注切爲所角反，故學者皆曰數音朔奇。孫宣公奭，當世大儒，亦從曰數朔。後予得江南本，乃所具反。由是復觀顏注，乃顏破朔從所具反云，世人不之覺。③

《野客叢書》卷五"王維詩誤"條：

《西清詩話》曰："唐人以詩爲專門之學，雖名世善用故事，不免小誤。王維詩曰：'衛青不敗由天幸，李廣無功爲數奇。'不敗由天幸，乃霍去病，非衛青也。"《邵氏聞見錄》亦如此言，乃以此詩爲張籍之作，且云《漢書音義》，數作朔，則亦不可對天矣。僕謂此詩誤用天幸事，固已無疑。然考山谷之言，謂顏師古以數奇爲命隻不耦，則數乃命數之數，非疏數之數也。《宋景文公筆錄》，得江南《漢書》本，乃所具反，傳寫誤以所具反爲所角反耳。僕觀黃宋二公之說，則知此詩以天幸對數奇，不爲失也。又觀杜子美詩曰："數奇謫關塞，道廣存箕穎。"白樂天《詩集序》曰："文士每數奇，詩人尤命薄。"樂天以數奇對命薄，子美以數

---

① （北齊）顏之推：《顏氏家訓》卷七《音辭》，第 557 頁。
② 同上書，第 562 頁。
③ （宋）宋祁：《宋景文公筆記》卷中《考古》，第 9 頁。

奇對道廣，益信黄宋二公之言爲有驗。是皆以數爲命數之數。若柳子厚碑曰：“不遇興詞，鬱駝眉之都尉；數奇見惜，挫猿臂之將軍。”楊蟠詩曰：“仲父嘗三逐，將軍老數奇。”此乃爲疏數字用也。①

《齊東野語》卷十四“數奇”條也在宋祁的基礎上進一步説道：

　　余因考《藝文類聚》《馮敬通集》“吾數奇命薄”，《唐文粹》徐敬業詩“數奇良可歎”，王維詩“衛青不敗由天幸，李廣無功緣數奇”，杜詩“數奇謫關塞，道廣存箕穎”，羅隱詩“數奇當自愧，時薄欲何干”，坡詩“數奇逢惡歲，計拙集枯梧”，觀其偶對，則數爲命數，非疏數之數，音所具切明矣。②

　　按，《漢書·李廣傳》“數奇”顏師古注：“孟康曰：‘奇，隻不耦也。’如淳曰：‘數爲匈奴所敗，爲奇不耦。’師古曰：‘言廣命隻不耦合也，孟説是矣。數音所角反，奇音居宜反。’”《野客叢書》更是舉了大量的例證證明數爲命數之義。數在命數的意義上讀所具反。宋、王的意見是正確的。《史記·李將軍列傳》“數奇”司馬貞索隱：“小顏音所具反。”可證宋説爲是。

　　《學林》卷九“始”條：

　　李希聲《詩話》曰：“皁鵰寒始急”，“千呼萬喚始出来”，人皆以爲語病，然始有二音，有所宿留而今甫然者，當從去聲，二詩自非語病。觀國嘗攷其故矣。始終之始，則音上聲，有所宿留而今甫然者，則音去聲。所謂有太始，所謂萬物資始，所謂始畫八卦，所謂有始有卒；此皆終始之始也。杜子美《安西兵》詩曰：“臨危經久戰，用意始知神。”韓退之《月臺》詩曰：“直須臺上看，始奈月明何？”此皆有所宿留而今甫然者也。如《禮記·月令》“蟬始鳴”，陸德明《音義》始作試，則李希聲之説不妄矣。③

①　（宋）王楙：《野客叢書》卷五，第 53—54 頁。
②　（宋）周密：《齊東野語》卷十四，第 259 頁。
③　（宋）王觀國：《學林》卷九，第 285—286 頁。

《甕牖閒評》佚文：

> 宋景文公作《仲商晦日集晏相國西園》詩，末句云："三入功名
> 始白頭"，"始"下音"試"，以是知杜工部詩"皂雕寒始急"，白樂
> 天詩"千呼萬喚始出來"，如此等"始"字當皆音"試"可也。①

《履齋示儿編》卷二十三《字说·集字三》引《藝苑雌黃》：

> 竊怪杜詩有"皂鵰寒始急"，白樂天詩有"千呼萬喚始出來"二
> 者，似涉語病。司馬溫公云始字皆作去聲讀，若從上聲，尤可怪笑。
> 故李希聲云始有二音，終始之始則音上聲，"萬物資始"是也，有所
> 宿留而今甫然者則音去聲，"蟬始鳴"是也。"寒始急"、"始出來"
> 亦"蟬始鳴"之類乎！②

按，《禮記·月令》："仲春之月……始雨水，桃始華，倉庚鳴，鷹化
爲鳩。"黃焯彙校："倉庚，案此條上當增'桃始，式志反'一條，下
'蟬始鳴'音式志反，而《韻會·至韻》'始'字注云，《月令》'桃始
華'、'蟬始鳴'俱式志反，則此處'桃始'不音，定屬脫誤。"又《月
令》："仲夏之月……鹿角解，蟬始鳴，半夏生，木菫榮。"陸德明釋文：
"蟬始，市志反。"按，市當作式或申。③《群經音辨》卷六《辨字音清
濁》："始，初也，式氏切，對'終'之稱。緩言有初曰始，市志切，
《禮》'蟬始鳴'。"《馬氏文通》卷五《實字》："'始'字，上讀名字，
本始之始也。《易·乾》：'萬物資始。'《漢·王褒傳》：'共惟春秋法五
始之要。'去讀動字，方始之始也。《禮·月令》：'桃始華'，'蟬始
鳴'。"是始字當初、本始一義讀上聲，時間很晚或歷時很久才開始一義
讀去聲。④
　　《因話錄》卷五《徵部》：

---

① （宋）袁文：《甕牖閒評》，第 134 頁。
② （宋）孫奕：《履齋示儿編》卷二十三《字说·集字三》，第 236 頁。
③ 詳參吳承仕《經藉舊音辨證》，中華書局 1986 年版，第 130 頁；黃焯《經典釋文彙校》，
中華書局 2006 年版，第 381 頁。
④ 詳參孫玉文《漢語變調構詞研究》（增訂本），商務印書館 2007 年版，第 11—16 頁。

祠部呼爲冰去聲。廳，言其清且冷也。①

《南部新書》甲：

祠部，省中謂之"冰去。廳"，言其清且冷也。②

《甕牖閒評》卷四：

《因話錄》云："祠部俗謂之冰廳，冰字《唐書》音作去聲。歐陽文忠公詩乃有"獨宿冰廳夢帝關"，冰字作平聲用，文忠公誤矣。而沈存中作《江南春意》樂府詞云："艇子隔溪語，水光冰玉壺。"冰字自音去聲。則知冰字可以作去聲音，故存中特著于此。③

《札樸》卷四"冰"條：

《集韻》："冰，逋孕切。"案：李義山詩："碧玉冰寒漿。"又："琉璃冰酒缸。"又："簟冰將飄枕。"《唐書·韋思謙傳》："涕泗冰須。"皆讀去聲。④

冰指自然界的冰時，讀平聲，當義爲十分寒冷，使人感到寒冷時讀去聲。《群經音辨》卷六《辨字音清濁》："冰，水凝也。筆凌切。所以寒物曰冰，彼凭切。"《集韻·證韻》："冰，逋孕切，冷迫也。"兩書均以寒冷義讀去聲。所謂"冰廳"、"冰玉壺"、"冰寒漿"、"冰酒缸"，均爲此義。李商隱詩"簟冰將飄枕"與"簾烘不隱鉤"相對，亦讀去聲。又《韋思謙傳》"涕泗冰須"，冰當仍讀平聲，不讀去聲。⑤今山西汾城方言，冰指自然界的冰時，讀陰平，當義爲使人感到寒冷時，讀陽平，亦采取變調構

---

①（唐）趙璘：《因話錄》卷五《徵部》，第 101 頁。

②（宋）錢易：《南部新書》甲，中華書局 2002 年版，第 2 頁。

③（宋）袁文：《甕牖閒評》卷四，第 71 頁。

④（清）桂馥：《札樸》卷四，第 151 頁。

⑤ 孫玉文：《漢語變調構詞研究》（增訂本），商務印書館 2007 年版，第 40 頁。

詞的方式。

《齊東野語》卷二十"舟人稱謂有據"條：

> 余生長澤國，每聞舟子呼造帆曰歡，以牽船之索曰彈平聲子，稱使風之帆爲去聲，意謂吳諺耳。及觀唐《樂府》有詩云："蒲帆猶未織，爭得一歡成。"而鍾會呼捉船索爲百丈。趙氏註云，"百丈者，牽船筬，内地謂之笪。音彈。"韓昌黎詩云："無因帆江水。"而韻書去聲内，亦有扶帆切者，是知方言俗語，皆有所據。①

《野客叢書》卷十六"馺娑承明"條：

> 又如船人使風曰帆風，帆字作去聲呼。案《唐韻》去聲有此一音，是以張說之律詩曰："夏雲隨北帆，同日過江來。"②

《丹鉛摘錄》卷十：

> 帆字符咸切，舟上幔也；又扶泛切，使風也。舟幔則平聲，使風則去聲，蓋動静之異也。劉熙《釋名》曰："隨風張幔曰帆。"註："去聲。"《廣韻》曰：張布障風曰帆，音與梵同。《左傳·宣十二③年》註："拔斾投衡上，使不帆風"，謂車斾之受風，若舟帆之帆風也。舟帆之帆平聲，帆風之帆去聲。④

諸家考證帆的變調構詞，甚是。帆爲名詞時讀平聲，當爲動詞時讀去聲。《後漢書·馬融列傳》"張雲帆"，李賢注："帆音凡。"《左傳·宣十二年》注："使不帆風"，陸德明釋文："不帆，凡劍反。"《馬氏文通》卷五《實字》："'帆'字，平讀名字，所以使風也。去讀內動字，船使風也。"

---

①　（宋）周密：《齊東野語》卷二十，第 376 頁。
②　（宋）王楙：《野客叢書》卷十六，第 182 頁。
③　原作"宣十三年"。
④　（明）楊慎：《丹鉛摘錄》卷十，臺北商務印書館《景印文淵閣四庫全書》第 855 冊，第 301 頁。

宋姚寬《西溪叢語》卷上:

> 南人不善乘船,謂之苦船。北人不善乘車,謂之苦車。苦,音庫。①

按,《廣韻·姥韻》:"苦,粗也,勤也,患也。《說文》曰:大苦,苓也。康杜切。"又《暮韻》:"苦,困也,今之'苦車'是也。苦故切。"苦的形容詞用法爲原始詞,讀康杜切;動詞用法爲滋生詞,讀苦故切,是一對變調構詞。後世還爲滋生詞造了一個瘔字。《集韻·莫韻》:"苦、瘔,困也,今人病不善乘曰'苦車'。或从疒。"從南北朝中後期,滋生詞苦後來已在口語中由去聲變上聲了,方言中讀苦爲庫是保留了古代的滋生詞讀音。②

有的筆記不滿足記錄和考辨具體的變調構詞,還試圖解釋其發生的內在原因。《游宦紀聞》卷九:

> 字聲有清濁,非強爲差別。夫輕、清爲陽,陽主生物。形用未著,故字音常輕。重、濁爲陰,陰主成物。形用既著,故字音必重。如衣施諸身爲"衣",冠加諸首爲"冠"。"衣"與"冠"讀作平聲者,其音重。已定之物,屬乎陰也;讀作去聲者,其音輕。未定之物,屬乎陽也。物所藏曰"藏",人所處曰"處"。"藏"平聲,"處"上聲者輕,其作去聲者皆重,亦其類也。③

按,《群經音辨·序》:"夫經典音深作深式禁切,音廣作廣古曠切。世或誚其儒者迂疏,彊爲差別。臣今所論,則固不然。夫輕、清爲陽,陽主生物。形用未著,字音常輕。重、濁爲陰,陰主成物。形用既著,字音乃重。信禀自然,非所強別。"《游宦紀聞》本此。用陰陽之說來解釋變調構詞當然是不正確的,但探求音變構詞內因的嘗試是難能可貴的。

不過,一些筆記認爲滋生詞的詞義是由原始詞引申來的,所以原始詞

---

① (宋)姚寬:《西溪叢語》卷上,第66頁。
② 孫玉文:《漢語變調構詞研究》(增訂本),商務印書館2007年版,第119—122頁。
③ (宋)張世南:《游宦紀聞》卷九,第78頁。

和滋生詞應當同音。如《容齋四筆》卷二"二十八宿"條：

　　二十八宿，宿音秀。若考其義，則止當讀如本音。嘗記前人有說如此，《說苑·辯物篇》曰："天之五星，運氣於五行，所謂宿者，日月五星之所宿也。"其義昭然。①

宋馬永卿《嬾真子》卷三"星名音誤"條：

　　二十八宿，今《韻略》所呼，與世俗所呼，往往不同。《韻略》宿音綉，亢音剛，氐音低，觜音訾，皆非也。何以言之？二十八宿謂之二十八舍，又謂之二十八次。次也，舍也，皆有止宿之意，今乃音綉，此何理？《爾雅》云："壽星，角亢也。"注云："數起角亢，列宿之長，故有高亢之義。"今乃音剛，非也。《爾雅》："天根，氐也。"注云："角亢，下繫於氐，若木之有根。"其義如《周禮》"四圭有邸"、《漢書》"諸侯上邸"之邸，音低，誤矣。西方白虎，而觜參爲虎首，故有觜之義，音訾誤矣。彼《韻略》不知，但欲異於俗，不知害於義也。學者當如其字呼之。②

《能改齋漫錄》卷三《辨誤》"博塞字音"條③：

　　按鮑宏《博經》，以博塞之塞，音蘇代反。然余考唐李翱撝蒱法，其采有開十二，塞十一。以開對塞，則不當音以蘇代反。《莊子》云："問穀奚事，則博塞以遊。"亦音蘇代反。④

　　按，博塞均爲棋類遊戲，同義連用。《說文·竹部》："簙，局戲也。六箸十二棊也。从竹，博聲。古者烏胄作簙。"又："簺，行棊相塞謂之簺。从竹，从塞，塞亦聲。"《莊子·駢拇》："問穀奚事，則博塞以遊。"

---

① （宋）洪邁：《容齋四筆》卷二，第636頁。
② （宋）馬永卿：《嬾真子》卷三，商務印書館《叢書集成初編》本，1938年，第34—35頁。
③ 摘自筆者碩士論文《〈能改齋漫錄〉訓詁研究》，第63—64頁。
④ （宋）吳曾：《能改齋漫錄》卷三《辨誤》，第49頁。

成玄英疏："投瓊曰博，不投瓊曰塞。"陸德明釋文："博塞，悉代反。塞博之類也。《漢書》云：'吾丘壽王以善格五待詔'，謂博塞也。"徐鉉音籄先代切。《廣韻·代韻》："籄，四籄格五戲。《說文》曰：'行棊相塞，故曰籄也。'先代切。"是以博塞之塞讀爲蘇代切之證也。《廣韻·德韻》："塞，蘇則切。滿也。窒也。隔也。又蘇載切。"《群經音辨》卷二《辨字同音異》："塞，窒也。思則切。"是以開塞之塞讀爲蘇則切之證也。《漢書·吾丘壽王傳》："吾丘壽王，字子贛，趙人也，年少以善格五召待詔。"顏師古注："蘇林曰：'博之類不用箭，但行梟散。'孟康曰：'格音各，行伍相各，故言各。'劉德曰：'格五，棊行。籄法曰籄白乘五，至五格不得行，故云格五。'師古曰：'即今戲之籄也。音先代反。'"《後漢書·梁統傳》："（冀）性嗜酒，能挽滿彈棊、格五、六博、蹴鞠、意錢之戲。"李賢注："《前書》：'吾丘壽王善格五。'音義云：'籄也。音藕代反。'《說文》曰：'籄，行棊相塞謂之籄。'鮑宏《籄經》曰：'籄有四采，塞白乘五是也。至五即格不得行，故謂之格五。'"由此可見，籄從塞得義。塞字蘇代切一讀古音爲之部，蘇則切一讀古音爲職部，之職對轉，語音相近，只是後來隨着語音的發展相差遠了。吳氏認爲博塞之塞和開塞之塞相關，因此博塞之塞應爲蘇則切，而不應讀蘇代切。這種看法是錯誤的。

到了清代，則對變調構詞多所否定。顧炎武《音論》卷下"先儒兩聲各義之說不盡然"認爲變調構詞是經師的強生分別。盧文弨《鍾山札記》卷一"字義不隨音區別"條，錢大昕《十駕齋養新錄》卷一"觀"條、卷四"長深高廣"條，卷五"一字兩讀"條均承襲其說。如《十駕齋養新錄》卷一"觀"條云：

古人訓詁寓於聲音，字各有義。初無虛實動靜之分，好惡異義起於葛洪《字苑》，漢以前無此分別也。"觀"有平去兩音，亦是後人強分。《易·觀卦》之"觀"相傳讀去聲，《彖傳》"大觀在上，中正以觀天下"，《象傳》"風行地上，觀"，並同此音，其餘皆如字，其說本於陸氏《釋文》。然陸於"觀國之光"兼收平去兩音，於"中正以觀天下"云："徐唯此一字作官音。"是"童觀"、"窺觀"、"觀我生"、"觀其生"、"觀國之光"徐仙民並讀去聲矣。六爻皆以卦名取義，平則皆平，去則皆去，豈有兩讀之理？而學者因循不悟，所謂是末師而非往古者也。①

　　孫玉文先生對"觀"的變調構詞做過很好的分析。觀讀平聲時義爲有目的的看、觀察，讀去聲時義爲顯示給人看。並云："六十四卦之一的'觀'卦，實際上是來自'顯示給人看"的'觀'"②。錢大昕以"觀"注音有出入來否認變調構詞，證據并不充分。孫玉文先生分析注音不一致的原因時說："這種歧見的出現，并不是說，'觀'區別平去是經師人爲的，在人爲的過程中，有人喜歡讀平聲，有人喜歡讀去聲，因而注音不一；而是諸家在接受'觀瞻'義讀平聲，'觀示'義讀去聲的條件下，對'觀'在上下文中的詞義有不同理解，因而出現注音不一的情況。"③類似於"觀"這樣注音的分歧恰恰證明"觀"在某一時期口語中存在着變調構詞的現象。

　　應當說，否定音變構詞，不論在理論上還是在實踐上都是錯誤的。音變構詞是漢語客觀存在的一種現象，在以單音詞爲主的時代，這種構詞法曾經被廣泛使用。當一個詞的詞義引申出新的詞義後，有的語音不變，僅采用詞義構詞的方式，有的卻采用音變構詞的方式，采取何種方式，是語言使用者約定俗成的結果。音變構詞特別是變調構詞從中古開始衰落，一些上古時期的變調構詞到了中古時期消失了，所以前人對六朝經師的音注多所懷疑。但六朝經師的音注，或來自於當時的口語，或有所師承，歸根到底還是實際口語讀音的反映。從宋代筆記對變調構詞的記錄和考辨來看，否定變調構詞並不符合語言的實際情況。宋代筆記記錄"帆"和"苦"的去聲讀法，可證明在當時口語、方言中還"帆"、"苦"還存在變調構詞現象。現代漢語和現代漢語方言中也仍然存在變調構詞現象。因此，音變構詞作爲一種構詞法是客觀存在的。

第五節　闡述語法

　　古代對語法的研究是包含在訓詁之中的。筆記訓詁中也包含一些語法

---

①　（清）錢大昕：《十駕齋養新錄》卷一，第 4—5 頁。

②　孫玉文：《漢語變調構詞研究》（增訂本），商務印書館 2007 年版，第 314 頁。

③　同上書，第 319 頁。

研究的內容。

現代漢語把詞分爲實詞和虛詞，虛實二分的觀念在唐代即已出現。《文鏡秘府論》中有《二十九種對》，即出現了虛名、實名對稱的說法。"實名"指的是名詞，"虛名"指的是動詞、形容詞等。① 到了宋代，虛實二分的提法在許多筆記中都有記載，表明當時虛、實二分的觀念已普遍得到認同。

《履齋示兒編》卷九《詩說》"偏枯對"條：

> 《詩》貴于的對，而病于偏枯，雖子美尚有此病……《龍門》曰："往還時屢改，川水日悠哉。"是以實對虛也。②

《鶴林玉露》甲編卷三"生成吹噓"條：

> 杜陵詩云："桑麻深雨露，燕雀半生成。"後山詩云："輟耕扶日月，起廢極吹噓。"或謂虛實不類。殊不知生爲造，成爲化，吹爲陰，噓爲陽，氣勢力量，與日月字正相配也。③

《學林》卷十"守"條：

> 又如枕字分上聲、去聲二音，若枕股而哭，枕轡而寢，飲水曲肱而枕之，枕流漱石，與夫枕戈、枕江之類，皆去聲也。上聲爲實字，去聲爲虛字，二聲有辨也。④

以上三條"虛"、"實"與唐人"虛名"、"實名"的含義大致相同。如《龍門》以"往還"對"川水"，"往還"爲動詞，"川水"爲名詞。又杜甫詩"雨露"對"生成"，"日月"對"吹噓"，"雨露"、"日月"爲名詞，"生成"、"吹噓"爲動詞。《學林》所舉"枕"字，讀上聲爲名詞，讀去聲爲動詞，可見亦以名詞爲實字、動詞爲虛字。但不論如何，唐

---

① 孫良明：《中國古代語法學探究》（增訂本），商務印書館 2005 年版，第 303—304 頁。
② （宋）孫奕：《履齋示兒編》卷九，第 81 頁。
③ （宋）羅大經：《鶴林玉露》甲編卷三，第 42 頁。
④ （宋）王觀國：《學林》卷十，第 318 頁。

代的"虛名"、"實名"和上述筆記的"虛字"、"實字"是現在虛詞、實詞觀念的源頭。

在南宋後期的詩詞評論著作中，實、虛的觀念與此已經不同。張炎《詞源》卷下"虛字"條和沈義父《樂府指迷》"句上虛字"條所說的虛字基本相當於後來一般認爲的虛詞，表明漢語實詞與虛詞的劃分始於南宋後期。① 不過，對於副詞的歸屬，古人一般從意義角度着眼把其看作虛詞，《詞源》和《樂府指迷》就把"正"、"甚"、"更"、"最"、"又"等副詞歸入虛詞。現在一般從語法功能的角度把副詞歸爲實詞。值得注意的是，《容齋續筆》卷五"杜詩用字"條就把副詞歸爲了實詞：

> 律詩用自字、相字、共字、獨字、誰字之類，皆是實字，及彼我所稱，當以爲對，故杜老未嘗不然。②

從今天的詞類劃分來看，自、誰爲代詞，共、獨爲副詞，相爲帶有指代性的副詞，在宋代能把這些詞歸爲實詞，是相當可貴的。

虛詞有其特定的語法意義和功能，對虛詞語法意義和功能的分析，也是筆記語法研究的一個重要內容。

《顏氏家訓》卷六《書證》：

> "也"是語已及助句之辭，文籍備有之矣。河北經傳，悉略此字，其間字有不可得無者，至如"伯也執殳"，"於旅也語"，"回也屢空"，"風，風也，教也"，及《詩》《傳》云："不戢，戢也；不儺，儺也。""不多，多也。"如斯之類，儻削此文，頗成廢闕。③

按，所謂"語已"即語尾，一句話到此爲止。《說文·只部》："只，語已詞也。"又《矢部》："矣，語已詞也。""助句"即語助詞，語氣助詞。《禮記·檀弓上》："檀弓曰：'何居？'"鄭玄注："居讀爲姬姓之姬，齊、魯間語助也。"《左傳·隱公元年》："公曰：'爾有母遺，繄我獨

---

① 孫良明：《中國古代語法學探究》（增訂本），商務印書館 2005 年版，第 306 頁。
② （宋）洪邁：《容齋續筆》卷五，第 277 頁。
③ （北齊）顏之推：《顏氏家訓》卷六《書證》，第 436—437 頁。

無．'"杜預注："繄，語助也．"　"伯也執殳"，"於旅也語"，"回也屢空"，"也"均用在句中表示頓宕。

《履齋示兒編》卷六《經說》"其爲東周乎"條：

子曰："如有用我者，吾其爲東周乎？"乎，反辭也。①

按，"反辭"闡明"乎"表示疑問用法。

《容齋續筆》卷七"遷固用疑字"條：

東坡作《趙德麟字説》云："漢武帝獲白麟，司馬遷、班固書曰'獲一角獸，蓋麟云'，蓋之爲言，疑之也。予觀《史》《漢》所紀事，凡致疑者，或曰若，或曰云，或曰焉，或曰蓋，其語舒緩含深意，姑以《封禪書》《郊祀志》考之，漫記于此。"雍州好畤，自古諸神祠皆聚云。蓋黃帝時嘗用事，雖晚周亦郊焉。"　"三神山，蓋嘗有至者，諸僊人及不死之藥皆在焉。"　"未能至，望見之焉。"新垣平望氣言："有神氣，成五采，若人冠絻焉。"　"權火舉而祠，若光輝然屬天焉。"　"出長安門，若見五人於道北。"　"蓋夜致王夫人之貌云，天子自帷中望見焉。"　"登中岳太室，從官在山下聞若有言萬歲者云。"　"祭封禪祠，其夜若有光。"封巒大詔："天若遺朕士而大通焉。"河東迎鼎，"有黃雲蓋焉。"　"見神人東萊山，若云欲見天子。"方士言"蓬萊諸神若將可得。"　"天子爲塞河，興通天臺，若見有光云。"　"獲若石云，于陳倉。"②此外如所謂"及羣臣有言老父，則大以爲仙人也。"　"可爲觀，如緱城，神人宜可致。"　"天旱，意乾封乎？"　"然其效可睹矣。"詞旨亦相似。③

蓋可表疑問語氣，確定無疑。若，劉淇《助字辨略》卷五"若"條："又《孟子》：'宜若可爲也。'《史記·封禪書》：'文帝出長安門，若見五人於道北。'又云：'天子既已封泰山，無風雨災。而方士更言蓬萊諸

---

① （宋）孫奕：《履齋示兒編》卷六，第52頁。
② 按，原文作"鄜畤後九年，文公獲若石云，于陳倉北阪城祠之。"
③ （宋）洪邁：《容齋續筆》卷七，第300—301頁。

神，若將可得。'又云：'公孫卿言："見神人東萊山，若云欲見天子。"'
此若字，疑辭，猶似也。""若"也表示一種不確信的態度。云字，王引
之《經傳釋詞》只說是"語已詞"，楊樹達《詞詮》也僅謂："語末助詞，
無義。"均未指明云字的語法意義。王克仲於《助語辭》"云"下集注：
"'云'字綴於句末，表示上所言爲未確之辭，多屬傳說、或然、測擬之
辭。"①《古代漢語虛詞詞典》"云"條第三種用法："用於句末，表示所
述事實并不確切，而是傳說和擬測的情況。可譯爲'吧'、'了'等。"②
《立體化古代漢語教程》亦認爲"云"表示不確信的語氣，"有'據說如
此'的意思"③。洪邁能夠正確判斷"云"的表義功能，可謂卓識。洪邁
所舉焉字，并不表示疑問。焉字是語氣詞，帶有指點引人注意的語氣。④
我們認爲這種意見是正確的。⑤

《學林》卷一"如罄"條：

　　《春秋》僖公二十六年《左氏傳》曰："齊孝公伐我北鄙。""公
使展喜犒師。""齊侯曰：'魯人恐乎？'對曰：'小人恐矣，君子則
否。'齊侯曰：'室如懸罄，野無青草，何恃而不恐？'"杜預曰："如，
而也。言居室而資糧垂盡。"觀國按：字書，如，而也，似也，往
也，若也。經書用如字，各有一義。室如之如，當訓似。又此罄字非
訓盡，許慎《説文》曰："罄，器中空也。"室如懸罄者，如懸一器，
其中空而無物耳。罄亦訓盡，《詩》曰"缾之罄矣"是也。杜預以如
訓而，以罄訓盡，則室而垂盡，語不成文。今以如字之義攷之，莊公
七年夏，夜中星隕如雨，蓋言星隕而且雨也，此如字訓而者也。《左
氏傳》曰："如火之燎於原。"又曰："如農夫之務去草。"又曰：
"今亦如之。"又曰："邑亦如之。"凡此如字，訓似者也。……《左
氏傳》曰："同之不可也如是。"又曰："唯有德者能以寬服民，其次
莫如猛。"凡此如字，訓若者也。"室如懸罄"者，如，似也；似懸

---

① （元）盧以緯著，王克仲集注：《語助辭集注》，中華書局 1988 年版，第 99 頁。
② 中國社會科學院語言研究所古代漢語研究室編：《古代漢語虛詞詞典》，1999 年，第 797
頁。
③ 洪波主編：《立體化古代漢語教程》，高等教育出版社 2005 年版，第 187 頁。
④ 王力主編：《古代漢語》（校訂重排本）第一冊，中華書局 1999 年版，第 261 頁。
⑤ 焉有時用於疑問句，但仍不表示疑問語氣。

空器，若家徒四壁之義也，於意則順而成文。杜預所訓，於字義雖通，而於《左氏》文句則不順，蓋誤訓如爲而，故并與罄字訓誤也。先達謂漢人如、而通用，蓋如字所訓非一，如、而通用者，特如字之義一端耳。至於"如齊觀社"、"如農夫之務去草"、"其次莫如猛"之類，又可以如、而通用訓之耶？[1]

王氏此條辨析"如罄"中"如"的用法。王氏認爲，"如"有訓而、訓若的不同，杜注把"如"訓作而，誤解了"如"的用法。王氏指出，辨析虛詞的用法，要從整個句子的語言環境入手，"則室而垂盡，語不成文"，"杜預所訓，於字義雖通，而於左氏文句則不順"，就是這一觀念的鮮明表述。王氏還指出："蓋誤訓如爲而，故并與罄字訓誤也"，因爲對虛詞的理解有誤，導致對實詞也產生了誤訓。楊伯峻《春秋左傳注》注此句懸作縣，注云："縣同懸。罄同磬，他本亦作'磐'，《魯語上》即作'磐'。磬之懸掛，中高而兩旁下，其間空洞無物。百姓貧乏，室無所有，雖房舍高起，兩簷下垂，如古磬之懸掛然也。"與王氏看法相同。又王氏所引"夜中星隕如雨"，如亦當訓若，說見前面緒論部分。

《日知錄》卷二十七"後漢書注"條：

《光武紀》："今此誰賊而馳騖擊之乎？"注："誰謂未有主也。"非，言此何等賊，不足煩主上親擊也。[2]

此條分析"誰"的用法，顧炎武指出，"誰"在此并不表疑問，而是表示一種輕蔑的語氣。

漢語裏一些虛詞之間的語法意義相近，但存在細微的差別。筆記也注意到了這種情況，并對其進行辨析。如《補筆談》卷一《辨證》：

人語言中有"不"字可否世間事，未嘗離口也，而字書中須讀作"否"音也。若謂古今言音不同，如云"不可"，豈可謂之"否可"？"不然"豈可謂之"否然"？古人曰"否，不然也"，豈可曰

---

① （宋）王觀國：《學林》卷一，第24—25頁。
② （清）顧炎武：《日知錄》卷二十七，第1549頁。

"否,否然也"？古人言音,決非如此,止是字書謬誤耳。若讀《莊子》"不可乎不可"須云"否可";讀《詩》須云"曷否肅雍"、"胡否伈焉",如此全不近人情。①

沈括敏銳地觀察到了"不"與"否"在用法方面的差別,運用變換分析的方法,從詞語組合的角度證明兩者用法的不同。"不"和"否"都是否定副詞,但"不"字後面可以接動詞(詞組)或形容詞(詞組),而"否"字則沒有這種用法②。

虛詞具有穩固性,但并不意味着虛詞一成不變,虛詞也是隨着時代的發展而緩慢變化的。《容齋五筆》卷四"毛詩語助"條就討論了這種情況:

> 《毛詩》所用語助之字,以爲句絕者,若之、乎、焉、也、者、云、矣、爾、兮、哉,至今作文者皆然。他如只、且、忌、止、思、而、何、斯、旃、其之類,後所罕用。"只"字,如"母也天只,不諒人只"。"且"字,如"椒聊且,遠條且","狂童之狂也且","既亟只且"。"忌"字,如"叔善射忌,又良御忌"。"止"字,如"齊子歸止","曷又懷止","女心傷止"。"思"字,如"不可求思","爾羊來思","今我來思"。"而"字,如"俟我於著乎而,充耳以素乎而"。"何"字,如"如此良人何","如此粲者何"。"斯"字,如"恩斯勤斯,鬻子之閔斯","彼何人斯"。"旃"字,如"舍旃舍旃"。"其"字,音基。如"夜如何其","子曰何其",皆是也。"忌"惟見於《鄭詩》,"而"惟見於《齊詩》。《楚詞·大招》一篇全用"只"字。《太玄經》:"其人有輯杭,可與過其。"至於"些"字,獨《招魂》用之耳。③

洪邁指出,《毛詩》中的語助詞有些在寫文章時還在用,有些已經不再使用。洪邁所舉這些語助詞,大部分爲語氣詞。王力先生說:"漢語語

---

① (宋)沈括:《補筆談》卷一《辨證》,第 289 頁。
② 古人一般把副詞歸爲虛詞,姑放此討論。
③ (宋)洪邁:《容齋五筆》卷四,第 847—848 頁。

氣詞的發展有一個特色，就是上古的語氣詞全部都沒有流傳下來，'也'、'矣'、'乎'、'哉'、'歟'、'耶'之類，連痕跡都沒有了。"[1] 洪邁的話也印證了這一觀點[2]。又洪邁注意到一些語氣詞帶有地域性的特點，這個觀察是非常細緻的。如"忌"字，"惟見於《鄭詩》"，"些"字，只用於楚地。不過，判斷虛詞的地域性不能局限于一種文獻，如語氣詞"而"字，《左傳·宣公四年》記載子文對其族人所說之話："鬼猶求食，若敖氏之鬼，不其餒而。"子文爲楚人，可見"而"並不限於齊地。

筆記不僅辨析虛詞的語法意義，而且還考證虛詞的來源，注意到虛詞的形式變化。

《匡謬正俗》卷六"底"條：

問曰："俗謂何物爲'底'丁兒反。'底'義何訓？"答曰："此本言'何等物'，其後遂省，但言直云'等物'耳。'等'字本音'都在反'，又轉音'丁兒反'。左太沖《吳都賦》云'晦暧無數，膏腴兼倍。原隰殊品，瘯隆異等'，蓋其證也。今吳越之人呼齊等皆爲'丁兒反'，應瑗詩云'文章不經國，筐篋無尺書。用等稱才學，往往見歡譽'，此言譏其用何等才學見歡譽而爲官乎？以是知去'何'而直言等，其言已舊。今人不詳其本，乃作'底'字，非也。"[3]

《陔餘叢考》卷四十三"底"條亦引師古之說。《癸巳類稿》卷七"等還音義"亦云："浙東西語何爲底，底乃等之轉，等乃何等之急省。"王力先生認爲，師古之說是"揣測的話，是靠不住的"[4]。志村良志先生認爲，"等"《切韻》《廣韻》爲多肯切（等韻）、多改切（海韻）二音。在《韻鏡》中各自被列入端母開口一等。推定其在六朝、唐時的音值爲 təŋ 和 tei。"底"在《切韻》爲祭地、又時止反（止韻），《廣韻》爲都禮切（薺韻），《韻鏡》爲端母開口四等，推定其在六朝時讀音爲 tei，唐時音爲 tiei（上聲）。師古所記等之讀音"都在反"，與多改切讀音相同。又師古所記吳越"丁兒反"一音讀 ti（小川環樹認爲有可能是丁倪反

---

①　王力：《漢語史稿》，中華書局 1980 年版，第 456 頁。
②　洪邁講到宋代作文所用的這些語助詞，在口語中實際已經消失。
③　（唐）顏師古：《匡謬正俗》卷六，第 43—44 頁。
④　王力：《漢語史稿》，中華書局 1980 年版，第 290 頁。

tei)。章太炎《新方言·釋詞》:"等,何也……音轉如底,今常州謂何爲底,讀丁買反。"亦可證等、底音近①。並推測:"底"、"等"是中古漢語時期 ti 或者接近於這個音的指示詞存在於口語中的反映,"等"、"底"都是記音字②。"等"與"底"均可表示疑問,關係密切是沒有疑問的。

又,顏師古和俞正燮認爲"等"表疑問是何等之省,志村良志不同意此種看法,認爲"等"表疑問是"何等"平時習用,以致把疑問的意義附給了"等"③。俞理明先生認爲,疑問代詞"何"到了秦漢以後,形成了一大批用"何"組成的複音疑問詞語,比如"何乃"、"何不"、"何以"、"何由"、"何用"、"何必"、"何有"、"何如"、"何其"、"何若"、"何所"、"何故""何等""何爲"、"何曾"、"何嘗"、"何緣"、"何遽"等。到了漢代"奈何"、"何爲"、"何所"略去"何"作"奈"、"爲"、"所",其後"何等"、"何緣"、"何從"、"何遽"說成"等"、"緣"、"從"、"遽",形成了一股帶"何"複音詞語縮略的風氣。④ 我們認爲,俞理明先生的觀點是正確的。從文獻材料看,先出現"何×"的形式表疑問,後"×"也用來表示疑問。如果用詞義感染的說法,這麼多"何×"中"×"全部發生感染是難以令人置信的。

《日知錄》卷二十九"奈何"條:

　　"奈何"二字,始於《五子之歌》:"爲人上者,奈何不敬。"《左傳》:"河魚腹疾,奈何。"《曲禮》曰:"國君去其國,止之曰'奈何去社稷也';大夫曰'奈何去宗廟也';士曰:'奈何去墳墓也'。"《楚辭·九歌·大司命》:"愁人兮奈何。"《九辯》:"君不知兮可奈何。"此"奈何"二字之祖。《左傳》華元之歌曰:"牛則有皮,犀兕尚多,棄甲則那。"直言之曰"那",長言之曰"奈何",一也。又《書》"如五器",鄭康成讀"如"爲"乃個反"。《論語》"吾末如之何也已矣",音亦與"奈"同。【原注】按古人曰如,曰若,

　　① 〔日〕志村良志:《中國中世語法史研究》,江藍生、白維國譯,中華書局1995年版,第150—151頁。

　　② 同上書,第153頁。

　　③ 同上書,第151頁。

　　④ 俞理明:《漢魏六朝的疑問代詞"那"及其他》,《古漢語研究》1989年第3期;《佛經文獻語言》,巴蜀書社1993年版,第145—164頁。

曰奈，其義則一，音不必同。

六朝人多書"奈"爲"那"。《三國志注》文欽《與郭淮書》曰："所向全勝，要那後無繼何。"《宋書·劉敬宣傳》：牢之曰："平玄之後，令我那驃騎何。"唐人詩多以"無奈"爲"無那"。①

黄汝成《集釋》引錢氏曰："《五子之歌》，此晚出古文，當以《召誥》'曷其奈何不敬'爲始。"顧炎武認爲"直言之曰那，長言之曰奈何，一也"，這種意見是對的。疑問詞"那"最早見於顧氏所舉之例，爲"奈何"的合音。"那"在產生之初，是個口語詞，漢末以前用例極少，到漢末大量的表示"怎麼"義的"那"才經常出現於佛經，六朝後在各種漢語文獻中普遍出現。②

《癸巳存稿》卷三"阿雅還音義"條：

《北史·儒林傳》：宗道暉謁任城王湝，"湝鞭之，道暉徐呼安偉"。安偉，其音即阿雅偉，俗書阿呀喂也。單字還音者，唐人《朝野僉載》"郭勝靜不被打，阿瘡瘡"，亦同。《舊唐書·安祿山傳》："祿山呼李林甫爲十郎，使奏事回，先問'十郎何言？'若但言'大夫須好檢校'，則反手據床曰：'阿與，我死也！'李龜年嘗效其語，玄宗以爲笑樂。"阿與即安偉，阿瘡瘡。《新唐書》刪"阿與"字，蓋不知爲單字還音語，而疑爲冗字也。其還音，《傳燈錄·德山鑒語》作阿哪，阿哪，元曲本多作阿嗬，又作哎喲，又作阿燕。乾隆二十九年十一月二十三日欽定清語，于戲、阿燕改阿雅。若悲傷之鳴呼，即用哀字，哀即唉之還音且兼義也③。

俞氏注意到"阿呀喂"的形式變化，認爲"安偉"、"阿雅"、"阿瘡瘡"、"阿與"、"阿哪"、"阿嗬"、"哎喲"、"阿燕"均爲記錄一詞的不同寫法。

語序是漢語中表示語法意義的主要手段之一。④ 在古人筆記中，對語

---

① （清）顧炎武：《日知錄》卷二十九，第 1807、1808 頁。
② 俞理明：《漢魏六朝的疑問代詞"那"及其他》，《古漢語研究》1989 年第 3 期。
③ 此例爲嘆詞，嘆詞是漢語中比較特殊的一類，可以單獨成句，暫把其作虛詞來討論。
④ 有的語序不表達語法意義，爲討論方便，一并放入語法部分討論。

序問題也有所關注。如《夢溪筆談》卷二十五《雜誌二》注意到漢語和羌語語序的不同：

> 瞎氈有子木征，"木征"者，華言龍頭也。以其唃廝囉嫡孫，昆弟行最長，故謂之龍頭。羌人語倒，謂之頭龍。①

中古近代漢語中存在着大量的同素異序雙音詞，即語素相同而字序相反的一組雙音詞。② 這種成對的同素異序雙音詞，也有學者稱之爲字序對换③或同素反序詞④。筆記也注意到漢語詞語的這一現象，並試圖對其作理論上的解釋。

《野客叢書》卷二十八"慨慷等語"條：

> 《漢皐詩話》曰："字有顚倒可用者，如羅綺綺羅之類，方可縱橫。惟韓愈孟郊輩才豪，故有慨慷之語，後人亦難放效。"僕謂慨慷二字，退之、東野亦有所祖，非二公自爲也。然慷字多作平聲用。觀曹孟德《短歌行》曰："對酒當歌，人生幾何？譬如朝露，去日苦多。慨當以慷，憂思難忘。何以解憂？惟有杜康。"第一章協歌何多，第二章協慷忘康。退之東野輩蓋祖此。非特二公也，前後名人如左太沖、張文昌、王昌齡、岑參等，皆用此語。僕不暇縷舉。如岑參詩廿五韻竝於平聲方字韻押，其一聯有曰："蒼然西郊道，握手何慨慷。"是皆有慨慷之語。古人顚倒用字，又不特慨慷二字而已。悽慘作慘悽，琴瑟作瑟琴，參商作商參，皆隨韻而協之耳。⑤

和《漢皐詩話》相比，王楙的認識無疑進了一步。《漢皐詩話》僅指出了詩句中同素異序的現象，而王楙則指出是出於協律的要求。從今天的觀點看來，協律只能解釋很少一部分同素異序的現象，并非其產生的根本原因，但在宋代能有此認識已是非常可貴的了。

---

① （宋）沈括：《夢溪筆談》卷二十五《雜誌二》，第 260 頁。
② 曹先擢：《並列式同素異序同義詞》，《中國語文》1979 年第 6 期。
③ 鄭奠：《古漢語中字序對换的雙音詞》，《中國語文》1964 年第 6 期。
④ 何志華：《郭注雙音詞中的同素反序現象》，《江西大學學報》1988 年第 2 期。
⑤ （宋）王楙：《野客叢書》卷二十八，第 326 頁。

漢語中兩個字（詞）并舉的排列順序與字音的聲調有關。如劉義慶《世說新語·排調》：

> 諸葛令、王丞相共爭姓族先後。王曰："何不言葛、王，而言王、葛？"令曰："譬言驢馬，不言馬驢，驢寧勝馬耶？"①

王、驢爲平聲，葛、馬爲仄聲，平聲在前，仄聲在後。有趣的是，清阮葵生《茶餘客話》卷十二"姓名並稱"條已討論到語音因素對漢語詞語語序的影響：

> 劉紫庭嘗戲言兩姓兩名並稱，必平聲在上，仄聲在下，而平者必優②於仄，如巢許、遷固、王謝、韓柳、元白、朱陸之類。予記古人曾有此謔。但謂平必在上，亦不盡然，如禹皋、孔顏、馬揚、惠莊、孟韓、孔聃、孔程、管蕭、璩瑒、董遷、鄧張、尹班、阮何，當亦不少，若以此定優劣，則昔人所謂安見馬不如驢也。③

劉紫庭認爲兩個對舉的字（詞）"平聲在上，仄聲在下"，已得到大多數學者的認同。余嘉錫先生撰寫《世說新語箋疏》，在給《排調》上文作注時說："凡以二名同言者，如其字平仄不同，而非有一定之先後，如夏商、孔顏之類。則必以平聲居先，仄聲居後，此乃順乎聲音之自然，在未有四聲之前，固已如此。"④ 周祖謨先生贊同余說，並說："這一條規律，在近代，最初指出的是余嘉錫先生。"⑤ 實則余先生比劉氏爲晚。周祖謨先生又進一步指出同爲仄聲時的排列順序："在漢語裏兩個詞並舉合稱的時候，兩個詞的先後順序，除了同是一個聲調以外，一般是按照平仄四聲爲序，平聲字在前，仄聲字在後。如果同是仄聲，則以上去入爲序。先上，後去、入；或先去，後入。"⑥ 漢語並列的字（詞）之所以一般會

---

① 余嘉錫：《世說新語箋疏》本，中華書局 1983 年版，第 791 頁。
② "優"原作"擾"，據文義改。
③ （清）阮葵生：《茶餘客話》卷十二，中華書局 1959 年版，第 358 頁。
④ 余嘉錫：《世說新語箋疏》，第 791—792 頁。
⑤ 周祖謨：《漢語駢列的詞語與四聲》，《文字音韻訓詁論集》，北京大學出版社 2000 年版，第 28 頁。
⑥ 同上書，第 27 頁。

遵循這樣的順序，與聲調的音高、音長有關。不同的聲調有着不同的音高和音長，表現出不同的響度，高而長的聲調，響度要大些。《元和韻譜》："平聲哀而安，上聲厲而舉，去聲清而遠，入聲直而促。"清顧炎武《音論》："平音最長，上去次之，入則詘然而止。"平上去入四聲，響度漸次減弱，並列詞組中的這一順序與前重論相吻合①。

阮葵生舉一些反例來否定劉說，並不能否認這一基本規律。不符合先平後仄順序的詞語，主要是受到了語義等因素的影響，比如照顧二者之間年代的先後或者地位的尊卑，等等。② 如"禹皋"，禹的地位要比皋陶高；"孔顏"，顏淵爲孔子的弟子；"孟韓"，孟子時間要早。當然，這個順序有極少數例外，但不能否定其普遍性。

古漢語中有一些特殊的行文表達，也與句子的語序有關。《夢溪筆談》卷十四《藝文一》就談到了這種情況：

> 韓退之集中《羅池神碑銘》有"春與猿吟兮秋與鶴飛"，今驗石刻，乃"春與猿吟兮秋鶴與飛"。古人多用此格，如《楚詞》："吉日兮辰良"，又"蕙肴蒸兮蘭藉，莫桂酒兮椒漿。"蓋欲相錯成文，則語勢矯健耳。杜子美詩："紅稻啄餘鸚鵡粒，碧梧棲老鳳凰枝。"此亦語反而意全。韓退之《雪詩》："舞鏡鸞窺沼，行天馬度橋。"亦效此體，然稍牽強，不若前人之語渾成也。③

《能改齋漫錄》卷三《辨誤》"秋鶴與飛"條：

> 歐陽文忠公《集古錄》云："《羅池廟碑》云，'步有新船'，集本以步爲涉。……而《碑》云'春與猿吟兮秋鶴與飛'，則疑碑誤。"……又按，沈存中《筆談》云："韓退之《羅池碑》云，'春與猿吟兮秋與鶴飛'，今驗石刻，乃'春與猿吟兮秋鶴與飛'，古人多用此格，如《楚詞》'吉日兮辰良'，又'蕙殺蒸兮蘭藉，莫桂酒兮椒漿'。欲相錯成文，則語健耳。如老杜'紅豆啄餘鸚鵡粒，碧梧

---

① 俞理明：《漢語縮略研究——縮略：語言符號的再符號化》，巴蜀書社 2005 年版，第230—231 頁。

② 同上書，第230 頁。

③ （宋）洪邁：《夢溪筆談》卷十四《藝文一》，第150 頁。

棲老鳳皇枝'之類。"余以存中之論證之，則知歐公以"秋鶴與飛"
爲誤者，非也。①

沈括和吳曾認爲"秋鶴與飛"不誤，是十分正確的②。只是對古人行
文辭例的分析不如後人精細。從今天的觀點來看，前三例是錯綜成文例，
是"錯綜其辭以見文法之變者"③，即爲了求得句式的變化，故意使兩句
句式不同。而"紅豆啄餘鸚鵡粒，碧梧棲老鳳凰枝"兩句句式相同，不
是錯綜成文，而是語言的一種倒裝現象，正常語序是"鸚鵡啄餘紅豆粒，
鳳凰棲老碧梧枝。"

古人研究詞彙以語義爲主，但在對詞彙語義結構的分析中，可以看出
古人對構詞法的分析。如《焦氏筆乘》卷一"太白詩誤"條通過對"圯
橋"的分析可以看出其爲並列結構：

> 太白詩："我來圯橋上，懷古欽英風。"按《史記》："子房授書
> 圯上。"注："圯音怡，楚人謂橋爲圯。"一字不應複用。④

《日知錄》卷二十七"通鑑注"條：

> 虞翻作表示呂岱，爲愛憎所白。【原注】語出《吳書》。注曰："讒
> 佞之人有愛有憎，而無公是非，故謂之愛憎。"愚謂愛憎，憎也。言
> 憎而並及愛，古人之辭寬緩不迫故也。又如得失，失也。《史記·刺
> 客傳》："多人不能無生得失。"利害，害也。《史記·吳王濞傳》：
> "擅兵而別，多佗利害。"緩急，急也。《史記·倉公傳》："緩急無可
> 使者。"《游俠傳》："緩急，人之所時有也。"成敗，敗也。《後漢
> 書·何進傳》："先帝嘗與太后不快，幾至成敗。"同異，異也。《吳

---

①　(宋)吳曾：《能改齋漫錄》卷三《辨誤》，第46—47頁。

②　聞一多《楚辭校補》對"蕙肴蒸"與"奠桂酒"爲蹉對提出反對意見："《儀禮·特牲
饋食禮》曰，'若有司私臣，皆殽脀'，《周語》中曰，'定王饗之殽烝'，又曰，'親戚宴饗則有
殽烝'，餚蒸與全烝、房烝對舉。肴烝即殽脀、殽烝、餚烝，即體解節折之俎也。王注訓烝爲進
(動詞)，後世遂有謂'蕙肴蒸'即蒸蕙肴，與'奠桂酒'爲蹉對者，失其遠矣。"國民圖書出
版社1942年版，第27頁。

③　參看(清)俞樾《古書疑義舉例》卷一。

④　(明)焦竑：《焦氏筆乘》卷一，第21頁。

志·孫皓傳注》："蕩異同如反掌。"《晉書·王彬傳》："江州當人强
盛時，能立異同。"赢縮，縮也。《吳志·諸葛恪傳》："一朝赢縮，
人情萬端。"禍福，禍也。晉歐陽建臨終詩："潛圖密已構，成此禍
福端。"皆此類。①

　　顧炎武列舉了很多像"愛憎"一類的詞，看到了這類詞結構的共同
特點。現在我們一般把其叫做偏義複詞。這類詞的一個語素成爲其意義的
承擔者，另一個語素只是陪襯。現代漢語把這類詞歸入並列結構。
　　值得注意的是，有的筆記還采用類似層次分析的方法來分析句子結
構。如《日知錄》卷二十四"重言"條云：

　　　　古經亦有重言之者。《書》："自朝至於日中昃，不遑暇食"，遑
　　即暇也。《詩》："無已太康"，已即太也。"既安且寧"，安即寧也。
　　"既庶且多"，庶即多也。《左傳》："一薰一蕕，十年尚猶有臭"，尚
　　即猶也。"周其有顧王，亦克能修其職"，克即能也。《禮記》"人喜
　　則斯陶"，則即斯也。②

《癸巳類稿》卷七"複語解"則不同意顧炎武的看法：

　　　　《無逸》：文王自朝至於日中昃，不遑暇食。《傳》謂一食之頃不
　　遑暇。《正義》云：遑亦暇也。重言之，古人自有複語，其義非也。
　　如《傳》說將不食矣，暇食者，飲食之人觀我朵頤之象，謂從容而
　　食，文王勤於朝政，過食時，至日中或日昃始食，然猶不遑爲暇食之
　　象。此句暇食連文，不遑連文，非遑暇連文。《多方》云：惟我周
　　王，靈承於旅，克堪用德，惟典神天。堪用德者，與上堪顧之同，克
　　言周之能承天也，堪用德連文。克自一義，非克堪連文。（《後漢
　　書·和帝紀》云：非予小子所能克堪。鄭玄傳云：惟彼數公克堪王
　　臣。襲用其語。）《秦誓》云：尚猶詢茲黃髮則罔所愆依。《史記》
　　"尚"爲"古之人"，不與"猶"複。……《僖四年》云：一薰一

　　① （清）顧炎武：《日知錄》卷二十七，第1569頁。
　　② （清）顧炎武：《日知錄》卷二十四，第1351—1352頁。

蕕，十年尚猶有臭。尚，且也。猶，如也。言十年且如有蕕氣未歇，十年尚連文，猶有臭連文，非尚猶複。《昭二十六年》云：髭王亦克能修厥職。能修厥職連文，髭王亦克連文，均非複語，故閔馬父稱其文辭。《史記·張儀列傳》云：蘇君在，儀寧渠能乎？《集解》云：渠音詎。《索隱》云：古字假借。非也。渠，爾也，爾，如是也，言豈有如是只能，非寧詎複也。①

按，"不遑暇食"，孔穎達疏："遑亦暇也。重言之者，古人自有複語。猶云'艱難'也。"顧炎武即本此。俞正燮認爲"不遑暇食"中"不遑"爲一個層次，"暇食"爲一個層次，"遑"、"暇"不在一個層次上，我們認爲是對的。《詩·小雅·四牡》："王事靡盬，不遑啟處。"又"王事靡盬，不遑將父。""不遑"爲一個層次，"啟處"、"將父"爲一個層次。《多方》："惟爾多方，罔堪顧之。惟我周王，靈承於旅，克堪用德，惟典神天。"俞氏以"罔堪顧之"與"克堪用德"比較，可證"克堪"還未成詞，"克堪"不在一個層次上。此句僞孔傳云："言周文武能堪用德，惟可以主神天之祀，任天王。""克"修飾"堪用德"。"尚猶有臭"亦同，"尚"修飾"猶有臭"。不過，俞氏對"猶"的解釋是錯誤的。又"寧渠"當爲複語。《漢書·孫寶傳》："今日鷹隼始擊，當順天氣取奸惡，以成嚴霜之誅，掾部渠有其人乎？""渠"並不是"爾"之義，"渠"即"豈"之義。《國語·吳語》："此志也，豈遽忘於諸侯之耳乎？"《荀子·王制》："夫威彊未足以殆鄰敵也，名聲未足以縣天下也，則是國未能獨立也，豈渠得免夫累乎！""豈遽"、"豈渠"連用，均爲"豈"義。

此外，筆記中還有對其他語法現象的分析。如《能改齋漫錄》卷十《議論》"論馬牛稱匹"條談及古書辭例②：

　　《左氏傳·襄公二年》："馬牛皆百匹。"③ 或曰，"牛亦可以稱匹"，非也。《司馬兵法》："邱出馬一匹，牛三頭。"則牛當稱頭，不

_____

① （清）俞正燮：《癸巳類稿》卷七，第247—248頁。
② 對本條的分析摘自筆者碩士論文《〈能改齋漫錄〉訓詁研究》，第33—34頁。
③ 原點作："左氏傳：'襄公二年，馬牛皆百匹。'"誤。今改。在該書其他地方，點校者均不把《春秋》某公某年看作是引文，如此點校僅此一例。

當稱匹。今此稱匹者，並言之耳，經傳之文多類此。《易·系辭》
云："潤之以風雨。"《論語》云："沽酒市脯不食。"《玉藻》云：
"大夫不得造車馬。"《曲禮》："猩猩能言，不離禽獸。"皆從一而省
文也。①

此條乃吳氏引用孔疏，但沒有說明出處，它通過古漢語行文的特殊辭
例駁斥了一些人得出的錯誤結論。"並言之耳"，"皆從一而省文也"就是
對這些辭例的分析。不過吳氏所舉的例子應該細分爲兩種情況：一爲因此
以及彼例："《玉藻》篇：'大夫不得造車馬，'因車而及馬，非謂造車兼
造馬也。"②"潤之以風雨。"因雨而及風，風字乃牽於雨而言之。"猩猩
能言，不離禽獸。"實際上僅指獸，禽字乃牽於獸而言之。一爲古人行文
不嫌疏略例③，"使後人爲之，必一一爲之辭：曰'以索馬百匹，索牛百
頭。'曰'沽酒不飲，市脯不食。'"④

又如漢語裏的縮略現象，筆記裏也談得很多。在這方面，俞理明先生
《漢語縮略研究》搜集甚多，這裏就不詳談了。

---

①　（宋）吳曾：《能改齋漫錄》卷十《議論》，第289—290頁。

②　見《古書疑義舉例》卷二。

③　同上。

④　同上。

第五章

筆記與訓詁學研究(下)
——筆記訓詁與漢語詞彙研究

古代沒有獨立的詞彙學，但在訓詁中零星包含一些詞彙研究的内容。在這一章裏，我們從方俗詞語、詞語理據、連綿詞外來詞和漢語詞彙史四方面論述筆記訓詁與漢語詞彙的研究。

第一节　筆記與方俗詞語研究

傳統的訓詁主要是爲經學服務的，所以它一直偏重於對儒家經典的研究，它所解釋和考辨的主要是先秦兩漢的古字古詞。但自漢魏以來，一些新的詞彙成分逐漸產生，漢語詞彙的面貌與先秦時期已經不同，到了唐宋以後新的詞彙成分更是越來越多。雖然到目前爲止，對方俗語詞的定義及判斷尚無確切的標準，但在新產生的這批詞中，很大一部分都是方俗語詞，這基本上是可以確定的。這些新產生的方俗語詞，是漢語詞彙史尤其是中古近代漢語詞彙研究的重要内容，訓詁學也自然應該關注這些方俗語詞。正如郭在貽先生所說："訓詁學作爲一種古代文獻語言學，它應該而且必須衝破爲經學服務的樊籬，去擴大自己的研究範圍，開闢新的研究領域。這個新領域，主要指的是漢魏六朝以來方俗語詞的研究。"① 而筆記裏就記載了大量的方俗詞語，並對其來源和理據作了一些探討。今天我們研究方俗詞語，應當充分利用筆記中的這些資料。

---

① 郭在貽：《訓詁學》，中華書局 2005 年版，第 100 頁。

一　記錄和考釋方俗詞語

筆記對作者當時的方俗詞語和前代的方俗詞語多所措意，我們可以從筆記中發現大量這方面的例子。

《封氏聞見記》卷十"查談"條：

> 近代流俗，呼丈夫婦人縱放不拘禮度者爲"查"。又有百數十種語，自相通解，謂之"查談"，大抵近猥僻。①

按，段成式《酉陽雜俎續集》卷四《貶誤》："予別著鄭涉好爲查語。每云：'天公映冢，染豆削棘，不若致余富貴。'至今以爲奇語。"敦煌本《王梵志詩集序》："逆子定省翻成孝，懶婦晨夕事姑嫜。查郎翶子生慚愧，諸州游客憶家鄉。"項楚先生云："查郎：放浪子弟。《廣韻·上平聲十三佳》：'查，查郎。'知'查郎'乃當時習語。"字亦作"叉"，日本僧人遍照金剛《文鏡秘府論》南卷《論文意》："調笑叉語，似虐似讒，滑稽皆爲詩贅，偏入嘲咏，時或有之，豈足爲文章乎！"《太平御覽》卷六百三十四引《俗說》："張敷在彭城，請假當歸東。傅亮時爲宋臺侍中，下舫中與張別。張不起，授兩手指着舫户外。傅遂不執其手，熟視張面曰：'櫨故是梨中不藏者。'便去。""櫨"似梨而酸，《藝文類聚》卷二十九引作"查"。張敷放縱不拘禮節，故傅亮以"櫨"譏之。《俗說》爲六朝筆記，可能六朝"查"已有此義。②

《癸辛雜識續集》上"姨夫眼眶"條：

> 峀音望令史河間人，其妻常爲白衣男子所據，來則痛飲，然後共寢。峀不勝其忿，於是伏利刃伺於床下。既而果來，擁婦劇飲，大醉，方欲就睡。掩其不備，以刃刺之，白衣沿壁而上，蹻捷如飛，因逆刃槍殺之。墮地化爲霜毛白鼠，身長五尺許，雙目爛然，遂抉其目，珠色深碧而徑寸，宛似瑟瑟。夜至，暗室有光芒尺餘，北人戲名

---

① （唐）封演：《封氏聞見記》卷十，第92頁。
② 詳參蔣宗福師《四川方言詞語考釋》，巴蜀書社2002年版，第51—52頁。

日"姨夫眼眶"。蓋北人以兩男子共狎一妓,則呼爲姨夫,故以爲
戲云。①

按,元王實甫《西廂記》第五本第四折:"紅娘呵,你伏侍個煙薰貓
兒的姐夫;張生呵,你撞着個水浸老鼠的姨夫。"王季思校注引《癸辛雜
識》此條材料,並云:"鶯鶯既別無姊妹,則此處稱鄭恒爲姨夫,顯係借
勾欄習語打諢。"

《丹鉛雜錄》卷一"迓鼓"條:

> 宋儒語錄,今之古文。如舞迓鼓,人多不解爲何語。按元人樂
> 府,有村里迓鼓之名,宋人樂苑,有迓鼓格圖,官衙嚴鼓之節也。衙
> 訛爲迓。曲名村里迓鼓者,以村里而效官衙,其衣裝聲節,必多可哂
> 者,以是名之。語錄云如舞迓鼓者,謂無古人之樂,而效古人之言,
> 如村人學官衙鼓節也。②

按,《雞肋編》卷中:"王襄自同知密院落職,知亳州,限三日到任,
倉皇東下,夜至鄲陽鎮,已屬亳境。使人語鎮官,假一介,就州呼迓人。"
洪邁《夷堅丁志》卷十《潮州象》:"惠州太守挈家從福州赴官,道出于
此……(野象)舉羣合圍惠守於中,閱半日不解。惠之迓卒一、二百人,
相視無所施力。"兩書"迓"亦通"衙"。清俞樾《茶香室續鈔·村里迓
鼓》:"元人樂府有村里迓鼓之名,宋人樂苑有迓鼓格,圖官衙嚴鼓之節也。
衙訛爲迓。曲名村里迓鼓者,以村里而效官衙,其衣裝聲節,必多可笑者,
以是名之。"《漢語大詞典》首引俞說,③ 俞說實本自楊慎。

《丹鉛摘錄》卷三:

> 白打錢,戲名。王建詩:"寒食內人嘗白打,庫中先散與金錢。"
> 韋莊詩:"內官初賜清明火,上相閒分白打錢。"④

---

① (宋)周密:《癸辛雜識續集》(上),第133頁。
② (明)楊慎:《丹鉛雜錄》卷一,第4頁。
③ 《漢語大詞典》第10卷,第728頁。
④ (明)楊慎:《丹鉛摘錄》卷三,臺北商務印書館《景印文淵閣四庫全書》第855冊,
第248頁。

　　《焦氏筆乘》卷三"白打錢"條則進一步考證了"白打"的具體含義：

　　　　王建詩："寒食內人嘗白打，庫中先散與金錢。"韋莊詩："內官初賜清明火，上相閒分白打錢。"用修云："白打錢，戲名，未指明何事。"按《齊雲論》："白打，蹴鞠戲也。兩人對踢爲白打，三人角踢爲官場。"又丁晉公有"白打大蹀斯。"①

　　《札樸》卷三"坐"條：

　　　　《文選·張茂先〈雜詩〉》："蘭膏坐自凝。"李善云："無故自凝曰坐。"張景陽《雜詩》："百籟坐自吟。"李云："無故自吟曰坐。"②

　　此義的"坐"爲中古時期的一種新用法，故桂氏引李注加以說明。張相《詩詞曲語辭匯釋》卷四"坐"條認爲此義的"坐"爲"自"義，與李注相通，並舉了大量的例子。《文選·鮑照〈蕪城賦〉》："孤蓬自振，驚砂坐飛。"李善注："無故而飛曰坐。"張相曰："無故而飛，猶云自然飛也，坐亦自也，坐與自爲互文。"③桂氏所舉兩例，亦"坐自"連文。後世詩詞中亦常用"坐"之此義。辛棄疾《浣溪紗》詞："儂是嶔崎可笑人，不妨開口笑時頻，有人一笑坐生春。""坐生春"即自生春。
　　還有的材料則記錄了更多的方俗語詞，如《肯綮錄》"俚俗字義"條：

　　　　《歸田記》云："京師食店賣酸餡者，皆大牌榜于衢路，而俚俗昧于字法，轉酸從食，餡從舀。有滑稽子曰：'彼家所賣餕音俊舀，不知爲何物也。'"以余觀之，《山谷法帖》見于世者，皆作酸。餡，《韻略》上聲，《集韻》與陷同音，在去聲，注云："餅中餡也。"

---

① （明）焦竑：《焦氏筆乘》卷三，第136頁。
② （清）桂馥：《札樸》卷三，第101頁。
③ 《詩詞曲語辭匯釋》（下冊），中華書局1955年版，第445頁。

《篇》《韻》皆無餡字，不知歐陽公從何得也。《俚方言》云：關東西謂甑爲甗音輦，或曰鬵音岑，或謂之酢餾。而《唐韻》甗音讞、鬵音尋，與《方言》所音，已不同矣。豈特此也，今士大夫，因循相承，信筆而書，極爲未允。因從陸法言《唐韻》，摘世閒所常用者，以示兒曹于後。

謂人發亂曰髼鬆音蓬松。惺惚耳慧也。膖肛音龐缸，肥大也。攲以箸取物曰攲，音羈。嗞嗟嗟歎聲。鎖鑐鎖牡曰鑐，鑐音須。匾㔸物之薄者曰匾㔸，音梯。竵斜物之不正曰竵斜，音咼。闖門角子門曰闖門，《國語》曰：闖門而與之言。頰頤下曰頰。扠以拳加物，曰皆反。瘵惡瘡曰瘵。膘膗以貌醜曰膘膗，上力懷切，下二懷切。睉久坐曰睉，音挫。痠音酸。手足麻痹曰疒音畊。香有馢香音戔。舉物曰揵音虔。頭凹曰顤於交切。目深曰窅同上音。而不平曰呦同上音。聲雜曰啣嘈音卹糟。齒不齊曰鱭跌上音蹉。以肩負物曰佗音陀。取棋子曰擊棋音婆。身短曰矬昨禾切。鍬曰鋘鍫鋘音華。一斗曰一匚音方。人面色紫曰糖音唐。怒目視人曰瞷盯音盲棖。不善人曰獰惡上乃庚切。脚細曰跉跀音零丁。觸突人曰搼觸搼，轂同，音棖。小兒衣曰綳褯下慈夜切。鐵臭曰鉎。魚臭曰鮏音星。使性曰伶利上音靈。疼曰癑音形。不定曰尤豫上音由。呼雞曰朔朔音竹。飯不中曰餕音搜。目深曰瞘瞜音鷗摳。系物椿曰扰音沈。不潔曰醃臢醃匝平聲。衣弊曰襤褸音三，又曰襤褸音縷。湯中瀹肉曰燅音尋。稱量曰敁敪上丁兼反。塵起曰埲塕上蒲蠓切，下烏孔切。不肖曰傝㑌，或作闒茸，或作毾㲪音塔冗。戇而不媚曰傭儯上武當切，下音講。屈曲曰骫骳音委避。姜好曰玼薑上音子。齒傷于酸曰齭音楚。五采鮮明曰齇齇音楚。飽聲曰唉哀上聲。物下重曰阸秙上音蕾，下都罪切。魚敗曰餒音綏。髮美曰鬏音采。縫衣曰纝音隱。口吃曰謇音蹇。生產曰解娩音免。圓曰顐音混。草束曰捆音衮。皮起曰皾音繭。火燒物曰燎音了。羞慚曰懡㦬上音麼，下來可切。人醜曰酖醜昌者切。不謹愿曰蘿搓上力免切，下除瓦切。瘦曰瘦瘠音省。以水和麪曰溲疏有切。行不正曰蹱踵上良用切，下丑用切。點筆曰泚筆音姊。輭物而不斷曰韌音刃。器破未離有痕曰璺音問。瘡腫曰瘷音嫩。染藍曰黰，亦作澱音殿。好兒曰俏醋上音峭。船不穩曰舥音鈔。狠強曰拗音韌。米不佳曰糙與糙同。蛇退皮曰蜕音唾。横木曰楇音罵。濁曰泱瀼上音盎，下怒浪切。酒曰潑醿下去聲。挑燈杖曰㭼忝去聲。不平曰蔙音莫。棄物曰揞於陷反。農具曰磟碡音六軸。不伸曰趜趚上居六反，下音縮，頭甄音鹿磚。罵人曰偺艇音劄室。舂米曰帥音伐。舟不穩曰舤音兀。低頭曰圣音窟。去水曰斗音豁。垢曰垢圿音夏。①

明顧起元《客座贅語》卷一"詮俗"條：

閭巷之俚語，駔儈之流言，一二可紀者，戲解剝之，以資喔嚛。阿承顯富曰"趨"，曰"呵"。慣依人而得財，若飲食曰"吹"。徐吞而取其訾曰"吸"。以言誑人而沁入之曰"滷"。彼此相妬娟曰"醋"。示若不置人於意中者曰"淡"。持人之陰事，使不敢肆焉，曰"拿"，或曰"捏"。以言呴煦人曰"暖"。風而使其從我曰"糶"。以語漸漬之，俾其從，曰"熏"。姑置其事而待之曰"冷"。若置之若不置之，似有係焉者，又或與而不必與，不盡與也，曰"弔"。以事急脅持人而出其賄曰"紮"。尾人之後，偵其所之與所爲，曰"颾"。群口而讔其人曰"嘈"。以事迫而熷之，或得其物，曰"炙"，又曰"燒"。以言呴沫人，令其意靡靡焉輭也，曰"水"。……②

又同卷"方言"條：

南都方言，言人物之長曰"媌條"，美曰"標致"。蠲曰"乾淨"，其不蠲曰"齷齪"，惡綽。曰"邋遢"，曰"腤臢"，曰"鏖糟"。言事之軒昂曰"矗矗"。上歇平下遮。有圭角曰"支查"。……不分別曰"儱侗"。物事就理曰"條直"。不了結曰"拖拉"。欲了不了曰"丟搭"。身之孤獨曰"伶仃"。可憎曰"臭厭"。其不爽潔煩汙曰"漬淖"。刺閙。眼之視不定曰"的歷都盧"。手之捉物曰"捫搎摸捺"。身之失跌曰"撲騰"。入水聲曰"汩洞"，或曰"骨都"。心之不快曰"懊懆"。熬撓。笑之態曰"嘿屎"。上音迷，下音兮。氣勃鬱曰"籧篨"。渠除不能俯也，上訛氣。凡物之聲急疾曰"忽刺"，又大曰

---

①　（宋）趙叔向：《肯綮錄》，第1—2頁。
②　（明）顧起元：《客座贅語》卷一，第6—8頁。

"砰磅"，上音姘，下音行。曰"厥颬"，忽律。曰"颰颬"。或六。①

　　像這類大量記載討論方俗詞語的還有一些，如明田汝成《西湖遊覽志餘》卷二十五《委巷叢談》、李翊《戒庵老人漫筆》卷五"今古方言大略"條、清屈大均《廣東新語》卷十一"土言"條、桂馥《札樸》卷九《鄉里舊聞》、夏仁虎《舊京瑣記》卷二"語言"條、惲敬《大雲山房雜記》等。清李光庭《鄉言解頤》、王有光《吳下諺聯》則全書討論了方俗詞語。

　　筆記對一些文學作品當中方俗詞語的解釋，可以很好地幫助我們理解作品。如《能改齋漫錄》卷三《辨誤》"秋鶴與飛"條：

　　　　歐陽文忠公《集古錄》云："《羅池廟碑》云，'步有新船'，集本以步爲涉。……"余按，柳子厚集有《永州鐵爐步志》云："江之滸，凡可縻而上下者曰步。永州北郭，有步曰鐵爐步。蓋有緞鐵者居，其人去，爐毀者不知年矣。獨有其號，冒而存云。"余以子厚之文證之，則知"步有新船"爲有據也。②

宋吳處厚《青箱雜記》卷三：

　　　　韓退之《羅池廟碑》言："步有新船"，或以步爲涉，誤也，蓋嶺南謂水津爲步，言步之所及，故有罾步，即漁者施罾處，有船步，即人渡船處。然今亦謂之步，故揚州有瓜步，洪州有觀步，閩中謂水涯爲溪步。③

　　兩書從方言和書證的角度證明了"步"不誤。而有的筆記則指明"步"與"浦"有音義上的關係。舊題南朝梁任昉《述異記》卷下：

　　　　瓜布在吳中，吳人賣瓜于江畔，用以名焉。

①　(明)顧起元：《客座贅語》卷一，第8—10頁。
②　(宋)吳曾：《能改齋漫錄》卷三，第46—47頁。
③　(宋)吳處厚：《青箱雜記》卷三，中華書局1985年版，第30頁。

　　吳中又有魚步、龜步，湘中又有靈飛步。昉按：吳楚間謂浦爲布，語之訛耳。[①]

《譚苑醍醐》卷三"浦即步考"條：

　　韓文："步有新船"，不知者改爲涉。《朱子考異》，已著其謬。蓋南方謂水際曰步，音義與浦通。《孔戣墓志》："蕃舶至步，有下碇稅。"即以韓文證韓文可也。柳子厚《鐵鑪步志》云："江之滸，凡舟可縻而上下曰步。"《水經》："瀏水西岸，有盤石，曰石頭津，步之處也。"又云："東北逕王步，蓋齊王之渚步也。"又云："鸚鵡洲對岸有炭步，今湖南有縣名城步。"《青箱雜記》："嶺南謂村市曰墟，水津曰步。罾步，即漁人施罾處也。"張勃《吳錄》，地名有龜步、魚步，揚州有瓜步。羅含《湘中記》有靈妃步。《金陵圖志》有邀笛步，王徽之邀桓伊吹笛處。溫庭筠詩："妾住金陵步，門前朱雀航。"《樹萱錄》載《臺城故妓》詩曰："那看回首處，江步野棠飛。"東坡詩："蕭然三家步，橫此萬斛舟。"元成原常有《寄紫步劉子彬》詩云："紫步于今無士馬，滄溟何處有神仙。"[②]

　　"步"字後來又寫作"埠"，《宋史·傅求傳》："汴堤旁有高埠。"《湧幢小品》卷十八"字義字起"條："字又作埠。今人呼船儈曰埠頭。律文：私充牙行埠頭。"還有個"務"字，可能爲"步"的音轉。《通雅》卷十八《地輿·釋地》："埠頭，水瀕也"條："《說文》瀕從步，故水邊亦謂之步。《青箱雜記》曰：'退之《羅池碑》言："步有新船"，或以步爲涉，非也。'智按，任昉曰：'上虞有石馱步，吳江中有魚步、龜步，湘中有靈妃步。昉按吳楚間謂浦爲步。'則非特唐有此音矣。後人遂作埠。音步。北方曰務，如宋趙彥衛《雲麓漫抄》：'東京至女眞御寨行程，有薊州永濟務，遼河梁虞務。'今通州有河西務，東昌府有李開務，元至正六年，盜扼李開務閘河。今積販泊商之所，曰埠頭。"《康熙字

---

　　①　（南朝梁）任昉：《述異記》卷下，臺北商務印書館《景印文淵閣四庫全書》第1047冊，第627頁。

　　②　（明）楊慎：《譚苑醍醐》卷三，第23頁。

典・土部》："埠，《正字通》同步。舶船埠頭。《通雅》：'埠頭，水瀕也。'又籠貨物積販商泊之所。"

據游汝傑、周振鶴二先生的研究，宋代以前，以步或浦命名的地名均分佈在南方，很可能是古越語的殘留，步和浦字很可能都是出於古越語的同一個詞。這樣看來，說"步"爲"浦"字之訛誤，就不太貼切了。①

《雞肋編》卷上：

> 諺有"巧息婦做不得沒麫飥飥"與"遠井不救近渴"之語，陳無已用以爲詩云："巧手莫爲無麫餅，誰能救渴需遠井？"遂不知爲俗語。世謂少陵"雞狗亦得將"，用"嫁得雞，逐雞飛，嫁得狗，逐狗走"。或幾是也。②

按，宋郭知達編《九家集注杜詩》引趙（彥材）云："將字乃'百兩將之'將。蓋多而或百兩微，而鷄犬皆嫁特所攜物也。"仇兆鰲注："《禮運》：'男有分，女有歸。'《穀梁傳》：'婦人之義，謂嫁曰歸。'《史記》：'雞狗之聲相聞。'《淮南子》：'令雞司晨，令狗守夜。'按嫁時將雞狗以往，欲爲室家久長計也。"皆不得要領。觀杜詩之義，前云"嫁女與征夫，不如棄路傍"，又云"生女有所歸，雞狗亦得將"，兩相對堪，可知莊氏之說良是。宋趙汝鐩《古離別》："我聞軍功未易就，膏血紫塞十八九。嫁狗逐狗雞逐雞，耿耿不寐展轉思。"詩意與杜詩相近，亦爲描寫戰爭對家庭的破壞和當時女子的觀念，可爲佐證。莊綽用俗語來解釋杜詩之義，得到今人的贊同。

考將有"順從、隨從"之義。《莊子・庚桑楚》："備物以將形。"陸德明釋文："將，順也。"《漢書・禮樂志》："招搖靈旗，九夷賓將。"顏師古注："將，猶從也。"唐李商隱《赴職梓潼留別畏之員外同年》詩："烏鵲失棲常不定，鴛鴦何事自相將？""雞狗亦得將"即嫁雞隨雞嫁狗隨狗之義，將亦爲順從義。

筆記對方俗詞語的記錄還給我們提供了詞義發展變化的資料。如

---

① 《南方地名分布的區域特徵與古代語言的關係》，《紀念顧頡剛學術論文集》下冊，巴蜀書社1990年版，第717—718頁。

② （宋）莊綽：《雞肋編》卷上，第74頁。

《能改齋漫錄》卷二《事始》"點心"條：

> 世俗例以早晨小食爲點心，自唐時已有此語。按，唐鄭傪爲江淮留後，家人備夫人晨饌，夫人顧其弟曰："治妝未畢，我未及餐，爾且可點心。"其弟舉甌已罄，俄而女僕請飯庫鑰匙，備夫人點心。①

而《南村輟耕錄》卷十七"點心"條云：

> 今以早飯前及飯後、午前、午後晡前小食為點心。唐史，鄭傪為江淮留後，家人備夫人晨饌，夫人顧其弟曰："治妝未畢，我未及餐，爾且可點心。"則此語唐時已然②。

兩者對"點心"的溯源相同，但釋義不同，點心的詞義可能經歷了由早晨小食到正餐前小食以充饑的意義變化。唐薛漁思《河東記·板橋三娘子》："有頃雞鳴，諸客欲發，三娘子先起點燈，置新作燒餅於食牀上，與客點心。"亦是早晨小食之例。

有時候筆記對方俗詞語的解釋也不可盡信。如《敬齋古今黈》卷八：

> 今人以不達權變爲慕古，蓋謂古而不今也。《左氏傳》曰："君子以爲古"，《書·無逸》曰："昔之人無聞知"，皆是意也。③

按，此詞宋元以來習見，字又可寫作"慕顧"、"暮故"、"慕古"、"暮古"等形。宋馬鈺《滿庭芳·勸道友》："迷迷地，似飛娥投火，好大暮故。"魏了翁《蝶戀花·餞汪漕使呆勸酒》："可煞潼人真慕顧。接得官時，只道來何暮。"金董解元《西廂記諸宮調》卷一："四季相續，光陰暗把流年度。休慕古，人生百歲如朝露！"元關漢卿《五侯宴》第一折："恁時節老人家暮古，與人家重生活難做。"又《蝴蝶夢》第二折："包龍圖往常斷事曾着數，今日爲官忒慕古。枉教你坐黃堂、帶虎符，受榮華、

---

① （宋）吳曾：《能改齋漫錄》卷二《事始》，第34—35頁。
② （元）陶宗儀：《南村輟耕錄》卷十七，第208頁。
③ （元）李冶：《敬齋古今黈》卷八，第105頁。

請俸祿。俺孩兒好冤屈，不睹事下牢獄。"其中第三、五例，《漢語大詞典》釋爲"背時而不達權變"①；第四例，《漢語大詞典》釋爲"年老糊塗"②，《元語言詞典》釋爲"年老力衰"③。今廣東梅縣稱人愚笨，晉南方言謂人糊塗、反應遲鈍爲慕古。其實，這幾例均與方言含義相同，爲糊塗之意。辭書所釋拘泥於字形，所謂"背時"、"年老"均有望文生訓之嫌。如第四例，"着數"與"慕古"相對比，後文又云"俺孩兒好冤屈"，顯然解作糊塗較爲恰當。《西廂記諸宮調》卷一："忒昏沉，忒麤魯，沒掂三，沒思慮，可來慕古。少年做事，大抵多失心麤。"前面說"沒掂三，沒思慮"，則"慕古"亦當指糊塗，而不是"背時而不達權變"。李冶以字面解釋其義，不當。羅翽雲《客方言·釋言》："愚曰暮固，《說文》暮，日且冥也；固，亦訓陋。則暮固本有冥昧鄙漏之義。"④亦從字面出發解釋，未得確詁。龍潛庵《宋元語言詞典》引宋灌圃耐得翁《都城紀勝·瓦舍衆伎》爲例，認爲此詞語源得名於"無過蟲"，"慕古"即"無過"之音轉⑤。但據宋吳自牧《夢粱錄》卷二十"妓樂"條講雜劇伶優云："大抵全以故事，務在滑稽，唱念應對通遍。此本是鑒戒，又隱於諫諍，故從便跣露，謂之無過蟲耳。若欲駕前承應，亦無責罰，一時取聖顏笑。凡有諫諍，或諫官陳事，上不從，則此輩妝做故事，隱其情而諫之，於上顏亦無怒也。"由此可見"無過"爲沒有過錯之義，與"慕古"義完全沒有聯繫。顏師古《匡謬正俗》卷八："或問曰：'小兒羸病謂之摹姑，何也？'答曰："此謂巫蠱耳，轉爲摹姑。此病未即隕斃而惝惝不除，有似巫祝厭蠱之狀，故祭酹出之。或云漢武帝末年多所禁忌，巫蠱之罪遂及貴戚，故其遺言遍於三輔，至今以爲口實也。"劉曉東認爲"摹姑"乃疊韻連語，糊塗、癡頓義由此引申而來，字又變作"慕古"等形。⑥但小兒羸病與糊塗義似乎不近，如何引申，尚缺乏文獻上的證據。

二　考訂方俗語詞的始見年代

筆記不僅記載了大量的方俗詞語，而且對方俗詞語最早的文獻出處很

---

① 《漢語大詞典》第 7 卷，第 673 頁。

② 《漢語大詞典》第 5 卷，第 812 頁。

③ 李崇興等：《元語言詞典》，上海教育出版社 1998 年版，第 202 頁。

④ 轉引自徐寶華、宮田一郎《漢語方言大詞典》，中華書局 1999 年版，第 6774 頁。

⑤ 龍潛庵：《宋元語言詞典》，上海辭書出版社 1985 年版，第 958 頁。

⑥ 劉曉東：《匡謬正俗平議》，山東大學出版社 1999 年版，第 290 頁。

有興趣。從漢語史和辭書編纂的角度來說，這種探索是有必要的。而且，筆記中查找的文獻出處往往是文獻的較早用例，這些用例往往與《漢語大詞典》相合，或者比《漢語大詞典》的用例更早。下面舉一些例子：

《能改齋漫錄》卷二《事始》"搭猱"條①：

> 俗以不情者爲搭猱，唐人已有此語。周頲處士《答賓從絕句》云："十載文章敢憚勞，宋都迴鶹爲風高。今朝甘被花枝笑，任道尊前愛搭猱。"②

《漢語大詞典》沒有收錄"搭猱"。王鍈先生《唐宋筆記語辭匯釋》把其列入語辭備考錄，無其他例證③。其實，搭猱在宋代還有用例，這則材料應當是可信的。如宋黃庭堅《山谷集》卷十四《雲蓋智和尚真贊》："哆哆啝啝，搭猱左科。喫十方飯，唱快活歌。任疎慵，没禮數。"宋姜特立《梅山續藁》卷十二《對花戲作》："八十衰翁歲月高，可憐老氣尚觕豪。春來縱被花相惱，半是無心半搭猱。"

趙與時《賓退錄》卷三：

> 世俗謂自辨解曰分疏平，顏師古注《爰盎傳》"不以親爲解"曰："解者，若今言分疏。"又《北齊書·祖珽傳》：高元海奏珽不合作領軍，並與廣甯王交結，珽亦見帝，帝令引入，珽自分疏。則北朝暨唐已有是言矣。④

按，《漢語大詞典》首引卽《北齊書》。⑤

《老學庵筆記》卷十：

> 今人謂後三日爲"外後日"，意其俗語耳。偶讀《唐逸史·裴老

---

① 摘自筆者碩士論文《〈能改齋漫錄〉訓詁研究》，第36頁。
② （宋）吳曾：《能改齋漫錄》卷二《事始》，第28頁。
③ 王鍈：《唐宋筆記語辭匯釋》，中華書局2001年版，第256頁。
④ （宋）趙與時：《賓退錄》卷三，第4165頁。
⑤ 《漢語大詞典》第2卷，第584頁。

傳》，乃有此語。裴，大曆中人也，則此語亦久矣。"①

按，《漢語大詞典》首引即《老學庵筆記》。②
《五雜組》卷二《天部二》：

> 凡月晦謂之提月，見《公羊傳》何休注："提月，邊也。"魯人
> 之方言也。③

按，明朱謀㙔《騈雅·釋天》："月晦日爲提月。"《鶡冠子·王鈇》：
"天始於元，地始於朔，四時始於歷，故家里用提，扁長用旬。"陸佃解：
"提，零日也。《公羊傳》曰提月者，僅逮此月晦日也。"《初學記》卷四
"提月，晦日"引《公羊傳》："提月六鶂退飛過宋都。提月者何？僅建是
月晦日也。"按，今本《公羊傳·僖公十六年》作"是月"。《漢語大詞
典》"提月"條即引《初學記》。④
明楊慎《俗言》"掉搶"條：

> 吳楚謂帆上風曰搶，謂借左右使向前也。《楊都賦》："艇子搶
> 風，榜人逸浪。"今舟人曰掉搶是也。或作艙，又作槍。"⑤

按，《漢語大詞典》"掉搶"條首引即《俗言》。⑥
以上是和《漢語大詞典》相合的例子，還有的比《漢語大詞典》首
引書證爲早。如《容齋五筆》卷六"俗語放錢"條：

> 今人出本錢以規利入，俗語謂之放債，又名生放，予考之亦有所
> 來。《漢書·谷永傳》云："至爲人起責，分利受謝。"顏師古注曰：
> "言富賈有錢，假託其名，代之爲主，放與他人，以取利息而共分

---

① （宋）陸游：《老學庵筆記》卷十，第 126 頁。
② 《漢語大詞典》第 3 卷，第 1158 頁。
③ （明）謝肇淛：《五雜組》卷二《天部二》，第 21 頁。
④ 《漢語大詞典》第 6 卷，第 742 頁。
⑤ （明）楊慎：《俗言》，商務印書館《叢書集成初編》本，1936 年，第 2 頁。
⑥ 《漢語大詞典》第 6 卷，第 665 頁。

之。"此放字所起也。①

按，《漢語大詞典》"放"之"爲收取利息而借錢給人"一義，首引
《紅樓夢》爲例②，比《容齋五筆》所引要晚很多。

宋孔平仲《珩璜新論》：

> 俗所謂平善，亦有所出也，《趙飛燕傳》"成帝昏夜平善"
> 是也。③

《漢書·外戚傳·孝成趙皇后》："（成帝）昏夜平善，鄉晨，傅綺襪
欲起，因失衣，不能言，畫漏上十刻而崩。"《漢語大詞典》首引《洛陽
伽藍記》④，較晚⑤。

《陔餘叢考》卷四十三"扯"條：

> 俗云以手牽物曰扯，然經書無此字。《宋史·杜紘傳》：伴夏國
> 使人見，夏使欲有所陳乞，紘連扯之，乃不敢言。扯字始見於此。⑥

按，《漢語大詞典》首引宋華岳《田家》詩之四："良人猶恐催耕早，
自扯篷窗看曉星。"⑦比趙氏所言爲晚。《漢語大字典》即引趙説⑧。

由於很多詞語都可以查找其文獻出處，順着這樣的思路，筆記正式提
出一些方言俗語是古代語言的繼承和沿襲。

《癸辛雜識前集》"葵"條：

> 今成都麴店中呼蘿蔔爲葵子，雖曰市井語，然亦有謂。按《爾

---

① （宋）洪邁：《容齋五筆》卷六，第876頁。
② 《漢語大詞典》第5卷，第406頁。
③ （宋）孔平仲：《珩璜新論》，中華書局影印《叢書集成初編》本，1985年，第45頁。
④ 《漢語大詞典》第2卷，第939頁。
⑤ 放、平善摘自陳敏《宋人筆記與漢語詞彙學》（浙江大學2007年博士學位論文），第
101—102頁。
⑥ （清）趙翼：《陔餘叢考》卷四十三，第972頁。
⑦ 《漢語大詞典》第6卷，第369頁。
⑧ 《漢語大字典》第3卷，第1836頁。

雅》曰：“葵，蘆菔也。”郭璞以蕰爲菔，俗呼囂葵，先北反。或作
蒚，釋曰：“紫花松也，一名葵，蓋其性能消食、解蔾毒。”①

《雙硯齋筆記》卷四：

> 方言諺語有最近古者，不可槩以里俗忽之。京師謂錫器爲錫鑞，
> 即《周禮・職方氏》注“鑞也”之鑞。藥店牓曰道地藥材，即《漢
> 書》唐蒙食蒟醬問所從來，曰“道西北牂牁江”之道。謂日昳爲晌
> 午趯，即《說文》“趯，走也”之趯。金陵人以艸索束物謂之艸約，
> 音似要即《左傳》“尋約”之約。《說文》：“約，纏束也”。从勺之字
> 聲，古音如《論語》“藥節禮樂”之樂。婦人耳上綴鐶，老婦所綴謂
> 之耳塞，即《毛詩》“玉之瑱也”、《傳》“瑱，塞耳也”之塞耳。市
> 間買物欲其增益曰饒，即《說文》“饒，益也”之饒。所謂買菜求益
> 也。……②

按，鄧氏所舉這些詞語，均爲淵源甚古者。除“道地藥材”之“道”
外，其他均不難理解。“道地”之“道”爲從義。《管子・禁藏》：“故凡
治亂之情，皆道上始。”尹知章注：“道，從也。”《史記・高祖本紀》：
“太尉周勃道太原入，定代地。”裴駰集解引韋昭曰：“道，猶從。”
　　不過，一些筆記在探討詞語的最早出處時，由於對詞義的誤解，導致
出現了失誤。如《能改齋漫錄》卷二《事始》“裝潢子”條③：

> 俗以羅列于前者，謂之“裝潢子”，自唐已有此語矣。《唐六
> 典》：“崇文館有裝潢匠五人，熟紙匠三人。祕書省有熟紙匠、裝潢
> 匠各十人。”④

今按，吳氏此條將裝潢子與《唐六典》的裝潢混在一塊，實不足取。
裝潢匠意爲裝裱工人。宋王炎午《吾汶稿》卷三《贈晏裱背》：“盧陵闐

① （宋）周密：《癸辛雜識前集》，第41頁。
② （清）鄧廷楨：《雙硯齋筆記》卷四，第267—268頁。
③ 摘自筆者碩士論文《〈能改齋漫錄〉訓詁研究》，第39—40頁。
④ （宋）吳曾：《能改齋漫錄》卷二《事始》，第19頁。

間裝理書畫者，暑其門曰'表背'，往往裁飾其外謂表，輔襯其裏謂背。"《齊東野語》卷六："《六典》載'崇文館有裝潢匠五人'，即今之背匠也。"馬永卿《嬾真子》卷一："唐秘書省吏凡六十七人，典書四人，楷書十人，令史四人，書令史九人，亭長六人，掌故八人，熟紙匠十人，裝潢匠六人，筆匠六人。……然裝潢匠恐是今之表背匠。"清褚人穫《堅瓠秘集·裝潢》："《唐·百官志》：'秘書省，熟紙裝潢匠八人。'意是今之裱褙匠。"

"裝潢"的"潢"本來是染潢之義。《玉篇·水部》："潢，後光切。潢，汙也。《說文》曰：'積水池也。'又胡曠切，染潢也。"《廣韻·漾韻》："潢，染書也。又音黃。"《廣弘明集》卷二十三載梁沈約《南齊禪林寺尼淨秀行狀》："宋泰始三年，明帝賜號曰禪林，蓋性好閒靜，冥感有徵矣。而制龕造像，無不畢備。又寫集衆經，皆令具足裝潢染成。"這裏"裝潢"的"潢"有染潢之義。宋姚寬《西溪叢語》卷下："唐秘書省有熟紙匠十人，裝潢匠六人。潢，《集韻》：'音胡曠切。'《釋名》：'染紙也。'《齊民要術》有《裝潢紙法》，云：'浸蘗汁入潢，凡潢紙減白便是，染則年久色暗，蓋染黃也。'後有《雌黃治書法》云：'潢訖治者佳，先治，入潢則動。'《要術》，後魏賈思勰撰。則古用黃紙寫書久矣。寫訖入潢，辟蠹也。今惟釋藏經如此，先寫後潢。《要術》又云：'凡打紙欲生，生則堅厚。'則打紙工蓋熟紙匠也。予有舊佛經一卷，乃唐永泰元年奉詔於大明宮譯，後有魚朝恩銜，又有經生并裝潢人姓名。"謝采伯《密齋隨筆》卷四："裝潢匠，裝乃裝背，潢則今所謂糨紙者。唐人進奏文字多用潢紙寫。故韓退之集中有'用生紙寫'之語。諺有云裝潢子，亦不爲無據。"謝氏雖亦把兩者混爲一條，但分析了裝潢的命名之由①。

而裝潢子的潢，其本字應當是幌字。幌的本義是帷幔。《玉篇·巾部》："幌，戶廣切。帷幔也。"《文選·張協〈七命〉》："重殿疊起，交綺對幌。"李善注引《文字集略》曰："幌，以帛明窻也。"由此引申出舊時用布綴於竿頭，高懸在店鋪門外用以招攬顧客的標識。唐陸龜蒙《和初冬偶作》詩："小爐低幌還遮掩，酒滴灰香似去年。"清翟灝《通俗編》卷二十一《藝術》："《能改齋漫錄》云：'俗以羅列于前者，謂之裝潢

---

① 部分資料參《〈能改齋漫錄〉匡謬》，《重慶師範大學學報》1990 年第 1 期。

子。'此乃云裝幌子耳。幌子者，市肆之幖，取喻張揚之意。"吳氏所說的"羅列于前"就是在店鋪前懸掛的幌子。裝潢子由此引申出裝飾門面、張揚、招搖等義。清李鑒堂《俗語考原·裝幌子》："北人以事物專飾外觀謂之裝幌子，亦曰裝樣子。"裝幌子又寫作妝晃子，也可省稱爲裝幌、妝幌。宋辛棄疾《南香子》詞："好個主人家，不問因由便去嗦，病得那人妝晃了、巴巴。""了"一作"子"①。作"子"是很有可能的。《初刻拍案驚奇》卷一："交秋早涼，雖不見及時，幸喜天氣卻晴，有妝晃子弟要買蘇做的扇子袖中籠着搖擺。"《二刻拍案驚奇》卷三十九："蘇州新興百柱帽，少年浮浪的無不戴着裝幌。"

《俗言》"另日"條：

> 俗謂異日曰另日。令字音命令之令。然其字《說文》《玉篇》無有也。只當作令日。《戰國策》趙燕拜武靈王朝服之賜曰："敬循衣服，以待令日。"即異日也。注謂令爲善，非。②

按，"令日"即善日、吉日。楊氏將令日理解爲異日，可謂以不誤爲誤矣。《五音集韻·徑韻》："另，分居也，割開也。"清翟灝《通俗編》卷三十六《雜字》："燕齊間以折裂爲另開。"今陝西北部、忻州等地稱分家爲另、另家。另由此引申出孤獨、另外義。

又"儚蚰"條：

> 揚子《法言》注引《呂氏春秋》："蚰蚰，出放光蟲食物也。"今人謂小兒不懂事曰儚蚰。③

按，《爾雅·釋訓》："儚儚，洞洞，惽也。"郭璞注："皆迷惽。"《玉篇·人部》："儚，迷昏兒。"楊氏把"儚蚰"的"蚰"理解爲"出放光蟲食物"，這是錯誤的。清唐訓方《里語徵實》卷中上："心鈍曰儚蚰。"儚蚰當爲連綿詞，或作"儚儬"、"懵懂"、"懵董"，均爲一聲之

---

① 《唐宋筆記語辭滙釋》把這首詞列入語辭備考錄，中華書局2001年版，第273頁。

② （明）楊慎：《俗言》，第9頁。

③ 同上書，第8頁。

轉。唐元稹《紀懷贈李六户曹崔二十功曹五十韻》："有時鞭款段，盡日醉儜偬。"宋許月卿《上程丞相元鳳書》："人望頓輕，明主增喟，懵懂之號，道傍揶揄。"元喬吉《揚州夢》第二折："又不是癡呆懵懂，不辨個南北西東。"

三　考訂方俗詞語的本字與來源

語言的發展變化是有規律的。一些方俗詞語的產生與前代的語言存在密切的關係。由於語言發展的不平衡，一些前代的通語，到了後代可能成爲方俗語詞。因爲時代綿遠，這些詞的本字爲人們淡忘，筆記裏經常對這類詞的本字加以考證。如《老學庵筆記》卷十：

> 《考工記》"弓人"注云："䐉，亦黏也；音職。"今婦人髮有時爲膏澤所黏，必沐乃解者，謂之䐉，正當用此字。[1]

按，《周禮·考工記》："凡昵之類不能方。"鄭玄注："鄭司農云謂膠善戾，故書昵或作樴。杜子春云樴讀爲不義不昵之昵，或作䵒，䵒，黏也。玄謂樴，脂膏䐉敗之䐉，䐉亦黏也。"陸德明《釋文》："昵，女乙反，又音職。"賈公彥疏："後鄭以爲還從古書樴音，故轉爲脂膏䐉敗之䐉。若今人頭髮有脂膏者，則謂之䐉，䐉亦粘也。"

《俗言》"磨鉛"條：

> 南宋孔覬《鑄錢議》曰："五株錢周郭，其上下令不可磨取鉛。"鉛音裕。《五音譜》："磨礲漸銷曰鉛。"今俗謂磨光曰磨鉛是也。往年中官問於外庭曰："牙碑磨鉛，鉛字如何寫？"予舉此答之。[2]

按，《漢書·食貨志下》："而姦或盜摩錢質而取鉛"顏師古注："臣瓚曰：'許慎云"鉛，銅屑也。"摩錢漫面以取其屑，更以鑄錢。《西京黃圖敍》曰"民摩錢取屑"是也。'師古曰：鉛音浴。瓚說是也。"鉛亦即

---

① （宋）陸游：《老學庵筆記》卷十，第128頁。

② （明）楊慎：《俗言》，第3頁。

金屬屑末之義。由於經常磨取，磨取後前面磨光，故引申出磨光之義①。

《札樸》卷七"高橇"條：

> 北方伎人，足繫木竿上跳舞，作八仙狀，俗呼高橇。案：《列子·說符篇》："有異伎。"張注云："僑人。"又《山海經》長股國郭注云："今伎家僑人像此。"馥案：《說文》："僑，高也。"當言高僑。《左傳》"長狄僑如"，僑如者，高如也。②

按，桂馥認爲橇字本作"僑"，似不如"蹻"字爲當。《廣韻·宵韻》："蹻，舉足高。"《讀書雜志·戰國策一》"蹻足"條："蹻與蹻同。蹻足，舉足也。" "高橇"謂舉足很高，若本字爲"僑"，則爲"高高"矣。

《札樸》卷九"鄉言正字附"條則考證了大量的方言本字，茲舉其"身體"部分如下：

> 頭㡿曰頂門。頭後曰腦門。頭後骨曰項顀。頰後曰頤。項曰脖。翁目曰𪾷𥌯。張耳曰聊聦。腮多鬚曰髥。指紋曰蝸牛。或作蝸由。兩股曰胯。䯏骨曰䯊髁盍。踵曰後跟。跟上曰髓。髓上曰䯊寸。足骨曰踝子。聲如懷。案：踝，胡瓦切，與"蘤"同音，《廣韻》蘤又音懷，故踝亦轉爲懷。尻曰臀脽。③

按，《說文·頁部》："顀，項枕也。"《廣韻·很韻》："頤，頰後。"又《登韻》："𪾷，目小作態，𪾷𥌯也。"《集韻·登韻》："𥌯，𪾷𥌯，目不明。"所載兩者意義有聯繫。《玉篇·耳部》："聊，入意也。一曰聞也。字書亦作晰。"《集韻·祭韻》："聊，聞也。或作晰。"《廣雅·釋詁四》："聦，聽也。"《玉篇·耳部》："聦，《埤倉》曰：'注意聽也。'"《集韻·準韻》："聦，注意而聽謂之聦。"又《效韻》："髥，多須兒。"李實《蜀語》："多須曰髥腮。"《廣韻·歌韻》："䯊，膝骨。"又《戈韻》："髁，

①　詳參蔣宗福《四川方言詞語考釋》，巴蜀書社 2002 年版，第 778—779 頁。

②　(清)桂馥：《札樸》卷七，第 301 頁。

③　(清)桂馥：《札樸》卷九，第 386—387 頁。

膝骨。"

　　一些方俗詞語的產生和音轉有很大的關係，筆記經常從"聲訛"、"聲誤"的角度出發考察方俗詞語的本字，就是意識到了音轉在考察本字時的重要性。

　　《資暇集》卷下"三臺"條：

　　　　令之摧酒。摧，合作啐。啐，馳送酒聲，音碎。今訛以平聲，促樂是也。故且作摧字，貴淺近易識爾。①

　　按，《禮記·鄉飲酒義》："祭薦，祭酒，敬禮也；嚌肺，嘗禮也；啐酒，成禮也。"孔穎達疏："啐，謂飲主人酒而入口，成主人之禮。"又《雜記下》："自諸侯達諸士，小祥之祭，主人之酢也，嚌之。衆賓兄弟，則皆啐之。"陳澔集說："入口爲啐。"唐寒山詩："衣單爲舞穿，酒盡緣歌啐。"啐《廣韻》七內切、蘇內切兩讀，去聲。《玉篇·片部》："摧，且回切。摧牘。屈②破狀。"《廣韻·灰韻》："摧，摧牘。素回切。"李氏指出，啐酒本讀去聲，由於聲訛變爲平聲，字寫作了摧字。

　　又同卷"車輊"條：

　　　　俚語以車頓前爲質者，乃由不識輊字故也。輊，音致。《詩》云："如輊如軒。"前重爲輊，後重爲軒。俚見輊字似桎字，便以支乙音呼。俚語之謬，放此者，觸類而思，從可知矣。至如見馬首之低者，遂爲頭質，乃由車質之誤也。亦宜云頭輊，其義與車同矣。③

　　按，桎，《廣韻》之日切，章母質韻。之，《廣韻》章移切，章母支韻。乙，《廣韻》於筆切，影母質韻。《說文·木部》："桎，車鎋也。"輊，《廣韻》陟利切，知母至韻。《太平御覽》卷七百七十三引漢服虔《通俗文》："車轅曰軋，後重曰軒，前重曰輊。"字又作輇。徐鍇《說文繫傳·車部》："輇，抵也。"陳衍辨證："當訓低而不訓抵。抵爲低字傳寫之誤。"《玉篇·車部》："輇，前頓曰輇，後頓曰軒。竹利切。"竹，

　　① （唐）李匡乂：《資暇集》卷下，第19頁。
　　② 按，屈當爲屋。
　　③ （唐）李匡乂：《資暇集》卷下，第20—21頁。

《廣韻》張六切，知母屋韻。利，《廣韻》力至切，來母至韻。李氏指出，呼輕爲支乙音乃是桎字影響的結果。由於不知輕字，人們把"車頓前"之輕寫作了質。

《封氏聞見記》卷六"打毬"條：

> 打毬，古之蹙鞠也。《漢書·藝文志》："《蹙鞠》二十五篇。"顏《注》云："鞠以韋爲之，實以物，蹙蹋爲戲。蹙鞠陳力之事，故附於兵法。蹙音子六反，鞠音鉅六反。"近俗聲訛，謂"蹴"爲"毬"，字亦從而變焉，非古也。[1]

按，《史記·衛將軍驃騎列傳》："其在塞外，卒乏糧，或不能自振，而驃騎尚穿域蹋鞠。"司马贞索隐："《蹙鞠書》有《域説篇》，又以杖打，亦有限域也。今之鞠戲，以皮爲之，中實以毛，蹙蹋爲戲。劉向《別錄》云：'蹋鞠，兵勢，所以陳武事，知有材力也。'"南朝梁宗懍《荊楚歲時記》："打毬、鞦韆、施鈎之戲。按，劉向《別錄》曰：'蹴鞠，黃帝所造，本兵勢也。'或云起於戰國。按，鞠與毬同。古人蹋蹴以爲戲也。"蹴，上古見母覺部，中古見母屋部，毬，上古群母幽部，中古群母尤部。鞠、毬中古韻母差別較大，且經過一個共用的時期，當是詞彙的替代現象。《漢語大字典》毬❶引宋王讜《唐語林·補遺·玄宗》之說爲據[2]，王說實抄自《封氏聞見記》此條。

《雞肋編》卷上：

> 五倍子生鹽麩木葉下，故一名鹽麩桃。衢州開化又名儂人膽。陳藏器云："蜀人謂之酸桶，又名醋桶。吳人呼烏鹽。"按《玉篇》：楢字皮秘切。云木名，出蜀中，八月中吐穗如鹽，可食，味酸美。《本艸》云出吳、蜀山。余疑五倍子乃吳楢子聲誤而然耳。[3]

按，莊氏據此木生於吳、蜀，又據此木名楢，得出五倍子爲吳楢子聲

---

① （唐）封演：《封氏聞見記》卷六，第47頁。
② 《漢語大字典》第3卷，第1998頁。
③ （宋）莊綽：《雞肋編》卷上，第25頁。

訛的結論，令人信服。

《七修類稿》卷二十四《辯證類》"俗言訛"條：

> 又木格閣板，謂之"鬼背兒"，陸德明《禮記釋文》註閣庋，庋字九毀反，毀與鬼音相近，音少訛即爲鬼字也。故閣板之"鬼背兒"，當用此"庋"字。①

按，《玉篇・广部》："庋，閣也。"《世說新語・賢媛》："王家見二謝，傾筐倒庋。"《新唐書・文藝傳下・李華》："因著《弔古戰場文》，極思研摧，已成，汙爲故書，雜置梵書之庋。"《廣韻》毀屬紙韻，鬼屬尾韻，故郎氏言"音少訛即爲鬼字也"。

《札樸》卷九"綫線"條：

> 吾鄉女工刺繡五色線，謂之綫線，音所買切。按：《考工記》："鮑人之事，察其線，欲其藏也。"杜子春讀線爲綫。《釋文》云："線，思賤反。"注："綫同。"馥案：西有先音，故"綫"與"線"同聲，今讀所買切，聲轉也。②

按，曬的簡化字爲晒，與綫讀所買切情況相同。

又同卷"火麥"條：

> 青州小麥有一種早熟者，俗呼火麥。案：火當爲稞。《集韻》"青州謂麥曰稞。"③

按，桂氏認爲火麥之火本字當爲稞，不確。此條李信案："《堯典》：'日永星火，以正仲夏。'蓋仲夏之月，大火見于南方正午之位。今吳越間以夏令打菜子去油，以滓爲餅，曰火餅。蘇之太湖、甓社湖、洪澤湖，凡夏月出魚，皆曰火魚。今曰火麥者，亦疑初夏耳。《方言》：'㷭，火

---

① （明）郎瑛：《七修類稿》卷二十四《辯證類》，第371頁。
② （清）桂馥：《札樸》卷九，第366頁。
③ 同上書，第359頁。

也。’郭璞曰：‘楚語轉也。’皆此意也。”《異物志》：“交趾夏月稻熟曰火米。”清歷荃《事物異名錄》卷二十四引《古詩》注：“土人以五月收米爲火米。”由此可見，凡早熟之物很多都冠以火字，火字正言仲夏耳。

由於語轉而產生的方俗詞語，在《匡謬正俗》中談得更多，而且方法更爲科學。那就是在討論音轉時，往往用相同的例證來對舉，實際上注意到了音轉的規律性。如卷六“坼”條：

或問曰：“俗呼檢察探試，謂之‘覆坼’。‘坼’者何也？”答曰：“當爲‘覆逴’，音‘敕角反’，俗語音訛，故變爲‘坼’耳。案《晉令》成帝元年四月十七日甲寅詔書云：‘火節度七條云：火發之日，詣火所赴救，御史、蘭臺令史覆逴。有不以法，隨事錄坐。’又云：‘交互逴覆，有犯禁者，依制罰之。’‘逴’者，謂超踰不依次第，令所云‘覆坼’，亦謂乍檢乍否，不依次歷履行之，以出其不意耳。今謂董卓爲‘董磔’，故呼‘逴’亦爲‘坼’，是其例也。①

按，逴，《廣韻》敕角切，徹紐覺韻；坼，《廣韻》丑格切，徹紐陌韻。卓，《廣韻》竹角切，知紐覺韻，磔，《廣韻》陟格切，知紐陌韻。兩者均從覺韻變爲陌韻。

又同卷“木鍾”條：

或問曰：“今所謂‘木鍾’者，於義何取？字當云何？”答曰：“本呼‘木章’，音訛遂爲‘鍾’耳。古謂大木爲章，故《漢書》云②《貨殖傳》云‘千章之荻’，謂荻木千枚也。其將作屬官有主章署，掌材木。又古謂舅姑爲‘姑章’，今俗亦呼爲‘姑鍾’，益知‘章’音皆轉爲‘鍾’。③

按，章，《廣韻》諸良切，章母陽韻，嬙《集韻》亦諸良切。鍾，《廣韻》職容切，章母鍾韻。章、嬙均從陽韻轉入鍾韻。

---

① （唐）顏師古：《匡謬正俗》卷六，第39頁。
② 疑“云”字衍文。
③ （唐）顏師古：《匡謬正俗》卷六，第44—45頁。

　　漢語里一些詞語的產生，和漢語的音節結構有關。一個音節緩讀可以分化而二，兩個音節也可以合爲一個音節。筆記對這類詞也有所討論。如《資暇集》卷下"阿茶"條：

　　　　公郡縣主，宮禁呼爲宅家子。蓋以至尊以天下爲宅，四海爲家，不敢斥呼，故曰"宅家"，亦猶"陛下"之義。至公主已下，則加"子"字，亦猶帝子也。又爲阿宅家子。阿，助詞也。急語乃以宅家子爲"茶子"。旣而亦云阿茶子，或削其子，遂曰"阿家"。以宅家子爲茶子，卽而亦云阿茶子。削其"子"字，遂曰"阿茶"。一說漢魏已來，宮中尊美之，呼曰大家子，今急訛以大爲宅焉。①

　　李氏在這一則材料中討論了宅家與宅家子的命名理據，並分析了宅家子的形式變化。唐代稱皇帝爲宅家，稱其公郡縣主爲宅家子。《困學紀聞》卷十八："唐子西《內前行》云：'宅家喜得調元手。'唐時宮中，謂天子爲宅家。《通鑑》：韓建發兵圍十六宅，諸王呼曰：'宅家救兒！'劉季述等至思政殿，皇后趨至，拜曰：'軍容勿驚宅家。'"《資治通鑑·唐昭宗乾寧四年》："（韓）建乃與知樞密劉季述矯制發兵圍十六宅，諸王被髮，或緣垣，或升屋，呼曰：'宅家救兒！'"胡三省注："唐末宮中率稱天子曰宅家。""宅家"又合音爲"茶"。《廣韻》：宅，場陌切，澄母陌韻入聲；家，古牙切，見母麻韻平聲。茶，宅加切，澄母麻韻平聲。宅的聲母和家的韻母結合，正好是茶字。

　　《老學庵續筆記》一卷②：

　　　　市井中有補治故銅鐵器者，謂之"骨路"，莫曉何義。《春秋正義》曰："《說文》云：'錮，塞也。'鐵器穿穴者，鑄鐵以塞之，使不漏。禁人使不得任宦，其事亦似之，謂之禁錮。"余案："骨路"正是"錮"字反語。③

---

① （唐）李匡乂：《資暇集》卷下，第20頁。
② 本卷《續筆記》係自《說郛》中輯出，但所載似是摘引，非全文。
③ （宋）陸游：《老學庵續筆記》一卷，第139—140頁。

《容齋三筆》卷十六《切脚語》：

> 世人語音有以切脚而稱者，亦間見之於書史中，如……錮爲
> 骨露。①

按，骨，《廣韻》古忽切，見母術韻；錮，《廣韻》古暮切，見母魚
韻。骨錮聲母相同。路，《廣韻》洛故切，來母鐸韻；暮，《廣韻》莫故
切，明母鐸韻；露，《廣韻》洛故切，來母暮韻。路暮韻母相同。"骨
路"、"骨露"正是"錮"的分音詞。此詞還可作"錮露"、"錮路"、"錮
鏴"、"錮鏴"等形②。

《南村輟耕錄》卷十七"嬸妗"條：

> 宋張文潛《明道雜志》云：經傳中無嬸妗二字。嬸字，乃世母
> 字二合呼。妗字，乃舅母字二合呼也。二合，如真言中合兩字音
> 爲一。③

《菽園雜記》卷七則舉了更多的例子支持陶說，並指出其和反切的道
理是一致的：

> 《輟耕錄》言，"嬸、妗字非古，吴音世母合而爲嬸，舅母合而
> 爲妗耳。"此說良是。今吴中鄉婦呼阿母，聲急則合而爲黯；輕躁之
> 子呼先生二字，合而爲裏，但未有此字耳。又如前人謂語助爾，即而
> 已字反切，《楚辭》些，即娑訶字反切。今以類推之，蜀人以筆爲不
> 律，吴人以孔爲窟籠。又如古人以瓠爲壺，《詩》"八月斷壺"是已。
> 今人以爲葫蘆，疑亦諸字之反切耳。④

按，嬸，《集韻》式荏切，書母寢韻。世，《廣韻》舒制切，書母祭

---

① （宋）洪邁：《容齋三筆》卷十六，第 604 頁。
② 詳參蔣宗福師《近代漢語俚俗詞語考辨》"骨路/骨露/錮露/錮路/錮鏴/錮鏴"條，《漢
語史研究集刊》第十二輯，巴蜀書社 2009 年版，第 217—218 頁。
③ （元）陶宗儀：《南村輟耕錄》卷十七，第 209 頁。
④ （明）陸容：《菽園雜記》卷七，第 82 頁。

韻。母，《廣韻》莫厚切，明母厚韻。妗，《集韻》巨禁切，羣母沁韻。舅，《廣韻》其九切，羣母有韻。嬸、妗收尾均爲 m 尾，故張氏所言有理。又黯吳音收尾亦爲 m，阿母聲急爲黯，而先生合音爲襄字，則是受到了生字韻尾的影響。

隨着古音學的進步，筆記對一些方俗語詞來源的認識也越來越明晰。如"毛"字，宋程大昌《演繁露》卷十二"俗語以毛爲無"條云：

> 《後漢·馮衍傳》說鮑永曰："更始諸將虜掠，飢者毛食，寒者裸跣。"注：毛，草也。太子賢案：《衍傳》毛作無，今俗語猶然，或古亦通用乎！"耗矣哀哉"注："以耗爲毛。毛，無也。"唐黃繙綽諧語以賜緋毛魚袋，借毛爲無，則知閩人之語亦有本。①

宋朱弁《曲洧舊聞》卷六：

> （劉）貢父雖恐其爲戲，但不知毳飯所設何物，如期而往。談論過食時，貢父饑甚索食。坡（蘇東坡）云："少待。"如此者再三，坡答如初。貢父曰："飢不可忍矣。"坡徐曰："鹽也毛，蘿蔔也毛，飯也毛，非毳而何？"……世俗呼"無"爲"模"，又語訛"模"爲"毛"，嘗同音。故東坡以此報之，宜乎貢父思慮不到也。②

按，酈道元《水經注》卷十三《灅水》："灅水又東，逕無鄉城北。《地理風俗記》曰：'燕語呼毛爲無。'今改宜鄉也。"亦以毛爲無。到了明末，人們已經開始注意到了無與毛在語音上的聯繫。如《通雅》卷一《疑始專論古篆古音》云："無通爲无、亾、勿、毋、莫、末、沒、毛、耗、蔑、微、靡、不、曼、瞀，蓋一聲之轉也。"所言這些詞均爲脣音。《癸巳類稿》卷七"釋毛"進一步論述說：

> 《後漢書·馮衍傳》云：饑者毛食。注云：毛，草也，臣賢案衍

---

① （宋）程大昌：《演繁露》卷十二，臺北商務印書館《景印文淵閣四庫全書》第 852 冊，第 173 頁。

② （宋）朱弁：《曲洧舊聞》卷六，中華書局 2002 年版，第 172—173 頁。

集作无，今俗語猶然者，或古亦通乎？郭忠恕《佩觿集序》云：河
朔謂無曰毛。自注云：“《漢書》毛音無，與無同義。”徧檢《漢書》
絕無毛音無者，必是誤記《後漢書注》。如《鄧騭傳》云“元二之
災”，注引《石鼓文》重字積二畫，郭亦謂是顏師古語，皆誤以《後
漢書》爲《漢書》。然《後漢書注》亦不云“毛音無”，《佩觿》辨
正云：今河朔謂無爲謨。毛亦音謨，俱不作毛音。其語尤非，執筆者
方音不同耳，豈有明著毛字，反不作毛音者？《漢書·功臣表序》
“秏矣”，注孟康云：秏音毛，言無有毛米在者也。師古云：“今俗語
猶謂無爲秏，音毛。”則是古人言無毛相近，故通寫，非寫此字讀彼
音也。毛亦轉莫、末、沒、蔑、靡……《春秋左傳·昭元年》，務婁
音謀，一音無；瞀胡音茂，一音無。《荀子·成相篇》“牟光”即
“務光”，《列子》有伯昏瞀人，伯昏無人。隱敬順《釋文》云：
“無，莫侯切”，則以無就瞀。案《莊子·德充符》與《田子方》兩
篇“伯昏無人”，《列禦寇篇》作“伯昏瞀人”，陸德明《釋文》云：
“瞀音茂，又音務。”《顏氏家訓》“宣務山”，務即旄邱之旄，引
《字林》“旄，亡付反”，蓋瞀與戊，皆兼務茂兩音。《荀子·哀公
篇》“務而拘領”，《淮南·祀論訓》“鍪而綣領”，則務、鍪即冒，
同音也。……則無、毋、戊、勿、務、牟、末、慕、莫、沒、目、
蔑、靡、勉、瞀、冒、茂、摹、模、謨、摩、麼、旄、亡、忙、毛俱
同音。佛書“南無”讀如“那毛”，又作“囊謨”，又作“萳忙”，
又作“那模”，又作“那末”，又作“那莫”，又作“那謨”，又作
“南慕”，又作“娜謨”，又作“娜麼”，是毛、無對音之證。其番言
縛羅，此言毛道，凡夫而解之云：行心不定，如輕毛隨東西風動。則
後人不知古毛、無同音之故也。今人言無知者曰毛識，五代時黃繙綽
賜緋而無魚袋，則曰“毛魚袋”，是皆說無爲毛。江休復《雜志》謂
泉南人不改鄉音，無讀作謨，以爲譏笑，則陋矣。《水經·漯水注》
無鄉城，引《地理方俗記》云：燕語呼毛爲無。今改爲宜鄉，其時
毛無音分，故有呼毛爲無至論。凡今人字別讀者，皆古遺音。自周至
漢，毛無必同一音，晉以後始分之，而古文散見，方言相牽，唐後人
摘其一字，標爲奇異，加以考論，其理反昧矣。[①]

————

① 　（清）俞正燮：《癸巳類稿》卷七，第249—250頁。

按，俞氏徵引大量的文獻例證，並用瞀的讀音作類比，發現毛、無古音音近的例證。無，明母魚部。毛，明母宵部。瞀，明母幽部（瞀歸部有分歧，段玉裁、朱駿聲、王力和郭錫良歸幽部，江有誥、周祖謨和何九盈歸侯部）。上古侯宵幽三部關係密切，經常發生糾葛，在音值上，這三部的原因都在舌後靠近喉鼻的區域①。又，俞氏從古音的角度把一連串的詞語繫聯起來，並認爲其"俱同音"，有過寬之嫌。俞氏還把毛道理解爲無道，恐不妥。丁福寶《佛學大辭典》"毛道"條："（術語）又曰毛頭。凡夫之異名。謂凡夫行心不定，猶如輕毛之隨風而東西也。然依梵本則有婆羅 Bāla、縛羅 Vāla 之二音。婆羅爲愚之義，縛羅爲毛之義。古譯人誤婆羅爲縛羅。譯爲毛。不知婆羅宜譯爲愚夫也。《唯識樞要》上本曰：'《金剛經》云毛道生，今云愚夫生，梵云婆羅（去聲），此云愚夫，本錯云縛羅乃言毛道。"② 慧琳《一切經音義》卷十"毛道"條："此言譯者誤也。案梵云嚩囉，此云毛婆羅，此云愚，以毛與愚梵音相濫，故誤譯。此爲毛義，翻爲毛道，或云毛頭，皆非也。此譯者之失矣。正梵音云婆羅必哩他仡那，婆羅此云愚，必栗託此云異，仡那此云生，唐云愚生是也。言毛道凡夫者，義不明也。"由此可見毛道爲誤譯。附帶說一下瞀，這個詞現代漢語方言中還在使用。《漢語方言大詞典》：【霧霧】：＜形＞像霧一樣模糊不清。閩語。福建廈門〔bu²² bu²²〕、永春〔mu²¹ mu²¹〕、莆田：眼睛灰塵很多，～看不清。廣東揭陽〔bu²² bu²²〕：個天～，遠個山看唔清楚。天色濛濛，遠的山看不清楚。③ 按，形容視覺不明的〔bu²² bu²²〕、〔mu²¹ mu²¹〕的本字當爲"瞀"，"瞀"爲形容詞，故可重疊。《漢語方言大詞典》由於不明本字，致使妄爲曲說。

第二節　筆記與漢語詞語理據研究

所謂理據，指的是在語言的這一自組織運轉過程中每一個促動或激發語言存在、變異和發展的動因。詞語理據就是指詞語發生、變異和發展的

---

① 黃易青：《論上古侯宵幽的元音及侵冬談的陰聲——兼論冬部尾輔音的變化及其在上古音系中的地位演變》，《北京師範大學學報》2005 年第 6 期。
② 丁福寶：《佛學大辭典》，文物出版社 1984 年版，第 361 頁。
③ 徐寶華、〔日〕宮田一郎：《漢語方言大詞典》，中華書局 1999 年版，第 6462 頁。

動因①。與詞語理據相關的，是内部形式這一概念，中外有些語言學家將二者等同起來。如張永言先生認爲："所謂詞的内部形式，又叫詞的詞源結構或詞的理據。"② 而王艾錄、司富珍則認爲，理據和内部形式是既有緊密聯繫，又有很大差異的兩個概念。内部形式是合成符號中的語法結構和語義結構的總和，而理據則是一切語言符號發生和發展的動因，二者有着不同的語言哲學内涵，所以單純符號只有理據，没有内部形式；而合成符號則既有理據，又有内部形式③。

　　漢語詞語理據的探求和漢語詞彙發生、發展的階段密切相關。漢語詞彙的積累大致經歷了三個階段：第一個階段是原生階段。漢語和世界上的其他語言一樣，經歷了一段很長時間的原生造詞時期。在這段時間内，除一些象聲詞和一些非象聲詞，如鵝、鴨、蛙等的得名與其叫聲有關外，大部分詞的理據已不可得知。剩下的這一部分詞是有理據還是無理據，尚無法驗證。第二個階段是派生階段。在這一階段中，詞彙發展的主要手段是在原生詞（源詞）的基礎上派生出新詞，如由"立"派生出"位"等。這一階段詞語理據的探求，主要是根據"音近義通"的原則，找出原生詞（源詞）和派生詞的音義聯繫，亦即以同源詞的繫聯爲主。第三個階段是合成階段，漢語詞彙在原生階段和派生階段都是以單音節爲主的，主要是單純詞，到了合成階段，合成造詞成爲詞彙發展的主流，相應的漢語由以單音詞爲主逐漸轉變爲以雙音詞爲主。探求合成詞的理據，主要是分析合成詞内部的語素義，分析其語素結合成詞的動因。以上三個階段的劃分，並没有絕對的界限，只是在不同的歷史階段，各以一種造詞方式爲主要方式而已④。

　　傳統訓詁對漢語詞彙理據的分析，主要是派生詞和合成詞的理據探求。聲訓、"右文說"及"音近義通"等探求詞源的方法，都屬於派生詞的詞源探求，而分析合成詞的内部理據，在筆記中也有突出的表現。

---

　　① 王艾錄、司富珍：《漢語的詞語理據》，商務印書館 2001 年版，第 1—4 頁。

　　② 張永言：《關於"詞的内部形式"》，《語言研究》創刊號，1981 年，第 9 頁。

　　③ 《語言理據研究》第二章《理據與内部形式》，中國社會科學出版社 2002 年版，第 20—33 頁。

　　④ 王寧：《漢語詞源的探求和闡釋》，《訓詁學原理》，中國國際廣播出版社 1996 年版，第 144—162 頁。

一　派生詞的理據探求

派生詞的理據探求，主要以同源詞的研究爲主。古人對漢語同源詞的研究，主要經歷了三個階段，第一個階段是先秦到兩漢，主要是聲訓，第二個階段是"右文說"，第三個階段是"音近義通"的探求詞源的方法。

聲訓可以說是古人探求同源詞最早的一種方式。它是以聲音爲線索解釋詞義的一種方法，其旨趣是以音同、音近之字來揭示词语的得名之由。聲訓這種方法導源於先秦，盛行於漢代，而以東漢劉熙的《釋名》爲聲訓集大成的著作。

在筆記中，聲訓的材料不是很多，這和筆記產生的時代有關。中國古代筆記產生於魏晉南北朝，而考據、辨證類的筆記唐代才開始獨立，至宋代，聲訓這種方法已經趨於衰落。

不過，在魏晉唐人的有些筆記中，還是保存了一些聲訓的材料。這些聲訓和先秦兩漢的聲訓一樣，大多數具有主觀隨意性的特點。

晉崔豹《古今注》卷上《都邑》：

> 廟者，貌也，所以髣髴先人之靈貌也。
> 城者，盛也，所以盛受人物也。①

《蘇氏演義》卷上：

> 雪者，脫也，如物之雪脫。又曰屑也。《釋名》曰："綏也。水下遇寒，而綏綏然下也。"
> 苑者，園也，援也，謂牆之圍圜者也。②

五代馬縞《中華古今注》卷上"旌旆"條：

> 旆者，善也，以彰善人之德。③

---

① （晉）崔豹：《古今注》卷上《都邑》，商務印書館 1956 年版，第 9、10 頁。
② （唐）蘇鶚：《蘇氏演義》卷上，第 1、6 頁。
③ （五代）馬縞：《中華古今注》卷上，商務印書館《叢書集成初編》本，1939 年，第 11 頁。

這些訓釋好像是主觀上把兩個聲音相同或相近的詞牽合在一起。有時候，一個詞的解釋有兩種或兩種以上的說法，這樣的解釋更不科學，因為詞語的正確語源只有一個。

不過，一些聲訓的釋字和被釋字之間確實是同源詞。如《蘇氏演義》卷下：

> 誥者，告也，言布告王者之令，使四方聞之。今言告身，受其告令也。①

按，《說文》："誥，告也。"《國語·楚語上》："以自誥也。"韋昭注："誥，告也。"《文選序》："詔誥教令之流。"呂向注："誥者告也。"告誥本一詞，《釋名·釋書契》："上敕下曰告。"《周禮·春官·大祝》："三曰誥。"杜子春注："誥當為告，《書》亦或為告。"後世在上告下的意義上另造誥字。《列子·楊朱》："不告而娶。"陸德明釋文："告上曰告，發下曰誥。"②

聲訓作為一種推源的方法，其局限性是明顯的。因為音同或音近的詞很多，兩兩繫聯難免會帶上主觀隨意的特點。更何況，聲訓是用當時的語音來做推源工作的，與詞語語源產生時代的語音有些已經有了一定的距離。如果從同源詞的觀點來看，古代的聲訓除大部分主觀附會外，有些是用源詞釋派生詞，像上文的"誥者，告也"就是這種情況，這一部分聲訓的推源是合理的。另外有一些聲訓雖然不合理，無法探求詞義來源，但能反映音近義通的關係，與同源詞研究關係密切。對於聲訓種種複雜的情況，要細加區別③。

筆記對同源詞研究的一個重大貢獻，是記載和探討了"右文說"。"右文說"發端於楊泉的《物理論》：

---

① （唐）蘇鶚：《蘇氏演義》卷下，第 17 頁。
② 參見王力《同源字典》，商務印書館 1982 年版，第 305 頁。
③ 陸宗達、王寧：《淺論傳統字源學》，《訓詁學原理》，中國國際廣播出版社 1996 年版，第 130—134 頁。

　　　在金石曰堅，在草木曰緊，在人曰賢。①

　　雖沒有正式提出"右文說"，但已注意到形聲字聲符的表意作用。至宋代，就正式提出了"右文說"。《夢溪筆談》卷十四《藝文一》：

　　　王聖美治字學，演其義以爲右文。古之字書，皆從左文。凡字，其類在左，其義在右。如木類，其左皆從木。所謂右文者，如戔小也，水之小者曰淺，金之小者曰錢，歹而小者曰殘，貝之小者曰賤。如此之類，皆以戔爲義也。②

　　按，宋佚名《宣和書譜》卷六："文臣王子韶，字聖美，浙右人。方王安石以字學行於天下，而子韶亦作《字解》二十卷，大抵與王安石之書相違背，故其《解》藏於家而不傳。"沈括所言王氏之右文，有可能出自《字解》的内容。

　　從宋代筆記可以看出，當時"右文說"頗爲流行，蔚然成爲一代風氣。《學林》卷五"盧"條：

　　　盧者字母也，加金則爲鑪，加火則爲爐，加瓦則爲甗，加目則爲矑，加黑則爲黸，凡省文者，省其所加之偏旁，但用字母，則衆義該矣。亦如田者字母也，或爲畋獵之畋，或爲佃田之佃，若用省文，唯以田字該之，他皆類此。③

《游宦紀聞》卷九：

　　　自《說文》以字畫左旁爲類，而《玉篇》從之，不知右旁，亦多以類相從；如戔有淺小之義，故水之可涉者爲淺，疾而有所不足者爲殘，貨而不足貴重者爲賤，木而輕薄者爲棧。青字有精明之義，故日之無障蔽者爲晴，水之無溷濁者爲清，目之能明見者爲睛，米之去

---

①　楊泉：《物理論》，《太平御覽》卷四百零二《人事部四三》。
②　（宋）沈括：《夢溪筆談》卷十四《藝文一》，第153頁。
③　（宋）王觀國：《學林》卷五，第177頁。

麃皮者爲精。凡此皆可類求。聊述兩端，以見其凡。①

"右文說"從形聲字的聲符分析入手，發現同一聲符的字語義上存在聯繫，在文字學史、訓詁學史上是一個巨大的進步。王觀國把形聲字的聲符稱之爲"母"，又云"但用字母，則衆義該矣"，則揭示了聲符是貼近語言的、本源的，而形符是附加的、輔助性的這一普遍規律②。從同源詞的繫聯來講，它繫聯的是一組同聲符字，並尋求這一聲符字語義上共同的特點，因此與聲訓的兩兩繫源相比，其隨意性降低了。如《學林》所言從盧的一組字均與黑義有關，畋、佃亦均與田有關。

當然，右文說是有局限性的。其一，它尚不能突破文字的障礙，繫聯出更多的同源詞。其二，把聲符的意義絕對化，事實上，同從一聲的形聲字在意義上不見得都有聯繫。就拿王聖美所舉的例子來說，淺、錢、殘、賤就應該分爲兩系，錢、殘跟殘損的意思相關，淺、賤跟淺小的意義相關③。又王氏所言"青字有精明之義"，亦不妥當。青本身無精明之義，精明可能爲其借義。"右文說"的聲符與其所代表的意義存在着種種複雜的情況，沈兼士《右文說在訓詁學上之沿革及其推闡》用本義分化和借義分化來解決這個問題，這裏就不詳談了。

"右文說"是從文字的角度着眼的，而語源的分化是以語音、語義爲條件的，兩者並不一致。陸宗達、王寧先生就從形體關係把同源字分爲三種類型：(1)形體無關的同源字；(2)同聲符的同源字；(3)同形的同源字④。"右文說"只涉及同聲符的同源字，並且就這一部分來看，也存在着絕對化的傾向。"右文說"根本的缺陷在於把形聲系統和同源系統混同起來。

"右文說"後來有了進一步的發展。如宋末元初的戴侗在《六書故·六書通釋》中說："六書類推而用之，其義最精。昏本爲日之昏，心目之昏猶日之昏也，或加心與目焉。嫁娶者必以昏時，故因謂之昏，或加女焉。……"已經發現某些形聲字的意義來源於聲符，分別文的產生與語源分化有關，論述已比王聖美之說進了一步。到了清代，黃生、段玉裁、

---

① 《游宦紀聞》卷九，第77頁。
② 殷寄明：《語源學概論》，上海教育出版社2000年版，第60頁。
③ 參裘錫圭《文字學概要》，商務印書館1988年版，第177—178頁。
④ 《淺論傳統字源學》，《訓詁學原理》，中國國際廣播出版社1996年版，第130—132頁。

王念孫、郝懿行等人均廣泛運用"右文說","右文說"得到了進一步的發展。如黃生《字詁》"疋䟫㢟疏梳"條下：

> 疋，鳥足之疏也。䟫、㢟，並窗户之交疏也。梳、疏，並理髮器也。鳥足開而不斂，故作疋字象之。疋有稀義，故窗户之稀者曰䟫，櫛器之稀者曰疏，並从疋會意兼諧聲。①

又"紛雰鷟袚棼"條下：

> 物分則亂，故諸字从分者皆有亂義。紛，絲亂也。雰，雨雪之亂也；袚，衣亂也；鷟，鳥聚而亂也。棼棼，亂貌也。②

在明清其他筆記裏，有些關於同源詞研究的條目也可以看作"右文說"的運用。如《焦氏筆乘》續集卷三"亮采惠疇"條：

> "亮采③惠疇"，言能明別其事，而分使致力，疇類皆蒙其惠也。一相得人，分爲法，守者各歸其分，百官賴之，是爲"亮采惠疇"也。唐、虞之師師，高宗之乃僚同心，禹、傅說實使之也。說者謂：疇即儔，古字通耳。觀《左氏》"取我田疇而伍之"，杜曰："並畔爲疇。"畔，田疆所抵也。以疆界相並爲疇，即儔朋之義。《漢志》"疇人分散"，亦指史官朋儔也。不必以疇爲儔。④

按，《楚辭·王褒〈九懷·危俊〉》："步余馬兮飛柱，覽可與兮匹儔。"王逸注："二人爲匹，四人爲儔。儔，一作疇。"《荀子·勸學》："草木疇生。"楊倞注："疇與儔同，類也。"疇、儔均有相並之義，從字形上看兩字並從壽聲。

清徐時棟《煙嶼樓筆記》卷五：

---

① （清）黃生：《字詁》，第6頁。
② 同上書，第20頁。
③ "采"原作"採"，據《尚書》原文及後文改。
④ （明）焦竑：《焦氏筆乘》續集卷三，第325頁。

　　俗呼櫛髮之物，密者謂之篦，齒稍稀者謂之梳。雖士大夫亦習用
之。而不知篦爲比之謁，梳爲疏之轉也。《史記·匈奴傳》："文帝遺
單于比余。"《漢書》作"比疏"。"余""疏"不同，然實當作
"疏"。《蒼頡篇》曰："靡者爲比，粗者爲疏。"至顏師古注《急就
篇》，則尤顯。言之曰："櫛之大而粗，所以理鬢者，謂之疏。言其
齒稀疏也。小而細，所以去蟣虱者，謂之比。言其齒密比也。皆因其
體以立名。"然則非但"篦"爲俗字，即"梳"字，亦在漢後起者。
《漢書》楊雄《長楊賦》："頭蓬不暇疏。"《文選》作"梳"。是其
證也。①

　　按，《釋名·釋首飾》："梳，疏也。言其齒疏也。數言比，比於梳，
其齒差數也。比，言細相此也。"比、篦和疏、梳爲兩對同源詞，篦、梳
當爲後起字。《漢語大詞典》認爲疏在梳子的這一意義上通"梳"②，斯
爲本末倒置矣。梳實爲疏之本字。
　　《札樸》卷五"鞤"條：

　　《廣韻》："鞤，曲也。"《廣雅》："鞤，詘也。"《淮南·人間
訓》："兵橫行天下而無所縫。"高注："縫，屈也。"《漢書》："鉤弋
倢伃兩手皆拳，上自披之，即時伸。"《詩·大雅》："有卷者阿。"
《漢書·劉向傳》："客星見昴卷之間。""卷"，謂卷舌星也。"鞤"、
"縫"、"拳"、"卷"義通。③

　　這一組詞全有曲義，字形上亦有聯繫。
　　又卷七"襠"條：

　　阮籍《大人先生傳》："動不敢出褌襠。"案："襠"本作"當"，
遮也，遮前後也。上古有靫，但知蔽前，不知蔽後，故復作褌而加當
其上。

---

① （清）徐時棟：《煙嶼樓筆記》卷五，《筆記小說大觀》第 30 編第 7 冊，第 4485 頁。
② 《漢語大詞典》第 8 卷，第 495 頁。
③ （清）桂馥：《札樸》卷五，第 177 頁。

　　　　"兩襠"亦應作"當",前當心,後當背也。①

　　按,《釋名·釋衣服》:"裲襠,其一當胸,其一當背也。"《廣韻·唐韻》:"襠,兩襠衣。"桂馥所言襠本作當,從文字和語源的角度講,應當是合理的。《儀禮·鄉射禮》:"虵交韋當。"注:"直心背之衣曰當。"《北堂書鈔》卷一百二十一引曹植表:"先帝賜臣兩當鎧一領。"

　　《癸巳存稿》卷二"紟纓"條:

　　　　《內則》:"婦事舅姑,紟纓。"注云:"紟猶結也。婦人有纓,示繫屬也。"按,《說文》云:"䪐,頸飾也。""嬰,頸飾也。""纓,冠系也。""紟,衣系也。"冠系亦在頸,垂於下爲飾,所謂"冠,緌雙止";婦人之纓由頸交於胸,所謂"親結其褵"也。男纓亦曰緌,女纓亦曰褵。纓與嬰字通用。《荀子·富國篇》云"處女纓寶珠",言頸飾綴珠也。《釋名》云:"纓者,自上而繫於頸也。"嬰兒者,胸前曰嬰,抱之嬰前乳養之,是嬰頸飾至胸,婦人乳字者猶有纓,是纓爲婦人常飾也。②

　　按,䪐、嬰、纓爲同源詞,均與頸有關。"冠系亦在頸,垂於下爲飾"就是把纓與䪐、嬰的語義繫聯了起來。頸飾垂於胸,出生嬰兒要抱於胸前喂養,故曰嬰兒。

　　古人研究同源詞的另一方法,是"聲近義通"說,起源則可以追溯到郭璞的"語轉"說。這一理論能夠突破字形的束縛,在同源詞研究上有其積極的意義。筆記中有些材料可以看出其研究同源詞的方法大體屬於這一類型。

　　《宋景文公筆記》卷上"釋俗"條:

　　　　國朝有骨朵子,直衛士之親近者。予嘗脩日曆,曾究其義。關中人謂腹大者爲胍肛,上孤下都,俗因謂杖頭大者亦爲胍肛,後訛爲骨

_____

　①　(清)桂馥:《札樸》卷七,第 298 頁。
　②　(清)俞正燮:《癸巳存稿》卷二,第 52—53 頁。

朶。朶從平聲，然朶難得音。今爲軍額，固不可改矣。①

　　骨朶指古代的一种兵器。《宋史·儀衛志二》："凡皇城司隨駕人數，崇政殿祗應親從四指揮，共二百五十二人，執擎骨朶充禁衛。"宋孟元老《東京夢華錄·元宵》："兩邊皆禁衛排立，錦袍幞頭簪賜花，執骨朶子。"明茅元儀《武備志·軍資乘》："蒺藜、蒜頭骨朶二色，以鐵若木爲大首。跡其意，以爲胍肫。胍肫，大腹也，謂其形如胍而大，後人語訛，以胍爲骨，以肫爲朶。"可知其頂端綴一蒜形或蒺藜形的頭，以鐵或堅木製成。從語言學的觀點看，胍肫、骨朶有音轉關係，均狀圓形之物。兵器之所以稱爲骨朶，因其頭部爲圓形之物。後用來指拿這種兵器的人。

　　黃生亦用此方法繫聯同源詞，如卷上"疇咨"條：

　　　　《書·堯典》："疇咨若時登庸。"疇古音近誰，故古謂誰爲疇。誰之入聲爲孰，故後又爲誰爲孰。疇、誰、孰總一音之轉。②

　　誰，禪母微部。疇，定母幽部。孰，禪母覺部。疇孰定禪鄰紐，幽覺對轉。誰孰聲母相同。

　　《札樸》卷五"杪"條：

　　　　《西京賦》："杪木末。"薛綜注："杪，猶表也。"案：《說文》："杪，木標末也。標，木杪末也。"二字聲義相近。《賦》以"杪"爲"標"，故訓爲"表"。《禮記·投壺》："司射請爲勝者樹標。"③

　　按，杪、標爲同源詞，《說文》二字互訓，桂馥指出"二字聲義相近"，可以把二者繫聯起來。

二　合成詞的理據探求

王艾錄、司富珍認爲："歷來的漢語語源學、詞源學、訓詁學的研

---

①　(宋) 宋祁：《宋景文公筆記》卷上，第1頁。
②　(清) 黃生：《字詁》卷上，第85頁。
③　(清) 桂馥：《札樸》卷五，第174—175頁。

究，大多是在單純詞的範圍內進行的，而對於合成詞的研究不夠重視。"① 但是在古人筆記里我們發現有不少探求合成詞理據的例子。② 研究表明，現在的合成詞大部分都由古代的短語詞彙化而來，要尋找其成詞的理據，必須追溯到其原初結合的動因。筆記對合成詞的分析，正是順着這樣的思路，從語素的分析出發，並繼而探求語素結合產生的新的意義的動因。

探求詞語的造詞理據，需要辨認合成詞中每一個語素義。因此，一些疑難語素義的辨析就成爲探求詞語理據的一個重點。筆記對合成詞理據的探求，也往往是以疑難語素義爲重點的。

《蘇氏演義》卷下：

> 今人以酒巡迎爲婪尾。又云：婪，貪也。謂處於座末得酒爲貪婪。③

《雞肋編》卷中：

> 白樂天詩云："歲盞後推藍尾酒，辛盤先勸膠牙餳。"又云："三杯藍尾酒，一楪膠牙餳。"而東坡亦云"藍尾忽驚新火後，樂天《寒食》詩云"三杯藍尾酒"。遨頭要及浣花前。"成都太守自正月二日出游，至四月十九日浣花乃止。皆用藍字。余嘗見唐小說，載有翁姥共食一餅，忽有客至，云"使秀才婪尾"，於是二人所啖甚微，末乃授客，其得獨多，故用貪婪之字。如歲盞屠蘇酒，自小飲至大，老人最後，所餘爲多，則亦有貪婪之意。④

《容齋四筆》卷九"藍尾酒"條：

> 白樂天《元日對酒》詩云："三盃藍尾酒，一楪膠牙餳。"又云："老過占他藍尾酒，病餘收得到頭身。""歲盞後推藍尾酒，春盤先勸

---

① 《語言理據研究》，中國社會科學出版社 2002 年版，第 168 頁。
② 漢語合成詞主要來源於短語，詞和短語比較難以劃界。古人也沒有區分詞和短語的習慣。因此，我們對合成詞採用寬泛的標準。
③ （唐）蘇鶚：《蘇氏演義》卷下，第 25 頁。
④ （宋）莊綽：《雞肋編》卷中，第 71 頁。

膠牙餳。"《荊楚歲時記》云："膠牙者，取其堅固如膠也。"而藍尾
之義，殊不可曉。《河東記》載申屠澄與路傍茅舍中老父、嫗及處女
環火而坐，嫗自外挈酒壺至曰："以君冒寒，且進一盃。"澄因揖，
遜曰："始自主人翁，卽巡澄，當婪尾。"蓋以藍爲婪，當婪尾者，
謂最在後飲也。葉少蘊《石林燕語》云："唐人言藍尾多不同，藍字
多作啉，出於侯白《酒律》，謂酒巡匝，末坐者連飲三盃，爲藍尾，
蓋末坐遠，酒行到常遲，故連飲以慰之，以啉爲貪婪之意。或謂啉爲
爁，如鐵入火，貴其出色，此尤無稽。則唐人自不能曉此義。"葉之
說如此。予謂不然，白公三盃之句，只爲酒之巡數耳，安有連飲者
哉？侯白滑稽之語，見於《啓顏錄》。《唐·藝文志》，白有《啓顏
錄》十卷，《雜語》五卷，不聞有《酒律》之書也。蘇鶚《演義》
亦引其說。①

《七修類稿》卷二十五《辯證類》"藍尾酒"條：

　　藍尾二字，洪容齋引白樂天之詩及《燕語》等言以解，二字俱
無下落，雖得後飲之意，祇爲末座飲之在後也。自又曰：唐人亦不能
曉。殊不知不識其事。當求其字：藍，澱也。《說文》云："澱，滓
垽也。"滓垽者，渾濁也。據此，則藍尾酒乃酒之濁脚，如盡壺酒之
類，故有尾字之義。知此，則樂天"三盃藍尾酒，一楪膠牙餳"，
"歲盡後推藍尾酒，春盤先勸膠牙餳"，則少蘊所謂"酒巡匝末"俱
通矣。②

按，關於藍尾的構詞理據，主要在對藍字的理解上。諸家或以藍爲
婪，或以爲啉，或以爲澱，竊以爲均不妥當。藍尾之藍當與闌密切相關。
闌有將盡、將完義。《史記·高祖本紀》："酒闌，吕公因目固留高祖。"
三國魏嵇康《琴賦》："於是曲引向闌，衆音將歇。"《文選·謝靈運〈永
初三年七月十六日之郡初發都〉詩》："述職期闌暑，理棹變金素。"李善
注："闌，猶盡也。"李周翰注："闌暑，謂夏末暑氣闌也。"將盡、將完

---

① （宋）洪邁：《容齋四筆》卷九，第 715—716 頁。
② （明）郎瑛：《七修類稿》卷二十五《辯證類》，第 388 頁。

是爲晚、末尾。《文選·謝莊〈宋孝武宣貴妃誄〉》："白露凝兮歲將闌。"李善注："闌，猶晚也。"《顏氏家訓·歸心》："或乃精誠不深，業緣未感，時儻差闌，終當獲報耳。"盧文弨補注："闌，猶晚也，謂報應或有差互而遲晚也。"《說文·門部》："闌，門遮也。"段玉裁注："謂門之遮蔽也。俗謂櫫檻爲闌。引申爲酒闌字，於遮止之義演之也。"朱駿聲《說文通訓定聲》亦以將盡義從遏止之義而來。藍尾之藍，亦當爲盡、末尾義。胡震亨《唐音癸籤》卷二十："元日飲屠蘇酒，從小者起以至老，名'藍尾酒'，唐人多入詩用。按《時鏡新書》：晉有問董勛者曰：'俗以小者得歲，故賀之，老者失歲，故罰之。'意即'闌'字，取'闌末'之意，借用'藍'耳……則知'婪'爲自謙之辭，如俗云'貪杯'，然與'藍'又另一解矣。並方言，而各有其義。"又明周祈《名義考》卷十二"竹根藍尾"條："杜甫詩：'共醉終同臥竹根。'白居易詩：'三杯藍尾酒。'竹根、藍尾，人多未喻……'藍'又作'婪'，宋景文詩：'且盡燈前婪尾杯。'《河東記》謂是謙遜不敢先飲，《石林燕語》謂是處於末席，得酒常貪婪。二說非是。《廣韻》：'飲酒半罷半在曰闌。'當作'闌尾'爲是。淳於髠所謂'主留髠而送客，當此之時，能飲一石'者也。宋景文意亦是，但襲用'婪'，字不察耳。"已得其確解矣。《唐五代語言詞典》引《蘇氏演義》爲說①，竊以爲不當。

《瓮牖閒評》卷六：

> 今人遺酒必以四尊，而謂之乘壺者，蓋馬四匹爲乘，故酒四尊借以爲乘焉，無他意義，聊以爲戲而已。②

"乘壺"壺的意義易解，"乘"的意義難解，因此辨認"乘"的意義成爲了重點。乘有四義。《儀禮·聘禮》："勞者禮辭，賓揖先入；勞者從之，乘皮設。"鄭玄注："物四曰乘。"《孟子·離婁下》："發乘矢而後反。"趙岐注："乘，四也。"乘壺之乘亦同。

又同卷：

---

① 江藍生、曹廣順：《唐五代語言詞典》，上海教育出版社1997年版，第220—221頁。
② （宋）袁文：《瓮牖閒評》卷六，第93頁。

今人盛酒，大瓶謂之京瓶，乃用京師京字，意謂此瓶出自京師，誤也。京字當用經籍之經字，普安人以瓦壺小頸環口脩腹受一斗可以盛酒者名曰經，則知經瓶者當用此經字也。①

按，京字本有大義，不須另解。《爾雅·釋詁》："京，大也。"《詩·大雅·文王》："將于京。"毛傳："京，大也。"《左傳·莊公二十二年》："八世之後，莫之與京。"孔穎達疏："莫之與京，謂無與之比大。"《方言》第一："京，大也。燕之北鄙，東楚之郊，或謂之京。"《說文·魚部》："鱷，海大魚也。《春秋傳》曰：'取其鱷鮸。'鯨，鱷或從京。"段玉裁注："此海中魚大者。字亦作鯨，《羽獵賦》作京。京，大也。"普安人之經，其本字亦當爲京。

《野客叢書》卷二十四"以物性喻人"條：

喻人作事有狐疑猶豫等語，皆以物性言之。狐多疑慮，故曰狐疑。猶恐人害己，每豫上樹，故曰猶豫。謂人解事曰能，無人同共曰獨，能與獨亦獸也。據《說文》，"能，熊之類，獸中稱賢。""獨，如虎，行止無侶②。"行止無侶以至謂狙獪狡猾之類皆是也。又造次謂之率然。按《雜組》："常山有巨蛇，首尾尤大，或觸之，中首則尾至，中尾則首至，中腰則首尾俱至，名曰率然。"《孫子兵法》所謂率然者此也。然皆喻其一端，惟狼之喻尤多。言其恣食則曰狼餐，言其恣取則曰狼貪，言其威顧則曰狼顧，言其亂走則曰狼竄，言其陸梁則曰狼戾，言其專愎則曰狼狠，言其不恤則曰狼戾，言其不檢則曰狼籍，言其乖謬則曰狼狽。③

王楙在對漢語一些詞語分析的基礎上，指出漢語中一些詞是以動物的某些特性來比喻人的行爲特點。其中，王氏"謂人解事曰能，無人同共曰獨"，這些意義與獸並無關係，王說殊誤。率然之解釋，也屬臆說。狐疑、猶豫、狼戾、狼籍、狼狽爲連綿詞，王氏把其拆開解釋，這也是不對

① （宋）袁文：《甕牖閒評》卷六，第93頁。
② 大徐本《說文》無"行止無侶"之語。
③ （宋）王楙：《野客叢書》卷二十四，第274頁。

的。其餘的一些詞均爲合成詞。狼餐、狼貪、狼顧、狼竄中狼的語素義，用的是其比喻義。如《史記·項羽本紀》："猛如虎，很如羊，貪如狼，彊不可使者，皆斬之。"唐杜甫《有事於南郊賦》："秦失之於狼貪蠶食，漢綴之以虵斷龍戰。"狼貪與蠶食、虵斷、龍戰，均爲"以物性喻人"。至於狼戾、狼狼，可以看作是同義並列。《廣雅·釋詁三》："狼、戾，狠也。"王念孫疏證："狼與戾一聲之轉。《燕策》云：'趙王狼戾無親。'《漢書·嚴助傳》云：'今閩越王狼戾不仁。'"但王楙的分析亦不全無道理。因爲狼之狠義當從狼的比喻義而來。詞的引申通常是從其本義出發的，當其發展出引申義後也往往打上本義的印跡。

明胡應麟《少室山房筆叢》卷五《續甲部·丹鉛新錄一》"姑息"條：

> 《檀弓》云："細人愛人以姑息。"姑，且也。息，休也。其義殊晦。案《尸子》"紂棄犂老之言，而用姑息之語。"注："姑，婦女也。息，小兒也。"《尸子》，宋世已不傳，《通考》可證。凡用修所引，皆得之類書者。
>
> "君子愛人以德，細人愛人以姑息"，二者相對甚明。如楊說，上言細人，下復言小兒婦女，何其複也。[1]

按，《呂氏春秋·先識》："商王大亂，沈于酒德，避遠箕子，爰近姑與息。"高誘注引《尸子》注："姑，婦也；息，小兒也。"但凝固爲詞的姑息并非此義。《禮記·檀弓上》："君子之愛人也以德，細人之愛人也以姑息。"鄭玄注："息猶安也，言苟容取安。"姑息與德相對，顯然不是指婦孺。《資治通鑒·唐肅宗乾元元年》："自是之後，積習爲常，君臣循守，以爲得策，謂之姑息。"胡三省注亦云："姑，且也；息，安也；且求目前之安也。"姑、且義近，均有苟且義。《莊子·庚桑楚》："與物且者，其身之不能容，焉能容人！"成玄英疏："聊與人涉，苟且於浮華。"俞樾《諸子平議·莊子三》："且，即苟且之且。"今天還用姑且一詞。姑息爲苟且縱容以自安，義自融通，楊慎以姑且爲婦孺義，乃以不誤爲

---

① （明）胡應麟：《少室山房筆叢》卷五《續甲部·丹鉛新錄一》，中華書局 1958 年版，第 79 頁。

誤矣。

《義府》卷上"甬"條:

> 甬謂鐘至肩處，有級而稍高也，甬道之義取此。①

按，甬道後來凝固成詞，道的語素義很容易認定，而甬的語素義則難以探求。甬字，彔伯簋作𤰇、吾方彝作𤰇、師兌簋作𤰇。楊樹達《積微居小學述林全編》卷二《釋甬》謂甬像鐘形，爲鐘字之初文。"甬字形上象鐘懸，下象鐘體，中橫畫象鐘帶……《考工記》云:'鳧氏爲鐘，兩欒謂之銑，銑間謂之于，于上謂之鼓，鼓上謂之鉦，鉦上謂之舞，舞上謂之甬，甬上謂之衡。'鄭注謂于鼓鉦鐸四者爲鐘體，甬衡二者爲鐘柄。按甬本是鐘，乃後人用字之變遷，縮小其義爲鐘柄……鐘形狹而長，甬字象之，故凡甬聲之字，其物多具狹長之狀。"② 甬道之甬亦取甬之狹長比喻義。

又卷下"要害"條:

> 《後漢書·來歙傳》"中臣要害"，猶今言致命傷。言身中緊要處，犯之必爲害也。借地當敵衝者，謂之要害。舊解於我爲害，與彼爲害，欠確。③

《日知錄》卷二十七"史記注"條:

> 《南越尉佗傳》"發兵守要害處"。按《漢書·西南夷傳》注，師古曰:"要害者，在我爲要，於敵爲害也。"此解未盡，要害謂攻守必爭之地，我可以害彼，彼可以害我，謂之害。人身亦有要害，《素問》岐伯對黃帝曰:"脈有要害。"《後漢書·來歙傳》:"中臣要害。"④

---

① （清）黃生:《義府》卷上，第125頁。
② 楊樹達:《積微居小學述林全編》卷二《釋甬》，上海古籍出版社2007年版，第72—73頁。
③ （清）黃生:《義府》卷下，第178頁。
④ （清）顧炎武:《日知錄》卷二十七，第1528頁。

按，要害當爲並列結構。要本義爲腰。《說文·臼部》：“要，身中也。象人要自之形。從臼，交省聲。”《墨子·兼愛中》：“昔者，楚靈王好士細要。”要後來引申出關鍵、重要義，可能與本義有關。腰爲人體連接上身與下身之關鍵部位。竊以爲害可能借作轄字。古代害有通轄的情況。《管子·幼官》：“旗物尚青，兵尚矛，刑則交寒害鈂。”戴望校正：“‘害’當從劉說讀爲‘轄’……蓋‘轄’與械音近，‘鈂’與桎音近。《周禮·掌囚》注：‘在手曰梏，在足曰桎。’梏亦械類。以是推之，則此亦當云‘在手曰轄，在足曰鈂’矣。”轄爲車軸兩頭的鈐鍵，用以擋住車輪，不使脫落，是車輛運行的關鍵部位，故亦引申出關鍵義。

《癸巳存稿》卷十二“謰㥪”條：

> 《列子·力命篇》“謰㥪”《釋文》引《字林》云：“㥪，吃也。”《方言》云：“謰，吃；㥪，急也。”則謰㥪皆口吃。㥪有急義。《史記》云：“周昌爲人吃，又盛怒。”蓋吃者語必多，又性欲速，語出謇而亟，故曰謰㥪。《左傳》云：“公孫之亟也。”注云：“言其性急，不能受屈。”[1]

按，《列子》張湛注：“謰、㥪，急也。謂語急而吃。”不如俞氏分析有道理。謰不當有急義。《說文·足部》：“謇，跛也。從足，寒省聲。”謰又寫作謇。《集韻·獼韻》以謰謇一字。《北史·李諧傳》：“諧爲人短小，六指，因瘦而舉頤，因跛而緩步，因謇而徐言，人言李諧善用三短。”謇謇爲同源詞，均爲遲緩義。至於㥪字，《說文·心部》：“㥪，疾也。”《詩·豳風·七月》：“亟其乘屋，其始播百穀。”鄭箋：“亟，急。”亟、㥪同源，均有急義。俞氏分析了“謰㥪”的語素義，並指出了其結合的動因。

筆記對詞語的理據分析，還涉及語素的選取問題。

《封氏聞見記》卷五“鹵簿”條：

> 輿駕行幸，羽儀導從謂之“鹵簿”，自秦、漢以來始有其名。蔡邕《獨斷》載鹵簿有小駕、大駕、法駕之異，而不詳“鹵簿”之義。

---

[1]　（清）俞正燮：《癸巳存稿》卷十二，第337頁。

　　按，字書："鹵，大楯也。"字亦作"櫓"，又作"樐"，音義皆同。鹵以甲爲之，所以扦敵。賈誼《過秦論》云"伏屍百萬，流血漂鹵"是也。甲楯有先後部伍之次，皆著之簿籍，天子出則案次導從，故謂之"鹵簿"耳。儀衞具五兵，今不言他兵，但以甲楯爲名者，行道之時，甲楯居外，餘兵在内，但言"鹵簿"，是舉凡也。

　　南朝御史中丞，建康令，俱有鹵簿。人臣儀衞，亦得同于君上，則鹵簿之名，不容别有他義也。①

宋葉夢得《石林燕語》卷四：

　　唐人謂鹵，櫓也，甲楯之别名。凡兵衞以甲楯居外爲前導，捍蔽其先後，皆著之簿籍，故曰"鹵簿"。因舉南朝御史中丞、建康令皆有"鹵簿"，爲君臣通稱，二字别無義，此説爲差近。②

　　按，鹵簿爲古代帝王駕出時扈從的儀仗隊。封氏分析鹵簿的得名理據，云"儀衞具五兵，今不言他兵，但以甲楯爲名者，行道之時，甲楯居外，餘兵在内，但言'鹵簿'，是舉凡也。"認爲之所以選鹵作爲語素，是因爲"甲楯居外"的緣故。

　　《日知錄》卷二十"年月朔日子"條：

　　今人謂日，多曰"日子"。日者，初一、初二之類是也。子者，甲子、乙丑之類是也。《周禮》"職内"注曰："若言某月某日某甲詔書"，或言甲，或言子，一也。《文選》陳琳《檄吳將校部曲文》"年月朔日子"，李周翰注："子，發檄時也。"漢人未有稱夜半爲子時者，誤矣。古人文字，年月之下必繫以朔，必言朔之第幾日，而又系之干支，故曰"朔日子"也。如《魯相瑛孔子廟碑》云"元嘉三年三月丙子朔廿七日壬寅"，又云"永興元年六月甲辰朔十八日辛酉"。《史晨孔子廟碑》云"建寧二年三月癸卯朔七日己酉"。《樊毅復華下民租碑》云"光和二年十二月庚午朔十三日壬午"是也。此

①　（唐）封演：《封氏聞見記》卷五，第34頁。
②　（宋）葉夢得：《石林燕語》卷四，中華書局1984年版，第50頁。

“日子”之稱所自起。若史家之文，則有子而無日，《春秋》是也。
【原注】《後漢書》隗囂檄文曰：“漢復元年七月酉朔己巳。”不言廿一日。然
在朔言朔，在晦言晦，而“旁死魄”、“哉生明”之文見於《尚書》，
則有兼日而書者矣。

　　《宋書·禮志》：“年月朔日甲子，尚書令某甲下。”此古文移之
式也，陳琳檄文但省一“甲”字耳。

　　《南史》：“劉之遴與張纘等參校古本《漢書》，稱‘永平十六年
五月二十一日己酉，郎班固’，而今本無上書年月日子。”《隋書》袁
充上表稱：“寶曆之元，改元仁壽，歲月日子，還共誕聖之時。”

　　時有十二，而但稱“子”，猶之干支有六十，而但稱“甲
子”也。①

　　顧炎武從古文的行文習慣比勘出發，分析日子結合的理據爲：日爲初
一、初二之日，子爲甲子之子，並且分析了日子的語素選取問題。顧氏指
出，日子中選子作爲語素，這種情況正和干支稱爲甲子一樣，均選取的是
天干地支中的第一位作爲代表。關於日子的構詞理據，王力《漢語史稿》
認爲子爲詞尾②，似不如顧氏之說合理。《檄吳將校部曲文》“年月朔日
子”，《隋書》“歲月日子”按年月日時辰排列下來，“子”當指一天中時
辰言。《南史》中前言“十六年五月二十一日己酉”，後言“今本無上書
年月日子”，子正與前面“己酉”相對當，顯然亦指時辰。日子後來用以
表示时光、时日，《朱子語類》卷十八：“今人閒坐過了多少日子，凡事
都不肯去理會。”這種情況和歲月一樣，均用兩個並列的時間單位來
表示。

　　筆記還指出，人們對前代的一些詞語會產生錯誤理解，而後人“將
錯就錯”，以其作爲語素產生出不少新詞語。如《容齋五筆》卷八“承襲
用經語誤”條：

　　　經傳中事實多有轉相祖述而用，初不考其訓故者，……《生民》
之詩曰：“誕彌厥月。”毛公曰：“誕，大也；彌，終也。”鄭箋言：

---

①　（清）顧炎武：《日知錄》，第 1141—1143 頁。
②　王力：《漢語史稿》，中華書局 1980 年版，第 224 頁。

"后稷之在其母，終人道十月而生。"案訓彌爲終，其義亦未易曉。至"俾爾彌爾性，似先公酋矣。"旣釋彌爲終，又曰酋終也，頗涉煩複。《生民》凡有八誕字"誕寘之隘巷"，"誕寘之平林"，"誕寘之寒冰"，"誕實匐匐"，"誕后稷之穡"，"誕降嘉種"，"誕我祀如何"，若悉以誕爲大，於義亦不通。它如"誕先登于岸"之類，新安朱氏以爲發語之辭，是已。莆田鄭氏云："彌只訓滿，謂滿此月耳。"今稱聖節曰降誕，曰誕節，人相稱曰誕日、誕辰、慶誕，皆爲不然。但承習膠固，無由可革，雖東坡公亦云"仰止誕彌之慶"，未能免俗。書之於此，使子弟後生輩知之。①

《賓退錄》卷九：

《詩》："誕彌厥月"。誕，大也，朱文公則以爲發語之辭。世俗誤以誕訓生，遂有"降誕"、"慶誕"之語。前輩辨者多矣。《書》曰："誕膺天命。"誕亦大也。范曄贊光武，乃有"光武誕命"之語。尤不可曉。《殤帝紀》云："誕育百餘日。"亦誤。②

《字詁》"誕　這"條：

誕，發語詞。《生民》詩云："誕彌厥月"，自二章以至七章皆用誕字發端，其爲發語詞審矣義近。乃俗因"先生如達"語，遂謂生育爲誕。《世說》"殷洪喬云'皇子誕育'"，此猶未害。若俗謂生辰爲誕辰，至稱人爲華誕，則無理之甚。③

按，《書·大誥》："肆朕誕以爾東征。"王引之《經傳釋詞》卷六："誕，句中助詞也。"《詩·大雅·生民》："誕寘之隘巷，牛羊腓字之。誕寘之平林，會伐平林。誕寘之寒冰，鳥覆翼之。"《經傳釋詞》卷六："誕，發語詞也。"後人誤以"誕彌厥月"之誕爲生。《後漢書·襄楷傳》："昔文王

---

① （宋）洪邁：《容齋五筆》卷八，第902—903頁。
② （宋）趙與時：《賓退錄》卷九，第4228頁。
③ （清）黃生：《字詁》，第16頁。

一妻，誕致十子。"宋王讜《唐語林‧夙慧》："其母將誕之夕，夢人與秤，曰'持之秤量天下文士。'"於是衍生出許多與誕組合的詞語。

《學林》卷十"景"條：

> 《詩》曰："高山仰止，景行行止。"鄭氏箋曰："景，明也。""有高德者，則慕仰之；有明行者，則而行之。"然則景無欽仰之義，而後世遂以仰景爲欽慕之義字。《史記‧三王世家》武帝制曰："'高山仰之，景行嚮之。'朕甚慕焉。"曹丕《與鍾繇》曰："高山景行，私所慕仰。"凡此用景字，未嘗誤也。自南北朝人名有景儉、景仁之稱，當時誤用景字之義，故後之循其誤者不已，而用景爲仰慕者寢廣矣。有士人慕陶淵明，作景陶軒，黃庭堅嘗見之，知其誤用景字，用字之際，不可不審也。①

《鶴林玉露》乙編卷五"景不訓仰"條：

> 《詩》曰："高山仰止，景行行止。"景，明也。謂所行之光明也。世俗有"景仰"、"景慕"之語，遂失其義。妄以"景"訓"仰"，多取前賢名姓，加"景"字於上以爲字。如景周、景顏之類，失之矣。前史王景略，近世范景仁，何嘗以景爲仰哉？真西山舊字景元，後悟其非，乃改爲希元云。②

按，南朝齊王融《求自試表》："竊景前修，敢蹈輕節。"景卽仰慕之義。景本訓明（毛傳訓大），因《詩經》"高山仰止，景行行止"之句遂把景與仰牽合起來，遂有了景仰、景慕之語。

詞義具有民族性的特點，詞語的形成要受到文化因素的制約。因此，有些詞語理據的分析，不能只從語素義出發，從詞內去尋找理據，有時還要從文化的角度去考察其結合的動因。筆記里也有不少這方面的例子。

《甕牖閒評》卷六：

---

① （宋）王觀國：《學林》卷十，第 323—324 頁。
② （宋）羅大經：《鶴林玉露》乙編卷五，第 214 頁。

杜陵詩云："飯抄雲子白。"蓋謂飯可以比雲子之白也。至後世則便以飯爲雲子,故唐子西詩云:"雲子滿田行可擣。"又汪彦章詩云:"秋來雲子滑流匙。"更不究雲子爲何物,見杜工部有飯抄之句,竟指飯爲雲子也。然雲子乃神仙之食,出《漢武外傳》中。①

按,宋許顗《彦周詩話》:"杜詩:'飯抄雲子白。'……葛洪《丹經》用'雲子',碎雲母也。今蜀中有碎礫,狀如米粒圓白,雲子石也。"雲子本爲一種白色小石,狀如飯粒,故杜詩用以作比。後人因杜詩把飯和雲子聯繫起來,遂以雲子指代飯。

《墨莊漫錄》卷五"酒爲般若湯"條:

　　僧謂酒爲般若湯,鮮有知其説者。予偶讀《釋氏會典》,乃得其説,云:

　　有一客僧,長慶中留一寺,呼净人沽酒。寺僧見之,怒其粗暴,奪瓶擊柏樹。其瓶百碎,其酒凝滯着樹,如緑玉,摇之不散。僧曰:"某常持《般若經》,須預飲此物一杯,即諷詠瀏亮。"乃將瓶就樹盛之,其酒盡落器中,略無孑遺。奄然流啜,斯須器癁音庚酣暢矣。酒之廋辭,其起此乎!②

按,《東坡志林》卷二《道釋》"僧文葷食名"條:"僧謂酒爲'般若湯',謂魚爲'水梭花',雞爲'鑽籬菜',竟無所益,但自欺而已,世常笑之。人有爲不義而文之以美名者,與此何異哉!"《云麓漫鈔》卷五:"今僧徒飲酒亦有廋語,呼爲般若湯,又云不哳,言不揖而徑飲也。"呼酒爲般若湯是一種廋詞,是爲了避忌的需要。

《七修類稿》卷四十六"未見得喫茶"條:

　　種茶下子,不可移植,移植則不復生也。故女子受聘謂之喫茶。③

---

①　(宋)袁文:《甕牖閒評》卷六,第93—94頁。
②　(宋)張邦基:《墨莊漫錄》卷五,第143頁。
③　(明)郎瑛:《七修類稿》卷四十六,第680頁。

　　按，女子受聘爲什麼叫喫茶，郎瑛從古代文化的角度給我們做了解釋，因爲古人認爲女子嫁出之後，要守貞節，不能再嫁第二次，這點和種茶類似。

　　《陔餘叢考》卷四十三"萱堂、桂窟"條：

　　　　俗謂母爲萱堂，蓋因《詩》"焉得萱草，言樹之背。"注云：背、北堂也。戴埴《鼠璞》以爲此因君子行役而思念之詞，與母何與？呂藍衍亦謂：《詩》注蘐草可忘憂，背、乃北堂也，詩意並不言及母，不知何以遂相承爲母事也。按古人寢室之制，前堂後室，其由室而之內寢有側階，即所謂北堂也。見《尚書·顧命》註疏及《爾雅·釋宮》。凡遇祭祀，主婦位於此，主婦則一家之主母也。北堂者，母之所在也，後人因以北堂爲母。而北堂即可樹萱，遂稱曰萱堂耳。①

　　趙翼從古代的居住制度出發，認爲北堂爲主婦之所在，"而北堂既可樹萱"，因此後世用萱堂指代母親。《儀禮·有司徹》："主人席上拜受爵。賓北面荅拜。坐祭遂飲，卒爵拜。賓荅拜，受爵，酌致爵于主婦。主婦北堂。司宮設席東面。主婦席北東面，拜受爵，賓西面荅拜。"又《士昏禮》："婦洗在北堂。"鄭玄注："北堂，房中半以北。"賈公彥疏："房與室相連爲之，房無北壁，故得北堂之名。"後世亦以北堂指代母親。唐李白《贈歷陽褚司馬》詩："北堂千萬壽，侍奉有光輝。"宋王安石《和微之林亭》："中園日涉非無趣，保此千鍾慰北堂。"

　　有時候，一些詞的理據另有來源，而人們卻從文化的因素加以附會。如歐陽修《歸田錄》卷二即指出了這種情況：

　　　　世俗傳訛，惟祠廟之名爲甚。今都城西崇化坊顯聖寺者，本名蒲池寺，周氏顯德中增廣之，更名顯聖，而俚俗多道其舊名，今轉爲菩提寺矣。江南有大、小孤山，在江水中嶷然獨立，而世俗轉孤爲姑，江側有一石磯謂之澎浪磯，遂轉爲彭郎磯，云："彭郎者，小姑壻也。"余嘗過小孤山，廟像乃一婦人，而勑額爲聖母廟，豈止俚俗之繆哉。②

　　①　（清）趙翼：《陔餘叢考》卷四十三，第963—964頁。
　　②　（宋）歐陽修：《歸田錄》卷二，中華書局1981年版，第35頁。

當然，筆記也有從文化角度附會詞語理據的情況。如《野客叢書》卷二十"杜撰"條：

> 包彈對杜撰，爲甚的。包拯爲臺官，嚴毅不恕，朝列有過，必須彈擊，故言事無瑕疵者曰沒包彈。杜默爲詩，多不合律，故言事不合格者爲杜撰。世言杜撰包彈本此。然僕又觀俗有杜田杜園之說，杜之云者，猶言假耳。如言自釀薄酒，則曰杜酒。子美詩有"杜酒偏勞勸"之句。子美之意，蓋指杜康。意與事適相符合有如此者，此正與杜撰之說同。《湘山野錄》載盛文肅公撰《文節神道碑》，石參政中立急問曰："誰撰？"盛卒曰："度撰。"滿堂大笑。文肅在杜默之前，又知杜撰之說，其來久矣。①

按，包彈爲指摘、批評義。關於此詞的理據，自王氏此說之後，很多人以此爲據。翟灝《通俗編》卷五則據王氏之說，云"按如其說則作褒彈者非矣"。張相《詩詞曲語辭匯釋》卷五"包彈"條對此提出了質疑："疑包彈爲當時之熟語，遇有批評指摘義時用之，或未必與包拯有關。抑或此辭之起原，與包拯有關，及沿用既熟，則並包字義而亦使用如彈字義歟？"② 但仍模棱兩可。包彈唐代已經出現，李商隱《雜纂·不達時宜》："筵上包彈品味。"由此可見與包拯根本不相干。劉堅先生據包彈有"駁彈"一種寫法，包、駁音近，而駁就是批駁、批評之義，認爲駁彈爲並列複合詞③。唐張鷟《朝野僉載》卷四："小人在位，君子駁彈。"駁即駁字。李商隱《雜纂·強會》："見他文字駁彈。"可證包彈就是駁彈。郭在貽先生指出，六朝已見"駁彈"的異序形式"彈駁"。《三國志·魏書·曹真傳附丁謐》裴松之注引《魏略》："謐爲人外似疎略，而内多忌。其在臺閣，數有所彈駁，臺中患之，事不得行。"④

關於杜撰一詞的理據，宋沈作喆《寓簡》卷一："漢田何善《易》，

---

① （宋）王楙：《野客叢書》卷二十，第 230 頁。
② 張相：《詩詞曲語辭匯釋》卷五，中華書局 1955 年版，第 709 頁。
③ 劉堅：《詞語雜說》，《中國語文》1978 年第 2 期。
④ 郭在貽：《古漢語詞義札記》，原載《中國語文》1979 年第 2 期，收入《郭在貽文集》第一卷《訓詁叢稿·古代漢語詞義札記（二）》，中華書局 2002 年版，第 176 頁。

言《易》者本田何。何以齊諸田徙杜陵，號杜田生。今之俚諺謂白撰無所本者爲杜田。"清洪亮吉《北江詩話》卷五謂出自南朝梁陶弘景弟子杜道士故事，張岱《夜航船》謂出自五代杜光庭，《陔餘叢考》卷四十三謂出自盛度。諸家均從文化的角度尋找理據，均難融通。姚永銘先生據《慧琳音義》卷三十九"嬌懠"條："譯經者於經卷末自言爲領劑，率爾肚撰造字，兼存村叟之談，未審嬌懠是何詞句。"云："其中用到'肚撰'一詞，當與'杜撰'同義。'肚'在唐代可指思維器官，如孟郊《擇友》詩：'面結口頭交，肚裏生荊棘。'可見杜撰乃臆造之義。"① 楊琳先生則不同意姚說，認爲這樣解說沒有對杜的詞義作全盤考慮。和"杜撰"相同的詞還有"杜園"、"杜田"等，是沒法用肚解釋的。"杜撰"寫成"肚撰"是該詞理據磨損的反映，故使用者猜測爲"肚裡瞎編"。杜有自己、自家之義，唐代已見，唐杜甫《題張氏隱居》詩之二："杜酒偏勞勸，張梨不外求。"今方言還多有此義。並認爲杜的這一意義來源於"土"②。無論如何，"杜撰"與歷史人物亦不相干。

在漢語中，還有一類特殊的詞彙結構類型，這些詞語既不是單純詞，又與一般的合成詞有所區別。一般說來，合成詞是由語素與語素根據一定的規則組合而成的，整個詞的意義和它的構成語素之間有直接關係，語素之間的關係也是可以分析的。而這類詞整個詞的意義和其語素義不能直接掛鈎。俞理明先生將這類詞稱爲非理複合詞③。對於這類詞，筆記也有所涉及，並且經常指出這類詞爲"語誤"、"謬誤"，實際上指明了這類詞"非理"的特點。

《能改齋漫錄》卷八《沿襲》"友于"條：

> 《洪駒父詩話》謂："世以兄弟爲友于，子姓爲貽厥，歇後語也。杜子美詩云：'山鳥山花皆友于。'子美不能免俗，何耶？"予以爲不然。按，《南史》："劉湛友于素篤。"《北吏》："李謐事兄，盡友于之誠。"故陶淵明詩云："一欣侍溫顏，再喜見友于。"子美蓋有所本

---

① 姚永銘：《"杜撰"探源》，《語文建設》1999 年第 2 期。
② 楊琳：《"杜撰"語源考》，《古漢語研究》2000 年第 3 期。
③ 俞理明：《漢語詞彙中的非理複合詞——一種特殊的詞彙結構類型：既非單純詞又非合成詞》，《四川大學學報》2003 年第 4 期。

耳。子美《上太常張卿》詩亦云："友于皆挺拔。"①

《野客叢書》卷二十"詒厥友于等語"條進一步云：

> 吳曾《漫錄》乃引《南史》劉湛等友于之語，以證子美所用爲
> 有自。僕謂《漫錄》所引，未也。僕考諸史，自東漢以來，多有此
> 語。曰居詒厥之始，曰友于之情愈厚，西漢未之聞也。知文氣自東漢
> 以來寖衰。不特是也，如言色斯赫斯則哲之類甚多。此語至入於詩中
> 用，可見後世文氣日不逮古如此。近時四六，多以爰立對具瞻，作宰
> 相事用。所謂爰立者，訓於是乎立耳，不知所立者何事。而曰"即
> 膺爰立之除，式副具瞻之望。"除即立，瞻即望，頭上安頭，甚可笑
> 也。僕又考之，曹氏命司馬氏文曰："違兆庶具瞻之望。"桓豁疏曰：
> "願陛下追收謬眷，則具瞻革望。"魏晉人已有此謬。②

按，所謂歇後語就是洪駒父對"友于"、"詒厥"構詞法的分析。這
裏的歇後語的意思與我們今天所說的歇後語含義不同，它指的是某一現成
語句，省略了後面（或前面）的詞語，只用前（或後）一部分表示被省
却部分的意思。友于見於《書·君陳》："惟孝友于兄弟。"後世遂以友于
指代兄弟。詒厥出於《書·五子之歌》："明明我祖，萬邦之君，有典有
則，詒厥子孫。"僞孔傳："詒，遺也。言仁及後世。"後世遂以子孫爲詒
厥。《書·說命》："爰立作相，王置諸其左右。"僞孔傳："於是禮命立以
爲相，使在左右。"後因以"爰立"指拜相。《論語·鄉黨》："色斯舉
矣，翔而後集。"何晏集解引馬融曰："見顏色不善則去之。"後因以"色
斯"指遠遁以避世。《詩·大雅·皇矣》："王赫斯怒，爰整其旅。"鄭玄
箋："赫，怒意。"後因以"赫斯"指帝王盛怒貌。《書·皋陶謨》："知
人則哲，能官人。"後以"則哲"謂知人。這種現象，俞理明先生稱爲隱
缺詞③，蔣紹愚先生稱作"割裂"式的代稱④。正因爲這是一種隱缺詞，

---

① （宋）吳曾：《能改齋漫錄》卷八，第 223 頁。
② （宋）王楙：《野客叢書》卷二十，第 223—224 頁。
③ 俞理明：《漢語詞彙中的非理複合詞——一種特殊的詞彙結構類型：既非單純詞又非合
成詞》，《四川大學學報》2003 年第 4 期。
④ 蔣紹愚：《古漢語詞彙綱要》，商務印書館 2005 年版，第 89 頁。

所以洪駒父說杜甫不能免俗。

《歸田錄》卷二：

　　官制廢久矣，今其名稱訛謬者多，雖士大夫皆從俗，不以爲怪。皇女爲公主，其夫必拜駙馬都尉，故謂之駙馬。宗室女封郡主者，謂其夫爲郡馬，縣主者爲縣馬，不知何義也。①

《甕牖閒評》卷三：

　　正如駙馬者，天子之壻也，以副馬給之，故稱駙馬。不知所謂郡馬、縣馬者何義？天子不可以主婚，其嫁女則以公主之，故稱公主，不知所謂郡主、縣主者何義。②

　　俞理明先生指出："漢代在'公主'之下有'郡公主''縣公主'的封號，六朝以後略稱爲'郡主''縣主'，作爲皇族庶出或別支婦女的封號。在封爵系統中公、郡、縣依次遞降，公主、郡主、縣主形成一個系列。魏晉以下俗稱公主的丈夫爲'駙馬'，郡公主、縣公主的丈夫本應作'郡駙馬''縣駙馬'，但'郡公主''縣公主'已經縮略成了郡主、縣主，所以它們也通過縮略構成雙音的'郡馬''縣馬'，與雙音的'駙馬'相類，也正與公主、郡主、縣主相配。縮略掩蓋了它們的造詞理據。"③

《雞肋編》卷上：

　　王逸少好鵝，曹孟德有梅林救渴之事，而俗子乃呼鵝爲"右軍"，梅爲"曹公"。前人已載尺牘有"湯燖右軍一隻，蜜浸曹公兩瓶"，以爲笑矣。有張元裕云，鄧雍嘗有柬招渠曰："今日偶有惠左軍者，已令具麵，幸過此同享。"初不識"左軍"爲何物，既食，乃鴨也。問其所名之出，在鵝之下，且淮右皆有此語。鄧官至待制典荊

---

　　① （宋）歐陽修：《歸田錄》卷二，第23頁。
　　② （宋）袁文：《甕牖閒評》卷三，第57頁。
　　③ 《漢語詞彙中的非理複合詞——一種特殊的詞彙結構類型：既非單純詞又非合成詞》，《四川大學學報》2003年第4期。

州，洵武樞密之子。俗人以泰山有丈人觀，遂謂妻母爲"泰水"，正可與"左軍"爲對也。①

莊綽指出，所謂"左軍"、"泰水"是仿照"右軍"、"泰山"創造出來的非理仿詞。

筆記對合成詞的研究，與現代漢語偏重從形式上探討其結構類型不同，它主要是從語義上分析語素結合成詞的動機，分析原初構詞的緣由。這樣分析合成詞的思路對我們今天仍然具有借鑒意義。王寧先生在《現代漢語雙音合成詞的構詞理據與古今漢語的溝通》中說："漢語雙音節的構詞法，僅從形式上去研究很難得出準確的結論；僅就使用意義而言，兩個語素屬於什麼結構也很難判定，必須追溯到原初構詞的理據。而就原初構詞的意圖和緣由而言，不少雙音詞與典故有關，遠非有限的幾種模式所能涵蓋的。"② 徐通鏘先生《語言論》也說：以"語法構辭法"歸納出來的所謂主謂、偏正、動賓、中補、聯合等，"這是仿效印歐系語言的語法理論來研究漢語而得出的一種結論，實在是張冠李戴，可以說是漢語構詞研究中的一個誤區。"③ 正如諸家所論，現代漢語詞彙的研究如果只從形式上探討，是有失偏頗的。詞彙的研究歸根到底要回到意義上去，這樣才能更深入地研究詞彙。

第三節　筆記與外來詞和連綿詞研究

外來詞和連綿詞都屬於漢語中的單純詞。漢語的大多數雙音節詞都屬於合成詞，構成合成詞的語素有語素義。和這類詞相比，漢語中的雙音節或多音節單純詞只佔很小的一個比例，再加上漢字表意性的特點，古人常常把一些連綿詞和外來詞拆開解釋，這在筆記中也有所反映。如宋俞琰《席上腐談》卷上對"渾不似"的解釋：

琵琶又名鼙婆，唐詩琶字，皆作入聲音弼。王昭君琵琶懷肆，胡

---

① （宋）莊綽：《雞肋編》卷上，第 28 頁。
② 轉引自王艾錄、司富珍《漢語的詞語理據》，商務印書館 2001 年版，第 89 頁。
③ 徐通鏘：《語言論——語義型語言的結構原理和研究方法》，東北師範大學出版社 1997 年版，第 362 頁。

人重造，而其形小，昭君笑曰："渾不似。"今訛爲胡撥四。①

按，渾不似爲宋元時期西北地區流行的一種樂器，形似琵琶而小。據福赫伯（Herbret Franke）的研究，這個詞當是突厥語 qûbûz 的音譯②。

再如該書對"觱栗"的解釋：

> 觱栗二字，《豳詩》《說文》觱作畢。朱晦菴曰：篳栗原名悲栗，言其聲悲壯也。③

按，觱栗爲漢代從西域傳入中國的一種簧管樂器，是唐宋時期燕樂的重要樂器，它用竹作管，蘆葦作嘴。這個樂器名稱有多種寫法，可以寫作觱栗、篳篥、悲栗、悲篥、篳篥、嗶嘌、必栗等形。它當是突厥語 bäri （或 beri）的音譯④。

以上是對外來詞的誤解。同樣，對於一些連綿詞，筆記解釋亦多有不當之處。如《顏氏家訓》卷六《書證》對"猶豫"的解釋，就是一個典型的例子。再如《資暇集》卷下"龍鍾"條：

> 丞有孔文子之徒，下問"龍鍾"之義。且未知所自，輒以愚見。"鍾"即"澄"爾，"澄"與"鍾"並蹄足所踐處，則龍之致雨，上下所踐之鍾，固淋漓濺澱矣。義當止此，餘俟該通。⑤

《義府》卷下"扈"字條：

> 扈，漁具，蓋編竹以禁魚者。漢質帝目梁冀爲跋扈將軍，取譬於此。以魚之彊有力者，能跋出扈外也。⑥

---

① （宋）俞琰：《席上腐談》卷上，商務印書館《叢書集成初編》本，1936 年，第 5 頁。
② 詳參張永言《漢語外來詞雜談》，原載《語言教學與研究》1989 年第 2 期，收入《語文學論集》（增補本），語文出版社 1999 年版，第 304 頁。
③ （宋）俞琰：《席上腐談》卷上，第 5 頁。
④ 劉正埮、高名凱等：《漢語外來詞詞典》，上海辭書出版社 1984 年版，第 44—45 頁。
⑤ （唐）李匡乂：《資暇集》卷下，第 19—20 頁。
⑥ （清）黃生：《義府》卷下，第 181 頁。

不過，對於外來詞和連綿詞，有些筆記已經有了清醒的認識。如關於外來詞，《匡謬正俗》卷五"閼氏"條云：

> 習鑿齒《與謝安石書》云：匈奴名妻作閼支，言可愛如烟支也。閼字於言反，想足下先作此讀書也。案：《史記》及《漢書》謂單于正妻曰閼氏，猶中國言皇后爾。舊讀音焉氏。此蓋北翟之言，自有意義，未可得而詳也。若謂色象烟支、便以立稱者，則單于之女謂之居次，復比何物？且閼氏妻號，非妾之名，未知習生何所憑據，自爲解釋。①

按，閼氏爲匈奴語詞，今蒙古人猶稱夫人爲 hatun，正與閼氏（hati）之音相近②。關於此詞的得名緣由，習鑿齒認爲"言可愛如煙支也"，顯屬望文爲訓，顏師古言"此蓋北翟之言，自有意義，未可得而詳也"，則明確指出應當在匈奴語言中尋找其命名理據。

《南村輟耕錄》卷二"殺虎張"條：

> 拔突，卽拔都。都與突，字雖異而聲相近，蓋譯語無正音故也。③

按，拔突、拔都爲蒙語 batu 的音譯，義爲堅定、勇敢④。由於一些外來語詞在漢語中沒有對應的讀音，只能采取近似的讀音，所以會出現用字的不同。"字雖異而聲相近，蓋譯語無正音故也"正是指的這種情況。

《日知錄》卷二十九"吐蕃回紇"條：

> 大抵夷音皆無正字。唐之吐蕃，卽今之土魯蕃是也；唐之回紇，卽今之回回是也。《唐書》回紇一名回鶻。《元史》有畏兀兒部，畏卽回，兀卽鶻也。其曰回回者，亦回鶻之轉聲也。【原注】《遼史·天祚

---

① （唐）顏師古：《匡謬正俗》卷五，第33—34頁。

② 參見徐復《閼氏古讀考》，原載《東方雜志》1945年3月第41卷5號，又收入《徐復語言文字學叢稿》，江蘇古籍出版社1990年版，第30—34頁。

③ （元）陶宗儀：《南村輟耕錄》卷二，第23頁。

④ 劉正埮、高名凱等：《漢語外來詞詞典》，上海辭書出版社1984年版，第32頁。

紀》有回回國王。○《元史·太祖紀》以回鶻、回回爲二國，恐非。其曰畏
吾兒者，又畏兀兒之轉聲也。①

黃汝成《集釋》引錢（大昕）氏曰：“謂今之回回即古之回紇者，非
也，其謂元之畏兀即回鶻之轉聲則是也，元時畏兀兒亦稱畏吾兒。”顧炎
武此說將吐蕃與吐魯番、回紇與回回混爲一談，這是不可信的。但吐蕃與
吐魯番、回紇與回回有音轉關係，聯繫密切，確是不爭的事實②。“大抵
外國之音，皆無正字”，認識到了漢字只是記錄外來詞的語音。

錢大昕研究外來詞，提出“譯音無定字”的主張，如《十駕齋養新
錄》卷九“迦堅茶寒”條：

> 《太宗紀》：“九年丁酉春，獵於揭揭察哈之澤。”其年四月，“筑
> 埽鄰城作迦堅茶寒殿。”揭揭察哈即迦堅茶哈，譯音無定字，史家不
> 能考正，後世遂以爲兩地矣。③

按，迦堅茶寒在蒙古和林之北，即今之察罕池，爲蒙古湖名。迦堅茶
寒殿在其旁邊建造，因此得名。

又“譯音無定字”條：

> 《王崇古傳》“把漢自聘我兒都司女”，即《外國傳》之祆兒都
> 司，北音“我”與“祆”相近。
> 《張學顏傳》前稱察罕土門汗，後稱土蠻，土蠻即土門汗也。
> 《李成梁傳》前稱大委正，後稱一克灰正，亦是一人。蒙古語“大”
> 爲“伊克”，亦曰“一克”。《王崇古傳》：俺答妻一克哈屯，蓋其大妻也。
> 《元史》作“也可”，《兵志》作“也克怯薛”，謂“第一怯薛”也。“委”、
> “灰”音相似也。④

俞正燮在《癸巳類稿》《癸巳存稿》中則用“還音”、“單字還音”

---

① （清）顧炎武：《日知錄》卷二十九，第1664頁。
② 參見楊軍《回回名源辨》，《回族研究》2005年第1期。
③ （清）錢大昕：《十駕齋養新錄》卷九，第193頁。
④ 同上書，第209頁。

來說明音譯詞①。如《癸巳類稿》卷七"烏孫朱耶還音義"條針對前人對烏孫、朱耶的臆說，指出：

> 烏孫、朱耶皆還音字，惜知之者少。今對音按巴堅，唐楊鉅《翰林學士院舊規契丹書頭》及《五代史》謂之阿保機，胡三省《通鑑注》引《虜廷雜記》作"阿保基"。《歸田錄》云：李琪《金門集》，有詔作阿保機，而趙志忠又言實阿保謹。蓋還音字，或還者不審，又或傳久而音自變，如閼氏、龜茲、南無、般若之類，致有別讀，又當時還音者所不及料也。②

按，俞氏提出外來詞爲"還音字"，意即沒有本字，其所用漢字僅是記錄外族詞的語音。在外來詞的翻譯中，由於外族詞的語音和漢語的語音有所差別，或譯者聽音不審，往往音譯用字有別。隨着漢語語音或外族語音的發展變化，許多原來音譯的外來詞後世看來已經表音不準確了，所謂"蓋還音字，或還者不審，又或傳久而音自變"，指的就是這一情況。同時，一部分外來詞則保持原有讀音的一些特點，和後世漢字的規範讀音有了差別，所謂"致有別讀"就是這個意思。

《癸巳存稿》卷三"書盱眙縣志後"條：

> 盱眙字義爲張目直視，眙音同器，今讀若怡。古所謂南人不識盩屋，北人不識盱眙，以其讀眙曰臺也。盩屋以山形取義，盱眙乃單字還音，謂義取登山直望者，非也。盱眙乃古善道。《春秋·襄公五年·穀梁傳》云："吳謂善伊，謂稻緩。"注云："善稻，吳謂之伊緩。"今案，以善稻爲伊緩，自《穀梁》所聞不審之音，還之實，則吳言自有本義的音。盱眙地自言善爲宜，稻爲禾，然則吳名宜禾，中土聞之爲伊緩，又譯之爲善稻，又還音爲善道，而伊緩又爲緩伊，緩伊又爲盱眙。③

---

① 俞正燮所言"還音"、"單字還音"大致相當于單純詞，外來詞只是其中一部分。
② （清）俞正燮：《癸巳類稿》卷七，第226頁。
③ （清）俞正燮：《癸巳存稿》卷三，第83頁。

　　按，鄭張尚芳從今天侗台語出發，認爲“善道”是古吳越地名的意譯，原音善說“伊”，道說“緩”，而“稻”係同音假借字。按照今侗台語語法，名詞的修飾成分後置，“善道”原語應爲“緩伊”①。俞氏誤以地本義爲宜禾，宜禾即宜稻，又記音爲宜道，中土聞之爲伊緩，倒過來爲緩伊，緩伊即盱眙。但注意到盱眙乃“單字還音”，爲外族地名，這一點是頗爲可貴的。

　　又卷十一“火不思”條針對《席上腐談》對“渾不似”的謬說，云：

　　　　按，火不思、渾撥四，皆單字還音，非有改造不似之義。……蓋火不思十四名，火不思、和必斯、渾不似、渾不是、渾撥四、胡撥四、胡博詞、虎拍詞、虎撥四、虎拍思、琥珀詞、琥珀槌，皆就音近字書之，古直項琵琶也。②

　　對於連綿詞，一些筆記也提出了精到的見解。如《容齋五筆》卷九“委蛇字之變”條：

　　　　歐公《樂郊詩》云：“有山在其東，有水出逶夷。”近歲丁朝佐《辨正》謂其字參古今之變，必有所據。余因其說而悉索之，此二字凡十二變。一曰委蛇，本於《詩·羔羊》：“退食自公，委蛇委蛇。”毛公注：“行可從跡也。”鄭箋：“委曲自得之皃。委，於危反。蛇音移。”《左傳》引此句，杜注云：“順貌。”《莊子》載齊威公澤中所見，其名亦同。二曰委佗，《詩·君子偕老》：“委委佗佗。”毛注：“委委者，行可委曲從跡也。佗者，德平易也。”三曰逶迤，《韓詩》釋上文云：“公正貌。”《說文》：“逶迤，斜去貌。”四曰倭遲，《詩》：“四牡騑騑，周道倭遲。”注：“歷遠之貌。”五曰倭夷，《韓詩》之文也。六曰威夷，潘岳詩：“迴溪縈曲阻，峻坂路威夷。”孫綽《天台山賦》：“旣克隮於九折，路威夷而脩通。”李善注引《韓詩》“周道威夷”。薛君曰：“威夷，險也。”七曰委移，《離騷經》：

①　鄭張尚芳：《古吳越地名中的侗台語成分》，《民族語文》1990 年第 6 期。
②　（清）俞正燮：《癸巳存稿》卷十一，第 316—317 頁。

"載雲旗之委蛇。" 一本作 "逶迤"，一本作 "委移"。注："雲旗委移，長也。" 八曰逶移，劉向《九歎》："遵江曲之逶移。" 九曰逶蛇，後漢《費鳳碑》："君有逶蛇之節。" 十曰蝼蛇，張衡《西京賦》："女、娥坐而長歌，聲清暢而蝼蛇。" 李善注："蝼蛇，聲餘詰曲也。" 十一曰過迤，漢《逢盛碑》："當遂過迤，立號建基。" 十二曰威遲，劉夢得詩："柳動御溝清，威遲堤上行。" 韓公《南海廟碑》："蜿蜿蛇蛇"，亦然也。則歐公正用《韓詩》，朝佐不暇尋繹之爾。①

按，連綿詞同外來詞一樣，是單純詞，僅是記錄語音，兩個字不能拆開解釋，其字形往往有多種寫法。洪邁列出了委蛇的十二種寫法，已經朦朧意識到了這一點。關於委蛇一詞的字形，今人符定一《連綿詞典》收集的寫法更多，多達 76 種。②

明鎦績《菲雪錄》卷上：

> 骨董乃方言，初無定字。東坡嘗作骨董羹，用此二字。晦菴先生《語類》只作汩董。③

明張萱《疑耀》卷五 "骨董" 條：

> 骨董二字，乃方言，初無定字。東坡嘗作骨董羹，用此二字。朱晦菴《語類》乃作汩董，今人作古董字，其義不可曉。④

按，骨董爲連綿詞。古董又可寫作骨幢。《景德傳燈錄》卷十九《韶州雲門山文偃禪師》："若是一般掠虛漢，食人誕唾，記得一堆一擔骨幢，到處逞驢脣馬嘴。" 章太炎《新方言·釋器》："《說文》：'匫，古器也，呼骨切。' 今人謂古器爲骨董，相承已久。其實骨即匫字，董乃餘音。凡術物等部字今多以東部字爲餘音。如窋言窋籠，其例也。" 骨董爲雜亂瑣

---

① （宋）洪邁：《容齋五筆》卷九，第 910—911 頁。
② 符定一：《連綿詞典》，中華書局 1954 年版，第 397—400 頁。
③ （明）鎦績：《菲雪錄》卷上，商務印書館《叢書集成初編》本，1939 年，第 2 頁。
④ （明）張萱：《疑耀》卷五，商務印書館《叢書集成初編》本，1939 年，第 110 頁。

碎之義，在宋代又指稱古代的雜器物，稱古器爲骨董，即由此而來①。章
說當誤。

在語言學史上，宋末元初的戴侗已初步認識到了連綿詞的特點。《六
書故》卷二十五"寃"字下云："凡雙聲字，當以聲求，不當以文求。"
明末方以智在《通雅》中，指出"謰語者，雙聲相轉而語謰謱也"，從聲
音的角度分析連綿詞的特徵。在連綿詞的研究上，擺脫了"守以字學鉤
鈲之說"的弊端，認爲連綿詞"以聲爲主，無論其字之有義無義，其義
皆在聲中"。至清代，對連綿詞的認識達到了很高的水平。王念孫《廣雅
疏證》中就明確提出"大氏雙聲疊韻之字，其義即存乎聲，求諸其聲則
得，求諸其文則惑矣"②。在清人筆記中，也有與王氏相同的看法。如
《雙硯齋筆記》卷三：

> 《說文》："忞，自勉强也。""愐，勉也。"段氏愐下注云：《釋
> 詁》曰："蠠沒，勄勉也。"《毛詩》黽勉亦作僶俛。《韓詩》作密
> 勿。《爾雅》作蠠沒。蠠本或作蠠，蠠即蜜，然則《韓詩》正作蜜勿，
> 轉寫誤作密耳。《爾雅》釋文云："勄本作僶，又作黽。"是則《說
> 文》之愐爲正字，而作勄作蠠作密作蜜作僶，皆其別字也。楨案：
> 凡經典雙聲字，但取聲而不必盡囿於形。黽勉雙聲字，其作僶俛、密
> 勿、蠠沒，止是一聲之轉。《說文》忞愐三③篆竝訓勉，忞愐即黽勉
> 也。古音文聲與民聲通，故《地理志》以岷江爲汶江。忞愐之爲黽
> 勉，猶僶俛、密勿、蠠沒之爲黽勉耳。《說文》忞下厠慔篆，愐下厠
> 懋篆，皆訓勉，慔懋亦忞愐之轉。《爾雅·釋訓》："懋懋，慔慔，勉
> 也。"是其證也。④

按，鄧廷楨從"凡經典雙聲字，但取聲而不必盡囿於形"的觀念出
發，繫聯了黽勉的不同寫法，並從聲轉的角度作了分析。

又同卷：

---

① 徐時儀：《〈朱子語類〉詞語考釋》，《上海師範大學學報》1991 年第 2 期。
② 雙聲疊韻字與連綿詞的概念有別，連綿詞並非都是雙聲疊韻詞，雙聲疊韻詞亦不一定是
連綿詞。但連綿詞主要是雙聲疊韻詞。
③ 按，三當作二。
④ （清）鄧廷楨：《雙硯齋筆記》卷三，第 187—188 頁。

古雙聲疊韻之字，隨物名之，隨事用之，泥於其形則齟齬不安，通乎聲則明辯以晳。如果蓏，艸木之實也。《說文》曰：在木曰果，在艸曰蓏。疊韻也，以名二物也。以名一物則爲果蠃。《詩‧東山篇》："果蠃之實。"其于蟲也爲果蠃。《詩‧小宛》："果蠃負之。"《毛傳》曰："果蠃，蒲蘆也。"《說文》作蝸蠃，蘆與蠃雙聲也。鼎董，艸也①。《爾雅‧釋艸》曰："蘱，鼎董。"雙聲也。其于木也爲杙橦，《說文》曰："杙，橦也。"其于地也爲町畽。《詩‧東山篇》："町畽鹿場。"《毛傳》曰："町畽，鹿迹也。"……②

按，果蓏、果蠃、果蠃屬於同源詞，果、蓏、蠃、蠃上古均爲歌部字，其語義均爲圓形之物，並且這一組詞在語音上均表現爲 k-l- 的形式。據任繼昉先生研究，在一些漢語方言和少數民族語言中，關於植物果實的叫法，如果、瓜、桃等，均有一個共同的語音形式 kl-，果蓏、果蠃、果蠃等詞當是原始語音形式 kl- 分化的結果。其分化的過程是：複輔音 kl- 逐漸分離，中間加入元音，演化成爲果蓏、果蠃、果蠃等詞③。至於鼎董、杙橦、町畽這一組詞，雖均爲雙聲字（鼎、董，端母，町、畽，透母，杙橦亦爲雙聲），語音密切相關，但似乎不能看作同源詞。《說文‧艸部》："董，鼎董也。從艸，童聲。"《爾雅‧釋艸》："蘱，鼎董。"郭璞注："似蒲而細。"《詩‧豳風‧東山》："町畽鹿場。"毛傳："町畽，鹿迹也。"朱熹注："町畽，舍旁隙地也，無人焉，故鹿以爲場也。"《說文‧田部》："田踐處曰町。從田，丁聲。"又："畽，禽獸所踐處也。《詩》曰：'町畽鹿場。'從田，童聲。"從意義上講，我們看不出町畽與鼎董的聯繫。《說文‧木部》："橦，帳柱也。從木，童聲。"《說文‧木部》："杙，橦也。從木，丁聲。"段玉裁注："撞從手，各本誤從木從禾，今正。《通俗文》曰：'撞出曰杙。丈鞭、丈莖二切。'與《說文》合，謂以此物撞彼此物使出也。"由此可見，杙、橦並不相干，鄧氏誤也。

但筆記對一些連綿詞的討論，使我們對連綿詞有了更加深刻的認識。

---

① 中華本原斷作"鼎，董艸也"。殊誤。
② （清）鄧廷楨：《雙硯齋筆記》卷三，第 228 頁。
③ 《漢語語源學》，重慶出版社 2004 年版，第 10—11 頁。

有些筆記對我們通常認爲的一些連綿詞拆開解釋，並且有一定的道理。如周祈《名義考》卷八《人部》"委蛇魚雅"條：

> 《詩》言委蛇，晉張華儒雅有籌畧，由是稱不廻者曰委蛇，不俗者曰儒雅。不知委從禾，取禾穀垂穗委曲之貌，蛇本蛇虺，其行紆曲，言大夫動而有法，若禾穗之垂與蛇行也。故沈讀作委委蛇蛇。①

按，關於委蛇一詞，一般人認爲是連綿詞，但最近尚振乾先生指出，委蛇的本義當爲隨彎就彎的蛇，與"委""蛇"的本義是密切相關的。《説文·女部》："委，委隨也。從女，從禾。"徐鉉等曰："委，曲也，取其禾穀垂穗委屈之皃。故從禾。"段玉裁注："隨其所如曰委。"委有柔順、彎曲等義。由委蛇的本義又引申出"長貌"、"舒展貌"、"隨順貌"、"從容自得貌"等意義②。《名義考》將委蛇拆開解釋，從"委""蛇"的本義出發分析其意義，這一點尚振乾先生正與其相同。

《疑耀》卷一"窈窕"條：

> 窈窕二字，《説文》解"窈，深也。窕，極深也。"窈窕，幽閒之地也。《詩》稱"窈窕淑女"，鄭玄箋爲幽閒深宫，貞專之善女。楊子《方言》以美心爲窈，美容爲窕。故朱子訓《詩》，以窈窕爲德。楊用脩深辨之，歷引漢魏詩賦所用窈窕字，皆屬居處，遂以朱氏之訓爲謬。余謂不然，窈窕原有二義，《詩》之"窈窕淑女"，卽以居處與容德並解，不兩妨也。③

按，《説文·穴部》："窈，深也。""窕，深肆極也。"張舜徽《説文約注》卷十四："窈窕二字本義，皆言穴之幽深寬閒，故字從穴。"關於窈窕一詞的詞義，有多種説法，有以居處言者，有以德言者，有以貌言者。其中"美心爲窈，美容爲窕"的説法肯定是錯誤的。楊慎《升庵經説》卷四："窈窕訓深宫爲是。深宫之地是幽閒。深宫固門曰幽，内言不

---

① （明）周祈：《名義考》卷八，臺北商務印書館《景印文淵閣四庫全書》第 856 册，第 379 頁。

② 尚振乾：《連綿詞"委蛇"文字考議》，《西北大學學報》2004 年第 6 期。

③ （明）張萱：《疑耀》卷一，第 4—5 頁。

出曰閒。窈窕言其居，貞專言其德。今解者混之，遂以窈窕爲德，誤矣。"一般人認爲窈窕是連綿詞，但《說文》及張注卻分開注解。劉毓慶先生亦從民族學、人類學的角度出發，認爲窈窕最初當是形容居處洞穴之狀，洞穴多呈深曲狀，所以窈窕便用來形容宮室幽深之意。古代大貴族女子，居於後室，即所謂深宮之中，故"窈窕淑女"便具有後世所謂大家閨秀之意。處於"窈窕"深宮中的少女，正當豆蔻年華，容貌姣好，再經過教育，自然體態端莊，專貞賢淑之德①。張萱認爲窈窕可以"以居處與容德並解"，頗爲融通。

《札樸》卷七"駊騀"條：

> 《甘泉賦》："崇丘陵之駊騀兮。"李善注："駊騀，高大貌也。"案：《說文》："駊，駊騀也。騀，馬搖頭也。我，頃頓也。頗，頭偏也。"馥謂"駊騀"言丘陵偏頗之狀。②

按，駊騀，上古爲歌部字。駊騀一般看作連綿詞，但桂馥卻據《說文》將駊騀分訓。筆者認爲，桂馥之說亦有一定的合理性。

首先，從同源詞的角度出發，從皮得聲的字多有偏、不平之義。《說文·頁部》："頗，頭偏也。"《廣雅·釋詁二》："頗，衺也。"《左傳·召公二年》："君刑已頗。"杜預注："頗，不平。"《說文·足部》："跛，行不正也。"玄應《一切經音義》引《字林》："跛，行不正也。"《說文·土部》："坡，阪也。"又《阜部》："阪，坡者曰阪。"《爾雅·釋地》："陂陀不平。"從我得聲的字亦有傾斜、不平之義。《說文·我部》："我，施身自謂也。或說我，傾頓也。"又《馬部》"騀，馬搖頭也。"又《人部》："俄，行頃也。從人，我聲。《詩》曰：'仄弁之俄。'"段玉裁注："《玉篇》曰：'俄傾，須臾也。'《廣韻》曰：'俄頃，速也。'此今義也。尋今義之所由，以俄頃皆偏側之意。小有偏側，爲時幾何，故謂倏忽爲俄頃。許說其本義，以咳今義。"

其次，從駊騀的義項來說，都與偏頗之義有關。《法苑珠林》卷三十

六："是琴音聲及妙歌聲，隱蔽欲界諸天音樂，所有諸山藥草叢林悉皆遍動，如人極醉前卻顛倒，須彌駊騀湧沒不定。"唐韓偓《多情》詩："酒蕩情懷微駊騀，春牽情緒更融怡。"駊騀爲起伏不平貌。《楚辭·遠遊》"服偃蹇以低昂兮，驂連蜷以驕驁。"王逸注："駟馬駊騀而鳴驤也。"駊騀爲馬起伏奔騰貌。唐杜甫《揚旗》詩："初筵閱軍裝，羅列照廣庭；庭空六馬入，駊騀揚旗旌。"仇兆鰲注引《説文》："駊騀，馬搖頭也。"故駊騀當形容山起伏不平的樣子。由此可見，駊騀最初有可能是一個複合詞。

俞正燮在《癸巳存稿》卷三"疊韻字有義書莊子後"條明確提出了疊韻字亦須求義的主張：

> 《莊子·則陽篇》云，長梧封人曰："昔爲禾，耕而鹵莽之，實亦鹵莽報；芸而滅裂之，實亦滅裂報。""深耕而熟耰，其禾繁以滋。"是鹵莽者，深之反；滅裂者，熟之反。淺耕不翻土而積鹵生莽，耰之不熟則去草兼滅禾，又土破裂不能穜蓤也。《漢書·揚雄傳》云："碟裂屬國，拔鹵莽。"碟裂、滅裂皆疊韻，又義同。或謂疊韻字不須求義，不知疊韻者以義就韻疊之爲辭，非無義也。《列禦寇篇》云："一命而呂鉅，再命而於車上舞，三命而名諸父，孰協唐、許！"呂鉅亦疊韻，言其脊呂背梁強鉅也。呂鉅即強梁，俱疊韻，俱同義。又《莊子》言"荒唐"，亦疊韻。荒，大；唐，大。務爲大，不可依信。莊子善言辭，多疊韻爲義。古惟單字還音之文不就字求義，不得謂疊韻文不求義也。[①]

按，《莊子·則陽篇》"鹵莽滅裂"陸德明釋文："郭云：'鹵莽滅裂，輕脱末略，不盡其分也。'司馬云：'鹵莽，猶麤粗也，謂淺耕稀種也；滅裂，斷其草也。'"魯上古魚部字，而莽上古經常與魚部字相押。《學林》卷五"莽"條："《前漢·武帝紀》，後元元年六月，侍中僕射莽何羅與弟重合侯通謀反。孟康注曰：'征和三年言重合侯馬通，今此言莽，明德馬皇后惡其先人有反，易姓莽。'顏師古注曰：'莽，莫戶反。'觀國按……屈原《懷沙賦》曰：'陶陶孟夏兮，草木莽莽。傷懷永哀兮，

---

① （清）俞正燮：《癸巳存稿》卷三，第80頁。

汨徂南土。'莽與土字同韻，則莽亦讀爲莫户切也。又《離騷》曰：'汨
余若將不及兮，恐年歲之不吾與。朝搴阰之木蘭兮，夕攬洲之宿莽。日月
忽其不淹兮，春與秋其代序。'此莽字、與字、序字，三字同韻，則莽亦
讀爲莫户切也。"滅裂，上古月部字。關於"鹵莽滅裂"的確切含義至今
還無定論。

又《列禦寇》"呂鉅"王先謙集解引郭嵩燾云："《方言》'呂，長
也。'《說文》：'鉅，大剛也。'亦通作巨，大也。呂鉅，謂自高大，蓋矜
張之義。"呂、鉅均爲魚部字。

《老子》："強梁者不得其死。"魏源本義："焦氏竑曰：'木絕水曰
梁，負棟曰梁，皆取其力之強。'"強梁均有有力之義。強、梁，陽部字。

《莊子·天下》："以謬悠之說，荒唐之言，無端崖之辭，時恣縱而不
儻，不以觭見之也。"成玄英疏："荒唐，廣大也。"郭慶藩集釋："荒唐，
廣大無域畔者也。"按，荒、唐皆有大義。《詩·大雅·公劉》："幽居允
荒。"又《周頌·天作》："天作高山，大王荒之。"毛傳並云："荒，大
也。"《漢書·敍傳下》："靡法靡度，民肆其詐，偪上並下，荒殖其貨。"
顏師古注："荒，大也。"《說文·口部》："唐，大言也。"《漢書·揚雄
傳上》："平原唐其壇曼兮，列新雉於林薄。"王念孫《讀書雜志·漢書第
十三》"唐其壇曼"條："唐者，廣大之貌。唐其者，形容之詞。"荒、
唐，陽部字。大言往往漫無邊際、荒誕不經，因此荒唐又有了荒誕之義。

鄧氏注意到了連綿詞與雙聲疊韻詞概念的不同。"或謂疊韻字不須求
義，不知疊韻者以義就韻疊之爲辭，非無義也"，"古惟單字還音之文不
就字求義，不得謂疊韻文不求義也"，正是這一觀念的表述。不過，俞氏
從有限的幾個例子出發，把這一概念絕對化了。大部分雙聲疊韻詞都是連
綿詞，是"單字還音"，是無法拆開解釋的。

筆記裏對這些連綿詞的討論，促使我們對連綿詞加以重新審視。一般
認爲連綿詞是由兩個音節連綴不能分割的詞，它只包含一個詞素，而不能
分析爲兩個詞素①。但筆記中對現在人們認爲的典型的連綿詞"委蛇"、
"窈窕"、"荒唐"等詞均拆開解釋，並且證據充分。如何看待這種情況，
這涉及連綿詞的來源問題。

現在一般認爲，連綿詞的來源主要有單音詞擴展和雙音詞音變兩種。

────────────

① 郭在貽：《訓詁學》，中華書局 2005 年版，第 95 頁。

單音詞擴展又包括三種：（1）音節緩讀，如"渾"變爲"囫圇"；（2）音節延展，如瀾—渙瀾，淪—蘊淪；（3）單音詞重疊，如"坎坎，喜也"，"居居，惡也"①（見邵晉涵《爾雅正義·釋訓》）。其實，還有一類連綿詞由雙音節實詞變化而來。"委蛇"、"窈窕"、"荒唐"等詞正是這種情況，經歷了一個雙音節實詞轉化爲連綿詞的過程。這類例子還能再舉一些：

蝴蝶：現代人們一般認定蝴蝶是連綿詞。但這個詞最初寫作"胡蝶"，爲合成詞。關於"胡"之含義，有三種說法：一說"胡"爲鬍鬚之義，胡蝶的命名理據爲有美鬚的蝶②；一說胡的意義爲大，胡蝶就是大蝶③；一說"胡蝶"之"胡"爲詞頭④。

零丁：零丁本是動詞結構，意思是丟失人。轉爲名詞，意思是指尋找丟失者的招貼。《全後漢文》卷六十八載戴良《失父零丁》："敬白諸君行路者，敢告重罪自爲禍，積惡致災天困我，今月七日失阿爹。"楊慎《丹鉛續錄·零丁》："謝承《後漢書》：'戴良有失父零丁。'零丁，今之尋人招子也。"失羣者是孤獨的、孤單的，因此零丁有孤單義，并由此生發出瘦弱、細小等意義。魏晉以來，零丁的構詞理據逐漸模糊，表孤單義的零丁字面上出現了多種寫法，因零丁與人有關，於是"伶仃"用得更加普遍以至成爲正體。今人一般把伶仃看作連綿詞。⑤

由雙音節實詞變爲連綿詞的主要原因是：一是在語義上，隨着時代的發展，雙音節實詞意義結合的理據逐漸模糊，人們已無法對其內部結構進行分析，被視爲一個整體；二是在字面上，隨着內部理據的模糊，字形變得多樣，有時爲了突出所表現的意義，往往增加偏旁或出現偏旁類化現象；三是雙音節實詞在語音上具有雙聲或疊韻的關係⑥。這些都是典型的連綿詞的特點。

因此，所謂連綿詞可拆開分訓，當僅限於由雙音節實詞變爲連綿詞的

---

① 王雲路：《釋"零丁"與"伶俜"——兼談連綿詞的產生方式之一》，《古漢語研究》2007 年第 3 期。

② 劉萍：《蝴蝶考》，《中國語文》1999 年第 6 期。

③ 嚴鴻修：《也談"蝴蝶"的命名理據》，《中國語文》2002 年第 2 期。

④ 周振鶴、游汝傑：《方言與中國文化》，上海人民出版社 2006 年版，第 110—113 頁。

⑤ 王雲路：《釋"零丁"與"伶俜"——兼談連綿詞的產生方式之一》，《古漢語研究》2007 年第 3 期。

⑥ 同上。

這一類型。連綿詞也有典型與非典型之分，典型的連綿詞爲單純詞，而雙音節實詞在變爲連綿詞的過程中，如果這一過程正在進行還沒有完成，則應該屬於非典型的連綿詞。

第四節　筆記與漢語詞彙史研究

詞彙史與訓詁學不同，它是漢語史的一部分，屬於歷史語言學的範圍。訓詁學是傳統小學的三大分支之一，它是爲了解經而產生的，主要任務是讀懂古書，準確地理解古書，因此，破解疑難詞語成爲訓詁學的重要任務。而詞彙史是爲了弄清一種語言的詞彙在不同歷史時期的基本面貌和特徵，闡明一種語言詞彙的發展歷史及其演變規律。因此，詞彙史更注重"常語"的演變、歷時替換和理論探討①。從漢語詞彙史的研究內容看，漢語詞彙的歷時更替和詞義演變都是漢語詞彙史研究的重要內容。訓詁學雖與詞彙史的性質、目的、內容不同，但從筆記的訓詁材料來看，有些已經包含了漢語詞彙史的研究內容。

漢語詞彙在發展過程中，會出現歷時更替現象。古人筆記對此是有所覺察和探討的。如《嬾真子》卷二：

唐人欲作寒食詩，欲押餳字，以無出處，遂不用，殊不知出於六經及《楚辭》也。《周禮·小師》"掌教簫"注云："簫編小竹管，如今賣飴餳所吹者，管如篴併而吹之。《招魂》曰："粔籹蜜餌，有餦餭些。"注云："餦餭，餳也。"但戰國時謂之餦餭，至後漢時，乃謂之餳耳。②

"餦餭"見於《楚辭》，而注"餦餭，餳也"的王逸爲東漢人，故有此云。《說文·食部》："餳，飴和饊者也。从食，昜聲。"餳即餳字。《方言》第十三："餳謂之餦餭。飴謂之餃。餳謂之餹。餳謂之餣。凡飴謂之餳。陳、楚、宋、衛之間通語。"可知餳字並不起於後漢。華學誠先生云："考《諆田鼎》有餳字，《居後彜》有餳字。吳榮光上釋作'餳'，下

① 參見汪維輝《東漢—隋常用詞演變研究》，南京大學出版社 2000 年版，第 4 頁。
② (宋) 馬永卿:《嬾真子》卷二，第 23 頁。

釋作‘錫’，則‘錫’字之產生已久矣。”①

《齊東野語》卷二十“隱語”條：

> 古之所謂廋詞，即今之隱語，而俗所謂謎。《玉篇》謎字釋云，隱也。②

《陔餘叢考》卷二十二“謎”條：

> 謎即古人之隱語。《左傳》申叔展所云山鞠窮、河魚腹疾，公孫有山之呼庚癸，其濫觴也。亦曰廋詞。《國語》：秦客爲廋詞，范文子能對其三。楚莊、齊威俱好隱語。漢東方朔射覆“龍無角，蛇無足。生肉爲膾，乾魚爲脯”之類，尤爲擅長。……據此可見東漢末之好爲隱語也，然猶未謂之謎。其名曰謎，則自曹魏始。《文心雕龍》曰：魏代以來，君子嘲隱化爲謎語。謎者，迴互其詞使昏迷也。③

按諸家所論，可知最早使用廋詞，唐宋時期用隱語和謎，而謎具有口俗色彩，後世隱語和謎的競爭過程中，謎又戰勝了隱語。《太平廣記》卷一百七十四“權德輿”條：“或曰：廋詞何也？曰：隱語耳。”（出《嘉話錄》）亦表明廋詞爲古語，隱語爲今語。《漢書·東方朔傳》：“舍人不服，因曰：‘臣願復問朔隱語，不知，亦當榜。’”南朝梁劉勰《文心雕龍·諧隱》：“隱語之用，被于紀傳。”可見謎和隱語經歷了一個共用的時期。後世謎的使用越來越多，構詞能力增強，隱語也被歷史所淘汰。

宋朱翌《猗覺寮雜記》卷下：

> 王衍見錢曰阿堵物。阿堵如言阿底。衍口不言錢，故云。今人遂謂錢爲阿堵，不知晉宋間人用阿堵語甚多。如“傳神寫照，在阿堵中。”殷中軍見佛經云：“理應在阿堵上。”謝安云：“何須壁後著阿堵輩。”④

---

①　華學誠：《揚雄方言校釋匯證》（上冊），中華書局 2006 年版，第 989 頁。

②　（宋）周密：《齊東野語》卷二十，第 378 頁。

③　（清）趙翼：《陔餘叢考》卷二十二，第 434 頁。

④　（宋）朱翌：《猗覺寮雜記》卷下，臺北商務印書館《景印文淵閣四庫全書》第 850 冊，第 473 頁。

《嬾真子》卷三：

> 古今之語，大都相同，但其字各別耳。古所謂阿堵者，乃今所謂兀底也。王衍口不言錢，家人欲試之，以錢遶牀不能行。因曰："去阿堵物。"謂口不言去却錢，但云去卻兀底爾。如"傳神寫照，正在阿堵中。"蓋當時以手指眼，謂在兀底中爾。後人遂以錢爲阿堵物，眼爲阿堵中，皆非是。蓋此兩阿堵同一意也。①

元楊瑀《山居新話》：

> 王衍以銅錢爲阿睹物。顧長康畫神，指眼爲阿睹中，二說於理未通。今北方人凡指此物，皆曰阿的，即阿睹之說明矣。②

　　筆記指出，在宋代"阿底"、"兀底"替換了"阿堵"成爲常用詞彙，"阿堵"在口語中已經消失。"阿堵"是《世說新語》裏一個經常使用的指示代詞，當爲當時口語的反映。"阿底"、"兀底"宋元以來常見。元關漢卿《閨怨佳人拜月亭》第三折："早是沒外人，阿的是甚麼言語那！"宋張鎡《夜遊宮·美人》詞："鵲相龐兒誰有，兀底便筆描不就。"金董解元《西廂記諸宮調》卷一："須看了可憎底千萬，兀底般媚臉兒不曾見。"呂叔湘先生認爲，宋元時代的阿底和兀底就是晉宋時代的阿堵。云："阿堵的阿是前綴，堵是者（這）的異體。'堵'在《廣韻》兩見：一爲上聲姥韻，當古切，一爲上聲馬韻，章也切，與'者'同音。阿堵的堵很可能是後一個音，後來隨着者字音變爲底，就寫成阿底，更後寫成兀底。"③"阿底"雖是"阿堵"的音變，但至宋代已經分化成了不同的詞語。

　　《客座贅語》卷四"女飾"條：

---

① （宋）馬永卿：《嬾真子》卷三，第31頁。

② （元）楊瑀：《山居新話》，臺北商務印書館《景印文淵閣四庫全書》第1040冊，第372頁。

③ 《近代漢語指代詞》，《呂叔湘文集》第3卷，商務印書館1992年版，第241頁。

　　今留都婦女之飾，在首者翟冠七品命婦服之，古謂之副，又曰
"步搖"。其常服戴於髮者，或以金銀絲，或馬尾，或以紗帽之。有
冠，有丫髻，有雲髻，俗或曰"假髻"。制始於漢晉之大手髻，鄭玄
之所謂"假紒"，唐人之所謂"義髻"也。①

　　《周禮·天官·追師》："追師掌王后之首服，爲副編次，追衡笄。"
鄭玄注："編，編列髮爲之，其遺象若之假紒矣。"紒即髻，古字通。《文
選·李康〈運命論〉》："椎紒而守敖庾、海陵之倉，則山坻之積在前矣。"
李善注："紒，即髻字也。《東觀漢紀·東平憲王蒼傳》："惟王孝友之德，
今以光烈皇后假髻、帛巾各一，衣一篋遺王。"可見"假髻"漢代已用。
此詞後世一直沿用。如《舊唐書·音樂志二》："《慶善樂》，舞四十人，
紫綾袍，大袖，絲布褲，假髻。"《花月痕》第二十一回："高髻始于文
王，後來孫壽的墮馬髻，趙飛燕的新髻，甄后的靈蛇髻，魏宮人的驚鶴
髻，愈出愈奇，講不盡了。這是真髻。還有假髻。"《品花寶鑒》第三十
九回："（孫氏）把網巾戴上，真髮盤了一圈，加上那假髻子，將簪子別
好，紮上燕尾，額上戴上個翠翹，畫了眉，真加了幾分標緻。"《續金瓶
梅》第六回："（常姐）又早纏的一點點小腳兒，梳着個小小假髻兒，就
是個小牙人兒一般，沒人不愛。"可見一般也是假與其組合。"義髻"據
《文淵閣四庫全書》電子本，最早見於《新唐書·五行志一》："楊貴妃常
以假鬢爲首飾，而好服黄裙，近服妖也。時人爲之語曰：'義髻抛河裏，
黄裙逐水流。'""義髻"主要在唐宋時期使用，後世很少使用。
　　《甕牖閒評》卷七則注意到了詞彙發展中詞語語序的變動：

　　　　今人皆言玟杯，古人謂之杯玟。韓退之詩云："手持杯玟導我
　　擲，云此最吉難爲同。"又《集韻》云："杯玟，巫以爲吉凶器者。"
　　《唐韻》云："杯玟，古者以玉爲之。"皆作杯玟也。②

　　《日知錄》研究詞語的歷時替換，在方法上有頗可注意者。如卷六
"檀弓"條運用統計法研究詞語的變更情況：

―――――――――――

① （明）顧起元：《客座贅語》卷四，第111頁。
② （宋）袁文：《甕牖閒評》卷七，第106頁。

　　《論語》之言"斯"者七十，而不言"此"。《檀弓》之言"斯"者五十有三，而言"此"者一而已。《大學》成於曾氏之門人，而一卷之中言此者十有九。語音輕重之間，而世代之別，從可知已。【原注】《爾雅》曰："茲、斯，此也。"今考《尚書》多言"茲"，《論語》多言"斯"，《大學》以後之書多言"此"。①

　　顧氏通過統計《尚書》《論語》《檀弓》和《大學》茲、斯、此的出現次數，得出三者出現的時代順序：茲最早，斯次之，此最後。這一結論爲今人的研究所證實。殷墟甲骨文指示代詞用茲，還沒有出現斯和此②。西周文獻茲、斯、此都用，但斯、此明顯是後起的。西周早期文獻主要用茲，而斯、此出現次數相對較少，到了後來茲越來越不常用，而斯和此越來越常用。斯與此比較起來，此早期頻率不如斯高，到了晚期比斯高③。顧氏通過統計法研究漢語詞彙的歷時替換，可謂是其訓詁學的一大貢獻。今天我們研究詞彙的歷時替換仍然運用此種方法。

　　又卷三十二"草馬"條：

　　《爾雅》："馬屬，牡曰隲，牝曰騇。"郭璞注以牡爲"騸馬"，牝爲"草馬"。《魏志·杜畿傳》："爲河東太守，課民畜牸牛草馬。"《晉書·涼武昭王傳》："家有驪草馬生白額駒。"《魏書·蠕蠕傳》："賜阿那環父草馬五百匹。"《吐谷渾傳》："吐谷渾嘗得波斯草馬，放入海，因生驄駒。"《隋書·許善心傳》："賜草馬二十四。"【原注】《廣韻》："牝馬曰騇。"《顔氏家訓》有云"騇隲"。今人則以牡爲兒馬，牝爲騍馬，而唯牝驢乃言草驢。④

　　此條討論了"草"作爲構詞語素構詞能力減弱的問題。如果一個語素的構詞能力減弱，則以其爲語素構成的一批詞有可能消失。北魏賈思勰《齊民要術·養牛馬驢騾》："以馬覆驢，所生騾者，形容壯大，彌復勝

①　（清）顧炎武：《日知錄》卷六，第 349 頁。
②　張玉金：《西周漢語代詞研究》，中華書局 2006 年版，第 237 頁。
③　同上書，第 237—238、268—269、273 頁。
④　（清）顧炎武：《日知錄》卷三十二，第 1848 頁。

馬。然必選七八歲草驢，骨目正大者：母長則受駒，父大則子壯。"《吐魯番出土文書》（貳）阿斯塔那一五號墓文書《唐雜物牲畜賬》："駏驉子壹頭，大草牛十五頭，特犢八頭，貳歲草牸陸頭。"此外還有言草雞者。關漢卿《包待制智斬魯齋郎》第三折："魯齋郎，你奪了我的渾家，草雞也不曾與我一個。"可見在通語中"草"的結合能力變弱了。

此外，筆記還從避忌的角度探討詞彙發展的動因。如《青箱雜記》卷二：

> 太祖廟諱匡胤，語訛近香印，故今世賣香印者不敢斥呼，鳴鑼而已。仁宗廟諱禎，語訛近蒸，今內庭上下皆呼蒸餅爲炊餅，亦此類。①

據《漢籍全文檢索系統》，宋以前文獻用"蒸餅"。如《齊民要術·造神麴并酒》："以手團之，大小厚薄如蒸餅劑，令下微泡泡。"《朝野僉載》卷四："周張衡，令史出身，位至四品，加一階，合入三品，已團甲。因退朝，路旁見蒸餅新熟，遂市其一，馬上食之，被御史彈奏。"《青箱雜記》認爲，蒸餅之所以改稱炊餅是避諱的結果。據考察，再到後世（不再避諱時）炊餅、蒸餅並用。如《水滸傳》第五十三回："戴宗在懷裏摸出幾個炊餅來自吃。"又第七十三回："便叫煮下乾肉，做起蒸餅，各把料袋裝了，拴在身邊，離了劉太公莊上。"

還有的情況則是避忌的詞語在競爭中占了優勢，最終替代了舊詞。《菽園雜記》卷一：

> 民間俗諱，各處有之，而吳中爲甚。如舟行諱"住"、諱"翻"，以"箸"爲"快兒"，"幡布"爲"抹布"。諱"離散"，以"梨"爲"圓果"，"傘"爲"豎笠"。諱"狼籍"，以"榔槌"爲"興哥"。諱"惱躁"，以"謝竈"爲"謝歡喜"。此皆俚俗可笑處，今士大夫亦有犯俗稱"快兒"者。②

《陔餘叢考》卷四十三"呼箸爲快"條：

---

① （宋）吳處厚：《青箱雜記》卷二，第19頁。
② （明）陸容：《菽園雜記》卷一，第8頁。

　　俗呼箸爲快子。陸容《菽園雜記》謂起於吳中,凡舟行諱住,諱翻,故呼箸爲快子,幡布爲抹布也。今北方人呼幡布爲轉布,則又因翻字而轉耳。①

　　按,筷子起初稱爲"箸"。陸容指出,吳中一帶之所以改稱爲"快兒"是由於避忌心理使然。"士大夫亦有犯俗稱'快兒'者",說明"快兒"一詞的影響很大。《陔餘叢考》說"俗呼箸爲快子",可見"快子"一詞在通語中使用頻率頗高。在清代白話小說中,"快子"基本寫作"筷子",成爲通語的一個常用詞②。又幡布,《說文·巾部》"幡,書兒拭觚布也。"徐鍇《繫傳》:"臣鍇曰:觚,八棱木,于其上學書已,以布拭之。晉人云:不見酒家幡布乎?用久則爛。"桂馥《義證》:"趙宧光曰:'今潏巾曰幡布';《增韻》:'今人呼幡布,《內則》所謂帉帨是也。'"可見幡布比抹布出現爲早。"抹布"元代已出現。《全元散曲·無名氏〈滿庭芳〉》:"將回文錦生搏做抹布,把義娼行白改做休書。"據筆者檢索,《西遊記》和《歡喜冤家》還在用幡布,而《水滸傳》和《歧路燈》用"抹布",《水滸傳》"抹布"共出現四次。可見幡布和抹布共存了一段時間。現在抹布已替代了幡布。

　　筆記對漢語詞義的發展變化也給予了較多的關注。如宋代筆記對"打"字意義擴大的描寫和分析,就很有名,爲今之學者所稱道。又如宋費袞《梁谿漫志》卷五"古者居室皆稱宮"條:

　　古者居室,貴賤皆通稱宮,初未嘗分別也。秦、漢以來,始以天子所居爲宮矣。《禮記》云:"父子異宮。"又云:"儒有一畝之宮,環堵之室。"林子中在京口作詩寄東坡云:"欲喚無家一房客,五雲樓殿鑠鼊宮。"而東坡和云:"叩頭莫喚無家客,歸掃峨眉一畝宮。"蓋本諸此。③

① (清)趙翼:《陔餘叢考》卷四十三,第978頁。
② 王琪:《從"箸"演變到"筷子"的再探討》,《古漢語研究》2008年第1期。
③ (宋)費袞:《梁谿漫志》卷五,上海古籍出版社1985年版,第49頁。

　　按，《說文·宮部》：“宮，室也。从宀，躳省聲。”段玉裁注：“按宮言其外之圍繞，室言其內。析言則殊，統言則不別也。”《爾雅·釋宮》：“宮謂之室，室謂之宮。”陸德明釋文：“宮，古者貴賤同稱宮，秦漢以來惟王者所居稱宮焉。”

　　《容齋三筆》卷二“秀才之名”條：

　　　　秀才之名，自宋、魏以後，實爲貢舉科目之最，而今人恬於習玩，每聞以此稱之，輒指爲輕己。因閱《北史·杜正玄傳》載一事云：“隋開皇十五年，舉秀才，試策高第，曹司以策過左僕射楊素，素怒曰：‘周、孔更生，尚不得爲秀才，刺史何忽妄舉此人！’乃以策抵地不視。時海內唯正玄一人應秀才，曹司重以啓素，素志在試退正玄，乃使擬相如《上林賦》、王褒《聖主得賢臣頌》、班固《燕然山銘》、張載《劍閣銘》《白鸚鵡賦》，曰：‘我不能爲君住宿，可至未時令就。’正玄及時竝了。素讀數徧，大驚曰：‘誠好秀才！’命曹司錄奏。”蓋其重如此。又正玄弟正藏，次年舉秀才，時蘇威監選試，擬賈誼《過秦論》《尚書·湯誓》《匠人箴》《連理樹賦》《几賦》《弓銘》，亦應時竝就，文無點竄。然則可謂難矣。《唐書·杜正倫傳》云：“隋世重舉秀才，天下不十人，而正倫一門三秀才，皆高第。”乃此也。①

　　按，《管子·小匡》：“農之子常爲農，樸野不慝，其秀才之能爲士者，則足賴也。”尹知章注：“農人之子，有秀異之材可爲士者，即所謂生而知之，不習而成者也。”到漢代秀才成爲科舉之名，中秀才者均爲佼佼者，是一種殊榮。隋唐時期，科舉最重秀才科。杜佑《通典》卷十五《選舉三》：“初，秀才科第最高，試方略策五條，有上上、上中、上下、中上，凡四等。貞觀中，有舉而不第者，坐其州長，由是廢絕。自是士族所趨向，唯明經、進士二科而已。”可見秀才一科爲最高，後被廢絕。洪邁指出，秀才一詞的褒貶色彩到了宋代發生了變化。發生變化的原因當爲秀才一詞指稱的泛化。唐宋以後，一般的讀書人也可以叫秀才，秀才所指範圍擴大，隨着使用的增多，具有了貶義的色彩。

---

① （宋）洪邁：《容齋三筆》卷二，第441頁。

宋黃伯思《東觀餘論》卷上《法帖刊誤上·弟一帝王書》：

此帖末云："故遣信還。"古者謂使爲信。故逸少帖云："信遂不取苔。"《真誥》云："公至山下，又遣一信見告。"《謝宣城傳》云："荊州信去倚待。"陶隱居帖云："明旦信還，仍過取反。"凡言信者，皆謂使人也。近世猶有此語。故虞永興帖云："事己信人口具。"而今之流俗，遂以遣書饋物爲信，故謂之書信。而謂前人之語亦然。不復知魏晉以還所謂信者，乃使之別名耳。①

《譚苑醍醐》卷二"使者曰信"條：

晉武帝炎報帖，末云："故遣信還。"《南史》："晨起出陌頭，屬與信會。"古者謂使者曰信。《真誥》云："公至山下，又遣一信見告。"《謝宣城傳》云："荊州信去倚待。"陶隱居帖云："明旦信還，仍過取反。"虞永興帖云："事以信人口具。"凡言信者，皆謂使者也。今之流俗，遂以遣書饋物爲信，故謂之書信。而謂前人之語亦然，謬矣。王右軍十七帖有云："往得其書，信遂不取答。"謂昔嘗得其來書，而信人竟不取同書耳。而世俗遂誤讀往得其書信爲一句，遂不取答爲一句，誤矣。《古樂府》云："有信數寄書，無信心相憶。莫作瓶墜井，一去無消息。"包佶詩："去札頻逢信，迴帆早挂空。"此二詩尤可證。②

《日知錄》卷三十二"信"條：

然此語起於東漢以下。楊太尉夫人袁氏《答曹公卞夫人書》云"輒付往信"，《古詩爲焦仲卿妻作》"自可斷來信，徐徐更謂之。"魏杜摯《贈毋丘儉》詩"聞有韓衆藥，信來給一丸"，以使人爲信始見於此。若古人所謂信者，乃符驗之別名。《墨子》："大將使人行守，

---

① （宋）黃伯思：《東觀餘論》卷上《法帖刊誤上·弟一帝王書》，中華書局 1988 年版，第 32 頁。

② （明）楊慎：《譚苑醍醐》卷二，第 14 頁。

操信符。"《史記·刺客傳》:"今行而無信,則秦未可親也。"《漢書·石顯傳》:"乃時歸誠,取一信以爲驗。"《西域傳》:"匈奴使持單于一信到國,國傳送食。"《後漢書·齊武王傳》:"得司徒劉公一信,願先下。"《周禮》"掌節"注:"節,猶信也。行者所執之信。"此如今人言印信、信牌之信,不得謂爲使人也。故梁武帝《賜到溉連珠》曰:"研磨墨以騰文,筆飛豪【原注】"毫"同。以書信。"而今人遂有書信之名。①

諸家討論"信"的古義,并注意到信義的發展變化,言之有理。黃伯思和楊慎認爲信古爲使人義,而時人經常以今義以律古義,以致出現了錯誤。特別是王羲之《雜帖》:"朱處仁今何在?往得其書,信遂不取答",郭在貽先生即以"信"上屬,而古人筆記則不誤②。顧炎武指出,信在信使以前爲符信義,東漢以下才有此義。田汝成案:"司馬相如《諭巴蜀檄》云:'故遣信使。'是西漢已然。"可知西漢已有此義。又"匈奴使持單于一信到國",孫常敍、李文明先生即把其理解爲書信義,後來謝質彬先生又發表意見,同意顧氏理解爲符信的看法③。又"研磨墨以騰文,筆飛豪以書信",張永言先生理解爲書信一義,而郭在貽先生仍尊重顧氏的意見,理解爲符信④。總之,上述筆記對信的詞義演變和意義理解都是頗爲準確的⑤。

《日知錄》卷三十二"寫"條:

寫,《說文》曰:"置物也。"《詩》:"駕言出游,以寫我憂。"

① (清)顧炎武:《日知錄》卷三十二,第1821—1822頁。
② 參見郭在貽《信的書信義究竟起於何時》,《中國語文》1984年第4期;張永言《兩晉南北朝"書""信"用例考辨》對此有討論,原載《語文研究》1985年第2期,收入《語文學論集》(增補本),語文出版社1999年版,254頁。
③ 孫常敍:《漢語詞彙》,吉林人民出版社1956年版,第88頁;李文明《信的"書信"義的更早例證》,《中國語文》1986年第2期;謝質彬《〈信的書信義的更早例證〉質疑》,《中國語文》1986年第6期。
④ 張永言:《"信"的"書信"義不始於唐代》,《中國語文》1962年第4期;郭在貽《古漢語詞義札記》,原載《中國語文》1979年第2期,收入《郭在貽文集》第一卷《訓詁叢稿·古代漢語詞義札記(二)》,中華書局2002年版,第179、180頁。
⑤ 參見唐鈺明《顧炎武的訓詁學》,原載台灣中山大學1995年《第四屆清代學術研討會論文集》,收入《著名中年語言學家自選集·唐鈺明卷》,安徽教育出版社2002年版,第54頁。

"既見君子，我心寫兮。"【原注】傳曰："寫，輸寫也。"《周禮·稻人》："以澮寫水。"《儀禮·特牲饋食禮》："主人出，寫嗇於房。"《禮記·曲禮》："器之溉者不寫，其餘皆寫。"【原注】注：傳之器中。……今人以書爲寫，蓋以此本傳於彼本，猶之以此器傳於彼器也。【原注】《說文》："謄，移書也。"徐氏曰："謂移寫之也。"始自《特牲饋食禮》"卒筮寫卦。"注："卦者主畫地識爻，爻備，以方寫之。"《漢書·藝文志》："孝武置寫書之官。"《河間獻王傳》："從民得善書，必爲好寫與之，留其真。"……至後漢而有圖寫、【原注】《李恂傳》。繕寫【原注】《盧植傳》。之稱，傳之至今矣。①

《陔餘叢考》卷二十二"寫"條：

《曲禮》：器之溉者不寫，其餘皆寫。註：謂傳之器中也。並無以爲作字者。《漢書·藝文志》：武帝置寫書官，寫字始作抄錄解，蓋因此器注於彼器，有傳遞之義，故借爲傳抄書寫之字。《後漢書·竇融傳》：融作書勸隗囂降，漢光武美之，詔曰："從天水來者，寫將軍所讓隗囂書。"則以此字作抄錄解，固已久矣。②

按，顧炎武和趙翼考證寫有抄錄義出現的時代，並分析了寫之抄錄義產生的原因③。相較而言，顧氏的考證更爲詳博。郭錫良先生等編《古代漢語》認爲："'寫'字在漢魏以後還有謄寫、抄錄的意思。"④ 而顧氏已指出《特牲饋食禮》"卒筮寫卦"之"寫"已經是抄錄義。《睡虎地秦墓竹簡·秦律十八種》："縣各告都官在其縣者，寫其官之用律。""寫"亦抄寫之義。可見此義漢魏之前已經出現⑤。

《日知錄》卷二十八"寺"條：

① （清）顧炎武：《日知錄》卷三十二，第 1828—1829 頁。
② （清）趙翼：《陔餘叢考》卷二十二，第 443 頁。
③ 黃生《字詁》"寫"條對抄錄義產生的原因已有分析。
④ 郭錫良：《古代漢語》，商務印書館 1999 年版，第 119 頁。
⑤ 唐鈺明：《顧炎武的訓詁學》，原載台灣中山大學 1995 年《第四屆清代學術研討會論文集》，收入《著名中年語言學家自選集·唐鈺明卷》，安徽教育出版社 2002 年版，第 54 頁。

　　"寺"字自古至今凡三變。三代以上，凡言寺者皆奄豎之名，《周禮》"寺人"注："寺之言，侍也。"《詩》云"寺人孟子"，《易》之"閽寺"，《詩》之"婦寺"，《左傳》寺人貂、寺人披、寺人孟張、寺人惠牆伊戾、寺人柳、寺人羅，皆此也。【原注】崔杼"使圉人駕、寺人御而出"。自秦以宦者任外廷之職，而官舍通謂之寺。【原注】《說文》："寺，廷也。有法度者也。"此亦是漢時解耳。漢人以太常、光祿勳、衛尉、太僕、廷尉、大鴻臚、宗正、大司農、少府爲九寺。【原注】又御史府亦謂之御史大夫寺。《漢書·元帝紀》注，師古曰："凡府庭所在皆謂之寺。"《風俗通》曰："寺，司也。"《唐書·楊收傳》："漢制，總群官而聽曰省，分務而專治曰寺，諸官府所止皆曰寺。"《後漢書·安帝紀》："皇太后幸洛陽寺及若盧獄，錄囚徒。"注："寺，官舍也。"《張湛傳》："告歸平陵，望寺門而步。"注："寺門即平陵縣門也。"《樂恢傳》："父爲縣吏，得罪於令。恢年十一，常俯伏寺門。"《吳志·凌統傳》亦云："過本縣，步入寺門。"又變而浮屠之居，亦謂之寺矣。【原注】《石林燕語》："東漢以來，九卿官府皆名曰寺，鴻臚其一也。本以待四夷賓客。明帝時，攝摩騰、竺法蘭自西域以白馬負經至，舍於鴻臚寺。既死，尸不壞，因留寺中。後遂以爲浮屠之居，即洛中白馬寺也。僧居稱寺本此。①

　　按，顧炎武指出寺經歷了由"奄豎之名"到"官舍"，再到"浮屠之居"的歷時變化，並探討了寺義變化的原因，極爲精審。這個結論，已得到普遍認可。如洪誠玉《古漢語詞義分析》論述"寺"字就完全采自《日知錄》此條②，陳寶勤《試論"寺"由"官寺"義到"佛寺"義的演化》③雖然沒有指明采自《日知錄》，但對"寺"的分析與此幾乎完全相同，由此可見顧氏之影響。

---

① （清）顧炎武：《日知錄》卷二十八，第1595—1596頁。
② 洪誠玉：《古漢語詞義分析》，天津人民出版社1985年版，第14頁。
③ 陳寶勤：《試論"寺"由"官寺"義到"佛寺"義的演化》，《南開語言學刊》，商務印書館2005年版，第106—114頁。

結　語

　　筆記裏討論的語言文字學問題雖不像小學專著那樣集中，但把這些零星的材料收集起來，分類歸納整理，就能發現其中有許多值得重視的觀點。通過前面的研究，我們可以對筆記裏語言文字學研究的成就作如下評價：

　　音韻學方面：

　　1. 筆記記錄了不少歷史上的方俗讀音，這些材料在漢語語音史特別是方音史的研究上佔有一定的地位。在記錄方俗讀音的同時，筆記作者已初步認識到方音與通語之間的語音對應規律，古音與方音的密切關係，並認識到移民對方音形成的影響。

　　2. 古音學方面，顏師古《匡謬正俗》根據韻文、舊注及方音論證古音的方法，爲後世古音學所遵從。宋代不少筆記意識到古今音的不同，並根據韻文材料、異文、諧聲以及方言印證對古音加以考證。《焦氏筆乘》明確提出“古詩無叶音”，是古音觀念的一個重大進步。清代顧炎武、趙翼、錢大昕、鄧廷楨、俞正燮等人所著筆記對先秦韻文韻例和韻部的研究，將古音的研究推向了深入。《十駕齋養新錄》用“轉音”的方法研究古音，是其對古音研究的一大貢獻。聲母研究方面，黃生《義府》中已朦朧接觸到輕重脣不分，《十駕齋養新錄》提出“古無輕脣音”、“古無舌上音”，有的條目還與“喻三歸匣”相符合。

　　3. 今音學方面，筆記對《切韻》系韻書的討論，加深了我們對《切韻》音系的認識。《十駕齋養新錄》對平水韻的考證，得到今人的普遍贊同。筆記對反切、四聲及字母的討論，亦有其獨到見解，具有一定的價值。

　　4. 古人筆記已經能夠考慮到語音發展中的諸多例外因素，如語流音變、同義換讀、字形的影響、避忌心理、方言的影響、反切的訛誤等，這對今天研究例外音變仍然有參考價值。

文字學方面：

1. 唐至明筆記已對《說文》有了不少關注，經常以《說文》爲本糾正字形說解的錯誤。值得注意的是，有些筆記對字形的說解比《說文》爲長。清代《說文》研究大盛。《日知錄》對《說文》有很好的評價，對《說文》字形及訓釋提出的質疑，大部分都言之有理。清中期錢大昕、桂馥及鄧廷楨所著筆記對《說文》的校勘、體例及字形說解均有一定貢獻，錢大昕的《說文》研究佔有重要地位。《香草校書》對比古文字研究《說文》，體現了《說文》研究方法的進展。

2. 筆記對俗字也給予了不少關注。古人筆記記錄和考證了不少俗字，尤其是清代筆記對俗字的考證極爲精審，並從偏旁位置的移動、偏旁混同、文字訛變、字體的交互影響等角度總結了一套考釋俗字行之有效的方法。同時，筆記對俗字的通俗性、任意性、時代性、區別性、區域性都有一定的認識，對俗字成因和類型等也作了一定的探討。

3. 筆記探討了漢字的孳乳發展問題，辨別源字和孳乳字，並認識到文字對詞彙發展的反作用。筆記在隸書的起源、隸變對漢字結構的影響等問題上都有很好的見解。同時，筆記在古文字研究上也有一定可取之處。

訓詁學方面：

1. 筆記涉及訓詁的諸多方面，如解釋詞義、分析句讀、說明句意、考辨音讀、校證文字、闡述語法等，解決了不少訓詁疑難問題。值得注意的是，筆記對方俗詞語多所關注，廣泛記錄方俗詞語，查找方俗詞語的最早出處，並探求方俗詞語的本字與來源。這擴大了訓詁研究的範圍。

2. 筆記在探討詞義時，能夠注意到詞義的概括性，從詞義概括性和具體性的辨證統一方面認識問題。筆記考釋詞義的方法，也有不少值得重視之處，如從詞語的搭配考釋詞義，找出大量同構的例證來論證詞語的確切含義，運用方言詞語和目驗的方法考釋、證明詞義等。筆記還能夠用詞義引申的觀點解決詞義問題，並發現詞義的同步引申規律。《札樸》還用詞義感染的觀點解釋詞義的產生。

3. 在語法研究方面，宋代筆記此類虛實二分的觀念，是現在漢語實詞與虛詞二分的源頭。筆記對虛詞語法意義和功能的分析，對虛詞來源的探討，都具有一定的卓見。在語序研究方面，筆記已能夠從語音的角度探討同素異序詞與漢語駢列詞語的排序規律。《癸巳類稿》還運用類似層次分析的方法分析結構層次。

4. 在詞語理據研究方面，宋代筆記記載的"右文說"成爲同源詞研究的一種範式，對後世產生了很大的影響。而筆記對合成詞理據的探求，是筆記裏值得重視的語言學材料之一。筆記對合成詞理據的探求，往往以辨認疑難語素義爲重點，探討語素結合的動因，並認識到文化因素對詞語理據的影響。

5. 在外來詞研究方面，一些筆記提出"譯語無正音"、"譯音無定字"、"單字還音"等主張，肯定了外來詞的單純詞性質。連綿詞方面，其對連綿詞的探討深化了我們對連綿詞的認識，促使人們認識到一些連綿詞是由古代的合成詞轉化而來。

6. 筆記還注意到詞語的歷時替換，古今詞義的不同，詞義發展的階段性等。其中《日知錄》在漢語詞彙史上作出重大貢獻，其對詞義演變的探討、用統計的方法研究詞語的替換，都非常值得重視。此種研究已具備漢語詞彙史研究的雛形。

當然，筆記也有一些缺點和不足。如在上古音研究上，大部分筆記還沒有把先秦韻文和魏晉時期分開對待，有時把合韻當作一個韻部，清代有的筆記對上古音研究存在音轉過寬的問題。在變調構詞的問題上，一些筆記以詞義引申否認變調構詞，或認爲變調構詞是人爲的強生分別，均有不妥。筆記在解釋詞義、分析句讀、《說文》校勘、探討方俗詞語來源等具體問題上也都存在一定的失誤，這也是難以避免的。

總之，筆記在語言文字學研究方面取得了相當的成就。今天我們研究中國語言學史，應當重視這些資料，使之爲今天的語言文字學研究提供參考。與傳統語言文字學研究相比，筆記的語言文字學研究還呈現出面向實際語言的特色，如對方俗讀音、方俗詞語和俗字的研究，都體現了這一特點。

研究筆記裏的語言文字學問題，是一個龐大的課題，限於時間和個人水平，本書的研究工作僅是初步疏理和分析研究，一些筆記中討論的重要語言文字學問題，還未能深入挖掘與討論：如筆記中有關修辭方面的條目，筆者未作討論；筆記對字體發展的探討，筆者雖有談及，但還很不全面；又如筆記中一些討論用字現象和字詞關係的材料，筆者沒有談及，但這是訓詁學一個重要的課題；再如筆記對事物的命名方式的探討，理應納入詞語的理據部分，但由於時間和精力的關係，也沒有作討論……全面深入探討筆記裏的語言文字學問題，還需要更多的時間、精力及學識上的提高。

附　錄

中华版宋代筆記點校商補

1. 王文正公旦釋褐知臨江縣，時夜有合死囚，公一夜不寐，思以計活之。(《湘山野錄》卷上，頁2，1984年)

校勘記：王文正公旦　"正"原作"貞"，據學海類編本、宋史卷二八二王旦傳、歐陽文忠公文集卷二二太尉文正公神道廟碑銘、琬琰集刪存卷二王文正公旦全德元老之碑及夢溪筆談釋名改。(頁19)

按：校勘改"貞"爲"正"，未爲穩妥。宋王明清《揮塵前錄》卷二、李心傳《建炎以來朝野雜記乙集》卷十三《官制一·宮觀使》均作"文貞"。宋陸游《渭南文集》卷三十《跋蘇丞相手澤》(北圖影印宋嘉定十三年陸子遹溧陽學宮刻本)作"文貞"。王旦死於天禧二年(1017年)，而趙禎此年被立爲太子，乾興元年(1022年)即位。蓋王旦初謚曰文貞，後避宋仁宗趙禎諱，改爲文正。後世或改回原謚，或不改。觀溧陽學宮刻本《渭南文集》，書中"貞"或避諱缺筆作"貞"，如卷二十六《跋坐忘論》"貞白先生"、《跋二賢像》"孟貞曜"；或改作"正"，如卷一《謝致仕表》"思正元之朝士"，則王旦當謚"文貞"無疑。校勘所據各書作"正"，亦均爲避諱而改。

宋趙與時《賓退錄》卷三："王孝先曾謚文正，王子明旦避仁廟嫌諱，亦稱文正。後來稱孝先者，多稱其封國以爲別；子明封魏國，人罕稱也。"陳垣先生《史諱舉例》卷八《歷朝諱例·宋諱例》"宋仁宗趙禎"條："謚文貞者改曰文正。"

再從歷朝謚號考之。據劉長華輯《歷代名臣謚法考》載，宋以前賜謚文正者，僅晉代范平，而賜文貞者則較普遍，如曹魏司馬懿、北魏郭祚及唐代魏征、韋安石、宋璟、張說、張柬之等。顯然，謚文貞者均爲功績卓著的大臣，而謚文正的范平僅是名儒，官職不高。謚號當有歷史的傳承，宋初賜謚亦沿襲前代之風氣，王旦功績顯赫，賜謚文貞，合情合理。

李昉、王旦謚文貞，趙禎即位，爲避諱而改"文正"，這一說法應當是可信的。

《全宋筆記》第一編六《湘山野錄》仍改"貞"爲"正"（大象出版社，頁7，2003年），《中國歷史大詞典》"王旦"條亦曰"卒謚文正"（上海辭書出版社，頁250，2000年），亦均誤。

2. 張尚書鎮蜀時，承旨彭公乘始冠，欲持所業爲贄，求文鑒大師者爲之容。鑒曰："請君遇旃麾游寺日，具襴鞹與文候之，老僧先爲持文奉呈，果稱愛，始可出拜。蓋八座之性靡測。"一日果來，鑒以彭文呈之。公默覽殆遍，無一語褒貶，都擲於地。彭公大沮。（同上卷下，頁46）

按：隋唐時期以六尚書、左右僕射及令爲"八座"，此處"八座"指張尚書。"蓋八座之性靡測"當爲作者的評述性語言，是作者推測文鑒大師說此話的原因，非文鑒大師之語，引號當在"始可出拜"之後。《全宋筆記》第一編六《湘山野錄》仍如此標點（大象出版社，頁46，2003年）。

3. 司馬溫公知禮院，上書曰："謚之美者，極于文正，竦何人，可當?"（《澠水燕談錄》卷一《讜論》，頁5，1981年）

按：此處的"文正"是謚號的一種，非指專人，當刪豎線。

4. 張氏世爲農者，不讀書，耕田捕魚爲業，無積蓄，而能人人孝悌，友順六世，幾二百年，百口無一小異，亦可尚也。（同上卷四《忠孝》，頁38）

按："友順六世"殊覺欠安，當斷作"而能人人孝悌友順，六世幾二百年"，"孝悌友順"不應拆開。明錢習禮《河南布政使司左布政使李公墓碑銘》："平居孝弟友順，出於天性。"《澠水燕談錄》同卷《忠孝》云："自慶歷至今又五十餘年，而其家孝友如故。""孝友"義即"孝悌友順"。《後漢書·韓棱傳》："棱四歲而孤，養母弟以孝友稱。"宋王安石《送郊社朱兄除郎東歸》詩："宦游雖晚何妨久，餓顯從來不必高，孝友父兄家法在，想能清白遺兒曹。"

5. 吏民固乞，卒不受一錢，其純孝高識如此。（同上，頁38）

校勘記：高識　原作"高尚"，從類苑卷五三引澠水談改。（頁53）

按："高尚"可通，不必改。"卒不受一錢"正表明其"高尚如此"。

6. 彌封、謄錄、覆考、編排，皆始於景德、祥符之閒。（《澠水燕談錄》卷六《貢舉》，頁67）

校勘記：宋朝事實卷一四科目記此事作“封彌”。按宋史選舉志一景德四年：“試卷……付封彌官謄寫校勘，用御書院印，付考官定等畢，復封彌送覆考官再定等。”又景德中賈昌朝言：“今有封彌、謄錄法，一切考諸試篇，則公卷可罷。”新校正夢溪筆談卷一故事校記引王國維校識：“‘彌封官’乃明代名稱。”據上稱引，疑此處當作“封彌”。（頁80）

按：所疑非是。“封彌”又作“彌封”，亦習見。《宋史·選舉志三》：“間歲一舍試，補上舍生，彌封、謄錄如貢舉法。”又：“遇補試上、內舍生，選有出身官一人，同教授考選，須彌封、謄錄。”宋高承《事物紀原》卷三《學校貢舉·封彌》：“《國史異纂》曰：‘武后以吏部選人多不實，乃令試日自糊其名，暗考以定其等第。’蓋糊名考校，自唐始也。今貢舉發解，皆用其事曰彌封。”標題云“封彌”，文中云“彌封”，可證二者義同。宋吳自牧《夢粱錄》卷二《諸州府得解士人赴省闈》：“三月上旬，朝廷差知貢舉、監試、主文考試等官，并差監大中門官諸司、彌封、謄錄等官，就觀橋貢院，放諸州府郡得解士人……“又：”所納卷子，徑發下彌封所封卷頭，不要試官知士人姓名，恐其私取故也。”

7. 一日，有米綱至八百里村，水淺當剝載，府檄張往督之，王曰：“所謂八百里駁也。”張曰：“未若三千年精矣。”元獻爲之啟齒。（同上卷十《談謔》，頁123）

校勘記：載　原脫，據同上兩書（指類苑、事文類聚）補。　（頁127）

按：“剝載”亦可單言“剝”。明蕭良幹《拙齋十議·優恤船戶議》：“看得運軍淺船，先因不准起剝，未免賠累兼有稽延。今蒙寬恤，許令官剝，無容復議矣。”明張國維《吳中水利全書》卷三《水源·應天府來源》：“今奸豪之家，就中開港剝船邀貨，以規商利。”字又作“駁”。清吳趼人《二十年目睹之怪現狀》第五五回：“次日早晨啓輪，到了廣東，用駁船駁到岸上。”故校勘記當改爲：“同上兩書作‘剝載’。”

8. 二相稟旨而退，至中書，沂公曰：“陳絳，滑吏也，非王耿不足以擒之。”（同上《補遺》，頁129、130）

校勘記：滑吏也東軒筆錄卷八“滑”作“猾”，疑是。（頁131）

按：此說不確。“滑”亦有狡猾奸詐之義。《史記·酷吏列傳》：“爲人上，操下如束溼薪，滑賊任威。”漢張衡《四愁詩序》：“姦滑行巧劫，皆密知名。”宋葉紹翁《四朝聞見錄丙集·褒贈伊川》：“外示恬默，中實

躁競；外示質魯，中實姦滑。"宋司馬光《涑水記聞·輯佚》："咸平中，
鞫曹南滑民趙諫獄，諫豪於財，結士大夫，根蒂特固。""《西遊記》第二
十二回："兄弟呀，這妖也弄得滑了。"故不必改。

9. 今之士族，當婚之夕，以兩倚相背，置一馬鞍，反令婿坐其上，
飲以三爵，女家遣人三請而後下，乃成婚禮，謂之"上高坐"。（《歸田
錄》卷二，頁35，1981年）

校勘記：以兩倚相背　"椅"原誤作"倚"，據類苑卷十八改。（頁
39）

按："倚"、"椅"為古今字，"椅"字最初寫作"倚"，不必改。唐
佚名《濟瀆廟北海壇祭器雜物銘碑陰》："繩床四，内四倚子。"宋史繩祖
《學齋佔畢》卷二《飲食衣服今皆變古》："蓋席地而坐，不設倚卓，即古
之設筵敷席也。"宋王讜《唐語林》卷六《補遺（起德宗至文宗）》："又
立兩藤倚子相背，以兩手握其倚處，懸足点空，不至地三二寸，數千百
下。"宋黃朝英《靖康緗素雜記》卷三《倚卓》："今人用倚卓字，多從
木旁，殊無義理……倚卓之字雖不經見，以鄙意測之，蓋人所倚者爲倚，
卓之在前者爲卓。"宋孔平仲《珩璜新論》："古字通用，後人草則加艸，
木則加木，遂相承而不知也，如倚卓遂作椅桐之椅，棹舡之棹。"

10. 是故隨日而應月，依陰而附陽，盈於朔望，消於朏朏，敷尾切。魄，
虛於上下弦，息於輝朒朒，女六切。朔而日見東方也。（《西溪叢語》卷上，
頁24，1993年）

校勘記：日見東方　"日"原作"月"，今從揮麈錄。庫本作"日"。
（頁69）

按："朔望"、"朏"（《書·召誥》："三月，惟丙午朏。"僞孔傳："朏，
明也。月三日明生之名。"）、"上下弦"均謂月相，故"朒"也應當與月有
關。《說文·月部》："朒，朔而月見東方謂之縮朒。"《漢書·五行志下之
上》："朔而月見東方謂之朒，亦謂之仄慝。"《廣韻·屋韻》："朒，女六
切。朔而月見東方謂之縮朒。"故本當作"月"，作"日"者誤也。

11. 晉郭翻乘小舟歸武昌，安西將軍庾亮造之，以其船狹小，欲就引
大船。翻曰："使君不以鄙賤而猥辱臨之，此固野人之船也。"（同上，頁
31）

校勘記：猥辱臨之　繆校"猥"作"爲"。（頁71）
按："猥辱"可通，不必改。猥亦有"辱"義。《正字通·犬部》：

"猥，凡自稱猥者，卑詞也。"漢楊修《答臨淄侯箋》："猥受顧錫，教使刊定，《春秋》之成，莫能損益。"唐李商隱《上尚書范陽公啟三首》之三："嘉命猥臨，厚賚仍及。"元關漢卿《單刀會》第四折："猥勞君侯屈高就下，降尊臨卑，實乃魯肅之萬幸也。""猥辱"爲同文連用，猶言承蒙，亦習見。《晉書·譙剛王遜附子閔王承傳》："猥辱來使，深同大趣；嘉謀英算，發自深衷。"唐韓愈《答魏博田僕射書》："嘗承僕射眷私，猥辱薦聞，待之上介。"

12. 段成式酉陽雜俎："孝億國界三千餘裏，舉俗事祆，不識佛法，有祆祠三千餘所。"又："銅馬俱在德建國烏滸河中，灘流中有火祆祠，相傳祆神本自波斯國乘神通來，因立祆祠。"（同上，頁42）

校勘記：烏滸河　繆校"烏"作"鳥"，下同。（頁73）

按：《酉陽雜俎》卷十作"烏滸河"。《隋書·西域傳》《新唐書·西域傳》俱稱"烏滸河"，《北史·西域傳》作"烏滸水"。"烏滸河"即今阿姆河，是 Oxus 的音譯。"鳥"字是"烏"字的訛誤。繆校誤。又，"祆祠"非專有名詞，不當下劃豎線。

13. 熙寧間，江寧府句容簿，失其姓名。至茅山，遇道人高坦，被髮跣足，與簿劇談，飲酒終日，書一詩，留別而去，莫知所之。（同上，頁59）

按：說某某年間，某人"失其姓名"於意不暢。疑"失其姓名"原爲作者小注，後混入正文。把"失其姓名"四字用小號字體標示，"江寧府句容簿至茅山"連爲一句，這樣就顯得文從字順了。

14. 淋下滷水，或以他水雜之，但識其舊痕，以飯甑蓋之於中，掠去面上水，至舊處，元滷盡在，所去者皆他水。（同上，頁61—62）

校勘記：掠去面上水　繆校"掠"作"抗"。疑作"抗"爲是。康熙字典引集韻謂"抗"乃"舀"字重文。參本卷"揄抗舀"條。（頁77—78）

按：此處誤改。掠爲從液體表面輕輕撇取、舀出之義。北魏賈思勰《齊民要術》卷八《脯臘》："搥牛羊骨令碎，熟煮，取汁；掠去浮沫，停之使清。"明高濂《遵生股箋·四時調攝箋（夏）·六月事宜》："羊腎二個，豬腎亦可，去脂膜，切如柳葉，以水四升，先煮去水升半，即掠去水上肥沫及腎淬，去汁煎諸藥，澄清去淬，分爲三伏。"今廣東陽江仍有此用法，如："豬肉湯上面個油你掠出來炒菜哩。"（引自《漢語方言大詞典》頁 5372）此處用"掠"，正强調輕輕撤取之義。

15. 第五篇云："翩翩三青鳥，毛色奇可憐。"（《西溪叢語》卷下，頁 81）

校勘記：毛色奇可憐　繆校"奇"作"甚"。（頁 128）

按：繆校可商。此處陶詩曾本、蘇寫本、焦本並云："一作甚。"但不能因此徑改。"奇"亦有甚、非常義。楊樹達《詞詮》卷四："奇，表態副詞。極也，甚也。"北魏酈道元《水經注》卷十六《沮水》："（青溪水）以源出青山，故以青溪爲名，尋源浮溪，奇爲深峭。"又卷九《沁水》："（沁水）又南五十餘裏，沿流上下，步徑裁通，小竹細筍，被於山渚，蒙蘢茂密，奇爲翳薈也。"唐段成式《酉陽雜俎》卷十二《語資》："劼問少遲曰：'今歲奇寒，江淮之間不乃冰凍？'"清李汝珍《鏡花緣》第十二回："小吃上完，方及正肴，菜既奇豐，碗亦奇大，或八九種至十餘種不等。"故不必改。

16. 上有湯谷，上有扶木，即扶桑木。（同上，頁 82）

校勘記：湯谷　"湯"原作"暘"，今從繆校。山海經海外東經作"湯"。（頁 128）

按：上文陶詩亦作"暘谷"。（頁 81）《太平御覽》卷九百五十五《木部四·桑》引《山海經》作"暘谷"。古人引書，不一定與原書文字全同。"暘谷"即"湯谷"。《山海經·海外東經》"下有湯谷"，清郝懿行箋疏："《虞書》及《史記·五帝紀》作暘谷。"《楚辭·天問》"出自湯谷，次于蒙汜，自明及晦，所行幾里？"宋洪興祖補注："《書》云：'宅嵎夷，曰暘谷。'即湯谷也。"《別雅》卷二："湯谷，暘谷也。"暘古音歸余母，與定母非常接近，湯古音爲透母，故二字常通用。不煩改。

17. 今俗諺云："如'鹽藥'，言其少而難得。"本草戎鹽部中陳藏器云："鹽藥，味鹹，無毒，療赤眼，明目，生海西南雷諸州，山石似芒消，入口極冷，可傅瘡腫。"（同上，頁 109）

按："鹽藥"爲可作藥用的一種鹽類，不當加引號。又，"如鹽藥"爲當時的民間俗語，"言其少而難得"是說其含義，故當標點爲："今俗諺云'如鹽藥'，言其少而難得。"此點薛正興先生已指出[1]。又，"山

---

[1]　薛正興：《〈西溪叢語〉、〈家世舊聞〉點校瑣議》，《中國典籍與文化論叢》第 5 輯，中華書局 2000 年版，第 416 頁。

石"當上屬，"山石似芒消"不詞。鹽分爲海鹽、赤鹽、井鹽、巖鹽等類，巖鹽即產在巖石間，故"山石"是對其產地的描述。明李時珍《本草綱目·石三·鹽藥》〔集解〕引陳藏器曰："（鹽藥）生海西南雷、羅諸州山谷，似芒消，末細，入口極冷。"《說郛》卷三十三引《西溪叢語》作"生海西南雷州諸山石，似芒硝，入口極冷，可傳瘡腫。'"如果把"諸山石"屬後的話，句子明顯不通。言鹽藥似芒硝者，如《本草綱目·石五·樸消》："此物見水即消，又能消化諸物，故謂之消。生於鹽鹵之地，狀似末鹽……煎煉入盆，凝結在下，粗樸者爲樸消，在上有芒者爲芒消，有牙者爲馬牙消。"

18. 淮南子云："武王破紂，殺之於宣室。"許叔重云："宣室，在朝歌城外。"宣室，殷宮名。一曰：宣室，獄也。音宣和之宣。漢未央前殿有宣室，溫室。音暄，見集韻。（同上，頁126）

按：《淮南子》卷八《本經》："武王甲卒三千破紂牧野，殺之於宣室。"注："牧野，南郊地名，在朝歌城外。宣室，殷宮名。一曰：宣室，獄也。"據此，則引號當在"獄也"之後。又，"漢未央前殿有宣室，溫室。""宣室"、"溫室"爲宮殿名，當下劃豎線。《漢書·京房傳》："上令公卿朝臣與房會議溫室"，唐顏師古注："溫室，殿名也。"《漢書·宣帝紀》："冬十月丁卯，未央宮宣室閤火。"

19. 游之外王父奉議公之問，字季實。質蕭公季子，博學篤行，所交皆知名士，尤不喜進取，終身常爲箟庫。"（《家世舊聞》下，頁222，1993年）

校勘記：終身常爲箟庫　"常"原作"嘗"。萃閔堂鈔本作"常"，今從。（頁229）

按："嘗"、"常"二字常通用。《史記·刺客列傳》："公子光曰：'使以兄弟次邪，季子當立；必以子乎，則光真適嗣，當立。'故嘗陰養謀臣以求立。"唐卿雲《送人遊塞》詩："雪每先秋降，花嘗近夏生。"宋王闢之《澠水燕談錄》卷四《才識》："公與尹師魯、梅聖俞、楊子聰、張太素、張堯夫、王幾道爲七友，以文章道義相切劘。率嘗賦詩飲酒，閒以談戲，相得尤樂。"宋張世南《游宦紀聞》卷五："三山方言，茨菇曰'蘇'，傍水多植之。雖嘗在水中，遇晚稻損，蘇亦損。"清孫枝蔚《六客詩·棋客》："人間勝敗尋嘗有，一局何勞重嘆嗟。"以上"嘗"均通"常"。上文"蓋公晚年嘗跨驢出游也"（頁210），"嘗"亦通"常"。故不必改。

20. 驗漆之美惡，有檃括爲韻語者云："好漆清如鏡，懸絲似釣鈎。撼動虎斑色，打著有浮漚。"（《游宦紀聞》卷二，頁 16，1981 年）

校勘記：有檃括爲韻語者云"檃"原作"隱"，說郛本作"檃"。按"隱"爲正曲之物，應與"栝"或"栝"連用，與"括"連用者，應作"檃"，據改。（頁 20）

按：古书"隱括"亦有连用例，不必改。"隱括"连用，"括"通"栝"。《書·太甲上》："若虞機張，往省括于度則釋。"孔穎達疏："括，謂矢末。"晉陸機《爲顧彥先贈婦》詩之二："離合非有常，譬彼弦與括。""括"亦通"栝"。南朝梁劉勰《文心雕龍·熔裁》："蹊要所司，職在鎔裁，隱括情理，矯揉文采也。"《宋史·文苑傳五·賀鑄》："尤長於度曲，掇拾人所棄遺，少加隱括，皆爲新奇。"均爲"隱括"連用之例。

21. 埤雅舉戎右曰："贊牛耳、桃茢。牛耳無竅，以鼻聽也。"（同上卷三，頁 28）

按：《戎右》指《周禮·夏官·戎右》，當在下劃波浪綫。

22. 易正義釋朵頤云，朵是動義，如手之捉物，謂之朵也。今世俗以手引小兒學行謂之，多莫知其義。以此觀之，乃用手捉，則當爲朵也。（《雞肋編》卷下，頁 126—127，1983 年）

按：多字當屬上。句義謂"今世俗以手引小兒學行"皆寫作"多"，人們不知其意義的來源，依《易》則當用"朵"字耳。

23. 地廣過鄊林，種植大盛，桂徑梅坡，極其繁穈。（《范成大筆記六種·驂鸞錄》，頁 51，2002 年）

校勘記：極其繁穈　"穈"原作"廡"，據明抄本改。按："穈"意爲豐多。（頁 62）

按："穈"意確爲豐多，但古書"廡"通"穈"的現象亦不少。《書》卷十二《洪範》："庶草蕃廡。"偽孔傳："廡，豐也。"《國語》卷十《晉語四》："黍不爲黍，不能蕃廡；稷不爲稷，不能蕃殖。"韋昭注："廡，豐也。"《文選》卷三張衡《東京賦》："草木蕃廡，鳥獸阜滋。"薛綜注："廡，盛也。"故不必改。

24. 南人插花呼妼音大，姊也，或呼紅娘子以誘之。（同上所引宋黃震《黃氏日鈔》卷六十七本節（指《桂海虞橫志·志蟲魚》）節文，頁 112）

校勘記：妖　疑應作“妖”。（頁 112）

　　按：所疑非是。妖當是妖的訛字。《范成大筆記六種・桂海虞衡志・雜志》“俗字”條記載有妖字，云：“妖音大，女大及姊也。”（同上，頁 129）宋趙與時《賓退錄》卷五亦引此條。宋周去非《嶺外代答》卷四《風土門・俗字》：“廣西俗字甚多……妖徒架切，言姊也。”（四庫全書珍本別集）妖是一個流行於嶺南地區的俗字，是一個會意兼形聲的字。

參考文獻

一　古代文獻

（一）筆記類

（晉）崔豹《古今注》，商務印書館 1956 年版。

（北齊）顏之推撰，王利器集解《顏氏家訓集解》（增補本），中華書局 1993 年版。

（南朝梁）任昉（舊題）《述異記》，《景印文淵閣四庫全書》第 1047 冊，臺北商務印書館。

（唐）顏師古撰、秦選之校注《匡謬正俗校注》，上海商務印書館 1936 年版。

（唐）封演《封氏聞見記》，中華書局 1958 年版。

（唐）李肇《國史補》，上海古籍出版社 1979 年版。

（唐）李涪《刊誤》，遼寧教育出版社 1998 年版。

（唐）趙璘《因話錄》，上海古籍出版社 1979 年版。

（唐）蘇鶚《蘇氏演義》，上海商務印書館《叢書集成初編》本，1939 年。

（唐）李匡乂《資暇集》，上海商務印書館《叢書集成初編》本，1939 年。

（唐）段成式《酉陽雜俎》，中華書局 1981 年版。

（五代）丘光庭《兼明書》，上海商務印書館《叢書集成初編》本，1936 年。

（五代）馬縞《中華古今注》，上海商務印書館《叢書集成初編》本，1939 年。

（宋）李昉等編《太平廣記》，中華書局 1961 年版。

（宋）楊億《楊文公談苑》，《宋元筆記小說大觀》第 1 冊，上海古籍出版社 2001 年版。

（宋）宋祁《宋景文公筆記》，上海商務印書館《叢書集成初編》本，
　　1936 年。

（宋）孔平仲《珩璜新論》，中華書局影印《叢書集成初編》本，
　　1985 年。

（宋）沈括撰，胡道靜校正《新校正夢溪筆談》，中華書局 1957 年版。

（宋）吳處厚《青箱雜記》，中華書局 1985 年版。

（宋）張師正《倦遊雜錄》，《宋元筆記小說大觀》第 1 冊，上海古籍出版
　　社 2001 年版。

（宋）文瑩《湘山野錄》，中華書局 1984 年版。

（宋）劉攽《中山詩話》，《景印文淵閣四庫全書》第 1478 冊，臺北商務
　　印書館。

（宋）黃伯思《東觀餘論》，中華書局 1988 年版。

（宋）張邦基《墨莊漫錄》，中華書局 2002 年版。

（宋）趙與時《賓退錄》，《宋元筆記小說大觀》第 4 冊，上海古籍出版社
　　2001 年版。

（宋）袁文《甕牖閒評》，中華書局 2007 年版。

（宋）王闢之《澠水燕談錄》，中華書局 1981 年版。

（宋）莊綽《雞肋編》，中華書局 1983 年版。

（宋）曾敏行《獨醒雜志》，上海古籍出版社 1986 年版。

（宋）王觀國《學林》，中華書局 1988 年版。

（宋）陸游《老學庵筆記》，中華書局 1979 年版。

（宋）岳珂《桯史》，中華書局 1981 年版。

（宋）羅大經《鶴林玉露》，中華書局 1983 年版。

（宋）孫奕《履齋示兒編》，上海商務印書館《叢書集成初編》本，
　　1935 年。

（宋）洪邁《容齋隨筆》，上海古籍出版社 1978 年版。

（宋）王楙《野客叢書》，中華書局 1987 年版。

（宋）龔頤正《芥隱筆記》，上海商務印書館《叢書集成初編》本，
　　1937 年。

（宋）王應麟《困學紀聞》，遼寧教育出版社 1998 年版。

（宋）張世南《游宦紀聞》，中華書局 1981 年版。

（宋）吳曾《能改齋漫錄》，上海古籍出版社 1979 年版。

（宋）范成大《范成大筆記六種》，中華書局 2002 年版。

（宋）周去非《嶺外代答》，《四庫全書珍本別輯》本。

（宋）趙叔向《肯綮錄》，上海商務印書館《叢書集成初編》本，
　　1939 年。

（宋）张淏《雲谷雜記》，中華書局 1958 年版。

（宋）姚寬《西溪叢語》，中華書局 1993 年版。

（宋）馬永卿《嬾真子》，上海商務印書館《叢書集成初編》本，
　　1938 年。

（宋）程大昌《演繁露》，《景印文淵閣四庫全書》第 852 冊，臺北商務印
　　書館。

（宋）朱弁《曲洧舊聞》，中華書局 2002 年版。

（宋）葉夢得《石林燕語》，中華書局 1984 年版。

（宋）朱翌《猗覺寮雜記》，《景印文淵閣四庫全書》第 850 冊，臺北商務
　　印書館。

（宋）費袞《梁谿漫志》，上海古籍出版社 1985 年版。

（宋）周密《齊東野語》，中華書局 1983 年版。

（宋）周密《癸辛雜識》，中華書局 1988 年版。

（元）楊瑀《山居新話》，《景印文淵閣四庫全書》第 1040 冊，臺北商務
　　印書館。

（元）孔齊《靜齋至正直記》，《粵雅堂叢書》本。

（元）李冶《敬齋古今黈》，中華書局 1995 年版。

（元）白珽《湛淵靜語》，上海商務印書館《叢書集成初編》本，
　　1939 年。

（元）陶宗儀《南村輟耕錄》，中華書局 1959 年版。

（明）沈德符《萬曆野獲編》，中華書局 1959 年。

（明）郎瑛《七修類稿》，中華書局 1959 年版。

（明）焦竑《焦氏筆乘》，中華書局 2008 年版。

（明）陸容《菽園雜記》，中華書局 1985 年版。

（明）顧起元《客座贅語》，中華書局 1987 年版。

（明）朱國禎《湧幢小品》，中華書局 1959 年版。

（明）馮汝弼《祐山雜說》，《筆記小說大觀》第 5 編第 4 冊，臺北新興書

局有限公司。

（明）吳寬《平吳錄》，中華書局影印《叢書集成初編》本，1985 年。

（明）葉盛《水東日記》，中華書局 1980 年版。

（明）王鏊《震澤長語》，上海商務印書館《叢書集成初編》本，1937 年。

（明）謝肇淛《五雜組》，《明代筆記小說大觀》第 2 冊，上海古籍出版社 2005 年版。

（明）楊慎《譚苑醍醐》，中華書局影印《叢書集成初編》本，1985 年。

（明）楊慎《丹鉛雜錄》，上海商務印書館《叢書集成初編》本，1936 年。

（明）楊慎《丹鉛續錄》，上海商務印書館《叢書集成初編》本，1936 年。

（明）楊慎《丹鉛摘錄》，《景印文淵閣四庫全書》第 855 冊，臺北商務印書館。

（明）楊慎《丹鉛總錄》，《景印文淵閣四庫全書》第 855 冊，臺北商務印書館。

（明）楊慎《丹鉛餘錄》，《景印文淵閣四庫全書》第 855 冊，臺北商務印書館。

（明）楊慎《俗言》，上海商務印書館《叢書集成初編》本，1936 年。

（明）胡應麟《少室山房筆叢》，中華書局 1958 年版。

（明）鎦績《菲雪錄》，上海商務印書館《叢書集成初編》本，1939 年。

（明）張萱《疑耀》，上海商務印書館《叢書集成初編》本，1939 年。

（清）黃生著，黃承吉合按《字詁義府合按》，中華書局 1984 年版。

（清）錢大昕《十駕齋養新錄》，江蘇古籍出版社 2000 年版。

（清）鄧廷楨《雙硯齋筆記》，中華書局 1987 年版。

（清）陳弘緒《寒夜錄》，《學海類編》本。

（清）顧炎武著，黃汝成集釋《日知錄集釋》，上海古籍出版社 2006 年版。

（清）紀昀《閱微草堂筆記》，天津市古籍書店據民國初年中華圖書館石印本重印，1988 年。

（清）桂馥《札樸》，中華書局 1992 年版。

（清）俞正燮《癸巳類稿》，上海商務印書館 1957 年版。

（清）鈕琇《觚賸》，臺北文海出版社 1982 年版。

（清）胡鳴玉《訂譌雜錄》，上海商務印書館《叢書集成初編》本，1936 年。

（清）錢泳《履園叢話》，中華書局 1979 年版。

（清）王念孫《讀書雜志》，江蘇古籍出版社 2000 年版。

（清）姜宸英《湛園札記》，《景印文淵閣四庫全書》第 859 冊，臺北商務印書館。

（清）阮葵生《茶餘客話》，中華書局 1959 年版。

（清）徐時棟《煙嶼樓筆記》，《筆記小說大觀》第 30 編第 7 冊，臺北新興書局有限公司。

（清）于鬯《香草校書》，中華書局 1984 年版。

（二）其他類

《毛詩正義》，（清）阮元校勘《十三經注疏》本，中華書局 1980 年版。

《周禮注疏》，（清）阮元校勘《十三經注疏》本，中華書局 1980 年版。

《儀禮注疏》，（清）阮元校勘《十三經注疏》本，中華書局 1980 年版。

《禮記正義》，（清）阮元校勘《十三經注疏》本，中華書局 1980 年版。

《左傳正義》，（清）阮元校勘《十三經注疏》本，中華書局 1980 年版。

《爾雅注疏》，（清）阮元校勘《十三經注疏》本，中華書局 1980 年版。

《楚辭補注》，中華書局 1983 年版。

《史記》，中華書局 1959 年版。

《漢書》，中華書局 1962 年版。

《後漢書》，中華書局 1965 年版。

《三國志》，中華書局 1971 年版。

《文選》，中華書局 1977 年版。

（南朝梁）顧野王《玉篇》，中華書局 1987 年版。

（唐）杜甫著、（清）仇兆鰲注《杜詩詳注》，中華書局 1979 年版。

（唐）釋慧琳、（遼）釋希麟《正續一切經音義》，上海古籍出版社 1986 年版。

［日］釋空海《篆隸萬象名義》，中華書局 1995 年版。

（宋）丁度等《集韻》，上海古籍出版社 1985 年版。

（宋）郭知達《集九家注杜詩》，《景印文淵閣四庫全書》第 1068 冊，臺北商務印書館。

（宋）賈昌朝《群經音辨》，《景印文淵閣四庫全書》第 222 冊，臺北商務
　　印書館。

（遼）釋行均《龍龕手鏡》（高麗本），中華書局 1985 年版。

（元）戴侗《六書故》，《景印文淵閣四庫全書》第 226 冊，臺北商務印
　　書館。

（元）盧以緯著，王克仲集注《語助辭集注》，中華書局 1988 年版。

（元）王實甫著，王季思校注《西廂記》，上海古籍出版社 1978 年版。

（明）袁子讓《字學元元》，《續修四庫全書》第 255 冊，上海古籍出
　　版社。

（明）方以智《通雅》，見《方以智全書》第一冊，上海古籍出版社 1988
　　年版。

（清）江永《古韻標準》，中華書局 1982 年版。

（清）劉淇《助字辨略》，中華書局 2004 年版。

（清）朱駿聲《說文通訓定聲》，中華書局 1984 年版。

（清）桂馥《說文解字義證》，中華書局 1987 年版。

（清）段玉裁《说文解字注》，上海古籍出版社 1988 年版。

（清）王筠《說文釋例》，中華書局 1983 年版。

（清）王念孫《廣雅疏證》，中華書局 2004 年版。

（清）王引之《經義述聞》，江蘇古籍出版社 2000 年版。

（清）徐灝《说文解字注箋》，《續修四庫全書》第 225—227 冊，上海古
　　籍出版社。

（清）王紹蘭《說文段注訂補》，《續修四庫全書》第 213 冊，上海古籍出
　　版社。

（清）顧藹吉《隸辨》，中華書局 1986 年版。

（清）郝懿行《爾雅義疏》，上海古籍出版社 1983 年版。

（清）孫希旦《禮記集解》，中華書局 1989 年版。

（清）焦循《孟子正義》，中華書局 1987 年版。

（清）徐元誥《國語集解》，中華書局 2002 年版。

（清）王聘珍《大戴禮記解詁》，中華書局 1983 年版。

（清）郭慶藩《莊子集釋》，中華書局 1961 年版。

（清）孫星衍《尚書今古文注疏》，中華書局 1986 年版。

（清）胡培翬《儀禮正義》，上海商務印書館 1934 年版。

（清）畢沅《中州金石記》，上海商務印書館《叢書集成初編》本，1936 年。

（清）翟灝《通俗編》（附《直語補錄》），商務印書館 1957 年版。

（清）孫詒讓《周禮正義》，中華書局 1987 年版。

（清）王先謙《莊子集解》，中華書局 1987 年版。

（清）王先謙《漢書補注》，中華書局 1983 年版。

（清）王先謙《荀子集解》，中華書局 1988 年版。

（清）俞樾《古書疑義舉例》（見《古書疑義舉例五種》），中華書局 2005 年版。

二　今人著作

（一）專著類

陳復華、何九盈《古韻通曉》，中國社會科學出版社 1987 年版。

陳垣《史諱舉例》，中華書局 2004 年版。

方一新、王雲路《中古漢語讀本》，上海教育出版社 2006 年版。

高文《漢碑集釋》，河南大學出版社 1997 年版。

高小方《中國語言文字學史料學》，南京大學出版社 2005 年版。

耿振聲《20 世紀漢語音韻學研究方法論》，北京大學出版社 2004 年版。

郭沫若、聞一多、許維遹《管子集校》，科學出版社 1956 年版。

郭沫若《金文叢考》，《郭沫若全集·考古編》第 5 卷，學林出版社 2002 年版。

郭在貽《訓詁學》，中華書局 2005 年版。

韓陳其《漢語詞彙論稿》，江蘇古籍出版社 2002 年版。

何九盈《中國古代語言學史》，廣東教育出版社 2000 年版。

洪波主編《立體化古代漢語教程》，高等教育出版社 2005 年版。

洪誠玉《古漢語詞義分析》，天津人民出版社 1985 年版。

胡樸安《中國文字學史》，上海書店據 1937 年商務印書館本影印，1984 年。

華學誠《揚雄方言校釋匯證》，中華書局 2006 年版。

黃金貴《古代文化詞義集類辨考》，上海教育出版社 1995 年版。

黃侃《說文箋識》，中華書局 2006 年版。

黃侃《黃侃國學講義錄》，中華書局 2006 年版。

黃德寬、陳秉新《漢語文字學史》（增訂本），安徽教育出版社 2006
　　年版。

姜亮夫《楚辭通故》，收入《姜亮夫全集》，雲南人民出版社 2002 年版。

蔣善國《漢字形體學》，文字改革出版社 1959 年版。

蔣紹愚《古漢語詞彙綱要》，商務印書館 2005 年版。

蔣宗福《語料學》（川大內部講義）。

蔣宗福《四川方言詞語考釋》，巴蜀書社 2002 年版。

李恕豪《中國古代語言學簡史》，巴蜀書社 2003 年版。

劉曉東《匡謬正俗平議》，山東大學出版社 1999 年版。

劉葉秋《歷代筆記概述》，北京出版社 2003 年版。

劉葉秋《中國字典史略》，中華書局 1983 年版。

陸宗達、王寧《訓詁方法論》，中國社會科學出版社 1983 年版。

羅常培、周祖謨《漢魏晉南北朝韻部演變研究》第一分冊，科學出版社
　　1958 年版。

呂叔湘《筆記文選讀》，《呂叔湘全集》第 9 卷，遼寧教育出版社 2002
　　年版。

呂叔湘《近代漢語指代詞》，《呂叔湘文集》第 3 卷，商務印書館 1992
　　年版。

馬建忠《馬氏文通》，商務印書館 1983 年版。

啟功《古代字體論稿》，文物出版社 1964 年版。

錢鍾書《管錐編》，中華書局 1979 年版。

喬全生《晉方言語音史研究》，中華書局 2008 年版。

裘錫圭《文字學概要》，商務印書館 1988 年版。

任繼昉《漢語語源學》，重慶出版社 2004 年版。

孫常敘《漢語詞彙》，吉林人民出版社 1956 年版。

孫良明《中國古代語法學探究》（增訂本），商務印書館 2005 年版。

孫玉文《漢語變調構詞研究》（增訂本），商務印書館 2007 年版。

汪維輝《東漢—隋常用詞演變研究》，南京大學出版社 2000 年版。

王艾錄、司富珍《漢語的詞語理據》，商務印書館 2001 年版。

王艾錄、司富珍《語言理據研究》，中國社會科學出版社 2002 年版。

王力《漢語史稿》，中華書局 1980 年版。

王力《漢語語音史》，商務印書館 2008 年版。

王力《詩經韻讀·楚辭韻讀》，中國人民大學出版社 2004 年版。

王力主編《古代漢語》（校訂重排本），中華書局 1999 年版。

王寧《訓詁學原理》，中國國際廣播出版社 1997 年版。

聞一多《楚辭校補》，國民圖書出版社 1942 年版。

吳承仕《經籍舊音序錄、經籍舊音辨證》，中華書局 1986 年版。

向熹《簡明漢語史》，高等教育出版社 1993 年版。

徐通鏘《語言論——語義型語言的結構原理和研究方法》，東北師範大學
　出版社 1997 年版。

楊伯峻《列子集釋》，中華書局 1979 年版。

楊伯峻《春秋左傳注》，中華書局 1981 年版。

楊樹達《古書句讀釋例》，中華書局 2003 年版。

楊樹達《積微居小學金石論叢》，上海古籍出版社 2007 年版。

楊樹達《積微居小學述林全編》，上海古籍出版社 2007 年版。

姚孝遂《許慎與說文解字》，中華書局 1983 年版。

殷寄明《語源學概論》，上海教育出版社 2000 年版。

于省吾《甲骨文字釋林》，中華書局 1979 年版。

袁珂《山海經校注》，上海古籍出版社 1980 年版。

俞理明《佛經文獻語言》，巴蜀書社 1993 年版。

俞理明《漢語歷史詞彙學》（川大內部講義）。

張鴻魁《金瓶梅語音研究》，齊魯書社 1996 年版。

張民權《宋代古音學與吳棫〈詩補音〉研究》，商務印書館 2005 年版。

張涌泉《漢語俗字研究》，岳麓書社 1995 年版。

張玉金《西周漢語代詞研究》，中華書局 2006 年版。

趙振鐸《訓詁學綱要》，巴蜀書社 2003 年版。

趙振鐸《中國語言學史》，河北教育出版社 2000 年版。

鄭張尚芳《上古音系》，上海教育出版社 2003 年版。

［日］志村良志《中國中世語法史研究》，江藍生、白維國譯，中華書局
　1995 年版。

中國社會科學院語言研究所古代漢語研究室編《古代漢語虛詞詞典》，商
　務印書館 1999 年版。

周大璞《訓詁學初稿》，武漢大學出版社 1985 年版。

周振鶴、游汝傑《方言與中國文化》（第 2 版），上海人民出版社 2006

年版。

周祖謨《魏晉南北朝韻部之演變》，臺北東大圖書股份有限公司 1996
　　年版。

（二）工具書類

辭海編輯委員會《辭海》，上海辭書出版社 1979 年版。

戴家祥主編《金文大字典》，學林出版社 1995 年版。

丁福寶《佛學大辭典》，文物出版社 1984 年版。

丁福寶《說文解字詁林》，中華書局 1988 年版。

郭錫良《漢字古音手冊》，北京大學出版社 1986 年版。

黃征《敦煌俗字典》，上海教育出版社 2005 年版。

洪鈞陶《草字編》，文物出版社 1983 年版。

江藍生、曹廣順《唐五代語言詞典》，上海教育出版社 1997 年版。

［蘇］金世一編著，牟萍、馬文熙編譯《漢字古今中外多語語音比較詞
　　典》，西南師範大學出版社 1997 年版。

冷玉龍等《中華字海》，中國友誼出版公司，1994 年版。

李崇興等《元語言詞典》，上海教育出版社 1998 年版。

李圃主編《古文字詁林》，上海教育出版社 1999 年版。

李孝定《甲骨文字集釋》，（臺北）中研院歷史語言研究所專刊之五十。

李新魁《韻鏡校證》，中華書局 1982 年版。

李珍華、周長輯《漢字古今音表》（修訂本），中華書局 1999 年版。

劉丹青《南京方言詞典》，江蘇教育出版社 1995 年版。

劉復、李嘉瑞《宋元以來俗字譜》，（北平）國立中央研究院歷史語言研
　　究所單刊之三，1930 年。

劉正埮、高名凱等《漢語外來詞詞典》，上海辭書出版社 1984 年版。

龍潛安《宋元語言詞典》，上海辭書出版社 1985 年版。

陸錫興《漢代簡牘草字編》，上海書畫出版社 1989 年版。

羅竹風主編《漢語大詞典》，漢語大詞典出版社 1986—1993 年版。

秦公《碑別字新編》，文物出版社 1985 年版。

王力《同源字典》，商務印書館 1982 年版。

王鍈《唐宋筆記語辭匯釋》（修訂本），中華書局 2001 年版。

徐寶華、宮田一郎《漢語方言大詞典》，中華書局 1999 年版。

徐中舒主編《漢語大字典》，四川辭書出版社、湖北辭書出版社 1986—

1990 年版。

徐中舒主編《甲骨文字典》，四川辭書出版社 2003 年版。

楊樹達《詞詮》，中華書局 1954 年版。

張舜徽《說文解字約注》，中州書畫社 1983 年版。

張相《詩詞曲語辭匯釋》，中華書局 1955 年版。

周法高《金文詁林》，香港中文大學出版社 1975 年版。

周祖謨《廣韻校本》，中華書局 1960 年版。

（三）學位論文

曹文亮《〈能改齋漫錄〉訓詁研究》，四川大學 2007 年碩士學位論文。

陳敏《宋代筆記與漢語詞彙學》，浙江大學 2007 年博士學位論文。

董建交《明代官話語音演變研究》，復旦大學 2007 年博士學位論文。

李娟紅《宋代筆記中訓詁問題研究》，四川大學 2005 年碩士學位論文。

李煒《宋代筆記中的俗字研究》，四川大學 2005 年碩士學位論文。

殷曉傑《黃生語言學研究》，山東師範大學 2005 年碩士學位論文。

（四）單篇學術論文

鮑厚星、顏森《湖南方言的分區》，《方言》1986 年第 4 期。

曹先擢《並列式同素異序同義詞》，《中國語文》1979 年第 6 期。

陳寶勤《試論"寺"由"官寺"義到"佛寺"義的演化》，《南開語言學刊》2005 年第 1 期，商務印書館。

陳蒲清《熔鑄古今　雅俗共賞》，《書屋》1998 年第 3 期。

馮洪錢《宋沈括〈夢溪筆談〉蒲蘆注釋質疑》，《中國農史》1983 年第 1 期。

付義琴《涕有鼻涕義不是語義引申》，《殷都學刊》2008 年第 4 期。

郭在貽《古漢語詞義札記》，原載《中國語文》1979 年第 2 期，收入《郭在貽文集》第一卷《訓詁叢稿·古代漢語詞義札記》（二），中華書局 2002 年版。

郭在貽《信的書信義究竟起於何時》，《中國語文》1984 年第 4 期。

郭在貽、張涌泉《俗字研究與古籍整理》，原載《古籍整理與研究》第 5 期，收入蔣紹愚、江藍生編《近代漢語研究》（二），商務印書館 1999 年版。

侯精一《平遙方言的文白異讀》，《語文研究》1988 年第 2 期。

黃易青《論上古侯宵幽的元音及侵冬談的陰聲——兼論冬部尾輔音的變

化及其在上古音系中的地位演變》,《北京師範大學大學學報》2005 年
　　第 6 期。

江藍生《相關詞語的類同引申》,原爲英文稿,刊於游順釗主編《語彙叢
　　刊‧漢語十論》,1993 年,又收入《近代漢語探源》,商務印書館 2000
　　年版。

蔣禮鴻《中國俗文字學研究導言》,原載《杭州大學學報》1959 年第 3
　　期,收入《蔣禮鴻語言文字學論叢》,浙江古籍出版社 1994 年版。

蔣宗福《近代漢語俚俗詞語考辨》,《漢語史研究集刊》第十二輯,巴蜀
　　書社 2009 年版。

李榮《語音演變規律的例外》(1965),《音韻存稿》,商務印書館 1982
　　年版。

李榮《方言語音對應關係的例外》(1965),商務印書館 1982 年版。

李榮《怎樣求出方音和北京音的語音對應規律》(1956),商務印書館
　　1982 年版。

李文明《信的“書信”義的更早例證》,《中國語文》1986 年第 2 期。

李艷紅、鍾如雄《“窈窕”本義考辨——兼與劉毓慶先生商榷》,《西南民
　　族大學學報》2006 年第 6 期。

林濤《少數字今讀與〈廣韻〉小韻反切規律音相異之音》,見《廣韻四用
　　手冊》,中國國際廣播出版社 1992 年版。

林語堂《漢字中之拼音字》,《語言學論叢》,上海開明書店 1934 年版。

劉堅《詞語雜說》,《中國語文》1978 年第 2 期。

劉凱鳴《〈能改齋漫錄〉匡謬》,《重慶師範大學學報》1990 年第 1 期。

劉敏芝《博士是怎樣指稱手藝人的》,《中國語文》1999 年第 6 期。

劉萍《蝴蝶考》,《中國語文》1999 年第 6 期。

劉蓉《宋代筆記中的語言學問題》,《漢語史研究集刊》第一輯(上),
　　巴蜀書社 1998 年版。

劉曉南《〈說文〉連篆讀例獻疑》,《古漢語研究》1989 年第 1 期。

劉曉南《漢語歷史方言語音研究的幾個問題》,《漢語歷史方言研究》,上
　　海人民出版社 2008 年版。

劉毓慶《“窈窕”考》,《中國語文》2002 年第 2 期。

魯國堯《宋代福建詞人用韻考》,《語言文字學術論文集》,知識出版社
　　1989 年版。

魯國堯《陶宗儀〈南村輟耕錄〉等著作與元代語言》,《南京大學學報》1996 年第 4 期。

潘天華《讀〈夢溪筆談〉札記》,《中國語文》2001 年第 3 期。

潘遵行《果臝變語與諧聲》, 載《忽與果臝》, 國立中山大學文史研究所, 1933 年。

秦樺林、凌瑜《〈孟子·盡心下〉一則句讀獻疑》,《古漢語研究》2005 年第 2 期

饒宗頤《唐以前十四音遺說考》, 原載《中華文史論叢》1987 年第 1 輯, 收入《梵學集》, 上海古籍出版社 1993 年,

尚振乾《連綿詞"委蛇"文字考議》,《西北大學學報》2004 年第 6 期。

沈兼士《右文說在訓詁學上之沿革及其推闡》(1933 年),《沈兼士學術論文集》, 中華書局 1986 年版。

沈兼士《論初期意符字之特性》(1938), 中華書局 1986 年版。

沈兼士《吳著經籍舊音辨證發墨》(1940), 中華書局 1986 年版。

沈兼士《漢魏注音中義同換讀例發凡》(1947), 中華書局 1986 年版。

施安昌《從院藏拓本探討武則天造字》,《故宮博物院院刊》1983 年第 4 期。

唐蘭《釋真》, 故宮博物院編《唐蘭先生金文論集》, 紫禁城出版社 1995 年版。

唐鈺明《顧炎武的訓詁學》, 原載台灣中山大學 1995 年《第四屆清代學術研討會論文集》, 收入《著名中年語言學家自選集·唐鈺明卷》, 安徽教育出版社 2002 年版。

萬久富《〈封氏聞見記〉的語言文字學史料價值》,《古籍研究整理學刊》1998 年第 1 期。

汪長林《〈孟子〉"馮婦"章句讀之再商榷》,《安慶師範學院學報》2002 年第 4 期。

王國維《毛公鼎銘考釋》,《王國維遺書》, 上海古籍書店 1983 年版。

王國維《書金王文郁新刊韻署張天錫草書韻會後》,《觀堂集林》, 中華書局 1959 年版。

王洪君《山西聞喜方言的白讀層與宋西北方音》,《中國語文》1987 年第 1 期。

王雲路《釋"零丁"與"伶俜"——兼談連綿詞的產生方式之一》,《古

漢語研究》2007 年第 3 期。

巫稱喜《〈夢溪筆談〉語言研究方法論初探》，《語文研究》2002 年第
　2 期。

巫稱喜《淺談〈夢溪筆談〉的語法學貢獻》，《江西師範大學學報》2003
　年第 1 期。

武建宇《宋代筆記俗語詞斠補》，《河北師範大學學報》2003 年第 5 期。

項楚《變文字義零拾》，載《敦煌文學叢考》，上海古籍出版社 1991
　年版。

謝質彬《〈信的書信義的更早例證〉質疑》，《中國語文》1986 年第 6 期。

徐復《閩氏古讀考》，原載《東方雜志》1945 年 3 月第 41 卷第 5 號，又
　收入《徐復語言文字學叢稿》，江蘇古籍出版社 1990 年版。

徐時儀《〈朱子語類〉詞語考釋》，《上海師範大學學報》1991 年第 2 期。

許嘉璐《論同步引申》，《中國語文》1987 年第 1 期。

嚴鴻修《也談 "蝴蝶" 的命名理據》，《中國語文》2002 年第 2 期。

楊劍橋《神珙〈九弄圖〉再釋》，《中國語文》1995 年第 2 期。

楊劍橋《 "一聲之轉" 與同源詞研究——漢語語音史觀之二》，載《語言
　研究集刊》第 3 集，上海辭書出版社 2006 年版。

楊軍《回回名源辨》，《回族研究》2005 年第 1 期。

楊琳《 "杜撰" 語源考》，《古漢語研究》2000 年第 3 期。

楊新勛《說 "齊速"》，《文獻》2007 年第 3 期。

楊永發《古文獻句讀商榷》，《甘肅高師學報》2005 年第 3 期。

姚永銘《 "杜撰" 探源》，《語文建設》1999 年第 2 期。

姚永銘《論 "音隨義轉"》，《古漢語研究》1999 年第 2 期。

殷孟倫《四聲五音九弄反紐圖簡釋》，《子云鄉人類稿》，齊魯書社 1985
　年版。

游汝傑、周振鶴《南方地名分布的區域特徵與古代語言的關係》，載《紀
　念顧頡剛學術論文集》，巴蜀書社 1990 年版。

俞理明《漢魏六朝的疑問代詞 "那" 及其他》，《古漢語研究》1989 年第
　3 期。

俞理明《漢語詞彙中的非理複合詞—— 一種特殊的詞彙結構類型：既非
　單純詞又非合成詞》，《四川大學學報》2003 年第 4 期。

于省吾《釋 "天" 和 "亞天"》，《社會科學戰線》1983 年第 1 期。

曾丹《"星隕如雨"新解》,《語言研究》2006 年第 1 期。

曾良《"盼望"、"疆場"俗變探討》,《中國語文》2008 年第 2 期。

詹鄞鑫《釋辛及其與辛有關的幾個字》,《中國語文》1983 年第 5 期。

張清常《漫談漢語中的蒙語借詞》,《中國語文》1978 年第 3 期。

張守中《〈平水韻〉考》,《山西大學學報》1982 年第 1 期。

張文軒《顏師古的"合韻"和他的古音學》,《蘭州大學學報》1987 年第
　4 期。

張永言《"信"的"書信"義不始於唐代》,《中國語文》1962 年第 4 期。

張永言《關於"詞的內部形式"》,原載《語言研究》創刊號,1981 年,
　收入《語文學論集》(增補本),語文出版社 1999 年版。

張永言《兩晉南北朝"書""信"用例考辨》,原載《語文研究》1985 年
　第 2 期,收入《語文學論集》(增補本)。

張永言《漢語外來詞雜談》,原載《語言教學與研究》1989 年第 2 期,
　收入《語文學論集》(增補本)。

趙振鐸《潛心壹志 樂在其中》,《辭書研究》1987 年第 4 期。

趙振鐸《唐人筆記裏的方俗讀音》,《漢語史研究集刊》第二、三輯,巴
　蜀書社 2000 年版。

鄭張尚芳《古吳越地名中的侗台語成分》,《民族語文》1990 年第 6 期。

周祖謨《〈顏氏家訓·音辭篇〉注補》,《問學集》,中華書局 1966 年版。

周祖謨《古音有無上去二聲辨》(1941),中華書局 1966 年版。

周祖謨《四聲別義釋例》(1946),中華書局 1966 年版。

周祖謨《宋代方音》,中華書局 1966 年版。

周祖謨《漢語駢列的詞語與四聲》(1984),《文字音韻訓詁論集》,北京
　大學出版社 2000 年版。

宗福邦《〈故訓匯纂〉與〈經籍纂詁〉》,《武漢大學學報》1996 年第
　5 期。

後　記

　　本書是在博士論文的基礎上修訂而成的。2004 年至 2010 年，我有幸考入川大師從蔣宗福先生攻讀漢語言文字學碩士和博士學位。碩士階段，蔣先生開設語料學課程，獨立開設筆記專章，強調了筆記在語言文字學研究上的重要性。讀博第一學期，蔣先生即建議我以歷代筆記中的語言文字學問題作爲學位論文。蔣先生說，筆記中包含許多語言文字學材料，但至今未進行系統整理研究，只要認真發掘，肯定會發現許多有價值的語言文字學觀點。並告誡我論文的內容安排、框架設置都要從文獻材料出發，這樣論文才能作出特色。論文初稿完成後，蔣先生又仔細閱讀了全文，對論文的許多錯誤之處進行了訂正。

　　非常感謝評審專家方一新、李運富、曾良、喬全生、張文國，論文答辯委員會趙振鐸、向熹、李恕豪、俞理明、雷漢卿諸先生對論文提出的寶貴而中肯的意見，使我能根據這些意見對論文作進一步的修正完善。

　　歷代筆記中的語言文字學問題是一個宏觀的課題：一則古代筆記數量衆多，由於時間倉促，肯定會遺漏一些重要的語言文字學條目；二則筆記討論的語言文字學問題，非常駁雜。由於牽扯面較多，個人的學識和精力有限，因此對一些問題的認識，肯定會比較膚淺，甚至會有錯誤。因此，当蔣宗福先生提議以此作爲論文課題時，我擔心題目過大無法完成。蔣先生的意見是，先做初步研究，然後再慢慢深入挖掘。即對歷代筆記進行重點圈定，然後分門別類地對語言文字學問題進行疏理，勾勒出研究的大致內容和發展線索。因此，從這個角度來講，本書只能看做一個未完稿，還需要花更多的時間和精力來充實和完善它。

　　本書的出版，受到山西師範大學學術著作出版基金和山西師範大學文學院學術出版基金的資助，在此特別感謝山西師範大學和文學院的大力支持。